JAMES L. NELSON

Die Winkinger

Der Verrat von Glendalough

Weitere Titel des Autors:

Die Wikinger – Kampf um die Krone
Die Wikinger – Der Thron von Tara
Die Wikinger – Die Rache des Kriegers
Die Wikinger – Der Verrat von Glendalough
Die Wikinger – Tod dem Verräter
Die Wikinger – Jagd auf hoher See

Über den Autor

Bevor er sich entschied, über das Segeln zu schreiben, lebte und arbeitete James L. Nelson sechs Jahre lang an Bord traditioneller Segelschiffe. Seine zahlreichen Sachbücher und Romane wurden mehrfach ausgezeichnet, unter anderem mit Preisen der American Library Association. Nelson liest in ganz Amerika aus seinen Büchern und tritt regelmäßig im Fernsehen auf. Er lebt mit seiner Frau Lisa und den gemeinsamen Kindern in Harpswell, Maine.

James L. Nelson

Die Wikinger

DER VERRAT VON GLENDALOUGH

HISTORISCHER ROMAN

Aus dem amerikanischen Englisch von
Alexander Lohmann

lübbe

Dieser Titel ist auch als E-Book erschienen.

MIX
Papier aus verantwortungsvollen Quellen
FSC® C014496

Vollständige Taschenbuchausgabe

Deutsche Erstausgabe

Titel der amerikanischen Originalausgabe: »Glendalough Fair«
Originalverlag: Fore Topsail Press

Textredaktion: Dr. Frank Weinreich, Bochum
Titelillustration: © Arndt Drechsler, Regensburg
unter Verwendung einer Fotografie von Thomas Lewin
Umschlaggestaltung: Nele Schütz Design, München
Satz: two-up, Düsseldorf
Gesetzt aus der Garamond
Druck und Verarbeitung: GGP Media GmbH, Pößneck

Printed in Germany
ISBN 978-3-404-17772-1

3 5 4 2

Sie finden uns im Internet unter www.luebbe.de
Bitte beachten Sie auch: www.lesejury.de

Der vorliegende Roman ist frei erfunden. Namen, Figuren, Orte und Ereignisse sind entweder vom Autor ausgedacht oder werden ausschließlich fiktional verwendet. Jede Übereinstimmung mit tatsächlichen Geschehnissen, Schauplätzen, Organisationen oder Personen, lebend oder bereits verstorben, ist rein zufällig und weder vom Autor noch vom Verlag beabsichtigt.

Für meine geliebte Abigail, meine kleine Wikingerin,
meine wunderschöne Tochter –
mit dem Stolz und der Liebe eines Vaters.

GLENDALOUGH – (ausgesprochen Glen-dah-lock) ist ein Ortsname, der sich als »Tal der Zwei Seen« übersetzen lässt. In den Wicklow Mountains gelegen, wurde Glendalough im späten sechsten Jahrhundert vom heiligen Kevin als Einsiedelei gegründet und entwickelte sich rasch zu einer von Irlands bedeutsamsten mittelalterlichen Klostersiedlungen.

Weitere Begriffe finden Sie im Glossar ab Seite 489.

Prolog

Die Saga von Thorgrim Ulfsson

Einst lebte ein Mann mit dem Namen Thorgrim Ulfsson, dem ein großer Bauernhof in Ost-Agder in Vik im Lande Norwegen gehörte. Zu dem Hof zählten fruchtbare Felder, die in jedem Jahr reiche Ernte brachten. Zudem besaß Thorgrim viel Vieh und zahlreiche Bedienstete und Sklaven.

Da Thorgrim klug und bescheiden war und zudem fleißig wie nur irgendein Mann, gedieh sein Besitz. Thorgrim war beliebt und angesehen bei seinen Nachbarn und den Angehörigen seines Haushalts, und viele suchten seinen Rat. Doch zu Zeiten, wenn die Nacht hereinbrach, wurde er oft von einer düsteren Stimmung heimgesucht, und niemand wagte es dann, sich ihm zu nähern. Manch einer glaubte, dass er ein Gestaltwandler sei, und deswegen erhielt er den Spitznamen »Nachtwolf«.

Viele Jahre früher, als Thorgrim gerade erst zum Manne gereift war, war er mit dem Jarl, der in Ost-Agder herrschte, auf Wikingerfahrt gegangen. Dieser Mann hieß Ornolf Hrafnsson und war auch als Ornolf der Rastlose bekannt. Auf ihren vielen Reisen wurden die beiden Männer zu Freunden, und als sie heimkehrten, gab Ornolf Thorgrim seine Tochter Hallbera zur Frau.

Es war eine gute Ehe, und Thorgrim und Hallbera lebten glücklich auf ihrem Hof. Hallbera gebar Thorgrim vier Kinder, zwei Söhne namens Odd und Harald, eine Tochter namens Hild und eine weitere Tochter, die nach ihrer Mutter Hallbera genannt wurde.

Thorgrims Frau war schon über dreißig und nicht mehr ganz jung, als dieses letzte Kind zur Welt kam, und sie starb bei der Geburt. Thorgrim brach es das Herz, und als Ornolf ihn fragte, ob er noch einmal auf Wikingerfahrt gehen wolle (denn Ornolf blieb nie gerne lang bei seinem zänkischen Weib zu Hause), schloss Thorgrim sich ihm wieder an.

Thorgrims ältester Sohn Odd war zu dieser Zeit bereits verheiratet; er hatte selbst Kinder und einen eigenen Hof, den Thorgrim ihm überlassen hatte. Thorgrim fand es falsch, dass Odd zu diesem Zeitpunkt seine Familie verließ, und darum fragte er nicht nach seiner Begleitung. Doch sein zweiter Sohn, Harald, war erst fünfzehn und begierig auf die Reise, und so nahm Thorgrim ihn mit. Obwohl Harald jung war, war er stärker als manch ein ausgewachsener Mann und hatte einen großen Teil seiner Kindheit über für die Schlacht geübt, mitunter sogar insgeheim, so dass er sich als guter Krieger erwies und sich bei der Mannschaft Respekt erwarb. Als er älter wurde, nahm seine Kraft noch zu, und bald erhielt er den Beinamen »Starkarm«.

Ornolf segelte mit seinem Schiff, dem *Roten Drachen*, nach Irland. Die Nordmänner plünderten schon seit einer Weile in diesem Land und hatten dort sogar Longphorts errichtet, in Dubh-Linn und weiteren Orten. Es gab immer noch einiges zu holen, obwohl andere Wikinger bereits da gewesen waren, und Ornolf und Thorgrim und ihre Leute, ungefähr sechzig an der Zahl, machten gute Beute.

Die Lage in Irland war unruhig, denn die Iren kämpften nicht nur gegen die Nordmänner, sondern auch untereinander. Ornolf und Thorgrim und Harald fanden sich in eine große Intrige verwickelt, die sich um Tara entspann, den Sitz des irischen Königs von Brega. Erst nach hartem Kampf und mit dem Beistand der Götter waren sie in der Lage, mit ihrem Leben und einem beachtlichen Schatz zu entkommen.

Thorgrim war während des Kampfs verwundet worden, und sobald er sich von seinen Verletzungen erholt hatte, sammelte er eine Mannschaft an Bord seines Schiffes und verließ Dubh-Linn. Er war entschlossen, zu seinem Heim nach Ost-Agder zurückzukehren und niemals mehr auf Fahrt zu gehen. Doch die Götter, die sich daran erfreuen, mit den Männern ihr Spiel zu treiben, beschädigten sein Schiff in einem Sturm, und er und seine Mannschaft waren gezwungen, zum Longphort von Vík-ló zu segeln. Der Herr dieses Longphorts, ein Mann namens Grimarr der Riese, schätzte Thorgrim zuerst, wandte sich aber bald gegen ihn und wünschte seinen Tod.

Dies brachte Thorgrim und seine Männer in beträchtliche Schwierigkeiten, doch am Ende wurde Grimarr besiegt, und Thorgrim wurde zum Herrn von Vík-ló ernannt. Dies war das Jahr, nachdem Olaf der Weiße mit einer großen Flotte von Norwegen herangesegelt war, um Dubh-Linn von den Dänen zurückzugewinnen. Nach dem christlichen Kalender schrieb man das Jahr 853, und Thorgrim und seine Männer hatten da schon mehr als ein Jahr in Irland verbracht.

Thorgrims einziger Wunsch blieb es, auf seinen Hof zurückzukehren, aber er hatte erkannt, dass die Götter ihn daran hinderten, wann immer er es versuchte. Thorgrim hatte einen guten Freund namens Starri den Unsterblichen, der ein Berserker war. Thorgrim fragte Starri selten um Rat, denn er wusste, dass man kaum gut beraten war, wenn man einem Berserker folgte. In dieser Angelegenheit jedoch glaubte er, dass Starri eine gewisse Einsicht haben könnte.

Thorgrim sagte: »Wann immer ich versucht habe, Irland zu verlassen, haben die Götter mich zurückgeworfen. Nun bin ich der Herr von Vík-ló. Denkst du, dass die Götter mich vielleicht nach Hause schicken, wenn ich beschließe, in Irland zu bleiben?«

Starri grübelte einige Zeit darüber, dann sagte er: »Thorgrim Nachtwolf, du wurdest von den Göttern gesegnet, doch für Männer wie uns, die wir in Midgard wohnen, sind die Segnungen der Götter mitunter schwer zu verstehen. Ich weiß so wenig wie jeder andere, was die Götter denken. Aber das, was du sagst, klingt vernünftig in meinen Ohren, und all die Schwierigkeiten, die die Götter dir in den Weg gelegt haben, scheinen deine Worte zu belegen. Ich glaube, du solltest tatsächlich in Irland verweilen und abwarten, ob die Götter dir dann die Gunst erweisen, dich ziehen zu lassen.«

Thorgrim erwog Starris Antwort, und am Ende nahm er den Rat an und beschloss, in Vík-ló zu bleiben – in der Hoffnung, dass die Götter ihm dann erlaubten, nach Hause zurückzukehren.

Was dann geschah, erzählt die folgende Geschichte …

1. Kapitel

Lang reiste ich auf Meergottes Ross
auf wildbewegtem Wellenpfad.
EGILS SAGA

Nach den langen, dunklen Wintermonaten hatte im Longphort von Vík-ló die Varonn begonnen, die Zeit der Frühjahrsarbeit. Für die Nordmänner fühlte es sich an, als würden sie aus einem langen Schlummer erwachen, und sie waren auf Streit aus, gewalttätig und blutig.

Starri der Unsterbliche hörte es zuerst, wie so oft. Die Männer saßen in Thorgrims Halle, dem mächtigsten Bauwerk in Vík-ló, dessen großer Saal fast dreißig Fuß in jede Richtung maß und dessen Dachfirst bis auf zwanzig Fuß über ihren Köpfen anstieg. Es regnete an diesem Nachmittag in Strömen, und beständiger Niederschlag drang wie Brandungsrauschen an ihre Ohren. Der Laut schwoll an und ebbte ab im Takt der Windböen, die das Wasser gegen die Wände aus lehmbeworfenem Flechtwerk trieben. Das Feuer in der Herdstelle knisterte und sprühte Funken.

Thorgrim und ein paar seiner Männer spielten, das Klicken der Spielsteine und ihre leise Unterhaltung gingen fast unter im Dröhnen des Regens. Thorgrims sechzehnjähriger Sohn Harald lag auf einem Stapel Felle an der erhöhten Stirnseite der Halle und schnarchte.

Starri saß in einer Ecke und schärfte Klingen, die längst so scharf waren, wie sie nur werden konnten. Das Schaben seines Wetzsteins war ein weiterer Laut, der beständig den Tag erfüllte. Wenn er sitzen musste, was Starri nur selten tat, zog er einen Platz hoch über allen anderen vor, auf der Mastspitze eines Schiffes, beispielsweise, oder zwischen den Dachsparren. Bot sich dazu keine Gelegenheit, wählte er einen Platz möglichst weit unten. Die Mitte, die die meisten Männer bevorzugten, war ohne jeden Reiz für Starri den Unsterblichen.

Thorgrim schüttelte die Würfel in einem Lederbecher, kippte sie auf den Tisch und bewegte selbstvergessen seine Spielsteine. Er verlor, doch davon bekam er kaum etwas mit. In Gedanken war er ganz woanders. Er dachte an die Schiffe unten am Fluss, von denen eins schon zu Wasser gelassen war, während die beiden anderen nur auf die gebührende Zeremonie und das Opfer warteten, die jeden Stapellauf begleiteten. Das Kleinere der zwei lag sogar bereits auf den Rollen.

Es hatte einige Mühen erfordert, aber sie hatten es geschafft, hatten drei Langschiffe von Grund auf neu gebaut. Und es waren gute Schiffe. Sie waren solide gezimmert, und Thorgrim wusste, dass sie so seetüchtig waren, wie ein gutes Schiff nur sein konnte.

Was die Männer anging, war er weniger sicher. Ihre Gemeinschaft zerfiel, die Seile, die sie zusammenhielten, waren verrottet und lösten sich. Es war inzwischen ein Wettrennen geworden, ob sie aufs Meer kamen und bei einem Raubzug ihren Ärger herauslassen konnten, bevor die einzelnen Mannschaften, die Thorgrim während des Winters nur mit Mühe zusammengehalten hatte, sich gegeneinander wandten.

»Nachtwolf.«

Thorgrim blickte zu Starri hinüber, der in Richtung Dach starrte und die Ohren spitzte. »Ja?«

»Ärger, denke ich«, sagte Starri. »Ein Kampf.« Starri war ein Berserker, in gewisser Hinsicht vollkommen verrückt, und eines der Dinge, die ihn von gewöhnlichen Menschen unterschieden, war sein außerordentliches Gehör.

Thorgrim sprang so schnell auf, dass er seinen Hocker umkippte, und ein Teil von ihm war hocherfreut, endlich etwas anderes zu tun zu bekommen, als seine Zeit bei einem sinnlosen Spiel zu vergeuden. »Harald! Wach auf! Alarmier die Wache!«, rief er, aber Harald war schon halb auf den Beinen. Wenn Harald schlief, dann schlummerte er so tief wie ein Bär in der Winterruhe. Doch sobald man zu den Waffen rief, war er von einem Augenblick zum nächsten hellwach.

Die anderen am Tisch erhoben sich auch. Starri, rege wie ein Eichhörnchen und verstohlen wie eine Katze, glitt so mühelos auf die Füße, als hätte der Wind ihn emporgehoben. Godi, ein baumlanger Kerl, und Agnarr sprangen von ihren Plätzen am Feuer auf. Weitere Männer strömten aus einem der Zimmer am anderen Ende der Halle. Dies war Thorgrims Leibwache, von ihm persönlich ausgewählt, nachdem er die Stellung als Herr von Vík-ló angetreten hatte. Seinem Sohn Harald Starkarm hatte er die Führung der Wache übertragen.

»Mir nach!« Thorgrim hielt auf die Tür zu.

Aber Starri sprach erneut: »Thorgrim, ich höre Stahl …«

Thorgrim hielt inne. Während der Wintermonate war es oft genug zu Raufereien gekommen, doch von einem gelegentlichen Messer abgesehen, hatten Waffen dabei nie eine Rolle gespielt.

»Schwerter?«, fragte Thorgrim.

Starri nickte.

»Also gut, Männer. Nehmt eure Schilde. Keine Zeit für die Kettenhemden.«

Die Leibwache stob auseinander und holte die Schilde. Ihre Schwerter trugen sie bereits – die Nordmänner gingen so wenig unbewaffnet umher, wie sie sich nackt zeigen würden –, doch sie hatten sich bis jetzt nicht die Mühe gemacht, ihre Schilde mitzunehmen. Niemand hatte damit gerechnet, dass eine Auseinandersetzung zu erwarten gewesen wäre, die so etwas erforderlich machte. Aber wenn Schwerter gezogen wurden, mochte mehr hinter dem Streit stecken als ein betrunkenes Gerangel.

Thorgrim stieß die Tür auf und trat in den wild vom Himmel prasselnden Regen. Ein starker Wind hob sein langes Haar und ließ es leewärts flattern, er riss an seinem Bart, und bevor er den Bohlenweg auch nur halb überquert hatte, war er nass bis auf die Knochen. An so was war er allerdings gewöhnt, nachdem er schon mehr als ein Jahr in diesem Land verbracht hatte. Ohne innezuhalten, schritt er also auf die Halle zu, die der seinen gegenüber stand. Er hämmerte gegen die Tür und schrie: »Bersi! Komm raus! Bring deine Wache mit! Probleme!«

Er wartete nicht auf eine Antwort, sondern winkte seinen Männern, ihm zu folgen. Im Laufschritt hielt er auf das Ufer zu. Er konnte den Kampf jetzt selber hören, das Geschrei und das Klirren von Waffen, und er wusste, dass es aus dieser Richtung kam. Er zweifelte keinen Augenblick daran, dass Bersi ihm gleich mit seinem eigenen Trupp folgen würde.

Bersi Jorundarson war unter Grimarr dem Riesen, dem früheren Herrn von Vík-ló, der zweite Mann im Ort gewesen. Nach Grimarrs Tod hätte Bersi die Führung beanspruchen können. Aber der Däne war kein Mann, der gern an der Spitze stand – jedenfalls hatte Thorgrim diesen Eindruck gewonnen. Stattdessen überzeugte Bersi die Übrigen, dass Thorgrim das Kommando übernehmen sollte, und Thorgrim hatte es getan.

Dennoch hatte Bersi seine Anhänger, vor allem unter den Männern, die früher Grimarr gefolgt waren. Thorgrim achtete deshalb darauf, den Mann bei seinen Entscheidungen stets mit einzubeziehen und seinen Rat anzuhören. Mehr noch, Thorgrim hatte Bersi im Laufe der Zeit schätzen gelernt.

Er eilte voran und wischte sich das Wasser aus den Augen. Der prasselnde Regen übertönte die Schritte der Männer hinter ihm. Sie folgten dem Bohlenweg an kleinen Häusern und Werkstätten vorüber, die ihm in den letzten Monaten so vertraut geworden waren. Es war alles so trist anzusehen. Jegliche Farbe schien aus diesem Land verbannt. Alles – die Häuser, der Boden, der Himmel, die Straße, das ferne Meer – war braun oder grau oder schwarz, und das spiegelte Thorgrims Stimmung.

Die Rufe wurden deutlicher, genau wie das Klirren aufeinandertreffender Klingen. Aber noch konnte Thorgrim den Kampf nicht sehen. Die an- und abschwellenden wütenden Stimmen, vom Regen gedämpft, klangen wie eine schwere Brandung, die auf einen Kiesstrand traf.

Ärger, Wut, Verdruss – all das hatte sich über Monate in dem Longphort aufgestaut. All das schlummerte, aber im Verborgenen nahm die Stärke der bösen Gefühle beständig zu. Fast dreihundert Männer lebten in Vík-ló, allesamt Krieger, die es gewohnt waren, sich in der Schlacht auszuleben, und denen nun die Gelegenheit dazu fehlte ebenso wie der besänftigende Einfluss von Frauen.

Im Winter hatte es nahezu ständig geregnet und der Wind bitterkalt und bösartig geblasen. Das hatte sie in den Häusern gehalten, wann immer sie nicht arbeiteten, und wenn sie arbeiteten, war es bei diesem Wetter eine elende Angelegenheit gewesen. Im ganzen Longphort lebten nur zwei Dutzend Frauen, und die Hälfte davon war verheiratet oder alt oder beides. Allerdings gab es einen reichhaltigen Vorrat an Wein und Met und Ale. Und genauso, wie die Fäulnis an den dunklen, nassen Stellen im Rumpf eines Schiffs wuchs, so fand die

Reizbarkeit der Nordmänner in dem Winter von Vík-ló die perfekte Umgebung, um sich auszubreiten.

Thorgrim Nachtwolf hatte alles Mögliche getan, um dem Einhalt zu gebieten. Aber es war, als müsse er ein Schiff bei auflandigem Wind von der Küste lösen: Er konnte all seine Fertigkeiten und sein ganzes Wissen einbringen und wusste doch, dass er am Ende scheitern würde; er konnte den unausweichlichen Moment des Schiffsbruchs nur hinauszögern.

Thorgrim hatte unterschiedliche Kniffe verwendet, um eine Katastrophe zu verhindern, und für eine Weile hatte er Erfolg damit gehabt. Schwere Arbeit hatte dabei im Mittelpunkt gestanden, denn er wusste, dass nichts besser geeignet war, um die Streitlust im Zaum zu halten.

Nach den Kämpfen des vergangenen Sommers war ihnen nur ein einziges Langschiff geblieben, der *Fuchs*, auf dem nicht mehr als dreißig Krieger Platz fanden. Ihr wichtigstes Anliegen war also gewesen, neue Schiffe zu bauen. Während der langen Wintermonate hatten sie drei gefertigt und mit Beil und Dechsel, Beitel und Bohrer Schiffe von solcher Qualität zurechtgezimmert, wie Thorgrim sie sich vorstellte. Andere Männer waren in die Wälder geschickt geworden, Meilen entfernt vom Schutz des Longphorts, um Holz für den Schiffsbau zu fällen. Sie hatten mit Wölfen und Banditen zu kämpfen gehabt, während sie Eichen- und Kieferstämme in den Fluss Lietrim warfen und sie zum Longphort an der Mündung treiben ließen.

Wieder andere hatte Thorgrim eingeteilt, um den Erdwall auszubessern, der Vík-ló umgab. In seinen besseren Tagen mochte das eine beachtliche Schutzwehr gewesen sein, aber mittlerweile hatte der Wall begonnen, sich aufzulösen, während die Palisade darauf schon halb verrottet war. Die Arbeit daran war erbärmlich, dreckig und mühevoll gewesen, und wenn die wenigen Stunden Tageslicht verstrichen waren, blieb den Männern gerade genug Kraft zum Essen und Trinken, bevor sie einschliefen. Und so war es Thorgrim am liebsten.

Er versuchte, alle Männer unter seinem Kommando gerecht zu behandeln, die Norweger wie die Dänen. Niemand wurde länger als ein anderer zu einer speziellen Aufgabe eingeteilt. Jeder Mann leistete seinen Dienst beim Schiffsbau, beim Holzschlagen und am Wall. Von den Männern mit besonderen Fähigkeiten abgesehen – wie Mar der Schmied oder Aghen der Schiffsbaumeister – verrichtete jeder dieselben Arbeiten. Es ging so gerecht zu, wie Thorgrim es nur einrichten konnte. Und die Männer murrten und klagten über alles mit derselben unaufhörlichen Beständigkeit, mit der auch der Regen fiel.

Thorgrim wusste, dass Arbeit das beste Mittel war, um die Unzufriedenheit im Zaum zu halten, so wie Salz im Kielraum eines Schiffes die Fäulnis abwehrte. Doch er wusste auch, dass Arbeit allein nicht ausreichte. Er konnte keine Frauen herbeizaubern, aber er sorgte dafür, dass genug zu essen da war und regelmäßige Festmähler alle Männer im Longphort zusammenbrachten.

Zur gebotenen Nacht an der Wintersonnwende veranstaltete er das *Blót*, eines von drei großen Opferfesten, welche die Nordmänner in jedem Jahr feierten. Das *Blót* zu Mittwinter sollte die Götter dazu bringen, zur Zeit der Aussaat die Erde wieder fruchtbar zu machen. Es wurde ein wüstes Gelage, ganz wie es üblich war. Vieh wurde geschlachtet, und während das Fleisch über einem tosenden Feuer garte, bespritzte Thorgrim als Herr dieses Ortes Boden und Wände seiner Halle, die zugleich als Tempel diente, mit dem Blut der Tiere. Hörner voll Met wurden zur Feier gehoben, und zumindest in dieser Nacht vergaßen die Männer das Elend des Winters. Dann jedoch war das *Blót* zu Ende, das wilde Fest vorbei, der nächste Tag brach an und die Arbeit begann aufs Neue.

Die Wochen verstrichen, und schließlich wurden die Tage länger und die Kälte verlor ihren Biss. Nun, da das Wetter besser wurde und die Arbeit sich ihrer Vollendung näherte, hoffte Thorgrim, dass die Stimmung der Männer sich ebenso aufhellen würde. Er hoffte, die kürzeren Nächte und die Sonne, die gelegentlich schon durch die Wolken brach, würden auch den Menschen einen neuen, hoffnungsvolleren Blick auf die Welt vermitteln.

Aber das geschah nicht, jedenfalls bemerkte Thorgrim nichts dergleichen. Während der langen, kalten und nassen Monate hatten die Gegensätze zwischen den Männern sich stärker verhärtet, als Thorgrim bewusst geworden war. Splittergruppen hatten sich gebildet, Feindseligkeiten türmten sich auf, und die Erleichterung bei der Arbeit, die mit dem Frühlingswetter einherging, verschaffte den Männern nur mehr Zeit, über ihrem Groll zu brüten.

Kleinere Gereiztheiten waren in offenen Hass umgeschlagen. Faustkämpfe hatten sich zu größeren Schlägereien ausgeweitet, die zertrümmerte Möbel und gebrochene Knochen hinterließen. Aber aller schwelender Ärger und jeder Ausbruch von Gewalt war nie so weit gegangen, dass die Schwerter gezückt worden und Tote zurückgeblieben waren.

Bis jetzt.

2. Kapitel

Die Göttin des Goldregens,
die große Freude mir schenkt,
voll Stolz soll sie hören
von ihres kühnen Freundes Tapferkeit.
GISLI SURSSONS SAGA

Thorgrim näherte sich der Bodenwelle, die zwischen ihm und dem Fluss lag und ihm den Blick auf den Kampf versperrte. Die Hand lag am Griff seines Schwertes Eisenzahn, und der Regen fiel ohne Unterlass weiter. Er hörte Schritte hinter sich und drehte sich um. Bersi Jorundarson rannte auf ihn zu und trat an seine Seite.

»Thorgrim«, sagte Bersi. »Was sind das für Probleme?«

»Ich weiß es noch nicht«, erwiderte Thorgrim. »Aber ich kann mir vorstellen, wer dahintersteckt.«

»Kjartan?«

»Genau das nehme ich an.«

Thorgrim hatte nie daran gezweifelt, dass die Männer von Vík-ló sich der einen oder anderen Gruppe anschließen würden und dass sich zwischen diesen Gruppen dann gewisse Feindseligkeiten ergaben. So waren die Männer eben. Seine größte Sorge war gewesen, dass sich die Norweger gegen die Dänen stellen würden. Doch so kam es nicht. Stattdessen hatten die Männer sich danach aufgeteilt, wem sie folgten: den Anführern, die später die einzelnen Schiffe kommandieren sollten.

Thorgrims Mannschaft stand größtenteils treu zu ihm, auch wenn einige – zumeist die Männer, die sich ihm erst vor sechs Monaten in Dubh-Linn anschlossen – sich mit Dänen angefreundet hatten und in andere Lager übergewechselt waren.

Die meisten Gefolgsleute von Grimarr dem Riesen folgten inzwischen Bersi und zeigten darum auch Thorgrim gegenüber eine gewisse Loyalität. Skidi Oddson, auch als Skidi Streitaxt bekannt, war ein weiterer, der unter den Männern eine herausgehobene Stellung errungen hatte, nach all den Verlusten, die er den Iren zugefügt hatte, und nach dem Tod von so vielen von Grimarrs früheren Unterführern. Skidi hatte seine eigene Gefolgschaft, und diese Männer waren nicht so glücklich darüber, dass Thorgrim zum Herrn von Vík-ló ernannt worden war. Allerdings war auch keiner von ihnen so entschieden dagegen, dass sie deswegen Ärger gemacht hätten, und man konnte sich auf sie verlassen, solange man niemandem zu viel abverlangte.

Doch einige der Männer, ungefähr eine Schiffsmannschaft von fünfzig oder sechzig Köpfen, waren unter den Einfluss von Kjartan Thorolfson geraten, der auch Langzahn genannt wurde. Kjartan diente niemandem außer sich selbst, und diese herausfordernde Haltung war genau das, was seine Leute an ihm bewunderten und worin sie ihm nacheiferten.

Kjartan hatte den ganzen Winter über Thorgrims Autorität untergraben; auf hunderterlei verstohlener Arten, aber nie so nachdrücklich, dass es eine Antwort mit den Waffen herausgefordert hätte. Auf Dauer jedoch würde das unausweichlich werden. Thorgrim konnte spüren, dass das bislang sorgfältig gewahrte Gleichgewicht bald kippen würde, und wenn es dazu kam, würde er Kjartan töten und abwarten, wie dessen Männer darauf reagierten.

Vielleicht ist es endlich so weit, dachte Thorgrim. Er stieg das letzte Stück die Anhöhe empor, hielt an und wischte sich den Regen aus den Augen. Vor ihm, auf der freien Fläche am Fluss, wo sie ursprünglich das Holz für den Schiffsbau gelagert hatten, bot sich der womöglich merkwürdigste Anblick, dem er je gegenübergestanden hatte.

Wenigstens hundert Männer waren dort, zu viele, um ihr Treiben noch als einfache Schlägerei abzutun. Es glich eher einer Schlacht mit klirrenden Schwertern, Männern, die reglos am Boden lagen, und anderen, die brüllend auf dem Feld aufeinander eindroschen.

Einen Moment stand Thorgrim verblüfft da. Das Geschehen erschien ihm wie verlangsamt in dem sturmgepeitschten Regen, der in Thorgrims Augen schlug und die Sicht erschwerte. Der Boden war weich und von der Auseinandersetzung zu einem schlüpfrigen Morast aufgewühlt. Ein paar der Männer waren schlammverschmiert, wo der Regen den Dreck nicht weggespült hatte, einige waren regelrecht davon eingehüllt.

Etwa die Hälfte der Männer war noch auf den Beinen. Die anderen prügelten sich und rollten durch den Matsch. Sie kämpften gegeneinander, kämpften darum, wieder auf die Füße zu kommen, und rangen nach Luft. Die Stehenden schlidderten und schwankten und schienen ebenso sehr damit beschäftigt zu sein, auf den Beinen zu bleiben, wie damit, ihrem Gegner zuzusetzen. Schwerter und Beile schimmerten schwach im gedämpften Tageslicht, und Thorgrim sah Blut auf Gesichtern und Armen, rot und vom Regenwasser verdünnt.

Zehn Herzschläge, nicht länger, blickte er auf die Szenerie hinab. Lang genug, um festzustellen, dass zumindest die Hälfte der Kämpfenden zu Kjartan Langzahn gehörte und Kjartan selbst mitten im Getümmel steckte. Die übrigen scharten sich um einen Mann namens Gudrun, einen von Skidis Leuten. Skidi selbst war nirgendwo zu sehen – ohne Zweifel schlief er noch und erholte sich von den Ausschweifungen der vergangenen Nacht! Thorgrim konnte sich nicht vorstellen, was diesen Tumult verursacht hatte.

»Kommt, mir nach!«, befahl Thorgrim seinen Männern. »Treibt sie auseinander, und versucht, niemanden zu töten oder allzu schlimm zu verwunden!« Er trat vor, den Schild am Arm, *Eisenzahn* über den Kopf gehoben. Er brüllte, als er den Abhang hinabstürmte, sein Schlachtruf ein auf- und abschwellendes Wolfsheulen, mit dem er hoffentlich die Aufmerksamkeit der Kämpfenden gewann.

Thorgrim erreichte den Rand der Kampffläche. Mit aller Kraft warf er sich gegen die nächststehende Gruppe aufeinander einschlagender Männer und schwang seinen Schild. Von den Kriegern in dem Handgemenge trug keiner einen, wie Thorgrim erkannte. Also waren sie nicht zum Kampf hierhergekommen, ein großer Vorteil für ihn und seine Leibwache.

Als er eintraf, schlug der Mann links von ihm mit dem Schwert nach ihm. Thorgrim fing die Klinge mit dem Schild, und der Stahl landete klirrend auf dem Schildbuckel. Der Aufprall brachte den Mann aus dem Gleichgewicht, und Thorgrim führte den Schild herum, traf den Gegner zu seiner Rechten mit der Kante und stieß ihn in den Schlamm.

»Weg mit dem Schwert! Schluss mit diesem Unsinn!«, brüllte Thorgrim, und der Mann, durchnässt und erschöpft, nickte benommen, während Thorgrim tiefer in das Gefecht vorrückte.

Eine Streitaxt wirbelte wie durch Zauberei gelenkt plötzlich aus dem Getümmel heran. Thorgrim konnte den Schild gerade noch rechtzeitig hochreißen, um sie aufzuhalten. Das Blatt fraß sich ins Holz, und er drehte den Schild hart herum.

Die Bewegung riss das Beil aus der Hand seines Besitzers, und Thorgrim hieb mit der flachen Seite des Schwertes nach dem Mann. Mitten im Schlag spürte er, wie seine Füße den Halt verloren.

Mit einem Fluch ging er zu Boden. Er bereitete sich auf einen harten Aufprall vor, doch es fühlte sich eher so an, als würde er auf einem Stapel Felle landen. Klebrig schloss sich der Morast um seinen Leib, aber Thorgrims Augen waren nach oben gerichtet, und er sah ein Schwert auf sich herabfahren. Er hob den Schild, fing den Schlag ab, setzte sich halb auf und schwang *Eisenzahn* gegen die Beine des Angreifers. Wieder traf er mit der flachen Seite der Klinge, und auf dem schlüpfrigen Boden reichte das aus, um seinen Gegner zu Fall zu bringen.

Thorgrim stand auf, als der Mann fiel. Er stützte sich auf die Schildkante, um wieder auf die Füße zu kommen. Ein weiterer Krieger drang von vorn auf ihn ein. Thorgrim, der nun wusste, was für ein Verbündeter der Schlamm sein konnte, stieß den Mann einfach an und sah zu, wie er nach hinten kippte.

Das ist Wahnsinn, dachte Thorgrim. Er bemerkte keine echte Feindschaft seitens der Männer, gegen die er kämpfte. Es gab keinen Grund für diese blutige Auseinandersetzung. Sie hatten sich in ihre Wut hineingesteigert, und all der Verdruss und der Ärger des langen Winters, der sie im Longphort eingeschlossen hatte, brach hier auf dem Schlachtfeld aus den Männern heraus. Es war wie eine Schlägerei in der Festhalle, nur in größerem Maßstab. Er hatte schon Haie beobachtet, die in dieselbe Raserei geraten waren.

Jemand fiel ihm in die Flanke, und Thorgrim wandte gerade rechtzeitig den Kopf, um zu sehen, wie Godi den Mann packte und regelrecht von den Beinen hob. Eine seiner wuchtigen Pranken schloss sich um den Hals des Angreifers, die andere ging in den Schritt. Godi hob den schreienden, zappelnden Krieger hoch über seinen Kopf und schleuderte ihn auf einen ganzen Haufen anderer Kämpfer, die allesamt übereinander purzelten.

Weiter rechts konnte Thorgrim Starri den Unsterblichen sehen, der sich ins Getümmel stürzte. Das war ein Problem! Thorgrim wollte den Kampf beenden und ihn nicht noch mehr anheizen. Das erforderte Zurückhaltung, und Zurückhaltung war Starris Stärke nicht.

Thorgrim blickte nach rechts, überzeugt davon, dass er Harald dort finden würde, und tatsächlich stand der Junge da. Als Thorgrim gerade zum Reden ansetzte, schlug Harald seinen Schild gegen zwei Männer zu seiner Linken, die sich im Ringkampf umschlangen. Der Hieb stieß sie beide zu Boden, wo sie einander losließen und versuchten, im dicken Morast wieder auf die Füße zu kommen.

Harald hatte sein Schwert eingesteckt, und als einer von Skidis Männern unbeholfen auf ihn zustürmte, streckte er die Hand aus, packte den Mann an den Haaren und rammte dessen Kopf gegen sein Knie. Der Mann schien von dem Knie abzuprallen, dann taumelte er mit blutverschmiertem Gesicht rückwärts und riss zwei weitere Wikinger mit sich um.

»Harald!«, schrie Thorgrim. »Halt dich an Starri! Pass auf, dass er niemanden schlimmer verletzt als nötig!«

Harald nickte, er drehte sich um, rutschte aus und ging mit einem Schimpfwort zu Boden, genau wie Thorgrim zuvor. Thorgrim deckte sie beide mit dem Schild und reichte dem Jungen die Hand. Er zog Harald auf die Füße, und nur ein breitbeiniger Stand und viel Glück verhinderten, dass sie wieder wegrutschten.

Harald bahnte sich einen Weg durch das Handgemenge.

Thorgrim rammte die Männer vor ihm mit dem Schild und ließ sie rückwärts taumeln, und in der kurzen Atempause, die er dadurch gewann, sah er sich um.

Seine Männer, ausgeruht und mit Schilden gewappnet, schafften es allmählich, die Streithähne zu trennen. Einige, die mitten im Getümmel gesteckt hatten, stellten den Kampf nun ein; manche aufrecht, andere am Boden – vielleicht verletzt, vielleicht tot. Ein paar waren davongetaumelt und hatten sich an den Stellen zu Boden fallen lassen, wo noch Gras stand. Viele jedoch droschen weiter aufeinander ein, mit Schwertern, Äxten und Fäusten.

Thorgrim wandte sich nach links. Einer von Kjartans Männern, ein großer Bursche namens Gest, dem Rang nach der zweite an Bord des *Drachen*, löste sich aus dem Gemenge und stürmte mit erhobener Streitaxt heran, den von einem beeindruckenden Bart umrahmten Mund in wütendem Gebrüll aufgerissen. Die Axt sauste auf Thorgrim herab, und der schaffte es gerade noch, den Schild hochzureißen und den Schlag abzufangen, bevor der Hieb ihm den Kopf spaltete.

Das Blatt grub sich tief in das Holz, und Thorgrim fühlte, wie seine Füße auf dem glitschigen Grund erneut den Halt verloren. Aber ehe er fiel, riss Gest die Axt wieder heraus und zog damit auch Thorgrim weit genug hoch, dass er sein Gleichgewicht wiederfand und auf den Beinen blieb. *Danke*, dachte Thorgrim.

Gest schlug erneut unbeholfen zu, und diesmal konnte Thorgrim ausweichen. Bevor er aber dazu kam, zurückzuschlagen, erblickte er einen weiteren von Kjartans Kriegern, der mit dem Schwert in der Hand aus der Menge trat und die Klinge nach seinem Unterleib stieß.

Thorgrim parierte mit *Eisenzahn*. Er setzte den rechten Fuß fest auf den saugenden Boden. Dann nahm er den Schild dicht an seine Schulter und rammte Gest damit, der gerade wieder mit dem Beil über dem Kopf ausholte. Gest stolperte, seine Füße rutschten im Morast weg, und mit ausgebreiteten Armen und einem empörten Brüllen landete er auf dem Rücken.

In die Lücke, die sein Sturz eröffnete, drang Kjartan Thorolfson, das Schwert in der einen Hand, eine Axt in der anderen. Er atmete schwer und war über und über mit Matsch bedeckt; Haar und Bart waren durchweicht, und er blickte Thorgrim entschlossen an. Schnell trat er um den zappelnden Gest herum und griff sofort an.

Solltest du nicht lieber versuchen, dem Einhalt zu gebieten, du Mistkerl?, dachte Thorgrim, noch während er Kjartans Angriff abwehrte und konterte. So aufsässig er sein mochte, gehörte Kjartan doch zu den Anführern von Vík-ló. Er sollte seine Männer lieber davon abhalten, sich gegenseitig umzubringen, anstatt selbst den Herrn des Longphorts anzugreifen.

Thorgrim nahm eine Bewegung zu seiner Rechten wahr und parierte mit der Klinge, schnell genug, um einen tödlichen Treffer zu verhindern, aber nicht so schnell, dass er die Klinge aufgehalten hätte, bevor sie durch seine Tunika drang und eine Wunde in seine Flanke riss.

»Bastard!«, rief Thorgrim. Er hob *Eisenzahn* und trieb ihn dem Mann in den Bauch. Alle Zurückhaltung war vergessen, als die Kampfeswut ihn überkam. Er wirbelte wieder zu Kjartan herum, stieß mit dem Schild voran die Waffen beiseite und stach nach dessen Brust. Er spürte, wie die Klinge über ein Kettenhemd schrammte – eine vertraute Empfindung, die sich nicht fehldeuten ließ. Sofort fuhr er zurück, als noch mehr von Kjartans Männern hinzustießen.

Kettenrüstung, dachte Thorgrim. *Kettenrüstung*. Eine warnende Stimme regte sich in seinem Kopf, doch in dem Regen, dem Gebrüll und mit der brennenden Wunde in seiner Seite drang sie nicht zu ihm durch. Er wehrte den nächsten Angriff ab, schlug nach dem Angreifer und verfehlte sein Gesicht um wenige Zoll, als der Mann zurücksprang.

Wieder spürte Thorgrim, wie seine Füße den Halt verloren, doch er trat zurück und fand sein Gleichgewicht wieder. Kjartan griff erneut an.

Rüstung! Der Kerl trägt eine Kettenrüstung! Niemand sonst in diesem Kampf trug eine Rüstung, Kjartan schon. Als hätte er all das die ganze Zeit erwartet. Als hätte er es geplant!

Thorgrim parierte Kjartans Schwert mit *Eisenzahns* Klinge und fing das Beil mit dem Schild ab. Er stieß vor und trat seinem Gegner in den Bauch. Der taumelte rückwärts, aber er fiel nicht.

»Darum geht es also bei diesem Kampf?«, rief Thorgrim. »All das nur, um mich aus dem Weg zu räumen?«

Kjartan stieß einen Laut aus, irgendwo zwischen einem Knurren und einem Ruf. Er stürmte los, das Schwert nach vorn gestreckt, die Axt erhoben. Thorgrim ließ den Schild sinken und wartete, *Eisenzahn* stoßbereit in der Hand. Zwei Schritte, und Kjartan war bei ihm, aber *Eisenzahn* bewegte sich nicht. Stattdessen riss Thorgrim den Schild wieder hoch und schwang ihn dem anstürmenden Mann entgegen. Der Schild krachte gegen den Angreifer, brachte ihn abrupt zum Stehen, schleuderte ihn zurück. Kjartan stolperte und fiel mit ausgebreiteten Armen und weit aufgerissenen Augen. Seine Füße lösten sich vom Boden, und er schrie auf, als er stürzte. Dann landete er flach auf dem Rücken und versank halb im klebrigen Morast.

Thorgrim sprang vor. Ein Dröhnen in seinem Ohr löschte das Prasseln des Regens fast aus, genau wie das Gebrüll der Schlacht und diese eine, eigentümliche Stimme, die rief: »Thorgrim! Thorgrim!«

Die Stimme drang wie in einem Traum zu ihm, und im nächsten Augenblick fühlte er sich von Händen gepackt, die seine Arme ergriffen, seine Schultern, und die ihn aufhielten, bevor er zu Kjartan gelangte und ihm das Schwert durch die Brust stoßen konnte. Erst als die Wörter wiederholt wurden, wurde ihm bewusst, dass tatsächlich jemand nach ihm rief.

»Thorgrim, Herr!«

Er senkte Schwert und Schild, und sein Körper entspannte sich. Die Männer, die ihn an Armen und Schultern hielten, ließen los und traten beiseite. Thorgrim wandte sich um und sah einen Jüngling auf sich zulaufen, einen von Skidis Leuten, die als Wache auf dem wiederhergestellten Wall postiert worden waren.

»Was?«, fragte Thorgrim. Sein Blick wanderte zu Kjartan zurück.

»Skidi schickte mich, um Euch von den Reitern zu berichten. Da kommen Reiter auf uns zu! Iren.«

Thorgrim dachte über die Worte nach. *Reiter. Iren.* Das konnte alles bedeuten. Es konnte wichtig sein. Oder bedeutungslos. Jedenfalls war es nichts, das man ignorieren durfte.

Thorgrim schaute seine Klinge an. Der Regen hatte sie sauber gewaschen. Er stieß sie zurück in die Scheide. Dann blickte er auf Kjartan hinab, der immer noch der Länge nach im Schlamm lag. »Andere Pflichten rufen mich fort«, sagte er. »Wir werden das später zu Ende bringen.« Er wandte Kjartan den Rücken zu und schritt davon, ohne auf eine Antwort zu warten.

3. Kapitel

Die spirituelle Hauptstadt der westlichen Welt
ist der Konvent von Glendalough.
FÉILIRE VON OENGUS, CA. 800 N. CHR.

Das Land westlich von Vík-ló, das die Iren Cill Mhantáin nannten, stieg hinter der Küste rasch an und ging in eine Reihe hoher, gerundeter Berge über, die sich weit landeinwärts erstreckten. Dabei handelte es sich nicht um die zerklüfteten und unwirtlichen Steilhänge, wie man sie anderswo an der irischen Küste oder in der Heimat der Nordmänner fand, sondern alles in allem eher sanfte, gut zugängliche Hügel. Und in diesen Tagen des beginnenden Frühjahrs schien das Hochland den Reisenden tatsächlich willkommen zu heißen und ihn einzuladen, durch die üppigen Täler zu streifen.

Zwölf Meilen weit in diesen Bergen, in einem Tal mit zwei Seen, die wirkten, als würde Gott selbst das Wasser in den Händen schöpfen, lagen das Kloster und die Stadt Glendalough.

Das Christentum war zweihundert Jahre zuvor nach Glendalough gelangt, mit der Ankunft von St. Kevin, der dort nur die Einsamkeit gesucht hatte. Das Tal der zwei Seen war eine hervorragende Wahl. Wer an diesen beschaulichen Wassern stand und auf die grüne, geschwungene Landschaft schaute, die ringsum anstieg, der spürte sofort, dass hier etwas Ewiges und Mystisches zu finden war. Zwei Jahrhunderte lang waren Pilger zu diesem heiligen Ort geströmt.

Am Anfang hatte Glendalough nicht mehr zu bieten gehabt als eine einfache Kirche aus lehmbeworfenem Flechtwerk, doch im Laufe der Zeit war hier eines der größten Klöster Irlands entstanden, ein Hort des Glaubens wie auch der Gelehrsamkeit, in dem das gesammelte Wissen der Zivilisation bewahrt wurde, nachdem die einigende Macht von Rom in Chaos und Krieg zerfallen war. Glendalough, einst reich an mönchischer Gesinnung, war inzwischen fett geworden vor weltlicher Fülle, durch die Viehherden, die auf den umliegenden Feldern grasten, und das Gold und das Silber und die juwelengeschmückten Reliquiare, die die steinerne Kathedrale zierten.

Die Kirche stand im Zentrum von Glendalough, sowohl räumlich wie spirituell. So massiv wie ein Granitfelsen ragte sie fünfzig Fuß über den festgestampften Boden auf und erstreckte sich mehr als einhundert Fuß von Ost nach West. Die kleineren Gebäude der Abtei – die Dormitorien der Mönche und die Gästehäuser, ein strohgedecktes Klostergebäude aus schweren Eichenbalken, eine Bibliothek und das Wohnhaus des Abts – umringten die große Kirche wie Höflinge ihren König. Das Ganze war dann noch von einem *Vallum* umgeben, einem niedrigen Erdwall, der allerdings weniger der Befestigung diente, als dass er vielmehr die Grenze des geheiligten Bodens markierte, der allein klösterlichen Regeln unterworfen war.

Eine zweite niedrige Steinmauer, zweihundert Fuß vom *Vallum* entfernt, umschloss den Rest des Landes, der noch unmittelbar zum Kloster gehörte. Innerhalb dieses äußeren Rings fanden sich jene Gebäude des Klosters, die eher weltlichen und banalen Zwecken dienten: die Bäckerei, die Küche, die Molkerei und die Ställe. Der äußere Wall war höher und solider als das *Vallum*, aber als Verteidigungsanlage taugte er nur geringfügig mehr.

An den äußeren Wall geschmiegt, erstreckte sich die Stadt, die im Schatten des Klosters von Glendalough gewachsen war; eine Stadt zumindest nach irischen Maßstäben. Ein paar unbefestigte Straßen – die nach dem unaufhörlichen Regen inzwischen zu Schlammpisten aufgeweicht waren – verliefen wie Speichen vom Kloster fort, hier und da in unterschiedlichen Winkeln von weiteren Wegen gekreuzt. Entlang der Straßen lagen verschiedene kleine Häuser mit angebauten Werkstätten. Schmiede und Glaser und Fleischer, Lederschneider und Weber und all die anderen Geschäfte, die im Umkreis des Klosters gediehen wie Moos an einem Felsblock, waren hier zu finden.

So wie die Kirche das Herz des Klosters war, so stellte der Marktplatz das Zentrum der äußeren Gemeinde dar. Bei einer Seitenlänge von hundert Ruten war der Platz an Markttagen voller Menschen und Verkaufsbuden, und zu Festtagen und besonderen Anlässen wurden es sogar noch mehr. Die wohlhabenden Kaufleute und Grundbesitzer, die in Glendalough wohnten, residierten in Gebäuden gleich am Rand des Platzes. Die Bedeutsamsten darunter grenzten unmittelbar an die Außenmauer des Klosters, wodurch sie näher an der Kirche und an der Zuflucht lagen, die darin zu finden war.

In einem dieser Häuser, dem vornehmsten von allen, dem größten in ganz Glendalough, hielt Louis de Roumois sich auf. Es war aus lehmbeworfenem Flechtwerk errichtet, genau wie die erbärmlichen Hütten der Handwerker, allerdings war es solide gebaut und mit einem hohen, steil ansteigenden Strohdach versehen. Es hatte eine Küche mit steinerner Herdstelle vorzuweisen, die durch eine Wand von der Halle getrennt war, sowie Schlafgemächer auf einer Galerie im Obergeschoss, welche die halbe Länge des Gebäudes einnahm. Es gab zwei kleine Fenster, hoch oben, die mit Glasscheiben versehen waren. Die Haustür führte auf den Marktplatz hinaus. Durch eine zweite Tür an der Rückseite gelangte man in eine Gasse, die unmittelbar entlang der Klostermauer verlief und einen guten Ausblick auf die Kirche dahinter gewährte.

Louis war ein junger Mann von zweiundzwanzig Jahren, und im Gegensatz zu den meisten Bewohnern von Glendalough fand er das Haus nicht besonders beeindruckend.

Ein schönes Heim, dachte er, *wenn es die Hütte eines Schäfers wäre, oder eines einfachen Bauern.* Tatsächlich jedoch war es das beste Haus, das in der ganzen erbärmlichen Stadt zu finden war, und das kam Louis lächerlich vor. Trotzdem kam er immer wieder hierher, und dafür gab es einen sehr guten Grund.

Die Straßen von Glendalough waren an diesem Morgen belebt und übervoll, und der Andrang nahm mit jedem verstreichenden Augenblick zu, obwohl der Regen ohne Unterlass fiel, als hätte Gott ihn als Plage an diesen Ort geschickt. Provisorische Verkaufsstände wurden ringsum am Rand des Platzes aufgebaut und liefen in Reihen zum Zentrum weiter. Auf den freien Flächen entstanden Bühnen. Viehherden aus dem Umland wurden in behelfsmäßige Pferche getrieben; Händler aus ganz Südirland trafen mit eigenen Wagen oder Bündeln auf dem Rücken ein. Sie suchten eine der wenigen Schenken mit Gästebetten auf, kehrten auf ein Ale ein oder errichteten sich eigene Unterkünfte auf den Feldern. Ein Gefühl der Vorfreude hing wie eine Sommerwolke über der Stadt.

Das Kloster von Glendalough und die gleichnamige Stadt waren nichts verglichen mit den großen Longphorts der Nordmänner in Dubh-Linn und Wexford oder anderswo. Doch auf einer Insel voller Bauern und Grundbesitzer und unbedeutender Königreiche, die wahllos übers Land verstreut lagen, war Glendalough ein bedeutendes Handelszentrum. Als solches veranstaltete der Ort Feste und Markttage während all der Monate, in denen es den Menschen überhaupt möglich war, ihre Häuser und Höfe und Raths zu verlassen und hier zusammenzukommen.

Von all diesen Anlässen war keiner so wichtig, so beliebt oder so einträglich wie der, auf den sich die Stadt jetzt vorbereitete: das jährliche *Oénach*, der Jahrmarkt von Glendalough.

Es war *das* Ereignis des Frühlings, die erste echte Möglichkeit, bei der die Leute den elenden Winter hinter sich lassen konnten und wieder mehr im Sinn hatten als das bloße Überleben. Es blieben immer noch drei Wochen Zeit bis zum Beginn des Jahrmarkts, aber die Vorbereitungen waren im vollen Gange.

Tatsächlich warteten die Menschen bereits seit Monaten darauf, und das galt nicht nur für die einheimischen Handwerker. Kaufleute von so fernen Orten wie dem Frankenreich und Friesland schickten ihre Waren zum Jahrmarkt von Glendalough. Zu dieser Zeit fanden Pilger ganz anderer Art – Schauspieler und Jongleure, Dompteure mit ihren Tieren genauso wie Beutelschneider und Huren – ihren Weg in die Klosterstadt, wo sie auf ihren Anteil an dem Silber hofften, das während des eine Woche dauernden Fests durch die Straßen floss.

Die Vorbereitungen waren im vollen Gange, doch Louis hörte kaum etwas von dem Hämmern und Hacken, den Rufen der Arbeiter, dem Ächzen der Wagen und dem Muhen der Ochsen. Das Prasseln des Regens und das Stöhnen der jungen Irin, die sich derzeit unter ihm wand, löschten jedes andere Geräusch aus.

Ihr Name war Failend, und Louis schätzte, dass sie um die zwanzig sein musste, gewiss nicht viel älter. Sie war so schön wie nur irgendeine Frau, bei der er je gelegen hatte, und das waren viele gewesen. Ihre Haut war weiß und weich wie Butter, ihr langes schwarzes Haar lag in diesem Augenblick in wilder Fülle über das Fell unter ihr ausgebreitet.

Louis bewegte sich schneller, und Failend grub ihre Fersen in seinen Rücken, während sie seine Schultern mit den Nägeln bearbeitete, eine Gewohnheit, die ihn anfangs erregt hatte, die er aber inzwischen nur noch schmerzhaft fand. Sie keuchte und schrie etwas, das Louis nicht verstand. Er war seit nicht mal einem Jahr in Irland, und bei seiner Ankunft hatte er nur Fränkisch gesprochen. Mittlerweile beherrschte er die Landessprache halbwegs, doch Failends Worte, durch die zusammengebissenen Zähne gezischt, während sie sich unter ihm aufbäumte und verdrehte, die verstand er immer noch nicht.

Er glaubte aber auch nicht, dass sie besonders wichtig waren. Seiner beträchtlichen Erfahrung nach sagten Frauen unter diesen Umständen alle so ziemlich dasselbe, egal in welcher Sprache. Er bewegte sich noch schneller, und Failend schloss die Arme um ihn, zog ihn zu sich hinab und presste ihren Leib heftig gegen den seinen. Sie keuchten jetzt beide, während sie sich auf diesen letzten Moment zubewegten und einander dann gegenseitig über die Kante stießen.

Einen langen Augenblick lagen sie einfach nur da, tief in die dicken Felle gesunken, die über der erhöhten Sitzfläche im vorderen Raum ausgebreitet waren. Als er an diesem Morgen bei ihrem Haus angekommen war, leise an die Tür geklopft und sich auf dem Platz umgeschaut hatte, um sicherzugehen, dass niemand in seine Richtung schaute, da war er davon ausgegangen, dass sie es oben in der Schlafkammer miteinander treiben würden, wie die letzten Male. Doch so weit waren sie diesmal gar nicht gekommen.

Failend hatte die Tür geöffnet, ihn aus dem Regen ins Haus gezogen und in ihre Arme geschlossen. Sie drückte die Lippen gegen die seinen, und er hatte ihren dünnen Leib umklammert. Bald schon rissen sie sich gegenseitig die Kleidung herunter, gruben ihre Finger in die Haare des anderen und pressten die Münder aufeinander. Sie betteten sich auf den Stapel Felle neben der Feuerstelle und gaben sich einander hin. Sie hatten es nicht mal zehn Fuß von der Tür weg geschafft.

Louis' Atem wurde langsam wieder ruhiger, und er fragte sich, wo die Diener sein mochten, die für gewöhnlich hier beschäftigt waren. *Sie muss sie weggeschickt haben,* ging es ihm durch den Kopf. Das Mädchen dachte voraus. Das gefiel ihm.

Dann hörte er eine Stimme hinter sich, ruhig, beherrscht und kalt. »Na, sind wir jetzt fertig?«

Failend schnappte nach Luft, und Louis rollte sich herum. Das warme, behagliche Gefühl war schlagartig verschwunden. Colman mac Breandan stand in der Küchentür. Er war anscheinend durch die Tür an der Rückseite hereingekommen. Er war der Eigentümer des Hauses, wahrscheinlich der reichste Mann in Glendalough und vor allem aufgrund dieser Tatsache auch Failends Ehemann.

Colman war alles andere als gutaussehend. Er war doppelt so alt wie seine Frau, von mittelmäßiger Größe und stämmiger Statur. Sein Haar war schütter und mausbraun, wo es nicht bereits grau wurde. Seine feine Kleidung konnte die allgemeine Plumpheit seiner Erscheinung nicht überspielen. Aber Louis interessierte sich weniger für Colmans Aussehen als vielmehr für das lange, gerade Schwert in dessen Hand. Allerdings war Louis auch nicht so gebannt von dieser Waffe, dass er sich nicht gefragt hätte, wie lange Colman wohl schon dort stand und sie beobachtete.

Vielleicht gefällt es ihm ja, dachte Louis. *Vielleicht hab ich ihm einen Gefallen erwiesen.*

Aber Gefallen oder nicht, Colman wirkte nicht sonderlich

dankbar. Er trat einen Schritt auf sie zu, und Failend keuchte wiederum. Louis' Augen flogen hin und her und hielten nach der eigenen Waffe Ausschau.

Dann erinnerte er sich daran, dass er gar keine hatte.

»Du hast kein Schwert«, merkte Colman im selben Augenblick an, in dem auch Louis diese Tatsache bewusst wurde. Colman trat einen weiteren Schritt vor. Louis setzte sich ganz auf.

»Erinnerst du dich auch, *warum* du kein Schwert hast?«, fragte Colman.

Louis erinnerte sich, aber er schwieg.

»Es liegt daran, dass du ein Mann Gottes bist«, sagte Colman. »Hast du das etwa vergessen?«

4. Kapitel

Manch süße Maid, wenn man sie kennt,
findet man dem Manne launenhaft.
HÁVAMÁL

Louis rollte sich herum und kam auf die Füße. Halb geduckt und kampfbereit landete er auf dem Boden. Es war eine katzenhafte, kraftvolle Bewegung, und Louis wäre beeindruckt gewesen von seiner eigenen Eleganz, hätte er sich nicht so nackt und verwundbar gefühlt.

Er nahm wahr, wie Failend das Fell hochnahm und sich damit bedeckte, doch ihm blieb kein solcher Schutz. Es gab nichts, was er zu Colman hätte sagen können, außer um sein Leben zu betteln, und das hatte er gewiss nicht vor. Also sprach er kein Wort. Stattdessen wich er zurück und hielt nach links und rechts Ausschau auf der Suche nach etwas, das er als Waffe verwenden konnte.

Und dann blieb Colman stehen und senkte das Schwert. »Du kannst aufhören, wegzulaufen, du feiges Stück Scheiße«, sagte er. »Ich habe nicht vor, dich zu töten, nur weil du es mit dieser Schlampe von Ehefrau getrieben hast. Wenn ich damit anfinge, hätte ich inzwischen schon halb Leinster erschlagen müssen. Also verschwinde einfach.«

Louis schwieg weiterhin. Er trat einen Schritt zur Seite, ohne den Blick vom Herrn des Hauses abzuwenden. Dann streckte er den Arm nach seiner Kleidung aus, die aus nicht mehr als einer Mönchskutte und einem Strick als Gürtel bestand. Colman hob wieder sein Schwert, und Louis wich zurück.

»Das bleibt hier«, befahl er. »Ich werde es als Trophäe behalten. Vielleicht kann mein Weib es ja auch tragen, wenn ich sie ins Kloster schicke. Hau ab!«

Louis trat wieder zurück und hielt auf die Haustür zu. Er wollte dem Mann mit dem Schwert nicht den Rücken zuwenden, selbst wenn der ihm sicheren Abzug versprach. Er stellte sich vor, wie er nackt auf den regendurchweichten Platz hinaustrat. Bei seiner Ankunft war dort alles voller Menschen gewesen. Er fragte sich, wie er unbemerkt zu seiner Zelle zurückkommen sollte oder wie er dem Abt den Verlust seiner einzigen Kutte erklären würde.

»Halt!« Colman trat zur Seite und wies mit der Klinge ins Haus hinein. »Durch die Hintertür, du fränkischer Scheißhaufen.«

Dieser Forderung kam Louis nur allzu gern nach. Vorsichtig ging er in die Richtung, die ihm das Schwert wies, und schlug einen weiten Bogen um Colman und die scharfe Waffe. Er konnte es kaum glauben, dass der Mann ihm sogar die Demütigung ersparte, nackt aus dem Haus geworfen zu werden. Dann verstand er. Colman verhinderte damit in Wahrheit die eigene Schande, öffentlich als Hahnrei bloßgestellt zu werden.

Louis bewegte sich um Colman herum, der zurücktrat und den Weg freigab. Dann war er in der dunklen Küche. Die Hintertür stand immer noch einen Spalt offen, das trübe Licht des verhangenen Himmels umrahmte die Eichenbretter. Louis stieß sie ganz auf und trat in den Regen hinaus. Seine bloßen Füße sanken einen halben Zoll in den Schlamm ein; jedenfalls hoffte er, dass es nur Schlamm war. Es war kalt, aber das hielt zumindest die Fliegen und den üblen Gestank der Abfälle im Zaum, die in der engen Gasse aufgehäuft lagen.

In dem Augenblick, da er das Haus verließ, war er bereits durchnässt. Das schulterlange Haar klebte ihm an Hals und Stirn, der Regen strömte über seine bloße Haut. Er zitterte und schlang die Arme um den Leib. Über die niedrige Außenmauer des Klosters, die Louis gerade bis zur Brust reichte, konnte er die Kirche aufragen sehen wie eine der Felsnadeln an der Küste. Gleich dahinter war die Ecke des kleinen, hässlichen Gebäudes auszumachen, in dem seine Zelle lag; eine winzige Kammer mit strohgefüllter Matratze, einem einzelnen Stuhl und einem Schreibtisch, an dem er sorgfältige Abschriften der Heiligen Schrift und anderer alter Texte anfertigen sollte. Haus und Zelle lagen gerade einmal fünfhundert Fuß entfernt, aber bei all dem offenen Gelände dazwischen hätten es auch fünfhundert Meilen sein können.

Von seinem Platz hinter der Mauer konnte er Männer in schwarzen Kutten kreuz und quer über den Kirchhof oder unter dem Dach des Kreuzgangs laufen sehen. Schlimmer noch – es waren auch Schwestern aus dem nahe gelegenen Konvent unter den Umhereilenden. Er hatte keine Ahnung, wie er je seine Zelle und die damit verbundene, wenn auch trügerische, Privatsphäre erreichen sollte. Ihm entging die Ironie der Situation nicht, die darin lag, dass er gerade die Klostermauer nutzte, um seine Nacktheit und Sünde zu verdecken.

Unwillkürlich duckte er sich tiefer und blickte umher, aber außer ihm hielt sich niemand in dieser Gasse zwischen den reichen Häusern und der Mauer auf.

Ein Windstoß traf ihn. Er zitterte wieder, und seine Zähne schlugen aufeinander. Er schlang die Arme fester um sich, und zu dem Elend, das mit der Nässe und der Kälte kam, gesellten sich auch noch tiefes Selbstmitleid und Verzweiflung.

Wie, bei Gottes Gnade, bin ich nur in diese Lage geraten?, fragte er sich.

Failend blickte zu ihrem Gatten auf, der sich wiederum in der Küche umsah, um sicherzustellen, dass der fränkische Novize Louis de Roumois tatsächlich das Haus verlassen hatte. Nachdem er anscheinend hinreichend überzeugt davon war, schob Colman sein Schwert in die Scheide zurück.

Colman war ein Herr von gutem Ansehen und hatte das Kommando über die Verteidigung von Glendalough. Doch dies war mehr als alles andere ein Ehrentitel, der ihm vom örtlichen *Rí Túaithe*, dem Colman Gefolgschaft leistete, verliehen worden war, und diente ihm hauptsächlich dazu, indirekt Geld von den ihm unterstellten Bewohnern Glendaloughs in seine Taschen umzuleiten. Colman mochte einst ein Krieger gewesen sein, aber diese Tage waren lange vorbei. Seine körperliche Verfassung hatte sehr gelitten unter dem luxuriösen Leben, wie es sich nur ein Mann mit seinen Mitteln leisten konnte.

Unwillkürlich dachte Failend an die Unterschiede zwischen ihrem Mann und dem schlanken, muskulösen Louis de Roumois. Wäre Louis bewaffnet gewesen und hätten beide die Klingen gekreuzt, so hätte der junge Franke ihren fetten Gemahl vermutlich getötet, auch wenn Failend sich da nicht völlig sicher war.

Und sie würde es wohl auch nie herausfinden. Colman hatte Louis gehen lassen. Das hieß wohl, dass sie den Ärger nicht wert war, den eine Anklage wegen Totschlags nach sich ziehen würde. Oder das Wergeld, das dafür vielleicht zu zahlen wäre.

Sie fragte sich, ob Louis de Roumois wohl bereit gewesen wäre, Colman zu töten, wenn er die Gelegenheit dazu gehabt hätte. Ob er sein Leben oder seine Freiheit für ihre Ehre riskieren würde.

Vielleicht, wenn Colman gekommen wäre, bevor er mit mir

fertig war, dachte sie. *Aber wahrscheinlich nicht mehr danach.* Failend war keine Frau, die sich in romantischen Schwärmereien erging.

Colman fuhr herum, während er sein Schwert wegsteckte. Ihre Blicke kreuzten sich, und eine Vielzahl unschöner Gefühle stieg dabei in ihr auf: Ekel, Verachtung, Hass, Wut. Bedauern war nicht darunter, so wenig wie Kummer oder Demut.

»Denk nicht, dass mir entgangen wäre, wie lange das schon so geht«, stellte Colman fest. Seine Stimme blieb bedrohlich ruhig. »Glaub bloß nicht, ich wüsste nicht, wie oft du mit dem kleinen Bastard herumgehurt hast.«

Failend funkelte ihn herausfordernd an. »Wenn du ein richtiger Mann wärest, müsste ich vielleicht nicht anderswo nach Befriedigung suchen«, fauchte sie, obwohl ihr gleich klar wurde, dass sie ihn damit nicht verletzen konnte. Colman war zu reich, zu mächtig und zu alt, um sich Kritik an seinen groben Bemühungen im Bett besonders zu Herzen zu nehmen.

Sie war Jungfrau gewesen, natürlich, als sie vor vier Jahren geheiratet hatten. Ihr Vater war kein armer Mann. Er war einer der wohlhabenderen Kaufleute in Glendalough, einer der *Aire Déso*, ein Herr der Pächter und bedeutsamer Mann, wenn auch nicht annähernd von Colmans Rang. Für ihn war die Ehe seiner Tochter mit Colman mac Breandan eine Möglichkeit gewesen, die Stellung seiner Familie erheblich zu verbessern; nicht nur in der Klosterstadt, sondern in der ganzen Region und darüber hinaus.

Colman besaß hunderte Stück Vieh und erhielt jedes Jahr einhundertfünfzig weitere von seinen Gefolgsleuten. Ihm gehörten Schmieden und Brauereien sowie ein halbes Dutzend Schiffe, die seine Waren nach England und in noch weiter entfernte Länder transportierten. Er leistete großzügige Stiftungen an die Kirche, war mächtig und angesehen. Das machte ihn zum idealen Ehemann, ungeachtet seines Alters, seiner Erscheinung und gelegentlicher Unaufrichtigkeit.

Failend war jung gewesen und wusste nichts von der Welt, und sie hatte keine Einwände gehabt gegen diese Ehe. Jeden Widerwillen, den sie vielleicht bei dem Gedanken verspürt hatte, Colman beizuliegen, tat sie als natürliche Furcht davor ab, ihre Jungfräulichkeit zu verlieren. Ihre Hochzeitsnacht war so schmerzhaft und unangenehm gewesen, wie sie es sich vorgestellt hatte, aber sie hatte sich gesagt, dass es im Laufe der Zeit besser werden würde. Und das wurde es, wenn auch nicht viel.

Das erste Jahr verging, und Failend, nachdem sie so zum Erwachsenwerden gezwungen worden war, fühlte sich zunehmend unruhig und neugierig auf die Welt jenseits der Stadt. Durch klug dosierte Streitereien und das Verweigern von Gefälligkeiten überzeugte sie ihren Mann schließlich, sie auf eine Rundreise zu seinen Besitztümern mitzunehmen. Wochenlang bereisten sie das Umland. Failend genoss fast jeden Augenblick davon, doch es stillte ihre Unruhe nicht. Ganz im Gegenteil. Ihre Neugier wuchs, und mit ihr eine Sehnsucht nach etwas, das sie nicht klar benennen konnte.

Weitere Jahre vergingen, und Failend kam zu dem Schluss, dass möglicherweise ein Liebhaber das war, was ihr fehlte; einer mit mehr Geduld und Geschick, mit weniger Haaren am Körper und mehr auf dem Kopf als bei ihrem Mann. Also gewann sie schließlich einen, dann einen anderen. Und dann Louis de Roumois, den besten von ihnen. Und der stellte sie zufrieden. Ein wenig, jedenfalls. Aber sie wusste, dass die körperliche Lust nicht alles war, was sie suchte.

Die Erregung, die sie bei diesem hässlichen Zwischenfall empfunden hatte – ihr Mann und Louis, dazu die geschwungene Waffe –, das kam der Sache schon näher. Es erinnerte sie an den Augenblick der Reise, als sie und Colman auf dem Weg durch das Umland von Räubern überfallen worden waren. Es war nichts Großartiges gewesen. Im Leben eines echten Kriegers, so vermutete sie, war dieser Zwischenfall kaum eine Erwähnung wert. Für sie jedoch, die an solche Dinge nicht gewöhnt war, kam es einer Schlacht gleich.

Sie hatten die Nacht in einem Gasthaus an einer Kreuzung verbracht, jene Art von Kaschemme, wo Rauch und Schatten stets willkommen waren, weil sie verbargen, was sonst noch in den dunklen Ecken lauerte. Im Morgengrauen waren sie auf dem Rücken ihrer Pferde wieder aufgebrochen. Colman reiste nie mit weniger als einem Dutzend Männern als Leibwache, aber an diesem Tag waren fünf von ihnen aus irgendeinem Grund aufgehalten worden – Failend erinnerte sich nicht mehr genau an den Grund. Vermutlich waren sie ausgesandt worden, um eine überfällige Pacht einzufordern. Ohne diese Männer bestand ihre Reisegesellschaft jedenfalls nur noch aus acht Reitern, die allein auf der Straße unterwegs waren, und eine von ihnen war eindeutig eine Frau. Die geringe Zahl hatte den Räubern wohl den Mut verliehen, ihnen aufzulauern.

Sie kamen aus einem Wäldchen heraus, das ein Stück abseits der Straße lag. Mit Keulen und Äxten stürmten sie heran, und einer der Räuber hielt ein Schwert in die Höhe. Es mussten zehn gewesen sein, nahm Failend an, auch wenn sie damals viel zu erschrocken gewesen war, um zu zählen. Die Wachen zogen ihre Waffen, und Colman zückte sein Schwert. Failend zügelte ihr Pferd, und bevor einer von ihnen mehr tun konnte, waren die Angreifer über sie gekommen.

Der Hauptmann von Colmans Wachen gab seinem Tier die Sporen und griff an. Er schlug mit dem Schwert zu, wurde aber aus dem Sattel gezerrt. Er ging mit einem Schrei zu Boden und drosch ziellos mit der Klinge um sich, während die Räuber ihn mit ihren kruden Waffen erledigten. Failend hörte die Übelkeit erregenden Laute brechender Knochen, und dann verstummte der Mann, und die übrigen Männer Colmans trieben ihre Pferde an und stürzten sich auf den dichtgedrängten Haufen der Gesetzlosen. Noch ein Mann wurde aus dem Sattel gezogen, und der Räuber mit dem Schwert tötete ihn, sobald er auf den Boden prallte.

Es war Wahnsinn. Schreiende Männer und verängstigte Pferde, Stahl traf auf Holz und Fleisch und Kettenrüstung, Tiere und bewaffnete Menschen in einem wilden Getümmel. Colman stürzte sich mit erhobenem Schwert in den Kampf. Failend freute sich, das zu sehen, weil sie bislang nur Geschichten über seine Tapferkeit und seine Fähigkeiten im Kampf gehört hatte, und auch das nur von Colman selbst. Jetzt brüllte er wie ein richtiger Krieger, hieb mit der Klinge nach links und nach rechts und riss an den Zügeln seines Pferdes. Failend sah, wie sein Schwert auf dem Kopf eines Räubers landete, wie ein langer Streifen Blut hervorspritzte und wie die Augen des Mannes sich weiteten, als der Tod ihn ereilte, bevor er fiel.

Der Kampf dauerte nicht lang. Wenn Failend später darüber nachdachte, kam sie zu dem Schluss, dass es nicht mehr als fünf Minuten gewesen sein konnten, wenn überhaupt. Der Rest von Colmans Wachen schloss bereits zu ihnen auf, und sobald sie den Lärm hörten, kamen sie im Galopp herbeigestürmt. Die Räuber, die noch laufen konnten, flohen bei ihrem Anblick. Diejenigen, die nicht mehr zu fliehen vermochten und dann nicht den Anstand besaßen, gleich im Kampf zu sterben, wurden an Ort und Stelle erschlagen. Ein paar kleine Stücke Silber und alles, was sie sonst von Wert besaßen, wurde unter Colmans Männern aufgeteilt.

Zwei von Colmans Wachen waren gestorben. Ihre Körper wurden in Decken gewickelt und auf ihre Pferde gebunden, damit sie bei der nächsten Dorfkirche ein anständiges christliches Begräbnis erhalten konnten. Die Leichen der Räuber blieben den Raben und Krähen überlassen, die schon vorsichtig von dem noch warmen Fleisch kosteten, als Colman, Failend und ihre Begleiter wieder aufbrachen.

Es war keine große Schlacht gewesen, nur ein kleines Scharmützel zwischen einer Bande Straßenräuber und Kriegern, die ihren wohlhabenden Herrn beschützten; ein ganz alltäglicher Zusammenstoß, wie er sich auf den Straßen Irlands in jeder Woche dutzendfach ereignete. Doch in dem Jahr, das seitdem vergangen war, hatte es nicht einen Tag gegeben, an dem Failend nicht alles wieder vor sich gesehen hatte. Sie wusste, dass die Erinnerung sie mit Entsetzen und Abscheu hätte erfüllen sollen, aber dem war nicht so. Sie wusste, sie hätte ihrem Beichtvater von dem perversen Vergnügen erzählen müssen, das sie immer wieder empfand, wenn sie sich das Ereignis ins Gedächtnis rief. Doch wann immer sich die Gelegenheit geboten hätte, vergaß sie, es zu beichten.

Colman trat auf sie zu. »Steh auf«, sagte er. Failend zog das Fell weiter über sich und funkelte ihn an. »Ich sagte, steh auf«, wiederholte Colman mit drohender Stimme.

Es war sinnlos, sich zu widersetzen. Failend wusste das. Sie war fünf Fuß zwei Zoll groß und wog keine hundert Pfund. Colman mochte alt und dick sein, aber er war nicht schwach.

Sie warf das Fell beiseite, kam auf die Füße und stellte sich ihm gegenüber. Failend versuchte in keiner Weise, ihre Nacktheit zu verdecken. Sie konnte ihn nicht daran hindern, zu tun, was er tun wollte. Sie konnte ihn nur ihre Verachtung und ihren Trotz spüren lassen und keine Furcht zeigen. Also stand sie da, hielt seinem Blick stand und zuckte nicht einmal, als er die Faust hob und sie in weitem Bogen auf ihren Kopf zusausen ließ.

Der Schlag krachte in ihre Schläfe. Failend fiel zur Seite und landete ausgestreckt auf dem mit Binsen bedeckten Boden, nur wenige Zoll vom Herdfeuer entfernt. Aber sie selbst wusste nichts mehr von dem Sturz, als sie vierzig Minuten später wieder zu Bewusstsein kam.

5. Kapitel

Grüße dem Hausherrn! Ein Gast ist gekommen.
Wo soll er sitzen?
Aufmerksam muss er sein, setzt ihn ans Feuer,
dort soll er seinen Witz beweisen.

HÁVAMÁL

Die Reiter waren noch eine halbe Meile entfernt, dunkle, sich bewegende Umrisse vor dem mattgrünen Frühlingsgras. Vielleicht ein Dutzend, aber keinesfalls mehr. Aus diesem Abstand und im strömenden Regen wäre es schwer gewesen, sie überhaupt als Reiter zu erkennen, wenn Thorgrim nicht an den Anblick von Männern auf Pferden in einiger Entfernung gewohnt gewesen wäre.

»Sie haben die Richtung nicht geändert?«, fragte Thorgrim Sutare Thorvaldsson, der den Befehl über die Wachen auf dem Wall hatte.

»Nein, Herr«, sagte Sutare. »Nicht, seitdem wir sie bemerkt haben. Sie halten geradewegs auf den Longphort zu.«

Thorgrim nahm die Worte mit einem Knurren zur Kenntnis. Es mussten Iren sein. Nordmänner wären, wenn sie überhaupt den Landweg genommen hätten, nicht in so geringer Zahl unterwegs. Tatsächlich war Thorgrim ziemlich sicher, dass er wusste, wer da auf sie zukam. Aber seine Vermutung konnte sich natürlich als falsch erweisen, und darum behielt er sie für sich. Es war nie gut für das Ansehen eines Anführers, wenn er sich irrte, selbst bei Kleinigkeiten.

Er wandte sich Sutare zu. »Ich warte nicht hier in diesem verfluchten Regen. Gib mir Bescheid, wenn sie am Tor sind. Wenn sie angreifen sollten, wirst du hoffentlich damit fertig.«

Sutare grinste. »Ich rufe nach Hilfe, wenn sie uns zu überrennen drohen.«

Thorgrim stieg vom Wall herab und schritt über den Bohlenweg zu seiner Halle. Er spürte die Nachwirkungen des Kampfes in den Armen. Er hatte mehrere Prellungen davongetragen und eine Schnittwunde in der Seite, die noch nicht versorgt worden war. Anscheinend sah bislang niemand mehr in der Schlägerei als den Ausbruch grundloser Gewalt, zu dem gelangweilte, halb betrunkene und gereizte Männer, die ihr ganzes Leben der Gewalttätigkeit verschrieben hatten, nun einmal neigten. Thorgrim jedoch konnte den Augenblick nicht vergessen, als Kjartan seinen kühnen Vorstoß gewagt hatte: mit Schwert und Beil in den Händen, die Kettenrüstung blass schimmernd im Regen und umgeben von seinen führenden Gefolgsleuten.

Das Herdfeuer in der Halle brannte hoch, und er fühlte sich gleich behaglicher, sobald er durch die schwere Eichentür trat. Er hob die Hand, um den Mantel zu lösen, der ihm ohnehin kaum Schutz geboten hatte, doch im selben Augenblick war schon sein Sklave zur Stelle, ein junger Ire namens Segan. Segan war im letzten Jahr beim irischen Angriff auf Vík-ló verwundet zurückgelassen worden. Er war nicht gerade der schlaueste Bursche, und so hatte er es bis jetzt auch nicht zuwege gebracht, zu entkommen, obwohl eine Flucht sich recht einfach bewerkstelligen ließ. Doch als Diener leistete er akzeptable Arbeit.

Segan ergriff Thorgrims Mantel und räumte ihn fort, dann nahm er Schwert und Gürtel entgegen, die Thorgrim ihm reichte. Thorgrim wies Segan nicht eigens an, *Eisenzahn* für ihn abzutrocknen und zu ölen – Segan kannte sich inzwischen gut genug aus, um das ungefragt zu tun. Mittlerweile hatte der junge Mann eine Menge Erfahrung im Umgang mit regendurchweichter Ausrüstung gesammelt. Er sah Thorgrim an und wies auf eine trockene Tunika und Beinlinge, die auf einer Bank beim Feuer bereitlagen.

Sie beherrschten keine gemeinsame Sprache, um sich zu verständigen. Das hatte die Lage anfangs etwas erschwert, und manches Mal hatte Harald Thorgrims Anweisungen übersetzen müssen. Inzwischen war das nur noch selten erforderlich, denn Segan wusste meist im Voraus, was Thorgrim von ihm erwartete, und kannte dessen Gewohnheiten. Der Wikinger wiederum behandelte Segan anständig. Er schlug ihn nicht und ließ ihn auch nie hungern, wie manch anderer es mit seinen Sklaven tat. Außerdem gestattete er es ihm, auf einem Strohlager in einer Ecke der Halle zu schlafen.

Mit Segans Hilfe zog Thorgrim die nasse Kleidung aus, die so durchweicht war, als wäre er damit ins Meer gesprungen. Segan schnappte erschrocken nach Luft, als er die blutige Wunde in der Seite seines Herrn sah. Thorgrim fand die Reaktion übertrieben dramatisch.

»Agnarr«, rief Thorgrim. »Würdest du das bitte verbinden?« Er wies auf die Verletzung. »Ich möchte das fertig haben, bevor unsere irischen Freunde eintreffen.«

Agnarr stand auf, warf einen flüchtigen Blick auf die Wunde und suchte dann ein paar Bandagen zusammen, die er um Thorgrims Rumpf wickelte. Er ging dabei schnell und geschickt zu Werke, und Thorgrim war dankbar dafür. Falls die Neuankömmlinge jene Männer waren, die er erwartete, dann wollte er nicht, dass sie wussten, wie nahe die Nordmänner davor standen, sich gegenseitig umzubringen.

Nachdem die Wunde versorgt war, trocknete Thorgrim sich

ab und zog die neue Kleidung an, die sich warm und behaglich anfühlte. Es war ein völlig ungewohnter Luxus, Kleidung zum Wechseln zu haben, ein Luxus, den Thorgrim nicht mehr gekannt hatte, seit er seinen Bauernhof in Ost-Agder verließ. Die neuen Kleidungsstücke hatten Fasti Magnisson gehört, einem der früheren Anführer von Vík-ló, der vor Thorgrims Ankunft von den Iren getötet worden war. Es war Fastis Halle, die Bersi jetzt bewohnte, aber Thorgrim hatte Anspruch auf die Kleidung erhoben, die ihm bemerkenswert gut passte.

Ein großer Teil seiner Leibwache war wieder zurück und hockte an denselben Stellen, wo sie schon vor dem Durcheinander am Fluss gesessen hatten. Die Fenster waren zum Schutz vor dem Sturm mit Läden verschlossen, und das einzige Licht in der Halle rührte vom großen Herdfeuer her, das im Umkreis von einem Dutzend Fuß für gleißende Beleuchtung sorgte, während zu den Rändern der weitläufigen Halle hin die Dunkelheit zunahm, bis in den Ecken alles in tiefen Schatten versank. Regen und Windböen hämmerten auf das Gebäude ein und bliesen den Qualm durch die Abzugslöcher im Dach zurück in den Raum, wo er über den Köpfen der Männer herumwirbelte.

Während Thorgrim die Kleidung wechselte, stand Harald ein paar Fuß entfernt und wartete auf eine Gelegenheit, sich nützlich zu machen. »Hast du die Reiter gesehen, Vater?«, fragte er und nahm Segan die nasse Kleidung ab. »Sind es viele?«

»Höchstens ein Dutzend. Wenn ich nicht völlig danebenliege, ist es Kevin … mic …«

»Kevin mac Lugaed«, ergänzte Harald. Thorgrim tat sich schwer mit den irischen Namen, aber Harald kam so mühelos damit zurecht wie ein Einheimischer, jedenfalls soweit Thorgrim das beurteilen konnte. Was natürlich gar nicht der Fall war.

»Ja, Kevin mac Lugaed«, wiederholte Thorgrim und holperte wieder bei der Aussprache. »Er und seine Wache.«

Thorgrim machte sich keine Sorgen, dass Harald ihn bei einem Irrtum ertappte. Sie waren Vater und Sohn, und nach mehr als zwei Jahren gemeinsamen Reisens und Plünderns gab es nichts, was Harald nicht über ihn wusste; im Guten wie im Schlechten, all seine Stärken und Schwächen. Trotzdem schien Harald ihn mitunter für eine Figur aus den alten Göttersagen zu halten, für einen Bewohner von Asgard. Thorgrim beließ es dabei, und er konnte sicher sein, dass ein gelegentlicher Irrtum auf seiner Seite die Einschätzung seines Sohnes nicht erschüttern würde. Wäre das der Fall gewesen, hätten die Erfahrungen der gemeinsamen Zeit auf dieser Insel sie längst erschüttert.

Starri blickte von seinem Platz am Boden auf, wo er halb im Schatten verborgen an der Wand saß. »Dieser Ire, meinst du?«, fragte er. »Der, der schon mal hier war?« Starri versuchte nicht einmal, den Namen auszusprechen.

»Ich glaube, ja«, antwortete Thorgrim. »Er reitet unter diesem Banner, das grüne mit dem Raben. Und mir kam es aus der Ferne so vor, als hielte einer der Reiter so ein Banner hoch erhoben, auch wenn es natürlich zu weit weg war, um das Zeichen darauf zu erkennen.«

»Ich frage mich, was er jetzt wieder will«, bemerkte Starri.

»Ich bin mir nicht sicher«, erwiderte Thorgrim. »Aber was auch immer es ist, ich wette, es wird interessant.«

»Hm«, sagte Starri. »Wir sitzen seit vier Monaten auf unseren Ärschen herum, und dann passiert alles Interessante an einem einzigen Tag.«

Alles Interessante, dachte Thorgrim. Es fragte sich, ob die drei Männer, die Starri bewusstlos geschlagen hatte, den Tag auch so interessant fanden. Zumindest hatte Harald verhindern können, dass Starri in seiner Berserkerwut jemanden tötete.

Trotzdem war Thorgrim gespannt auf Kevin mac Lugaeds Ankunft und auf das, was sie bringen mochte. Vielleicht ja genau die Ablenkung, die die Männer von Vík-ló so dringend benötigten.

Die Tür ging auf, und Sutare Thorvaldsson trat ein. Mit einiger Anstrengung zog er die Tür hinter sich zu. Wasser triefte aus seiner Tunika und tropfte von seiner Schwertscheide. »Herr, die Iren stehen vor dem Tor. Es ist dieser Bursche, der schon öfter hier war. Kevin …«

»Ja, lass sie herein. Bring ihn und die Hälfte seiner Männer hierher. Die andere Hälfte schickst du zu Bersis Halle. Die sollen *sein* Ale trinken.«

»Ja, Herr.« Sutare öffnete die Tür, und ein Windstoß trieb den Regen mit solcher Gewalt herein, dass Thorgrim an seinem Platz beim Feuer die Tropfen auf dem Gesicht fühlte. Sutare zog den Kopf ein, ging nach draußen und schloss die Tür hinter sich.

»Godi.« Thorgrim wandte sich dem hünenhaften Mann zu, der neben der Feuerstelle stand und die Hände danach ausstreckte, als wollte er die Flammen dadurch abwehren. »Gib Bersi Bescheid, dass der Ire hier ist. Frag ihn, ob er sich mir anschließen will, damit wir mit dem Mann reden können. Mach auch Skidi Oddson ausfindig, und sag ihm dasselbe.«

»Ja, Herr.« Godi schnappte sich seinen Mantel und schwang ihn sich über die Schultern. Das verschaffte Thorgrim ein paar zusätzliche Augenblicke, um eine Entscheidung zu treffen. Von Rechts wegen sollte auch Kjartan an dieser Runde teilhaben. Er war einer der Anführer von Vík-ló und bei jeder vorherigen Beratung dabei gewesen.

Auf der anderen Seite hatte er gerade einen blutigen Kampf angezettelt mit dem eindeutigen Ziel, Thorgrim anzulocken und ihn zu töten.

Oder etwa nicht? Thorgrim hatte noch nicht die Zeit gefunden, die Ursachen für den Kampf zu ergründen, und je länger er über seinen Verdacht nachdachte, umso verrückter kam ihm dieser vor. Er wollte nicht, dass die Männer von Vík-ló weiter gespalten wurden, und er wollte nicht, dass Kevin mac Lugaed irgendeine Schwäche bei ihnen wahrnahm.

»Godi«, sagte Thorgrim, als der riesige Wikinger auf die Tür zuhielt. »Lade auch Kjartan dazu.«

»Ja, Herr«, bestätigte Godi. Er war ein guter Mann und sagte nichts zu dieser Entscheidung.

Soll Kjartan herkommen, dachte Thorgrim. *Wir werden bald genug merken, wie es um seine Treue wirklich steht.*

Godi öffnete die Tür, und erneut schlug der Regen tief in den Raum hinein. Thorgrim empfand einen Anflug von Reue, weil er den Mann, der fast schon wieder trocken geworden war, zurück in diesen Wolkenbruch schickte.

Du wirst alt, Nachtwolf, dachte er. *Alt und weich.* In seinen jüngeren Jahren hätte er keinen Gedanken an die Bequemlichkeit der Männer verschwendet. Er war sich nicht so sicher, wer der bessere Mann war: der Thorgrim damals oder der von heute.

6. Kapitel

Gallier, Aquitanier, Burgunder und Spanier,
Alemannen und Bayern, sie alle fühlten sich erhöht,
wenn sie als Diener der Franken gelten durften.
NOTKER

In Wahrheit wusste Louis de Roumois natürlich genau, wie es dazu gekommen war, dass er jetzt hier im Schlamm stand, nackt und zitternd in einer Gasse in irgendeiner Klosterstadt am alleräußersten Rand der zivilisierten Welt. Es war eine traurige Geschichte, wenngleich keine allzu außergewöhnliche. Wenn es an der Sache überhaupt etwas Tröstliches gab, dann war es der Umstand, dass dieses Schicksal nicht seine eigene Schuld war. Wenigstens nicht völlig.

Louis stammte aus der Gegend von Roumois in Franken, aus der Stadt Rouen am Ufer der Seine, vierzig Meilen entfernt von der Stelle, wo dieser breite, gewundene Fluss ins Meer mündete. Es war eine schöne Landschaft mit sanften Hügeln und fruchtbaren Feldern, wo das Wetter meist gut war und es nicht ständig regnete, als wolle Gott ein weiteres Mal seine Schöpfung ertränken.

Der fruchtbare Boden und das milde Klima sorgten für allgemeinen Wohlstand unter den Bewohnern von Roumois, jedenfalls kam es Louis stets so vor. In Wahrheit hatte er nicht viel Kontakt zu den Menschen, die das Land bestellten. Er traf für gewöhnlich nur auf sie, wenn er und seine Krieger an irgendeine erbärmliche Hütte heranritten und verlangten, dass der verängstigte Bauer, seine Frau oder die Kinder Wasser für ihre Pferde brachten. Nach Essen oder Ale fragte er gar nicht erst. Selbst wenn die Leute so etwas im Haus hatten, dann gewiss nicht in einer Qualität, die Louis de Roumois hätte kosten wollen.

Wenn der Bauer und seine Familie taten, wie ihnen geheißen wurde, und das schnell, belohnte Louis sie vielleicht mit einer Silbermünze und befahl anschließend seinen Männern, aufzusitzen. Die Krieger ritten wieder davon und ließen die Leute in Frieden, was für diese die größte Belohnung darstellte – obwohl Louis das nie in den Sinn kam.

Sein Vater war Hinkmar, der Graf von Roumois, Sohn von Eberhard, dem Grafen von Roumois. Nach dem Tod Ludwigs des Frommen stand Hinkmar zu Karl dem Kahlen, dem vierten Sohn des verstorbenen Königs, als es zwischen diesem und seinen beiden Brüdern zu einem Bürgerkrieg kam. Er unterstützte Karl während der schlimmsten Kämpfe und bei seiner Auseinandersetzung mit Aquitanien. Er blieb ihm noch treu und kämpfte weiter, als Karls Kriegern nichts geblieben war als ihre zerlumpte Kleidung, ihre Waffen und die Pferde.

Im Vertrag von Verdun erhielt Karl der Kahle die Königswürde von Westfranken, das er in Wahrheit schon in den fünf Jahren zuvor beherrscht hatte. Hinkmars Treue, die selbst in den schlimmsten Zeiten unerschütterlich geblieben war, wurde vom neuen König nicht vergessen. Hinkmar fand sich tatsächlich in einer sehr vorteilhaften Lage wieder: Er hatte erheblich an Land, Leuten und Titeln gewonnen; seine Stellung und sein Einfluss am Hofe Karls des Kahlen waren unantastbar.

Dies alles war dem jungen Louis de Roumois im Großen und Ganzen auch bekannt. Einen guten Teil seiner Kindheit über war sein Vater fort gewesen, entweder im Kampf oder verwickelt in die Ränkespiele bei Hofe. Louis verbrachte indes seine Tage mit den Dingen, die ihn interessierten. Er wurde ein geschickter Reiter und Jäger, lernte die Beize mit dem Falken, das Ringen, Fechten, Bogenschießen und Schwimmen. Davon abgesehen verstand er es, seinen Erziehern aus dem Weg zu gehen.

Obwohl er zu jung gewesen war, um am Krieg teilzuhaben, fühlte Louis sich doch zum Kampf hingezogen. Im Gegensatz zu seinem Vater interessierte er sich jedoch nicht im Geringsten für Politik, Intrige oder Staatskunst. Aber Louis musste sich um derlei Dinge auch nicht sorgen, denn er war nicht der älteste Sohn.

Sein Bruder, nach ihrem Großvater väterlicherseits Eberhard benannt, würde den Titel des Grafen erben. Die Herrschaft über Roumois war sein Problem. Louis fiel es nur zu, den großen Wohlstand der Region zu genießen. Dazu all die Vorzüge, die es mit sich brachte, dass er ins *Regnum* geboren worden war, in die herrschende Klasse, während ihm die Verantwortung, tatsächlich herrschen zu müssen, erspart blieb.

Wie jeder junge Mann seines Standes war Louis von klein auf im Umgang mit Waffen unterwiesen worden, und im Gegensatz zu vielen anderen zeigte er ein natürliches Geschick dafür. Er liebte alles, was mit dem Kriegerstand zu tun hatte. Mit fünfzehn flehte er seinen Vater an, ihm irgendeine Rolle bei der Verteidigung von Roumois einzuräumen. Der Vater betrachtete seinen Sohn als viel zu unreif und leichtfertig für eine solche Verantwortung, und das sprach er auch deutlich aus. Aber Louis blieb hartnäckig und wurde seinem Vater so lästig, dass dieser am Ende nachgab – und sei es nur, damit der Jüngling endlich Ruhe gab.

Der häusliche Frieden war jedoch nicht Hinkmars einziger Grund, Louis seinen Willen zu lassen. Karl der Kahle hatte mit seinen Brüdern Frieden geschlossen, doch es gab eine neue Bedrohung für Roumois, die von eben jenem Fluss herangetragen wurde, der als Lebensader durch die Region floss. Die Nordmänner. Hauptsächlich Dänen.

Die grausamen Plünderer aus dem Norden stießen mit ihren flinken Langschiffen stromaufwärts vor und suchten das Umland mit Raubzügen heim. Ihr Erscheinen verbreitete großen Schrecken, doch war es kaum eine Überraschung. Die Reichtümer des Frankenreichs, seine Kirchen voller Silber und die reichen Landgüter gleich in der Nähe des Wassers, sie konnten nicht auf ewig unbemerkt bleiben.

Roumois hatte genug Kämpfer, um auf diese Bedrohung zu reagieren. Aber Hinkmar brauchte noch den richtigen Mann, um sie zu führen, jemanden, dem er vollständig vertrauen konnte. Einen Mann, der das Ansehen seiner Familie bewahrte und die ganze Sache nicht als Gelegenheit sah, für sich selbst mehr Macht zu gewinnen. Louis war ungestüm und manchmal sogar töricht, doch er hatte Mut und große Geschicklichkeit bewiesen, und Hinkmar zweifelte auch nicht an seiner Treue. Er übertrug Louis den Befehl über zweihundert Berittene und trug ihm auf, Roumois gegen die Nordmänner zu verteidigen, sobald sie sich das nächste Mal zeigten.

Um Louis' Unbesonnenheit auszugleichen, bestimmte Hinkmar auch einen Mann namens Ranulf als Unterführer, einen alten Veteranen, der während des Krieges um Westfranken an der Seite des Grafen gekämpft hatte. Hinkmar formulierte seine Erwartungen unmissverständlich: Louis sollte formal das Kommando haben, doch sobald es zur Schlacht kam, würde Ranulf die Entscheidungen treffen. Eines Tages, so erklärte Hinkmar seinem Sohn, wenn er genug Jahre erlebt und Erfahrungen gesammelt hatte, und er alles gelernt hatte, was Ranulf ihm beibringen konnte, würde er die Männer nicht nur dem Namen nach führen. Aber noch war es nicht so weit.

Louis verstand, was sein Vater ihm sagte. Dann, als einen Monat darauf gemeldet wurde, dass die Nordmänner die Seine heraufkamen, missachtete er es prompt.

Die Berittenen übten gerade unter Louis' scheinbarer Führung, als der Erste einer langen Reihe von Boten eintraf, zunächst aus Fontenelle, zwanzig Meilen flussabwärts von Roumois. Die Dänen waren da!

Die Männer vergeudeten nicht einen Augenblick. Sie legten die Rüstungen an, gürteten die Schwerter, schnallten die Helme fest und ritten nach Westen. Rauchsäulen stiegen über den sanften grünen Hügelzügen auf und markierten jene Stellen, wo die Dänen an Land gekommen waren und ihr Werk verrichtet hatten. Sie bewegten sich auf dem Wasser schneller, als selbst berittene Krieger vorrücken konnten, und Louis führte seine Männer in ihre Richtung.

»Herr«, sagte Ranulf und hielt sein Pferd an Louis' Seite, während sie ritten. »Wo der Rauch steht, da sind die Heiden schon gewesen. Wenn wir sie erwischen wollen, und das wollen wir, dann sollten wir Späher an den Fluss schicken, östlich des brennenden Dorfes.«

Louis verstand, worauf Ranulf hinauswollte, doch er ignorierte es auf dieselbe Weise, wie er die Anweisungen seines Vaters missachtete. Es gefiel ihm nicht, dass man ihm sagte, was er tun sollte. Als der Sohn des Grafen war er an so etwas nicht gewöhnt.

»Ich will sehen, was mit diesem Dorf passiert ist«, widersprach er und hoffte, damit den Fehler zu überspielen, den er bereits begangen hatte. »Ich will sehen, ob wir noch irgendjemandem helfen können.«

Sie erreichten den Ort eine Stunde später, und als sie näherrückten, erkannten sie, dass es ein Dorf namens Jumièges war, das um eine vor zweihundert Jahren errichtete Abtei herum entstanden war. Langsam ritten sie an brennenden Hütten aus strohgedecktem Flechtwerk vorüber. Die Toten lagen auf den unbefestigten Höfen verstreut, mit dunklen Blutflecken auf ihrer abgewetzten, verdreckten Kleidung. Die Überlebenden starrten ihnen ausdruckslos hinterher. Ein Mann stand mit aufgerissenen Augen und offenem Mund an einen Baum gelehnt. Ein Pfeil durch die Stirn hatte ihn an den Stamm genagelt und hielt seinen Körper aufrecht. Neben ihm lag ein armseliges Beil, mit dem er sich anscheinend hatte verteidigen wollen. Eine alte Frau lag fast in zwei Hälften geteilt am Boden. Ihre Hand hielt immer noch einen Korb umklammert, dessen Inhalt verschwunden war.

Louis schluckte mühsam. Er wollte sich nicht vor Ranulf und den Männern übergeben.

Endlich erreichten sie die Abtei. Die meisten kleineren Gebäude drumherum standen in Flammen, viele waren schon zusammengebrochen und bloße Haufen glosender Trümmer. Doch die Kirche im Mittelpunkt der Gemeinde war aus Stein und Schiefer errichtet und brannte nicht so leicht. Aus der Ferne wirkte sie unversehrt, aber aus der Nähe war zu erkennen, dass das große Portal aus Eichenholz am westlichen Ende aufgehackt worden war. Die gesplitterten Überreste hingen noch an den ehernen schwarzen Scharnieren.

»Hier können wir nichts mehr tun, Herr«, bemerkte Ranulf mit einem Hauch von Dringlichkeit in der Stimme, den Louis ebenso abtat wie alles andere, was der Mann gesagt hatte. Er stieg vom Pferd und trat vorsichtig in die Kirche. Nichts regte sich im düsteren Innenraum; kein Laut war zu hören außer Louis' Schritten. Der Ort glich eher einer Gruft als einem Gotteshaus. Der Leichnam eines Priesters lag am Boden. Das

Blut des Schwertstreichs, der ihn getötet hatte, war auf der dunklen Robe kaum zu erkennen, doch es hatte sich in einer großen Lache unter ihm auf den Bodenplatten ausgebreitet. Ein weiterer Priester lag fast enthauptet zehn Fuß entfernt.

Am anderen Ende des Längsschiffs war die prunkvolle Tür des Tabernakels herausgerissen und mitgenommen worden. Manuskripte lagen rings um den Altar verstreut, achtlos fortgeworfen, nachdem man sie ihrer mit Gold und Juwelen besetzten Einbände entledigt hatte. Goldene Monstranzen, Reliquiare, liturgische Gegenstände – all die Dinge, die Louis so oft während der Messen in dieser Kirche gesehen hatte, waren verschwunden.

Louis hörte weitere Schritte und wandte sich um. Ranulf kam durch das Kirchenschiff auf ihn zu. Für die Toten am Boden hatte er kaum einen Blick übrig.

»Barbaren«, sagte Louis. »Diese verfluchten, verfluchten Barbaren.«

»Ja, Herr. Und noch bleibt uns Zeit, sie zu kriegen.«

»Wo sind die Schwestern?«, fragte Louis, immer noch viel zu gelähmt von dem Grauen, um auf Ranulfs nicht allzu subtilen Hinweis zu reagieren. »Glaubst du, sie verstecken sich?«

»Nein, Herr. Sie sind weg, daran habe ich keine Zweifel.«

»Weg?«

»Verschleppt. Zu den Sklavenmärkten in Friesland. Es sei denn …« Er verstummte.

Louis blickte ihn an und hätte fast darauf bestanden, dass der alte Krieger den Gedanken zu Ende brachte. Aber er tat es nicht, weil er wusste, was Ranulf sagen würde, und das wollte er nicht hören.

»Denkst du, sie sind fort? Die Nordmänner? Sind sie unterwegs nach Westen, zurück zum Meer?«

»Sie haben bis jetzt reichlich Beute gemacht«, erwiderte

Ranulf. »Niemand hat versucht, sie aufzuhalten. Ich glaube nicht, dass sie jetzt schon aufhören.«

»Dann lass uns reiten. Nach Osten. Kämpfen wir gegen diese Bastarde, bevor sie noch mehr anrichten.«

Sie saßen wieder auf und ritten nach Osten. Louis übernahm die Spitze. Sein Grauen war in Wut umgeschlagen, und er wollte die Dänen einfach nur finden und sich auf sie stürzen. Trotz seiner Erfahrung im Fechten und Bogenschießen und Ringkampf hatte Louis de Roumois bis jetzt nie einen echten Kampf erlebt, hatte noch nie im Zorn Blut vergossen. Aber er fürchtete sich nicht davor. Tatsächlich war er nun regelrecht begierig darauf, er wollte nicht nur Blut sehen, es verlangte ihn danach, es in Strömen zu vergießen.

Unterwegs trafen sie weitere Menschen, die vor den Nordmännern flohen; Volk aus den Dörfern, das nichts zu verteidigen hatte als armselige Hütten. Sie liefen in Scharen davon vor den Dämonen, die über das Land hereingebrochen waren. Die Leute trugen die wenigen Habseligkeiten bei sich, die sie zu tragen vermochten, und zogen Kühe und Schafe und Ziegen hinter sich her. Louis fragte sich, ob die Dänen sich überhaupt mit so einer erbärmlichen Beute abgegeben hätten.

Die Krieger ritten in die Richtung, aus der die Flüchtlinge kamen. »Da!« Louis wies nach Westen, wo die nächste schwarze Rauchsäule über einem Wäldchen aufstieg. »Da sind sie, die Mistkerle, sie brennen das Dorf nieder. Lasst uns schneller reiten, sofort angreifen und die Bastarde niedermachen.«

»Herr«, wandte Ranulf ein. »Es gibt bessere Möglichkeiten. Jetzt sind sie auf einen Angriff vorbereitet. Sie erwarten ihn regelrecht, nehme ich an, und wir wissen nicht, wie viele es sind. Für die armen Seelen in diesem Dorf können wir nichts mehr tun. Lassen wir die Dänen auf ihre Schiffe zurückkehren und weiterrudern. Wir schicken Reiter aus, die sie beobachten und uns Bericht erstatten, während wir Abstand halten. Sobald sie wieder an Land gehen, sind sie verwundbar. Wenn sie ihre Schiffe auf Grund gesetzt haben, sich aber noch formieren müssen. Dann fallen wir über sie her, und es wird ein Gemetzel geben, das verspreche ich Euch.«

Louis blickte Ranulf an, als hätte der Mann während der Vorbereitung des Sakraments eine Gotteslästerung begangen. Er fragte sich, ob der alte Streiter während der behaglichen Jahre in Rouen vielleicht seinen Mut verloren hatte. »Unsinn«, sagte er. »Wir greifen sofort an, wie aufrechte Männer. Kein Herumschleichen.«

Und das taten sie, denn alle Anweisungen seines Vaters, denen zufolge Louis auf Ranulf hören sollte, änderten nichts an der einfachen Tatsache, dass der junge Mann der Anführer war und der Sohn des Grafen. Das verlieh seinem Wort Autorität. Louis, genauer gesagt Louis' Vater, war derjenige, den die Männer am meisten fürchteten. Von den Beschränkungen, die der Graf seinem Sohn unter vier Augen auferlegt hatte, wussten sie nichts.

So ritten die Streiter in hohem Tempo auf das Dorf zu, galoppierten über die unbefestigte Straße, die nach einer langen Zeit sonnigen Wetters regelrecht ausgetrocknet war. Die Hufe der Pferde wirbelten eine riesige Staubwolke auf, eine Wolke, die ihr Auftauchen schon eine halbe Stunde vor ihrer Ankunft angekündigt haben musste. Das jedenfalls war Louis später bewusst geworden, als er immer wieder über die vielen dummen Fehler dieses Tages nachgrübelte.

7. Kapitel

Childerich, der den Titel des Königs [der Franken] führte, wurde geschoren und in ein Kloster geschickt.

DIE LORSCHER ANNALEN

Das Dorf brannte lichterloh, als sie heranritten. Die Nordmänner waren dort, aber Louis sah nur eine Handvoll von ihnen, und die wirkten nicht sonderlich kampfbereit. Bis zum Umfallen mit Beute beladen, stolperten sie über die Wege. Als die berittenen fränkischen Krieger über sie herfielen, ließen sie alles fallen und flohen zwischen die gedrungenen, strohgedeckten Flechtwerkshütten, aus denen das Dorf bestand, tauchten unter in Qualm und Flammen.

Louis führte seine Männer in vollem Galopp hinter den flüchtenden Dänen her. Pferdehufe hämmerten über die einzige Straße des Dorfs, die Schwerter in den Händen der Krieger hoch erhoben. Sie ritten in den Rauch und die Hitze hinein und gerieten sogleich in einen tödlichen Pfeilhagel. Auf beiden Seiten der Dorfstraße hatten die Dänen gut versteckt Bogenschützen postiert.

Alles fiel auseinander, ehe Louis wusste, was geschah. Er sah, wie einer seiner Männer aus dem Sattel gestoßen wurde, als hätte er einen Schlag erhalten. Ein Pfeil ragte ihm aus der Brust. Ein Pferd stolperte, der Reiter flog über dessen Kopf hinweg und landete reglos auf dem Boden, zwei Pfeile schlugen in seinen Rücken, bevor der Körper noch zum Stillstand kam. Dann bäumte Louis' Pferd sich auf und schrie. Louis sah den Pfeil, der aus dem Hals des Tieres ragte, und er fühlte, wie er zu Boden ging.

»Verdammt sollt ihr sein! Verdammt! Verdammt!« In dem Lärm, der Verwirrung und der Panik war das alles, was Louis herausbrachte. Ein Pfeil prallte an seinem Helm ab, und das Dröhnen und die Erschütterung betäubten ihn halb. Er sah, wie einer der Nordmänner sich aus der Reihe der Bogenschützen löste und auf ihn zustürmte, dabei die Axt aus dem Gürtel riss und laut brüllte. Der Mann trug sein rotes Haar zu zwei langen Zöpfen geflochten, und Louis war wie gebannt von deren Anblick. Die Haarstränge hüpften und schlugen um sich wie zwei Schlangen, und er schien außerstande, sich zu bewegen, während der Däne herankam.

Dann stürmte ein Pferd zwischen ihn und den Nordmann. Louis konnte nicht sehen, was geschah, aber er hörte einen grässlichen kehligen Schrei, und Blut spritzte an der Stelle auf, wo der Kopf des Nordmanns gewesen sein musste. Louis blickte auf. Ranulf saß auf dem Pferd, das Schwert in der Hand, hellrotes Blut rann von der Klinge.

Louis stemmte sich auf die Füße. Wortlos streckte Ranulf die Hand aus, packte ihn am Kettenhemd und zog ihn hoch. Später wurde Louis bewusst, was für eine außerordentliche Körperkraft er damit bewies. Ohne viel Aufhebens legte Ranulf Louis vor sich über den Sattel, als wollte er ihm den Hintern versohlen, dann trieb er sein Ross an und schrie den anderen Männern etwas zu.

Louis verstand die Worte nicht und wusste auch nicht, wohin sie sich als Nächstes wandten. Er konnte nur den Hals verdrehen und beobachten, wie die Landschaft an ihnen vorbeizog, während er verkrümmt über Ranulfs Sattel hing. Sie hatten das Dorf bereits hinter sich gelassen, als er bemerkte, dass sie sich zurückzogen.

Die Nordmänner hatten einen hübschen Sieg errungen: Fünf von Louis' Männern waren an Ort und Stelle gestorben, sieben weitere verwundet, und drei von diesen würden vermutlich nicht überleben. Acht waren gefangen genommen worden, und niemand wollte darüber nachdenken, wie deren Schicksal aussehen mochte. Ungeachtet ihres Erfolgs hatte der Anblick so vieler Reiter die Plünderer wohl davon überzeugt, dass sie ihr Glück genug strapaziert hatten und die Zeit des mühelosen Plünderns vorbei war, zumindest in Roumois und zum gegenwärtigen Zeitpunkt. Sie luden ihre Beute, die Gefangenen und geraubten Vorräte auf ihre Schiffe und ruderten flussabwärts aufs offene Meer zu.

Louis trat vor seinen Vater und fiel auf die Knie, was sonst ganz und gar nicht seinen Gewohnheiten entsprach. Normalerweise pflegte er Verfehlungen zu leugnen und jede Schuld von sich zu weisen. Aber nicht dieses Mal. Schuld und Fehler waren nichts Neues für ihn, und er machte sich selten Gedanken darüber. Doch nie hatte er eine Verfehlung begangen, die so schwer wog und so unverzeihlich war wie an diesem Tag. Er gestand seinem Vater alles. Er sagte geradeheraus, dass Ranulf von Anfang an Recht gehabt und er den Rat des Mannes ignoriert hatte. Wäre Ranulf nicht gewesen, so gestand Louis ein, wäre er nun tot und sein Körper den Raben anheimgefallen.

Und sein Vater, der nicht immer so nachsichtig war, vergab ihm, beeindruckt von Louis' seltener Aufrichtigkeit. Er verzieh ihm nicht nur, er gestatte ihm sogar, seine kriegerische Laufbahn weiterzuverfolgen, wenn Louis nur im Gegenzug versprach, künftig auf Ranulf zu hören und von ihm zu lernen. Und das tat Louis.

So ungestüm, eigensinnig und überheblich er auch sein

konnte, war Louis de Roumois doch kein Dummkopf und musste eine Lektion nicht zweimal lernen. Als die Nordmänner zu ihrem nächsten Raubzug die Seine hinauffuhren, folgte Louis jedem Ratschlag Ranulfs, und bald flohen die Dänen auf ihre Schiffe und ließen viele Tote und Verwundete zurück. Jetzt waren es die fränkischen Krieger, die Fallen stellten und zusahen, wie die Nordmänner hineingerieten und starben. Louis gefiel das.

Zwischen Louis und Ranulf entwickelten sich eine Freundschaft und gegenseitiger Respekt, als Louis immer mehr Verständnis der Kriegskunst bewies und schließlich seine Leute ebenso wohldurchdacht und erfolgreich gegen den Feind führen konnte, wie Ranulf es vermochte – mitunter sogar noch besser. Louis' Kühnheit beflügelte seine Männer in der Schlacht, und er zeigte eine Furchtlosigkeit, die der Jugend ebenso geschuldet war wie seinem natürlichen Geschick im Kampf, durch das er sich fast unverwundbar fühlte.

Vier Jahre lang wehrten Louis und Ranulf und ihre Männer dänische Überfälle ab. Ihre Reitertruppe wurde bekannt und gefürchtet in den nördlichen Ländern. Louis de Roumois hatte seine Bestimmung gefunden.

Er liebte das Leben eines Kriegers. Reiten, kämpfen, trinken, rumhuren – er liebte das alles. Er schätzte seine Männer, und sie mochten ihn, bereitwillig wären sie ihm durch die Tore der Hölle gefolgt.

Die Heiden, so viel wusste Louis, stellten sich das Paradies, ihren Himmel, als ein Leben voller Kämpfe und Gelage vor, und wenn er das auch nie laut aussprechen würde – zumindest nicht in nüchternem Zustand –, konnte er sie nur allzu gut verstehen.

Diese vier Jahre waren die glücklichsten seines Lebens, und dann war es plötzlich vorbei. Louis hatte ein scharfes Gespür für die Gefahren des Schlachtfelds, aber im eigenen Haus erkannte er sie nicht.

In diesen vier Jahren war er ein Mann geworden, zu dem andere als Anführer aufblickten. Die Krieger von Rouen liebten ihn, und sie folgten ihm. Wenn er zusätzliche Bewaffnete brauchte, musste er es nur verlauten lassen, und Krieger aus dem ganzen Umland scharten sich unter sein Banner.

Das Volk in der Grafschaft liebte ihn auch. Für sie war er ihr Beschützer, ein gutaussehender Jüngling auf schwarzem Ross, der herbeieilte, gegen die heidnischen Plünderer kämpfte und für eine sichere Heimat sorgte.

Es wäre Louis nicht schwergefallen, nach dem Tod seines Vaters die Grafschaft von Roumois für sich selbst zu beanspruchen. Normalerweise ging so ein Titel an den ältesten Sohn, doch das war bei den Franken nicht immer so. Louis allerdings liebte das Leben, das er führte, und er hatte kein Interesse an der Herrschaft. Ihm war nie auch nur die Idee gekommen, dass er die Macht und das Ansehen, dass er gewonnen hatte, dazu nutzen könnte, das Amt seines Vaters zu beanspruchen. Seinem Bruder Eberhard kam dieser Gedanke aber sehr wohl.

An einem kalten Tag im Februar des Jahres 853, während der Wind vereinzelte Schneeflocken um ihr großes Haus in Rouen blies, starb ihr Vater. Er war schon eine Zeitlang krank gewesen, hatte mit schwerem Husten und Fieber daniedergelegen. Die Heilkundigen hatten ihn mit verschiedenen Kräutern behandelt, mit gelehrsamen und bedenklichen Mienen seinen Urin geprüft und ihn reichlich zur Ader gelassen, am Ende starb er dennoch. Erst da erkannte Louis, wie sorgfältig sich Eberhard auf diesen Augenblick vorbereitet hatte.

Der verstorbene Graf Hinkmar lag noch unter einem Laken auf dem Sterbebett, da ließ Eberhard auch schon Ranulf und die übrigen Hauptleute der Krieger festnehmen, die Louis folgten. Der Rest der Männer wurde entwaffnet, ihrer Rüstungen und Pferde entledigt und unter die Aufsicht von Truppen gestellt, die Eberhard ergeben waren; einer Leibgarde, die dieser insgeheim aufgestellt hatte. Louis konnte nichts dagegen tun. Er konnte nur voll Entsetzen und Wut und zusehen und darauf warten, dass das Beil fiel oder ein verstohlener Messerstich seinem Leben ein Ende setzte.

Aber dieser letzte Schlag erfolgte nie. Louis gewann ein wenig Bewegungsfreiheit, nachdem sein Bruder die Herrschaft über Roumois gefestigt hatte. Man erlaubte ihm, sich frei im Haus und auf dem Grundstück zu bewegen, stets unter der Aufsicht mindestens einer bewaffneten Wache, die er sehen konnte, und vermutlich mehrerer weiterer, die er nicht sah. Ein Pferd war ihm nicht gestattet, und fortgehen durfte er auch nicht.

Fünf Tage nach dem Tod ihres Vaters, an dem Tag, an dem man Hinkmars Leib in einem Marmorsarkophag in der Kirche von Rouen zur Ruhe bettete, wurde Louis zu seinem Bruder bestellt, in den großen Raum, von dem aus einst ihr Vater geherrscht hatte. Eberhard hatte schon vor Hinkmars Tod angefangen, ihn zu benutzen, während der alte Mann noch sein Leben ausgehustet hatte. Louis trat durch die vertrauten Türen und erwartete halb, seinen Vater dort sitzen zu sehen. Zu seiner Enttäuschung fand er nur den Bruder vor, der es sich in Hinkmars Stuhl gemütlich machte.

»Bruder«, fing Eberhard an. »Du weißt gewiss, dass unser verstorbener Vater stets um deine Erziehung besorgt war, und um dein Seelenheil. Er hat nie geglaubt, dass dieses Kriegerleben dazu beiträgt, dir den Eingang ins Himmelreich zu sichern.«

»Unser verstorbener Vater war recht glücklich darüber, wie ich die Dänen daran gehindert habe, ganz Roumois niederzubrennen«, erwiderte Louis. »Wenn du vorhast, mich zu töten, hast du hoffentlich einen anderen bei der Hand, der diese Aufgabe übernehmen kann.«

»Dich töten?«, sagte Eberhard in einem Tonfall, der nach aufrichtiger Überraschung klang. »Ich würde dir nie das Leben nehmen, mein Bruder. Wie kommst du nur auf so was? Nein, ganz im Gegenteil. Ich will, dass du lebst, dass du sogar das ewige Leben erringst. Genau wie Vater sorge ich mich um deine Seele. Ich denke, es ist an der Zeit, dass du dem Leben eines Kriegers abschwörst und all der Sündhaftigkeit, die damit unweigerlich einhergeht. Sag, hast du je von dem Kloster in Glendalough gehört? In Irland?«

Und das war es dann. Eberhard wagte es nicht, ihn zu töten, weil er bei den Kriegern und beim Volk zu beliebt war – jedenfalls nahm Louis dies an. Zweite Söhne wurden im Allgemeinen entweder Krieger oder Geistliche. Louis hatte das Erste gewählt, und jetzt zwang sein Bruder ihm die zweite Rolle auf. Das war nicht ungewöhnlich, ganz und gar nicht. Ludwig der Fromme hatte zwei seiner lästigen Halbbrüder ins Kloster abgeschoben. Doch zumindest hatten diese im Frankenreich bleiben können. Eberhard stellte sicher, dass Louis sehr viel weiter entfernt weilte.

Zwei Wochen später wurde Louis nach Glendalough geschickt, um dort mit den Mönchen zu studieren, Manuskripte abzuschreiben und schließlich seine priesterlichen Gelübde abzulegen. Er fand sich ins klösterliche Leben ein wie ein Fisch, der an den Haken geraten war – widerstrebend, sich windend und verzweifelt nach Luft schnappend. Unter all den Novizen war er nicht gerade der Liebling des Abts. In Wahrheit wurde er mit seiner widerwilligen Haltung und unterschwelligen Aufsässigkeit nur geduldet. Wenn er einmal betete – und das kam selten vor –, dann betete er darum, aus Glendalough hinausgeworfen und zurück nach Roumois geschickt zu werden.

Doch so weit kam es nie, und Louis schloss daraus, dass sein Bruder haufenweise Silber ins Kloster geschickt haben musste, damit die Mönche Louis' Anwesenheit weiterhin ertrugen.

Dieser Weg, der ihn dorthin geführt hatte, wo er jetzt war – nackt und einsam im sturmgepeitschten Regen, so elend, wie ein Mann nur sein konnte –, war lang und gewunden gewesen. Und während er dort stand, überwältigte ihn eine weitere Erkenntnis: In seiner Eile, an Colmans Schwert vorbeizukommen, hatte er Failend ihrem Schicksal und dem wütenden Ehemann überlassen. Die Gelegenheit, zu ihr ins Bett zu steigen, hatte er eifrig und ohne Zögern ergriffen, aber als sie seines Schutzes bedurft hatte, da war er davongeschlichen wie der Feigling, der er war.

Bei Gott, ich bin erbärmlich, dachte er. *Ein Sklave, ein verdorbener Mensch.* Er glaubte, dass Tränen über seine Wangen rollten, obwohl er das im Regen nicht mit Gewissheit feststellen konnte. Langsam schritt er an der Mauer entlang auf das Tor zu, das auf das Klostergelände führte, und sorgte sich nicht länger darum, wer ihn in seiner Nacktheit sehen könnte. Am liebsten hätte er sich einfach auf den Boden geworfen, um im Regen und im Schlamm zu versinken.

Er schwankte, der Morast griff nach seinen Füßen, und er war so versunken in seiner Verzweiflung, dass er nichts mehr wahrnahm außer seinem Leid. So zuckte er erschrocken zurück, als eine Stimme seinen Namen rief: »Bruder Louis?«

Er wandte sich in die Richtung, aus der die Worte kamen. Auf der anderen Seite der Mauer stand Pater Finnian, einer der Priester des Klosters. Er lächelte verhalten, ein Ausdruck leichter Belustigung, während er zugleich eine Hand hob und die Fibel löste, die den Mantel auf seinen Schultern hielt. »Hier Bruder«, sagte er. »Du siehst so aus, als bräuchtest du den.«

8. Kapitel

Heiter soll der Hausherr sein
und großzügig zu seinen Gästen.
Sei taktvoll im Auftreten,
besonnen und gesprächig,
so gewinnst du Weisheit.
HÁVAMÁL

Kaum hatte Godi die Tür hinter sich geschlossen, da zog Sutare sie wieder auf. Er kam herein und hielt sie geöffnet. Aus dem Wind und dem heftigen Regen trat eine kapuzenverhüllte Gestalt in einem langen Mantel ein, dessen eigentliche Farbe nicht auszumachen war, weil der Stoff so triefte, dass er schwarz wie Kohle wirkte. Die Gestalt schritt durch den Raum, hinter ihm folgte ein Mann mit einer langen Stange, an der das Rabenbanner schlaff herabhing; nass und dunkel hinterließ es eine Spur von Tropfen am Boden. Dem Bannerträger folgte noch ein halbes Dutzend gut bewaffneter Männer.

Der Mann mit der Kapuze hob die Hände, zog den durchweichten Stoff zurück und enthüllte das unauffällige Gesicht und den ordentlich gestutzten Bart von Kevin mac Lugaed. Trotz seiner kleinen Statur und des gewöhnlichen Aussehens schien der Mann eine beträchtliche Autorität in dieser Gegend zu genießen, welche die Iren als Cill Mhantáin bezeichneten und die zu der als Leinster bekannten Region gehörte.

Als die letzten Iren eingetreten waren und Sutare die Tür

wieder schloss, schritt Thorgrim Kevin entgegen. »Willkommen«, sagte er und streckte eine Hand aus, die sein Gegenüber sogleich ergriff. Der Ire antwortete etwas in seiner heimischen Zunge, anscheinend eine Bestätigung des Grußes. Harald stand daneben, machte sich jedoch nicht die Mühe zu übersetzen.

Segan näherte sich, und wie er Kevins Mantel entgegennahm, zeigte er dem Iren gegenüber eine ausgeprägtere Unterwürfigkeit, als Thorgrim sie von ihm zu sehen bekam. Die Kleidung darunter war nicht trockener als das abgelegte Kleidungsstück, aber das verbarg nicht die hohe Qualität. Es war das beste Gewand, das Thorgrim bis jetzt bei Kevin erblickt hatte, und er nahm an, dass dem Mann von verschiedenen Seiten Silber in die Börse floss.

Er berührte den Iren am Ellbogen und geleitete ihn zum Feuer. Segan brachte ein Trinkhorn voll Met für ihn, und ein weiteres für Thorgrim. Eine solche Gastfreundschaft wurde vom Gastgeber erwartet, und Thorgrim war aufrichtig bemüht, es seinem Besucher behaglich zu machen. Wenn auch nicht allzu behaglich. Bei Verhandlungen war es für Thorgrim von Vorteil, wenn er es warm und trocken hatte, während der Ire durchnässt und elend blieb.

Kevin verharrte eine Weile vor dem Feuer und blickte schweigend in die Flammen. Er trat so dicht an die Herdstelle, wie er es konnte, ohne sich Haut oder Kleidung zu versengen. Dann nahm er einen tiefen Schluck, wandte sich Thorgrim zu und ergriff das Wort. Harald, der an Thorgrims Seite stand, übersetzte.

»Er sagt: ›Wie gefällt Euch unser irisches Wetter, nun, da der Frühling gekommen ist?‹« Kevin trug die Spur eines Lächelns auf den Lippen, während er auf die Antwort wartete.

»Antworte ihm, dass das Wetter genau so ist, wie ich es in

einem Land erwarte, welches derart eindeutig und zu Recht von den Göttern verflucht wurde.«

Harald übersetzte. Kevins Lächeln wurde breiter, und er sprach wieder.

»Er sagt: ›Es gibt nur einen Gott, und der hat dieses Land tatsächlich verflucht‹«, übersetzte Harald.

Thorgrim lächelte und hob das Horn. Kevin tat dasselbe, und sie stießen an. Dies war das dritte oder vierte Mal, dass die beiden Männer einander trafen, und jede Begegnung war gewinnbringender gewesen als die vorangegangene.

Zu der ersten war es nur anderthalb Monate nach dem Angriff der irischen Streitmacht unter Lorcan mac Fáeláin gekommen, der in Vík-ló eingefallen und von den Nordmännern geschlagen worden war. Lorcan hatte sein Leben verloren, und Dutzende andere mit ihm, einschließlich der meisten seiner führenden Gefolgsleute, die in der vordersten Reihe gekämpft hatten. Auch Grimarr der Riese, der Herr von Vík-ló, war bei diesem Kampf getötet worden. In einer blutigen halben Stunde war das gesamte Machtgefüge in diesem Teil Irlands aufgewirbelt und fortgeblasen worden wie Spreu im Wind.

Nach dem Kampf hatten die Nordmänner keinen Iren mehr gesehen, bis zu dem Tag, an dem Kevin auf die Wälle von Vík-ló zuritt, sich der Befestigung mit Vorsicht näherte, mit nur vierzig bewaffneten Männern hinter sich. Thorgrim war herbeigerufen worden, sobald klar war, dass die Reiter auf den Longphort zuhielten.

Harald und Bersi begleiteten ihn. Er hatte eine vage Ahnung, warum die Iren gekommen waren, aber die behielt er für sich. Und das war gut so, weil er vollständig falschgelegen hätte.

Gerade außer Reichweite eines sicheren Bogenschusses

machte die irische Abordnung Halt, und Kevin rief etwas mit einer Stimme, die offenbar befehlsgewohnt klingen sollte.

»Er meint, er sei Kevin mac Lugaed und wäre der Herr dieser Gegend«, übersetzte Harald. »Und er bittet um sicheres Geleit, um mit dem Herrn von Vík-ló zu sprechen.«

Die geschriene Verhandlung ging noch eine Weile so weiter, bis Thorgrim überzeugt davon war, dass die Iren nicht genug Männer hatten, um eine ernsthafte Bedrohung für Vík-ló darzustellen, und Kevin sich hinreichend sicher fühlte, dass er nicht getötet oder zu den Sklavenmärkten nach Friesland verfrachtet werden würde. Dann wurden die Tore geöffnet, und die Reiter ritten hindurch.

Kevin entging nichts: weder die wiederaufgebauten Wälle und Palisaden noch die Stapel von Stämmen und Bauholz am Ufer, ebenso wenig der Rauch, der von beiden Hallen und der Schmiede und verschiedenen Häusern aufstieg. Thorgrim konnte regelrecht sehen, wie er Stärke und Wohlstand des Longphorts abschätzte. Er fragte sich, ob das der eigentliche Zweck dieses Besuches sein mochte: die Nordmänner auszuspionieren. Er hatte erwartet, dass der Ire gekommen war, um die Krieger von Vík-ló loszuwerden – je nach Kräfteverhältnissen entweder mit Drohungen oder durch Bestechung.

Wie sich herausstellte, hatte Kevin mac Lugaed aber etwas ganz anderes im Sinn. Er war gekommen, um Handel zu treiben. Die Männer von Vík-ló, so rechnete er sich aus, benötigten dringend Speise und Trank, vor allem jetzt, da der Winter vor der Tür stand. Er vermutete, dass die Wikinger eine beträchtliche Menge Silber und Gold besaßen, und das war etwas, was er brauchte, um seine Stellung zu festigen und seine Männer treu und ihm gewogen zu halten. Ganz gewiss, so nahm er an, könnte man auf dieser Grundlage eine Einigung erzielen.

»Vielleicht«, ließ Thorgrim durch seinen Sohn übermitteln. »Vielleicht auch nicht. Ich weiß nicht, ob du überhaupt in der Position bist, so einen Handel abzuschließen. Wer genau bist du eigentlich?«

Kevin mac Lugaed war nicht im Geringsten gekränkt von dieser Frage, und Thorgrim verstand allmählich, dass er zu der Art von Männern zählte, die nie an irgendwas Anstoß nahm, solange nur genug Geld auf dem Tisch lag.

»Ich bin der Rí Túaithe der Lande ringsum, einschließlich Cill Mhantáin, das ihr Nordmänner anscheinend Vík-ló nennt«, antwortete Kevin.

Dies wurde übersetzt, und Thorgrim und Bersi nickten. Kevin fuhr fort: »Früher war ich einer der Aire Forgill, der Herren von gutem Ansehen, und keiner der Rí Túaithe, wisst ihr …« Harald übersetzte. Kevin bemerkte die Verwirrung auf den Gesichtern der Nordmänner und winkte ab.

»Es ist nicht wichtig«, sagte er. »Wichtig ist nur, Lorcan ist tot, und die meisten seiner Männer wurden ebenfalls getötet. Zufällig habe ich unter allen, die noch leben, den höchsten Rang, womit ich nun der Herr dieser Länder bin. Also habe ich die Autorität, mit euch einen Handel zu schließen. Und handeln will ich, weil das in meinem Interesse liegt. Ich glaube, dass es auch in eurem Interesse liegt, mit mir Geschäfte zu machen.«

Und so war es. Kevins Ankunft kam äußerst gelegen zu einem Zeitpunkt, da Thorgrim sich als neu ernannter Herr von Vík-ló gerade fragte, wie er seine Männer während der langen Wintermonate satt und hinreichend betrunken halten sollte. Derzeit wären sie noch in der Lage, mit dem winzigen *Fuchs* nach Dubh-Linn zu segeln und von dort Vorräte nach Vík-ló zu schaffen, aber bald würde das Winterwetter solche Reisen unmöglich machen. Thorgrim hatte keine Idee, wie sie sich danach versorgen sollten. Und hier kam die Antwort auf diese Frage aus den Hügeln herangeritten wie ein Geschenk der Götter.

Natürlich vertraute Thorgrim Kevin nicht, zumindest blieb er ihm gegenüber argwöhnisch wie bei allen Iren. Doch der selbst ernannte Kleinkönig stand zu seinem Wort. Wagen, die mit Säcken von Mehl aus Gerste und Roggen beladen waren, mit Fässern voll Ale, mit geräuchertem Fleisch, getrocknetem Fisch und mit Wein, rollten schon bald durch die Tore von Vík-lós Erdwall. Die Qualität war so gut, wie Thorgrim nur zu hoffen gewagt hatte, was nicht allzu gut war, aber es war um Längen besser, als zu hungern. Thorgrim zahlte Kevin Silber für die Nahrungsmittel – in der Tat ein bisschen mehr Silber, als sie wert waren –, und der Rí Túaithe war sehr zufrieden wieder abgereist.

Bei Kevins nächstem Besuch bemerkte Thorgrim unwillkürlich, dass die Kleidung des Iren ein wenig vornehmer ausfiel als beim letzten Mal, dass seine Männer etwas besser ausgestattet wirkten. Er trug eine goldene Kette um den Hals. Er und Thorgrim aßen und tranken und diskutierten gemeinsam mit Bersi, Skidi und Kjartan, und sie kamen überein, den Handel auszuweiten. Bald verkaufte Kevin den Nordmännern Tuch und Schleifsteine und Seilrollen zusammen mit dem Fleisch, dem Fisch und dem Ale.

Beim nächsten Mal brachte er Frauen. Nur wenige und keine Sklaven, sondern irische Frauen, die Ehemänner suchten. Thorgrim nahm an, dass nach all dem Blutvergießen im letzten Sommer nicht mehr genug Iren da waren für all die jungen Frauen und diejenigen, die gerade zur Witwe geworden waren.

Thorgrim hätte sie fast wieder weggeschickt. Er wusste, dass einige wenige Frauen unter all den Männern ein noch größeres Problem darstellen mochten als gar keine. Aber als er und Kevin eben erst anfingen, darüber zu reden, hatte sich die Neuigkeit schon überall im Longphort verbreitet, und es war unmöglich, die Frauen abzuweisen, ohne eine gewaltsame Auseinandersetzung heraufzubeschwören.

Der Handel zwischen Vík-ló und dem, was man als Königreich von Kevin mac Lugaed ansehen konnte, wuchs weiter und erwies sich für alle Beteiligten als vorteilhaft. Zwischen Thorgrim und Kevin entwickelte sich eine gewisse Freundschaft. Thorgrim war nicht so gefühlsduselig oder dumm genug, dass er annahm, Kevin würde ihn tatsächlich mögen oder wäre auch nur erfreut über die Anwesenheit der Nordmänner auf irischem Boden. Ihre Freundschaft war rein zweckmäßig und beiderseits von Eigennutz bestimmt.

Und so fragte Thorgrim Nachtwolf sich ein weiteres Mal, während der Regen gegen seine Halle peitschte und das Feuer in der Herdstelle knackte, zischte und loderte, was Kevin mac Lugaed diesmal hergeführt hatte, welches neue Geschäft, welche Ränke, die er während der langen Winternächte geschmiedet haben mochte.

Sie standen am Rand des Flammenkreises und unterhielten sich auf dem Umweg über Harald. Jeder fragte den anderen, wie die Dinge bei ihm lagen, bei den Männern und Frauen unter seiner Herrschaft. Beide versuchten kaum verhohlen, dem anderen nützliche Information zu entlocken. Die Tür öffnete sich wieder, und in einem Schwall von Kälte und Feuchtigkeit kam Bersi herein, wie eine Bauersfrau in eine Wolldecke gewickelt. Ein paar Minuten später gesellte sich Skidi Oddson zu ihnen.

Segan brachte Trinkhörner für die Neuankömmlinge und füllte Kevins Horn so schnell nach, wie der Ire es leeren konnte, ganz wie Thorgrim ihn angewiesen hatte. Dieser hoffte nämlich, dass der Ire dadurch etwas weniger listig wäre und dafür redseliger wurde, auch wenn er noch nie hatte feststellen können, dass der Alkohol bei dem Mann irgendeine Wirkung zeigte.

Allmählich ermüdeten ihre Beine, und Thorgrim ließ einen Tisch und Stühle an das Feuer bringen, wo die vier Männer und Harald dann Platz nahmen. Keiner musste vorgestellt werden. Bersi und Skidi waren schon bei den früheren Verhandlungen dabei gewesen. Kjartan ebenfalls. Thorgrim wusste, dass es besser war, wenn er seine Unterführer in solchen Angelegenheiten hinzuzog, als wenn er zuließ, dass Argwohn zu Misstrauen und Ärger anwuchs.

Segan stellte einen Teller gebratenes Rindfleisch, Käse und Graubrot auf den Tisch. »Also gut, Kevin«, sagte Thorgrim. »Du hast jetzt genug von meinem Met getrunken. Was führt dich diesmal nach Vík-ló?«

Harald war gerade halb fertig mit der Übersetzung, da öffnete sich die Tür erneut, und Kjartan betrat die Halle. Dieses Mal trug er keine Rüstung, nur eine Kapuze und einen Mantel, der über das Schwert an seiner Seite herabhing. Sein Blick flog rasch hin und her und hielt nach möglichen Bedrohungen Ausschau. Es wusste nicht, was ihn hier erwartete, und er war misstrauisch.

»Nachtwolf, du hast zu einem Treffen gerufen«, sagte Kjartan.

Thorgrim antwortete nicht direkt, sondern bezwang seine Wut, bevor er das Wort ergriff. Am liebsten hätte er Kjartan sofort zurück in den Regen hinausgezerrt und zu Ende gebracht, was sie begonnen hatten, aber jetzt war nicht der richtige Zeitpunkt dafür. Nicht, solange Kevin wachsam jede Bewegung verfolgte und mögliche Schwächen abschätzte, selbst wenn er die Worte, die gewechselt wurden, nicht verstand.

»Ja«, antwortete Thorgrim schließlich und spie die Wörter hervor, als wären sie in seinem Mund sauer geworden. »Kevin mac Lugaed ist hier, um mit uns zu sprechen. Du hast das Recht, an diesem Rat teilzunehmen.«

Und danach werde ich dich töten, dachte er.

Kjartan zog einen Hocker heran und setzte sich. Thorgrim blickte Kevin an, der verständlicherweise verwirrt war bei dem nordischen Geplapper, aber auch angesichts der plötzlichen und greifbaren Spannung im Raum. Es musterte die anderen Männer, aber deren Gesichter blieben undeutbar. Er wandte sich wieder Kevin zu und sagte: »Du wolltest uns gerade erzählen, welches Geschäft dich hergeführt hat?«

Kevin lehnte sich zurück und nahm einen tiefen Schluck von seinem Met, während Harald Thorgrims Worte ins Gälische übertrug. Sein Blick wanderte um den Tisch herum, er betrachtete der Reihe nach jeden Einzelnen, schätzte ihn ab und machte sich ein Bild von den Männern. Dann sprach er. Harald übersetzte.

»Kevin sagt: ›Habt ihr je von einem Kloster namens Glendalough gehört?‹«

9. Kapitel

Das Haus Gottes ist dreigeteilt.
Manche beten darin, manche kämpfen darin,
manche arbeiten darin.
ADALBERO, BISCHOF VON LAON

Louis de Roumois trottete hinter Pater Finnian her, mit gesenktem Kopf, den Mantel fest um sich gewickelt und tief versunken in körperlichem und spirituellem Elend. Er achtete kaum darauf, wohin sie gingen, und ohne wirklich darüber nachzudenken, erwartete er, dass sie bei dem kleinen Gebäude mit den Zellen der Mönche herauskamen, in dem Louis das letzte Jahr über gewohnt hatte. So war er überrascht, als er sich im Stall wiederfand, durch das strohgedeckte Dach vor dem Regen geschützt und umgeben vom vertrauten Geruch nach Leder und Stroh und den Pferden in den Unterständen, die entlang der Nordseite verliefen.

»Warte hier«, sagte Finnian und verschwand wieder im Regen. Louis suchte sich eine dunkle Ecke in dem Gebäude und setzte sich auf einen Haufen Stroh. Dort hörte er den Tropfen zu, wie sie auf das Dach prasselten. Der Stall war leer, niemand hatte viel Interesse daran, an so einem Tag auszureiten, und Louis war dankbar für die Einsamkeit und die Gelegenheit, sich noch länger seiner Verzweiflung hinzugeben.

Aber Finnian kehrte bald zurück und brachte eine Kutte mit, die er Louis gab. Der Franke fragte nicht, wo sie herkam, und er war dankbar, dass der Priester nicht zu wissen begehrte, wie er seine alte verloren hatte. Er zog den Mantel aus und reichte ihn Finnian, dann streifte er die Kutte über den Kopf. Sie war grob und kratzig, wie es bei diesen Kleidungsstücken meist der Fall war, aber auch trocken und warm, und das fühlte sich fabelhaft an.

Finnian gab Louis die Gürtelschnur, und der knotete sie um seine Taille. Er hörte Schritte herankommen, gedämpft durch den strohbedeckten Boden, und wandte sich der Vorderseite des Stalls zu, um zu sehen, wer da kam. Finnian blickte sich nicht um. Wer immer das war, Finnian erwartete ihn anscheinend.

Es war Bruder Lochlánn, ein Mitnovize, der ein paar Jahre jünger war als Louis, aber schon viel länger im Kloster von Glendalough weilte. Louis wusste wenig über den Jungen, und er interessierte sich noch weniger für ihn. Es war ein mürrischer Bursche, der immer über seine Vorgesetzten schimpfte und die jüngeren und schwächeren Novizen schikanierte. Louis hatte Lochlánn nie besonders beachtet, doch es war offensichtlich, dass der junge Mann aus wohlhabenden Verhältnissen kam und gegen seinen Willen ins Kloster geschickt worden war, ohne Zweifel von Eltern, die ihn unbedingt loswerden wollten. Louis konnte das verstehen.

So überraschend es auch war, Bruder Lochlánn hier zu sehen – es war noch überraschender, dass dieser zwei Schwerter in der Hand hielt, jedes in einer eigenen Scheide! Er trug sie mit sichtlichem Unbehagen, als hätte er das Gefühl, dass er gerade etwas tat, das er lieber lassen sollte.

»Ah, Bruder Lochlánn, da bist du ja!«, rief Finnian. Er trat auf ihn zu und nahm dem Jungen die beiden Schwerter ab. »Bruder Louis, Bruder Lochlánn hier ist der Meinung, dass er eher zum Krieger taugt als zum Priester. Ist es nicht so, Bruder Lochlánn?«

Der junge Novize zuckte die Achseln und schwieg. Der Ausdruck auf seinem Gesicht allerdings legte nahe, dass er Finnian für einen Dummkopf hielt, Louis genauso und wahrscheinlich auch den Rest der bekannten Welt.

»Bruder Lochlánn«, fuhr Finnian fort, »erzählte einigen der anderen Novizen, die auf ihn hören, dass Mönche und Priester und derlei Volk schwach und feige sind. Seine eigene Mannhaftigkeit bewies er dann dadurch, dass er ein paar der Jüngeren verprügelt hat.«

Finnian reichte Louis eines der Schwerter, der es zögernd entgegennahm.

»Bruder Lochlánn ist sehr tapfer gegenüber denen, die jünger sind als er«, erklärte Finnian. »Und da er sich für einen kühnen Krieger hält, dachte ich, dass du ihn vielleicht ein wenig gegen dich antreten lässt. Damit er seine Tapferkeit an jemandem erweisen kann, der ihm an Alter und Größe ähnlicher ist.«

Louis zog das Schwert aus der Scheide. Er dachte nicht einmal darüber nach, sein Arm schien sich ganz von selbst zu bewegen, und schon schimmerte die lange gerade Klinge matt im Halbdunkel des Stalles. Es war nicht die beste Waffe, die Louis je in den Händen gehalten hatte, bei Weitem nicht, aber sie war anständig, und er genoss die Empfindung, ein Schwert zu halten. Es fühlte sich gleichzeitig vertraut und doch so lange unterdrückt an. Eine Erregung durchfuhr ihn, ganz ähnlich dem Augenblick, als er das erste Mal mit der Hand über Failends glatte Haut gestrichen hatte.

»Wirst du das tun?« Finnian unterbrach seine Träumerei. »Lässt du Bruder Lochlánn ein oder zwei Durchgänge gegen dich antreten?«

Louis blickte zu Finnian auf. »Warum glaubt Ihr, dass ich mit so einer Waffe vertraut bin?«, fragte er.

Finnian zuckte die Achseln. »Ich hatte einfach das Gefühl, das könnte der Fall sein.« Er gab Lochlánn das andere Schwert, der es weniger bereitwillig entgegennahm als Louis. »Nur zu«, sagte Finnian, »zieh die Klinge.«

Bruder Lochlánn starrte Finnin an, dann schaute er Louis ins Gesicht. »Wenn ich ihn verwunde oder töte, wird man über mich richten«, stellte er widerwillig fest.

»Was?«, fragte Finnian. »Du hast Angst vor der Gerechtigkeit? Oder fürchtest du Bruder Louis?«

»Angst vor …«, stotterte Lochlánn. »Nein, ich fürchte mich nicht vor …« Er verstummte.

»Vor was?«, fragte Louis, aber Lochlánn funkelte ihn nur an, mit einem Ausdruck, in dem sich Wut und Verachtung mischten.

»Also gut.« Louis trat von Finnian fort und schwang sein Schwert langsam von links nach rechts, um die Muskeln in seinem Arm zu lockern. »Ich gebe dir mein Wort als Edelmann, dass du nicht angeklagt werden wirst für jegliche Verletzung, die du mir beibringst.«

Er verstand inzwischen genau, was für eine Lektion Pater Finnian im Sinn hatte, und er wusste auch, wie die am besten zu übermitteln war. Er hatte sie schon oft genug ausgeteilt, an überhebliche junge Burschen, die zu sehr von sich selbst überzeugt waren und sich seinen Kriegern anschließen wollten.

»Fang an.« Finnian blickte auf Lochlánn und machte eine Handbewegung in Louis' Richtung. Der war inzwischen so weit zur Seite getreten, dass er genug Raum zum Kämpfen hatte. Lochlánn zog sein Schwert und warf die Scheide beiseite. Er hielt die Klinge auf eine Weise, die Louis schon einiges verriet. Der junge Mann war nicht ganz unvertraut mit Waffen und hatte eine gewisse Ausbildung genossen, besaß aber nicht viel Übung im Schwertkampf.

Ein wenig Wissen; gefährlich, gefährlich, dachte Louis, und im selben Augenblick griff Lochlánn ungestüm an. Der Ausfall war zu ungeschickt, um einer Erwiderung wert zu sein, also ließ Louis nur seine Klinge zur Seite zucken und lenkte den Angriff ab. Er selbst wich aus, damit der Kerl nicht auf ihn fiel, sobald er das Gleichgewicht verlor. Der junge Mann taumelte an ihm vorüber, und Louis versetzte ihm einen kräftigen Schlag mit der flachen Seite der Klinge auf den Hintern.

Lochlánn richtete sich auf und drehte sich um. Sein Gesicht war rot vor Ärger.

»Nicht wütend werden«, sagte Louis. »Dann verlierst du jedes Mal.«

Lochlánn knurrte und rückte wieder vor. Dieses Mal war er vorsichtiger. Louis streckte sein Schwert vor, und Lochlánn setzte zur Parade an. Dann vollführte sein Schwert jedoch einen raschen Bogen um die Klinge des Franken – eine Bewegung, die er ohne Zweifel für besonders gerissen hielt – und stieß wieder vor. Erneut schnippte Louis die Klinge beiseite, ließ Lochlánn passieren und schlug ihm noch härter aufs Hinterteil. Er wich aus, als Lochlánn einen Gegenangriff versuchte.

»Du fränkischer Hurensohn«, knurrte Lochlánn, und Louis schüttelte den Kopf.

»Was hab ich dir gesagt?«, erklärte er. »Nicht wütend werden.« Es war hoffnungslos mit dem Jungen. Louis senkte sein Schwert, bis die Spitze auf dem Boden ruhte, und schenkte Lochlánn das überheblichste Grinsen, das er zustande brachte. Er war überzeugt, dass diese Miene den jungen Mann in einen Wutanfall treiben würde, was sie auch tat.

Der Novize stürzte sich wieder auf Louis. Gerissenheit hatte beim letzten Mal nicht zum Erfolg geführt, also versuchte er es dieses Mal mit roher Kraft und schwang sein Schwert, so hart er konnte. Louis hob die eigene Klinge und fing Lochlánns Schlag mit dem Stahl ab. Der Hieb erschütterte seinen Schwertarm – Lochlánn war kein kleiner Junge mehr, und er war auch nicht schwach. Trotzdem parierte Louis den Hieb unbewegt, und Lochlánn musste es vorkommen, als hätte sein Schwert eine Wand getroffen.

Sie drückten die Klingen gegeneinander. Doch nur für einen Moment, dann drehte Louis sein Handgelenk und ließ die flache Seite hart auf Lochlánns Hand klatschen. Lochlánn schrie vor Schmerz auf und ließ sein Schwert fallen. Louis trat noch einmal vor und schlug dem jungen Mann erneut kräftig aufs Hinterteil. Dann packte er seinen Arm, wirbelte ihn herum und versetzte ihm einen Tritt an dieselbe Stelle, der ihn flach auf den Boden schickte.

»Hmmm.« Finnian blickte zu Lochlánn hinunter, der sich herumgedreht hatte und sie beide hasserfüllt anfunkelte. »Ich bin froh, dass du Bruder Louis nicht verletzt hast. Nun lauf, und denk bitte zweimal nach, bevor du einen der anderen Jungen wie deinen Sklaven behandelst, den du schlagen und herumkommandieren kannst.«

Lochlánn schaute finster zu ihm auf und dann zu Louis. Erst schien es, als wolle er etwas sagen. Schließlich besann er sich aber eines Besseren, kam auf die Füße und verließ den Stall so schnell, wie es der verbliebene Rest seiner Selbstachtung eben zuließ.

»Ich danke dir, Bruder«, sagte Finnian zu Louis. Er bückte sich und hob Lochlánns Schwert auf. »Ich fürchte, unser junger Bruder Lochlánn wird aus dieser Lektion nicht alles lernen, was sie ihn lehren könnte. Aber es ist ein Anfang.«

»Vielleicht«, sagte Louis. »Vielleicht nicht. Ich habe eine Menge von seiner Sorte gesehen. Bei manchen wächst es sich aus. Bei ihm wird es sicher auch so sein.« Er versuchte, ein wenig überzeugt dabei zu klingen, doch er schaffte es nicht.

»Wir müssen für ihn beten«, sagte Finnian und klang nun viel ernsthafter.

Noch mehr Gebete, dachte Louis. *Komplet, Vesper, Messe … wir tun hier nichts anderes, als zu beten. Ich habe nicht genug Kraft für noch ein weiteres.*

»Wünscht Ihr noch etwas von mir?«, fragte Louis, und was er damit eigentlich ausdrücken wollte, war: *Habe ich meine Schuld dafür, dass Ihr mich gerettet habt, jetzt abbezahlt?*

»Ja, es gibt da noch etwas, das wir erörtern müssen«, erwiderte Finnian in einem Tonfall, der andeutete, dass dieser Unsinn mit Bruder Lochlánn nichts weiter gewesen war als ein Vorspiel und dass nun das eigentliche Anliegen folgte.

Finnian sammelte die beiden Schwerter ein, schob sie zurück in ihre Scheiden und klemmte sich die Waffen unter den Arm. »Bitte, Bruder Louis«, sagte er. »Begleite mich.« Er verließ den Stall, und Louis folgte ihm pflichtbewusst.

Dieser Tag ist nicht langweilig, dachte Louis, *und das ist schon mal was.*

10. Kapitel

Ich liebe nicht die düsteren Wasser,
die fließen an meiner Wohnstatt vorbei.
DIE ANNALEN VON ULSTER, 846

Louis zögerte, den Stall zu verlassen und seine trockene Kutte dem peitschenden Regen auszusetzen. Dennoch folgte er Finnian ohne eine weitere Frage. Zum Glück legten sie nur eine kurze Strecke zurück, kurz genug, dass er nicht ganz durchnässt wurde, und zehn Minuten später fand Louis sich gemeinsam mit Finnian im Haus des Abts wieder. Genau genommen saßen sie sogar im Zimmer des Abts, in dem Raum, wo er seine vertraulichen Angelegenheiten erledigte.

Sie waren allein; der Abt war abwesend. Louis wusste nicht, welches Recht Finnian hatte, die Räumlichkeiten des Abts zu nutzen, aber der Priester hatte ihn hierher geführt und ihm einen Sitzplatz angeboten, als wäre es die normalste Sache der Welt. Er benahm sich, als ob er Louis in sein eigenes Haus einlud.

Pater Finnian war für Louis ein Rätsel, und seit dem Vorfall mit Bruder Lochlánn im Stall umso mehr. Er und der Priester kannten einander nur flüchtig; wie hatte Finnian also wissen können, dass er mit Lochlánn wie gewünscht fertigwürde? Wenn der Bruder stattdessen ihn besiegt hätte, hätte das genau die falsche Botschaft übermittelt. Aber Finnian hatte nicht allzu besorgt gewirkt angesichts dieser Möglichkeit.

Die meisten Mönche und Priester, mit denen zusammen Louis in Glendalough lebte, entsprachen dem, was er von Priestern und Mönchen gewohnt war. Sie waren vielleicht etwas demütiger und weniger weltlich als die, die er von zu Hause kannte, aber doch von der grundsätzlich selben Art. Sie nahmen am Nacht- und am Morgengebet teil, an Sexte, Vesper und Komplet, sie kümmerten sich um ihre Felder, brauten ihr Ale und buken ihr einfaches Brot. Sie führten ein Leben, wie Louis es von einem Mönch oder Priester erwartete. Nicht so Pater Finnian.

Finnian war manchmal in Glendalough, und manchmal war er es nicht. Mitunter war er ein oder zwei Tage nicht zu sehen, dann wieder fehlte er über Wochen. Er war offen und freundlich und gesellig, und aus diesem Grund hatte es auch eine Weile gedauert, bis Louis bewusst geworden war, dass der Mann nie etwas über sich selbst preisgab. Das war faszinierend, aber Louis stellte wohlweislich keine Fragen. Das wäre zutiefst unhöflich gewesen, und sinnlos wohl noch dazu.

»Besser?«, fragte Finnian. Er hatte Torf auf das bisschen Glut gelegt, das in der kleinen Feuerstelle des Abts noch glomm. Jetzt loderte das Feuer wieder auf. Die Hitze war exquisit, beinahe schmerzlich, und das erinnerte Louis an Failends Nägel, die sich in seine Schultern gruben. Er spürte, wie er rot wurde vor Verlegenheit.

Ich werde ein Mönch werden, dachte er. *Ich schwöre es bei Gott dem Allmächtigen.* Es hatte eine Zeit gegeben, da hatte er derartige Kratzwunden seinen Kampfgefährten vorgeführt, mit einem Stolz, als hätte er sie auf dem Schlachtfeld errungen.

»Ja, das ist sehr freundlich, *merci beaucoup*«, sagte Louis.

»*Vous êtes les bienvenus*«, antwortete Finnian. Er trat an einen kleinen Tisch, der vor einer Wand stand, nahm zwei überraschend klare und feine Gläser zur Hand und goss Wein aus der Flasche des Abts hinein. Er reichte Louis ein Glas, nahm das andere und setzte sich auf den geradlehnigen Stuhl gegenüber.

Louis trank einen Schluck von dem Wein. Wie das Glas war er überraschend gut. Er schaute sich in dem Zimmer um. Es gehörte zu einem kleinen, gemauerten Gebäude mit Deckenbalken, die ein Strohdach trugen. Der Boden war mit dreckigen Binsen bedeckt. Das gedämpfte Licht des späten Nachmittags und der Regen ließen die dicken Fenster wirken, als wären sie von außen grau angestrichen. Und dies war das persönliche Haus des Abts eines der bedeutsamsten Klöster in ganz Irland. Louis lächelte unwillkürlich.

Nachdem er von seiner Verbannung erfahren und sich damit abgefunden hatte, dass sie unvermeidbar war und er allenfalls hoffen konnte, dass sie so kurz wie möglich ausfiel, hatte Louis noch Trost gefunden in der Gewissheit, dass er nach Glendalough ging. Dies war ein Ort, von dem er schon oft gehört hatte: ein Hort der Gelehrsamkeit und ein Zentrum der christlichen Zivilisation in Irland. Er hatte eine hoch aufragende Kathedrale erwartet, mit einer großen Stadt drumherum, die alle Annehmlichkeiten bot, die ihm seine elende Lage erleichtern würden.

Er war überrascht, als er den Ort schließlich gesehen hatte, und es war keine angenehme Überraschung gewesen.

Irland, stellte er fest, war nicht wie das Frankenreich. Louis de Roumois' Leben hatte sich in großen Hallen und Schlössern abgespielt, in großartigen Kathedralen, die sein Heimatland sprenkelten wie ein natürlicher Bestandteil der Landschaft. Er war an hohe Gewölbedecken gewöhnt, an kompliziert gelegte Mosaikböden und Fenster aus buntem Glas, die schimmernd von Gottes Glorie zeugten.

Er war an die Wohnsitze von Grafen und Herzögen gewohnt, die sich über viele Morgen gerodeten Landes erstreckten, und an Städte voller Schenken und Geschäfte und allen Einrichtungen des zivilisierten Lebens.

Bei seiner Ankunft in Irland, als er nach der Überfahrt von dem plumpen Handelsschiff auf den brüchigen Steg des armseligen Fischerdorfs trat, wo sie angelegt hatten, hatte er nichts dergleichen gefunden.

Das ist nicht Glendalough, hatte er gedacht und sich angewidert umgeblickt. *Glendalough wird viel besser sein als das hier.* Und das war es auch. Glendalough war gewiss ein besserer Ort als das Fischerdorf. Aber es war nicht Paris oder Rouen. Tatsächlich hätte es verglichen mit diesen wirklich großartigen Städten der Franken genauso gut ein Fischerdorf sein können. Als er das erste Mal die schlammige Hauptstraße von Glendalough entlangritt, schwankte er zwischen Lachen und Weinen. Zuerst hatte er gelacht. An diesem Morgen, nackt in der Gasse, hatten die Tränen ihn endlich eingeholt.

»Schmeckt dir der Wein?«, fragte Finnian und weckte Louis damit höflich aus seinen Träumereien.

»Ah, ja, danke.« Louis trank einen weiteren Schluck. »Überraschend gut«, fügte er hinzu, und erst als die Wörter seinen Mund verließen, wurde ihm klar, dass sie auch als Beleidigung aufgefasst werden konnten. Er blickte kurz auf Finnian, aber wie üblich zeigte der Mann keine Reaktion.

Wie kommt es, dass du den Wein des Abts ausschenken kannst?, dachte er. Vielleicht, wenn er erst mal genug davon im Magen hatte, würde er auch den Mut finden, die Frage laut zu stellen.

»Er ist nicht so gut wie die Weine, die du aus Roumois kennst, nehme ich an«, sagte Finnian.

»Das sind hier nur wenige Dinge«, erklärte Louis. Seine Worte klangen bitterer, als er beabsichtigt hatte, aber Finnian reagierte auch darauf nicht. Er starrte nur in die Flammen und nippte an dem Wein.

»Vater …«, setzte Louis an und verstummte wieder, als ihm auffiel, dass er keine Ahnung hatte, was er sagen wollte.

»Ja, Bruder Louis?«

»Habt Ihr … wundertet Ihr Euch … über den Zustand, in dem Ihr mich gefunden habt?«

Finnian hatte sich immer noch nicht zu dem Umstand geäußert, dass Louis splitternackt im stürmischen Regen Richtung Abtei geschlichen war. Jetzt zuckte der Priester die Achseln, als wäre ihm die Angelegenheit völlig gleichgültig.

»Habt Ihr …«, stammelte Louis weiter, »… hofft Ihr, meine Beichte zu hören?«

»Hoffen?«, fragte Finnian, und Louis sah ein Lächeln in seinem Gesicht aufblitzen. »Möchtest du denn die Beichte ablegen?«

»Nein«, sagte Louis.

»Dann lautet meine Antwort ebenfalls nein. Aber ich möchte hinzufügen, wenn du die Beichte ablegen willst – und vielleicht wäre das eine Überlegung wert –, würde ich mich freuen, sie dir abzunehmen.«

Louis nickte. Natürlich hatte er in seinem Leben schon viele, viele Beichten abgelegt, obwohl es einige Jahre her war, seit er das letzte Mal all seine Sünden dabei ausgesprochen hatte. Er hatte auch Beichten abgelegt, seitdem er in Glendalough war, wenngleich widerwillig. Nun wurde ihm bewusst, dass er sich Pater Finnian als Beichtvater wünschte, sollte er je freiwillig seine Sünden gestehen wollen. Etwas an dem Mann lud geradezu zur Aufrichtigkeit ein.

Aber er wollte nicht beichten.

»Ich danke Euch, Vater«, sagte Louis. »Und ich werde mich an Euch wenden, wenn ich den Wunsch nach Buße verspüre.«

Er hielt wieder inne und trank einen weiteren Schluck, dann fügte er hinzu: »Und ich danke Euch, dass Ihr auf diese Weise zu meiner Rettung gekommen seid.«

»Gern geschehen«, erwiderte Finnian. Er zögerte einen Moment, bevor er fortfuhr: »Aber – und hier kommt meine Beichte – es geschah nicht ganz uneigennützig, dass ich dir meinen Mantel überließ. Ich suchte ohnehin eine Gelegenheit, um mit dir zu reden. Und was wäre ein besserer Zeitpunkt, als wenn du dich mir verpflichtet fühlst?«

Louis richtete sich auf und schaute Finnian genauer an, argwöhnisch und neugierig zugleich. In diesem Moment wurde ihm mit erschreckender Deutlichkeit klar, dass es nicht die fehlende Größe von Glendalough war, oder die Eintönigkeit der Landschaft oder das mönchische Leben, was ihm hier derart zusetzte. Es war der ständig gleiche Tagesablauf, es war die andauernde Routine, die ihn in den Wahnsinn trieb.

Doch hier eröffnete sich ihm möglicherweise etwas Neues, und das ließ ihn aufmerken wie einen Hund, dem man einen Knochen hinhielt.

»Du weißt gewiss von der Bedrohung, die für ganz Irland von den Heiden ausgeht«, sprach Finnian weiter. »Seit einer Generation plündern sie unsere Küsten. Und sie schlagen auch tiefer im Inland zu.«

»Das ist mir bekannt«, antwortete Louis. »Die Heiden sind uns auch im Frankenreich nicht fremd. Aber hier … in Eurer Heimat … da errichten die Nordmänner Städte. Und die Iren haben es geduldet, dass sie bleiben. Die Iren handeln mit ihnen. Die … Rí Túaithe und die Rí Ruirech verbünden sich mit ihnen, um einander gegenseitig zu bekämpfen. Sie benutzen die Heiden, um ihnen bei der Plünderung christlicher Klöster zu helfen. Was die Iren genauso zu tun scheinen wie die *Fin Gall.*«

Louis hatte all das nun seit Monaten mitbekommen und darüber gegrübelt, und jetzt strömten die Wörter aus seinem Mund.

Finnian nickte. »Ja, du hast Recht. Im Frankenreich habt ihr einige wenige Könige, und ihr führt große Kriege. Wir hier haben viele Könige und eine Menge kleiner Kriege. Ich wünschte, es wäre nicht so, aber so ist es. Wie auch immer, darum müssen sich Männer kümmern, die weit bedeutsamer sind als ich. Willst du dir meine eigenen unbedeutenden Sorgen anhören?«

»Bitte, Vater, redet«, sagte Louis. »Ich wollte Euch nicht mit meinen überflüssigen Betrachtungen ablenken.«

»Ich reise viel, wie du vielleicht mitbekommen hast«, erklärte Finnian. »Die Angelegenheiten des Abts führen mich weit umher. Ich höre Dinge. Und was ich gehört habe, ist, dass die Nordmänner Glendalough überfallen wollen. Das haben sie vor Jahren bereits getan, und ehrlich gesagt bin ich überrascht, dass sie nicht längst wiedergekommen sind. Jetzt aber habe ich erfahren – von Leuten, denen ich vertraue –, dass sie bald zurückkehren werden, und es wird sein, als hätten sich die Tore der Hölle aufgetan.«

Louis de Roumois und Pater Finnian blickten einander an. Der junge Novize verzog keine Miene, denn er hatte von Ranulf gelernt, dass es immer besser war, seine Gedanken verborgen zu halten. Und das hatte er gut gelernt.

Die Nordmänner waren ihm hier in Glendalough kaum als größere Bedrohung erschienen. Er hatte nie ernsthaft daran gedacht, dass sie hierherkommen könnten. Bei Finnians Worten jedoch und dem Gedanken an die anstehende Gefahr durchfuhr ihn Erregung. Es war wie ein Muskel, den er lange nicht benutzt hatte, wie eine Delikatesse, deren Geschmack er fast vergessen hatte.

»Es wird wie die Hölle sein«, sagte Louis. »Schlimmer. Wir können beten, um uns vor der Hölle zu schützen, aber auf die Nordmänner haben Gebete keinen Einfluss, fürchte ich.«

»Du glaubst nicht, dass Gott unser Schwert und Schild sein wird?«, fragte Finnian.

»Wir müssen beten, dass er das ist. Dennoch sollten wir auch für mehr weltliche Schwerter und Schilde beten. Aber weshalb erzählt Ihr mir von diesen Dingen? Ich habe weder Schwert noch Schild. Ich bin nur noch ein einfacher und friedlicher Mann Gottes.«

Nun lächelte Finnian tatsächlich. »Ja, das bist du. Aber du bist es nicht immer gewesen, nicht wahr? Bevor du hierhergekommen bist, warst du es, der die Männer deines Vaters gegen die Heiden führte, die nach Roumois kamen. Habe ich Recht?«

»So war es«, bestätigte Louis. »Aber woher wisst Ihr das?«

»Wir wissen gerne über unsere Novizen hier Bescheid. Es hilft uns, sie auf den richtigen Pfad zu lenken.«

Louis wusste, dass er über diese rätselhafte Antwort hinaus nichts erfahren würde, und Pater Finnian redete weiter, bevor er auch nur versuchen konnte, eine Frage zu stellen.

»Die Nordmänner sind eine schwere Bedrohung für Glendalough, Bruder«, sagte er. »Ich habe erlebt, was sie anrichten können. Du hast es ebenfalls gesehen. Wir brauchen jemanden, der unsere Männer gegen sie anführen kann. Jemanden, der sich damit auskennt. Dich.«

Louis starrte ins Feuer und sagte nichts. Er ließ Pater Finnian nicht merken, wie sehr sein Gemüt sich plötzlich hob, welche Freude mit dem Blut durch seine Adern strömte.

Er blickte auf, und als er das Wort ergriff, war seine Stimme ausdruckslos. »Ihr wollt, dass ich die Männer führe? Welche Männer?«

»Ich glaube, du weißt sehr gut, was für Männer wir haben«, antwortete Finnian, und er hatte Recht. Louis hatte die wenigen Gelegenheiten verfolgt, zu denen der armselige Haufen zur Waffenübung angetreten war. Es war die beste Unterhaltung gewesen, die er seit seiner Ankunft in Glendalough bekommen hatte, aber natürlich war es damals auch nicht sein Problem gewesen.

»Ja, das weiß ich«, räumte Louis ein. »Bauern und Metzger und Schmiede und andere von dieser Art. Keine Krieger. Die Nordmänner werden sie alle niedermachen und dabei nicht einmal außer Atem geraten.«

»Dann musst du sie unterrichten«, sagte Finnian, und bevor Louis protestieren konnte, fügte er hinzu: »Wir werden weitere Männer erhalten. Die Rí Túaithe schicken ihre Leibwachen, ausgebildete Kämpfer. Ich genieße das Vertrauen von Ruarc mac Brain, der in Líamhain herrscht. Von ihm kann ich gewiss zweihundert Männer bekommen. Gute Männer, Krieger. Ruarc wird die Verteidigung von Glendalough für wichtig genug erachten. Würde das reichen?«

Louis dachte darüber nach. Zweihundert erfahrene Krieger zusammen mit der Handvoll, die es bereits in Glendalough gab, und den Bauern und Metzgern, um die Reihen zu füllen.

»Ja«, sagte er. »Mit diesen Männern kann ich gegen die Nordmänner antreten, solange ihre Zahl nicht zu groß wird.«

»Gut«, erwiderte Finnian. »Dann rede ich mit dem Abt und werde alles in die Wege leiten. Und ich werde aufbrechen und mit Ruarc mac Brain sprechen. Wir rufen deine Bauern und Metzger zusammen, und du kannst damit anfangen, sie richtig auszubilden.«

»Es wird mir ein Vergnügen sein«, sagte Louis, und das meinte er aufrichtig. Die letzten Stunden hatten ihn vom tiefsten Elend ins höchste Glück erhoben, das er seit seiner Ankunft in Glendalough empfunden hatte.

»Ach, eines noch«, fügte Finnian hinzu und schaffte es nicht ganz, diese Worte wie einen beiläufigen Gedanken klingen zu lassen. Louis spürte, wie er sich anspannte und auf das wartete, was jetzt kommen würde.

»Die Sache ist die«, erklärte Finnian: »Weder ich noch der Abt haben die Autorität, dir tatsächlich das Kommando zu übertragen. Wir können und werden darauf bestehen, dass dir gestattet wird, die Verteidigung des Klosters zu leiten, und ich zweifle nicht im Geringsten daran, dass unsere Wünsche respektiert werden. Aber der offizielle Oberbefehl muss bei dem Mann bleiben, der dieses Amt innehat.«

Louis wollte schon fragen, wer diesen offiziellen Oberbefehl führte – die offensichtliche Frage –, doch bevor er es tat, fiel ihm die Antwort selbst ein.

Colman mac Breandan.

»Tatsächlich, Vater«, stellte Louis fest, »könnte sich das als ein größeres Problem erweisen, als Ihr annehmt.«

11. Kapitel

Lang reiste ich auf Meergottes Ross
auf wildbewegtem Wellenpfad.
EGILS SAGA

Am Tag, nachdem Kevin mac Lugaed Vík-ló verlassen hatte, kam die Sonne heraus, und Kjartan Langzahn und seine Männer waren fort.

Mit dem ersten Tageslicht überbrachte Harald Thorgrim die Neuigkeit. Der Junge war übertrieben wachsam und erhob sich oft schon vor Sonnenaufgang, um einen Rundgang zu machen und zu sehen, wie die Dinge standen. Thorgrim war das sehr recht. Er hatte in Haralds Alter dasselbe getan, als es ihm noch leichter gefallen war, morgens aus dem Bett zu kommen.

»Vater?«, sagte Harald, laut genug, um Thorgrim zu wecken, aber nicht so laut, dass er ihn beunruhigt hätte. »Vater?«

Thorgrim regte sich und setzte sich auf. Das graue Licht der Morgendämmerung sickerte in seine Schlafkammer, genug, dass er ohne Lampe Haralds Gesicht sehen konnte. »Was ist?«

»Ich war unten am Fluss«, fing Harald an, und Thorgrim bemerkte das Widerstreben in seiner Stimme. Er wollte dem Jungen sagen, dass er einfach aussprechen sollte, was er zu melden hatte, aber er hielt sich zurück.

»Der *Drache* ist nicht mehr am Ufer festgemacht«, fuhr Harald fort. »Zuerst dachte ich, das Schiff hätte sich möglicherweise losgerissen und wäre abgetrieben, mit der Ebbe hinaus ins Meer. Also habe ich Kjartan aufsuchen wollen, aber der war auch verschwunden, genau wie seine Waffen. Und Gest und der Rest von Kjartans Männern sind ebenfalls weg.«

Thorgrim warf das Fell von sich, das ihn bedeckte, und sprang auf die Füße, sofort so wütend, wie Harald es befürchtet hatte. »Die Götter mögen ihn verfluchen, diesen Sohn …« Thorgrim verstummte. Er neigte den Kopf und lauschte. Etwas fehlte, ein Geräusch, ein ständiger, unterschwelliger Lärm, der sonst stets da gewesen war und jetzt nicht mehr.

Er wandte sich Harald zu. »Hat es aufgehört zu regnen?«

»Ja«, erwiderte Harald, anscheinend verwirrt vom plötzlichen Wechsel in Thorgrims Tonfall.

»Wirklich?«, fragte Thorgrim. »Sieht es so aus, als würde es gleich weiterregnen?«

»Nein, Vater. Der Himmel ist klar. Jedenfalls wirkte er klar, auch wenn die Sonne noch nicht aufgegangen war.«

Und dann, als hätte Odin selbst die Tore von Asgard geöffnet, drang ein Streifen Sonnenlicht durch einen Spalt im Fensterladen an der Ostwand. Thorgrim trat fasziniert darauf zu. Es kam ihm vor wie eine Vision, nicht wie ein irdisches Ereignis. Er ging zur Tür, bewegte sich mit jedem Schritt schneller, riss sie auf und trat nach draußen.

Im Osten erhob sich die Sonne aus dem Meer und strahlte grell auf den Bohlenweg. Sie spie ihr Licht geradezu von einem Punkt gleich über dem Horizont direkt auf Thorgrims Tür. Dampf stieg von den strohgedeckten Dächern und den tausend Pfützen auf, die groß und klein überall im Longphort verstreut lagen. Thorgrim schloss die Augen und spürte die Wärme der Sonne in seinem Gesicht. Plötzlich kam ihm das Verschwinden von Kjartan, einem der Wikingerboote und fünfzig Kriegern von Vík-ló gar nicht mehr so furchtbar wichtig vor.

Überall in Vík-ló stolperten die Männer und Frauen aus ihren Häusern und blickten staunend nach oben, als hätten sie so einen blauen Himmel noch niemals gesehen. Sie spähten aus den Augenwinkeln in Richtung des großen Feuerballs, der im Osten hing wie etwas, das sie nur aus den alten Sagas kannten.

Und dann, als ihre Überraschung nachließ, handelten sie. Kleidung, Bettzeug, Felle – alles, was so durchweicht worden war, dass es nie richtig getrocknet war, zerrten sie aus den dunklen, feuchten Winkeln der Häuser und breiteten es in der Sonne aus. Die Türen wurden weit aufgerissen, und die milde, warme Brise zog durch die Gebäude und trug Feuchtigkeit, Kälte und alle Verzweiflung mit sich fort.

Thorgrim betrachtete die Sonne und die Brise als Geschenk der Götter, als gutes Omen. Er konnte sich nicht erinnern, wann er das letzte Mal so ein deutliches Zeichen erhalten hatte, dass das Glück auf ihrer Seite war. Aber dies hier war gewiss ein solches Zeichen, und es machte ihn glücklicher, als er seit vielen Monaten gewesen war. Mit dem Erscheinen der Sonne an diesem Morgen konnte Thorgrim nur hoffen, dass es so bleiben würde und die Götter ihm zumindest für einen Tag ihre Gunst erweisen würden. Dies nämlich war der Tag, an dem sein neues Schiff zum ersten Mal Salzwasser kosten würde. Sie hatten nur darauf gewartet, dass der Regen nachließ.

Ein Schiff zu Wasser zu lassen, das war eine ernste Angelegenheit, sowohl bei den praktischen Herausforderungen, die sich stellten, wenn man es sicher bewegen wollte, wie auch in spiritueller Hinsicht. Ein Stapellauf musste auf eine Weise erfolgen, die den Gefallen der Götter fand und so dem Schiff und der Besatzung ihren Segen verschaffte. Für Thorgrim – genau genommen für alle Nordmänner! – war beides von der gleichen, überragenden Bedeutung, und weder das eine noch das andere ließ sich besonders gut bewerkstelligen, wenn es wie aus Kübeln schüttete.

Sie waren fast schon so weit gewesen, die Schiffe zu Wasser zu lassen, als Kevin mac Lugaed und seine Männer eingetroffen waren und Thorgrim sich dazu gezwungen sah, die Angelegenheit noch einmal zu verschieben. Während sich die Iren im Longphort aufhielten, verging der Tag mit Gelagen und weiteren Verhandlungen. Das war nicht der richtige Zeitpunkt, um Schiffe zu segnen. Thorgrim hatte auch nicht vor, die Schiffe im Beisein von Iren und Anhängern des Christengottes zu Wasser zu lassen. Er konnte sich nicht vorstellen, dass das besonders glücksverheißend wäre.

Als die Iren endlich aufbrachen, beschloss Thorgrim, dass er nicht länger warten konnte. Wenn die Götter diesen Wolkenbrüchen Einhalt geboten, dann stand es ihm nicht zu, so lange abzuwarten, bis sie ihre Meinung änderten. Er würde die Schiffe jetzt zu Wasser bringen, wo sie hingehörten. Das war eine kühne Entscheidung, und die Götter mochten kühne Entschlüsse. Mit der Gabe einer warmen und strahlenden Sonne drückten sie nun ihr Einverständnis aus.

Ganz Vík-ló eilte zum Fluss, um zu sehen, wie die beiden neuen Wikingerboote zum ersten Mal auf dem Meer schwammen. Jeder verstand, wie wichtig dieser Augenblick war, möglicherweise mit Ausnahme der irischen Ehefrauen und Sklaven. Ein Hauch von Erregung hing in der Luft, von Erwartung, doch ebenso ein Gefühl der Ehrfurcht, das über der versammelten Menge lag. Hier ging es mehr um ein heiliges Ritual als um ein bloßes Fest, und sie hatten sich lange darauf vorbereitet.

Der *Drache*, Kjartans Schiff, das bereits irgendwo hinter dem Horizont verschwunden war, war das erste der drei gewesen, die sie den Winter über gebaut hatten. Es war kleiner als die beiden anderen, aber nicht viel. Es war solide gefertigt, sah schnittig aus und lag gut im Wasser. Im Großen und Ganzen war es die Schöpfung von Aghen, dem Schiffsbaumeister, der nur mit dem Auge und seiner jahrelangen Erfahrung die Konstruktion geplant hatte und der den Rumpf so gestaltet hatte, wie er dann am Ende gezimmert wurde.

Das nächste Schiff war der *Blutfalke* unter dem Kommando von Bersi Jorundarson. Es trug den poetischen Namen, den die Skalden für den Raben gebrauchten, ein Wink an Odin und eine nicht allzu subtile Bitte um seinen Segen.

Das Letzte, das fertiggestellt wurde, und mit dreißig Ruderpforten auf jeder Seite das Größte der drei, war Thorgrims *Meereshammer*, zu Ehren Thors so benannt, weil der Gott je nach Belieben gutes oder schlechtes Wetter schicken konnte. Jetzt, wo sein vorheriges Schiff verbrannt war, und mit ihm alles Unglück, das daran gehaftet hatte, und nachdem die neue Flotte zu Ehren der Götter benannt war, gestattete Thorgrim sich ein gewisses Maß an Zuversicht. Das gute Wetter verriet ihm, dass er dabei nicht voreilig gewesen war.

Der *Drache* war vor einer Woche im peitschenden Regen vom Stapel gelaufen. Nun, da die Sonne im Osten höher stieg, Wärme spendete und lange Schatten auf Werft und Flussufer warf, würden *Blutfalke* und *Meereshammer* ihm folgen.

Bis Thorgrim den Fluss erreichte, waren die Vorbereitungen in vollem Gange. Der *Blutfalke* war schon von den Kielböcken gehoben worden und lag jetzt auf Rollen, einer Reihe von Stämmen ähnlichen Durchmessers, über die er Richtung Wasser gezogen werden sollte. Der *Meereshammer* wurde auf seine eigenen Rollen gesetzt, von sechzig Männern mit Blöcken und Hebeln, um das große Gewicht zu stemmen. Das Schiff war groß und unbeholfen an Land. Das war nicht sein Element.

Dreißig Fuß von der Stelle entfernt, wo die Männer sich mit dem *Meereshammer* abmühten, standen ein Pferd und ein Ochse an einen Pfahl gebunden. Es waren keine Zugtiere. Ihre Rolle war viel bedeutsamer: Sie dienten als Opfer für die Götter. Ihr Blut würde ins frische Holz der Schiffe sickern, und wenn das Opfer Gefallen fand, sollten Odin, Thor und Njord wohlgesonnen über die künftigen Fahrten des Schiffes wachen.

Thorgrim sah schweigend zu, wie sein Schiff auf die Rollen herabgelassen wurde. Er beobachtete, wie es mit Holzbalken gestützt und am Umkippen gehindert wurde. Er war bereit, seine Befehle zu brüllen, sobald es nötig wurde, aber dazu ergab sich keine Notwendigkeit. Die Männer rings um den *Meereshammer* wussten, was sie taten.

»Sie sind bereit, Thorgrim«, informierte ihn Aghen und stellte sich neben den Herrn von Vík-ló. Die Tunika des Schiffbauers war mit Teer und Talg beschmiert, und kleine Holzspäne klebten daran. Auch in seinem Bart hingen Späne. Er lächelte kaum merklich, aber Thorgrim erkannte darin den tiefsten Ausdruck von Glück, zu dem der Mann fähig war.

Thorgrim nickte. Die beiden hatten im letzten halben Jahr ziemlich viel Zeit miteinander verbracht, genug, dass sie einander viel sagen konnten, ohne ein Wort dabei sprechen zu müssen. Das war jetzt der Fall. Jeder von ihnen wusste, was der andere dachte, und dieser Gedanke lautete: *Gut gemacht. Gut gemacht.*

Sobald der *Meereshammer* sicher auf den Rollen ruhte, erteilte Thorgrim den Befehl. Pferd und Ochse wurden getötet, ihr Blut in einer silbernen Schale gefangen. Ein großes Feuer wurde entfacht, um ihr Fleisch zu braten. Thorgrim trat zuerst an Bord des *Blutfalken,* dann auf den *Meereshammer*, jeweils begleitet von Aghen und Bersi, Skidi, Harald sowie Starri dem

Unsterblichen – viele der Männer von Vík-ló glaubten inzwischen, dass der Berserker besonderes Glück hatte und von den Göttern gesegnet war.

Bersi hielt Thorgrim die silberne Schüssel hin, und Thorgrim tauchte einen Kiefernast hinein. Er hob den Zweig, von dem das Hlaut tropfte, das Blut der geopferten Tiere, und schlug damit gegen Bug und Heck, Steuerbord und Backbord. Er ließ purpurne Tropfen auf Deck und Planken, Mastfuß, Steuerruder, Vor- und Achtersteven regnen. Dabei intonierte er Gebete an die Götter. Seine Stimme, das peitschende Zischen des Kiefernastes und das Plätschern des Flusses, der am Ufer leckte, als wäre er begierig darauf, die Schiffe in Empfang zu nehmen, waren die einzigen Laute, die zu hören waren.

Als er fertig war, rief er einen weiteren Befehl, und hundert eifrige Hände legten sich an die Plankengänge der zwei Schiffe und schoben sie Richtung Wasser. Er und Harald und Starri blieben an Bord des *Meereshammers* und hielten mit einiger Mühe ihr Gleichgewicht, während das Schiff seinen holprigen Weg zum Fluss nahm. Bersi und einige seiner Männer taten dasselbe an Bord des *Blutfalken*.

Die beiden Schiffe tauchten fast gleichzeitig in das beinahe reglose Wasser. Ihr Bug schlug nach unten, als sie von der letzten Rolle glitten, und wippte dann wieder in die Höhe wie bei einem ruhelosen Hengst. Sie kamen zur Ruhe und schwammen schließlich frei im Wasser. Die Männer von Vík-ló jubelten. Sie jubelten und jubelten, und die Rufe schwollen wellenartig an und ab. Sie freuten sich über das, was sie geschafft hatten und über das Ende des winterlichen Elends, sie begeisterten sich an den guten Schiffen, die am Ufer festgemacht waren, an ihren Wasserrössern, die sie aufs Meer hinaustragen würden, auf Wikingerfahrt, wohin auch immer sie wollten – und das war gewiss nicht der schmutzige Longphort von Vík-ló.

Die Schiffe tauchten ins Wasser, als die Sonne gerade ihren Zenit erreichte und die Flut ihren Höhepunkt. Einige Stunden darauf, als die Sonne bereits Richtung Westen zog, saßen Thorgrim und die Anführer des Longphorts am Tisch in der großen Halle vor den Überresten eines Festmahls. Das Abendlicht drang durch die westlichen Fenster und erhellte den Raum, wie kein Feuer es vermocht hätte.

Es war ein langer und ermüdender Tag gewesen, und das gute Wetter, der erfolgreiche Stapellauf der beiden Schiffe und das beträchtliche Maß an Met und Wein, das danach getrunken worden war, nahm dem Zorn der Männer über Kjartans Verrat seine Schärfe. Und genau genommen war seine Abreise kein echter Verrat.

Er hatte Thorgrim keinen Eid geschworen, und sämtliche Kosten, die beim Bau des *Drachen* angefallen waren, hatte er von seinem eigenen Anteil an der Beute bezahlt. Dass er sich mitten in der Nacht fortgestohlen hatte, fühlte sich nur an wie ein Verrat, und das reichte aus, um die Männer eine Zeitlang in Wut zu versetzen. Doch als sie am Ende des Tages zusammenkamen und ihre nächsten Schritte planten, hatten sie Kjartan und seinen Haufen schon fast wieder vergessen.

Skidi redete als Erster. Es war ein geradliniger Mann und ohne jede Tücke, was Thorgrim als gute Eigenschaft ansah. Auf der anderen Seite gab er sich auch wenig Mühe, seine Zunge im Zaum zu halten. Er sprach aus, was ihm in den Sinn kam, und es kümmerte ihn nicht im Geringsten, welche Wirkung seine Wörter haben mochten. Das wirkte sich nicht immer zu seinem Vorteil aus.

»Dieser Ire, dieser Kevin, der hatte eine ganze Menge zu erzählen, geschwätzig wie alle Iren«, sagte Skidi. »Aber ich weiß nicht, ob ich ein Wort von dem glaube, was er gesagt hat.« Alle nickten bei diesen Worten, alle, außer Thorgrim.

»Er hatte wirklich viel zu erzählen«, stimmte Thorgrim zu. Kevin hatte ihnen vom Kloster in Glendalough berichtet, einem der bedeutsamsten und reichsten in ganz Irland. Es war bereits einmal geplündert worden, aber nun schon lange nicht mehr, also hatte es wahrscheinlich erneut eine Menge Reichtum ansammeln können. Die Christus-Anbeter, so viel hatte Thorgrim schon festgestellt, schätzten es anscheinend gar nicht, wenn sie auf ihr Gold und Silber verzichten mussten.

Von dem Kloster in Glendalough und seinen möglichen Reichtümern hatten die Nordmänner schon zuvor gehört gehabt. Aber Kevin wusste auch etwas Neues zu erzählen.

Er berichtete ihnen von einem Fluss, genauer gesagt einer Reihe von Flüssen, über die sie vom Meer her bis fast vor Glendaloughs Mauern gelangen konnten. Sie würden einen Großteil der Reise mit ihren Langschiffen zurücklegen können. Es würde vielleicht anstrengend werden, die Schiffe stromaufwärts zu bewegen, aber der Rückweg, wenn sie schwer mit der Beute beladen wären, würde mit Hilfe der Strömung einfach genug zu bewerkstelligen sein.

Bersi hatte nach Kevins Ausführungen sofort eine Sorge zum Ausdruck gebracht: »Ich weiß von diesen Flüssen«, wandte er ein. »Ich habe von Männern gehört, die sie gesehen haben und die behaupten, dass ein Wikingerboot nicht darauf schwimmen kann. Ich hörte, sie seien höchstens auf der Hälfte der Strecke tief genug, und dann werden sie seicht und felsig.«

Kevin hatte genickt, während er Haralds Übersetzung lauschte. »Das ist richtig, sie sind zu seicht«, bestätigte Kevin. »Genauer gesagt: Sie wären es normalerweise. Gewiss ist euch der reichhaltige Regen aufgefallen, den wir in letzter Zeit hatten. Sehr viel Regen, selbst für dieses Land. Mit dem herannahenden Frühling sind die Flüsse nun angeschwollen. Sie sind viel tiefer als üblich, und an nicht wenigen Stellen sind sie sogar über die Ufer getreten. Ich sage nicht, dass es wie auf dem offenen Meer sein wird, doch soweit ich mitbekommen habe, sind die Flüsse jetzt tief genug für eure Schiffe. Noch, aber das wird nicht lange so bleiben.«

Kevin beschrieb die unbedeutenden Verteidigungsanlagen von Glendalough; in seinen Worten nicht mehr als eine niedrige Steinmauer rings um das Kloster. Er beschrieb die Krieger, die bis auf eine Handvoll überhaupt keine Krieger waren. Die Übrigen waren einfache Anwohner, Bauern und Schmiede aus der Gegend und dergleichen, die bei Bedarf zu den Waffen gerufen wurden. Das musste er nicht genauer ausführen. Jeder Anwesende wusste, wie wenig solche Leute in einer ernsthaften Schlacht taugten.

Der Mann, der die Verteidigung von Glendalough befehligte, erklärte Kevin, war ein Kaufmann namens Colman mac Breandan. Er war aufgrund seines Reichtums und seiner Stellung in dieses Amt gelangt, nicht wegen eines besonderen militärischen Geschicks. Colman hatte kaum eine Möglichkeit, um auch nur das Vorrücken von vier Schiffsbesatzungen aufzuhalten, wie sie die Männer von Vík-ló aufbieten konnten. Rechnete man dann Kevins eigene Leute hinzu, die sich dem Angriff anschließen würden, konnte weder Colman noch irgendwer sonst die Plünderung von Kloster und Stadt verhindern.

Zuletzt kam dann der verlockendste Köder von allen: In drei Wochen würde das Kloster die größte Zusammenkunft von Menschen in diesem Teil Irlands beherbergen: den Jahrmarkt von Glendalough. Bauern, Handwerker und Händler aus dem ganzen Südteil des Landes und von so weit entfernten Orten wie Friesland und dem Frankenreich würden in die Stadt strömen wie Vogelschwärme zu ihren sommerlichen Nistplätzen. Reiche Männer, die etwas kaufen wollten, Diebe und Huren, die sich zu bereichern suchten, Spieler und Musiker auf der Suche nach Silber. Alle kamen nach Glendalough.

Die Nordmänner, so hatte Kevin ihnen versichert, würden nicht nur die Beute vorfinden, die es im Kloster und der Stadt zu holen gab, obwohl die bereits beträchtlich war. Zusätzlich gab es auch noch all das, was der Jahrmarkt herantrug. Das war eine Gelegenheit, die man nicht versäumen durfte.

»Diese Möglichkeiten, die Kevin uns aufgezeigt hat …«, sagte Thorgrim zu den versammelten Männern. »Ich nehme an, wir sind uns alle einig, dass sie die Mühe und das Risiko wert sind, wenn es zu holen gibt, was Kevin versprochen hat.«

Wieder nickten alle. »Glaubst du ihm?«, fragte Bersi.

Thorgrim setzte schon zur Antwort an und zögerte dann einen Augenblick, während er überlegte, wie aufrichtig sie war. »Ja, das tue ich«, sagte er schließlich. »Ich glaube, was er über diesen Jahrmarkt in Glendalough erzählt. Ich habe schon aus anderen Quellen Gerüchte darüber gehört. Ich glaube ihm auch, dass die Verteidigung schwach ist. Das Kloster liegt weit vom Meer entfernt, und obwohl sie schon mal überfallen wurden, werden sie einen Angriff dennoch für wenig wahrscheinlich halten. Sie werden weniger vorbereitet sein. Genau genommen sind ja selbst die Klöster an der Küste nie sonderlich gut geschützt.«

Die anderen nickten wieder.

»Er verrät seine eigenen Leute«, sagte Bersi. »Er verbündet sich mit uns, um seine eigenen Leute auszuplündern. Er könnte genauso gut uns verraten.«

»Das könnte er«, bestätigte Thorgrim. »Und so sind diese

Leute. Die Iren rauben sich gegenseitig mehr, als wir ihnen wegnehmen. Doch es liegt in Kevins Interesse, sich uns anzuschließen, nicht, uns zu verraten. Der Angriff wird Glendalough schwächen und ihn stärken, welche Kuhweide auch immer er beherrscht. Jedenfalls glaubt er das. Und ich wette, er hat Recht. So laufen die Dinge hier.«

Die Männer schwiegen einen Moment und dachten über alles nach. Kevin mac Lugaed war mit einem sehr verführerischen Angebot zu ihnen gekommen, eines, das nur Narren ausschlagen würden. Wenn dieser Ire nicht log. Und sie konnten nicht sicher sein, dass er aufrichtig war.

»Zu viel Geschwätz!«, rief Skidi endlich, als wollte er Thorgrims Gedanken aussprechen. »Wir klingen schon wie ein Haufen alter Weiber, die sich darum sorgen, was wohl im Schatten lauern mag. Wir sind uns alle einig, dass es in diesem Glendalough Beute zu machen gibt. Lasst uns also dorthin gehen und den Ort leerräumen. Wir erschlagen jeden, der uns aufhalten will, und falls dieser Kevin uns verrät, erschlagen wir auch ihn.«

Zustimmend hämmerten die Männer auf den Tisch. Und damit war es entschieden. Sie würden nach Glendalough gehen.

12. Kapitel

In diesem Jahr kamen zudem
die Norweger zum Hafen von Corcach
und wollten ihn plündern …
doch Gott verwehrte es ihnen.
DIE ANNALEN VON ULSTER

Die Welt war neu geboren, wie am letzten Tag der Schöpfung; so fühlte es sich jedenfalls an für Louis de Roumois. Die Sonne – die Sonne! – erhob sich strahlend über den Hügeln im Osten. Tiefe Schatten fielen dorthin, wo ihre Strahlen nicht hingelangten, aber wo sie es taten, da brachten sie Farben hervor, die all die Augen entzückten, die so lange nichts anderes gesehen hatten als Grau und Braun und mattes Grün.

Er war an diesem Morgen schon vor dem Sonnenaufgang erwacht, erfüllt von einem vagen Gefühl der Erwartung. Es dauerte einen Moment, bis er sich daran erinnerte, warum er so hoffnungsfroh gestimmt war, woher die Idee kam, dass sein ganzes Leben sich zum Besseren wenden mochte. Dann erinnerte er sich. Pater Finnian hatte ihn aufgefordert, gegen den Angriff der Heiden die Waffen zu ergreifen! Louis fühlte ein Wohlbefinden tief in seinem Leib, als hätte er einen großen Schluck warmen Apfelweins im Bauch. Er lächelte, als er die Zelle verließ und sich unter seine zur Morgenandacht schreitenden Mitbrüder reihte. Und er betete das Invitatorium mit größerer Inbrunst, als er in einem ganzen Jahr mönchischen Lebens bislang gezeigt hatte.

Die Sonne stand am Himmel, bis sie die Gebete beendet hatten, und für Louis türmte sich Freude auf Freude. Finnian nahm ihn beiseite, bevor man ihn an diesem Tag zum Küchendienst oder zur Feldarbeit oder in die Brauerei oder zu welcher banalen Aufgabe auch immer abstellen konnte. Stattdessen kehrten sie zum Haus des Abts zurück, wo der Abt dieses Mal zugegen war und Finnian dem alten Geistlichen erklärte, wie er Louis' frühere Fertigkeiten für die nähere Zukunft zu nutzen gedachte.

Der Abt hörte sich das mit deutlich weniger Interesse an, als Louis in Anbetracht der Tatsache, dass das Kloster des Mannes von Gewalt und Plünderung bedroht war, erwartet hätte. Der Abt war auch weniger freigiebig mit seinem Wein, als Finnian es gewesen war. Tatsächlich bot er seinen Besuchern überhaupt keine Erfrischung an. Das ganze Gespräch mutete wie eine Formalität an, zu der Finnian sich verpflichtet fühlte, aber es war auch schnell vorüber, und Louis und Finnian verließen die Räumlichkeiten wieder.

Einen Großteil des Tages verbrachten sie mit der Planung: Wie viele Männer würden Louis zur Verfügung stehen? Wo würden sie ihr Lager aufschlagen? Wie sollten sie versorgt werden? Und wie gut konnte man sie noch ausbilden, bevor sie den Heiden bewaffnet gegenüberstehen würden? Louis genoss jeden Augenblick. Er wünschte sich verzweifelt, die Mönchskutte abzulegen und Tunika und Kettenhemd überzustreifen, das Gewicht eines Schwerts an der Seite zu spüren. Doch das behielt er für sich. Der richtige Moment dafür würde noch kommen, und zwar bald.

Ein Thema, das nicht zur Sprache kam, war Colman mac Breandan und die Rolle, die er bei alldem spielte, obwohl Louis überzeugt davon war, dass es noch angesprochen würde und auch musste. Er wartete darauf, ging in Gedanken sogar schon durch, was er vorbringen wollte. Doch Finnian erwähnte den Mann mit keinem Wort. Und das wiederum machte Louis misstrauisch.

Wie viel weiß er?, fragte Louis sich. *Eine ganze Menge,* nahm er an. Pater Finnian schien stets fast übernatürlich gut über alle Umstände unterrichtet zu sein.

Louis de Roumois kehrte früh in seine Zelle zurück, so wie jede Nacht seit seiner Ankunft in Glendalough. Dieses Mal jedoch war er von dem Gefühl erfüllt, dass er eine Aufgabe und eine Bestimmung hatte. So hatte er seit dem Tod seines Vaters nicht mehr empfunden. Es gab keinen Grund zu der Annahme, dass dies eine dauerhafte Veränderung nach sich zog. Sobald er die Heiden vertrieben hatte, würde vermutlich alles wieder in denselben eintönigen Trott zurückfallen. Aber vielleicht auch nicht. Unter Umständen war dies sein erster Schritt auf einer Reise zurück in sein altes Leben, und die bloße Möglichkeit reichte aus, um den Funken Hoffnung am Glühen zu halten.

Er schlief schnell ein und schlummerte tief, wie es normal für ihn war. Es war eine ganze Weile später, in den dunkelsten Stunden der Nacht, dass er schwerfällig erwachte und im Halbschlaf vermeinte, Failends Stimme zu hören, die ihn rief, während die Tür seiner Zelle quietschend aufschwang.

»Bruder Louis? Bruder Louis?«

Das kam ihm seltsam vor, weil sie ihn nie als »Bruder« ansprach, außer in diesem neckischen, spöttischen Tonfall, den er so verführerisch fand. Hier aber war gar nichts Verspieltes daran, nur sein zweimal wiederholter Name, gefolgt vom scharfen Klang eines fallenden Gegenstands.

Und damit war Louis vollständig wach und setzte sich auf. Er lauschte so aufmerksam, als stünde er Wache. Seine Tür stand offen, und von draußen drang ein gedämpftes Poltern herein, etwas – jemand! – schlug gegen die Wand, und wer auch immer seinen Namen gerufen hatte, war gewiss nicht Failend.

Sogleich war er aus dem Bett und lief durch den Raum. Der Mond stand rund am Himmel, sein bleiches Licht schimmerte durch das geöffnete Fenster und tauchte die Kammer in ein bläuliches Glühen. Louis stürmte auf die Tür zu, er packte den Wanderstab, den er daneben abgestellt hatte, und sprang in den Korridor hinaus.

Zwei Männer hielten sich dort auf, kaum mehr als dunkle Umrisse im Dämmerlicht. Einer lag vor der gegenüberliegenden Wand, der andere stand geduckt und kampfbereit da. Der Mann vor der Wand sprang auf und stürzte sich auf den anderen, dabei schwang er etwas in der Luft und brüllte vor Wut. Er trug die Kutte eines Mönchs, die zu weit geschnitten um seinen Leib flatterte.

»Bruder Lochlánn?«, fragte Louis erstaunt, denn er war überzeugt davon, dass er Lochlánns Stimme erkannte.

Der Novize antwortete nicht. Er wurde nicht langsamer, während er das Ding in seiner Hand nach dem anderen Mann schwang, der mit einem Sprung nach hinten auswich. Lochlánn stolperte, und Louis sah in der Hand des anderen die Klinge eines Dolchs funkeln, als eine Spur von Mondlicht darauf fiel. Der Meuchelmörder bewegte sich geschmeidig in Lochlánns Richtung. Wie eine Schlange stieß sein Messer vor. Louis ging dazwischen und ließ den Stock auf das Handgelenk des Mannes krachen.

Der Möchtegern-Mörder schrie vor Schmerz auf; ein einzelnes Wort, aber er verlor das Messer nicht. Stattdessen trat er Lochlánn, der erneut mit rudernden Armen nach hinten kippte. Dann griff er Louis an. Er bewegte sich schnell, den linken Arm ausgestreckt, die Klinge gesenkt und stoßbereit.

Doch ein Mann mit einem Dolch, selbst wenn es ein geübter Kämpfer war, stellte für Louis de Roumois mit einem Stab keinen Gegner dar.

Louis stieß nach dem Fremden, der sich nur als dunkler Umriss vor der weiß getünchten Wand abzeichnete. Der Mann wich zur Seite aus, was Louis erwartet hatte, und der Franke schwang den Stab in einem Bogen und traf den Burschen am Kopf. Der Angreifer taumelte.

Er erholte sich noch von dem Hieb, da rückte Louis schon nach und trieb ihm das Ende seiner Waffe in den Magen. Er hörte, wie sein Gegner die Luft ausstieß. Der nächste Schlag – Louis sah es so deutlich vor seinem inneren Auge, als wäre es bereits geschehen – würde den Burschen niederstrecken. Er verlagerte den Stab in seiner Hand und schwang ihn wie eine Axt. Doch bevor er zuschlagen konnte, flog die Tür hinter dem Angreifer auf und der wohlbeleibte Bruder Fearghus trat aus seiner Zelle.

»Was in Gottes Namen geht hier vor?«, rief er. Weitere Türen öffneten sich auf der ganzen Länge des Korridors.

»Bruder, geh mir verdammt noch mal aus dem Weg!«, brüllte Louis, und Fearghus hätte sehr wohl an den Worten Anstoß nehmen können, wäre Louis nicht unwillkürlich ins Fränkische verfallen.

»Was?«, fragte Bruder Fearghus, und dann packte ihn der Mann mit dem Messer bei seinem tonsurierten Haar und am Nachtgewand und schubste ihn gegen Louis.

Fearghus prallte gegen ihn, und der Franke taumelte rückwärts. »Verdammt sollst du sein!«, schrie der Stolpernde und wusste selbst nicht genau, wen er damit meinte. Er schob den Mönch zur Seite und hob den Stab, um zuzuschlagen oder einen Angriff abzuwehren, aber der Mann war fort. Louis sah nur noch seine Gestalt über den Korridor fliehen, ein Schatten zwischen den ebenso dunklen Umrissen der anderen Mönche, die jetzt aus ihren Zellen spähten.

Louis entspannte sich. Es war vorbei. Sinnlos, hinter dem Fremden herzulaufen, der schon in der Dunkelheit untertauchte. Er wandte sich Lochlánn zu, der wieder auf die Füße gekommen war.

»Bist du verletzt?«, fragte er.

»Nein«, sagte Lochlánn. Er klang ein wenig benommen, und Louis fragte sich, ob er einen Schlag auf den Kopf bekommen hatte.

Plötzlich baute sich eine weitere finstere Gestalt vor ihnen auf. Bruder Gilla Patraic, der Älteste unter den Mönchen, der für die Ordnung im Dormitorium zuständig war.

»Was geht hier vor?«, verlangte er zu wissen. Das Alter minderte die Autorität in seiner Stimme nicht im Geringsten.

»Ein Räuber, wie es scheint«, erklärte Louis, bevor sonst jemand etwas sagen konnte. »Er suchte nach Silber oder Ähnlichem, würde ich vermuten. Bruder Lochlánn hat ihn gehört, er kam heraus und hätte ihn beinahe gefangen. Tapfer, sehr, sehr tapfer.«

Ein Murmeln lief durch die versammelten Männer. Lochlánn, der im Zentrum dieses Lobes stand, schien wenig Lust zu verspüren, Louis zu widersprechen. Das hatte der aber auch nicht erwartet. Und so, nach einigen weiteren Diskussionen und Mutmaßungen darüber, ob der Räuber zurückkehren würde (man kam zu dem Schluss, dass dies wohl nicht zu erwarten sei) und ob man während der Nacht Männer als Wachen aufstellen sollte (was man schließlich als unnötig erachtete), kehrten die Brüder in ihre Zellen zurück, um noch so viel Schlaf wie möglich zu bekommen, bevor man sie wieder zur Morgenandacht rief.

»Bruder Lochlánn, einen Moment bitte«, flüsterte Louis,

als die Menge sich zerstreute. Hinter dieser Sache steckte beträchtlich mehr als ein einfacher Raub, so viel war klar. Der Kerl mit dem Messer hatte ein Wort geschrien, als er ihn mit dem Stab getroffen hatte, nur ein einziges. Louis hatte kaum darauf geachtet. Erst im Nachhinein, als er nach der Flucht des Mannes darüber nachdachte, erinnerte er sich, dass dieses Wort »Bastard« gelautet hatte. Das war an sich kein überraschender Ausruf, wenn man die Umstände bedachte. Nur hatte der Kerl nicht »Bastard« gesagt. Er hatte *»Bâtard«* gesagt. Er hatte auf Fränkisch geflucht.

Louis blickte den Flur entlang. Sie waren allein, er und Lochlánn, also wies er mit dem Kopf in Richtung seiner Zelle. Lochlánn zögerte, verzog mürrisch das Gesicht und trat widerwillig hinein. Louis folgte ihm und schloss die Tür.

»Was ist da passiert? Worum ging es?«, fragte Louis. Das Mondlicht schimmerte in den Raum, und er konnte Lochlánn recht gut erkennen. Es gab Menschen, die nie im Mondlicht schlafen würden, weil das gewisslich zu Wahnsinn führte. Aber Louis hielt das für Aberglauben. Er hatte das Mondlicht immer gemocht. Und niemals mehr als in diesem Augenblick, als es ihm Lochlánns Achselzucken und seinen missmutigen Gesichtsausdruck enthüllte.

»Keine Ahnung«, sagte Lochlánn. »Ich hörte ein Geräusch auf dem Flur. Ich kam heraus, und da sah ich diesen Mann an deiner Tür. Ich dachte, du wärest das, also habe ich mich gefragt, was du vorhast. Ich habe deinen Namen gerufen, aber er hat sich gleich auf mich gestürzt. Da habe ich einen Kerzenhalter aufgehoben, um gegen ihn zu kämpfen.«

Louis nickte. Die drei Fuß langen ehernen Kerzenhalter mit ihren ausgespreizten Standfüßen säumten den Korridor auf seiner ganzen Länge. Doch etwas an Lochlánns Geschichte passte nicht.

»Du hast geschlafen? Trotzdem hast du ihn gehört?«

»Ja.«

»Und dann hast du dir die Zeit genommen, um die Schnur um deine Kutte zu binden?«

Lochlánn blickte auf die Kordel herab, die er um seine Taille geknotet hatte. Er schaute wieder auf, mit einem ertappten Ausdruck auf dem Gesicht, aber er schwieg.

Louis bückte sich, ergriff den Saum von Lochlánns Kutte und zog ihn hoch, bevor Lochlánn reagieren konnte. Wo man bloße Beine und Füße hätte erwarten können, sah er Beinlinge und weiche Lederschuhe. Louis erkannte den bestickten Saum einer Tunika. Er ließ die Kutte los und richtete sich auf. Er blickte in Lochlánns trotzige, wenn auch unstete Augen. Der Junge hatte etwas an sich, trug einen Geruch in seinem Atem, der Louis nur allzu vertraut war.

»Du hast getrunken«, stellte Louis fest. Er dachte an die Wagen, die zum Jahrmarkt in Glendalough eingetroffen waren, gefüllt mit allen Arten von Waren, die man in der mönchisch geprägten Stadt normalerweise selten fand. Louis lächelte. »Und hast Unzucht getrieben.«

»Wie kannst du so etwas behaupten?«, protestierte Lochlánn, wenn auch nicht mit allzu viel Elan. Louis winkte ab.

»Ich will es dir nicht vorwerfen. Ich stelle es nur fest.« Es erforderte eine gewisse Gerissenheit, sich so aus dem Kloster zu schleichen, zu tun, was Lochlánn getan hatte, und dann unbemerkt wieder zurückzukehren. Und das hätte er geschafft, ohne dass jemand es erfuhr, wäre in dieser Nacht nicht der Meuchelmörder zu Louis' Tür geschlichen.

»Wenn du dem Abt davon erzählst«, sagte Lochlánn, »dann verrate ich ihm ein paar der Dinge, die du gemacht hast. Dann werden wir sehen, wie lange du noch hierbleibst, nachdem sie das gehört haben!«

»Ha!«, rief Louis. »Ich werde hier nicht rausgeworfen, egal was ich tue. Glaubst du, ich hätte es nicht schon versucht? Aber nein, ich will gar keine Geschichten von deinen Ausschweifungen zum Abt tragen. Tatsächlich bin ich stolz auf dich. Du hast mehr Schneid, als ich dir zugetraut hätte. Auch bei dem Kampf mit dem Mistkerl im Korridor hast du dich gut gehalten.«

»Oh … danke«, sagte Lochlánn. Er schien nicht recht zu wissen, ob er das als Kompliment verstehen sollte.

»Allerdings bist du zu schnell, zu wild auf ihn losgegangen. Ich verstehe ja, dass du angetrunken warst, aber ein Mann muss in jedem Zustand kämpfen können.«

»Ja … gut …«, stotterte Lochlánn.

»Du darfst nicht wütend werden, das hab ich dir gestern schon gesagt. Mach deinen Gegner wütend. Stürze dich nie völlig in einen Angriff, es sei denn, du bist sicher, dass er trifft.«

»Ich verstehe.«

»Hör zu! Such mich morgen auf, wenn du dich davonschleichen kannst. Wie es scheint, hast du ja ein gewisses Geschick darin. Ich zeige dir dann ein paar Dinge, die deine Technik sehr verbessern werden.«

»Vielen Dank, Bruder«, sagte Lochlánn.

Einen Moment lang standen sie sich gegenüber, und Lochlánn wurde unruhig.

»Und ich danke dir, Bruder Lochlánn«, erwiderte Louis. »Dann, gute Nacht.«

»Oh. Ja. Gute Nacht«, antwortete Lochlánn. Er wandte sich um und eilte aus der Zelle. Louis lächelte und durchquerte den Raum. Er streckte den Kopf in den Flur hinaus und sah sich um. Niemand regte sich, nichts war zu sehen. Er schloss die Tür. *Eine merkwürdige Nacht,* dachte er. *Und der Tag wird sicher noch merkwürdiger werden.*

13. Kapitel

Ein jeder ist der Held im eigenen Hause;
und hast du nur zwei Ziegen,
und dein bester Raum ist strohgedeckt,
besser ist's als betteln.
HÁVAMÁL

Die Schiffe von Thorgrims Flotte, *Fuchs*, *Blutfalke* und *Meereshammer*, stachen mit mehreren hundert Kriegern an Bord in See. Es war zwei Tage her, dass die Anführer beschlossen hatten, sich mit Kevin für den Raubzug nach Glendalough zusammenzutun. Weitere zwei Tage später entdeckten sie Kjartans Schiff, den *Drachen*.

Von Vík-ló aus waren sie die Küste entlang zur Mündung des Flusses Avoca gesegelt, auf dem sie ihren gewundenen Kurs landeinwärts beginnen wollten, bis Glendalough oder zumindest so nahe daran, wie ihre flachkieligen Schiffe sie trugen. Der Wind blies schwach und wechselhaft, und obwohl sie einen Teil der Zeit segeln konnten, bewältigten sie den größten Teil der Reise doch missgelaunt mit den Rudern.

Sie waren immer noch drei Meilen von der Flussmündung entfernt, als Starri sich von seinem üblichen Platz am Heck erhob und über die Wanten zur Mastspitze emporkletterte. Dort ließ er sich nieder, die Beine um die dicken Taue geschlungen, und schien sich so behaglich zu fühlen wie ein Mann in einer Festhalle. Er suchte den Horizont ab, und Thorgrim wartete, was er zu vermelden hatte. Aber Starri sagte nichts, so dass Thorgrim seinen Blick schließlich wieder der näherrückenden Küste zuwandte.

Es dauerte zehn Minuten, bis Starri schließlich etwas von seiner hohen Warte herunterrief.

»Nachtwolf!«, sprach er, mit lauter, aber ruhiger Stimme.

»Ja?«

»Ich sehe Qualm. Nicht sehr viel. Nur ein paar Rauchfahnen.«

Thorgrim wandte sich Agnarr an der Ruderpinne zu.

»Da liegt ein Fischerdorf an der Mündung des Flusses«, berichtete Agnarr. »Nicht mehr als ein elender Scheißhaufen. Könnten Herdfeuer sein, oder ein Schmied, vielleicht.«

»Also gut«, sagte Thorgrim. »Bald genug wissen wir mehr.« Es schaute achteraus. Die anderen Schiffe folgten ihnen in einer Reihe wie Wagen, die eine Straße entlangrollten.

»Da«, sagte Agnarr. »Da ist die Mündung.«

Thorgrim nickte. Er sah sie nun selbst, einen tiefen Einschnitt in der Küstenlinie. Er erkannte die ausgefranste Grenze im Meer, wo das Süßwasser und der Schlick, den es vom Land herantrug, auf den kalten, salzigen Ozean trafen.

Mit jedem Zug der Ruder rückte die Küste näher, und die Mündung des Flusses lag bald vor ihnen wie ein Paar grüßend ausgebreitete Arme. Das Nordufer und das Dorf, das Agnarr beschrieben hatte, blieben immer noch außer Sicht. Agnarr schob die Ruderpinne ein wenig zur Seite, und der Bug der *Meereshammer* schwang vom Land weg. »Hier gibt's ein paar trügerische Sandbänke«, erklärte er. »Wie's aussieht, sind wir etwa zwischen den Gezeiten. Ich halte auf die Mitte des Flusses zu, das ist sicherer.«

Thorgrim nickte. »Starri!«, rief er, und Starri, der sich immer noch an die Mastspitze klammerte, bestätigte den Ruf.

»Halt nach Sandbänken Ausschau«, wies Thorgrim ihn an. »Ich will hier nicht auf Grund laufen.«

Starri deutete mit einem Winken an, dass er verstanden hatte, und Thorgrim wandte seine Aufmerksamkeit wieder dem Land zu. Was vor einer Weile noch wie eine durchgehende Küstenlinie gewirkt hatte, klaffte nun auseinander und enthüllte die Mündung eines breiten Flusses mit schlammigen Ufern im Norden und im Süden und grünen Wiesen und bewaldeten Streifen, die sich landeinwärts zogen.

»Alle Männer, die nicht rudern, ziehen die Rüstung an und nehmen die Schilde zur Hand«, befahl Thorgrim. Er konnte immer noch nur ein Stück den Fluss hinaufsehen; was auch hinter der Biegung lauern mochte, blieb verborgen. Er wollte sich nicht mit heruntergelassenen Hosen erwischen lassen.

Vorn und achtern im Schiff streiften sich die Männer ihre Kettenrüstungen über und zogen die Helme an. Harald, der am Bug stand, schnallte sich den Schwertgürtel über das Kettenhemd. Vom Gürtel hing *Eichenspalter*, die großartige fränkische Klinge, die vorher Ornolf der Rastlose, Haralds Großvater, getragen hatte.

Segan, Thorgrims Sklave, erschien an seiner Seite und hielt Thorgrims Rüstung, seinen Helm und *Eisenzahn* bereit. Segan hatte einen großen Teil der Reise würgend über der Bordwand verbracht, erst auf der Windseite, bis man ihm unsanft klargemacht hatte, dass leewärts die bevorzugte Seite war, um sich zu übergeben. Inzwischen, da die *Meereshammer* sich durchs ruhigere Küstenwasser bewegte, sah er wieder viel gesünder aus.

Thorgrim zog sein Kettenhemd über, und Segan legte ihm den Gürtel um. »Starri«, rief Thorgrim, dämpfte jedoch die Stimme so weit wie möglich. »Siehst du etwas flussaufwärts? Schiffe?«

Es folgte eine Pause, während Starri die Küste betrachtete.

»Ja, Nachtwolf!«, antwortete er, verstummte dann wieder und fügte nach einer Weile hinzu: »Vielleicht. Vielleicht ein Schiff, vielleicht ein Baum.«

Sie näherten sich nun rasch dem Land, die Ruder gruben sich tief in das glatte, ufernahe Wasser, die Bewegung des Schiffes wurde immer ruhiger, bis nichts mehr spürbar war als der Drall nach vorn. Thorgrim blickte nach oben und vergewisserte sich, dass Starri nicht vor sich hinträumte, doch er schien angespannt Ausschau zu halten, um herauszufinden, was sie am Ufer erwartete.

»Nachtwolf!«, rief Starri wieder. »Da ist mit Sicherheit ein Schiff! Ich kann die Mastspitze erkennen. Es bewegt sich nicht ... vor Anker oder festgemacht, würde ich vermuten!«

Thorgrim nickte. Ein Schiff. Wenn es tatsächlich nur eines war, stellte es keine Bedrohung dar.

Agnarr hielt auf die breite Flussmitte zu, wo der Kiel am wenigsten Gefahr lief, auf dem Schlamm aufzusetzen. Die nördliche Küste schien sich vor ihnen aufzutun wie ein Fell, das man frisch erlegtem Wild abzog. Thorgrim konnte die Mastspitze nun auch ausmachen, einen Stamm aus hellem Kiefernholz, den man seiner Rinde entledigt und eingeölt hatte.

»Außer diesem einen sehe ich keine weiteren Schiffe«, rief Starri nach unten. »Es ist an einer Art Steg festgemacht.« Er hielt inne, und als er weitersprach, nahm Thorgrim einen aufgeregten Unterton in seiner Stimme wahr. »Nachtwolf!«, rief er, lauter jetzt. »Bei den Göttern, es ist Kjartans Schiff! Das ist der *Drache!*«

Starri hatte Recht. Thorgrim sah es kurz darauf ebenfalls.

Agnarr legte das Ruder um, und die *Meereshammer* schwenkte weiter nach Westen ein, bis sie sich auf einer Linie mit der Flussmündung bewegte. Dabei kam der Rand des Dorfes in Sicht, die ersten der strohgedeckten Hütten, ein Anleger aus verwitterten Pfählen und grob behauenen Brettern. Sie waren immer noch mindestens hundert Ruten entfernt, doch es ließ sich klar erkennen, dass das Schiff an dem Kai tatsächlich der *Drache* war.

Die Mannschaft war vollständig an Bord, soweit man es aus der Ferne einschätzen konnte. An der Flussseite des Schiffes hingen die Schilde aufgereiht. Niemand schien sich dort auf einen Kampf vorzubereiten.

»Bring uns neben den *Drachen*«, wies Thorgrim Agnarr an. Agnarr nickte und drückte die Ruderpinne ein winziges Stück zur Seite. Thorgrim wandte sich den Männern zu, die bewaffnet und mit Schild und Rüstung an Deck standen.

»Wir gehen längsseits«, rief er. »Seid auf alles vorbereitet. Wir werden sie mit einem Händedruck begrüßen, oder mit gekreuzten Klingen, ganz wie sie es sich aussuchen.« Er sah, wie seine Männer nickten, wie sie ihre Schwerter und Streitäxte fester umklammerten.

Weitere Häuser rückten ins Blickfeld, rund und gedrungen, mit kegelförmigen strohgedeckten Dächern. Sie sahen Schweine und Ziegen, die langsam durch verlassene und mit geflochtenen Zäunen umfriedete Höfe streiften. Es gab keine Menschen in dem dem Dorf, niemanden, den Thorgrim hätte sehen können. Doch das war kaum eine Überraschung angesichts des Wikingerboots, das am Anleger festgemacht hatte. Das einzig Merkwürdige waren die Tiere. Dorfbewohner, die vor einem Überfall flohen, hätten ihre Tiere mitgenommen, wenn es ihnen möglich war. Kjartan musste sie überrumpelt haben, bevor sie überhaupt gewusst hatten, dass er da war.

Die Flut stieg an und trug sie in die Mündung hinein, bis sie zu beiden Seiten von Land umgeben waren. Der Fluss war hier etwa zwanzig Ruten breit. Aber alle Augen blieben auf den *Drachen*, Kjartans Männer und auf das Dorf dahinter gerichtet; auf die dünne Rauchsäule, die Tiere, die so ziellos umherliefen. Sie sahen, dass die Türen und Tore aufgerissen in den Angeln hingen.

»Ich sehe, wo der Rauch herkommt!«, berichtete Starri. »Ein Gebäude hinter den anderen. Niedergebrannt. Da ist nicht mehr viel übrig, was ich erkennen könnte. Ein Stapel verkohltes Holz. Schwelt immer noch.«

Eine unheimliche Stimmung lag über dem Ort, wie bei einem verlassenen Friedhof, und allmählich griff sie auf die Männer an Bord der *Meereshammer* über. Die meisten von ihnen beobachteten schweigend, wie das Dorf in Sicht kam, und wenn sie sprachen, dann in gedämpftem Tonfall.

Agnarr stieß die Ruderpinne herum. Thorgrim rief den Ruderern zu, ihren Schlag zu verlangsamen. Er musterte den *Drachen* und spürte, wie die Kampfeslust in ihm aufstieg. Die Männer vor ihm waren ebenfalls bereit – bereit, über die Bordwand zu springen und sich auf Kjartans Männer zu stürzen. Kjartans Männer jedoch saßen herum oder flegelten sich an Deck und schienen nicht im Geringsten auf einen Kampf vorbereitet.

Thorgrim blickte nach hinten. Bersis Schiff, der *Blutfalke*, folgte in etwa hundert Fuß und schloss sich ihrem Manöver Richtung Küste an. Weiter hinten schwenkte der *Fuchs* gleichfalls ins Kielwasser der *Meereshammer* ein. Thorgrimm schaute wieder zum Dorf. Von der aufkommenden Flut getragen, näherte sich die *Meereshammer* dem *Drachen* zügig.

»Ein Schlag noch, dann bringt die Ruder rein«, rief Thorgrim. Die Männer auf ihren Seekisten zogen ein letztes Mal die Riemen durch, holten sie daraufhin mit einer geübten Bewegung an Bord und legten sie ab. Auf dem letzten Stück hielt Agnarr geradewegs auf die Backbordseite des *Drachen* zu und riss im letzten Moment die Ruderpinne hart herum, so dass der Bug zur Seite schwang und die beiden Schiffe parallel zueinander lagen.

»Thorgrim Nachtwolf!«

Thorgrim vernahm die vertraute Stimme über den schmalen Streifen Wasser hinweg, der zwischen den Schiffen verblieb. Kjartan Langzahn stand am Heck des *Drachen*. Er trug sein Kettenhemd, aber weder Helm noch Schild. Sein Schwert steckte noch in der Scheide, und der freundliche Tonfall seiner Stimme hatte einen gekünstelten Beiklang. Thorgrim sagte nichts.

»Männer!«, rief Kjartan seinen Leuten zu. »Macht euch bereit, und werft unseren Freunden die Leinen zu. Hängt Fender über die Bordwand, damit Thorgrims Schiff dort festmachen kann.« Die Besatzung des *Drachen* erhob sich, Männer stellten sich mit Tauen an Bug und Heck des Schiffes auf. Sie bereiteten sich darauf vor, den Wikingern an Bord der *Meereshammer* die Tauenden zuzuwerfen. Andere wuchteten schwere Fender aus geflochtenem Tauwerk über den Bootsrand, wo die Schiffe aufeinanderprallen würden.

Thorgrim blickte Agnarr an und nickte. Agnarr bewegte die Ruderpinne und brachte die *Meereshammer* sacht längsseits des *Drachen*. Das Schiff stand fast still in der Strömung, und die Leinen flogen über die Lücke hinweg. Einen Augenblick später war Thorgrims Schiff an dem von Kjartan festgemacht, während der *Blutfalke* herankam und an der Backbordseite des *Meereshammers* anlegte.

Thorgrim kümmerte sich nicht um die Vertäuung der Schiffe und ignorierte auch Bersis Annäherung. Stattdessen schritt er voran, den Blick auf das Dorf gerichtet, und beachtete auch Kjartan nicht, obwohl der sich an Deck seines Schiffs parallel zu ihm vorwärts bewegte. Mittschiffs, wo nur der Fender die *Meereshammer* vom *Drachen* trennte, änderte Thorgrim die Richtung und trat auf Kjartans Schiff, ohne seinen Schritt zu verlangsamen.

»Willkommen an Bord, Thorgrim, willkommen an Bord!« Kjartan redete ein wenig schneller, als der Situation angemessen war. »Schön, dich wieder zu sehen!« Verschwörerisch senkte er die Stimme und fügte hinzu: »Ich bedaure, dass ich mich so in der Nacht davonschleichen musste. Doch leider haben meine Männer von dieser Glendalough-Sache erfahren, und sie waren begierig darauf, dorthin zu kommen. Noch nie habe ich die Mannschaft eines Schiffes so eifrig erlebt. Ich schwöre bei allen Göttern, wäre ich ihrem Wunsch nicht gefolgt, sofort und an Ort und Stelle, dann hätten sie einfach selbst den *Drachen* genommen und ihn inzwischen ohne Zweifel auf Grund gesetzt. Erst hier am Fluss konnte ich sie davon überzeugen, so lange innezuhalten, bis du und Bersi zu uns aufschließen.«

Thorgrim nickte. Kjartan log natürlich, und er gab sich nicht einmal sonderlich Mühe, glaubwürdig zu klingen. *Hält er mich für einen Narren?*, fragte sich Thorgrim. *Oder denkt er, dass ich nicht einmal die Mühe wert bin, die es kosten würde, mich ernsthaft zu überzeugen zu versuchen?*

Es war nicht weiter wichtig. Am Ende würde die Wahrheit ans Licht kommen.

Er ließ den Blick über die armseligen, verlassenen Hütten am Ufer streifen. Nichts regte sich in dem unheimlichen, stillen Dorf. Er wandte sich um und blickte am Deck des *Drachen* entlang. Die Männer an Bord starrten zu ihm zurück, mit einem leeren Ausdruck in den Augen. Einem gequälten Ausdruck.

»Was ist hier passiert?« Thorgrim nickte in Richtung des Dorfes. »Haben du und deine Männer da drüben geplündert?«

»Nein, nein«, sagte Kjartan. »Jemand ist uns zuvorgekommen. Um etwa einen halben Tag, wenn ich raten muss. Hat hier gewütet wie ein Rudel Wölfe.«

Thorgrim schnaubte. Es wandte sich der *Meereshammer* zu. Seine Männer standen aufgereiht an der Bordwand und warteten auf seinen Befehl, um den *Drachen* zu entern. Starri war nicht zu übersehen, wie er unruhig umherzappelte. Der Nachtwolf wusste, dass der Berserker auf einen Kampf mit Kjartan und seinen Leuten hoffte und enttäuscht sein würde, denn aufseiten der Mannschaft des *Drachen* schien nicht mehr viel Kampfgeist vorhanden zu sein.

»Männer«, rief er zur *Meereshammer* hinüber, »mir nach.« Es schob sich an Kjartan vorbei, überquerte das Deck des *Drachen* und trat auf den Anleger. Kjartan folgte ihm auf dem Fuße, und er hörte, wie auch der Rest seiner Männer hinterherkam. Er sah, wie der *Blutfalke* an der Backbordseite der *Meereshammer* festmachte, dann wandte er sich vom Fluss ab und schaute Richtung Siedlung.

Er wandte sich Kjartan zu. »Du hast hier im Dorf niemanden vorgefunden?«, fragte er.

»Niemanden, der noch lebte«, antwortete Kjartan. »Aber eine Menge Tote.«

Thorgrim schritt über die verrotteten Bohlen des Anlegestegs auf das festgetretene Ufer. Die Übrigen folgten. Starri schloss zu ihm auf, gemeinsam mit Harald und Agnarr und Godi und dem Rest seiner Leibwache. Er blickte zum Fluss zurück. Bersi und ein paar von dessen Männern kamen über den *Drachen* ans Ufer, Skidis *Fuchs* machte am *Blutfalken* fest. Thorgrim sah, wie Skidi von seinem Schiff auf den *Blutfalken* sprang und sich den anderen Anführern an Land anschließen wollte.

»Weißt du, wer das getan hat?«, fragte Thorgrim Kjartan.

Kjartan schüttelte den Kopf. »Ein Wahnsinniger. Das wirst du gleich selbst sehen.«

Kurz darauf stießen Bersi und Skidi zu ihnen, und Thorgrim führte sie auf das nächste Gebäude zu. Es war eine erbärmliche Hütte mit Strohdach und Flechtwerkswänden, das Tor am Zaun hing halb losgerissen an den Lederscharnieren. Als Thorgrim auf den Hof trat, konnte er erkennen, dass die Hüttentür aus grob gezimmerten Kiefernbrettern ebenfalls halb herausgerissen war. Er ging auf das Haus zu, zog *Eisenzahn* aber nicht aus der Scheide. Er wusste bereits, was ihn erwartete.

Er schritt durch die Tür in das düstere Innere. Es roch nach Schweiß, gekochtem Fleisch und Fisch. Und nach Blut. Ein Körper lag verkrümmt rechts neben der Tür. Thorgrim trat näher heran und erkannte, dass es ein Mann war, etwa in seinem Alter. Die Augen waren weit aufgerissen, die Haut lief schon dunkel an, der Mund stand offen. Eine große Lache geronnenen Blutes breitete sich um ihn wie ein runder Teppich. In einem dunkleren Winkel der Hütte konnte er weißes Fleisch ausmachen, von einer Leiche, die vermutlich die Frau des Mannes gewesen war. Sie war nackt. Thorgrim musste keinen zweiten Blick darauf werfen.

Er streckte die Spitze seines Schuhs aus und berührte damit die Blutlache, stellte fest, dass es keine Lache war, sondern nur ein Fleck, wo das Blut in den Boden aus gestampfter Erde gesickert war. Er stieß die Schulter des Mannes an und fand den Körper steif und unnachgiebig vor.

»Du bist gestern angekommen?«, fragte Thorgrim Kjartan. Er hatte schon viele Leichen in unterschiedlichen Stadien der Verwesung gesehen und wusste recht gut, in welchem Zustand sie nach einer bestimmten Zeit waren.

»Ja«, sagte Kjartan. »Wir haben gegen Mittag festgemacht. Haben das Dorf so vorgefunden, wie du es siehst.«

»Kommt«, forderte Thorgrim. Er ging ihnen voran wieder nach draußen. Die Sonne hing über den Bergen im Westen, und bald würde die Dunkelheit hereinbrechen. Er führte die Männer die unbefestigte Dorfstraße entlang. Wagenspuren und die Abdrücke von Menschen und Tieren waren zurückgeblieben, als der weiche Schlamm in der Sonne getrocknet war. Sie fanden einen weiteren Leichnam fünfzehn Fuß die Straße hinauf; einen jungen Mann in dreckigem Kittel, eine Hand in den Leib gekrallt und die Eingeweide über den Boden ergossen. In der anderen Hand hielt er immer noch ein kleines Beil.

Die Toten lagen überall entlang der Straße verstreut, in den Höfen und zwischen den Hütten. Männer und Knaben, Frauen, Mädchen. Anscheinend ein jeder, den die Plünderer vorgefunden hatten. Thorgrim runzelte die Stirn. Sinnlos. Diese Leute hätten auf den Sklavenmärkten in Friesland gutes Geld eingebracht. Selbst wenn man sie nicht so weit transportieren wollte, hätte man sie mit Leichtigkeit auch in Dubh-Linn oder an einen der unzähligen irischen Könige verkaufen können. Stattdessen waren sie alle abgeschlachtet worden.

Die Nordmänner schritten still durch das Dorf. Sie gelangten zum Ursprung der Rauchsäule, einem Gebäude, das größer gewesen war als der Rest; vermutlich die Halle desjenigen, der sich als Herr über diese armselige Ansammlung von Hütten betrachtet hatte. Das Strohdach war heruntergerissen, wahrscheinlich hatten die Plünderer nachsehen wollen, ob etwas von Wert zwischen den Strohbündeln versteckt war.

Ob sie Beute gefunden hatten oder nicht, ließ sich jetzt nicht mehr feststellen. Auf jeden Fall hatten sie den Rest des Gebäudes in Brand gesteckt, und nun war nur eine schwarze und schwelende Ruine übrig geblieben. Sie musste die ganze Nacht gebrannt haben, das Feuer war gerade erst erloschen, nachdem ihm der Brennstoff ausgegangen war. Thorgrim zweifelte nicht daran, dass unter all dem Schutt verkohlte Leichen lagen, Männer, die sich vergeblich gewehrt oder in der Halle Zuflucht gesucht hatten. Vermutlich hatten die Bewaffneten das Gebäude umringt und das verbliebene Stroh angezündet.

»Was denkst du, wer das Dorf überfallen hat?«, fragte Bersi und wandte den Blick nicht von den glimmenden Trümmern ab. »Nordmänner?«

»Vielleicht«, antwortete Thorgrim, aber er glaubte es nicht. Er konnte sich keinen Grund vorstellen, aus dem Nordmänner sich mit so was abgeben sollten. Was konnten sie in so einem Misthaufen zu finden hoffen? Es war einfach die Anstrengung nicht wert. Nein, dies waren vermutlich die Iren gewesen; einer dieser unbedeutenden Kleinkönige, der versucht hatte, gegenüber einem der anderen einen Vorteil zu erringen, oder jemandem eine Lektion erteilen wollte.

Bersi nickte. Einige der Männer benutzten ihre Schwerter, um Stücke vom Strohdach oder verbrannte Teile der Wand hochzuheben. Ohne Zweifel suchten auch sie nach Wertsachen, aber Thorgrim ging davon aus, dass sie nichts finden würden.

Er wandte sich von der qualmenden Halle ab und führte die Männer über die unbefestigte Straße weiter landeinwärts, an weiteren mehr oder minder schwer verstümmelten Leichen vorüber. An einigen hatten sich bereits die Hunde und Schweine zu schaffen gemacht.

Am Dorfrand erreichten sie endlich das einzige Steingebäude, eine kleine Kirche, kaum größer als Thorgrims Halle in Vík-ló. Wie bei den Hütten war auch die Tür der Kirche aufgebrochen und hing schräg in den Scharnieren, nur dass die hier aus Eisen statt Leder bestanden und eindeutig eine beträchtliche Anstrengung nötig gewesen war, um die dicken Eichenbohlen durchzuhacken.

Thorgrim stieg die einzelne steinerne Stufe empor und schob sich an der kaputten Pforte vorbei ins Innere des Baus. Die Sonne war endlich hinter den fernen Bergspitzen versunken, und ein großer Teil des Innenraums blieb im Schatten verborgen. Trotzdem konnte Thorgrim ausmachen, dass er gründlich geplündert worden war. Die Becken, in denen die christlichen Priester ihr heiliges Wasser sammelten, hatten die Angreifer umgestürzt und teilweise zerschlagen. Schnitzereien, die einst den Altarraum schmückten, waren heruntergerissen und ebenso zertrümmert worden. Buchseiten lagen über den Boden verstreut, die Einbände hatte man abgerissen.

Einer der Priester lag in der nächsten Ecke der Kirche, von einem Speer getötet, der immer noch aus seiner Brust ragte. Ein Ausdruck von Schreck und Entsetzen war auf seinem Gesicht eingefroren. Thorgrim ging an ihm vorbei und schritt langsam auf die Stirnseite des Innenraums zu. Das Gefühl des Unbehagens, das nun schon seit Tagen in ihm hochkam und wieder verschwand, kehrte zurück, jetzt ausgeprägter denn je.

Auf dem Altar lag ein Toter. Thorgrim näherte sich vorsichtig und hörte die leisen Schritte der Männer hinter ihm. Noch ein Priester. Jedenfalls nahm Thorgrim das an. Man hatte ihn ausgezogen und geschlagen und geschnitten, so dass kaum ein Zoll seines Körpers nicht von Blut bedeckt war. Er war mit ausgestreckten Armen an einen Balken genagelt worden, genau so, wie der Gott der Christen immer dargestellt wurde.

Thorgrim hielt an und betrachtete das, was vom Gesicht des Mannes geblieben war. *Das haben nicht die Iren getan,* dachte er. Sie mochten gnadenlos sein, wenn sie die Dörfer und Raths ihrer Landsleute plünderten, aber sie zerrissen keine heiligen Bücher, und sie schlachteten keine Priester ab. Kein Ire hätte es gewagt, durch solche Taten Unglück auf sich herabzubeschwören.

Das wiederum bedeutete, es waren Nordmänner gewesen, und das Massaker war noch nicht lange her. Einen Tag vielleicht. Bewegten sie sich entlang der Küste, oder waren sie den Fluss hinaufgefahren? Wie viele waren es? Waren sie ebenfalls nach Glendalough unterwegs, und würden sie sich mit Thorgrims Mannschaften zusammenschließen, oder würden sie gegen sie kämpfen?

Noch mehr Spielsteine auf dem Feld, dachte Thorgrim. Ein weiterer Spieler war an den Tisch getreten. Thorgrim hatte keine Ahnung, wer es war, doch er hatte eine recht gute Vorstellung davon, um was für eine Art von Mann es sich handelte.

Er wandte sich Kjartan zu. »Du weißt nichts über denjenigen, der das getan haben könnte?«, fragte er.

Kjartan schüttelte den Kopf. »Nein, Nachtwolf«, erwiderte er. »Wir haben dieses … Dorf der Toten so vorgefunden, wie du es hier siehst.«

Thorgrim nickte. Zwei Dinge standen zweifelsfrei fest. Das eine war, dass Kjartan log. Das andere war, dass Kjartan sich fürchtete.

14. Kapitel

Glücklich der, der sich erwirbt
gerechten Ruhm und löbliche Rede.
HÁVAMÁL

Louis de Roumois erwachte in der Dunkelheit vor Sonnenaufgang und schloss sich seinen Mitbrüdern beim Morgengebet an. Als es vorbei war, endeten auch Louis' Verpflichtungen im Kloster, jedenfalls solange er es so einrichten konnte. Er hoffte, für den Rest seines Lebens.

Pater Finnian nahm ihn wie am Tag davor beiseite, doch dieses Mal gingen sie nicht zum Haus des Abts. Stattdessen kehrten sie in Louis' Zelle zurück. Dort hatte der Priester ihm eine Tunika und Kettenrüstung und Beinlinge bereitgelegt, dazu ein Schwert, einen Gurt, Schild und Helm.

»Uns bleibt nicht viel Zeit«, sagte Finnian. »Ich habe Männer an der Küste, die uns Bescheid geben, sobald die Heiden den Fluss erreichen. Allerdings glaube ich nicht, dass das noch lange dauern wird.«

Als Finnian sich wieder verabschiedete, legte Louis Kordel und Kutte ab und streifte sich die Beinlinge, die Tunika und das Kettenhemd über. Alles passte recht ordentlich. Es war auch von guter Qualität. Nicht so gut, wie er es als Krieger im Frankenland gewohnt gewesen war, aber gut genug. Tatsächlich wäre er schon zufrieden gewesen, wenn er seine Mönchskutte gegen einen Lederwams und einen Speer hätte tauschen können.

Er schnallte den Gürtel um die Taille und richtete sein Schwert, bis es perfekt hing. Er seufzte. Er war ein ganz neuer Mensch. Frische Kraft strömte durch seine Adern, als hätte er einen tiefen Schluck starken Schnapses gekostet. Er fühlte sich wieder vollständig. Neu geboren.

Es gab Männer, die er ausbilden musste. Fragen der Versorgung, die es zu klären galt. Er brauchte Informationen über den Feind. Doch zunächst hatte Louis etwas anderes zu erledigen. Etwas Dringendes. Rasch schritt er aus der Zelle, durch den Korridor und hinaus ins Sonnenlicht, das sich fremd anfühlte und wie ein Jungbrunnen wirkte.

»Bruder Louis?«

Louis drehte sich um. Die Stimme hatte ihn überrascht, er war ganz in Gedanken versunken gewesen wegen der bevorstehenden Begegnung. Bruder Lochlánn wartete dort, ganz ohne die überhebliche Großspurigkeit, die ihn sonst auszeichnete.

»Bruder Louis … du hattest gesagt, ich sollte dich heute Morgen aufsuchen. Du sagtest, dass du …« Seine Stimme erstarb.

Louis seufzte. Ja, das hatte er gesagt. Und Lochlánn war so begierig auf die morgendliche Unterweisung gewesen, dass er sich von seinen Pflichten fortgestohlen hatte, was keine leichte Aufgabe war. Der Junge würde bald zurückkehren müssen oder für seine Abwesenheit bestraft werden.

»Also gut, komm mit.« Louis führte Lochlánn in Richtung der Ställe. Er genoss den Klang und das Gewicht des Kettenhemds, während er ging, die Art, in der das Schwert gegen seinen Oberschenkel schlug. Sie traten aus der strahlenden Morgensonne heraus in den dämmrigen Innenraum. Ein paar Stalljungen waren dort bei der Arbeit, doch es war niemand darunter, der ihre Anwesenheit in Frage stellen konnte.

Louis zog sein Schwert und gab es Lochlánn. Er selbst hob

eine Harke auf und hielt sie wie einen Kampfstab. »Los«, sagte er. »Greif mich an.«

Lochlánn rückte vor, aber ohne großes Selbstvertrauen. Er stieß zaghaft mit dem Schwert zu, und Louis wich mit Leichtigkeit aus.

»Nein, ernsthaft. Greif mich an«, sagte Louis. »Tu es so, als wolltest du mich tatsächlich verletzen. Wenn du es schaffst, mich bluten zu lassen, bekommst du ein silbernes Armband von mir.« Louis besaß kein Silber, doch er war sich ziemlich sicher, dass das nicht zu einem Problem werden würde.

Lochlánn rückte wieder vor, kühner diesmal, und Louis parierte die Klinge mit dem Griff der Harke. Endlich wagte Lochlánn seinen entscheidenden Vorstoß, einen raschen, stürmisch ausgeführten Stich. Louis stieß die Klinge beiseite, schwang die Harke und stoppte den Griff einen Zoll von Lochlánns Kopf entfernt.

»Gut«, sagte Louis. »Siehst du, wie ich gewartet habe, bis du alles in deinen Angriff gelegt hast? Und wie du deinen Angriff begonnen hast, während ich darauf vorbereitet und in einer guten Position war, um ihn zu parieren und zu kontern?«

Sie wiederholten die Bewegung. Louis war geduldig, und Lochlánn war aufmerksam. Schritt um Schritt gingen sie den Angriff durch, die Abwehr, den Gegenangriff. Sie übten es wieder und wieder, und dann nahm Louis das Schwert und reichte Lochlánn die Harke, und sie ließen alles noch einmal ablaufen.

Louis hatte vorgehabt, Lochlánn etwa fünfzehn Minuten seiner Zeit zu widmen, nicht mehr, weil er mehr Zeit nicht erübrigen konnte. Doch als die Glocken zum Frühstück läuteten, merkte Louis, dass er die Zeit ganz aus dem Auge verloren hatte und dass er und Lochlánn über eine Stunde geübt hatten.

Er wischte sich über die Stirn. Er und der Junge schwitzten inzwischen heftig. »Jetzt geh, Bruder Lochlánn«, sagte Louis. »Dein Frühstück wartet. Wenn jemand dir Schwierigkeiten macht, weil du deine Arbeit vernachlässigt hast, dann sag ihnen, dass ich deine Hilfe benötigt habe.« In Wahrheit war Louis nicht sicher, ob sein frisch erworbener Rang ihm das Recht verlieh, Lochlánn von seinen Pflichten zu entbinden, aber einen Versuch war es wert.

»Vielen Dank, Bruder Louis«, erwiderte Lochlánn. Er lächelte. Louis wusste nicht, ob er ihn je zuvor hatte lächeln sehen. »Du bildest mich weiter aus, nicht wahr? Bitte!«

»Ja, ja, ich verspreche es«, sagte Louis und war sich wieder nicht sicher, ob er die Möglichkeit hatte, sein Wort einzulösen. Lochlánn rannte davon. Louis kam wieder zu Atem. Er erinnerte sich an die Verpflichtung, der er hatte nachkommen wollen, als Lochlánn ihn aufgehalten hatte.

Das lässt sich nicht länger aufschieben, dachte er, obwohl er immer noch zögerte. Er hatte keine Angst davor, zu tun, was getan werden musste. Doch er fürchtete sich vor den Konsequenzen, dem möglichen Verlust seiner neuen Stellung als Krieger und der Freude, die damit einherging und die er erst seit weniger als zwei Tagen hatte genießen können. Er seufzte, richtete sein Schwert an der Seite und ging los.

Er trat aus dem Stall, blinzelte in der Morgensonne und wischte sich die Augen. Dann hielt er auf das Tor im *Vallum* zu und anschließend auf das Tor in der Außenmauer. Glendalough – nicht das Kloster, sondern die Stadt darum herum – sah anders aus, als er sie noch vom Vortag in Erinnerung hatte. Die Leute strömten zu Hunderten in die klösterliche Stadt. Mit Gütern beladene Wagen rollten quietschend die steilen Straßen hinauf in den Ort auf den Hügeln. Fahrende Händler trotteten mit großen Bündeln auf dem Rücken heran, auf

Wanderstäbe gestützt, um das Gleichgewicht zu wahren. Sogar die grell angestrichenen Karren von Schaustellern waren auf den Straßen unterwegs, und das war ein Anblick, den Louis hier niemals erwartet hätte.

Auf den Feldern rings um die Steinwände des Klosters wuchsen kleine Pavillons wie Pilze in die Höhe, und Kaufleute bezogen zusammengezimmerte Stände auf dem Marktplatz. Es schien, als wäre Glendalough aus einem tiefen Schlummer erwacht und reckte und dehnte sich nun, bevor es voll und ganz ins Leben zurückkehrte.

Unglaublich, dachte Louis, warf aber nur einen flüchtigen Blick auf die beispiellose Betriebsamkeit. Er folgte einer Straße, die in einem schrägen Winkel von der Klostermauer fortführte. Der Boden unter seinen Füßen war fest, nachdem der Schlamm in der Morgensonne getrocknet war. Bald ließ er die kleine Ansammlung von Häusern hinter sich, aus denen die Stadt bestand, und bewegte sich durch die Felder dahinter.

Eine Reihe von Zelten und Pavillons in der Ferne markierte die Stelle, wo ihr rasch zusammengerufenes kleines Heer sein Lager aufgeschlagen hatte. Dies war, was die Iren als *Dúnad* bezeichneten, ein Feldlager, wie es Truppen auf dem Marsch errichteten. Und obwohl sie derzeit nicht weit aus dem Kreis ihrer Lagerfeuer herausmarschierten – allenfalls über das Feld, auf dem sie übten, und zu den Gräben, die sie als Latrine ausgehoben hatten –, würde sich das bald ändern. Zumindest wollte Louis dafür sorgen.

Die zum Dienst verpflichteten Krieger waren rings um das Feld angetreten und gingen ein paar Übungen durch, wenn man das denn so nennen konnte. Das waren die *Bóaire*, einfache Bauern mit etwa einem Dutzend Rindern, und die *Fuidir* – jene, die nicht ganz frei waren, sondern als Pächter einem der *Rí Túaithe* oder einem der Herren von gutem Ansehen unterstanden. Zusätzlich zur Pacht, dem Zehnten und Fronarbeiten schuldeten sie ihren Herren auch eine gewisse Zeit des Kriegsdiensts, eine Schuld, die nun fällig wurde.

Louis ging langsam an dem Gelände vorüber und beobachtete mit Interesse, was dort geschah. Es war nun seine Aufgabe, diese Bauern zu Kriegern zu formen, und wenn sich daran in der nächsten halben Stunde nichts änderte, würde er sich gleich an die Arbeit machen.

Was er sah, ermutigte ihn allerdings nicht gerade: ein zusammengewürfelter Haufen von ungefähr hundert Männern, unbewaffnet und für die Hofarbeit ausgestattet, aber nicht für ein Schlachtfeld. Sie schienen unter dem Befehl eines Hauptmanns zu stehen, der Kettenrüstung trug und mit seinem Schwert herumwedelte. Dabei bewegten sie sich mit all dem Eifer, den man von Männern erwarten konnte, die gegen ihren Willen eingezogen worden waren und ihr Leben riskieren sollten für Leute, die sie nicht mochten.

Louis wandte sich von dem Schauspiel ab. Er ertrug nicht länger, was er da sah. Also konzentrierte er sich auf seine nächstliegende Aufgabe.

Er blickte sich zwischen den behelfsmäßigen Unterkünften um. Die Größte darunter, ein ovales Rundzelt mit Bannern, die an aus dem Dach ragenden Stangen flatterten, stand hundert Fuß von den äußersten Zelten der Krieger entfernt. Sobald Louis es erblickte, beschleunigte er seine Schritte.

Es gab keine Wachen vor dem Eingang, was ihn überraschte, auch wenn er dankbar dafür war. Er schlug die Plane zur Seite, die den Durchgang verhängte. Mit einer Hand auf dem Griff seines Schwerts platzte er hinein. Ein Tisch nahm einen Großteil des Innenraums ein. Er war voll mit Pergamenten, einem Tintenfass, zwei brennenden Kerzen, ein paar Zinntellern mit den Resten von Brot und Käse und gebratenem Fleisch sowie einem Humpen. Colman mac Breandan saß hinter dem Tisch und beugte sich gerade über ein Dokument.

Colman blickte auf, als Louis hereinkam. Sein Gesicht blieb ausdruckslos, und das änderte sich auch nicht, als Louis nähertrat. Colman schwieg. Er senkte den Blick wieder und las weiter, als wäre Louis de Roumois' Auftritt nur eine belanglose Störung, ein summendes Insekt, das ihn kurz abgelenkt hatte.

Louis blickte nach rechts. Failend saß dort in einem Klappstuhl, mit einem Fell auf dem Schoß. Das Licht in dem Pavillon war gedämpft, doch die Beleuchtung reichte aus, um die dunkle Prellung in ihrem Gesicht zu erkennen. Bei dem Anblick stiegen ein paar unschöne Gefühle in Louis auf: hilflose Wut, Scham, Abscheu. Sein erster Gedanke war, Colman in ihrem Namen herauszufordern, seinen eigenen Ärger mit dem Mann außer Acht zu lassen und das Unrecht zurechtzurücken, das Failend hatte erdulden müssen; ein Unrecht, das ebenso sehr seine eigene Schuld war wie die von Colman.

Ihre Blicke kreuzten sich. Failends Gesichtsausdruck war so ausdruckslos wie der von Colman, doch als er in ihre dunklen Augen schaute, wurde Louis bewusst, dass – wenn er gegen Colman kämpfte – er sein Schwert nicht um ihretwillen in dessen Leib stoßen würde, sondern allein für sich selbst. Eine solche Tat wäre genauso unbesonnen und selbstsüchtig, wie die, ihr erst beizuliegen und sie dann der Wut ihres Mannes zu überlassen.

»Bruder Louis«, sprach Colman schließlich gedehnt. Er hatte so eine Art, diese zwei Wörter mit genau dem Anflug von Spott zu versehen, der Louis de Roumois in Rage versetzte. Louis wandte sich von Failend ab und Colman zu. Er bemühte sich, den Zorn wieder heraufzubeschwören, den er empfunden hatte, bevor Failends zerschlagenes Gesicht alle Empfindungen auf sich gezogen hatte. Colman richtete sich nun in seinem Stuhl auf, als hätte er eine wichtige Arbeit abgeschlossen und dadurch endlich ein wenig Zeit gewonnen, die er nun einem bedeutungslosen Besucher widmen konnte.

»Colman mac Breandan«, erwiderte Louis und trat noch einen Schritt auf den Schreibtisch zu. Er legte so viel Bedrohlichkeit in sein Vorrücken, wie er nur konnte, aber Colman wirkte gänzlich unbeeindruckt. »Es ist eine feige Tat, in dunkler Nacht einen Meuchelmörder zu schicken. Wenn Ihr mich töten wollt, so zeigt Euch als Mann und tut es persönlich, von Angesicht zu Angesicht.«

Colman lehnte sich zurück, und ein Lächeln huschte über seine Lippen. Wenn er damit beabsichtigt hatte, Louis' Wut weiter anzustacheln, gelang ihm das ganz wunderbar. »Ein Meuchelmörder, sagst du? Ein Mörder wollte dich töten? Hast du denn gar keine Freunde in dieser Welt?«

Louis trat noch einen Schritt näher, stemmte die Hände auf den Tisch und beugte sich nach vorn. Colman zeigte nicht die mindeste Reaktion auf diese Bewegung. »Ihr wisst verdammt gut, was für ein Mörder bei mir war«, sagte Louis. »Ihr habt ihn nämlich geschickt.«

Nun lachte Colman tatsächlich leise in sich hinein. »Wenn du von einem Meuchelmörder heimgesucht wurdest, dann hat er wirklich eine miserable Arbeit abgeliefert«, befand er. »Siehst du, Bruder Louis, das ist der Grund, weswegen ein Mann wie ich sich nie auf irgendeinen Untergebenen verlassen darf. Einen Untergebenen wie … nun … wie beispielsweise dich. Wenn ich dich umbringen wollte, hätte ich es sicher selbst getan, und dann wärest du mit ziemlicher Sicherheit tot.«

»Wenn Ihr mich töten wollt, dann tut es von Angesicht zu Angesicht. Ich bin jetzt hier und gebe Euch die Möglichkeit dazu.«

»Wenn ich dich töten wollte, hätte ich es getan, als du nackt und mit schlaffem Schwanz in meinem eigenen Haus vor mir standest«, erklärte Colman. »Und vielleicht hätte ich es tun sollen. Aber ich habe es nicht getan.«

Louis starrte Colman wütend an und suchte nach einer Erwiderung. Doch ihm fiel nichts ein, was er Colman entgegensetzen konnte. Natürlich – wenn Colman ihn tot sehen wollte, hätte er das gleich erledigen können, als er ihn mit Failend ertappt hatte. Er hätte es leicht tun können, und wahrscheinlich wäre seine Tat folgenlos geblieben.

Vielleicht hast du meinen Tod ja erst später beschlossen, dachte Louis. Aber er wusste, dass er nur umso dümmer dastehen würde, wenn er jetzt versuchte, darüber zu diskutieren.

Louis richtete sich auf und wartete, dass Colman das Wort ergriff. Colman jedoch genoss diesen Augenblick eindeutig viel zu sehr und ließ Louis noch länger zappeln.

»Also gut«, sagte Louis schließlich. »Ihr gebt mir Euer Wort als Edelmann, dass Ihr diesen Mörder nicht angeheuert habt?«

Colman gluckste wieder. »Ein Edelmann gibt einem anderen Edelmann sein Wort, und nicht einem erbärmlichen kleinen Scheißhaufen wie dir«, sagte er. »Für dich muss reichen, wenn ich dir sage, dass ich keinen Mörder geschickt habe. Tatsächlich ist das schon mehr, als ein Mann meines Ranges jemandem wie dir schuldig ist.«

Louis presste die Lippen aufeinander. In seiner Heimat hätte ein Mann von Colmans Rang Louis de Roumois die Schuhe geleckt und danach gefragt, ob sie auch sauber genug waren. Aber sie waren nicht im Frankenreich. Und er war jetzt nicht mehr Louis de Roumois, sondern nur noch Bruder Louis.

Colman ließ die Stille einen Moment länger andauern und fügte dann hinzu: »Du kannst gehen.«

Und Louis wusste nichts darauf zu sagen. Erneut hatte Colman ihn auf jede nur denkbare Weise gedemütigt. Selbst der Gedanke daran, dass er Colman Hörner aufgesetzt hatte, tröstete Louis kaum, weil der Mann sich nicht wirklich darum zu scheren schien.

Louis machte auf dem Absatz kehrt und hielt auf den Ausgang zu. Gerade griff er nach der Zeltklappe, als Colman rief: »Ach, ja, Bruder Louis, komm noch mal her. Da gibt es doch noch was zu klären.«

Louis konnte nur den Kopf schütteln. Colman rief ihn zurück: »Komm«, befahl er ihm, als wäre er ein Hund. Colman ließ nicht die kleinste Gelegenheit aus, ihn zu erniedrigen. Darauf verstand er sich in der Tat meisterhaft. Aber Louis konnte nichts weiter tun, als kehrtzumachen und wieder vor Colman zu stehen wie ein Untergebener oder ein Sklave. Also tat er das auch.

»Wie es aussieht«, erklärte Colman, »hat Pater Finnian entschieden, dass du einen Platz bei den Kriegern einnehmen sollst. Ich kann mir wirklich nicht vorstellen, wie er darauf kommt. Aber Finnian genießt das Vertrauen des Abts, und der Abt hat Einfluss auf die *Rí Túaithe*, also bist du hier.«

»Ja«, antwortete Louis. »Pater Finnian hat mit mir gesprochen, genau wie der Abt.«

»Ich weiß«, sagte Colman. Er wedelte mit einer Hand in Louis' Richtung. »Und ich sehe außerdem, dass du schon deine Ausrüstung trägst. Wir werden sehen, ob das besser zu dir passt als die Mönchskutte. Zumindest wirst du dir die Rüstung schwerer vom Leib reißen können, wenn dich das Feuer der Leidenschaft wieder überwältigen sollte.«

Louis war klug genug, darauf nicht zu antworten.

»Nun denn«, fuhr Colman fort. »Du hast sicher die ›Krieger‹ auf dem Acker schon gesehen, als du hergekommen bist. Geh jetzt und kümmere dich um ihre Ausbildung. Sie haben gerade erst gefrühstückt. Also sind sie hoffentlich noch nicht so betrunken, dass sie nicht mehr geradeaus laufen können.«

Einen langen Moment über stand Louis da und starrte Colman an. Dann sprach er.

»Ihr habt keine Probleme mit … diesem Arrangement?«

»… mit diesem Arrangement, *Herr*«, berichtigte ihn Colman.

»Herr«, fügte Louis mit einem Hauch von Ironie hinzu, den Colman ignorierte.

»Nein, ich habe keine Probleme damit. Vorausgesetzt, du bist das Essen wert, das du hier kriegst. Warum gehst du nicht los und zeigst uns, ob das der Fall ist?«

Louis starrte ihn noch einen Augenblick länger an. Er, Louis de Roumois, der Mann, der es mit Colman mac Breandans Ehefrau getrieben hatte, würde nun eben diesen Kerl als Anführer der Krieger ersetzen, weil er der Aufgabe nicht gewachsen war. Und Colman störte das nicht im Geringsten? Das bereitete Louis echte Sorgen.

Und natürlich blieb da noch die andere Sache. Colman hatte behauptet, er habe den Mörder nicht geschickt, und Louis glaubte ihm. Damit blieb die drängende Frage unbeantwortet, wer es stattdessen gewesen war.

Louis machte kehrt und verließ das Zelt.

15. Kapitel

Nie kannst du wissen, wo falsche Freunde
vor dir im Hinterhalt lauern mögen.
HÁVAMÁL

In dem Fischerdorf gab es nicht mehr zu sehen und überhaupt nichts zu plündern. Also kehrten Thorgrim und seine Männer sowie Kjartan und der Rest über die einzelne zerfurchte Straße zum Fluss zurück. Die Sonne stand inzwischen ein gutes Stück hinter den Bergen und tauchte die Kuppen in ein eigenartig rot-orangefarbenes Glühen. Tiefe Schatten lagen über diesem Ort der Toten, und Thorgrim teilte das Unbehagen der Schiffsbesatzungen.

Selbst im Angesicht einer zweifachen Übermacht von lebenden Kriegern hätten sie keine derartigen Bedenken empfunden, sondern sich mit Begeisterung in einen solchen Kampf gestürzt. Aber an diesen stillen Häusern und den steifen und geschwärzten Leichen vorbeizulaufen, zu wissen, dass die Geister der Toten nicht ruhten, weil sie unmöglich Frieden finden konnten, das war beunruhigend. Was bedeutete, dass die Männer seine nächsten Befehle wirklich hassen würden.

Endlich gelangten sie zu den Schiffen, dem *Drachen*, der mit der Steuerbordseite am Anleger festgemacht war, dem *Meereshammer* und dem *Blutfalken* an der Backbordseite, und zuletzt dem *Fuchs*. Bersi und Skidi auf seinem *Fuchs* waren schlau genug gewesen, stromaufwärts zusätzliche Anker auszuwerfen, um den ungeheuren Druck zu mindern, den die vier Schiffe auf den armselig zusammengezimmerten Steg ausübten, an dem sie festgemacht waren.

Gute Seemannskunst, dachte Thorgrim, und das war so ziemlich das höchste Lob, das er einem Mann zu zollen vermochte.

Die Mannschaften der Schiffe waren mehr als froh, wieder zurück an Bord zu kommen, und die Wikinger, die zum Schutz der Schiffe zurückgeblieben waren, freuten sich bei ihrem Anblick. Thorgrim blieb außerhalb der Hörweite der Männer auf dem Anleger zurück und rief Bersi, Kjartan und Skidi Streitaxt zu sich.

»Es ist zu dunkel, um heute noch weiter stromaufwärts zu fahren«, sagte er. »Und wir wissen nicht genug über die Strömung, um draußen im Fluss zu ankern. Also müssen wir hierbleiben.« Die anderen nickten. Sie waren nicht glücklich, das wusste er, aber sie würden nicht darüber diskutieren, denn sie verstanden, dass Thorgrims Entscheidung die richtige war. Thorgrim fuhr fort.

»Irgendwer hat in diesem Dorf ein blutiges Durcheinander angerichtet. Kjartan sagt, er weiß nicht, wer das war.«

Alle Augen wandten sich Kjartan zu, der überrascht wirkte, als er so plötzlich im Zentrum ihrer Aufmerksamkeit stand. »Das ist richtig«, bestätigte er, stammelte es beinahe. »Ich weiß nicht, wer das getan hat.«

»Wer immer es war«, sagte Thorgrim, »ich denke nicht, dass sie für uns eine Bedrohung darstellen. Ich glaube nicht, dass sie überhaupt noch in der Nähe sind. Doch wir wären Dummköpfe, wenn wir nicht wachsam blieben. Wir stellen zehn Männer von jedem Schiff als Wachen auf der anderen Seite des Dorfes auf, falls ein Feind in der Nacht dort einzudringen versucht.«

Selbst im schwindenden Tageslicht konnte Thorgrim den

unsicheren Ausdruck auf den Gesichtern der anderen erkennen. Niemand verspürte große Lust, diese Aufgabe an seine Männer weiterzugeben und sie in den dunkelsten Stunden der Nacht von ihren Kameraden und ihrem Schiff zu trennen, mit einer unbekannten Bedrohung vor ihnen und einem Dorf voll Toter in ihrem Rücken.

Thorgrim sah sich noch einer weiteren Schwierigkeit gegenüber. Er wollte sich nicht von den Schiffen entfernen, weil er befürchtete, dass die Männer in seiner Abwesenheit irgendwelchen Unfug anstellten. Kjartan vertraute er genauso wenig, wie er es in Vík-ló getan hatte. Genau genommen war sein Misstrauen deutlich größer geworden. Möglicherweise drohte Verrat, oder vielleicht würde die Furcht vor den Geistern die Männer überwältigen.

Genauso wenig wollte er allerdings, dass die Krieger glaubten, er selbst schrecke vor dem Dorf der Toten zurück. Zum Glück blieb ihm eine andere Möglichkeit, um zu zeigen, dass er sich nicht vor dem Ungewissen dort draußen fürchtete.

»Mein Sohn Harald wird die Männer von der *Meereshammer* führen«, kündigte er an. Er war zuversichtlich, dass Harald nicht nur dazu bereit war, sondern es sogar übel nehmen würde, wenn man ihn davon ausschloss. »Jeder von euch wählt seine Männer und einen zuverlässigen Anführer aus. Dann werden wir dafür sorgen, dass an jedem Zugang zum Dorf jemand postiert wird.«

Zwanzig Minuten später versammelten sich die Wachen auf dem Kai, und eine Stunde darauf bildeten sie eine Linie an der landeinwärts gelegenen Seite der Ortschaft und spähten in die dunkle Landschaft hinaus. Thorgrim und Bersi begleiteten die Schar und vergewisserten sich, dass die Männer gut aufgestellt waren. Dann kehrten sie im Licht des schwindenden Mondes zum Anleger zurück. Kjartan erwartete sie.

»Thorgrim, Bersi«, sagte er. In seiner Stimme lag das Selbstvertrauen und die Großspurigkeit, die man von ihm gewohnt war, doch es schwang auch noch ein anderer Unterton mit.

»Ja, Kjartan?«, fragte Thorgrim. Er war neugierig, wohin das führen würde.

»Meine Männer waren, wie ich sagte, ungestüm. Haben mich in Vík-ló regelrecht zum Aufbruch gezwungen. Aber keiner von euch soll denken, dass ich euch je im Stich lassen wollte oder etwas anderes vorhatte, als mich diesem Raubzug anzuschließen.« Er hielt inne und wartete darauf, dass Thorgrim oder Bersi etwas dazu sagten, doch niemand tat ihm den Gefallen. Also fuhr er fort.

»Es war stets unsere Absicht – meine Absicht –, dass wir bei diesem Raubzug nach Glendalough dabei sind. Als Teil deiner Streitmacht, Thorgrim. Das würden wir nun gerne tun, wenn es dir recht ist.«

Thorgrim und Bersi wechselten einen Blick. Sie hatten nie über dieses Thema gesprochen. Alle waren davon ausgegangen, dass sie Kjartan, sein Schiff und seine Leute nie wiedersehen würden. Aber es war stets von Vorteil, mehr Schwerter und Äxte dabeizuhaben, wenn man auf ernsthaften Widerstand stieß, selbst wenn man die Beute dann unter einer größeren Zahl von Männern aufteilen musste.

Bersi schwieg. Er würde Thorgrim die Entscheidung überlassen, genau wie Thorgrim es erwartet hatte.

»Also gut, Kjartan. Ich bitte dich nicht, einen Eid zu leisten, nur dass du mir dein Wort gibst, an unserer Seite zu kämpfen. Und dass du bei diesem Zug meinen Oberbefehl anerkennst.«

»Ja, ja, natürlich. Ich gebe dir mein Wort«, versicherte Kjartan ein wenig zu schnell.

»Sehr gut«, sagte Thorgrim. Es schüttelte Kjartans Hand, und Bersi tat dasselbe.

In Wahrheit war Thorgrim froh, dass Kjartans Männer seine Reihen stärkten. Doch das war nicht der einzige Grund, warum er sie wieder aufnahm. Er war auch neugierig. Kjartan besaß eine Menge schlechter Eigenschaften: Er war habgierig, unaufrichtig und sicher nicht vertrauenswürdig. Aber ein Feigling war er nicht. Thorgrim hatte neben ihm im Schildwall gekämpft, und er wusste, dass Kjartan so tapfer war wie nur irgendwer, selbst im Angesicht einer überwältigenden Übermacht. Dennoch fürchtete er sich jetzt, und Thorgrim wollte erfahren, warum.

Die Männer wünschten einander eine gute Nacht, und Thorgrim trat vom Anlegesteg auf das Deck des *Drachen* und von dort weiter auf sein eigenes Schiff, das schon vertraut und heimelig wirkte, obwohl es gerade erst vor wenigen Tagen zu Wasser gelassen wurde. Er suchte seinen Schlafplatz im Heck der *Meereshammer* auf, legte sich auf dem Stapel Felle nieder und fühlte die düstere Stimmung in sich aufsteigen wie eine Flut.

Die düstere Stimmung. Das war ein grundloser Grimm, der ihn mitunter überfiel, wenn die Sonne unterging, und der jeden vernünftigen Gedanken erstickte. Niemand durfte sich ihm dann nähern. Sobald er schlief, träumte er von Wölfen, und manchmal ließen ihn die Träume Dinge sehen, die andere nicht wahrnehmen konnten. Ab und an wachte er an einem anderen Ort auf als dem, an dem er sich schlafen gelegt hatte.

Einige Leute glaubten, dass er ein Gestaltwandler sei, dass er, wenn ihn die düstere Stimmung umhüllte, die Form eines Wolfs annahm. Thorgrim selbst glaubte nicht daran, dass das wirklich so war.

In seinen jüngeren Jahren hatte diese Stimmung ihn fast

jede Nacht befallen, aber er stellte fest, dass er umso seltener davon heimgesucht wurde, je älter er wurde. Doch in dieser Nacht war sie wieder da.

Eine Zeitlang, während die Wut sich in sein Gemüt einschlich, blickte er zu den Sternen auf, der vertrauteste und beständigste Anblick in der ganzen Welt. Dann warf er die Decken von sich, stand auf und spähte aufs Mondlicht hinaus, das sich im Fluss spiegelte. Er beobachtete, wie die Strömung abnahm, bis sie stillstand und dann die Richtung wechselte, als das Wasser mit der Ebbe zurück ins Meer strömte. Die Schiffe, die am Steg festgemacht waren, zerrten an ihren Ankertauen.

Endlich, als die ersten Spuren der Morgendämmerung sich am östlichen Horizont zeigten, legte er sich wieder hin und schlief ein. Er träumte, aber er träumte nicht von Wölfen, und es kam ihm vor, als seien nur wenig Augenblicke vergangen, als jemand ihn wieder wachrüttelte.

Thorgrim öffnete die Augen. Segan wies auf die Männer, die an Land ein Feuer entfacht hatten und Haferbrei für das Frühstück kochten. Kurz darauf kehrten die Wachen zurück. Sie hatten nichts Bemerkenswertes zu berichten, außer dass ein Schwein durch einen Speerstoß getötet worden war, weil einer der Posten es für jemanden gehalten hatte, der im Unterholz herumschlich. Keiner der Männer kam auf den Gedanken, das Tier zu essen; sie konnten sich lebhaft ausmalen, was das Schwein zuvor zu sich genommen hatte.

Bald nach dem Frühstück brachen sie wieder auf. Als die *Meereshammer* sich vom *Drachen* losgemacht hatte, übernahm sie auf dem Fluss wieder die Führung der kleinen Flotte. Es herrschte immer noch Ebbe, und sie ruderten gegen den Strom und kamen nur langsam voran. Grüne Ufer glitten vorüber; an manchen Stellen mäanderte der Fluss durch ausgedehnte Felder, die sich bis in die Ferne erstreckten. Anderswo wucherten dichte Wälder bis ans Ufer herunter, so dass die Langschiffe durch eine tief eingeschnittene, grüne Rinne zu fahren schienen.

Thorgrim beobachtete das Ufer, während das Schiff sich stromaufwärts bewegte. *Zumindest hatte Kevin Recht, was die Flut angeht,* dachte er, *das Wasser steht eindeutig höher als normal.* An manchen Stellen war der Fluss über die Ufer getreten, und die Bäume ragten geradewegs aus den Fluten wie übergroße Schilfhalme, während die Strömung um ihre Stämme brodelte. An anderen Stellen hatte der Fluss sein Bett gänzlich verlassen und setzte die grünen Wiesen dahinter unter Wasser.

Sie ruderten eine Stunde, dann ließ Thorgrim die Männer auswechseln, und sie fuhren weiter. Ein Ausguck wurde im Bug platziert, um nach vorne Ausschau zu halten, und Starri blieb auf seinem Posten oben auf der Mastspitze, aber beide konnten nichts von Interesse entdecken.

Ungefähr eine Stunde nach Mittag kamen sie an einem anderen Dorf vorbei, das sich ans Flussufer schmiegte und sogar noch weniger beeindruckend wirkte als das erste. Wie die gestrige Ansiedlung war es vollkommen leblos; nichts bewegte sich dort, niemand war zu sehen. Sie machten sich nicht die Mühe anzuhalten.

Wieder sank die Sonne den fernen Bergspitzen entgegen, als Thorgrim Agnarr zum Heck bestellte.

»Diese Vermählung der Wasser, von der Kevin gesprochen hat – weißt du, wie weit flussaufwärts sie liegt?«, fragte er.

Agnarr schüttelte den Kopf. »Ich habe mir sagen lassen, dass man den Ort unmöglich verfehlen kann. Ein Zusammenfluss zweier Ströme, die sich vereinen. Aber wie weit das vom Meer entfernt liegt, weiß ich nicht.«

»Also gut«, antwortete Thorgrim. »Dann sollten wir besser

für die Nacht festmachen. Bald wird es zu dunkel sein, um den Fluss vom Land zu unterscheiden.«

Eine Viertelmeile weiter gelangten sie an eine Stelle, wo das Flussufer steil anstieg und das Wasser tief genug war, um die *Meereshammer* dicht an die Böschung zu bringen. Thorgrim steuerte, und Starri kletterte am Ufer empor, und bald war das Schiff an Bug und Heck vertäut. Die anderen machten dahinter fest. Dort verbrachten sie die Nacht und stellten erneut Wachen in der Dunkelheit auf, die dieses Mal auf gar nichts trafen, nicht einmal auf ein Schwein.

Am folgenden Morgen stieg die Sonne in einen wolkenlosen Himmel empor und kündigte einen weiteren Tag mit gutem Wetter an – eine für dies Land fast beispiellose Spanne. Das machte die Männer nervös. Sie rechneten sich aus, dass sie für so ein Geschenk einen Preis würden zahlen müssen. Die Götter waren nicht für ihre Großzügigkeit bekannt.

16. Kapitel

Ein Toter Mann im Süden,
ein Toter Mann im Norden,
sie waren nicht die Lieblinge
einer nutzlosen Heerschar.
DIE ANNALEN VON ULSTER

Unglaublich, dachte Louis de Roumois. Dieses Wort war ihm in den letzten Tagen so oft in den Sinn gekommen, dass er kaum noch wusste, was er damit alles bezeichnen musste.

Es gab zu vieles, worauf es passte. Das Wetter war das eine. Nach den Maßstäben von Roumois wäre es nicht außergewöhnlich, aber für irische Verhältnisse, oder zumindest nach dem, was Louis bisher in Irland erlebt hatte, kam es einem Wunder gleich. Am zweiten Tag in Folge blieb es sonnig, war die Luft warm, stieg kein Dampf mehr vom Boden auf, und alles war trocken, wahrhaftig trocken. Louis konnte sich nicht daran erinnern, wann er sich das letzte Mal trocken gefühlt hatte. Selbst wenn es nicht regnete, war es doch ständig so feucht und klamm, dass sich alles nass anfühlte.

Die Geschäftigkeit rings um den bevorstehenden Jahrmarkt von Glendalough war nicht weniger unglaublich. Er war seit mehr als zwölf Monaten im Kloster und hatte auch den Jahrmarkt des Vorjahres schon erlebt. Aber er erinnerte sich an nichts davon. Die neuen Verhältnisse waren so frisch und er noch ganz betäubt gewesen vom plötzlichen Wandel seines

Geschicks – vom fränkischen Prinzen und Befehlshaber der Krieger innerhalb eines Monats zum mittellosen, verwaisten Novizen, der ans Ende der Welt verbannt worden war –, dass er kaum mitbekam, was um ihn herum vorging.

Das war jetzt nicht mehr der Fall. Nach einem langen Winter im Kloster, einer Zeit, während der überhaupt nichts zu geschehen schien und ihn die Tage in ihrem ermüdenden Einerlei zermürbten, bemerkte er jetzt umso deutlicher jede Veränderung. Und er war verblüfft von dem, was er zu sehen bekam.

Unglaublich waren auch die Männer unter seinem Kommando. Sie waren die erstaunlichste Ansammlung von Stümpern und Schwachköpfen und Krüppeln, die er je gesehen hatte. Das Ganze hatte mehr Ähnlichkeit mit einem Lager von Aussätzigen als mit einer Streitmacht.

In diesem speziellen Augenblick beachtete er das nicht einmal. Seine gesamte Aufmerksamkeit galt einem Wagen, der von zwei großen Pferden gezogen über Glendaloughs Hauptstraße polterte. Seine Ladung war von einer Plane verhüllt, und obwohl er wenigstens eine Viertelmeile entfernt war, war Louis sicher, dass mindestens zwei Frauen oben auf der Fracht saßen. Er hatte ein gutes Auge für solche Dinge.

Huren?, fragte er sich. Das wäre gewiss etwas Neues in Glendalough, und etwas sehr Willkommenes. Trotzdem konnten sie nicht die ersten sein, die hier eintrafen. Er war überzeugt davon, dass Lochlánn auf seinem nächtlichen Ausflug auch schon Angehörige dieser Profession aufgespürt hatte.

Dieser kleine Hurenbock, dachte er, aber es war nicht als Beleidigung gemeint.

Unglaublich.

Er wandte seine Aufmerksamkeit von dem Wagen ab und wieder den Männern zu, die vor ihm aufgereiht standen.

»Nehmt die Speere auf!«, rief Louis, und die etwa hundert Gestalten, die sich auf dem Acker herumlümmelten, hoben ihre langen, mit Eisenspitzen versehenen Waffen und hielten sie wie Wanderstäbe vor sich. Speere waren die Waffen, die er für sie ausgewählt hatte, Speere, die sie als Stangenwaffen verwenden sollte. Nicht zum Werfen. Wenn dieser Haufen seine Speere warf, würden sie einfach den Feind verfehlen, während sie sich selbst zugleich entwaffneten.

Eines war Louis klar: In der kurzen Zeit, die ihm für die Ausbildung zur Verfügung stand, waren Stangenwaffen das Einzige, was sie vielleicht gut genug zu beherrschen lernten, um damit dem Feind mehr Schaden zuzufügen als sich selbst. Zumindest hatten die meisten von ihnen in der Vergangenheit schon die eine oder andere Unterweisung erhalten, obwohl, soweit Louis das sagen konnte, keiner von ihnen jemals in einer echten Schlacht gestanden hatte.

»Spieße runter!« Hundert Speere bewegten sich von der Senkrechten in die Horizontale.

»Schritt und Parade!«, rief Louis, und die Männer traten einen Schritt vor und schwangen das hintere Ende ihrer Waffe herum, wie um einen Schlag abzulenken. Mehrere Männer stolperten dabei und stürzten. Andere trafen ihre Nachbarn. Einer, der so einen Schlag abbekommen hatte, fluchte, warf seinen Speer zur Seite und packte seinen ungeschickten Nebenmann am Hals, während andere hinzusprangen und versuchten, die beiden zu trennen.

Wenn du dem Mistkerl wehtun willst, warum wirfst du dann deine Waffe weg?, fragte sich Louis. Es war kein gutes Zeichen, dass der Mann im ersten Impuls die Waffe fallen gelassen hatte. Aber Louis sprach es nicht laut aus. Er wollte nicht, dass sich dieser Gedanke in den Köpfen der Männer festsetzte.

Eine Stunde, nachdem er aus Colmans Zelt heraus war,

hatte Louis damit angefangen, diese Männer zu drillen. Der Bursche, mit dem er sie hatte üben sehen, stellte sich als ein Hauptmann namens Aileran heraus, ein alter Veteran und Krieger, der sein Handwerk verstand. Aileran hatte schon seit Tagen mit den zwangsverpflichteten Männern gearbeitet, und er hatte wenig Begeisterung übrig behalten für die Aufgabe, Bauern zu Kämpfern zu formen. Er überließ Louis die Arbeit nur zu gern.

»Selbst an einem guten Tag sind diese armseligen Burschen so gut wie nutzlos«, erklärte Aileran, nachdem er den Männern eine kurze Pause gewährt hatte, in der sie sich zu Boden fallen ließen und nach Luft schnappten. »Gestern Abend gelangte ein Weinhändler ins Lager, einer dieser Halunken, die wegen des Jahrmarkts gekommen sind. Hat ihnen das bisschen Silber abgeknöpft, das er da finden konnte, als Gegenleistung für diese Pisse, die er als Wein verkauft. Aber das Zeugs reichte, um die Kerle allesamt stockbesoffen zu machen. Die sind also heute in Bestform, das kann ich dir sagen.«

Angewidert war Aileran abgezogen. Louis ließ die Männer wieder auf die Füße kommen. Er stellte sich nicht vor. Männer wie diese, so viel hatte er früh gelernt, reagierten auf jede befehlsgewohnte Stimme, und die beunruhigende Frage, wer dieser Mann war – dieser Fremde mit dem fränkischen Akzent, der das Kommando übernahm und Gehorsam erwartete –, würde sie ein wenig aufmerksamer machen.

»Und Stoß!« Die Speere drehten sich wieder in ihre ursprüngliche waagerechte Position und wurden in die Leiber der eingebildeten Heiden gestoßen. Louis bezweifelte, dass echte heidnische Krieger von diesen langsamen und schwerfälligen Bewegungen getötet worden wären. Er selbst hatte viele Heiden zur Strecke gebracht und wusste, dass sie sehr viel mehr einstecken konnten, als hier geboten wurde.

Hinter den Bauern, die in zwei langen Reihen exerzierten, waren etwa siebzig Krieger angetreten und übten mit Schwert, Schild und Axt, den Waffen erfahrener Krieger. Dieser Schar hatte Aileran sich wieder angeschlossen, nachdem er Louis mit den *Bóaire* und *Fuidir* allein gelassen hatte. Das da drüben waren die echten Kämpfer von Glendalough, die Leibwachen der verschiedenen reichen Herren. Auf Befehl der Rí Túaithe waren sie geschickt und unter den Befehl Colman mac Breandans gestellt worden. Gemäß der Vereinbarung unterstanden sie damit auch Louis de Roumois.

Louis gönnte sich einige Augenblicke, um ihnen zuzusehen, um das geschmeidige Zusammenspiel von Schild und Schwert zu beobachten, während die Männer unter Ailerans Aufsicht in Übungskämpfen gegeneinander antraten.

Der Anblick dieser Kämpfer erweckte eine eigentümliche Mischung von Gefühlen in ihm. Das da waren Krieger, seine Leute. Es war nicht wichtig, dass es sich um Iren handelte; sie waren Christen wie er, und die Verbundenheit des Kriegers zählte mehr als das Land, aus dem er kommen mochte. Er wollte sich ihnen anschließen, mit ihnen trainieren und sich auf die ernsten Kämpfe vorbereiten. Es war so lange her, dass er Schwert und Rüstung getragen hatte, wenngleich sich seine Muskeln noch an alles erinnerten, was sie je gelernt hatten. Doch er empfand nicht mehr das gleiche Selbstvertrauen, das ihn einmal erfüllt hatte.

Er fand es demütigend, dass er die bäuerlichen Possenreißer ausbilden musste, obwohl es echte Krieger gab, mit denen man arbeiten konnte. Aber er wusste eben auch, dass Pater Finnian, der Abt und auch die Rí Túaithe erwarteten, dass er diese Männer führte, sie alle. Sie erwarteten von ihm, dass er die heidnischen Eindringlinge zurückschlug. Das konnte er nicht tun, wenn die Bauern, die einen Großteil seiner Truppen ausmachten, vollkommen nutzlos waren. Doch ebenso wenig konnte er die Krieger anführen, wenn sie ihn nicht kannten und respektierten.

Vielleicht sollte ich einen von ihnen zum Übungskampf fordern und ihn in den Staub schicken, dachte Louis. Das würde Wunder wirken, wenn es darum ging, ihre Achtung zu gewinnen.

»Bruder Louis?«

Der Franke drehte sich um, als er seinen Namen hörte. Bruder Lochlánn stand dort, aber Louis erkannte ihn zuerst nicht. Der junge Mann hatte die Mönchskutte abgelegt und trug jetzt eine Tunika und ein Kettenhemd, ein Schwert hatte er sich um die Taille gegürtet.

»Bruder Lochlánn«, antwortete Louis, und bevor er die naheliegendste Frage stellen konnte, beantwortete Lochlánn sie schon.

»Bruder Gilla Patraic hat das veranlasst«, erklärte Lochlánn. »Er meinte, du könntest einen Helfer gebrauchen, und sagte, ich solle das übernehmen.« Sein Tonfall verriet eine merkwürdige Mischung aus Verwirrung und Verlegenheit. »Um ehrlich zu sein, ich denke, Pater Finnian hat Bruder Gilla Patraic darum gebeten. Der sah nämlich gar nicht glücklich dabei aus.«

»Das glaube ich gern«, sagte Louis. Vor zwei Tagen noch hätte Louis Lochlánn mit einem Tritt in den Hintern davongejagt, aber nach allem, was geschehen war, mochte er den Jungen allmählich. Lochlánn wiederum schien sein überhebliches, prahlerisches Verhalten abgelegt zu haben. »Hat Bruder Gilla Patraic dir Rüstung und Waffe besorgt?«

»Nein, hat er nicht«, erwiderte Lochlánn. »Das sind meine eigenen. Ich habe sie mitgebracht. Ins Kloster. Ohne dass mein Vater davon wusste.«

Louis nickte. Der Junge musste wirklich aus einer reichen

Familie stammen. Das erklärte auch, warum er sich mit dem Gebrauch des Schwertes zumindest oberflächlich vertraut gezeigt hatte. *Gegen den eigenen Willen ins Kloster abgeschoben,* dachte Louis. Er konnte den Jungen immer besser leiden.

»Also gut«, sagte Louis. »Bring die Männer wieder auf die Beine, und lass sie weiter üben.« Er nickte in Richtung der wartenden Männer, der speertragenden Bauern, die Louis' Ablenkung ausgenutzt hatten, um innezuhalten und sich auf ihre Waffen zu stützen. Einige waren sogar zu Boden gesunken.

Lochlánn blinzelte. »Was, ich? Die wissen doch gar nicht, wer ich bin. Warum sollten sie auf mich hören?«

»Sie werden hören«, sagte Louis. »Und zwar, weil du eine Rüstung und ein Schwert trägst und mit ihnen sprichst, als würdest du erwarten, dass man auf dich hört. Zaudere nicht, lass sie nie irgendeine Unsicherheit spüren. Sprich, als wärst du der König von ganz Irland.«

Lochlánn nickte. Er überlegte, was er sagen würde und wie er es ausdrücken sollte. Dann wandte er sich den angehenden Kämpfern zu: »Nun, Männer, lasst uns weiter üben, bitte!«

Das war nicht gerade die Wortwahl, die Louis gewählt hätte, und Lochlánns Stimme überschlug sich beinahe. Doch sein Tonfall klang befehlend genug, so dass die Männer ihm folgten – wenn auch sehr viel weniger schneidig, als es Louis gern gesehen hätte.

»Gut gemacht, Bruder Lochlánn«, murmelte Louis ihm zu, so leise, dass nur sie beide es hören konnten. Er wandte sich erneut selbst an die Bauern: »Wieder in Position! Mit dem hinteren Ende, stoßen!«

Weitere zwanzig Minuten ließ Louis die Männer verschiedene Bewegungen einstudieren: stoßen, parieren, eine Verteidigungslinie bilden. Die Übung diente ebenso sehr dazu, sie daran zu gewöhnen, Befehle zu verstehen und ihnen ohne

Zögern zu folgen, wie es ihr Geschick an den Waffen steigern sollte.

»Das ist gut«, rief Louis aus, als er es nicht länger ertragen konnte. »Bildet Paare und übt miteinander, einer gegen den anderen. Versucht diesmal, euch nicht gegenseitig zu verletzen!« Die Bauern senkten die Speere und fanden langsam paarweise zusammen. Sie nahmen sich Zeit, um so eine Ruhepause zu gewinnen und damit ihre schmerzenden Köpfe sich ein wenig erholen konnten.

»Bruder Louis, habt Ihr noch einmal von Pater Finnian gehört?«, fragte Bruder Lochlánn, als sie nebeneinanderstanden und zusahen, wie die ausgehobenen Kämpfer die ersten halbherzigen Schläge gegen ihre Partner führten.

»Nein, bisher nicht«, antwortete Louis. Einen Tag, nachdem er den Franken gebeten hatte, seine Pflichten anzutreten, war Finnian aufgebrochen, um weitere Soldaten von Ruarc mac Brain zu erbitten. Er hatte Louis gedrängt, ohne weitere Verzögerung mit der Ausbildung zu beginnen. Zugleich hatte er Louis gebeten, die Bedrohung durch die Heiden geheim zu halten. Finnian wollte keine Panik auslösen. Louis vermutete, dass dies in erster Linie dazu dienen sollte, den Jahrmarkt von Glendalough nicht zu beeinträchtigen.

»Weißt du … Lochlánn«, sagte Louis. »Ich frage mich, ob wir nicht den ›Bruder‹ weglassen können, wenn wir miteinander reden. Wir müssen nun als Krieger auftreten, nicht mehr als Männer Gottes. Nicht, dass man nicht beides zugleich sein könnte.«

»Natürlich kann man. Wir sind Krieger Gottes!«, verkündete Lochlánn. »Aber wie soll ich dich ansprechen? Gewiss kann ich dich nicht einfach ›Louis‹ nennen. Dein Rang liegt weit über dem meinen.«

»Eine gute Frage«, erwiderte Louis. Der Junge schickte sich

viel rascher in Demut und Ehrerbietung einem höheren Rang gegenüber, als Louis je zu hoffen gewagt hätte. »Ich bin mir nicht sicher ... Eure Sprache ist mir immer noch nicht ganz vertraut, und ich habe wenig Gelegenheit gehabt, die Worte zu lernen, die eure Soldaten gebrauchen. Ich bin unsicher, wie ich angesprochen werden sollte.«

In Wahrheit *war* Louis sicher. Er hätte als »Fürst« angesprochen werden sollen. Sein Rang – sein wahrer Rang, nicht der des Novizen in Glendalough – lag weit über dem von Lochlánn, weit über Finnians oder dem des Abtes oder Colman mac Breandans oder selbst der *Rí Túaithe*. Er war der Sohn eines Grafen eines fränkischen Königreichs und stand weit über den unbedeutenden adligen Emporkömmlingen auf dieser zu groß geratenen Kuhweide, die sich Irland nannte.

Aber er hatte genug gesunden Menschenverstand, um nicht darauf zu bestehen, dass seine tatsächliche Position auch gewürdigt wurde.

»Was wäre angemessen?«, fragte Louis. »Ich bin nicht der Oberbefehlshaber dieser Männer, wie du weißt. Das ist Colman mac Breandan.«

»Aber du bist der Zweite nach ihm, und außerdem hat Pater Finnian gesagt, dass du in Wahrheit das Kommando führen sollst. Und dafür können wir Gott danken. Wie wäre es, wenn wir dich ›Hauptmann‹ nennen? Hauptmann Louis de Roumois?«

Louis erwog den Vorschlag. Es hatte den richtigen Klang; kriegerisch, gebieterisch, es zeugte von einer Stellung, die durch Erfahrung verdient worden war und nicht einfach aufgrund des gesellschaftlichen Ansehens verliehen.

»Also gut, du kannst mich ›Hauptmann Louis de Roumois‹ nennen.«

Die ganze Zeit wurde ihr Gespräch vom Klappern der

gegeneinanderschlagenden Speerschäfte untermalt, und vom Ächzen der Männer, die sich durch ihre Übungen mühten. Nun jedoch übertönte ein empörter Schrei jeden anderen Laut. Louis und Lochlánn drehten sich um und sahen, dass einer der Bauern auf dem Boden lag und mit der rechten Hand den linken Arm umklammert hielt. Blut lief ihm zwischen den Fingern hindurch. Die Übungen waren zum Stillstand gekommen, alle blickten auf den Verwundeten.

Ohne ein Wort zu sagen, kam der blutende Mann wieder auf die Füße. Er griff nach seinem heruntergefallenen Speer, und noch bevor er sich ganz wieder aufgerichtet hatte, schwang er die Waffe und traf sein Gegenüber mit dem Schaft am Kopf. Der Mann brach zusammen wie ein schlaffer Sack, und im nächsten Augenblick setzten sich alle Männer in Bewegung. Manche schlugen mit den Fäusten auf andere ein, einige benutzten das stumpfe Ende ihrer Speere, ein paar wichen aus oder versuchten, die prügelnden Kameraden voneinander zu trennen.

Louis und Lochlánn beobachteten das Handgemenge. Sie versuchten nicht, sich einzumischen. Auch die Krieger unterbrachen ihre Übungen und verfolgten belustigt das Spektakel aus der Ferne.

»Ein Ire mag nichts so sehr wie eine gute Rauferei«, erklärte Lochlánn. »Aber gegeneinander kämpfen sie lieber als gegen die Heiden.«

Die beiden sahen eine weitere Minute lang zu. Es gab keine Ordnung in dieser Schlägerei, keine Gruppe, die gegen eine andere stand. Es stritt einfach nur jeder gegen jeden. Louis tröstete sich mit dem Gedanken, dass zumindest noch niemand mit dem Speer aufgespießt worden war.

Dann hörte er einen der Bauern rufen: »Lord Colman!« Es war kein Gruß, sondern eine Warnung an die anderen. Louis drehte sich um. Colman mac Breandan war hinter ihnen herangeritten, und der weiche Boden und das Spektakel auf dem Acker hatten dafür gesorgt, dass Louis ihn nicht einmal gehört hatte.

Einer nach dem anderen lösten sich die Kämpfer aus der Schlägerei, oder sie blieben einfach stehen oder liegen, wo sie waren, rangen nach Atem und schauten zu ihrem berittenen Vorgesetzten auf. Colman sprach, und seine Stimme zerrte heftiger an Louis' Geduldsfaden als das furchtbarste Quietschen einer rostigen Türangel. »Ausgezeichnete Arbeit, Bruder Louis. Da hast du ja ein paar echte Krieger ausgebildet.«

Failend ritt hinter ihm auf einem eigenen Pferd. Im hellen Tageslicht war die Prellung in ihrem Gesicht schmerzhaft deutlich zu sehen, schwarz und purpur und rot verfärbt. Sie blickte ausdruckslos, oder jedenfalls beinahe. Nur jemand, der sie sehr gut kannte, hätte den Abscheu und die Verachtung unter den reglosen Zügen bemerkt.

»Ich bin froh, dass Ihr zufrieden seid«, antwortete Louis, aber Colman war sein Blick in Richtung Failend nicht entgangen.

»Bist du überrascht, sie hier bei mir zu sehen, Bruder Louis?«, fragte Colman. »Ich wage es nicht länger, die Hure auch nur einen Moment aus den Augen zu lassen. Sie könnte es mit halb Glendalough treiben in der Zeit, die ich brauche, um hier rauszukommen und deine kläglichen Bemühungen zu betrachten.«

»Bruder Louis wird jetzt als ›Hauptmann‹ angeredet, Lord Colman«, warf Lochlánn diensteifrig ein, bevor Louis ihn zurückhalten konnte.

»›Hauptmann‹ also?«, fragte Colman belustigt. »Nicht etwa ›Oberster Heerführer‹ oder etwas Ähnliches, das Eurer erhabenen Stellung eher gerecht wird?«

»›Hauptmann‹ reicht aus.« Erneut versuchte Louis vergebens, genug Ironie in die Antwort zu legen, um Colman zu verärgern.

»›Reicht aus, Herr‹, heißt das«, berichtigte Colman ihn. »Daheim im Frankenreich hätte man dich sicher auch als ›Herr‹ oder ›Hoheit‹ angeredet, keine Frage«, fuhr er fort. »Aber natürlich sind wir hier nicht im Frankenland. Aus irgendeinem unbekannten Grund wurdest du aus deiner geliebten Heimat verbannt, und jetzt bist du nur noch ein armseliger kleiner Niemand in einem irischen Kloster. Vielleicht willst du mir erzählen, warum du nicht nach Hause zurückkehren kannst?«

Louis starrte Colman wütend an, Colman blinzelte vergnügt zu ihm zurück. Louis fragte sich, wie viel von seiner Vergangenheit dem Mann bekannt war. Pater Finnian schien eine Menge darüber zu wissen. Hatte er sein Wissen mit Colman geteilt? Andererseits hatte Finnian auf Louis nie einen redseligen Eindruck gemacht.

Aber etwas musste er Colman erzählt haben. Finnian hatte Colman davon überzeugt, Louis das Kommando über die Männer zu geben, die zum Kampf gegen die Heiden versammelt waren. Dafür hatte er ihm einen Grund nennen müssen. Louis hatte mit Fug und Recht erwartet, dass Colman lautstark Einwände erheben würde, doch bis jetzt war nichts dergleichen durchgedrungen mit Ausnahme dieser grinsenden Herablassung. Louis war ebenso erleichtert darüber wie misstrauisch.

»Es ist auf jeden Fall gut, Herr«, sagte Louis, »zu sehen, dass Ihr Euer Frühstück endlich beendet habt. Seid Ihr gekommen, um mit den Männern zu üben?«

»Üben?«, erwiderte Colman. »Guter Gott, nein. Ich bin gekommen, um dir zu sagen, dass wir Nachricht von der Küste erhalten haben. Und diese Nachricht lautet, dass die Heiden den Fluss Avoca erreicht haben.«

»Den Fluss erreicht?«, fragte Louis.

»Irgendein erbärmliches Fischerdorf wurde überfallen«, erklärte Colman. »Aller Wahrscheinlichkeit nach von Fin Gall. Vielleicht waren es aber auch fränkische Plünderer. All diese gottlosen Wilden von jenseits des Meeres sind ein und dasselbe für mich.«

»Und sie kommen den Fluss hinauf?«, fragte Louis und vergaß seinen eigenen Ärger bei diesen Neuigkeiten.

»Ja. Das ist es, was Heiden tun«, erwiderte Colman. »Andernfalls müssten wir uns nicht mit ihnen befassen. Ich hoffe, deine Männer sind bereit, gegen sie auszurücken?«

Bereit?, dachte Louis. *Noch zwei Monate dieser Art von Ausbildung, dann wären sie vielleicht notdürftig vorbereitet.*

»Ja, Herr, sie sind bereit«, sagte er laut.

Diese Behauptung war derart offenkundiger Unsinn, dass Colman leise in sich hineinlachte. »Freut mich, das zu hören«, sagte er. »In zwei Stunden brechen wir auf. Bis Einbruch der Dunkelheit können wir noch fünf Meilen zurücklegen, nehme ich an.«

Du gewiss, du fetter Bastard. Du sitzt auf einem Pferd, dachte Louis. *Aber diese armen, halbbetrunkenen Hurensöhne?* Er sagte nichts. Es war ihm nur recht, wenn die Männer so schnell wie möglich aufbrachen. Je weiter von Glendalough entfernt sie die Heiden aufhielten, umso besser für sie.

Colman musterte die bemitleidenswert wirkenden Truppen vor ihm auf dem Acker. »Wenn wir Glück haben«, fügte er hinzu, »stolpern die Fin Gall zumindest über die Kadaver dieser armseligen Burschen. Das hält sie vielleicht lang genug auf, dass die richtigen Krieger ihre Arbeit tun können.«

17. Kapitel

Sei nie der Erste, der tötet,
noch reize du zum Kampfe
die Schlachtengötter.
GISLI SURSSONS SAGA

Die Strömung im Fluss war nicht auf ihrer Seite, doch sie arbeitete auch nicht allzu stark gegen die Nordmänner, und dafür musste man dankbar sein.

Thorgrim Nachtwolf spähte vom Achterdeck des *Meereshammers* auf das Flussufer wie ein Falke, der auf einer Luftströmung ritt. Er betrachtete das Schilf, das zur Hälfte im Wasser stand, aber immer noch hoch genug herausragte. Die Halme zeigten senkrecht nach oben, nachdem sie am Vortag flussab geneigt gewesen waren, als hätten sie den Schiffen den Weg zurück zum Meer und in Sicherheit weisen wollen. Zu dem Zeitpunkt hatten die Männer an den Rudern hart gegen den Strom ankämpfen müssen, eine schwere Arbeit, trotz der sie nur langsam vorankamen.

Das war jetzt anders. Thorgrim nahm an, dass einige Meilen hinter ihnen – beim Dorf der Toten etwa – die Flut im Steigen begriffen war und Wasser den Fluss Avoca hinaufdrückte. Das brachte die Strömung fast zum Stillstand wie bei zwei Heeren, die ihre Schildwälle gegeneinander pressten. Wie alles Gute würde das aber nicht von Dauer sein. Noch ein paar Stunden, und sie würden wieder gegen den Strom ankämpfen müssen. Nun allerdings war es eine willkommene Entlastung.

»Wir sind jetzt ein paar Meilen flussauf, Thorgrim.« Agnarrs Stimme drang in Thorgrims Gedanken. »Am Abend werden wir den Zusammenfluss erreichen, nehme ich an. Früher, wenn die Strömung noch eine Weile so bleibt.«

»Gut«, sagte Thorgrim. Er hielt nicht viel von diesem Unfug – durchs irische Hinterland zu rudern und nur selten über die sie umgebenden Ufer hinwegblicken zu können. Er wollte endlich zum eigentlichen Anlass ihrer Fahrt kommen, zu dem Überfall auf Glendalough. Und er wollte wissen, ob Kevin mac Lugaed zu seinem Wort stand oder ob er sie schon verraten hatte.

Kurz nach Tagesanbruch war die Flotte aufgebrochen, und mit jeder Meile, die sie zurücklegte, rückten die Ufer an beiden Seiten enger zusammen. Das hatte etwas Bedrohliches an sich. Freies Wasser bedeutete Sicherheit, Raum zum Manövrieren. Doch nun kroch das Land auf sie zu, als wollte es sich verstohlen an sie heranschleichen. Und wenn sie bewaldete Stellen durchquerten, wurde es noch beengter und beunruhigender.

Thorgrim wandte nur selten den Blick vom Ufer, denn er hielt nach Beobachtern Ausschau, versuchte herauszufinden, ob jemand ihr Vordringen von der Küste aus verfolgte. Er suchte nach Reitern, welche die Kunde von den herannahenden Nordmännern zu den Kleinkönigen trugen, die in diesem Teil Irlands herrschten. Schaute nach Männern, die über echte Krieger geboten und ernstzunehmenden Widerstand organisieren konnten, wenn sie das wünschten. Aber er sah nichts.

Die Mittagsstunde war lange vorbei, als Starri von seiner hohen Warte aus Rauch entdeckte. Keine einzelne, schwache Rauchfahne, dieses Mal, sondern eine ganze Anzahl von dünnen Säulen. Sie stiegen über einer Baumgruppe auf, einem großen grünen Wall, der in einigem Abstand den Blick nach Nordwesten blockierte.

»Keine Plünderer, denke ich«, rief Starri herab. »Nicht genug Qualm für ein brennendes Dorf. Für mich sieht das aus wie Lagerfeuer.«

Lagerfeuer, dachte Thorgrim. Er hatte damit gerechnet, dass sie sich der Vermählung der Wasser näherten; sie konnte nicht viel weiter stromaufwärts liegen. Lagerfeuer bedeuteten Männer, eine ganze Masse von Männern, und wenn sich die Pläne so entwickelten, wie sie es sollten, dann waren es Kevins Krieger. Dies war der Ort, an dem einander zu treffen sie verabredet hatten. Von hier aus würden die Iren an Land vorrücken, während Thorgrim und seine Leute sich weiter zu Schiff Richtung Glendalough bewegten.

»Achtung, Männer!«, rief Thorgrim. »Wer nicht rudert, macht sich zum Kampf bereit. Rüstung, Helme, Waffen.« Er trat auf dem Achterdeck nach hinten und blickte entlang ihres Kielwassers zurück. Der Bug des *Blutfalken* befand sich keine vierzig Fuß achteraus des *Meereshammers*. Thorgrim hielt Schwert und Helm in die Höhe, bis Bersi es bemerkte, zur Bestätigung winkte und seine Männer zu den Waffen rief.

Pläne sind schön und gut, befand Thorgrim, *aber man ist besser auf alles vorbereitet, weil Pläne selten so verlaufen, wie sie sollten.*

Eine Flussbiegung lag einige hundert Schritt vor ihnen. Thorgrim konnte sie jetzt erkennen, und er sah auch den Rauch, den Starri gemeldet hatte, in Form von dünnen dunklen Linien vor dem blauen Himmel. Ein Feldlager, so viel war sicher. Er hatte derlei Dinge oft genug gesehen.

»Thorgrim!«, rief Starri wieder herunter. »Ich sehe einen weiteren Fluss im Westen. Er vereint sich mit unserem, genau wie dieser Ire es beschrieben hat.«

»Das muss es sein«, sagte Agnarr. »Die Vermählung der Wasser.«

»So sieht es aus«, stimmte Thorgrim ihm zu. »Der andere Fluss, das Lager.« Er hielt inne und schob die Arme in das Kettenhemd, das Segan für ihn hielt, dann richtete er sich gerade auf und ließ es an sich herabgleiten. Er hob die Arme, als Segan ihm das Schwert gürtete. »Vielleicht hat Kevin die Wahrheit gesprochen«, fügte er hinzu.

Sobald er seine Ausrüstung angelegt hatte, verließ Thorgrim das Achterdeck und schritt auf den Bug zu. Der Mann, der dort postiert war, trat für den Herrn von Vík-ló beiseite. Thorgrim legte die Hand auf den hohen Vordersteven, der grinsende Kopf Thors schwebte sechs Fuß über ihm. Thorgrim spähte nach vorn. Der Fluss schwang ein wenig nach Norden, und während der Meereshammer um die Biegung kam, geriet mehr und mehr von der Wasserfläche an Steuerbord in Sicht.

Die Vermählung der Wasser, dachte Thorgrim. Er konnte den Zusammenfluss jetzt sehen. Backbord des Bugs erstreckte sich die Mündung des anderen Flusses, desjenigen, der an dieser Stelle auf den Avoca stieß und einen scharfen Winkel entstehen ließ wie von drei Straßen, die in einem Punkt aufeinanderstießen. Hier sollten die Trupps sich treffen, Kevin mac Lugaed und seine Männer, Thorgrim und seine Flotte – so war es an jenem Nachmittag in Vík-ló vereinbart worden, während der Regen auf das Strohdach von Thorgrims Halle prasselte. *Die Vermählung der Wasser*. Kevin hatte ihnen versichert, dass sie die Stelle erkennen würden, wenn sie dorthin gelangten. Und er hatte Recht behalten.

Thorgrim blickte auf den Fluss, der von Westen her in den Avoca mündete. Er konnte sich nicht an den Namen erinnern, und es interessierte ihn auch nicht. Das war nicht der

Fluss, der sie nach Glendalough tragen würde. Stattdessen sah Thorgrim steuerbords am Bug vorbei den Avonmore entlang, der Fluss, dem sie aufwärts folgen würden, und fast zuckte er überrascht zusammen. Vor ihm befand sich etwas, das er am Allerwenigsten hier erwartet hatte: Wikingerboote.

Fünf von ihnen lagen mit dem Bug voran auf das schlammige Ufer gezogen. Sie waren noch ein paar hundert Schritt stromaufwärts entfernt, und Thorgrim sah, dass sie mit Tauen festgemacht waren. Die Masten waren noch aufgerichtet, die Rah herabgelassen, die geschnitzten Häupter der Bugzier an Ort und Stelle.

Thorgrim machte kehrt und bewegte sich achtern zum Heck der *Meereshammer*. »Macht euch bereit! Da liegen fünf Langschiffe am Ufer«, rief er unterwegs. »Bald werden wir wissen, ob es Freunde sind oder ob sie den Kampf suchen.«

Harald folgte ihm – es gab nicht genug Platz zwischen den Seekisten, dass zwei Männer nebeneinander gehen konnten. »Sind das die Männer, die das Dorf überfallen haben?«, fragte er.

»Ich nehme es an, aber wissen kann ich es nicht«, sagte Thorgrim. Beim Steuermann hielt er an und schaute nach vorn. »Bring das Schiff flussab von den anderen ans Ufer, genau dort«, befahl er und wies auf eine Stelle gleich neben dem Nächsten der Wikingerboote. Die Schiffe, wie sie dort nebeneinander am Ufer lagen, wirkten auf Thorgrim wie Pferde an der Halteleine.

»Ja, Herr«, sagte der Steuermann und stieß die Ruderpinne ein wenig nach hinten.

»Diese Nordmänner.« Harald wies mit dem Kinn auf die Schiffe. »Was wollen die? Warum sind sie hier?«

Thorgrim lächelte unwillkürlich. Sein Sohn war stark, tapfer und ausdauernd, aber er war nicht der Schlaueste, besonders unter Anspannung. Thorgrim hoffte, dass sich das mit den Jahren und wachsender Erfahrung besserte.

»Ich weiß nicht, Sohn«, antwortete er. »Ich weiß nicht mehr über diese Männer als du.«

Harald nickte. Er schaute in dieselbe Richtung wie Thorgrim, genau wie jeder andere Mann an Bord, der nicht mit den Rudern beschäftigt war. Die Flut ging inzwischen wieder zurück, oder sie waren zu weit flussaufwärts, um noch den Einfluss des Meeres zu spüren. Auf jeden Fall mussten sie wieder gegen die Strömung ankämpfen und krochen nur langsam auf den Liegeplatz zu. Männer am Ufer verfolgten ihre Annäherung.

Als der Abstand sich verringerte, erkannte Thorgrim sie genauer. Es waren eine Menge Krieger, zu viele, um ihre Zahl zu schätzen. Er konnte farbige Flecken zwischen ihnen ausmachen und ging davon aus, dass es sich um Schilde handelte, die sie an den Armen trugen.

»Nachtwolf!«, rief Starri. Es hockte immer noch oben auf dem Mast.

»Ja?«

»Ich sehe Zelte, mindestens zwanzig, nur ein Stück weit vom Ufer entfernt. Der Rauch kommt von dort.«

Zelte. Ein Feldlager, dachte Thorgrim. Wer immer diese Männer waren, sie hatten sich auf einen längeren Kriegszug vorbereitet und waren bereit, bei Bedarf ihre Schiffe zu verlassen und über Land vorzurücken.

Wer seid ihr, elende Hurensöhne?, fragte er sich. *Ist Kevin auch dort? Oder habt ihr ihn und seine Männer schon erschlagen?*

Der Steuermann lenkte den *Meereshammer* nach Steuerbord Richtung Ufer. Er leistete gute Arbeit, nutzte die Strömung, und steuerte einen Punkt oberhalb des gewünschten Zieles an. Er ließ das Wasser das Schiff dann dorthin tragen, wo er es haben wollte, und Thorgrim sah keinen Grund, irgendwelche Befehle zu erteilen. Harald verließ seine Seite und trat nach vorn, wo er mit ein paar anderen Männern zwei lange Stricke aus Walrosshaut vorbereitete, mit denen sie das Boot am Ufer festmachen wollten.

Starri der Unsterbliche hangelte sich Hand über Hand am Achterstag nach unten und landete neben Thorgrim auf dem Deck. Der Abstand zum Ufer verringerte sich rasch. Thorgrim musterte die Männer, die am Fluss standen und sie beobachteten. *Gehen wir an Land und treten wir ihnen gegenüber, oder ziehen wir uns in die Mitte des Flusses zurück?* Das war der Augenblick, in dem er sich entscheiden musste, doch in Wahrheit wusste er, dass er sich längst entschieden hatte.

»Was hältst du davon, Starri?«, fragte Thorgrim.

»Die Burschen an Land glotzen wie Bauern an einem Festtag. Die bereiten sich nicht auf einen Kampf vor.« Unverhohlene Enttäuschung klang aus Starris Stimme.

»Ich glaube, du hast Recht.« Thorgrim sah in etwa genauso viele Männer versammelt, wie er selbst mitbrachte. Einzelne Banner flatterten an Stangen über ihren Köpfen, doch die Krieger waren nicht zur Schlacht aufgereiht. Wenn es eine Falle war, würden sie hineinlaufen, aber sie würden es bereitwillig tun und weder Furcht zeigen noch zaudern.

An Steuerbord sah Thorgrim die übrigen Schiffe einschwenken, so dass sie in einer Reihe flussab des *Meereshammers* anlegen würden. Dann bemerkte er Godi, der unmittelbar vor dem Achterdeck stand.

»Godi, hol mein Banner«, sagte er.

Der große Mann nickte und ging nach vorn, um es zu suchen. Segan hatte es in Vík-ló genäht, und das mit beachtenswertem Geschick. Nie zuvor hatte Thorgrim ein Banner besessen, aber er nahm an, dass er jetzt eins haben sollte, um seine neue Stellung zu betonen. Segan hatte ein paar der alten Tuniken von Grimarr dem Riesen zerschnitten, um die Fahne daraus zusammenzufügen: ein graues Wolfshaupt auf einem roten Wimpel mit Schwalbenschwanz.

Godi hob die Fahnenstange von ihrer Ablage an der Backbordseite und kehrte zum Heck zurück. Auf dem Weg entrollte er das Banner. Dann stellte er sich hinter Thorgrim und reckte die rote Fahne in dem Moment hoch, als der Bug des *Meereshammers* auf den schlammigen Boden glitt und das Schiff sanft zum Stillstand kam. Flussabwärts liefen auch die übrigen Langboote auf Grund, ihre Ruder schwangen im Einklang nach oben und wurden eingeholt.

Unter Haralds Befehl legten die Männer eine Planke vom Bug der *Meereshammer* bis auf den festen Boden. Natürlich hatte Thorgrim keine Probleme damit, in den Schlamm zu springen; er hatte das tausende Male getan. Aber jetzt waren Fremde da, die zusahen, und sie sollten wissen, dass er kein Fischer war oder ein halb verhungerter Kauffahrer. Er war der Kommandant dieser Schiffe, der Herr von Vík-ló, und kein Mann, der sich die Füße schmutzig machte, wenn er an Land ging.

Sobald alles bereit war, marschierte Thorgrim nach vorn. Der riesige Godi folgte ihm und ließ das Banner über ihren Köpfen flattern. Thorgrim trat auf die Planke und schritt das abfallende Holz hinunter. Godi blieb hinter ihm, und sein Gewicht ließ das Brett nach unten sacken und hätte Thorgrim fast in den Schlamm gekippt, aber zum Glück behielt er das Gleichgewicht.

Thorgrim erreichte das grasbestandene Ufer und blickte sich um. Hundert oder mehr Nordmänner betrachteten ihn mit ausdruckslosen Gesichtern, manche mit Schilden, andere ohne, manche in Rüstung, andere nicht. Die Sonne stand schon tief im Westen und tauchte die Männer in orangefarbenes Licht, das auf den Helmen und Schildbuckeln funkelte. Doch es zog niemand eine Waffe, und das verriet Thorgrim, dass er Recht gehabt hatte. Die Männer am Ufer waren nicht auf einen Kampf aus. Noch nicht, jedenfalls.

Er musterte die Banner über ihren Köpfen. Eber, Adler – nichts, was er erkannte. Dann sah er ein vertrautes Feldzeichen: ein grünes Banner und ein Rabe mit gespreizten Flügeln darauf.

Der Ire, Kevin …, dachte Thorgrim. *Anscheinend hat er noch andere Verbündete gefunden.*

Ohne nachzuschauen, wusste Thorgrim, dass Harald an seiner Seite war, und er sah Bersi vom *Blutfalken* herabsteigen. Kjartan und Skidi würden sich ihm anschließen. Da teilte sich die Menge, und Kevin stand dort. Er lächelte breit, sein Bart war präzise geschnitten und frisiert wie stets, und er streckte die Hand aus. Er ergriff Thorgrims Hand und sprach, und Harald übersetzte: »Kevin heißt uns willkommen. Sie haben bereits auf uns gewartet. Er fragt, ob du nicht zu seinem Zelt kommen möchtest, wo wir trinken und essen und reden können.«

Während Harald redete, blickte Thorgrim Kevin an und nickte. Kevin machte kehrt und schritt zwischen den schweigenden Männern hindurch. Thorgrim folgte ihm, und dahinter kamen Harald und Godi und dann die Kapitäne der übrigen Schiffe.

Das Lager war auf einem Feld errichtet worden, das viele hundert Schritte durchmaß und von Wäldern umringt war, die wie ein Palisadenwall aufragten. Die Bäume verbargen das Feldlager vor landeinwärts postierten Beobachtern, und Thorgrim ging davon aus, dass Kevin Männer zwischen den Bäumen aufgestellt hatte, die darauf achteten, ob sich ihnen jemand näherte. Es war eine ausgezeichnete Stellung.

Das ordentlich aufgereihte Lager selbst bestand aus einigen Dutzend kleinen und großen Zelten, genau wie Starri es berichtet hatte. Vor vielen brannten Lagerfeuer. Die Flammen strahlten hell im schwindenden Tageslicht. Das größte Zelt gehörte Kevin. Es war kreisrund, hatte einen großzügigen Durchmesser und stieg zehn Fuß in die Höhe mit ausgekehlten Kanten, wo Dach und Wände aufeinandertrafen. Thorgrim hatte schon immer das Gefühl gehabt, dass Kevin Wert auf Luxus legte, und dieser Pavillon bestätigte die Vermutung eindrucksvoll. Dem Rí Túaithe von Cill Mhantáin lag daran, die Härten eines Feldzugs zu vermeiden.

Kevin hielt die Zeltklappe auf, und Thorgrim trat ein. Kerzen brannten im Inneren. Das Licht war trübe, doch es reichte aus, um diejenigen zu sehen, die auf kleinen Bänken auf der gegenüberliegenden Seite des Zelts saßen. Es waren drei Nordmänner. Derjenige, der ihnen am nächsten saß, war ein großer Mann, fast so groß wie Godi. Sein Haar war blond und lang und hing ihm zu zwei Zöpfen geflochten links und rechts vom Kopf herab. Eine hässliche Narbe verlief von seinem rechten Augenwinkel die Wange herunter, wo sie zwischen seinen blonden Barthaaren verschwand. Der mürrische Ausdruck auf seinem Gesicht schien wie eingegraben, ganz so, wie ein Wagen in der Erde einsank, wenn er niemals bewegt wurde.

Der Mann starrte Thorgrim an. Thorgrim erwiderte den Blick, und keiner der beiden ließ irgendeine Regung auf seinem Gesicht erkennen. *Dieser Mann ist der Anführer der anderen Flotte,* vermutete Thorgrim. Lange Erfahrung hatte ihn gelehrt, über niemanden ein Urteil zu fällen, bevor er nicht genug über denjenigen wusste, worauf er seine Meinung stützen konnte. Hier jedoch ging er davon aus, dass dieser riesige Bastard derjenige war, der sinnlosen und blutigen Tod über die armseligen Bewohner des Fischerdorfes gebracht hatte. Es fiel ihm schwer, nicht sogleich eine Abneigung gegen den Mann zu entwickeln.

Kevin sprach wieder, und Harald sagte: »Kevin bittet euch, Platz zu nehmen, ihr alle. Bitte setzt euch.« Ein Diener brachte weitere Bänke in das Rundzelt, und Thorgrim und seine Männer nahmen Platz. Harald blieb an seiner rechten Seite, Bersi auf der linken, mit Skidi Oddson daneben. Thorgrim stellte fest, dass Kjartan fehlte. Merkwürdig.

»Kevin sagt, dies ist Ottar Thorolfson«, fuhr Harald fort, »der auch Ottar Blutaxt genannt wird und die Männer und Schiffe am Ufer befehligt.« Thorgrim nickte, und wieder kreuzten sich ihre Blicke.

»Du hast das Fischerdorf an der Flussmündung geplündert«, stellte Thorgrim fest. Er benutzte die nordische Sprache, und es war keine Frage.

»So ist es«, antwortete Ottar. »Besser so, als wenn sie jedem erzählen, dass wir kommen.«

Entweder bist du ein Narr, oder du hältst mich für einen, dachte Thorgrim. Ein ganzes Dorf abzuschlachten führte gewiss nicht dazu, dass die Kunde von der Ankunft der Nordmänner sich nicht weiter verbreitete. Ganz im Gegenteil. Aber Ottar gab sich wenig Mühe, so zu klingen, als glaubte er selbst an seine Worte. Thorgrim hatte schon eine Vermutung gehabt, warum jemand solche Grausamkeiten beging wie in diesem Dorf. Nun erkannte er, dass er richtiggelegen hatte: Ottar fand einfach Gefallen daran.

Kevin nahm als letzter Platz, und als er es tat, huschten Diener durch das nun überfüllte Zelt und schenkten Wein aus. Als jeder Mann einen Becher hatte, ergriff der Mann neben Kevin das Wort. Er sprach die nordische Zunge, wenn auch mit deutlich irischem Einschlag.

Er hat also jetzt seinen eigenen Übersetzer, dachte Thorgrim. *Das war zu erwarten.* Es war unverkennbar, dass Kevin schon über Vík-ló hinausblickte, wenn es darum ging, mit Hilfe der Nordmänner seinen Reichtum zu mehren.

»Mein Name ist Eoin, und ich bin eurer Sprache kundig«, sagte der Mann. »Lord Kevin heißt euch willkommen und bittet, dass ich die förmliche Vorstellung besorge. Lord Ottar, dies ist Thorgrim Nachtwolf, der Herr von Vík-ló.«

»Ich dachte, Grimarr Knutson ist Herr von Vík-ló«, erwiderte Ottar. Seine Stimme klang wie das Grunzen eines Ebers.

»Das war er«, sagte Thorgrim. »Doch er glaubte, ich hätte ihm Unrecht getan. Mein Sohn Harald …«, er nickte mit dem Kopf in Haralds Richtung, »… hat ihn getötet.«

Ottar grunzte wieder. Anscheinend war damit das Ausmaß dessen erreicht, was ihn Grimarr Knutson kümmerte.

Eoin fuhr fort. »Mein Herr sagt, dass wir uns ungemein glücklich schätzen können, zwei solche Männer zu haben, und die Krieger unter eurem Kommando. Er sagt, wenn wir schnell auf Glendalough vorrücken, gemeinsam vorrücken, dann können wir Reichtümer gewinnen und meinem Herrn dabei helfen, den Einfluss seines Königreichs zu erweitern. Und dann würde er sich freuen, weitere Unternehmungen mit seinen Freunden zu beginnen.«

Wieder stieg dieses hässliche Gefühl in Thorgrims Innerem auf, und er wusste, dass er ein Narr gewesen war, als er dem Iren vertraut hatte. Er wusste aber auch, dass es nun zu spät war, dass er sich nicht zurückziehen konnte, ohne sein Gesicht zu verlieren und seine Männer zu spalten. Sollte er es versuchen, würde die Hälfte von ihnen sich Ottar anschließen. Nordmänner folgten dem kühnen Anführer. Sie dachten selten darüber nach, ob es klug war, das zu tun. Es war Zeit, die Reihen zu schließen und weiterzumarschieren.

»Sag Kevin«, erwiderte Thorgrim, den Blick noch immer auf Ottar gerichtet, »er hat nie davon gesprochen, dass wir uns mit Ottar und seinen Männern zusammentun. Sag ihm, dass ich es gar nicht mag, wenn Pläne im letzten Augenblick noch verändert werden.« Er fragte sich, ob Ottar von alldem wohl genauso überrascht worden war. Der Ausdruck auf dem Gesicht des Mannes ließ das jedenfalls vermuten.

Kevin antwortete, und es lag ein nervöser Ton in seiner Stimme, der Thorgrim aufhorchen ließ. Er wandte den Blick von Ottar ab und dem Iren zu. Thorgrim nahm ein Zögern bei Kevin wahr, das ihm vorher nie aufgefallen war. Der Mann hatte Angst. Er spielte hier ein Spielchen, und es geriet ihm außer Kontrolle.

Ich wusste, dass es eine Grenze gibt, wie weit ich dir trauen kann, dachte Thorgrim. *Haben wir diese Grenze jetzt erreicht?*

Eoin übersetzte Kevins Antwort. »Mein Herr wusste nicht, dass Ottar und seine Männer kommen würden, als er mit dir in Vík-ló sprach.«

»Jammerschade«, sagte Thorgrim. »Denn jetzt haben wir ein Problem. Ich und meine Männer werden nicht Ottars Befehlen folgen, und ich glaube auch nicht, dass er und seine Männer sich uns unterstellen.« Ottar grunzte zustimmend zu diesen Worten. Eoin übersetzte. Thorgrim machte sich nicht die Mühe, hinzuzufügen, dass keiner von ihnen Kevins Autorität anerkannte. Das brauchte nicht eigens ausgesprochen zu werden. Jeder im Zelt wusste es.

Bevor Kevin antworten konnte, leerte Ottar seinen Becher und warf ihn beiseite. Er stand auf und überragte damit alle anderen im Pavillon. »Mich interessiert es nicht, was gesagt wurde und was nicht. Worte bedeuten mir nichts. Ich fahre den Fluss hinauf, und ich werde dieses Glendalough plündern und mir nehmen, was ich haben will. Der Rest von euch kann mir folgen und aufsammeln, was ich und meine Männer übrig lassen.«

Thorgrim erhob sich ebenfalls. Er legte demonstrativ die Hand auf *Eisenzahns* Griff. Er konnte sich nicht erinnern, wann das letzte Mal jemand so dumm gewesen war, in diesem Ton mit ihm zu reden, und er spürte, wie ein heißer Zorn in ihm aufstieg.

»Meine Männer lesen niemandes Reste auf«, sagte er und senkte bedrohlich die Stimme. Er und Ottar starrten einander an. »Sollen die Iren sich mit Abfällen begnügen. Soll Ottar nehmen, was übrig bleibt. Aber Thorgrim Nachtwolfs Männer werden in allen Dingen die Ersten sein.«

»Nachtwelpe?«, spottete Ottar. »Ein Mann, der damit prahlt, dass sein Sohn seinen Kampf austrug?«

Schon flog *Eisenzahn* aus der Scheide, und auch Ottars Schwert war gezogen. Kevin schrie etwas, Eoin stammelte eine Übersetzung. Aber bevor eines der Schwerter gehoben wurde, drangen die Laute eines Angriffs herein, wild und blutrünstig und so deutlich wie Wolfsgeheul in einer kalten Winternacht.

18. Kapitel

Wär ich ein König, der den Speer rötet,
ich würde meine Feinde niederwerfen;
ich würde meine Festungen aufrichten;
meiner Kriege wären viele.
DIE ANNALEN VON ULSTER

Entweder Colman mac Breandan oder Pater Finnian hatte etwas sehr Schlaues getan, und Louis ging davon aus, dass es Pater Finnian gewesen war.

An der Mündung des Flusses Avoca lag ein schäbiges kleines Fischerdorf. Finnian hatte dort versteckte Reiter postiert, die nach herannahenden Wikingerschiffen Ausschau hielten. Die Nordmänner hatten eine Stunde vor Morgengrauen zugeschlagen und das Dorf überrascht. Aber die Späher waren gut beritten und hatten entkommen können, bevor die Angreifer sie erreichten. Sie hörten noch die Schreie der Dorfbewohner, während sie davonritten und die Kunde vom Feind nach Glendalough brachten.

Weitere Männer waren in einigen der kleinen Dörfer entlang des Avoca stationiert, und auf den Straßen, die aus verschiedenen Richtungen nach Glendalough führten. Als Kevin mac Lugaed mit einer Streitmacht von fast einhundert Kriegern auftauchte, erfuhren Finnian und somit auch Colman sofort davon. Und als die fünf Schiffe, die das Dorf am Meer überfallen hatten, den Fluss hinauffuhren, hielt man die Leute von Glendalough ebenfalls auf dem Laufenden.

Nachdem sie erfahren hatten, dass sie dem Feind entgegenmarschieren würden, ließ Louis seine erschöpften, zerschlagenen Männer – einschließlich jener, die von ihren Kameraden verwundet worden waren – eine Stunde lang ausruhen. Dann gab er ihnen eine weitere Stunde, um Essen für zwei Tage vorzubereiten und einzupacken und das nötigste Gepäck aufzunehmen, insbesondere ihre Waffen und das, was sie als Rüstung aufbieten konnten. Nach zwei Stunden trieb er die Leute zu einer Reihe zusammen, und sie marschierten los, hinter den erfahrenen Kriegern her, die zu Pferd vorneweg zogen und die Bauern in ihrer Staubwolke laufen ließen.

Den Rest ihrer Ausrüstung, die Zelte und Kessel und Bratspieße, Fässer mit Ale, Fisch und Schweinefleisch ließen sie für die Fuhrleute in Glendalough zurück, die sie auf Wagen verladen und am nächsten Morgen hinterherbringen sollten. Auch Heilmittel, Verbandszeug und Schienen sollten nachgeschickt werden. Wenn Louis irgendeinen Einfluss darauf hatte, und er ging davon aus, dass dies der Fall war, dann würde es am Ende des folgenden Tages Männer geben, die dieser Dinge bedurften.

Eines der Sachen, von denen Louis de Roumois angenommen hatte, dass sie in Glendalough bleiben würden, war Colman mac Breandan. Das tat er aber nicht. Stattdessen nahm er überraschenderweise sogar Failend mit.

»Haltet Ihr es für sicher, eine Frau auf einen solchen Feldzug mitzunehmen?«, fragte Louis, als sie sich bereit machten, die klösterliche Stadt zu verlassen, und er bemerkte, dass Colman seine Frau mitnehmen wollte. Es war im Grunde keine Frage, und er erwartete auch keine Antwort.

Colman schnaubte belustigt. »Ich sagte es dir schon, wenn ich diese Dirne zurücklasse, hat sie bald halb Glendalough in ihrem Bett. Vielleicht wäre sie sogar zu erschöpft, um es bei deiner Rückkehr noch mit dir zu treiben. Falls du zurückkehrst.«

Louis biss die Zähne aufeinander und schwieg. Er war gewiss nicht Failends erster Liebhaber; aber da er Anteil an ihrer Untreue hatte, stand es ihm nicht zu, sein Missfallen über Colmans boshafte Worte auszudrücken oder etwas deswegen zu unternehmen. Noch nicht, jedenfalls. Doch es gab eine Grenze, wie weit er sich provozieren lassen würde, und die war bald erreicht.

So ritt Failend mit ihnen den Nordmännern entgegen.

Sie bewegten sich südwärts, aus dem Hochland heraus, marschierten den Rest des Tages und schlugen ihr *Dúnad* auf einer Weide auf, als die Sonne die Berge im Westen berührte.

Es war schon ganz dunkel geworden, als Louis schließlich die Zeit fand, Colmans Rundzelt aufzusuchen, das im Gegensatz zu den anderen Zelten eingepackt und mitgenommen worden war. Colman ließ ihn eine Weile zappeln, bevor er sich dazu herabließ, ihn anzusprechen.

»Meine Reiter berichteten mir, dass die Heiden am Nordufer des Flusses ein Lager aufgeschlagen haben«, erklärte er. »Gleich oberhalb der Vermählung der Wasser, etwa drei Meilen entfernt. Dieser verräterische Hurensohn Kevin mac Lugaed und fünf Wikingerboote voll elender Nordmänner. Meine Männer sind nicht nah genug herangekommen, um sicher zu sagen, wie viele Krieger dort sind. Ihre beste Schätzung war, dass es vielleicht zweihundert sind.«

Louis nickte, während er zuhörte. Er bemerkte, dass Colman mac Breandan nicht mehr ganz so spöttisch und abweisend war wie vorher, nun, da sie meilenweit von Glendalough fort waren und ein mächtiger Feind, einer, der sich nicht leicht würde aufhalten lassen, draußen in der Dunkelheit auf sie wartete.

»Zweihundert Männer …« Louis wälzte die Zahl im Kopf herum. Es war etwa dieselbe Menge, wie er unter seinem Kommando hatte, doch ihre Gegner hatten gewiss keine Bauern in ihren Reihen, die ihre Speere wie Dreschflegel schwangen. Wenn Pater Finnian mit den Kriegern zurückkehrte, die er holen wollte, dann würden sie über eine Streitmacht verfügen, die es mit den Nordmännern aufnehmen konnte. Aber bis dahin war das nicht der Fall.

Dennoch hatte er ein paar Vorteile auf seiner Seite. Erst einmal die Überraschung. Die Nordmänner stellten gewiss Wachen rings um das Lager auf, allerdings bezweifelte er, dass sie Männer hinaus ins Hinterland schickten. Genauso wenig würde Kevin mac Lugaed das tun. Das hielt sicher keiner von ihnen für notwendig.

»Wir müssen mehr über sie wissen. Wie viele genau es sind, wie gut ihr Lager geschützt ist«, sagte Louis; es war mehr laut gedacht als an Colman gerichtet. »Ich werde mich heute Nacht auf den Weg machen und nehme Lochlánn mit. Er ist ein schlauer Bursche und kennt die Gegend.«

Colman schaute ihn lange an, als müsse er sich erst darüber klar werden, wie viele Freiheiten er ihm lassen sollte. Colman mochte zugestimmt haben, Louis *de facto* die Führung der Truppen zu überlassen, aber ganz offensichtlich hatte er nicht vor, ihn nach Belieben schalten und walten zu lassen.

»Meinetwegen«, sagte er schließlich. »Wenn sie dich erwischen, hast du hoffentlich genug Ehre im Leib, zu sterben, bevor du unsere Anwesenheit verrätst.«

Louis verabschiedete sich, suchte eine geeignete Stelle auf der Wiese und legte sich hin, um noch etwas Schlaf zu finden. Er gab Anweisung, ihn zum Wachwechsel wieder zu wecken. Weniger als zwei Stunden darauf schüttelte ihn der Posten, und er setzte sich auf, steif und feucht. Mit einem Ächzen erhob er sich und fand Lochlánn zwischen den schlummernden Männern. Er stieß den Jungen mit der Zehe an und wies ihn an, aufzustehen und sich ihm anzuschließen. Lochlánn kam ohne ein Wort der Klage mit; er war noch viel zu schläfrig zum Reden. Schweigend bestiegen die beiden Pferde, die Louis für sie hatte bereitstellen lassen.

Im trüben Mondlicht ritten sie vom Lager fort, das Plätschern des Flusses zu ihrer Rechten. Als Lochlánn schließlich seine Sprache wiederfand, zügelte er sein Tier und sagte: »Wir sind nicht weit entfernt von Cumar an dá Uisce, der Vermählung der Wasser. Wo Colmans Reiter das Lager der Heiden gemeldet haben.«

Louis nickte. Zeit, die Pferde zurückzulassen und zu Fuß weiterzugehen, so verstohlen, wie es nur möglich war. Sie stiegen ab und banden die Reittiere an ein paar Schösslinge neben der Straße, dann schritten sie durch das kühle, nasse Gras. Das Land hob sich, und Lochlánn wies auf den höchsten Punkt, der im schwachen Licht gerade noch sichtbar war.

»Sie lagern gleich dahinter, das wette ich«, flüsterte er. Vorsichtig gingen sie zur Hügelkuppe weiter, tief geduckt, so dass ihre Gestalten sich nicht vor dem Nachthimmel abzeichneten. Sobald sie eine Stelle erreicht hatten, die ihnen einen guten Ausblick ermöglichte, legten sie sich flach auf den Bauch.

Das offene Gelände fiel etwa zwanzig Ruten weit ab und endete dann vor einer Baumgruppe, die in der Finsternis wie ein massives Gebilde wirkte. Louis sah nichts von dem Lager, außer ein paar trüben, orangefarbenen Lichtpunkten, wo die Lagerfeuer heruntergebrannt waren.

»Da werden Männer zwischen diesen Bäumen stehen«, hauchte Louis kaum vernehmbar. Die Nordmänner hätten Narren sein müssen, um keine Wachen rings ums Lager zu postieren, und Louis wusste, dass sie keine Narren waren. Er hatte keinen Zweifel daran, dass die Baumreihe voll war mit Männern, die in ihre Richtung spähten. »Sie werden jeden bemerken, der das letzte Stück dort überquert«, sagte er.

»Ja«, erwiderte Lochlánn. Er klang nicht so überzeugt.

Sie verließen den Hügel und kehrten zu den Pferden zurück, dann ritten sie auf den Fluss zu, Louis voran. Sie näherten sich dem Wasser, so weit sie konnten, stiegen ab und schlugen sich durch den Farn am Ufer. Sie bewegten sich so langsam, dass ihr Vordringen nicht mehr Geräusche verursachte als der Wind in den Bäumen.

Endlich gelangten sie an das Wasser und folgten dem Fluss abwärts in Richtung der Wiese, auf der die Nordmänner und Kevin mac Lugaed lagerten. Es gab nur einen schmalen trockenen Streifen entlang des Stroms, und sie bewegten sich leise über den nachgiebigen Boden und wateten manchmal durch Wasser. Mitunter gingen sie auf weichem Gras oder Schlamm, dann wieder ertasteten sie sich ihren Weg über die schlüpfrigen, nassen Steine im Fluss oder kletterten über das dürre Unterholz.

Alle paar Fuß hielten sie inne und lauschten. Die Geräusche von Fröschen und Insekten erfüllten die Luft. Gelegentlich stiegen die Fetzen eines Liedes vom Lager auf, oder sie hörten den Fluss am Ufer plätschern. Nichts deutete darauf hin, dass jemand sie bemerkt hatte.

Fünfzig Fuß vom Lager entfernt hielten die beiden an. Flussabwärts, weit auf das morastige Ufer gezogen, nahm Louis die düsteren Umrisse eines Wikingerbootes wahr. Die übrigen waren vermutlich dahinter festgemacht. In Gedanken ging er die möglichen Wege durch, über die sie sich annähern konnten, stellte sich die Plätze vor, wo die Wachen postiert sein mochten, und wann die Nordmänner am aufmerksamsten sein würden und wann am betrunkensten.

Er wandte sich Lochlánn zu. »Ich habe genug gesehen«, flüsterte er. »Lass uns gehen.«

Erst Stunden später, als die Morgensonne schon am Himmel stand, kehrten die beiden ins Lager zurück, und Louis begab sich zu Colmans Pavillon. Die Wache am Eingang – mittlerweile hatte Colman Posten aufgestellt – meldete seine Ankunft, aber wie er es inzwischen erwartete, ließ man ihn noch eine ganze Weile draußen stehen, bevor er hereingerufen wurde.

Failend saß am gegenüberliegenden Ende des Zelts auf einem Hocker. Sie machte den Eindruck, dass sie so weit von Colman entfernt sein wollte, wie es in dem engen Raum nur möglich war. Sie hob den Kopf, und ihre Blicke kreuzten sich. Für Louis fühlte es sich an wie ein stummer Hilferuf, bevor sie sich abwandte.

Colman saß an einem kleinen Tisch mit einem Teller kalten Bratens vor sich, dazu Haferbrei und ein Becher Ale. Er sah kurz auf und wandte sich dann wieder seiner Mahlzeit zu. Er bot Louis keinen Sitzplatz an, sondern ließ seine Anwesenheit mindestens eine weitere Minute lang vollkommen unbeachtet.

»Ja?«, fragte Colman schließlich.

»Ich habe das Lager der Heiden ausgespäht«, berichtete Louis. »Es ist gut aufgestellt, doch wenn wir schnell zuschlagen, glaube ich, dass wir sie ernsthaft treffen können.«

Colman schnaubte und sagte nichts dazu. Louis stand weitere Augenblicke da und fragte sich, ob Colman noch mehr erwartete. Schon wollte er ausführen, wie er sich den Angriff vorstellte, da sprach Colman.

»Wie viele Männer haben die Heiden?«, fragte er.

»Etwa zweihundert«, antwortete Louis. Das war die Zahl, die Colmans Reiter gemeldet hatten; Louis hatte in Wahrheit keine Ahnung. Aber er wollte auch nichts sagen, was Colman dazu bewegen mochte, einen Angriff abzulehnen.

»Zweihundert?« Colman riss kaum merklich die Augen auf. »Das sind so viele Männer, wie wir selbst haben, und die Hälfte der unseren sind dämliche, ungeschickte *Bóaire*. Bist du ein so großer Narr oder einfach nur zu begierig auf Ruhm, dass du unter diesen Bedingungen einen Angriff wagen willst?«

Louis hatte die Frage erwartet. Schließlich war es kein dummer Einwand. »Wir werden sie nicht besiegen. Darauf hoffe ich auch gar nicht. Ich will sie nur treffen, so schnell und so hart, wie wir können, und dann ziehen wir uns sofort zurück. Unsere Bauern sollen ein Gespür für den Kampf bekommen. Wir schwächen den Feind, machen ihn nervös. Wir töten so viele, wie wir können. Ihre Führung ist gespalten zwischen Kevin und wer auch immer es sein mag, der die Heiden befehligt. So viel wissen wir. Möglicherweise können wir sie sogar gegeneinander aufhetzen.«

Louis verstummte. Er wusste, in seinem Eifer, den Feind zu stellen, hatte er Colman jedes Argument entgegengeschleudert, das er finden konnte, und hatte nichts mehr in der Hinterhand behalten. Das war nie eine gute Taktik.

Colman schob sich ein Stück kaltes Rindfleisch in den Mund und musterte Louis, während er langsam und nachdenklich kaute. Das erinnerte Louis frappierend an eine Kuh, die ihr Futter wiederkäute, aber natürlich wusste Louis, dass Colman gründlich nachdachte. Und bei all seinen Schwächen war Colman doch nicht dumm. Schließlich schluckte er, was wahrscheinlich ankündigte, dass er zu einer Entscheidung gelangt war.

»Also gut«, sagte er. »Der Abt und die Rí Túaithe sagen, dass du den Befehl über die Männer haben sollst. Also käme mir nie in den Sinn, mich da einzumischen. Aber meine Leibwache kannst du nicht mitnehmen. Die benötige ich, um meine bezaubernde Frau auf unserem Weg zurück nach Glendalough zu beschützen, während die Heiden sich daran erfreuen, dir die Lungen aus dem Leib zu reißen. Du kannst jetzt gehen.«

Das waren eigentümliche Abschiedsworte, und sie ließen Louis mit dem Gefühl zurück, auf schwammigem Grund zu stehen. Colman billigte sein Unternehmen nicht, und so überließ er ihn einfach sich selbst, ohne irgendwelche Anweisungen oder Erwartungen. Weil Colman natürlich erwartete, dass Louis die Männer in eine schmachvolle Niederlage führte.

Einen Augenblick lang blieb Louis noch draußen vor Colmans Zelt stehen und sah zu, wie das Lager erwachte, wie die Männer die Kochfeuer schürten und Eimer voll Wasser vom Fluss herantrugen. Er bemerkte Aileran, den Hauptmann der Krieger, der sich gerade das Schwert über den Kettenpanzer gürtete.

»Aileran, auf ein Wort!«, rief er und trat rasch auf den Mann zu. Diese eine, entschiedene Tat spülte seine Unsicherheit fort. Louis war nun voller Entschlossenheit, und sein Wunsch, ja seine Begierde, den Kampf zu den Heiden zu tragen, trieb ihn an. Seit dem Tod seines Vaters war er niemals glücklicher gewesen als jetzt.

Zuvor jedoch musste er das Eine tun, das er so verabscheute, wie kaum etwas anderes, und das doch so oft das Leben eines Kriegers bestimmte. Er musste warten.

19. Kapitel

Wär ich ein König, der den Speer rötet,
meiner Kriege wären viele;
mein Wort stets aufrichtig.
DIE ANNALEN VON ULSTER

Sie würden zur Abenddämmerung angreifen. Das war der Plan, den Louis de Roumois mit Aileran abgesprochen hatte. Der alte Krieger nickte nur, als er seine Vorschläge unterbreitete, und sagte nichts dazu. Als Louis fertig war, knurrte der Ire und sagte: »Erschlagen werden wir diese Bastarde, das werden wir.«

Die Abenddämmerung war ein Risiko, aber ein akzeptables. Mit etwas Glück hatten die Heiden den Tag mit Fressen und Saufen verbracht und würden angesichts der heranziehenden Nacht keinen Feind mehr erwarten. Das schwindende Licht würde es leichter machen, ihre Annäherung zu verbergen – die Sonne stünde mehr oder minder hinter ihnen –, und die folgende Dunkelheit deckte ihren Rückzug.

Ein nächtlicher Angriff wäre natürlich am besten gewesen; eine Überraschung während der dunklen Stunden. Aber Louis glaubte nicht, dass seine tollpatschigen Bauern zu so etwas fähig waren. Die zusätzliche Schwierigkeit, sich im Dunkeln zu formieren und zu kämpfen, konnte nur in einer Katastrophe münden.

Zehn Stunden, nachdem er seine Pläne mit Aileran besprochen hatte, führte Louis seine Männer auf die Vermählung der Wasser zu. Sie brauchten drei Stunden, um die Strecke zurückzulegen, ein verstohlener und langsamer Vorstoß, mit Spähern, die ihnen vorauseilten, und soweit sie es feststellen konnten, erreichten sie das Lager der Heiden unbemerkt. Jetzt bewegten er und Lochlánn sich erneut am Flussufer entlang, gefolgt von siebzig Kriegern und bewaffneten Bauern. Der Rest der Männer aus Glendalough hielt sich hinter der Anhöhe verborgen, die er und Lochlánn in den dunklen Morgenstunden ausgekundschaftet hatten. Sie warteten ab, bis Louis und seine Kolonne in Position waren.

Louis hob die Hand, und die Männer hinter ihm kamen zum Stehen. Instinktiv bewegten sie sich in Richtung der Bäume, obwohl sie vom Lager der Heiden aus noch nicht zu sehen waren. Louis konnte von seinem Standort aus die Wikingerboote erkennen. Zum Teil verdeckten ihm die Bäume die Sicht, dennoch kam es ihm so vor, als wären es mehr als die fünf Schiffe, von denen Colmans Reiter gesprochen hatten; es schienen eher zehn dort zu liegen. Er runzelte die Stirn, doch im Grunde bezweifelte er, dass es von Bedeutung war.

Louis hatte nicht vor, hier einen Sieg zu erringen. Aber er wollte auch nicht viele Männer verlieren. Er wollte einfach nur einen Angriff führen, die Heiden überraschen, so viele wie möglich töten und sich sofort zurückziehen, sobald der Widerstand sich formierte. Im offenen Kampf, Schildwall gegen Schildwall, würden seine Leute in wenigen Augenblicken niedergemacht werden. Nicht einmal die Hälfte von ihnen besaß überhaupt Schilde.

Es war wie bei der Bärenhatz. Dies hier war die einzige Möglichkeit, den Vormarsch der Heiden aufzuhalten: nach ihnen schnappen, sie schwächen, sie wütend machen. Sie beißen und bluten lassen.

Louis starrte auf das träge dahinfließende Wasser des Avoca

und lauschte. Er konnte gelegentliche Rufe oder Gelächter aus Richtung des Lagers ausmachen, den Klang eines schweren Gegenstands, der zu Boden fiel. Eine Brise fuhr durch die dicht belaubten Zweige der Bäume über ihm, und das war gut, denn sie verbarg alle Geräusche, die seine Männer vielleicht machten, wenn sie sich durchs Buschwerk bewegten. Die Sonne berührte beinahe die Berge im Westen, die Schatten waren lang geworden. Der Geruch des Abends hing in der Luft.

Die andere Hälfte seiner Streitmacht, die Männer hinter dem Hügel unter Ailerans Befehl, würden zuerst angreifen. Aileran hatte die Speerträger als Erste in die Schlacht schicken wollen, um die ungeübten Männer mit den Speerspitzen voran gegen den Feind zu werfen. Die meisten Speerträger würden dabei den Tod finden, doch zuvor würden sie den Feind ins Wanken bringen, und dann würden die Krieger hinterherkommen und sich über die Leiber der Speerträger hinweg auf den Feind dahinter stürzen.

Das war die Art, wie es hier normalerweise gemacht wurde. Aber Louis bestand darauf, dass sie es umgekehrt angingen. Erst die Krieger schicken, damit deren Mut die Bauern stärkte, die dann mit ihren Speeren die angeschlagenen Gegner erledigen sollten. Hinter den Bauern sollten allerdings noch ein paar weitere Krieger verbleiben und dafür sorgen, dass die Speerträger auch vorrückten, wenn sie es sollten. Wer unangemessen zauderte, würde von ihnen niedergemacht werden.

So hatte Louis sich die Sache vorgestellt. Er sah es nun wieder vor seinem inneren Auge, als der Schlachtruf durch die kühle Abendluft schnitt, so deutlich, als wäre der Mann, der ihn ausstieß, nur zwanzig Fuß von ihm entfernt. Es war nur ein einziger Schrei, schrill und vibrierend, dann Stille. Eine Stille, die nicht länger dauerte, als die erschrockenen Männer benötigten, um zu verstehen, was los war, und angemessen darauf zu reagieren.

Louis fühlte, wie er sich anspannte, und er nahm wahr, wie die Männer hinter ihm genauso reagierten. Der leise Laut, als alle erwartungsvoll einen Schritt nach vorn taten, war nicht zu überhören. Er hob die Hand, um sie zurückzuhalten. Über die Bäume, die sie vom heidnischen Lager abschirmten, drang zunehmendes Geschrei, verbunden mit dem Klirren von Waffen, die in vollem Lauf angehoben wurden. Panik und Überraschung breiteten sich aus, und er stellte sich Aileran vor, wie er mit seinen Kriegern den Hang herab auf die Baumreihe zustürmte und auf die ersten Wachen, die dort postiert waren.

Er vernahm Rufe in der hässlichen Sprache der Nordmänner, und ebenso auf Irisch, aber er konnte keine einzelnen Worte ausmachen. Die Wachen hatten ihre erste Pflicht erfüllt und das Lager gewarnt. Jetzt, mit etwas Glück, würden sie auch noch die zweite erfüllen und sich opfern, um die Angreifer aufzuhalten und unter den Schwertern der Krieger zu sterben, damit der Rest zu den Waffen greifen und sich in den Kampf stürzen konnte.

Lochlánn stand mit dem Schwert in der Hand neben Louis. Sein Gesicht war so blass wie ein Leichnam im Regen, die Augen aufgerissen. Die Furcht zeichnete sich so deutlich darin ab, als wäre sie aufgemalt. Aber alles, was er sagte, war: »Sollen wir vorrücken, Hauptmann?«

Louis schüttelte den Kopf. Der richtige Zeitpunkt war nun entscheidend. Je länger sie warteten, umso wirkungsvoller wurde ihr Angriff. Aber sie durften auch nicht warten, bis Ailerans Männer getötet worden waren. Er neigte den Kopf und lauschte. Er hörte die Rufe von Männern, Waffengeklirr, die Schreie der Verwundeten; all die Laute, die ihm nur allzu vertraut waren. Eine Erregung durchfuhr ihn, zog an ihm wie ein Spürhund auf der Fährte des Fuchses, und es kostete ihn Kraft, noch einen Augenblick stillzuhalten.

Und dann wusste er, dass die Zeit gekommen war. »Wir rücken vor. Langsam. Bleibt hinter mir«, befahl Louis. Er bewegte sich rasch, aber behutsam am Flussufer entlang. Mit dem Schild in der linken Hand bog er die Zweige beiseite. Er wollte nicht, dass seine Männer entdeckt wurden, bevor sie gesehen werden sollten.

Es dauerte keine Minute, bis sie an die Stelle kamen, wo Bäume und Unterholz zurückblieben und das breite, schlammige Flussufer sowie das freie Feld dahinter mit dem Lager der Heiden darauf vor ihnen lagen. Louis blieb dort stehen, genau an der Stelle, wo Bäume und offenes Gelände aneinanderstießen. Vor ihm erstreckte sich ein wüstes Durcheinander, genau wie er gehofft hatte. Männer brüllten und rannten ziellos umher. Sie hoben Waffen und Schilde auf und liefen auf die Kampfgeräusche zu. Nur wenige trugen eine Rüstung – sie hatten nicht damit gerechnet, an diesem Abend noch in einen Kampf verwickelt zu werden.

Der Boden stieg sanft vom Fluss her landeinwärts an, so weit, dass Louis das eigentliche Gefecht nicht sehen konnte. Aber er sah Nordmänner und Iren in diese Richtung eilen, und er wusste, dass es an der Zeit war, Aileran und seine Leute zu entlasten.

»Kommt, los!«, schrie er, zog sein Schwert und hob es über den Kopf. »Mir nach! Voran!« Louis fühlte das Blut in seinen Adern pulsieren. Aufregung erfasste ihn wie Elmsfeuer, während er immer schneller voranstürmte. Das Gewicht seines Kettenhemds, das klimpernde, klirrende Geräusch, das es machte, der Helm, der sich an seinen Kopf schmiegte, das erhebende Gefühl des Schwertgriffs in seiner Hand – all das führte ihn zurück in eine Zeit, bevor sein ganzes Leben auf den Kopf gestellt worden war. In eine Zeit, als er des Nachts nur mit seinen Gefährten hatte trinken und herumhuren müssen und bei Tag Nordmänner erschlagen.

»Mir nach! Voran!«, schrie er wieder. Er blickte nach links und rechts. Die Krieger folgten ihm, nur einen Schritt entfernt. Sie machten sich bereit, auf den Feind zu treffen und ihn ohne Erbarmen niederzuhauen, denn Erbarmen war etwas, das diese Heiden weder verstanden noch verdienten. Und Lochlánn lief neben ihm, das Schwert in der Hand, einen zornigen Schrei auf den Lippen, und Louis wusste, dass der Junge zurechtkam, nun, da das Warten vorüber war und der Kampf begann. Er würde einen guten Krieger abgeben, Lochlánn, falls er die nächste Stunde überlebte.

Sie erreichten den Rand des Lagers, wo ein Haufen Männer noch immer dabei war, die Ausrüstung anzulegen, und sich einige die Zeit nahmen, ihre Kettenhemden überzustreifen.

»Auf sie! Auf sie! Tötet sie!«, schrie Louis, und die übrigen griffen den Ruf auf, wie er es ihnen aufgetragen hatte. Er wollte, dass der Feind wusste, dass sie da waren. Er wollte, dass sie wussten, dass nun der Tod auch in ihrem Rücken lauerte. Nichts sorgte schneller für Panik als dieses Wissen.

Louis war der Erste im Kampf. Der Mann vor ihm – ein Ire, wie Louis bemerkte, er sah es an der Kleidung – konnte gerade noch sein Schwert zur Abwehr hochreißen. Es war eine schwächliche Parade. Louis stieß das Schwert beiseite und rammte seine Klinge in den Magen des Mannes. Er spürte den vertrauten, plötzlich nachgebenden Widerstand; gefolgt von einem Schrei und dem Zucken und Zerren der Klinge, als der Mann zusammenbrach.

Ohne nachzudenken, zog Louis das Schwert wieder heraus, bevor der Mann darauffallen konnte. Er richtete sich auf und sah sich nach dem nächsten Gegner um. Ein kleiner Mann, drahtig und mit roten Haaren, die blassen Augen aufgerissen, rannte mit Schwert und Schild in der Hand auf ihn zu. Louis trat auf ihn zu und fasste sein Schwert fester. Plötzlich war Lochlánn da, drängte an Louis vorbei und hackte wild auf den Iren ein.

Der irische Krieger fing Lochlánns Schlag auf dem Schild und holte mit der Klinge aus. Louis stieß Lochlánn zur Seite und aus dem Weg, gerade als die Klinge auf ihn zuschoss. Lochlánn stolperte, und der Franke rammte dem rothaarigen Krieger sein Schwert in die Flanke, gleich unterhalb des Arms. Er spürte, wie die Spitze über Knochen schrammte und dann tiefer glitt. Der Ire hielt inne, Blut strömte ihm aus dem Mund, und Louis riss sein Schwert heraus.

Lochlánn lag noch am Boden. »Stell dich nicht vor mich! Stell dich mir nie wieder in den Weg!«, fuhr Louis ihn an. Lochlánn starrte ihn großäugig an und nickte, und Louis kam zu dem Schluss, dass der Junge am Boden sicher genug war. Er wandte sich wieder dem Kampf zu.

Die Krieger steckten nun tief im Gefecht, und immer mehr Nordmänner eilten auf diesen zweiten Schauplatz zu. Louis sah Aileran und seine Schar in hundert Schritt Entfernung. Sie hatten sich ihren Weg durch die Baumreihe erkämpft und hielten kühn am Rand der freien Fläche ihre Stellung.

Louis' Männer hatten sich ihren Weg durch die ersten, verwirrten Feinde hindurchgebahnt, aber jetzt sammelten sich die irischen Krieger, die Krieger von Kevin mac Lugaed, und rückten vor. In mancherlei Hinsicht war das schon ein geordneter Angriff, zum Teil mit Schilden, zum Teil ohne, und ein paar Krieger trugen auch ihre Rüstung.

»Männer von Glendalough, mir nach!« Louis hob sein Schwert und sah sich um. Sie folgten ihm. Er hielt auf die irischen Reihen zu, seine Männer formten einen stumpfen Keil mit ihm selbst an der Spitze. Mit Gebrüll trafen sie auf den Feind und schwangen ihre Schwerter, Schilde und Streitäxte. Die Iren wichen nicht zurück, sie wehrten sich, traten ihnen Schwert für Schwert entgegen, wo immer sie konnten. Doch es machte einen großen Unterschied, ob man vorbereitet in den Kampf ging oder sich überrascht dazu gezwungen sah, und die verwirrten Iren fielen unter den Hieben von Louis' Männern.

Sie fielen, aber nicht alle, und die Verbliebenen hielten stand, schlossen die Lücken und kämpften mit einer Entschlossenheit, die Louis beeindruckte, so sehr, dass er beinahe bedauerte, was für einen Schrecken er als Nächstes über sie bringen wollte.

»Speerträger! Voran! Voran!«, schrie er, und nun waren die Bauern an der Reihe. Louis wusste, dass der Kampf seine eigene Art von Raserei heraufbeschwor. Das galt für jeden Mann mit Ausnahme der Feigsten. Sobald die Klingen aufeinandertrafen, wich die Furcht. Vernunft und Mitgefühl wurden hinweggefegt, und jeder dachte nur noch daran, seine Waffe in die Eingeweide des Gegners zu stoßen. Er hoffte, dass es den *Bóaire* genauso erging, sobald sie erst einmal die Krieger in der Schlacht gesehen hatten.

Und so war es auch.

Die Bauern stürzten sich brüllend in den Kampf, die Speere vorgestreckt. Sie stürmten in die Lücken zwischen Louis' Kriegern und gegen den Feind dahinter. Die Wirkung war erschreckend und blutig. Männer, die eben noch mit Schwert und Schild gegen andere Krieger gefochten hatten, wurden von den langen, mit Eisenspitzen versehenen Eschenschäften aufgespießt, die schnell und überraschend zwischen sie fuhren. Männer fielen und krallten sich die Hände in den Leib, andere schlugen wild nach den zuckenden Spitzen. Und während die

Iren hektisch versuchten, sich gegen diese neue Bedrohung zu verteidigen, setzten die Krieger mit den Schwertern ihr tödliches Werk fort.

Lochlánn war wieder auf den Füßen und stand Schulter an Schulter mit Louis, benutzte Schwert und Schild, wie Louis es ihm gezeigt hatte. Sein Gesicht war blutverschmiert, aber er bewegte sich ungehindert, also ging Louis davon aus, dass er in Ordnung war.

»Auf sie!«, schrie Louis wieder, so wild und so laut, wie es seine Stimme hergab. Er wusste nicht, ob er auf Irisch oder Fränkisch geschrien hatte, doch es machte keinen Unterschied. Der Feind war schon am Rande einer Panik, das konnte er sehen, und dieser letzte wilde Schrei stieß die Iren ganz über die Kante. Als Louis' Männer vorstürmten, verloren ihre Gegner den Mut und flohen. Sie ließen Waffen und Schilde fallen, stolperten über ihre Toten und versuchten nur noch, davonzukommen.

Das war's, dachte Louis. Das war alles, was er hatte erreichen wollen. Sie hatten den Feind getroffen, sie hatten ihm gezeigt, dass Glendalough kein Ort war, der sich leicht plündern ließ, dass man hier einem ernsthaften Gegner gegenüberstand. Er hatte Zweifel gesät und Schuldzuweisungen den Weg bereitet.

Lochlánn machte Anstalten, dem fliehenden Feind nachzueilen. Louis wollte ihn aufhalten, aber er hatte keine Hand frei. Also schrie er nur: »Lochlánn, halt!« Glücklicherweise hörte Lochlánn ihn und blieb stehen.

»Dein Horn!«, rief Louis. »Jetzt!«

Lochlánn sah ihn einen Augenblick verständnislos an. Dann drangen die Worte durch seinen vom Kampfrausch benebelten Geist, und er nickte und griff nach dem Horn, das er sich um den Hals gehängt hatte. Er setzte es an die Lippen und blies, einen langen, durchdringend klaren Ton. Es war der einzige Ton, den er spielen konnte, aber es war auch alles, was sie brauchten: Ein Signal zum Rückzug, das durch den Kampfeslärm drang und das seine und Ailerans Männer gleichermaßen erreichte.

Die Krieger formierten sich und wichen zurück. Dabei stießen sie mit den Speerträgern zusammen, die noch immer zu benommen waren vom Getümmel, um sich zu erinnern, was jetzt von ihnen erwartet wurde.

»Männer, lasst uns …«, fing Louis an und wandte sich um, um seine Leute anzusehen. Dann stutzte er. Zehn Schritte hinter den Speerträgern stand Failend. Ihr Haar war wirr, ihr Gesicht verschmiert. Es mochte Schmutz sein oder Blut. Sie hielt ein kurzes Schwert in der Hand, und die Klinge glänzte hellrot. Einer der irischen Krieger lag zu ihren Füßen und wand sich in Todesqualen. Bevor Louis etwas sagen konnte, hob Failend das Schwert und trieb es in den Hals des Mannes.

Mon Dieu …, dachte Louis, und dann stieß Lochlánn ihn an und rief: »Hauptmann, Hauptmann!«

Louis drehte sich wieder zurück. Neue Feinde kamen auf sie zu. Er hatte gehofft, den Kampf abzubrechen und einige Momente Zeit zu finden, um seine Männer in die Sicherheit der Bäume zurückzuführen, während ihre Feinde sich noch panisch zurückzogen. Nun wusste er, dass sein Wunsch sich nicht erfüllen würde.

Heiden, dachte Louis. Was da auf sie zukam, waren keine Iren, sondern Nordmänner, und sie trugen Schilde und ihre Rüstungen. Einer von ihnen, ein Berg von einem Mann, hielt ein rotes Schwalbenschwanz-Banner, auf dem irgendein graues Ding zu sehen war.

»Reihe bilden, Reihe bilden!«, schrie Louis. »Die Speerträger nach hinten!« Sie hatten die Heiden getroffen, wie Louis es geplant hatte, der Bär war verwundet. Louis hatte gehofft, sich zurückzuziehen, bevor der Feind den Angriff erwiderte.

Jetzt sah er, dass es so einfach nicht ablaufen würde.

20. Kapitel

Sag nicht, »es ist ein guter Tag gewesen«,
bevor die Sonne untergeht.
HÁVAMÁL

Thorgrim Nachtwolf brannte so sehr darauf, Ottar Blutaxt sein Schwert in den Leib zu stoßen, dass die ersten Geräusche des Angriffs nicht durch die Rote Wut drangen, die ihm die Sinne vernebelte. Jeder war aufgesprungen, als die Waffen gezogen wurden, aber Thorgrim achtete nicht auf die Übrigen. Er wandte den Blick keinen Moment von Ottar ab wie auch Ottar den seinen nicht von ihm.

Der Hüne bewegte sich als Erster. Seine Klinge schoss vor, um einen schnellen Treffer zu landen, einen Schnitt am Bauch, einen Streich zwischen die Rippen, irgendwas, das Thorgrim schon in den ersten Augenblicken des Kampfes außer Gefecht setzen würde. Aber Thorgrim war so flink wie Ottar, und er schwang *Eisenzahn* von rechts nach links und schlug die Klinge beiseite. Dann trat er auf Ottar zu, um seine Ferse auf dessen Knie zu rammen.

Das war ein gut platzierter Konter. Ottar hatte bei dem Stoß sein Bein vorgestreckt. Die Kraft in Thorgrims Tritt hätte Ottars Knie herausspringen lassen wie ein Hühnerbein, das man zum Essen herausdrehte. Doch gerade, als er das weiche Leder seines Schuhs auf Ottars Bein landen fühlte, da packte Harald eine seiner Schultern und Skidi die andere, und beide zerrten ihn zurück.

Ottar sprang bei Thorgrims Tritt nach hinten. Beide Männer brüllten vor Wut und wollten sich wieder aufeinanderstürzen, aber Harald und Skidi hielten Thorgrim fest, und Ottars Männer ergriffen ihren Anführer und hinderten ihn ebenfalls daran, vorzustürmen. Ottar fuchtelte mit dem Schwert und schrie, dass man ihn loslassen solle.

»Vater!«, rief Harald in Thorgrims Ohr. »Vater! Hör zu! Da sind Feinde draußen. Das Lager wird angegriffen!« Der vertraute Klang von Haralds Stimme und der dringliche Tonfall ernüchterten Thorgrim. Es atmete schwer, aber über seine Atemzüge hinweg nahm er nun die verwirrte Unruhe vor dem Zelt wahr und immer neue Stimmen, die den Alarmruf aufnahmen.

Die Zeltklappe flog auf, und einer der Iren erschien dort und rief Kevin etwas zu. Kevin schrie zurück, ergriff sein Schwert und den Schild und lief aus dem Pavillon.

»Kommt«, sagte Thorgrim und hatte Ottar schon vergessen. Er stürmte durch die Zeltklappe und hinaus in die Abendluft. Männer rannten in alle Richtungen durcheinander, aber die größte Unruhe ging von der Baumreihe aus, welche die Wiese vom Rest des Hinterlands trennte. Wer immer der Angreifer war, er kam von dort. Sie mussten schnell herangekommen sein und hatten den Wachen kaum Zeit gelassen, zu reagieren.

»Harald, hol die anderen. Bring unsere Männer hier rauf!«, befahl Thorgrim, und Harald nickte und rannte in Richtung der Schiffe. Thorgrim beobachtete den hin und her wogenden Kampf in dreihundert Fuß Entfernung. Nach Kevins Lügen und Ottars Beleidigungen hätte er nur zu gern zugesehen, wie der ganze Haufen abgeschlachtet wurde. Doch er durfte nicht zulassen, dass jemand Nordmänner angriff – und wenn es nur Ottars Nordmänner waren! –, ohne dass er einen Preis dafür bezahlte.

Skidi war neben ihm, wies mit dem Schwert auf das Handgemenge in der Ferne und merkte an: »Es sind nicht sehr viele. Mut haben sie ja, wenn sie so das Lager angreifen.«

»Allerdings«, stimmte Thorgrim ihm zu. Wie es schien, führten sie diesen Angriff gegen Kevins Männer und die Besatzung von neun Langschiffen mit weniger als einhundert Kriegern. Was entweder bedeutete, dass sie einfach nur Dummköpfe waren oder dass sie noch eine List in der Hinterhand hatten.

Ottar und seine Männer folgten Thorgrim aus Kevins Zelt heraus. Sie drängten sich an Thorgrim vorbei, aber mitten im Schritt hielt Ottar inne, drehte sich halb herum und starrte seinen Kontrahenten hasserfüllt an. Thorgrim erwiderte den Blick mit nicht weniger Intensität. Beide sagten nichts, denn sie mussten es nicht aussprechen. Jeder Mann wusste auch so, dass es nicht vorüber war.

Dann tauchte Starri der Unsterbliche auf, kam von den Schiffen am Flussufer vor Thorgrims Leuten einhergerannt. Er war von Natur aus so flink wie ein langbeiniger Hase, und im Gegensatz zu den Übrigen wurde er weder durch Schild noch Rüstung belastet. Er stieß fast mit Thorgrim zusammen, und der wandte den Blick von Ottar ab und griff nach Starris Arm.

»Warte auf die anderen«, sagte Thorgrim. Starri vollführte die eigentümliche, für ihn so typische ruckartige Bewegung mit den Armen, so versessen war er darauf, sich in den Kampf zu stürzen. Thorgrim blickte sich um. Harald lief auf sie zu, und Agnarr und die Besatzung des *Meereshammers* waren bei ihm, genau wie die Mannschaften der anderen Schiffe, Bersis Männer und Skidis und Kjartans.

»Bildet eine Reihe, bildet eine Reihe, wir rücken in einer Reihe vor!«, schrie Thorgrim, und die Männer positionierten sich rasch Schulter an Schulter. Als die Männer von Thorgrims Flotte an Land gingen, waren sie schon auf Ärger vorbereitet gewesen, hatten Waffen und Rüstungen angelegt. Sie waren in einem Haufen vor den Schiffen zusammengeblieben, und so waren sie nun eher dazu in der Lage, sich in den Kampf zu stürzen, als Kevins und Ottars Mannen, die zuvor die Behaglichkeit des Lagers genossen hatten.

»Folgt mir!«, schrie Thorgrim und hob *Eisenzahn* über den Kopf. Er setzte sich in Bewegung und rannte auf eine Stelle zu, wo ein ungeordneter Haufen von Ottars Männern von den unbekannten Feinden umringt war und niedergemacht wurde. Andere im Lager schlossen sich dem Vorstoß an. Es war eine überhastete und planlose Gegenwehr. Die Iren und die Nordmänner waren überrascht worden, und jetzt gerieten sie sich bei ihren Bemühungen gegenseitig in den Weg.

Da lenkte ein neuer Laut, klar und durchdringend, Thorgrims Aufmerksamkeit auf die linke Seite. Es war kein Kampfgeräusch. Es war ein melodischerer Ton. Oder, besser gesagt, irgendwas zwischen einem Schrei und einer Melodie – der Klang eines laut, aber wenig kunstvoll geblasenen Horns.

Thorgrim wandte sich dem Geräusch zu. Dort drängten sich weitere Männer. Thorgrim hatte sie schon gesichtet gehabt und geglaubt, dass es sich um einige von Kevins Kriegern handelte, die vor dem Kampf zurückschreckten. Nun jedoch sah er, dass sie keinesfalls den Kampf mieden: Sie waren in ein Gefecht mit weiteren Angreifern verwickelt, die am Flussufer entlanggekommen sein mussten.

»Ah, ihr schlauen Bastarde«, sagte Thorgrim. Deswegen also war die angreifende Streitmacht so klein erschienen. Die Hälfte von ihnen hatte einen Bogen geschlagen, um das Lager von hinten zu attackieren.

Thorgrim blieb stehen. »Halt!«, schrie er und hörte, wie ein ganzer Haufen von Männern ungeordnet zum Stillstand kam. Er zeigte mit dem Schwert auf das zweite Scharmützel.

»Dorthin! Dorthin! Auf sie!«, schrie er und rannte in die neue Richtung. Godi lief jetzt neben ihm, brüllte mit tiefer Stimme und hielt das Banner in den Händen. Thorgrim wurde schneller, bis er fast ungezügelt voranstürmte. Sein Ärger über Kevin, seine Wut auf Ottar – all das fiel im vertrauten Schmelztiegel der Schlacht von ihm ab.

Starri der Unsterbliche hatte bisher eine bemerkenswerte Zurückhaltung an den Tag gelegt. Jetzt konnte er nicht mehr. Er stürzte los, setzte sich vor die anderen und vor Thorgrim. Der versuchte gar nicht erst, ihn aufzuhalten. Starri trug nur Beinlinge und weiche Lederschuhe und hielt eine Streitaxt in jeder Hand. Es schrie, während er lief, ein hohes, heulendes Kreischen, wie man es in der diesseitigen Welt selten zu hören bekam.

Die Nordmänner waren so was von ihren Berserkern gewöhnt, die Iren offensichtlich nicht. Die Reihe der Gegner hatte bis dahin wie erfahrene und disziplinierte Krieger ihre Stellung behauptet. Nun aber bemerkte Thorgrim, wie sie vor Starris halsbrecherischem, bedrohlichem, wahnsinnigem Ansturm zurückwichen. Starri war noch fünf Fuß von der Schlachtreihe entfernt, als er in die Höhe sprang. Mit wirbelnden Äxten flog er durch die Luft. Thorgrim sah hinter der Reihe der Männer einen Speer nach oben schwenken. Er sah den dunklen Schaft, die eiserne Spitze, schaute mit an, wie Starri direkt auf die Waffe zustürzte, als er zwischen die Krieger fiel.

Die Speerspitze trat in einem Schwall von Blut an Starris Rücken wieder aus, und der Mann, der den Speer hielt, starb unter dem Schlag von Starris Beil, der Schädel gespalten, noch bevor der Berserker auf ihn stürzte.

Nein, nein, nein!, dachte Thorgrim und stürzte Hals über Kopf voran. Der Tod gehörte ganz selbstverständlich zu dem, was sie taten. Sie brachten den Tod, sie handelten mit dem Tod, und sie fanden den Tod dafür. Thorgrim hatte nie geglaubt, dass es ihm viel ausmachen würde, wenn irgendwer außer Harald starb, er selbst eingeschlossen. Aber der Anblick des Berserkers, aufgespießt auf einem Speer, berührte ihn, wie er es nicht für möglich gehalten hätte. Es war ihm nie in den Sinn gekommen, dass Starri der Unsterbliche sterben könnte.

»Ihr Mistkerle!«, brüllte Thorgrim, als er auf den vordersten der Krieger traf, einen jungen Mann, der kaum ein paar Jahre älter sein konnte als Harald. Er trug ein Kettenhemd und einen Schild, und Thorgrim führte einen Hieb nach ihm, der jeden Widerstand beiseitestoßen und tief in alles hineinfahren sollte, was er traf. Rüstung. Fleisch. Es war ein kraftvoller, ein vernichtender Schlag, und Thorgrim war überrascht, als sein Gegner *Eisenzahn* mit dem Schild geschickt zur Seite lenkte.

Nun war es Thorgrim, der zurücktreten und einen Angriff abwehren musste, und dann einen weiteren, als der Jüngling ihn Schritt um Schritt zurückdrängte. Thorgrim stieß vor, verfehlte, hob den Schild, um den Konter des jungen Mannes zu parieren.

Aber so konnte es nicht weitergehen, denn Thorgrims Männer waren ausgeruht und fast um das Doppelte in der Überzahl. Schon schlossen sich ihre Reihen um die Flanken der Angreifer und drohten, sie in die Zange zu nehmen. Den Iren blieb nur die Wahl, sich zurückzuziehen oder an Ort und Stelle zu sterben. Sie entschieden sich für den Rückzug. Schritt um Schritt bewegten sie sich nach hinten, immer schneller, während sie sich kämpfend dem Gehölz am Flussufer näherten. Der junge Mann, der gegen Thorgrim focht, rief nun Befehle. Seine Worte klangen irisch in Thorgrims Ohren, sein Akzent nicht.

Dann erblickte Thorgrim Starri den Unsterblichen, mit

dem Gesicht nach unten auf dem Boden liegend, und er vergaß den Feind vor sich. Mit zwei Schritten erreichte er Starris Leib und kniete sich neben ihn. Er ließ Schwert und Schild fallen, während der Kampf sich an ihm vorbeibewegte. Der Speer war gesplittert, als Starri daraufgefallen war, aber die hässliche Spitze ragte immer noch aus seinem Rücken, gleich unter dem Schulterblatt.

Thorgrim packte das abscheuliche Ding und riss es heraus. Es löste sich aus Starris Körper, der Schaft blutgetränkt und am Ende gezackt. Frisches Blut quoll aus der offenen Wunde, und Thorgrim war zutiefst überrascht, als Starri plötzlich nach Luft schnappte und stöhnte.

Sacht rollte Thorgrim ihn auf den Rücken. Der Speer war in die rechte Seite gedrungen, gleich unterhalb der Schulter, und er hatte beim Eintritt einen furchtbaren Schaden angerichtet. Die Haut war zerfetzt und aufgerissen, die ganze Brust mit Blut und mit dem Schlamm verschmiert, in den er gefallen war. Thorgrim war daran gewöhnt, Starri am Ende eines Kampfs mit Blut bedeckt zu sehen, aber normalerweise war es nicht sein eigenes Blut.

Er hörte Schritte hinter sich, und Harald kniete neben ihm.

»Er … er lebt?«, fragte Harald.

»Das tut er«, antwortete Thorgrim. Sie schwiegen einen Augenblick, dann blickte Thorgrim auf. »Was ist mit der Schlacht?«, fragte er. Die Kampfgeräusche waren verstummt, und er hatte nicht einmal mitbekommen, wie es verlaufen war.

»Sie haben die Bäume erreicht«, berichtete Harald, »die Iren, die uns angegriffen haben. Sie haben die Bäume erreicht und sind im Unterholz verschwunden, und Bersi hat uns angewiesen, ihnen nicht zu folgen. Du warst nicht dort, also bin ich davon ausgegangen, dass Bersi das Kommando hat.«

Thorgrim nickte. »Ja, das ist richtig. Und Bersi hat klug gehandelt. In dem Gestrüpp hätten sie euch einen nach dem anderen niedermachen können.«

Harald nickte. »Die andere Hälfte der Iren, die Männer, die bei den Bäumen gekämpft haben, haben sich ebenfalls zurückgezogen.«

»Das Horn muss das Signal gewesen sein«, sagte Thorgrim. »Diese Iren haben einen schlauen Anführer, wer es auch ist.«

In diesem Moment stöhnte Starri erneut, schwach und leise. Seine Augenlider flatterten, blieben jedoch zu.

»Lebt er?«, fragte Harald. Der Junge hatte immer noch nicht verstanden, dass manche Dinge für seinen Vater ebenso sehr ein Rätsel waren wie für ihn.

»Ich weiß nicht.« Thorgrim betrachtete Starri, der blass und reglos am Boden lag, und schüttelte den Kopf. Es war seltsam, Starri so still zu sehen. Starri bewegte sich ständig irgendwie, selbst wenn er nur ruhig dasaß.

Hätte der Speer ihn nur einen Zoll weiter links getroffen, wäre Starri schon auf dem Weg in Odins Festhalle. Nun jedoch würde sein Tod, wenn er denn kam, langsam und qualvoll werden und ganz und gar nicht als das Ende, das er sich so oft erträumt hatte. Und wie lange würde es dauern, bis der Tod ihn überwältigte? Eine Stunde? Mehrere Tage? Oder würde er als hilfloser Krüppel weiterleben; das schlimmste aller Schicksale?

Nein, Starri würde im Kampf sterben. Er würde lang genug leben, um das zu erreichen. Und wenn er in die Schlacht kriechen musste, selbst wenn Thorgrim ihn trug, Starri würde im Kampf fallen.

Thorgrim hob eine von Starris Streitäxten auf, legte sie auf Starris Bauch und schloss die Hand des Berserkers um den Griff. Er blickte auf. Noch mehr Männer von seiner Besatzung hatten sich um sie versammelt und blickten stumm auf ihren geschwächten Gefährten hinab.

»Besorgt einen Mantel oder so was. Etwas, womit wir ihn tragen können«, befahl Thorgrim. »Wir bringen ihn zurück auf den *Meereshammer*.«

21. Kapitel

Der ängstliche Mann glaubt, ewig zu leben,
hält er sich fern vom Kampfe.
HÁVAMÁL

Die Sonne war hinter den Bergen im Westen verschwunden und das Lager in tiefe Schatten gehüllt. Die ersten Sterne blinkten am Himmel, als sie Starri am Heck des *Meereshammers* niederlegten. Thorgrim hatte achtern für ihn ein Lager richten lassen, dort, wo normalerweise er selbst schlief. Sie hatten Felle aufeinandergelegt, um eine weiche und behagliche Unterlage zu schaffen, und Starri dann daraufgelegt, wo er nun stöhnte und den Kopf zur Seite warf. Sonst gab es wenig, was sie für ihn tun konnten.

Die meisten Männer an Bord der *Meereshammer*, die schon seit einigen Jahren zur See fuhren und plünderten, kannten sich ein wenig in den Heilkünsten aus. Sie konnten gebrochene Knochen richten und die klaffenden Wunden nähen, die Schwert oder Beil rissen. Einige verstanden sich sogar darauf, einzelne Gliedmaßen mit einer gewissen Aussicht auf Erfolg zu amputieren. Sie konnten die Art von Verletzungen behandeln, von denen sie eben am häufigsten getroffen wurden. Mehr jedoch vermochten sie nicht.

Und Starris Verletzungen gingen ganz sicher darüber hinaus. Sein Körper war sauber durchstochen worden. Sie hatten die Wunde gesäubert, Blut und Dreck von Starris Brust gewaschen. Bersi schlug vor, dass sie die Verletzung nähen sollten, aber Thorgrim verwarf den Gedanken. Er wusste nicht, warum. Es hatte eine gewisse Ahnung, dass es Geister geben mochte, die in Starri eingeschlossen werden würden, wenn sie das taten. Aber in Wahrheit hatte er keine Ahnung, was sie tun sollten, also legte er ein feuchtes Tuch über die Wunde und beließ es dabei.

Sobald Starri eingeschlafen war oder das Bewusstsein verloren hatte, band Thorgrim sanft die Finger des verletzten Mannes mit einem weichen Lederriemen am Griff der Streitaxt fest. Er wusste nicht, ob Starri bald starb, aber zumindest konnte er sicherstellen, dass er eine Waffe in der Hand hielt, wenn es so weit war.

»Odin, Allvater«, murmelte Thorgrim und legte seine Hand auf Starris Hand, auf diejenige, die er ans Beil gebunden hatte. »Wenn Starri jetzt stirbt, stirbt er an Wunden, die er in einem ehrbaren Kampf erlitten hat. Gewiss macht es keinen Unterschied, ob er bereits auf dem Feld oder später daran stirbt? Wenn er geht, dann bitte ich, dass du die Walküre schickst und ihn in deine Halle holen lässt. Das ist das Einzige, was er sich je gewünscht hat.«

Er stand auf, sah sich um und wischte sich die Augen. Er hatte keine Ahnung, ob Odin einem solchen Gebet Beachtung schenkte oder nicht, ob die Stichhaltigkeit seiner Argumente einen Unterschied machte. Natürlich konnte er Odin nichts erzählen, was der Gott nicht schon selbst wusste, doch er konnte sich auch nicht vorstellen, dass so eine Bitte schadete.

Thorgrim ließ Starri zurück, um auszuruhen oder zu sterben, was immer geschehen würde, und stieg die Planke hinab ans Ufer. Er schritt einige Ruten auf das Lager zu, dann blieb er stehen und blickte sich um. Es war wenig genug, was er in der aufkommenden Dunkelheit ausmachen konnte. Ein paar

Feuer waren entzündet worden, und im Licht der Flammen sah er Männer umherlaufen. Die Luft war erfüllt von den wohlvertrauten Lauten, die das Ende einer Schlacht kennzeichneten: Stöhnen, gelegentliche Schreie, das raue Gelächter von Männern, die froh waren, am Leben zu sein, Männer, die noch die Reste des Kampfrausches verspürten und das irgendwie herauslassen mussten.

Und er hörte das Kreischen der Gefangenen. Ottar hatte zwei der irischen Angreifer verletzt, aber noch lebendig vorgefunden, und jetzt ließ er sie für ihren Wagemut bezahlen. Er hatte seinen Männern befohlen, hohe Pfähle aufzustellen, und an die hatte er die Iren gefesselt und nahm sich nun seine Zeit, um allen Zorn an den bedauernswerten Bastarden abzureagieren. Die Nacht war erfüllt von ihren gellenden Schreien und den Wörtern, die sie stammelten. Flehen, wie Thorgrim vermutete. Er verstand nicht, was sie sagten. Es gab einige Männer im Lager, die es hätten übersetzen können, aber Thorgrim zweifelte daran, dass Ottar sich besonders dafür interessierte, was sie da stammelten.

Thorgrim war abgestoßen und angewidert von der ganzen Angelegenheit. Am Ende des Gefechts war Ottar in blinde und sinnlose Raserei verfallen. Er war auf dem Schlachtfeld umhergelaufen und hatte auf den Leichen der wenigen Iren herumgehackt, die zurückgeblieben waren. Dabei hatte er laut wie der Wahnsinnige gebrüllt, der er auch war. Wenigstens ein Dutzend seiner Männer waren getötet worden, und nun schien Ottar entschlossen, jene beiden bedauernswerten Überlebenden dafür bezahlen zu lassen.

Thorgrim Nachtwolf scheute nicht vor Gewalt zurück und zögerte nicht, einen Menschen zu töten. Aber das hier war sinnlos und ohne Ehre. Es war sogar schlimmer als sinnlos: Mit einer weit weniger qualvollen Behandlung hätten sie die

Gefangenen dazu bringen können, nützliche Information herauszugeben. Sie hätten zum Beispiel herausfinden können, wer für diesen schlauen Angriff verantwortlich war und was sie als Nächstes vorhatten. Wenn sie einen Gefangenen hätten gehen lassen, hätte er zu seinen Kameraden zurückkehren und ihnen erzählen können, was mit dem anderen passiert war. Auf diese Art wären sie alle in Schrecken versetzt worden. So, wie es jetzt ablief, erfuhren sie gar nichts und erreichten auch nichts.

Thorgrim schüttelte den Kopf und schob den Gedanken beiseite. Kevin mac Lugaed und eine Handvoll seiner Männer näherten sich, und Thorgrim war klar, dass wieder ein paar harte Verhandlungen drohten.

»Harald!« Thorgrim wusste, dass Harald sich irgendwo in der Nähe herumtrieb und versuchte, unauffällig zu wirken. »Hol Bersi und Skidi und Kjartan und sag ihnen, dass sie mich hier treffen sollen. Die Iren wollen reden. Und du kommst auch mit zurück. Ich will nicht, dass Kevin Wer-auch-immer als Einziger jemanden dabeihat, der beide Sprachen versteht.«

Harald nickte und eilte davon. Er war noch unterwegs, als Kevin mit Eoin an seiner Seite und seiner Leibwache hinter sich eintraf. Kevin sprach, und Eoin übersetzte.

»Kevin sagt, er dankt Euch für Eure hilfreiche Unterstützung heute. Das war genau die Art von Verrat, mit der wir rechnen müssen. Aber zumindest haben wir ihnen gezeigt, dass wir jeden besiegen können, den sie gegen uns ausschicken.«

Thorgrim wandte sich um und spuckte auf den Boden. »Wir haben niemanden besiegt«, erwiderte er. »Sie haben genau das getan, wofür sie hergekommen sind. Sie haben uns geschadet, und sie haben sich zurückgezogen, bevor wir ihnen schaden konnten.« Es belustigte ihn immer wieder, wie einige Männer kluge Planung mit Verrat verwechselten, wenn es einfach nur ihre Feinde waren, die sich als schlau erwiesen.

Eoin übersetzte. Thorgrim glaubte nicht, dass er Kevin etwas verraten hatte, worauf der nicht schon selbst gekommen war. Trotzdem wirkte der Mann nicht sehr erfreut, als er antwortete.

»Kevin meint, dass er versteht, dass so ein Angriff nicht hätte passieren dürfen. Und das wird es auch nicht mehr. Aber er fügt gleichfalls hinzu, dass es zeigt, was für Reichtümer es in Glendalough zu holen gibt, wenn sie solche Anstrengung unternehmen, um uns aufzuhalten.«

Thorgrim betrachtete Eoin und dachte bei sich: *Jeder arme Bauer wird alle Mittel nutzen, die ihm zur Verfügung stehen, um seine einzige erbärmliche Kuh zu verteidigen. Und das bedeutet nicht, dass das Ding auch nur einen Scheißdreck wert ist.* Aber er war des Gesprächs jetzt schon überdrüssig, also sagte er nichts.

Bevor die Stille noch unbehaglicher wurde, trat Harald mit den anderen hinzu. Thorgrim wandte sich an seinen Sohn. »Sag Kevin, dass ich nach meinen Schiffsführern geschickt habe, damit wir die Verhandlungen abschließen können, bei denen wir vorhin unterbrochen wurden. Sag ihm, ich glaube nicht, dass Ottar derzeit viel Lust auf eine Unterhaltung hat, aber das ist vermutlich auch in Ordnung.«

Harald übertrug die Wörter ins Irische. Kevin sprach, und Eoin übersetzte. Es war wie ein Zweikampf, ein Kampf der Übersetzer.

»Kevin entschuldigt sich abermals, dass er Euch nicht vor Ottars Anwesenheit warnen konnte. Er sagt, auf dem Jahrmarkt von Glendalough gibt es genug Beute für jeden, und dieser Ottar und seine Männer werden es uns umso leichter machen, den Ort einzunehmen und zu plündern. Mein Herr hofft, dass Ihr Eure Meinung nicht ändert und weiterhin mit uns zieht.«

Thorgrim war nicht sonderlich beeindruckt von der Hilfe, die Ottar und seine Männer bisher geleistet hatten, aber wieder behielt er diese Ansichten für sich. Bevor er jedoch etwas sagen konnte, trat Kjartan näher und flüsterte ihm zu: »Nachtwolf, wir sollten uns noch einmal untereinander absprechen. Im Vertrauen.«

Da lag ein eigenartiger Unterton in seiner Stimme, und von der früheren Überheblichkeit war wenig geblieben. Thorgrim versuchte, im spärlichen Licht das Gesicht des Mannes auszumachen, doch er sah nur Schatten.

»Gewiss.« Thorgrim wandte sich Harald zu. »Sag Kevin, ich muss mich noch mal kurz mit meinen Unterführern beraten. Bitte ihn, einen Augenblick auf uns zu warten.« Dann trat Thorgrim mit den Schiffsführern seiner Flotte und Harald ein Stück auf den Fluss zu, weit genug fort, dass Eoin ihre geflüsterte Unterhaltung nicht hören konnte.

»Thorgrim«, fing Kjartan an. »Ich muss dir nicht erzählen, dass Ottar verrückt ist. Du hast es selbst heute Abend erlebt.« Die Gefangenen hatten inzwischen aufgehört zu schreien, doch ihre qualvollen Laute klangen weiterhin in den Ohren eines jeden Mannes nach. »Allerdings muss ich dir sagen, dass er noch irrer und gottloser ist, als du es dir vorstellen kannst.«

»Du hattest schon mit Ottar zu tun?«, fragte Thorgrim.

»Er ist mein Bruder«, erwiderte Kjartan. »Wir sind gemeinsam aus Norwegen hierhergekommen. Vor drei Jahren.« Nun erkannte Thorgrim den merkwürdigen Klang in Kjartans Stimme. Es war Furcht. Dieselbe Furcht, die Kjartan im Dorf der Toten gezeigt hatte. Er musste schon damals gewusst haben, wer all diese Leute abgeschlachtet hatte.

»Was willst du damit sagen?«, fragte Bersi.

Kjartan schwieg einen Augenblick, als müsse er erst einmal die Kraft zum Weiterreden finden. »Ich sage, dass wir ihm nicht vertrauen können. Und ich glaube auch nicht, dass wir diesem Iren, Kevin, vertrauen können, obwohl er uns in Vík-ló nie hintergangen hat.«

Thorgrim wusste schon jetzt, wie es ablaufen würde. Man hatte sie zu diesem Zusammenfluss gelockt. Kevin hatte sie dazu gebracht, gemeinsam mit einem weiteren Anführer zu kämpfen, der verrückt und unberechenbar war. Die Iren von Glendalough hatten bereits bewiesen, dass sie keine einfachen Gegner waren. Jeder vernünftige Mann hätte kehrtgemacht und wäre wieder in See gestochen.

Doch es gab andere Dinge zu berücksichtigen als nur die Vernunft. Die Ehre war das eine. Thorgrim würde niemals eingestehen, dass Kevin sie so leicht übertölpelt hatte. Er durfte nicht einmal die Vermutung aufkommen lassen, dass ihm und seinen Männern der Mut fehlte, sich dem wahnsinnigen Ottar zu einem Raubzug den Fluss hinauf anzuschließen. Oder dass etwa Kraft und Klugheit der Iren sie zurückschrecken ließ.

»Was schlägst du also vor?«, fragte Skidi Kjartan mit knurriger Stimme. »Wie lautet dein Rat?«

Wieder schwieg Kjartan einen Moment, bevor er sprach: »Ich denke, dass es das Klügste wäre, die ganze Sache abzubrechen, heim nach Vík-ló zu segeln und nach einer besseren Gelegenheit Ausschau zu halten«, sagte er.

Dieses Mal waren es die anderen, die erst mal still blieben und Kjartans Worte auf sich wirken ließen. Schließlich sprach Thorgrim.

»Du weißt, dass wir das nicht tun können«, sagte er. Es war eine Feststellung.

»Ich weiß. Ja«, antwortete Kjartan. In der Dunkelheit sah Thorgrim die anderen nicken.

»Dann ist es entschieden«, stellte Thorgrim fest. Sie würden weiter nach Glendalough vorstoßen und sich dem Schicksal stellen, das die Götter für sie bestimmt hatten, wie auch immer es aussehen mochte. Sie würden sich bemühen, Ruhm und Reichtümer zu gewinnen oder einen guten Tod zu finden, und am Ende gab es nichts anderes, worauf ein Mann auf Wikingerfahrt hoffen konnte.

22. Kapitel

Die Norweger wurden besiegt,
durch ein Wunder des Herrn,
und sie wurden niedergemacht.
DIE ANNALEN VON ULSTER

Sie zogen sich zwischen die Bäume zurück, und die Nordmänner folgten ihnen nicht. Sie wichen noch weiter zurück, hielten die Waffen bereit, und noch immer kamen die Feinde nicht hinterher. Schließlich war es offensichtlich, dass ihre Feinde den Wald nicht betreten wollten, dass sie vom Kampf genug hatten, und Louis de Roumois führte die Männer dorthin zurück, wo sie auf Aileran und die Übrigen stoßen sollten, um gemeinsam zum Lager zurückzumarschieren.

Eine ungestüme Kraft erfüllte die Männer. Louis hatte das häufig erlebt, vor allem nach einem erfolgreichen Angriff. Er nahm an, dass sich darin irgendein Ungleichgewicht der Körpersäfte ausdrückte, eine Nachwirkung von Furcht und Aufregung. Es schien ihm eine gewisse Raserei zu sein, die im Blut der Männer zurückblieb und nach Möglichkeiten suchte, sich zu zerstreuen. Er selbst hatte das Gefühl in der Vergangenheit schon empfunden, und er hatte es genossen. Aber jetzt fühlte er nichts davon.

Er bahnte sich seinen Weg an die Spitze der Reihe. Unterwegs fasste er Failend am Arm und zog sie mit sich. Sie hatte sich mit den Übrigen in den Wald zurückgezogen und versucht, nicht aufzufallen, Louis konnte allerdings an kaum etwas anderes denken, und so gab es wenig Aussicht, dass er ihre Anwesenheit vergaß.

»Was im Namen Gottes und aller Heiligen tust du hier?«, zischte er ihr zu. »Was hast du dir dabei gedacht?«

»Ich wollte nur meinen Anteil dabei leisten, die Heiden von Glendalough fernzuhalten«, beteuerte sie, aber ihre Stimme klang so wenig überzeugend wie ihre Worte.

»*Merde*«, spie Louis hervor. »Bist du verrückt?«

Er sah sie kurz an, während er sich seinen Weg durch das Unterholz bahnte. Ihr Haar war eine verfilzte braune Masse. Die Prellung, die Colman in ihrem Gesicht hinterlassen hatte, war weitestgehend verschwunden, dafür klebte ein Streifen Blut auf ihrer Wange. Ihre Tunika war zerrissen, der Saum dunkel vor Schmutz und Blut. Sie hielt noch immer das kurze Schwert in ihrer Hand, dessen Klinge gleichfalls mit getrocknetem Blut beschmiert war. In ihren Augen glänzte ein seltsames Feuer, wie er es nie zuvor gesehen hatte. Sie sah tatsächlich aus wie eine Wahnsinnige.

»Nein, ich bin nicht verrückt«, beharrte sie, trotz aller Anzeichen des Gegenteils. »Hätte ich dort im Lager sitzen bleiben sollen, wo mein Dreckskerl von einem Ehemann mich den ganzen Tag anstarrt und beleidigt?«

Louis konnte verstehen, warum sie dazu keine Lust verspürte. Aber er war viel zu verärgert und, wie ihm bewusst wurde, auch viel zu verwirrt, um länger mit ihr zu reden. Sie gingen schweigend weiter. Louis bog das Buschwerk auseinander und machte den Weg frei, Failend und der Rest seiner Truppe folgten in einer ungeordneten Reihe hinter ihm. Der Franke hatte den Eindruck, dass die meisten seiner Männer überlebt hatten.

Die Bäume lichteten sich, bald kamen sie leichter voran, und kurz darauf traten sie wieder ins freie Gelände heraus. Die

Sonne war gerade hinter den Bergen verschwunden, Dunkelheit senkte sich über das Flusstal, und Louis freute sich, aus dem Wald heraus zu sein.

»Dort entlang, Hauptmann.« Lochlánn wies mit dem Schwert die Richtung. Er hatte sich nach vorn gedrängt, um Louis einzuholen – anscheinend hielt er es für seine Pflicht, an der Seite seines Hauptmanns zu bleiben. Louis nickte und entfernte sich vom Fluss, mit Lochlánn zu seiner Rechten und Failend zur Linken und dem Rest der Männer dahinter. Einige Augenblicke später erreichten sie die gefurchte und staubige Straße, die sie am Nachmittag vom Lager aus entlangmarschiert waren. Louis ließ haltmachen, und die meisten Männer sanken an Ort und Stelle zu Boden, saßen mit überkreuzten Beinen da oder lagen auf dem Rücken.

Bald hörte sie weitere Leute auf der Straße, ein leiser Laut wie der Wind in den Bäumen, jedoch untermalt vom Klingeln der Kettenrüstungen und dem gelegentlichen Poltern und Schlagen von Schwertern und Schilden. Ailerans Männer. Louis glaubte nicht, dass die Nordmänner noch willens waren, sich von ihrem Lager zu entfernen.

»Los, Männer! Auf die Füße, bildet eine Reihe«, befahl Louis eben laut genug, dass man ihn verstand. Widerwillig standen die Männer auf und formierten sich auf der Straße. »Nein, nicht da lang«, sagte Louis. »Oder wollt ihr zurück zu den Heiden marschieren? In die andere Richtung.«

Siebzig Männer drehten sich um und wandten sich in die Richtung, aus der sie vor vielen Stunden gekommen waren. Hinter ihnen schälten sich tatsächlich Aileran und sein Trupp aus der Dunkelheit. Louis trat vor und hob die Hand. Es war immer noch hell genug, dass Louis Ailerans Gesicht sehen konnte, müde und angespannt. Doch die Miene hellte sich auf, als er Louis erblickte. Der ältere Mann ergriff Louis' Hand und drückte sie. Dann zog er Louis an sich heran und fasste ihn an den Schultern. Louis sah die restlichen Soldaten herankommen. Sie lächelten ebenfalls und klopften ihm beifällig auf den Rücken.

»Gut gemacht, Herr, gut gemacht«, sagte Aileran und ließ Louis wieder los. Louis trat zurück. Die Übrigen nickten zustimmend. Die Bauern mit den Speeren wussten den Angriff vielleicht nicht so sehr zu würdigen, wie sie sollten, aber die Krieger verstanden, wie gut alles geplant gewesen war und wie erfolgreich sie es umgesetzt hatten.

Louis nickte. »Du genauso. Das war ein anständiger Kampf. Die Heiden werden jetzt nicht mehr so übermütig sein, nehme ich an. Hast du viele Männer verloren?«

Aileran schüttelte den Kopf. »Fünf haben es nicht geschafft. Ich bete zu Gott, dass sie auf dem Schlachtfeld getötet wurden und nicht den Heiden in die Hände fielen. Und bei dir?«

Louis erkannte, dass er seine Leute nicht gezählt hatte, eine grobe Nachlässigkeit, die er aber nicht eingestehen wollte. »Wir haben nur wenige verloren. Viel weniger als die Heiden und Kevin mac Lugaed«, behauptete er, zuversichtlich, dass dies auch den Tatsachen entsprach.

»Ich nehme nicht an, dass die Heiden uns heute Nacht folgen werden«, sagte Aileran. »Ich denke, die haben erst mal genug von uns. Ich kann mir auch nicht vorstellen, dass sie viel Lust verspüren, im Dunkeln hier durchs Hinterland zu streifen.«

Louis nickte. »Das sehe ich genauso. Meine Männer sind erschöpft bis zum Umfallen. Ich schlage vor, dass wir noch etwa eine Meile weit marschieren und uns dann einen Platz suchen, an dem wir uns hinlegen können. Wir stellen Wachen auf und schlafen mit unseren Waffen. Sobald es hell wird, kehren wir ins Lager zurück.«

»Ja, das wäre am besten«, erwiderte Aileran. »Ist das eine Frau?«

Der plötzliche Themenwechsel überraschte Louis. Er drehte sich und blickte in die Richtung, in die Aileran schaute, obwohl er natürlich ganz genau wusste, wen dieser meinte.

»Ja.« Louis wandte sich wieder zum Hauptmann der Krieger um. »Das ist Failend, die Frau von Colman mac Breandan. Sie muss uns vom Lager aus gefolgt sein. Anscheinend wollte sie unbedingt einmal eine Schlacht erleben.«

Aileran nickte, sagte aber nichts mehr. Er befahl seinen Männern, sich hinter Louis' Leuten einzureihen, und die Kolonne der müden Bewaffneten setzte sich in Bewegung. Die Straße sah im Mondlicht aus wie eine alte Narbe, die quer über das Grasland lief. Es war einfach genug, ihr zu folgen, auch wenn die unbekümmert dahintrottenden Männer gelegentlich stolperten. Auch Lochlánns Zehe blieb an einem kleinen Stein hängen, und fast wäre er umgekippt, und Failend fiel immer wieder zurück und rannte dann hastig einige Schritte, um wieder aufzuholen. Sie alle hatten sich bis zur Erschöpfung verausgabt, und darüber hinaus.

In der Ferne, ein paar hundert Fuß vor ihnen, konnte Louis eine Baumgruppe in der offenen Landschaft ausmachen, eine finster aufragende Erscheinung in der Nacht. Ein guter Ort, um sich dorthin zurückzuziehen, sollte ein Feind in der Dunkelheit plötzlich über sie kommen. Er verlangsamte seinen Schritt und befahl, haltzumachen. Die Reihe hinter ihm kam schlurfend zum Stehen.

»Hier schlagen wir für die Nacht unser Lager auf«, verkündete Louis. »Hauptmann Aileran und ich werden die Wachen einteilen. Der Rest von euch sucht sich einen Platz zum Schlafen. Haltet die Waffen bereit, und schlaft in eurer Rüstung, wenn ihr denn eine tragt. Wer Wasser hat, teilt mit denen, die keins haben.« Er verfluchte sich, weil er selbst nicht daran gedacht hatte, Nahrung mitzubringen. »Wir setzen uns im Morgengrauen wieder in Bewegung«, fügte er hinzu.

Es gab keine Bemerkungen, nicht ein Wort wurde gesprochen. Die Männer waren zu erschöpft dafür. Sie stolperten über die Wiese und ließen sich fallen. Einige deckten sich mit ihren Mänteln zu; die meisten machten sich nicht einmal diese Mühe. Vier Minuten, nachdem Louis seinen Befehl erteilt hatte, war das Gras mit reglosen Körpern übersät, als hätten seine Männer und nicht die Heiden einen großen Verlust in der Schlacht erlitten.

Failend suchte sich eine Stelle ein Stück abseits von den anderen. Sie setzte sich, aber sie legte sich nicht hin. Stattdessen zog sie die Knie an die Brust und starrte in die Nacht hinaus.

Aileran tauchte aus dem Dunkel auf, und er und Louis nahmen sich einen Augenblick Zeit, um die Aufstellung der Wachen zu erörtern. Dann zog Aileran wieder los und kümmerte sich um alles. Louis hatte nun keine Entschuldigung mehr. Er seufzte, trat widerstrebend zu Failend und setzte sich neben sie.

Er hatte sich nicht richtig mit ihr unterhalten, seitdem Colman sie auf frischer Tat ertappt hatte. Sie hatten nur ein paar Worte gewechselt, als sich die Gelegenheit ergab. Er hatte eine Entschuldigung herausgebracht. Sie hatte sie angenommen. Sie schien ihm nicht böse zu sein, und auch nicht von ihm abgestoßen. Tatsächlich hatte er das Gefühl, dass sie eher Ärger und Abscheu vor sich selbst empfand.

»Bist du gekommen, um dich noch einmal zu entschuldigen?«, fragte sie. »Weil du's mit mir getrieben hast und dich dann davongemacht, so dass ich meinem Mann allein gegenübertreten musste?«

»Nein«, sagte Louis. »Sollte ich?«

»Nein«, erwiderte Failend. »Ich nehme an, das hast du schon hinreichend getan. Trotzdem höre ich es immer wieder gern.«

Sie schwiegen einen Moment. Louis beobachtete, wie die unglücklichen Männer, die für die erste Wache ausgewählt worden waren, aus dem Schlaf gerissen und zu ihren Posten getrieben wurden. »Was hast du heute getan? Im Lager der Heiden?«, fragte er.

»Ich habe Heiden getötet. Wie du«, erwiderte Failend.

»Dein Mann hat dich ziehen lassen? Wusste er, dass du uns folgst?« Louis fiel auf, dass keiner von ihnen Colemans Namen aussprach.

»Ich habe es ihm gesagt«, antwortete Failend. »Ich habe ihm gesagt, dass ich das vorhabe, dass ich dir in den Kampf folgen werde. Ich weiß nicht, ob er mir geglaubt hat. Und wenn er es tat, denke ich nicht, dass er allzu betrübt wäre, mich tot zu sehen. Es würde ihm eine Menge Ärger ersparen.«

Sie schwiegen erneut. Dann sagte Louis: »Fürchtest du dich nicht davor, getötet zu werden? Hast du keine Angst vor deinem Mann oder den Heiden?«

Es dauerte lange, bis Failend auf diese Frage antwortete, so als müsse sie erst ernsthaft darüber nachdenken. Schließlich erklärte sie: »Ja, ich fürchte mich vor all diesen Dingen. Aber noch mehr fürchte ich die Langeweile.«

Das hatte Louis ganz und gar nicht erwartet, und er wusste nicht, was er dazu sagen sollte. Also sagte er gar nichts. Sie saßen noch länger da und schwiegen, bis Louis sich wieder erhob. Seine Muskeln protestierten bei der Bewegung. »Gute Nacht, Failend«, sagte er und ging schwankend davon, suchte sich einen Platz am Rand der schlafenden Männer und legte sich flach auf den Rücken. Er schloss die Augen und fühlte, wie der Schlaf ihn überrollte wie eine warme Flut. Dann, gerade als die ihn wegtragen wollte, spürte er einen Stoß, nur ganz sanft, aber es reichte aus, um ihn wieder wach zu machen. Jemand hatte sich neben ihn gelegt. Failend. Das erkannte er im selben Augenblick, da er wieder erwachte.

»Failend?«, flüsterte er dümmlich. Er fühlte ihre Hände unter seinem Mantel, nur ein leichter Druck durch sein Kettenhemd hindurch. Er spürte, wie sie sich über seinen Brustkorb bewegten und hinab zu seinen Oberschenkeln. Er hörte, wie sie leise gurrte, als sie ihr Gesicht gegen seinen Hals schmiegte.

Louis wusste, was sie antrieb: Es war diese Aufwallung von Kraft, das langanhaltende und nur langsame Zurückweichen der Leidenschaften, die in der Schlacht geweckt worden waren. Oft schlugen sie sich in einer verzehrenden Begierde nieder. Louis hatte es immer wieder erlebt, hatte es selbst mehr als einmal empfunden. Für die Huren in den Gasthäusern entlang der Seine waren nur wenige Nächte so lukrativ wie jene, wenn Louis und seine Berittenen einen Raubzug der Nordmänner zurückgeschlagen hatten. Aber er hatte diese spezielle Erscheinung noch nie bei einer Frau erlebt, weil er noch nie eine Frau gesehen hatte, die in der Schlacht kämpfte.

»Failend, lass das«, sagte er. Er drehte sich auf die Seite und sah sie an, und noch während er das tat, wusste er, dass er verloren war. Er blickte im Mondlicht in ihr Gesicht, sah ihre glatte weiße Haut, die riesigen Augen, das weiche braune Haar, wie es ihr um den Kopf fiel. Seine Nase war erfüllt von ihrem Geruch; getrockneter Schweiß, aber nicht wie der Schweiß eines Mannes, herb und abstoßend, sondern durchzogen vom Aroma der Duftöle, die Failend benutzte, und darunter der Geruch einer starken, furchtlosen, einer kühnen Frau.

Sie hob die Hand und streichelte seine Wange, und er beugte sich zu ihr und küsste sie. Sie legte eine Hand auf die Rückseite seines Kopfes und drückte ihn an sich. Er küsste sie mit wachsender Leidenschaft, seine Erschöpfung wich einer stärkeren Begierde. Er löste sich von ihren Lippen und fuhr mit dem Mund über ihren langen Hals und hinauf hinter ihr Ohr, er atmete den Duft ihrer Haut und ihres Haars ein wie die frische Luft am frühen Morgen.

Er löste sich wieder von ihr und sah ihr in die Augen. Sie schimmerten im Mondschein, und Louis las die Erregung und die Begierde darin. Eine Stimme schrie in seinem Kopf: *Tu das nicht! Tu das nicht, du verdammter, verdammter Dummkopf!*

Dann hörte er seine eigene Stimme, obwohl er keine Kontrolle zu haben schien über das, was sie sagte: »Lass uns vom Lager weggehen, dort hinüber zu den Bäumen«, flüsterte er.

Failend nickte kaum merklich, ein Lächeln umspielte ihre Lippen. Louis de Roumois verfluchte sich, er verfluchte seine Schwäche und seinen Mangel an Beherrschung, aber trotzdem stand er auf, hob seinen Mantel auf und ergriff Failends Hand. Er führte sie auf das Wäldchen zu. Die Wachen waren zur anderen Seite hin postiert und hielten in Richtung des Lagers der Heiden Ausschau. Der Rest der Männer schlummerte tief, und niemand sah sie davonschleichen.

Louis breitete seinen Mantel auf dem Gras aus, und Failend legte sich darauf. Louis schnallte den Schwertgurt ab und warf ihn beiseite, dann schälte er sich in einer fließenden, wohlgeübten Bewegung aus dem Kettenhemd und ließ sich neben ihr nieder. Sie schlangen die Arme umeinander, ihre Lippen fanden hungrig zusammen. Failend löste ihr Schultertuch. Sie küssten sich wieder, ihr Atem ging keuchend. Louis ergriff den weichen, dünnen Stoff von Failends Tunika und zog sie über ihren Kopf, sie mühte sich mit seiner Tunika ab, bis er ihr dabei half, ihn auszuziehen. Sie drückten sich gegeneinander, spürten die köstliche Empfindung von Haut auf Haut und die kühle Nachtluft, die über sie hinwegstrich.

Sie versuchten, leise zu sein, und im Großen und Ganzen gelang ihnen das auch, obwohl Louis einmal seine Hand auf Failends Mund legen musste. Sonst reichten die Entfernung zu den anderen, die Geräusche der Nacht und der tiefe Schlaf ihrer Begleiter aus, um das Keuchen, das Stöhnen und die übrigen Laute ihrer Leidenschaft zu überdecken. Jedenfalls hoffte Louis das.

Als es vorbei war, zog Louis den Saum seines Mantels über Failends Leib und halb über seinen eigenen, und sogleich fiel er in tiefen Schlaf. Nur eine vage, aber beharrliche Unrast störte seinen Schlummer und ließ ihm keine Ruhe, nicht einmal im Schlaf, so dass er in den Morgenstunden plötzlich auffuhr, lange, bevor am Himmel auch nur eine Spur der Morgenröte sichtbar war.

Er war wach, jedoch nicht vollständig bei Sinnen, nicht ganz sicher, wo er sich befand. Er war nackt, und Failend lag neben ihm, und sie waren im Freien. Das Ganze machte einen traumartigen Eindruck, und er fragte sich, ob er immer noch schlief. Dann, als würde ein Vorhang zurückgezogen und eröffnete die Aussicht aus einem Fenster, erinnerte Louis sich an alles, und er wusste, was ihn die ganze Zeit so beunruhigt hatte. Er war nicht auf einem Ausflug, in irgendeiner verbotenen *Affaire de coeur* unterwegs, er war auf einem Feldzug. Es herrschte Krieg. Er konnte hier nicht nackt und verwundbar herumliegen, wenn er von jedem Mann unter seinem Kommando verlangte, jederzeit kampfbereit zu sein.

Er erhob sich, so leise er konnte. Failend bewegte sich leicht und gab einen murmelnden Laut von sich, aber sie wachte nicht auf. Er fand seine Beinlinge und zog sie wieder an, die Tunika auch. Sein Kettenhemd lag auf einem Haufen, wo er es hatte fallen lassen; ein dunkler Hügel aus Stahlringen und im Gras fast unsichtbar. Einen Moment lang starrte er darauf hinab. Er wollte es nicht anlegen. Er hatte schon so viel an Behaglichkeit aufgegeben, um sich anzukleiden. Die Rüstung fühlte sich einfach nach mehr an, als er ertragen konnte.

»Merde«, stieß er hervor, nur ein Flüstern, während er nach dem Hemd griff. Es gab ein leises Geräusch von sich wie eine Schaufel, die in Kies tauchte, als er es hochhob und über seinen Kopf streifte. Er hatte seine Männer aufgefordert, in ihrer Rüstung zu schlafen, und er konnte nichts von ihnen verlangen, was er selbst nicht zu tun bereit war. Das war die erste Lektion, die Ranulf ihn gelehrt hatte, und womöglich die wichtigste.

Er zog das Kettenhemd zurecht und hob sein Schwert mitsamt Gürtel auf. Bevor er sich wieder niederlegte, schweifte sein Blick über die Wiese, auf der seine Männer ruhten. Er konnte niemanden dort ausmachen, nicht die Wachen, nicht einmal die dunklen Formen der Schlafenden. Das überraschte ihn nicht: Der Mond war hinter den Bäumen verschwunden, und nur die Sterne spendeten noch Licht. Er glaubte, eine Gestalt zu sehen, die sich zwischen den Männern bewegte, aber er konnte nicht sicher sein.

Da weckt wohl jemand die Ablösung, dachte er und kniete sich wieder hin, legte sich mit dem Schwert an der Seite neben Failend. Er rief sich ins Gedächtnis, dass er wieder aufstehen musste, bevor es hell wurde, dass er sich nicht in so einer kompromittierenden Lage entdecken lassen durfte. Failend würde sich wieder anziehen müssen. Aber im Augenblick waren die Wärme des Mantels und ihres Körpers, selbst durch die Rüstung, sowie ihr Duft, viel zu angenehm, als dass er dem hätte widerstehen können. Er schloss die Augen. Er schlief.

Und dann erwachte er wieder. Louis wusste nicht, warum. Er wusste nicht, wie lange er geschlafen hatte. Er öffnete die Augen. Failends Gesicht lag nur wenige Zoll von dem seinen entfernt. Es war immer noch dunkel, immer noch herrschte schwärzeste Nacht.

Er hörte, dass sich jemand näherte, leise und verstohlen. Er stützte sich auf einen Ellbogen, und der herankommende Mann bemerkte die Bewegung und war mit drei raschen Schritten bei ihm. Er setzte einen Fuß auf Louis' Oberkörper und drückte ihn wieder nach unten. Louis sah das Sternenlicht auf dem Stahl einer Schwertklinge funkeln, die der Mann in den Händen hielt. Die Waffe schwebte reglos über ihm, nur für einen Augenblick, dann stieß der Mann sie zweihändig hinab auf Louis' Brust.

23. Kapitel

Erlöse uns, oh Herr des grauen Himmels,
von dem Elend, das du uns geschickt hast.

DIE ANNALEN VON ULSTER

B*âtard!*«, zischte Louis, als die Schwertspitze auf seine Brust zufuhr. Er wischte die Klinge mit dem rechten Arm beiseite, stieß sie nach rechts, weg von Failend. Der Stahl schrammte übers Kettenhemd und glitt in den weichen Boden neben ihm.

Der Angreifer hatte erwartet, dass die Klinge in Louis' Brust landete; als er sein Ziel verfehlte und in den Boden stach, geriet er aus dem Gleichgewicht. Louis griff nach oben und packte den Schwertarm des Mannes, zog ihn nach unten, rollte zur Seite und riss den Meuchelmörder mit sich.

Der Angreifer kippte, Louis rollte weiter und kam in der Bewegung auf die Füße. Er hob das eigene Schwert auf, schloss die Finger um das Heft und schüttelte die Scheide ab. Failend hinter ihm schnappte nach Luft. Der Fremde, nur ein Schemen in der Dunkelheit, kämpfte um sein Gleichgewicht. Louis stach zu und fühlte, wie seine Klinge von einer Rüstung abgelenkt wurde. Der Fremde schlug mit dem Arm Louis' Schwert nach unten und stieß es beiseite, und der Franke trat schnell zurück, um auf einen Gegenangriff reagieren zu können.

Es gab keinen. Der Mann hatte sein Schwert verloren, als Louis ihn mitgerissen hatte, und jetzt stand er geduckt da, mit dem Dolch in der Hand – eine nutzlose Waffe gegen Louis' lange Klinge. Der Mann bewegte sich im Bogen auf Louis' linke Seite zu. Er blieb geduckt, der Dolch stoßbereit. Louis hörte Stimmen in der Ferne. Ihr Kampf hatte Aufmerksamkeit auf sich gezogen, aber der Franke ließ sich davon nicht ablenken. Er hatte wenig Lust, seine Männer herbeizurufen, damit sie ihn und die nackte Failend entdeckten.

»Leg das Messer hin, und geh auf die Knie, dann töte ich dich nicht«, knurrte Louis. Der Angreifer machte keine Anstalten, zu gehorchen, und Louis wurde bewusst, dass er Fränkisch gesprochen hatte. Er wiederholte die Worte auf Irisch, da vollführte der Mann eine rasche Bewegung zu Louis' rechter Seite, als ob er versuchen wollte, um das Schwert herumzukommen. Louis schwang die Waffe, um ihn aufzuhalten, und so flink wie eine Schlange änderte der Angreifer die Richtung und sprang nach links, nicht auf den Franken zu, sondern auf Failend.

»Bâtard!«, schrie Louis wieder und stürmte vor. Er spürte, wie die Schwertspitze traf, aber sein Stoß war nicht kraftvoll genug, um durch das Kettenhemd zu dringen. Dann, bevor der Dolch sie erreichte, riss Failend das Schwert des Angreifers vom Boden hoch und schwang es in weitem Bogen gegen ihn. Die flache Seite der Klinge erwischte den Mörder am Kopf und brachte ihn ins Taumeln.

Failend sprang auf. Zu Louis' Überraschung war sie bekleidet. Sie holte mit dem Schwert des Angreifers aus, als wollte sie Holz hacken.

»Nein!«, schrie Louis. Er ließ die flache Seite seines eigenen Schwerts auf die Hand des Mannes klatschen, der Klang hallte laut durch die Nacht. Der Mann zischte, als er den Dolch verlor. Schritte näherten sich, mindestens eine Person rannte auf sie zu. Mehr, vielleicht. Jetzt wagte Louis einen Blick über die

Schulter und sah Aileran aus der Dunkelheit auftauchen, das Schwert gezogen. Er hob die Klinge, während er lief.

»Aileran!«, rief Louis. »Ich bin …« Weiter kam er nicht. Aileran schwang seine Waffe in einem kraftvollen Rückhandschlag und traf den Hals des Mörders. Louis sah im Mondlicht das Blut hervorspritzen, als der Mann sich krümmte, röchelte und zuckend zu Boden stürzte.

»Verdammt!«, schrie Louis, dann presste er die Lippen aufeinander. Er war wütend. Er hatte den Burschen lebendig erwischen wollen, um von ihm zu erfahren, wer ihn geschickt hatte und warum. Er wusste, wie man Männer zum Reden brachte. Louis schluckte seine Enttäuschung herunter. Er wollte Aileran nicht zurechtweisen. Der Mann hatte geglaubt, das Richtige zu tun.

Als Louis' Atem und sein Ärger sich so weit wieder beruhigt hatten, dass er sprechen konnte, sagte er: »Danke, Aileran.«

Aileran antwortete nichts. Er trat auf den Mörder zu und schielte auf ihn herab. Der Leib zuckte nicht länger, und Louis nahm an, dass alles Leben aus ihm herausgeflossen war. »Wer ist das?«, fragte Aileran. »Ein Nordmann?«

»Ich glaube nicht.« Louis versuchte, sich den flüchtigen Eindruck wieder ins Gedächtnis zu rufen, den er bei dem Kampf im Dunklen von dem Mann bekommen hatte. Er war wenig mehr als ein Schatten gewesen, aber Louis glaubte trotzdem nicht, dass er ein Nordmann war.

Weitere Schritte näherten sich, Männer, die durch das hohe Gras liefen. Er und Aileran drehten sich um. Ein halbes Dutzend Krieger rannten mit blanken Schwertern auf sie zu.

»Hauptmann!« Er hörte Lochlánns Stimme, und sie klang besorgt. Die Männer wurden langsamer. Sie erkannten, dass der Kampf vorüber war, und senkten die Waffen. »Hauptmann Louis, was in Gottes Namen ist passiert?«

»Wir wurden angegriffen«, erklärte Louis. Er bemerkte, wie Blicke in Failends Richtung wanderten. Die hatte das Schwert fallen gelassen und es geschafft, ihr Schultertuch und den Mantel über die Tunika zu ziehen.

Keine Erklärungen, keine Rechtfertigungen, dachte Louis, und das war der beste Rat, den er sich geben konnte. Und dann ignorierte er ihn prompt. »Um der Sicherheit der Dame willen«, sagte er, »hielt ich es für das Beste, wenn sie nicht mitten zwischen all den Männern schläft. Ich habe persönlich für ihre Sicherheit gesorgt.«

»Natürlich«, sagte Aileran, und Louis schaffte es, die feine Andeutung hinter dem Wort zu ignorieren. Er nickte in Richtung des Toten zu ihren Füßen.

»Kennst du ihn?«, fragte Louis.

Aileran kniete sich neben die Leiche und betrachtete den Mann. Er packte ihn am Kragen seines Kettenhemds und wälzte ihn zur Seite, so dass das Mondlicht auf sein Gesicht fiel. »Keiner meiner Männer«, knurrte Aileran. »Niemand, den ich kenne. Aber auch kein Nordmann, wie du gesagt hast.«

Louis nickte. »Wenn die Sonne aufgeht, können wir ihn genauer anschauen. Vielleicht erfahren wir dann mehr. Inzwischen können die Männer sich wieder hinlegen und sich so viel Schlaf holen, wie sie noch kriegen können.«

Die Übrigen schnauften und zogen ab, aber Louis berührte Lochlánn am Ärmel und bedeutete ihm zu warten.

»Dieser Bursche …« Louis nickte in Richtung des Toten. »Ist es der, der meinetwegen ins Kloster kam?«

Lochlánn blickte auf die Leiche hinab. »Ich weiß es nicht, Hauptmann Louis«, stellte er fest. »Es ist in etwa derselbe Körperbau, aber damals im Kloster hab ich das Gesicht des Mannes nie richtig zu sehen bekommen.«

Louis nickte. Er hatte sich das schon gedacht. »Also gut.

Geh schlafen. Vielleicht können wir bei Tageslicht noch was herausfinden.«

Lochlánns Blick wanderte von Louis zu Failend und wieder zurück. »Soll ich in der Nähe bleiben?«, fragte er. »Falls weitere Gefahr droht?«

»Nein, danke, Lochlánn«, antwortete Louis. »Ich bin schon in Sicherheit, nehme ich an.«

Lochlánn nickte und ließ ihn und Failend allein. Sobald Lochlánn in der Dunkelheit verschwunden war, wandte Louis sich Failend zu. »Das war geschickt, wie du den Kerl getroffen hast. Du kannst eine Klinge führen.«

Failend zuckte die Achseln. »Ich hebe ein Schwert auf, ich schwinge es. Manchmal treffe ich, wonach ich schlage.«

»Damit schaffst du schon mehr als die meisten dieser Bauern, die hier Krieger spielen«, befand Louis. Er nahm Failends Hand und ging mit ihr zu den schlafenden Männern zurück. Er bezweifelte, dass es einen weiteren Angriff geben würde, aber zwischen den Bewaffneten waren sie sicherer, und er hatte keine große Lust, sich neben einer blutigen und fast enthaupteten Leiche schlafen zu legen. Außerdem legte er keinen Wert darauf, dass auch noch der Rest des Lagers sie Arm in Arm vorfand.

Louis breitete seinen Mantel am Boden aus und ließ Failend sich darauf niederlegen. Er selbst konnte an Schlaf nicht mehr denken. Er saß neben ihr und blieb die wenigen Stunden bis Tagesanbruch wach. Sein Blick wanderte über das Lager, er lauschte auf jedes Geräusch. Aber es gab nichts zu sehen als die Kronen der vor dem Sternenhimmel schwankenden Bäume und nichts zu hören als kleine nächtliche Tiere und das Schnarchen schlafender Männer.

Beim ersten Tageslicht erhob sich Louis mit schmerzenden Muskeln und Gelenken. Er streckte Arme und Beine. Aileran war schon auf und schüttelte seine Männer aus dem Schlaf. Er schloss sich Louis an, und ohne ein weiteres Wort gingen sie über die Wiese zu der Stelle, wo der Tote lag.

Die Sonne hatte die Berge im Osten noch nicht hinter sich gelassen. Ein blaugraues Licht erfüllte den Morgen, aber es war hell genug, dass sie alles Wichtige sehen konnten. Der Tote lag mit dem Gesicht nach oben, die leeren Augen dem bedeckten Himmel zugewandt. Der Leichnam war fast ausgeblutet, und sein Gesicht leuchtete beinahe weiß in deutlichem Kontrast zu dem dunklen Gras, in dem er lag.

Louis betrachtete ihn lange, und Aileran ebenso. Aileran schüttelte den Kopf. »Ich kenne ihn nicht«, sagte er.

»Ich genauso wenig«, erwiderte Louis. Er hob das Schwert auf, das Failend hatte fallen lassen. »Es sieht wie eine irische Klinge aus«, stellte er fest.

Aileran sah es kurz an. »Das tut es«, bestätigte er. »Aber die Kettenrüstung scheint mir fränkisch zu sein.« Louis erkannte, dass er Recht hatte, doch diese Tatsachen verrieten ihnen auch nicht mehr über den Meuchelmörder oder darüber, wo er herkam. Louis hob den Saum des Kettenhemds mit den Zehen an. Er fand keine Börse.

»Deine Männer sollen ihn ausziehen«, sagte er. »Wenn sie etwas finden, was uns mehr über diesen *Bâtard* verrät, dann sollen sie es mir bringen. Alles Silber gehört dir. Gib seine Waffen und das Kettenhemd dem Speerträger, der gestern am tapfersten gekämpft hat.«

Aileran nickte. Er und Louis trotteten ins Lager zurück, wo die Männer gerade auf die Füße kamen, sich reckten und kratzten. Louis bemerkte ein paar grinsende Gesichter, die in seine Richtung blickten. Aber sie wandten sich rasch wieder ab, wenn sie seinen Blick kreuzten. Schlüpfrige Geschichten verbreiteten sich schnell in einem Heerlager.

Drei von Ailerans Leuten kümmerten sich um den Leichnam, aber sie fanden nichts, was für Louis von Interesse war. Als sie fertig waren, warfen sie den starren, blassen Leib ins Gestrüpp für jeden Aasfresser, der ihn haben mochte.

Louis rief Aileran und Lochlánn zu sich. »Wir haben nichts zum Frühstück dabei, also gibt es keinen Grund, warum wir uns länger aufhalten sollten«, sagte er. »Wir marschieren direkt zurück ins Lager und essen dort.«

Fünf Minuten später setzte sich ihre Schar von etwa einhundertfünfzig bewaffneten Männer in Bewegung – man konnte es keinen Marsch nennen. Sie folgten der Route, die sie gekommen waren, und ihre Kolonne dehnte sich über zweihundert Fuß entlang des Wegs aus. Ihre Füße ließen eine Staubwolke mit dem Wind forttreiben, denn die Straße war von einer bemerkenswert langen Zeit guten Wetters ausgetrocknet. Aber das würde nicht ewig so bleiben. Louis blickte nach oben. Das dumpfe Blau des frühen Morgens ging schon in milchiges Weiß über, als die üblichen Wolken wieder aufzogen.

Sie waren nicht allein auf der Straße. Schwer beladene Wagen rollten heran, von trägen Ochsen gezogen, die sogar noch langsamer einhertrotteten als die erschöpften Krieger. Die Kolonne musste die Straße verlassen und durch das niedergetrampelte Gras marschieren, um sie zu überholen. Mitunter zogen kleine Gruppen von Reitern an ihnen vorüber und warfen neugierige Blicke in Richtung von Louis' Männern. An diesem einen Tag gab es mehr Verkehr, als die Straße wahrscheinlich in den nächsten sechs Monaten erleben würde. Reisende strömten am Fluss Avonmore entlang nach Nordwesten, dem Jahrmarkt von Glendalough zu.

Der Morgen verging und die Sonne stieg höher, eine blasse Scheibe hinter einer dichten Wolkendecke. Ein feuchter Geruch hing in der Luft. Bald würde es regnen, Louis spürte es jetzt schon. Um seiner Männer und seiner selbst willen, hoffte er, dass sie zurück im *Dúnad* waren, bevor der Regen richtig einsetzte, und dass man tatsächlich die Zelte von Glendalough herangekarrt hatte.

Louis de Roumois ging an der Spitze der Kolonne, mit Aileran zu seiner Linken, Failend zu seiner Rechten und Lochlánn einige Schritte hinter ihm, so wie der Junge es für angemessen hielt. Die Männer dahinter waren still, aber in guter Stimmung. Louis konnte es spüren. Sie waren stolz auf das, was sie in dieser Nacht geleistet hatten, und das zu Recht. Zuvor, als sie von Glendalough aufgebrochen waren, hatten sie ihn mit Neugier, Gleichgültigkeit oder Abneigung betrachtet, während er ihre Reihen abschritt. Nun jedoch grüßten sie ihn mit einem Lächeln und Nicken. Das war gut. So formte man eine tödliche Streitmacht.

Etwa hundert Ruten von der Stelle, an der sie marschierten, beschrieb die Straße einen Bogen nach links und verschwand hinter einem Wäldchen. Irgendwo vor ihnen sah Louis Rauch aufsteigen. Nicht viel Rauch, aber genug, um seine Neugier zu wecken, und auch seinen Argwohn, obwohl er keine Überraschung befürchtete. Aileran hatte Kundschafter vorausgeschickt, denn weder er noch Louis waren so dumm, blindlings durch die Landschaft zu stolpern, solange ein mächtiger Feind sich in der Nähe aufhielt.

Gerade als Louis sich über den Rauch Gedanken machte, sah er einen der Späher um das Wäldchen herum zurückkommen. Er rannte nicht und wirkte auch nicht sonderlich aufgeregt. Das war ein gutes Zeichen. Louis ließ die Truppe nicht haltmachen.

»Eine Reisegruppe«, berichtete der Mann, als er die Kolonne erreichte. Er reihte sich neben Aileran ein und sprach zu ihnen beiden. »Drei Wagen. Sehr auffällig. Und Frauen. Sie lagern an der Straße.«

Aileran nickte. »Ohne Zweifel auf dem Weg zum Jahrmarkt nach Glendalough«, stellte er fest. »Schausteller, möglicherweise, oder Kaufleute oder Huren. Vielleicht alles auf einmal.«

Sie kamen um die Biegung, und Louis sah, dass der Kundschafter alles korrekt beschrieben hatte, wenn auch mit weniger Einzelheiten, als er hätte liefern können. Drei Wagen, sehr schwere, rundum geschlossene Fahrzeuge mit riesigen, eisenbeschlagenen Rädern aus Eichenholz, die Seiten grell rot und gelb bemalt. Sie standen in einem Halbkreis auf der Wiese neben der Straße. Banner flatterten an Stangen am Kutschbock und an der Rückseite der Fuhrwerke, hinzu kamen bunte Wimpel in allen Farben an allen Stellen, wo man sie nur festmachen konnte.

In der Mitte des Halbkreises loderte ein großes Kochfeuer mit einem Kessel darüber. Schon aus der Ferne konnte Louis den Eintopf riechen, der darin zubereitet wurde. Ihm lief das Wasser im Mund zusammen, und erst jetzt wurde ihm bewusst, wie hungrig er war. Der Duft erreichte die Männer hinter ihm, und er hörte sie murmeln. Er wandte sich halb um und gebot Stille, und die Männer gehorchten, auch wenn das Gemurmel nicht sofort aufhörte, sondern nur widerwillig erstarb.

Ein riesiger Kerl saß vor dem Feuer, wirklich in jeder Hinsicht riesig, mit einem gewaltigen Bart, der bis zur Mitte eines ausladenden Bauches reichte. Louis hätte ihn für einen Nordmann halten können, wäre er nicht nach der irischen Art gekleidet gewesen und außerdem unbewaffnet. Noch mehr Leute waren bei ihm, ein halbes Dutzend Männer, soweit Louis sehen konnte, und auch Frauen. Louis zählte vier. Junge

Frauen. Gutaussehend. Er hörte, wie das Murmeln hinter ihm wieder einsetzte.

»Wir lassen die Männer eine Weile hier ausruhen«, sagte Louis zu Aileran. »Ich will mit dem Burschen reden.« Aileran drehte sich um und brüllte den Befehl nach hinten. Die Männer kamen nicht sofort zum Stehen, sondern schlurften stattdessen langsam weiter, näher an das Essen heran, näher an die Frauen, bis sie sich schließlich ein Stück Gras suchten, um sich niederzulassen.

Der große Mann am Feuer beobachtete Louis' Annäherung. Auf seinem Gesicht zeigten sich weder Furcht noch Sorge, nur eine leichte Neugier.

»Wollt Ihr Euch mir beim Essen anschließen, Herr?«, fragte der Mann und deutete mit einer Schöpfkelle in Richtung Kessel.

»Nenn mich Hauptmann, bitte, nicht Herr«, antwortete Louis. Der Duft aus dem Kessel umschmeichelte ihn, und er hätte die Einladung nur zu gerne angenommen. Stattdessen fragte er: »Habt ihr genug zu essen für alle meine Männer?«

»Nein, Hauptmann, sicher nicht«, gab der große Mann zurück.

»Ich fürchte, dann muss ich ablehnen«, sagte Louis. Er hatte nichts dagegen, die Privilegien seines Ranges anzunehmen: ein größeres Zelt, einen Diener, ein besseres Pferd. Aber er würde nie etwas essen, während seine Männer hungrig blieben. Der große Mann zuckte die Achseln, und Louis setzte sich neben ihn auf einen Hocker.

»Ich bin Crimthann«, stellte der Mann sich vor. »Ihr habt sicher von mir gehört, von mir und meinen Darstellern?«

Louis schüttelte den Kopf.

»Was?« Crimthann wirkte aufrichtig überrascht. »Ihr seht aus wie ein Mann von Welt, und Eurem Akzent nach zu urteilen, stammt Ihr nicht aus diesem Land. Dennoch sprecht Ihr unsere Sprache ziemlich gut, also müsstet Ihr einige Zeit hier verbracht haben. Wie kann es dann sein, dass Ihr nicht von Crimthann gehört habt?«

Nun war es an Louis, die Achseln zu zucken. »Ich habe die letzten zwölf Monate im Kloster von Glendalough verbracht«, sagte er.

»Ah! Das ist eine Erklärung!«, befand Crimthann. »Nur ein Einsiedler könnte nicht von uns erfahren haben, so weit wie unser Ruhm reicht.« Er warf einen kurzen Blick auf Louis' Schar. »Wie es scheint, sind deine Männer gleichfalls Einsiedler, oder zumindest haben sie ewig keine Frau mehr gesehen.«

Louis folgte Crimthanns Blick. Viele der Männer, die Bauern, starrten mit unverhohlener Neugier auf die Frauen, und mit einem gewissen Maß an Begierde. Louis lächelte.

»Sie sind das, was ihr Iren als *Bóaire* oder *Fuidir* bezeichnet. Keine echten Krieger. Ich glaube nicht, dass sie Frauen wie deine haben, auf den erbärmlichen kleinen Höfen, von denen sie kommen.«

Crimthann warf sein massiges Haupt nach hinten und lachte laut. »Nirgendwo auf der Welt gibt es Frauen wie die meinen!«, sagte er. »Sie treten überall auf, wo ich nur damit durchkommen kann. Und sie helfen auf andere Weise aus.«

Louis war neugierig, was diese anderen Weisen waren, aber dies hier war weder der richtige Ort noch der richtige Zeitpunkt, um das zu ergründen. Was er jetzt von Crimthann wollte, waren Informationen. Reisendes Volk wie Kaufleute und Schauspieler bekamen eine Menge von dem mit, was in der großen Welt so passierte, wie Louis sehr wohl wusste.

»Wir haben gegen einige Heiden gekämpft, die den Fluss heraufkamen. Auf dem Weg nach Glendalough«, erzählte Louis. »Hast du etwas über sie gehört?«

Crimthann nickte. »Wir haben Gerüchte gehört«, sagte er. »Wir hörten, dass sie im Dorf Muirbech an der Mündung des Flusses Avoca ein blutiges Gemetzel hinterlassen haben. Und bei einem weiteren ein paar Meilen flussaufwärts. Wir haben einen Iren namens Kevin getroffen, der mit hundert Kriegern oder so unterwegs war, aber die hatten es viel zu eilig, um für ein wenig Unterhaltung innezuhalten, nicht einmal bei uns, und wir bieten die beste Unterhaltung im ganzen Land.«

»Du hast von den Heiden gehört, aber du hast keine gesehen?«, fragte Louis.

»Nein. Wir halten uns fern vom Fluss. Wegen der Heiden.«

Louis nickte. »Vielleicht wäre es dann klug, wenn du dich auch von Glendalough fernhältst«, sagte er.

»Was?«, rief Crimthann aus. »Den Jahrmarkt versäumen? Habt Ihr irgendeine Vorstellung davon, wie viel Silber dort durch die Straßen fließt?«

»Es wird überhaupt kein Silber geben, sollten die Heiden es bis dorthin schaffen«, sagte Louis.

»Ach, aber das werden sie nicht!«, erwiderte Crimthann. »Wenn ich Euch anschaue, dann weiß ich, dass Ihr auf Blut aus seid und es niemals dulden werdet, dass ein Heide Eure Stadt plündert!«

Louis lächelte. Er hätte die Zuversicht des großen Mannes gern geteilt.

»Aber nur um ganz sicher zu gehen«, fügte Crimthann hinzu, »werden wir hier abwarten, bis wir erfahren, dass Ihr all die Mistkerle erledigt habt.«

»Das klingt nach einem klugen Plan«, befand Louis. Er stand auf und rief seine Männer, die sich widerwillig erhoben und wieder aufstellten. Kurz darauf waren sie erneut unterwegs. Sie trotteten an den Wagen vorbei, und die Männer bemühten sich, einen letzten Blick auf die Frauen zu erhaschen, die ihnen nachwinkten und sich mit einem Lächeln von ihnen verabschiedeten, das alles andere als keusch oder unschuldig wirkte.

Eine weitere Stunde marschierten sie müde dahin, ohne das *Dúnad* zu erreichen. Louis fragte sich allmählich, ob Colman vielleicht nach Glendalough zurückgekehrt war und überhaupt kein Lager mehr auf sie wartete. Da sagte Lochlánn: »Gleich hinter dem Hügel da vorne, Hauptmann Louis. Da befindet sich das Lager.«

Louis nickte und empfand ein Gefühl der Erleichterung. Er war erschöpft und ausgehungert, und schon länger ertönte ein stetes Murren hinter ihm, ein Hintergrundgeräusch wie Regen auf einem Dach. Sie erklommen die Anhöhe, und Louis erhoffte nichts sehnlicher, als eine Reihe Zelte dahinter zu erblicken, oder zumindest einen Karren mit Essen. Doch das Erste, was er sah, war nichts in dieser Art.

Das Erste, was er sah, waren Männer. Hundert, hundertfünfzig vielleicht, die sich überall auf dem Feld ausgebreitet hatten, die sich um ihre Lagerfeuer kümmerten, Waffen schärften oder schliefen. Es gab gleich mehrere Wagen dort, und sie waren voll beladen mit Zelten, Kesseln und Fässern mit Nahrung und Ale für das *Dúnad*. Es war ein verblüffender, ein gänzlich unerwarteter Anblick, und er erfüllte Louis mit Freude, als ihm klar wurde, was er da vor sich sah. Pater Finnian war zurückgekehrt, und er hatte ihm eine Streitmacht von echten Kriegern mitgebracht.

Jetzt konnte der Kampf ernsthaft beginnen.

24. Kapitel

In diesem Jahr wandten sich zudem
viele von ihrem christlichen Glauben ab
und schlossen sich den Norwegern an,
und sie plünderten Ard Macha und raubten seine Reichtümer.

DIE ANNALEN VON ULSTER

Starri der Unsterbliche starb nicht. Nachdem die Sonne untergegangen war, stöhnte er leise für einige Stunden und wälzte benommen den Kopf von einer Seite zur anderen. Das Beil blieb festgebunden in seiner geschlossenen Faust.

Thorgrim saß neben ihm, während die Sterne langsam ihre Bahn über den Himmel zogen. Endlich verstummte Starri, und Thorgrim glaubte, dass er gestorben sei. Aber er schlief nur, also legte Thorgrim sich ebenfalls schlafen. Als er erwachte, war der Himmel trüb und bedeckt, und Starri lebte immer noch.

Die Mannschaften seiner vier Schiffe sammelten sich am Ufer, machten Feuer, holten Eimer voll Wasser und hingen Kessel an dreibeinigen Gestellen auf. Fünf Ruten weiter flussaufwärts taten Ottars Schiffsbesatzungen dasselbe, und landeinwärts bereiteten Kevins Leute ihr Frühstück vor. Drei Heere, die sich jeweils so verhielten, als wären die anderen beiden gar nicht da.

Thorgrim zog sanft die Felle über Starris Brust fort und löste den Stoffstreifen von der Wunde. Er musste ein weniger kräftiger ziehen, wo das Blut in dem Verband getrocknet war, doch auch das tat er so behutsam, wie er konnte. Starri stöhnte und bewegte den Kopf, aber seine Augen blieben zu.

Die Wunde sah übel aus, wenn auch nicht so schlimm wie am Tag zuvor. Sie hatte sich ein wenig geschlossen, und sie blutete nicht länger. Thorgrim hatte das Gefühl, dass er sie jetzt vernähen konnte, dass sämtliche Geister, die sich darin versteckt haben mochten, inzwischen geflohen waren. Das Loch jedenfalls, das der Speer gerissen hatte, fing schon von selbst an, sich zu schließen. Er hätte gern mehr darüber gewusst, wie man solche Dinge behandelte, doch er hatte nur wenig Erfahrung damit. Jeder Mann, der so schwer verletzt wurde wie Starri, war normalerweise längst tot.

Starri der Unsterbliche …, sinnierte Thorgrim. *Du trägst deinen Namen zu Recht. Vielleicht ist es wirklich unmöglich, dich zu töten.*

Er bedeckte die Wunde wieder und zog die Felle über Starris Brust. Die weitere Versorgung musste warten; es gab jetzt Wichtigeres zu tun. Er stand auf, hob die Kettenrüstung auf und streifte sie über den Kopf. Er wies auf *Eisenzahn*, und Segan, der aus einigen Schritten Entfernung zusah, holte die Waffe und legte den Gürtel um Thorgrims Taille.

»Harald, Godi, kommt mit mir«, sagte Thorgrim, und die drei gingen zum Bug des *Meereshammers* und die Planke hinab zum Ufer. Auf Thorgrims Anweisung hin wartete Godi ab, bis Thorgrim und Harald auf festem Boden standen, bevor er selbst auf das federnde Brett trat.

Thorgrim ließ seinen Blick über das offene Gelände streifen. Die unterschiedlichen Lager breiteten sich vor ihm aus. Aus Richtung der Iren sah er Kevin und das ihn stets umgebende kleine Gefolge rasch auf sie zukommen. *Sie sind ein Schildwall*, dachte Thorgrim. *Sie sind wie ein Schildwall, der sich mir ständig in den Weg schiebt.*

»Wartet«, sagte Thorgrim zu Godi und Harald. Er konnte den Überdruss in seiner Stimme nicht verhehlen. Sie warteten ab, bis Kevin bei ihnen war und einen guten Morgen gewünscht hatte. Der Ire musterte Thorgrims Kettenpanzer und das Schwert an seiner Seite. Er sprach. Harald übersetzte, bevor Eoin etwas sagen konnte.

»Kevin fragt: ›Wohin gehst du? Gibt es ein Problem?‹«

»Sag ihm, dass ich unterwegs bin, um Ottar Blutaxt für seine Beleidigungen zu erschlagen«, antwortete Thorgrim. »Sag ihm, es gibt keinerlei Problem.«

Harald übersetzte. Kevin nickte. Er wirkte nicht sonderlich überrascht. Dann fing Kevin an zu sprechen, und Thorgrim hörte die ruhige Überzeugungskraft in seiner Stimme, obwohl er die Wörter nicht verstehen konnte. Was auch immer Kevin am Tag zuvor erschreckt hatte – und Thorgrim nahm an, dass es Ottars wilde Unberechenbarkeit gewesen war –, er schien jetzt seinen Frieden damit geschlossen zu haben. Und das erweckte Thorgrims Misstrauen sofort.

Dieses Mal kam Eoin Harald bei der Übersetzung zuvor. »Mein Herr bittet dich, diese Entscheidung noch einmal zu überdenken. Ottar hat voreilig gesprochen und ohne nachzudenken, wie er es oft tut. Mein Herr ist überzeugt davon, dass er seine scharfen Worte bereits bedauert.«

»Dein Herr ist überzeugt, dass Ottar seine Worte bedauert?«, fragte Thorgrim. »Hat Ottar das zu Kevin gesagt?« Er wusste nur zu gut, dass der Kerl so etwas niemals äußern würde, doch er war neugierig, wie Kevin darauf antworten wollte.

»Ottar hat es nicht wortwörtlich so ausgedrückt«, übersetzte Eoin. »Aber er hat kein Interesse an einem Krieg mit deinen Männern. Das jedenfalls hat er gesagt. So ein Blutvergießen wäre sinnlos, vor allem angesichts des Vermögens, das in Glendalough zu holen ist, wenn wir gemeinsam kämpfen.«

Thorgrim schaute zu Ottars Lager und dachte darüber nach. Es gab keine Zweifel daran, dass Kevin Ottar genau dasselbe erzählt hatte. Aber Kevin hatte nicht Unrecht damit, dass ein Krieg zwischen Ottars und Thorgrims Männern eine ebenso blutige wie sinnlose Angelegenheit wäre, und ein solcher Krieg war unausweichlich, wenn Thorgrim ein Schwert in Ottars Eingeweide stieß.

Ottar Blutaxt konnte vielleicht nicht verstehen, dass Blutvergießen mitunter sinnlos war, Thorgrim aber sehr wohl. Er spürte, wie seine Entschlossenheit ins Wanken geriet. Mit dem Alter war er vernünftiger und nachdenklicher geworden, und er stellte fest, dass diese Eigenschaften inzwischen die Oberhand über die rücksichtslosen Leidenschaften gewannen, die ihn als jüngeren Mann vorangetrieben hatten. Erneut war er sich nicht sicher, welcher Kurs der richtige war. Er war sich nicht sicher, ob man die Vernunft besser als Weisheit feierte oder als Feigheit verachten sollte.

»Weder Ottar noch du haben mir oder meinen Männern irgendetwas zu sagen«, erklärte Thorgrim. »Meine Männer nehmen von niemandem Befehle entgegen außer von mir.«

»Natürlich, natürlich«, übersetzte Eoin, und Thorgrim sah die Erleichterung und die Freude auf Kevins Gesicht. Er selbst fühlte weder Erleichterung noch Freude, er kam sich wie ein Wolf vor, der von den Hunden in die Enge getrieben worden war.

Sein Bauchgefühl riet ihm, diesen unsinnigen Raubzug aufzugeben. Kevin hatte ihn von Anfang an manipuliert, und nichts Gutes würde dabei herauskommen. Aber er konnte sich jetzt nicht zurückziehen. Ganz gleich, wie klug so ein Kurs gewesen wäre, es würde sie wie Feiglinge dastehen lassen. Sein

Herz drängte ihn, Ottar zu töten, doch so befriedigend das für den Augenblick sein mochte, auch das würde nicht zu etwas Gutem führen.

»Sag Ottar, er soll sich von mir fernhalten. Lass ihn wissen, dass ich keine Beleidigung mehr von ihm durchgehen lasse. Wenn er noch einmal einen Mangel an Respekt gegenüber mir oder meinen Männern erkennen lässt, dann erschlage ich ihn.«

»Ja, ja«, versicherte Kevin.

Thorgrim nickte. Er fragte sich, welche Form seine Wörter wohl annehmen würden, wenn sie Ottars Ohren erreichten. *Wenn* sie Ottars Ohren erreichten. Was er nicht glaubte.

Eoin sprach wieder. »Mein Herr fragt: ›Wäre nun ein guter Zeitpunkt, um über unsere Pläne für Glendalough zu sprechen?‹«

Das war es. Thorgrim rief die Kapitäne seiner Schiffe zusammen, dann nahmen sie am Lagerfeuer Platz, Kevins Männer setzten sich zu ihnen, und sie sprachen. Thorgrim ging davon aus, dass dieselbe Szene sich bereits in Ottars Lager abgespielt hatte, oder noch abspielen würde – Kevin und seine Leute, die als Botschafter verfeindeter Stämme auftraten, ein Ire, der die Kluft zwischen zwei Gruppen von Nordmännern überbrückte.

Seit ihrem ersten Gespräch an jenem regnerischen Tag in Vík-ló hatte sich nicht viel geändert. Thorgrim und seine Schiffe würden den Fluss hinauffahren, so weit sie konnten. Kevin und dessen Truppen sollten am Ufer folgen. Nur dass jetzt auch Ottar flussaufwärts ruderte und sie inzwischen wussten, dass auf dem Weg mit Widerstand zu rechnen war, mit einem starken und gerissenen Feind, der ihnen nachstellte, sie mit raschen Schlägen traf und sich wieder zurückzog und sie dazu zwang, sich den Weg stromauf zu erkämpfen.

»Kevin sagt, dass die gefangenen Männer, die Ottar getötet hat, *Fuidir* waren, Bauern, die man zu dem Kriegsdienst gedrängt hat, den sie ihrem Herrn schulden«, sagte Eoin. »Es sind eigentlich keine Kämpfer, keine richtigen Krieger. Mein Herr glaubt nicht, dass es ein großes Problem sein wird, sie aus dem Weg zu räumen.«

Thorgrim nickte. Einige von ihnen mochten *Fuidir* gewesen sein, aber bestimmt nicht alle. Die Männer, gegen die er gekämpft hatte, waren geübte Krieger gewesen, und sie waren gut. Aber er hatte genug geredet. »Meinetwegen«, sagte er. »Lasst uns nach Glendalough weiterziehen.«

Ottar war anscheinend derselben Meinung. Thorgrim stand auf und blickte am Ufer entlang zu Ottars Lager, und er sah, dass die Männer dort ihre Schiffe schon wieder beluden. Sie setzten die Schilde an die Bordwand, und die Banner, die am Ende der langen Stangen geflattert hatten, waren bereits verschwunden – zusammengerollt und weggeräumt.

»Ottar hat es eilig, von uns fortzukommen«, stellte Thorgrim fest. Er sprach zu seinen Männern und beachtete Kevin und die Iren gar nicht mehr. »Und ich will dafür sorgen, dass er es nicht schafft. Kehren wir auf die Schiffe zurück. Ich habe jetzt schon genug von diesem Land.«

Kevin mac Lugaed sah zu, wie die letzten Langschiffe sich vom Ufer lösten und mit Rudern, die wie Schwanenflügel auf und ab schwangen, in die Strömung drehten. Eine Fülle von widersprüchlichen Gefühlen erfüllte ihn.

Er hasste diese Schiffe natürlich, verabscheute ihren bloßen Anblick, so wie jeder andere Ire. Zugleich konnte er einfach nicht umhin, ihre Eleganz zu bewundern und über ihre Geheimnisse nachzusinnen. Er kannte sich flüchtig mit Booten aus, aber die Möglichkeiten eines solchen Schiffes, die Fähigkeiten, die es erfordern musste, einen Ozean zu überqueren, das überstieg sein Verständnis bei Weitem. Er beneidete die Nordmänner um die Beweglichkeit, die diese Schiffe ihnen verschafften. Und er hasste sie dafür und aus hundert weiteren Gründen.

»Herr«, sagte Niall mac Olchobar, der rechts neben Kevin stand. Niall war der Berater, dem Kevin am meisten vertraute, vor allem weil er ihm stets treu gewesen war, selbst zu einer Zeit, da Kevin lediglich ein Herr von gutem Ansehen gewesen war und nicht der Herrscher über jenen Teil von Irland, der Cill Mhantáin genannt wurde.

Für Kevin war es ein blutiger Weg gewesen, der ihn dorthin geführt hatte, wo er nun stand. Er hatte eine Menge übler Schlachten erlebt, so wie jeder in seiner Stellung, und er hatte seine eigenen Techniken entwickelt, um sie zu bewältigen. Im Wesentlichen lief seine Strategie darauf hinaus, scheinbar immer mitten im Getümmel zu stehen, während er tatsächlich sämtliche Gefahren so gut wie möglich mied.

Wenn ein Anführer verwundet wurde, war Kevin stets derjenige, der ihn selbstlos in Sicherheit trug. Wenn ein Schildwall sich formte, blieb Kevin dahinter und erschlug jeden Feigling, der davonlief, oder hielt sich bereit, in die Lücke zu treten, sobald ein Mann fiel – aber bei all seinem Geschrei, so auffällig er auch die Waffen schwang, schien sich doch nie die Gelegenheit dazu zu bieten. Diese kleinen Tricks trugen, wie er feststellte, eine Menge dazu bei, sowohl sein Ansehen wie seine Lebenserwartung zu steigern.

Genau so war es auch bei der großen Schlacht in Vík-ló gewesen. Er hatte zugesehen, wie Lorcan mac Fáeláin, der frühere Herr, der vormalige *Rí Túaithe* von Cill Mhantáin, im Kampf gefallen war. Er hatte beobachtet, wie Lorcans Hauptmänner Senchan mac Ronan und Faelan bei früheren Gefechten den Tod gefunden hatten. Und er hatte noch eine Menge anderer Tode miterlebt. Tatsächlich waren in jenen Tagen so viele gestorben, dass Kevin sich zu seiner Überraschung plötzlich als mächtigster noch lebender Mann in ganz Cill Mhantáin wiederfand.

Kevin mac Lugaed hatte eine Nase für die richtige Gelegenheit, und nach der Schlacht von Vík-ló war dieser Geruch sehr deutlich gewesen. Er hatte eine Handvoll Krieger gesammelt und sie mit Silber aus verschiedenen Börsen bezahlt, die er nach den Kämpfen geplündert hatte. Mit diesen Männern sicherte er in den Wochen darauf seine Macht.

Es war einfach genug, seine Herrschaft durchzusetzen. Die Nordmänner hatten so ziemlich jeden getötet, der sich ihm in den Weg hätte stellen können, und wer noch am Leben war, ließ sich leicht einschüchtern von seiner immer größer werdenden und gut bezahlten Streitmacht. Als Kevin sich in Lorcans früherer Halle im Rath von *Ráth Naoi* niederließ, war er der unangefochtene *Rí Túaithe*, und niemand war noch da, der ihn herausforderte.

»Ja, Niall?«, fragte Kevin. Er beobachtete, wie die Schiffe der Nordmänner den Fluss hinaufruderten, in einer langen Reihe gegen den Strom. Er hatte Recht gehabt, was die Wassertiefe betraf. Die Boote würden weitere sechs oder sieben Meilen weit kommen, bevor der Fluss zu seicht für sie wurde. Und auf sechs oder sieben Meilen konnte eine Menge passieren.

»Herr, soll ich die Männer zum Aufbruch rufen? Sollen wir uns auf den Marsch vorbereiten?«

Kevin schrak mit einem Kopfschütteln aus seinem Tagtraum auf. Der Morgen hätte wirklich hässlich werden können, wenn es ihm nicht gelungen wäre, Ottar und Thorgrim auseinanderzuhalten und jedem das zu sagen, was er von dem anderem hören wollte.

Thorgrim war immer vernünftig gewesen, überraschend vernünftig für einen Heiden sogar. Kevin hatte mit dem Mann tatsächlich Geschäfte zum beiderseitigen Vorteil machen können. Aber Ottar war ein ganz und gar anderer Mann. Der Kerl war vollkommen wahnsinnig, auf die gefährlichste mögliche Weise.

Als er den Mann zum ersten Mal in seinem Longphort südlich der Flussmündung aufsuchte, hatte Kevin noch nicht vollständig verstanden, wie weit dieser Wahnsinn reichte. Vielleicht hatte er es aber auch schon richtig eingeschätzt und nur beschlossen, es zu ignorieren in der Hoffnung auf eine gewinnbringende Zusammenarbeit. Er hatte die Toten ignoriert – Verräter, wie Ottar sagte –, die vor Ottars Halle an Pfählen hingen. Er hatte die blutigen Male an Ottars irischen Sklaven ignoriert, den Dreck, in dem Ottar und seine Gefolgschaft lebten.

Nun aber konnte er die Anzeichen nicht länger außer Acht lassen. Noch bevor Ottar an der Vermählung der Wasser zu ihnen gestoßen war, hatte Kevin erfahren, was er in dem Dorf an der Flussmündung angerichtet hatte. Und er hatte erlebt, was Ottar nach dem Kampf mit jenen Unglücklichen tat, die sie gefangen hatten. Er hätte Ottar nie darum bitten dürfen, sich dem Raubzug anzuschließen, das war ihm inzwischen klar. Das Beste, was er jetzt noch tun konnte, war, Ottar zu Thorgrims Problem zu machen und nicht zu dem seinen.

»Ja, ja, Niall«, antwortete er und runzelte die Stirn darüber, wie abgelenkt er war. »Die Männer sollen sich zum Aufbruch bereit machen. Ich möchte in einer Stunde unterwegs sein.«

»Eine ganze Stunde, Herr?« Niall wirkte überrascht. »Die Schiffe werden dann schon ein gutes Stück vor uns und längst außer Sicht sein.« Niall hatte an den Gesprächen teilgenommen, die Kevin mit Ottar und Thorgrim geführt hatte. Er kannte den Plan. Die Nordmänner sollten auf ihren Schiffen den Fluss hinauffahren und die Iren die Flussufer frei von Feinden halten. Und nach dem Überraschungsangriff am gestrigen Abend zuvor zweifelte niemand daran, dass es Feinde geben würde.

»Ja, die Schiffe sind dann außer Sicht«, stimmte Kevin ihm zu. »Und so werden die Heiden nicht mitbekommen, wie wir nach Norden marschieren.«

»Nach Norden, Herr?« Nialls Verwirrung wuchs.

»Ja, nach Norden. Unsere Pläne haben sich geändert. Es gibt im Norden einen Weg durch die Berge. Dort führen wir unsere Männer entlang und schlagen einen weiten Bogen um die Krieger, die uns angegriffen haben. Dann erreichen wir Glendalough von Osten.«

Niall zögerte, aber der Ausdruck auf Kevins Gesicht ermunterte ihn nicht gerade zu weiteren Anmerkungen. »Sehr wohl, Herr, ich verstehe. Die Männer werden in einer Stunde bereit sein.« Er wandte sich ab und ging davon, und Kevin blieb allein am Flussufer zurück.

Sobald Niall fort war, gestattete Kevin sich ein Lächeln. Er war erfreut. Er wusste, dass er die Ereignisse nicht kontrollieren konnte wie Sklaven, die man hin und her befahl. Nur ein Narr oder jemand, der von Größenwahn erfüllt war, würde etwas anderes annehmen. Ein Mann konnte sich glücklich schätzen, wenn er sein eigenes Tun kontrollierte; es gab keine verlässliche Möglichkeit, um andere dazu zu bringen, das zu tun, was man von ihnen wünschte. Sobald auch nur eine weitere Person in den Plan verwickelt war, gab es keine Kontrolle mehr, und Kevins Plan umfasste hunderte von Männern.

Nein, er vermochte die Dinge nicht zu kontrollieren. Er konnte nur die einzelnen Bestandteile an die richtige Stelle schieben, sie so gut anordnen, wie es nur möglich war; dann musste er abwarten, was sich entwickelte, und schließlich seinen Vorteil daraus ziehen. Und zum gegenwärtigen Zeitpunkt entwickelten sich die Dinge besser, als er je hätte hoffen können.

Thorgrim und Ottar würden ihre Kräfte nie vereinen, und so würden sie auch niemals für ihn zu einer Bedrohung werden. Viel wahrscheinlicher war es, dass sie einander umbrachten. Gleichzeitig würden die Mistkerle, die ihr Lager angegriffen hatten – Kevin konnte nur vermuten, dass es Krieger aus Glendalough gewesen waren – viel zu sehr mit den Heiden beschäftigt sein, um zu bemerken, wie Kevin mit seinem Heer den langen Weg nach Norden und dann nach Westen wählte.

Thorgrim, Ottar, diese Hurensöhne aus Glendalough, sie alle sollten einander ruhig samt und sonders am Ufer des Avonmore erschlagen, so dass Kevin mac Lugaed in aller Ruhe die Klostergemeinde plündern konnte. Die Spur eines Lächelns auf seinen Lippen weitete sich zu einem echten Grinsen.

25. Kapitel

Wer achtsam ist, kommt selten zu Schaden,
einen treueren Freund findest du nicht
als die Gabe des Mutterwitzes.
HÁVAMÁL

Colman mac Breandan saß an einem Tisch in seinem Pavillon. Der Mann, der auf der anderen Seite stand, war gerade fertig mit seinem Bericht und wartete nun auf eine Antwort. Er zeigte keinerlei Unruhe. Er war kein Mann, der herumzappelte.

Es war still in dem Zelt, während Colman darüber nachdachte, was man ihm eben erzählt hatte. Er hörte die Geräusche weiterer Männer von draußen, sehr vieler Männer, mittlerweile; die Krieger und die *Bóaire* und *Fuidir*, die von der Vermählung der Wasser zurückgekehrt waren, und die Bewaffneten, die Ruarc mac Brain geschickt hatte und die an diesem Morgen erst mit Pater Finnian ins *Dúnad* gekommen waren. Es waren nicht ganz die zweihundert, die Finnian in Aussicht gestellt hatte, aber zumindest nahezu, und es waren gute Männer. Gut ausgebildete und erfahrene Kämpfer.

Mit so einer Streitmacht, wie sie hier versammelt war, würde es nicht schwer werden, die Heiden zu massakrieren. Das hatte Colman jedenfalls angenommen, als die Truppen ins Lager einmarschiert waren. Jetzt war er nicht mehr so sicher.

In den letzten zwanzig Minuten hatte Colman sich erzählen

lassen, was bei der Schlacht an der Vermählung der Wasser geschehen war und was sich danach noch ereignet hatte. Manches davon machte ihn wütend, manches erleichterte ihn, und anderes erweckte seine Neugier. So vieles war in so kurzer Zeit passiert.

»Neun Wikingerboote, hast du gesagt?«, fragte Colman schließlich.

»Ja, Herr«, bestätigte Aileran.

Aileran war der Einzige, der sich sonst noch im Pavillon aufhielt. Failend hatte er fortgeschickt, mit der Versicherung, dass er sich zu gegebener Zeit noch um sie kümmern würde. Louis de Roumois war gar nicht erst aufgetaucht. Anscheinend beriet er sich lieber mit Pater Finnian, statt eine Audienz bei seinem rechtmäßigen Vorgesetzten zu erbitten, und das ärgerte Colman. Er hatte erwartet, dass Louis begierig darauf sein würde, seine Geschichte zu erzählen, woraufhin Colman ihn hatte wegschicken wollen wie einen ungezogenen Bengel. Aber Louis' Abwesenheit hatte Colman dieses kleinen Vergnügens beraubt.

»Neun Wikingerboote«, murmelte Colman vor sich hin, während er sich die Zahlen durch den Kopf gehen ließ. »Das könnten bis zu vierhundert von diesen Hurensöhnen sein.«

»Ja, Herr«, sagte Aileran.

»Und wie viele Leute hat dieser verräterische Bastard Kevin? Mindestens hundert?«

»Ja, Herr.«

»Wir sind in der Unterzahl«, sagte Colman. Es war nicht mehr als eine Feststellung. Es lag keine Furcht in seiner Stimme, und er trug auch keine in seinem Herzen. Dennoch empfand er eine gewisse Sorge. Wenn die Heiden Glendalough überrannten, konnte er viel verlieren. Nicht alles – sein Land und seine Besitztümer lagen überall in diesem Teil Irlands verstreut –, aber er konnte einbüßen, was er in der Klosterstadt an Eigentum besaß. Und es konnte ihn seine Pfründe als Kommandant von Glendaloughs Verteidigung kosten sowie das großzügige Einkommen, das damit einherging. Es mochte seinem Ruf schaden.

»Wir *sind* in der Unterzahl, Herr«, stimmte Aileran ihm zu und klang sogar noch weniger besorgt als Colman. »Aber die Heiden sind anscheinend entschlossen, am Fluss zu bleiben, und das macht es ihnen schwer, uns anzugreifen. Ich glaube nicht, dass dieser Kevin mac Lugaed eine große Bedrohung ist. Beim Zusammenfluss sind wir auf seine Leute gestoßen. Sie waren keine ernsthaften Gegner. Und Louis de Roumois versteht sein Handwerk.«

Colman warf ihm einen scharfen Blick zu, und Aileran räusperte sich. »Ich bitte um Vergebung, Herr. Ich wollte nur ausdrücken …«

»Ja, ja.« Colman winkte ab, als müsste er ein lästiges Insekt verscheuchen. Wie alle anderen im *Dúnad*, vermutlich sogar in ganz Glendalough, wusste auch Aileran von dem angespannten Verhältnis zwischen Colman mac Breandan und dem jungen Franken Louis de Roumois. Die meisten gingen davon aus, dass es daran lag, weil man Louis den unmittelbaren Befehl über die Truppen gegeben hatte. Andere ahnten, dass es privatere Gründe gab.

Colman wusste genau, dass Aileran versucht hatte, Louis' Rolle beim Kampf an den Wassern herunterzuspielen; seine kluge Planung, die einfallsreiche Verwendung der schlecht ausgebildeten Männer. Aber Colman hörte doch das unausgesprochene Lob aus Ailerans Geschichte heraus.

»Wenn die Heiden so zahlreich sind«, fuhr Colman fort, »frage ich mich, ob wir nicht nach Glendalough zurückkehren sollten, um unsere Abwehr dort zu organisieren.«

Trotz seines anscheinend frisch erworbenen Respekts vor Louis de Roumois war Aileran immer noch Colmans Mann, der erfahrenste Soldat seiner zusammengewürfelten Streitmacht. Und Colman hatte nach wie vor den Oberbefehl über die Verteidigung von Glendalough inne, egal was Priester Finnian denken mochte. Vor der Ankunft von Louis de Roumois hatte Colman sich an Aileran gewandt, wenn er Unterstützung brauchte, und er würde sich weiterhin auf ihn stützen, wenn der Franke längst fort war. Was hoffentlich bald der Fall sein würde.

»Nun, Herr, ich nehme an, es gibt einen besseren Weg, als ihnen all den Boden zwischen hier und Glendalough zu überlassen.« Aileran wählte seine Wörter langsam und mit Bedacht. »Wie ich sagte, die Heiden bleiben auf dem Wasser und bringen ihre Schiffe so weit den Fluss hinauf, wie sie nur können, was verdammt weit ist bei der gegenwärtigen Überschwemmung. Daraus ergibt sich für uns aber vielleicht eine günstige Gelegenheit.«

Colman blickte Aileran an und runzelte die Stirn. Die Worte mochten von den Lippen dieses Mannes kommen, aber Colman war sich ziemlich sicher, dass sie in Louis de Roumois' Kopf entstanden waren. Warum auch nicht? Wenn der fränkische Mistkerl wirklich ein guter Krieger war, konnte Colman das zu seinem Vorteil verwenden. Sollte Louis die Männer zum Sieg führen. So ein Sieg, der Ruf und die Beute, die damit einherging, ließen sich leicht genug einheimsen und auf die eigene Fahne schreiben, wenn erst alles erledigt war.

»Also gut, meinetwegen«, sagte Colman. »Wir versuchen es auf deine Weise. Aber jetzt zu diesem Meuchelmörder, der es auf den fränkischen Hurensohn abgesehen hat …«

»Ja, Herr. Es war genau so, wie ich es erzählt habe«, antwortete Aileran.

»Dann erzähl es noch mal.«

»Also gut, Hauptmann Louis, er schlief allein, ein Stück abseits von den Männern …«, fing Aileran an, und Colman dachte bei sich: *Du bist ein wirklich elend schlechter Lügner.* Doch er ließ es ihm durchgehen.

»Und dieser Hundesohn«, fuhr Aileran fort, »der kam von wer weiß wo. Ich hab sie kämpfen gehört und bin hingerannt.«

»Bist du sicher, dass es derselbe Mann war? Derselbe fränkische Bastard, der vor vierzehn Tagen hier aufgetaucht ist?«

»Ja, Herr«, sagte Aileran. »Da bin ich mir sicher. Als die Sonne aufging, konnte ich ihn mir gründlich anschauen. Als er tot war, Herr.«

Scheißkerl, dachte Colman. *Diese verlogenen Hunde!* Er hatte die frisch geprägten fränkischen Münzen genau vor Augen, die er in seinem Haus in Glendalough versteckt hatte, bis auf einige wenige, die er in seiner Börse bei sich trug. Man hatte sie ihm als Anzahlung für eine Arbeit überlassen, die noch getan werden musste. Aber anscheinend hatte dieser Mistkerl beschlossen, es lieber selbst zu versuchen. Vielleicht hatte man ihn auch angewiesen, das zu tun, um den Rest des Geldes zu sparen, das man Colman versprochen hatte, sobald die Aufgabe erledigt war.

Wenn dieser Bastard es selbst erledigen wollte, warum ist er überhaupt an mich herangetreten?, fragte sich Colman. Aber die Antwort war offensichtlich genug für einen Mann wie ihn, einen Menschen, der daran gewöhnt war, sich Anderer zu bedienen. Wenn der Mörder scheiterte, blieb Colman als Reserve. Wäre der Mörder gefangen worden, hätte Colman ihm helfen müssen oder er hätte riskiert, selbst mit hineingezogen zu werden.

Verdammte fränkische Kanaillen, nicht einen Zoll darf man euch trauen, dachte Colman. Er blickte wieder zu Aileran auf.

»Bruder Louis hatte keine Gelegenheit, mit ihm zu reden?«

»Nein, Herr. Sie waren immer noch zugange, als ich den Scheißkerl niederstreckte. Er hat kein Wort von sich gegeben, soweit ich mitgekriegt habe.«

»Gut, gut«, sagte Colman. Er schaute wieder auf den Tisch hinab und dachte nach. Hatte dieser Kerl alleine gehandelt oder gab es mehr davon? War das wichtig? Man hatte ihn für etwas bezahlt, zumindest zum Teil, und tatsächlich war es eine Aufgabe, die er nur zu gern auch umsonst erfüllt hätte.

»In Ordnung, Hauptmann.« Colman sah Aileran wieder an. »Du hast gute Arbeit geleistet, und ich danke dir.« Er hob die Börse vom Tisch auf und hörte das fränkische Silber in der weichen Ledertasche klimpern. »Und jetzt gibt es noch etwas, worum ich dich bitten will.«

26. Kapitel

Gesundheit ist gut, wenn man sie bewahren kann,
und ein Leben ohne Schande.

HÁVAMÁL

Der Fluss wurde seichter, aber Thorgrim bemerkte es nicht. Er kümmerte sich um Starri, der immer noch in seinem Nest aus Fellen am Heck des *Meereshammers* lag.

Sie hatten Starris Wunden an diesem Morgen zugenäht, während die Männer an den Riemen das Langschiff gegen die Strömung den Fluss hinaufruderten und Agnarr am Steuerruder stand. Harald hatte sich für das Nähen angeboten, weil er sich in diesen Dingen für geschickt hielt. Aber Thorgrim hatte genug hässliche Narben am Körper, die durch Haralds Umgang mit Nadel und Garn noch hässlicher geworden waren, also ließ er ihn wissen, dass er es selbst tun würde.

Er arbeitete langsam und zog das Fleisch zusammen, so gut es ihm gelang. Starri zuckte manchmal, wenn die Nadel seine Haut durchstach. Als die Wunde an der Brust geschlossen war, rollten sie ihn auf die Seite, und Thorgrim nähte auch den Rücken. Dann legten sie ihn wieder flach hin. Thorgrim mischte Fleischbrühe mit Ale und ließ Starri davon trinken. Der öffnete die Augen und sah zu ihm auf. Verwirrung lag in seinem Blick, und ein abwesender Ausdruck.

»Nachtwolf«, hauchte er kaum wahrnehmbar. Mehr sagte er nicht, aber Thorgrim wusste, dass es eine Frage war, und er kannte auch die Antwort, die Starri interessierte.

»Du warst verletzt, Starri. Aber du weilst noch immer unter den Lebenden.«

Der Berserker schloss die Augen und nickte, nur schwach, dann schlief er wieder ein.

»Das hast du gut gemacht, Vater«, sagte Harald. Er und Thorgrim blickten auf Starri hinab, dessen Leib eingefallen wirkte. »Die Naht. Aber gibt es keine Kräuter oder Umschläge, die wir noch auflegen können?«

Thorgrim schüttelte den Kopf. »Ich weiß nicht, wie man so etwas macht«, antwortete er. »Das sind die Künste der Frauen. Ich, wir alle hier, wir können Wunden nähen und gebrochene Gliedmaßen schienen. Doch wirkliche Heilkunst? Nur die Frauen haben dieses Wissen.«

Er blickte über das Schiff hinaus, nach Backbord und Steuerbord. Der Fluss war immer noch breit, vier oder fünf Ruten von Ufer zu Ufer, und Thorgrim konnte erkennen, dass das Wasser über seine normalen Ränder hinausreichte. Es schwappte über grasbewachsene Weiden statt über die steinigen oder schlammigen Ufer, die den Fluss normalerweise säumten.

Das Schilf, das aus dem Fluss herausragte, bog sich leicht unter dem Druck der Strömung, und Thorgrims Leute legten sich in die Riemen, während sie dagegen ankämpften. Bei dem hohen Wasserstand und der Breite des Gewässers war die Strömung hier nicht so heftig, wie sie hätte sein können. Dennoch fragte sich Thorgrim, wie lange sie noch dagegenhalten konnten und wie lange es dauern würde, bis ihre Kiele auf Grund liefen.

Ottar und seine fünf Schiffe hatten sich an die Spitze gesetzt, obwohl Thorgrim sich alle Mühe gegeben hatte, als Erster abzulegen. Das hatte ihn geärgert, und er hatte sich den Luxus erlaubt, sich seinem Ärger hinzugeben. Dabei jedoch war ihm wieder eingefallen, wie seine Kinder, als sie viel kleiner gewesen waren, nach ihren morgendlichen Pflichten an den Frühstückstisch gerannt kamen. Er erinnerte sich daran, wie er sich damals gewundert hatte, dass sie so töricht sein konnten – Harald und Odd, die miteinander stritten, wer als Erster am Tisch sitzen durfte. Ihre Schwester saß längst schon auf ihrem Platz und hatte angefangen zu essen, während die Jungs sich noch auf dem Boden wälzten und aufeinander einschlugen.

Daran dachte er, und plötzlich war es ihm scheißegal, ob er der Erste war oder nicht. Aber nicht jeder teilte dieses Gefühl. Als Ottars Schiff sich vom Ufer löste, hatte Harald angemerkt: »Vater, wenn wir die Männer an den Rudern verdoppeln, könnten wir den Bastard noch einholen.«

»Nein«, erwiderte Thorgrim, und all sein Groll war verflogen wie der Nebel in der Morgensonne. »Es ist nicht wichtig.«

Den ganzen Morgen über setzten sie ihre Fahrt den Fluss hinauf fort, und kein Feind ließ sich blicken. Die einzige Gefahr, die ihnen drohte, schien der Regen zu sein, der sich von Stunde zu Stunde deutlicher ankündigte.

Als Starri schlief, fischte Thorgrim ein kleines Stück Walknochen aus dem Sammelsurium an Vorräten heraus, die er unterhalb des Achterdecks verstaut hatte. Den ganzen Morgen über hatte er versucht, sich an die Runen für die Heilung zu erinnern, und jetzt war er sich halbwegs sicher, dass er sie beisammen hatte. Es war eine heikle Angelegenheit, denn die falschen Runen konnten mehr Schaden als Nutzen anrichten. Aber Thorgrim traute seinem Gedächtnis weit genug, dass er sich auf dem Achterdeck niederließ, sein Messer aus der Scheide zog und die geometrischen Formen in den mattweißen Knochen schnitt.

Es nahm fast eine Stunde in Anspruch, und als er fertig war, legte Thorgrim den Knochen unter die Felle, mit denen sie Starri zugedeckt hatten. Dann stand er auf, lockerte die steifen Muskeln und blickte auf das Ufer im Nordosten. Das Land hier sah genauso aus wie während des Großteils ihrer Reise flussauf: Mitunter war es eine offene Landschaft mit sanften Hügeln, anderswo war es dicht bewaldet mit Eiche und Ahorn, die bis hinunter zum Wasser reichten. An manchen Stellen, wo der Fluss über die Ufer getreten war, wuchsen die Bäume sogar aus dem Wasser heraus.

Im Augenblick bewegten sie sich wieder durch freies Gelände und üppige Frühlingswiesen. Das Grün erstreckte sich bis zum Horizont, durchsetzt von gelegentlichem Buschwerk hier und dort; ein dichtes Gestrüpp, das sich dunkelgrün von dem matteren Gras abhob. Thorgrim schaute nach Norden und Süden, und so weit sein Auge reichte, sah er nichts als leere Landschaft. Nicht einmal ein Tier war zu sehen, kein Mann und keine Frau.

»Agnarr«, sagte er. »Hast du irgendwas von Kevins Männern gesehen?« Er selbst war so sehr damit beschäftigt gewesen, sich um Starri zu kümmern und seine Runen zu ritzen, dass er kaum Zeit gefunden hatte, das Ufer im Auge zu behalten.

Agnarr schüttelte den Kopf. »Ich glaube nicht«, antwortete er. »Mitunter haben wir Reiter und Wagen in der Ferne bemerkt. Auf dem Weg nach Glendalough, vermute ich. Zum Jahrmarkt. Manchmal auch Männer zu Fuß, aber sie wirkten eher wie Händler. Keiner von denen sah nach Kevins Kriegern aus.«

Thorgrim nickte. Es gab mehrere Möglichkeiten. Es mochte sein, dass Kevin den Schiffen weit voraus war oder dass er seine Männer außer Sicht und seine Bewegungen vor dem Feind, der sie angegriffen hatte, verborgen hielt. Das wäre schlau gewesen. Oder Kevin war bereits auf diesen Feind gestoßen und geschlagen worden. Vielleicht hatte er seine Verbündeten auch ganz im Stich gelassen. Jede einzelne dieser Möglichkeiten war gleichermaßen wahrscheinlich, und da Thorgrim keinen Weg sah, die Wahrheit herauszufinden, jedenfalls im Augenblick nicht, grübelte er nicht weiter darüber nach.

»Ich glaube, Ottar ist auf Grund gelaufen«, stellte Agnarr fest, und seine Stimme hob sich ein wenig vor Aufregung. Thorgrim wandte sich von der Küste ab und spähte am Bug des *Meereshammers* vorbei.

Ottars Langschiff, an der Spitze der Flotte, lag ungefähr vierhundert Fuß vor dem *Meereshammer*, und das Wasser um das Langboot kräuselte sich aufgewühlt über Untiefen. An anderen Stellen wälzte sich der Fluss über Felsen, wirbelte unstet in Ufernähe oder glänzte fahlweiß im schwachen Sonnenlicht, das durch die schwere Wolkendecke drang.

Die Mannschaft von Ottars Schiff schien in heller Aufregung zu sein, als wäre ein Schwarm von Bienen über sie hergefallen. Der gleichmäßige Rhythmus der Ruder war einem hektischen Durcheinander gewichen, als einige der langen Riemen noch nach unten wiesen, während andere bereits aus dem Wasser herauskamen und nach vorn und hinten gegen andere stießen. Ein Teil von Ottars Besatzung war auf den Beinen, andere saßen noch auf den Ruderbänken. Aber das Schiff lag unbeweglich in der Strömung.

Thorgrim konnte Ottar selbst ausmachen, der am Heck mit den Armen wedelte. Er glaubte, den Klang von Ottars gebrüllten Befehlen zu vernehmen, und lauschte, konnte aber nicht verstehen, was dort gerufen wurde.

Ich kann es mir aber vorstellen, dachte er.

Endlich schien sich die Unordnung zu legen. Die Ruder verschwanden im Schiff, und die Männer sprangen über die

Bordwand und landeten im hüfthohen Wasser. Sie hielten die Hand auf dem Dollbord, um sowohl sich selbst wie auch das Schiff festzuhalten, damit die Strömung es nicht davontrug. Dann fingen sie an zu zerren.

Fuß um Fuß zog Ottars Mannschaft das Schiff stromaufwärts. Thorgrim sah, wie den Männern im Wasser Taue zugeworfen wurden. Sie reihten sich an den Stricken auf und lösten sich von der Bordwand, trotteten mühsam durch das seichte Wasser und zogen dabei wie Ochsengespanne. Vom Gewicht der Besatzung befreit und nun einige tausend Pfund leichter, glitt das Schiff mühelos über die seichte Stelle hinweg. Eine Minute darauf sprangen die Krieger an Bord des nächsten Schiffes gleichfalls ins Wasser.

»Allein die Männer von Bord zu bringen, hat Ottars Schiff leicht genug gemacht, um weiterzukommen«, bemerkte Agnarr. »Ich hätte nicht geglaubt, dass das reicht.«

»So wenig wie ich«, gab Thorgrim zu.

»Ich frage mich, wie viele Meilen wir noch stromaufwärts kommen, bevor auch das nicht mehr funktioniert«, sagte Agnarr.

»Das weiß ich nicht«, antwortete Thorgrim. »Aber ich wette, dass wir nicht mehr weit fahren werden.«

Er ließ den Blick über das Deck des *Meereshammers* wandern. Seine Männer – jedenfalls die, die nicht an den Rudern saßen und nach hinten schauten – hatten auch gesehen, wie Ottars Schiff aufgelaufen war. Sie holten bereits Walrossseil aus dem Lagerraum unter den Decksplanken und zogen die Tuniken aus, um sich auf den Sprung ins Wasser vorzubereiten. Fünfzehn Minuten später standen sie ebenfalls bis zu den Oberschenkeln im Fluss und stemmten sich gegen den Strom, zerrten den *Meereshammer* über den flachen, steinigen Grund.

Es dauerte eine Stunde, bis die beiden Trupps ihre neun

Schiffe über die Untiefen geschleppt hatten, wieder zurück an Bord klettern, die Ruder wiederaufnehmen und die Fahrt nach Nordwesten fortsetzen konnten. Sie ruderten weitere anderthalb Stunden, bevor sie erneut auf Grund liefen. Minuten später waren sie abermals damit beschäftigt, die Schiffe über schlüpfrige Steine gegen die heftige Strömung zu zerren.

Das war der Zeitpunkt, wo der Regen einsetzte. Das Schiff unmittelbar vor dem *Meereshammer*, das letzte Schiff von Ottars Flotte, berührte gerade den Boden, als die ersten Tropfen fielen: dicke, laute Tropfen, die nasse Flecken groß wie Silbermünzen auf dem trockenen Holz an Deck des *Meereshammers* zurückließen.

»Jetzt geht's wieder los«, stellte Thorgrim fest. Er hatte bereits eine Persenning für Starris Schlafplatz vorbereitet. Nun legte er die Plane über das Seil, das er vorn und achtern festgemacht hatte, befestigte die Ecken an der Unterseite und spannte so eine Art Zelt auf.

Er blickte gerade rechtzeitig wieder auf, um Harald über Bord springen zu sehen. Er und die meisten anderen hatten ihre Tuniken abgelegt, und die Haut ihrer bloßen Rücken schimmerte weiß im trüben Licht des Nachmittages. Die Schlepptaue hoben sich von Deck und spannten sich, als die Mannschaft sich dagegen stemmte und den *Meereshammer* mit der Kraft ihrer Leiber voranzog. Das Schiff unmittelbar vor ihnen, das letzte in Ottars Flotte, erbebte, als der Kiel über den Boden schrammte, und Thorgrim hörte den Klang von Eiche, die über Kies schleifte.

Er beugte sich über den Rand und schaute nach unten ins klar dahinfließende Wasser. Er sah die Steine im Flussbett, die in zahllosen Farbtönen von Braun zu Rot zu Weiß und Schwarz schimmerten. Der *Meereshammer* glitt leicht darüber hinweg und berührte den Boden gar nicht.

Das könnte es gewesen sein, dachte Thorgrim, *das letzte Mal, dass wir so leicht durchkommen.* Die nächste Untiefe würde vermutlich noch flacher werden, und dann würden sie ihre Fracht ausladen müssen, um die Schiffe noch weiter den Fluss hinaufzubekommen. War es das wert? Oder wäre es besser, die Langboote zurückzulassen und auf dem Landweg nach Glendalough vorzustoßen? Wie viele Männer mussten sie als Wachen bei den Schiffen zurücklassen? Konnten sie auf so viele überhaupt verzichten? Das waren die Fragen, auf die er bald eine Antwort geben musste.

Als die Männer den *Meereshammer* über die Untiefe hinweggeschleppt hatten und zurück an Bord gestiegen waren, prasselte der Regen bereits heftig herab, ein andauernder Platzregen, der nach Thorgrims Überzeugung in der nächsten Stunde zu einem regelrechten Wolkenbruch anschwellen würde. Er blickte auf Starri hinab. Das Zelt schien das Wasser recht wirkungsvoll von dem Verletzten fernzuhalten, aber alle anderen konnten nicht mehr tun, als die Nässe zu ertragen. Diejenigen, die ihre Tuniken ausgezogen hatten, als sie in den Fluss gestiegen waren, streiften sie nun wieder über, obwohl die Kleidung genauso durchweicht war, als wären sie damit ins Wasser gegangen.

Während der nächsten Stunden ruderten sie durch den heftigen Regen. Schließlich, als die Abenddämmerung sich früh über den Fluss legte, ließ Thorgrim den *Meereshammer* aufs Ufer zuhalten, und der Rest seiner Flotte schloss sich ihm an. Ottar allerdings machte keine Anstalten, an Land zu gehen. Seine Schiffe fuhren weiter flussauf, bis sie hinter einer fernen Biegung verschwunden waren.

»Vater.« Haralds Stimme war ein lautes Flüstern, seine Besorgnis aber deutlich zu erkennen. »Ottar ist weit vor uns und lässt uns zurück.«

»Soll er doch«, erwiderte Thorgrim. »Ich lasse mich auf seine Spielchen nicht ein. Wenn er es ohne uns mit den Iren aufnehmen will, kann er das gerne tun. Er und seine Männer werden niedergemacht werden.«

Sie benutzten ihre Segel, um so große Zelte aufzuspannen, dass sämtliche Mannschaften sich darunter zusammenkauern konnten, von den wenigen Unglücklichen abgesehen, die entlang des Flusses als Wachen aufgestellt wurden. Sie machten keine Feuer, aber es wurde nicht allzu kalt in dieser Nacht, und sie waren nicht so schlecht dran, wie es hätten sein können. Bei Sonnenaufgang nahmen sie ein Frühstück aus Brot und getrocknetem Fisch zu sich, dann schoben sie ihre Schiffe zurück in den Fluss. Der Regen, der in der Nacht nachgelassen hatte, schwoll wie von einer bösen Macht gelenkt wieder zu voller Heftigkeit an.

Zwei Stunden später holten sie Ottars Flotte ein. Der Fluss war viel schmaler geworden, der Wald rückte an jeder Seite bedrohlich nahe. Steile Böschungen, die es so aussehen ließen, als führen sie in eine Schlucht hinein und als wäre der Streifen Wasser ein Hohlweg durch einen Wald, bildeten die Ufer.

Ottars Schiffe lagen völlig ungeordnet da und bewegten sich nicht. Thorgrim kam das zunächst wie ein unerklärliches Durcheinander vor, aber als sie näherkamen, erkannte er, dass zumindest zwei Langboote nahe dem Ufer ankerten, während die beiden ersten über weitere Untiefen hinweggeschleppt werden mussten und das dritte im Strom selbst ankerte, offensichtlich bereit, den ersten beiden bald zu folgen.

Harald hatte seinen Einsatz an den Rudern abgeschlossen und stand neben Thorgrim. »Ottar ist wieder auf Grund gelaufen, wie ich sehe«, stellte er fest.

»Ja«, sagte Thorgrim. »Aber diesmal ist es schlimmer. Schau, wie viel Gewicht sie von den Schiffen genommen haben.«

Wie es schien, konnte Ottar diese seichte Stelle nicht einfach überwinden, indem er seine Schiffe vom Gewicht ihrer Mannschaften entlastete. Während Gruppen von Männern das Schiff stromaufwärts zogen, liefen andere mit Rah und Segel hinterdrein, achteten auf Fässer und zusammengebundene Ruder, die sie angeleint und über Bord geworfen hatten, so dass sie jetzt hinter dem Boot im Wasser trieben. Die Mannschaften der verankerten Schiffe entluden gleichfalls Spieren, Ausrüstung und Vorräte.

Agnarr, der gleich hinter ihnen am Ruder stand, merkte an: »Ottars Schiffe haben mehr Tiefgang als unsere. Das ist mir schon an der Vermählung der Wasser aufgefallen. Sie haben viel mehr Fracht und Ausrüstung geladen. Ich glaube, sie haben sich auf eine lange Reise vorbereitet.«

Thorgrim nickte. Der *Meereshammer* und die übrigen Schiffe seiner Flotte waren nur spärlich beladen. Sie hatten sich für einen raschen Vorstoß nach Glendalough gerüstet, um dann mit Beute nach Vík-ló zurückzukehren. So lagen sie nun längst nicht so tief im Wasser wie Ottars Boote.

Sie beobachteten noch ein wenig länger, wie Ottars Männer um die Langschiffe herumwimmelten, ausluden, Schleppseile spannten und die Schiffe durch die Untiefen zerrten. Der Regen fiel in Sturzbächen, erschwerte die Sicht und füllte den Schiffsrumpf zolltief mit Wasser.

»Das ist Wahnsinn«, stellte Thorgrim schließlich fest. Wenn Ottar seine eigenen Männer in den Tod führen wollte, hatte Thorgrim kein Problem damit. Nun aber war der ganze Raubzug in Gefahr. »Agnarr, lenk unseren Bug geradewegs in die Untiefen, genau dort.« Er zeigte nach vorn auf eine Stelle, wo Ottars Männer ihre Schiffe entluden.

Die Männer des *Meereshammers* ruderten hart gegen die mittlerweile heftig gewordene Strömung an, und das Langschiff glitt an den beiden verankerten Schiffen vorbei. Thorgrim entging nicht, wie Ottars Männer ihnen wütend hinterherschauten, als sie sich nach vorn in die Reihe drängten. Dann lief der Bug des *Meereshammers* mit einem knirschenden Laut im Flussbett auf und kam ruckelnd zum Stillstand, so abrupt, dass Thorgrim einen Schritt machen musste, um nicht umzufallen.

Verärgert und mit grimmigem Gesicht lief er über das Deck des *Meereshammers*, verfolgt von den Blicken seiner Männer. Am Bug angekommen sprang er über die Bordwand und ins Wasser. Der Fluss war kalt, die Oberfläche vom Regen aufgewühlt. Die Strömung zerrte heftig an ihm, als Thorgrim stromaufwärts watete.

Ottar wartete nicht, bis er ihn erreichte. Thorgrim war noch unterwegs, da bemerkte er, wie Ottar auf ihn zukam. Ottar bewegte sich merkwürdig, lehnte sich leicht nach hinten, während er darum kämpfte, im rasch fließenden Wasser nicht nach vorne zu kippen. Eine Hand streckte er aus, um das Gleichgewicht zu halten, die andere ruhte auf dem Heft seines Schwertes. Das Wasser strudelte um seine Knie.

Vielleicht ist es jetzt so weit, dachte Thorgrim. *Vielleicht werden wir die Sache nun zu Ende bringen.* Er hatte keinen Zweifel daran, dass der Kampf, der in Kevins Zelt begonnen hatte und vom irischen Angriff unterbrochen worden war, irgendwann wieder aufgenommen werden musste. Um des gemeinsamen Feldzugs willen hatte Thorgrim versucht, es zumindest so lange hinauszuschieben, bis Glendalough geplündert war. Er hatte versucht, vernünftig zu sein. Aber jetzt reichte es ihm.

»Was soll das, meine Schiffe zu überholen?«, brüllte Ottar ihm entgegen. Der Regen lief ihm übers Gesicht, und er wischte ihn fort und spuckte aus. Sein Haar, das normalerweise so blond war wie Haralds, wirkte schwarz, so durchweicht war es. Die langen Zöpfe sahen wie ertrunkene Schlangen aus. »Meine Schiffe werden die ersten sein, und du …«

»Es ist dämlich, was du da tust, und du bist ein Narr«, sagte Thorgrim. Ottar blieb mit offenem Mund stehen, und das Wasser floss um seine Beine. Er wirkte benommen, als hätte man ihm eine Keule auf den Kopf geschlagen. Thorgrim nutzte die Gelegenheit, da es Ottar ausnahmsweise mal die Sprache verschlagen hatte.

»Du entlädst deine Schiffe, um über diese Untiefen zu kommen?«, fragte Thorgrim. »Du dämlicher Esel! Was passiert, wenn du an die nächste seichte Stelle kommst, willst du dann noch mehr ausladen? Wenn der Wasserstand sinkt, sind deine Schiffe hier gefangen. Und inzwischen vergeudest du unsere Zeit, während sie sich in Glendalough auf uns vorbereiten.«

»Du Bastard, wie redest du mit mir?«, brüllte Ottar, aber Thorgrim hörte ihm nicht zu. Sie waren hundert Fuß stromaufwärts des *Meereshammers,* die Wälder standen hier auf jeder Seite noch näher am Fluss, große Bäume beugten sich über den reißenden Strom wie Ungeheuer aus einer anderen Welt. Thorgrim hatte plötzlich ein ganz übles Gefühl.

»Halt den Mund, Ottar«, sagte er und hob eine Hand. Das machte diesen nur noch wütender. Er stieß ein wütendes Gebrüll aus, ein tiefer, bedrohlicher Laut, der tief aus seinem Bauch kam. Thorgrim sah, wie das Schwert aus der Scheide flog.

Dann sah Thorgrim stromaufwärts, am Bug von Ottars Schiff, einen der Männer am Schlepptau herumfahren, er hörte ihn schreien, erkannte den Pfeil, der aus seinem Brustkorb ragte. Der Mann taumelte und stürzte, das Wasser spritzte um seinen Körper auf. Andere Männer an dem Seil schrien vor Überraschung gleichfalls auf, wieder andere standen wie erstarrt da oder ließen das Seil fallen.

Und dann, so schien es, fielen alle Dämonen Irlands über sie her.

27. Kapitel

Als Gesetzloser gelte ich den meisten Menschen;
nur Pfeilstürme erwarten mich.
GISLI SURSSONS SAGA

Das eintönige Prasseln des Regens, das schlechte Licht und Ottars Toben machten es schwer, festzustellen, was genau geschah. Thorgrim wandte den Kopf in die Richtung, aus der seiner Einschätzung nach der Pfeil gekommen war. Er sah nichts außer einer Wand von Bäumen, einem Farnkrautdickicht und dichten Regenschleiern, die vom Himmel fielen.

Dann folgte ein weiterer Pfeil. Und noch einer und ein halbes Dutzend mehr. Thorgrims Blick ging wieder zu Ottars Schiff. Männer wankten, Pfeilschäfte ragten in eigentümlichen Winkeln aus Brustkörben, Rücken, Beinen. Zwei weitere brachen zusammen, ihre Körper wurden vom Fluss fortgetragen. Ein Mann strampelte, ruderte mit den Armen und versuchte, wieder Halt zu finden. Das Geschrei wurde lauter, aber Ottar hatte noch nichts davon bemerkt.

Er schwang sein Schwert und kam brüllend auf Thorgrim zu. Thorgrim machte sich nicht die Mühe, ihm zuzuhören.

»Dein Schiff wird angegriffen, du dämlicher Ochse! Schau!«, rief Thorgrim und zeigte mit der Hand. Ottar hielt inne, runzelte die Stirn und sah sich um. Einen Herzschlag lang verharrte er reglos. Dann brüllte er erneut, dieses Mal in einem anderen Ton, und rannte den Weg wieder zurück. Dabei hob er die Beine so weit aus dem Wasser, dass es beinahe komisch wirkte. Thorgrims Lachen erstarb ihm in der Kehle, als ihm klar wurde, dass die Iren einen fast perfekten Hinterhalt vorbereitet hatten. Sie hatten die Nordmänner unbewaffnet und außerhalb ihrer Schiffe erwischt, zu einem Zeitpunkt, da sie im seichten Wasser so gut wie hilflos waren. Sie alle – Ottars Männer, seine Männer – konnten in einer Stunde tot sein.

Er machte kehrt und eilte zum *Meereshammer* zurück, musste dabei im unruhigen Wasser um sein Gleichgewicht kämpfen. Agnarr hatte einen Anker auswerfen lassen, und die Männer ruhten sich auf ihren Rudern aus. Als sie das Geschrei stromaufwärts hörten, wussten sie, dass etwas geschah, aber sie konnten nicht sagen, was.

»Zu den Waffen! Zu den Waffen!«, rief Thorgrim, zog sich über das Dollbord und rannte nach achtern. Er blickte in die verwirrten Augen der Männer, doch seine Befehle waren eindeutig, und die Mannschaft gehorchte. Wer eine Rüstung besaß, griff danach und ließ sie über seinen Kopf gleiten, andere packten Schwerter, Äxte und Schilde vom Schildständer.

Thorgrim erreichte das Heck, stieg aufs Achterdeck und blickte dann erst den Fluss hinauf, wo Ottars Schiffe angegriffen wurden. Er sah die Pfeile durch den Sturzregen fliegen und dass sie ihr Ziel fanden; leichte Schüsse aus zwei oder drei Ruten Entfernung. Die Bogenschützen konzentrierten sich auf das vorderste Schiff, Ottars Schiff, und nach allem, was Thorgrim sehen konnte, hatten sie schon die Hälfte der Mannschaft ausgeschaltet.

Er wandte sich um und sah in die andere Richtung. *Blutfalke* und *Drache* lagen auf gleicher Höhe und hielten mit langsamen Ruderschlägen ihre Position. Thorgrim glaubte nicht, dass Bersi oder Kjartan ausmachen konnten, was stromaufwärts geschah, und Skidi Streitaxt auf dem *Fuchs* weiter unten auf dem Fluss konnte es sicher nicht. Aber sie hatten mitbekommen, wie die Männer des *Meereshammers* sich zum Kampf bereit machten, und sie folgten ihrem Beispiel.

Thorgrim winkte und wies auf das Wasser an der Backbordseite des *Meereshammers*. Bersi winkte zurück und bestätigte so, dass er verstanden hatte. Einen Augenblick, nachdem Bersis Männer ihren Ruderschlag verstärkt hatten, schob sich der *Blutfalke* an die Seite des *Meereshammers*.

Ottars Schiffe steckten vierhundert Fuß weiter oben am Fluss fest, auf halbem Weg in den Untiefen, und dort herrschte ein heilloses Durcheinander. Ottar selbst platschte durch das seichte Wasser, schwang sein Schwert und sammelte seine Männer. Die wiederum holten ihre Waffen von Bord und sprangen in den Fluss, Schilde am Arm, Schwerter und Äxte in der Hand. Leichen und Ausrüstungsteile trieben bereits mit der Strömung hinab, vorbei an der Stelle, wo der *Meereshammer* am seichten Uferboden verankert lag. Ein Fass, das einer von Ottars Männern stromaufwärts gezogen hatte, polterte gegen den Bug des *Meereshammers* und wurde wirbelnd weitergetragen wie ein Blatt in einem Mühlbach. Der Mann, der daran hing, schwamm reglos und mit dem Gesicht nach unten auf dem Wasser, ein Pfeil ragte aus seinem Rücken.

»Zu mir!«, schrie Thorgrim. Er sprang mittschiffs über den Rand und watete durch die Strömung. Flussaufwärts bereitete Ottar einen Angriff auf seine Gegner vor, die sich immer noch im Gehölz versteckten. Um ihn herum fielen derweil seine Krieger tot oder verwundet unter dem Hagel von Pfeilen. Thorgrim vermeinte, mehrere Pfeile in Ottars Schild stecken zu sehen. Das Glück, das diesen Verrückten bisher am Leben gehalten hatte, blieb ihm weiterhin treu.

Dummkopf, dachte Thorgrim. Hatte Ottar wirklich vor, geradewegs gegen den Wald anzustürmen, dieses steile Ufer hinauf gegen einen Feind, den er nicht sehen konnte?

Die Flanke von Ottars Schiff war mit Pfeilen gespickt, die Männer, die sich an die Bordwand klammerten oder die Schleppseile hielten, wurden niedergeschossen, wo sie standen, oder sie gaben das Schiff auf und schlossen sich dem Angriff an. Dann, plötzlich, waren nicht mehr genug Männer übrig, die das Boot gegen die Strömung halten konnten. Das dahinschießende Wasser erfasste den langen Rumpf und entwand ihn dem Griff der wenigen Wikinger, die ihn noch hielten. Er schwang zur Seite und trieb flussabwärts, außer Kontrolle auf die Schiffe darunter zu.

Ottars Männer stürmten gegen den Feind und achteten gar nicht darauf, wie ihr Gefährt sich auf das nächste in der Flotte zuschob, das kurz dahinter vor Anker lag. Ottars Schiff hatte sich seitlich in den Strom gedreht und schlug fast im rechten Winkel mittschiffs vor den Bug des anderen, schrammte daran entlang, riss den Anker glatt aus dem Boden, und schon wirbelten beide Langschiffe ineinander verhakt auf das dritte zu.

»Oh, bei den Göttern!«, fluchte Thorgrim. Er hätte Ottars Schiffe nur zu gern bis zum Meer treiben lassen, aber wenn sie nicht aufgehalten wurden, würden sie seine eigenen Langboote treffen und unabsehbaren Schaden anrichten.

»Los, folgt mir!«, rief er den Männern zu. Jeder Gedanke an den Kampf musste erst einmal zurückstehen, bis diese unmittelbarere Gefahr beseitigt war. Thorgrim stieß *Eisenzahn* zurück in die Scheide und stürmte los, kämpfte sich durch die heftige Strömung, spuckte Regenwasser aus. Sein Schild behinderte ihn, und er dachte daran, ihn beiseitezuwerfen, aber er rechnete immer noch damit, dass er ihn brauchen würde.

Die beiden Schiffe trudelten langsam, während sie sich auf Thorgrim und seine Männer zuwälzten; mit den grinsenden Figuren am Bug sahen sie wie Ungeheuer aus einem Fiebertraum aus, und obwohl aus Holz und Eisen und Teer gefertigt, waren sie in diesem Augenblick ganz genauso gefährlich wie jede lebende Seeschlange.

Thorgrim hielt inne und hob die Hand, um seine Leute zum Stehen zu bringen, während sie verfolgten, wie die zwei Wikingerboote auf sie zuschlingerten. Zwei von Ottars anderen Schiffen waren in Sicherheit, sie ankerten nahe dem Ufer, noch hinter Thorgrims kleiner Flotte. Das dritte jedoch lag weiter draußen im Fluss, im Weg der treibenden Schiffe.

Diese beiden tanzten behäbig in der Strömung, und mit jeder Elle, die sie zurücklegten, nahmen sie mehr Schwung auf. Dann stockte ihre Bewegung, als sie gegen das dritte Langschiff krachten und es von seinem Anker rissen. Der Aufprall ließ die Schiffe erbeben. Der Klang des berstenden Holzes übertönte den peitschenden Regen und die schreienden Männer. Jetzt waren alle drei Langboote ineinander verhakt, und sie gewannen erneut an Schwung, während sie mitgerissen wurden.

»Agnarr, Harald!«, schrie Thorgrim, und die zwei Männer schlossen platschend zu ihm auf. »Ich nehme Godi und einige Männer mit, und wir schnappen uns das Schlepptau des obersten Schiffs und versuchen, es aufzuhalten. Ich glaube nicht, dass ihr die anderen zum Stehen bringen könnt. Versucht einfach, sie zur Seite zu stoßen, so dass sie den *Meereshammer* nicht treffen. Bersi!«

»Ja, Thorgrim?«, schrie Bersi zurück.

»Du und Kjartan, ihr müsst den *Blutfalken* hinter den *Drachen* bringen und dafür sorgen, dass diese Schiffe euch nicht erwischen!«

Ihnen blieb vielleicht eine Minute, nicht mehr, bevor die Schiffe bei ihnen waren. Thorgrim kämpfte sich mit dem Arm rudernd durch das Wasser. Keinen Moment ließ er die Schiffe aus dem Auge, die kreiselten und schwankten und auf und ab tänzelten wie die riesigen, bösartigen Kreaturen, denen sie glichen. Erst blockierten sie ihm den Blick auf den Oberlauf, aber während er voranstürmte, drehten sie sich weiter und enthüllten Ottar und seine Männer stromaufwärts.

Die aus dem Hinterhalt überfallenen Krieger waren tief in den Kampf mit den Iren verstrickt und schienen gar nicht mitbekommen zu haben, dass ihre Schiffe abgetrieben wurden. Doch selbst wenn sie es wussten, gab es nichts, was sie tun konnten. Thorgrim konnte Ottar ausmachen, der jeden anderen um einen Kopf überragte und mit erhobenem Schwert durchs Wasser auf die Böschung zustürmte. Seine Leute rückten mit ihm vor, eine Reihe von Männern, einige mit Schilden, die meisten ohne, und nur wenige in Rüstung. Sie hatten alle Mühe gehabt, ihre Schiffe über die Untiefen zu bringen, und so hatte der Angriff sie unerwartet getroffen, unbewaffnet und unvorbereitet.

Du dummer Mistkerl, dachte Thorgrim. Er sah, wie Ottar und seine Männer das steile, schlammige Ufer erreichten, wie sie versuchten, dort hinaufzuklettern, von Waffen und Schilden behindert. Da traten über ihnen die Iren aus dem dichten Gestrüpp, die Speere voran, die Schwertkämpfer dahinter. Sie machten Ottars Männer nieder, rammten ihnen die Speerspitzen in die Brust. Thorgrim hörte Schmerzensschreie und wütendes Gebrüll.

Dann waren die Schiffe, die sie aufhalten wollten, bei ihnen, und Thorgrim konnte sich nicht länger mit Ottars Dummheit beschäftigen. Ein Schleppseil trieb hinter dem am weitesten flussaufwärts schwimmenden Schiff im Wasser, und Thorgrim ging davon aus, dass das seinen Zweck erfüllen würde. Er stürmte voran und trat das Wasser, als könne er es aus dem Weg scheuchen. Das Seil wand sich gleich unter der gekräuselten Oberfläche. Zwei Schritte, und Thorgrim griff nach unten und hob es auf. Das Tau kam aus dem Wasser, und er umklammerte das eine Ende, während das Schiff am anderen Ende flussabwärts getragen wurde.

»Mit anfassen hier, mit anfassen!«, schrie Thorgrim. Er hielt den Strick in der Rechten und packte nun auch mit links noch zu, aber mit dem Schild am Arm fand er nur notdürftig Halt. Thorgrim spürte, wie der Zug heftiger wurde, und biss die Zähne aufeinander, griff fester zu und lehnte sich nach hinten.

Ein Mann namens Armod drängte sich neben ihn und griff ebenfalls nach dem Seil. Thorgrim fühlte, wie der Zug nachließ, als Armod einen Teil der Last übernahm. Dann kamen noch andere hinzu: Sutare Thorvaldsson und der riesige Godi, der wie ein Runenstein im Wasser stand, das sich um ihn herum brach. Das Seil war nun so gerade gespannt wie ein Speerschaft, und das Schiff am anderen Ende drehte sich und wandte ihnen den Bug zu.

Das eine können wir halten, dachte Thorgrim. *Aber wir können nicht alle drei stoppen.* Wenn die drei Schiffe zusammenblieben, würden sie Thorgrim und die anderen einfach mitziehen oder sie dazu zwingen, das Seil loszulassen und zuzusehen, wie Ottars Schiffe den *Meereshammer* rammten und mit ins Verderben rissen.

Die außer Kontrolle geratenen Schiffe schienen einen Augenblick in ihrer Flucht innezuhalten. Das Seil knarrte, Armod und die Übrigen schnaubten und fluchten, während sie sich gegen die Bewegung stemmten. Für einen Herzschlag hingen sie dort, Männer und Schiffe, und Thorgrim wusste nicht, welche Kraft sich als die stärkere erweisen würde. Dann lösten sich zwei Schiffe von dem einen, das sie am Ende des Seils hielten, und trieben allein weiter, setzten ihre wahnwitzige Flucht den Fluss hinab fort, während die Last am Seil nur noch einen Bruchteil dessen ausmachte, was sie zuvor gewesen war.

»Thorgrim!«, schrie Godi. »Da steht ein Baum! Wir können es festmachen!«

Thorgrim blickte über die Schulter in die Richtung, in die Godi zeigte. Fünfzig Fuß entfernt ragte eine große Eiche aus dem Fluss.

»Gut!«, schrie Thorgrim, und gemeinsam setzte das Dutzend Männer, das an dem Schlepptau hing, sich mit dem Seil in Bewegung und mühte sich stromaufwärts. Sie zogen Ottars Schiff hinter sich her wie ein riesiges widerwilliges Untier, das zum Schlachten geführt werden sollte.

Der Regen lief an ihnen herab, aber sie konnten ihn nicht abwischen, also blinzelten sie nur und spuckten und gruben ihre weichen Schuhe ins Kiesbett.

Thorgrim musste unbedingt wissen, was flussabwärts mit dem *Meereshammer* geschah, doch solange er am Seil zog, konnte er sich nicht danach umdrehen. Genauso begierig war er darauf, zu erfahren, was stromaufwärts aus Ottars Ansturm auf die Iren geworden war. Aber nun blockierte das Flussufer die Sicht.

Dann erreichten sie die Eiche. Der Mann am äußersten Ende des Schlepptaus gelangte zum Baum, wickelte das Seil zwei Mal um den massiven Stamm, und Ottars Schiff war gesichert. Thorgrim ließ das Tau los, fuhr herum und schaute zum *Meereshammer*. Fast verlor er dabei sein Gleichgewicht in der Strömung.

Wie bei der Stierhatz, dachte er. Einmal hatte er in Haithabu gesehen, wie man ein Rudel Hunde gegen einen gereizten Stier hetzte, der herumwirbelte und trat und mit den Hörnern stieß. Die ungefähr vierzig Mann seiner Besatzung, die sich Ottars losgerissenen beiden Schiffen in den Weg stellten, erinnerten ihn daran. Sie hielten ihren Abstand, als die Schiffe auf sie zutrieben, dann sprangen sie vor und versuchten, irgendwo Halt zu finden, sie drückten und sprangen wieder zurück, während die Schiffe auf ihre eigene Flotte zuschwammen.

Harald stand dicht beim Bug des vordersten Bootes. »Hier drücken, hier drücken!«, brüllte er und stieß seine breite Schulter gegen die Bordwand, während Vordersteven und Galionsfigur über ihm aufragten. Thorgrim sah, wie sich das Schiff unter dem Druck von Haralds mächtigem Rücken und seinen Beinen bewegte, dass es sich geradelegte und das Heck vom *Meereshammer* fortschwenkte, unmittelbar bevor es in ihn hineingekracht wäre.

Andere sprangen hinzu und schlossen sich Harald an. Sie drückten, bis das Schiff nicht mehr quer im Fluss lag, dann lösten sie sich wieder, ließen es am *Meereshammer* vorbeitreiben und seinen Weg flussabwärts fortsetzen. Das zweite von Ottars Schiffen folgte im Kielwasser des ersten, wie an einer Leine geführt. *Drache* und *Blutfalke* waren schon fortbewegt worden, und die treibenden Schiffe passierten sie in wenigen Fuß Entfernung.

Thorgrim sah nur so lange zu, bis er sich davon überzeugt hatte, dass seine eigenen Schiffe in Sicherheit waren. Dann rief er seine Männer erneut, und sie versammelten sich um ihn. Die meisten trugen nun Schilde und Schwerter und Äxte und waren so kampfbereit, wie sie nur werden konnten.

»Ottars Männer werden niedergemetzelt, weil Ottar ein Narr ist!«, rief Thorgrim. »Wir müssen zu ihnen stoßen und die armseligen Mistkerle retten.« Er spuckte Regenwasser aus und wies auf die Bäume gleich neben ihm. »Wir schlagen uns dort ins Unterholz, bewegen uns am Flussufer entlang und überrumpeln diese irischen Hurensöhne.« Die Männer nickten. Thorgrim machte kehrt und watete auf das Nordufer zu.

Er rannte, so gut er konnte, unsicher und angestrengt durch das knietiefe Wasser. Dabei warf er einen Blick stromaufwärts. Ein Großteil von Ottars Männern stand weiterhin in der Strömung und bekämpfte den Gegner auf der Böschung. Ottar war noch auf den Beinen und schwang mitten im Getümmel sein Schwert.

Thorgrim konnte die Iren unter den Bäumen ausmachen. Es waren nur wenige Speere zu sehen. Die meisten waren vermutlich geworfen worden, oder zerbrochen oder den Speerträgern entwunden. Das bedeutete, dass Iren und Nordmänner nun Klinge gegen Klinge kämpften und Ottars Männer nicht mehr ganz so hilflos dastanden.

Haltet stand, dachte Thorgrim. *Nur eine kurze Weile …* Wenn Ottar die Iren nur noch ein paar Augenblicke beschäftigen konnte, könnten er und seine Männer ihnen von rechts in die Flanke fallen und ernsthaften Schaden anrichten.

Thorgrim erreichte die Böschung, die steiler war, als er erwartet hatte. Mit einiger Mühe zog er sich hinauf zwischen die Bäume. Er wartete nicht auf die anderen, sondern bahnte sich einen Weg zwischen Gestrüpp, Schösslingen und den ausgewachsenen Eichen und Ahornbäumen hindurch. Die Blätter über ihm hielten den Regen ab wie ein Strohdach, und Thorgrim hörte nun mehr von dem Kampf. Der Farn war tropfnass, das Wasser peitschte gegen ihn, als er sich hindurchzwängte, aber er konnte nicht nasser werden, als er schon war.

Der Nachmittag war düster, und unter den Bäumen war es noch dunkler. Das trübe Licht erschwerte die Sicht, doch Thorgrim spürte, dass sich vor ihm jemand bewegte. Er nahm an, dass er die Flanke der irischen Schlachtreihe erreicht hatte, zog *Eisenzahn* und stürmte los. Noch fünfzehn Fuß, dann sah er ihn, einen Iren, der seinen Speer vor sich hielt, als würde er eher einen Angriff befürchten, statt selbst zustoßen zu wollen. Nichts an dem Mann, mit Ausnahme des Speers, deutete darauf hin, dass er etwas anderes war als ein bedauernswerter Bauer, eine dieser Mitleid erregenden Kreaturen, die von ihrem Herrn einbestellt wurden, um dessen blutige Arbeit zu tun. Jetzt würde er den Tod finden, ohne überhaupt zu verstehen, warum.

Thorgrim brach durch das Unterholz, und der trommelnde Regen auf dem Laubdach und das Gebrüll und die Schreie vom Fluss übertönten das Geräusch seiner Schritte. Er hob *Eisenzahn* zu einem Rückhandschlag, da bemerkte der Speerträger ihn endlich.

Der Kopf des Mannes fuhr herum, er riss die Augen auf, sein Mund öffnete sich, und er setzte zu einem halbherzigen Speerstoß an, als *Eisenzahn* schon durch die Luft sauste. Die Klinge traf den Mann an der Kehle, und die Wucht des Schlages stieß ihn zurück ins Unterholz. Er zog einen hellen Blutschwall hinter sich her, als er fiel.

Thorgrim sprang über den noch zuckenden Leib. Er sah bereits den nächsten Iren, die nächsten drei Männer, genau genommen, jeder mit einem Speer bewaffnet. Sie hatten zum Fluss hinausgeblickt, aber der Sturmlauf von Thorgrim und seinen Kriegern hatte inzwischen genug Lärm gemacht, um ihre Aufmerksamkeit auf sich zu ziehen. Wie der Mann, den Thorgrim gerade getötet hatte, sahen sie nicht wie Kämpfer aus, und sie verhielten sich auch nicht so.

Der aus dem Wald herausstürmende Feind überrumpelte sie, und sie dachten gar nicht an Gegenwehr, warfen stattdessen die Speere zur Seite, drehten sich um und flohen durch den Wald. Thorgrim blieb ihnen dicht auf den Fersen, und seine Männer kamen gleich hinter ihm. Thorgrim sah Harald durchs Unterholz pflügen und junge Schösslinge mit dem Schild beiseitestoßen. Der Junge rannte, als wäre etwas Furchtbares hinter ihm her, aber Harald war hier der Jäger, nicht die Beute, der schlimmste Albtraum der irischen Bauern, die vor ihm davonliefen.

Panik ergriff die ganze Reihe der irischen Speerträger entlang des Ufers. Sie schrien und fluchten und schlossen sich der allgemeinen Flucht an, von den Schwertern der Nordmänner vor sich hergetrieben. Durch die Bäume konnte Thorgrim gelegentlich einen Blick auf den Fluss und auf Ottars Männer erhaschen. Manche kämpften noch, andere standen verkrümmt da, waren verwundet, und viele trieben bereits reglos im Wasser. Er wandte sich wieder dem Kampf zu.

Die irischen Speerträger waren fort, in Panik davongelaufen, aber eine weitere Schlachtreihe wartete vor ihnen. Thorgrim konnte erkennen, dass dies keine Bauern waren. Wer immer hier den Befehl hatte, musste seine nutzlosesten Kämpfer am Rand des Gefechts postiert haben und die besten Männer in der Mitte, wo die Hauptlast von Ottars Angriff zu erwarten gewesen war. Vielleicht hatte er den Speerträgern auch die Erlaubnis erteilt, zurückzuweichen, als der Kampf ernst wurde, damit die Krieger übernehmen konnten. Diese Männer trugen Schilde und Kettenrüstung, und sie liefen beim Anblick der Nordmänner nicht davon. Sie formierten sich nur neu, um dem Angriff zu begegnen.

Thorgrim blieb stehen. Der Mann vor ihm rannte nicht, sondern hielt seine Stellung, mit einem langen Schwert in der Rechten und einem Schild, das mit einem roten Kreuz bemalt war, in der linken Hand. *Eisenzahn* fuhr wieder in weitem Bogen herab, aber diesmal traf die Waffe den Schild, und der Schlag wurde aufgehalten und abgelenkt. Thorgrim sprang zurück, als der Gegenangriff flach unter seinem Schild hindurch geführt wurde, gegen seine Waden oder die Knie, aber nur die leere Luft traf.

Thorgrim trat wieder vor, rammte den Gegner mit dem Schild und ließ ihn zurücktaumeln. Er setzte sofort mit *Eisenzahn* nach, geradewegs zur ungeschützten Kehle des Iren. Der versuchte immer noch, den Schild zu heben, als er durch Thorgrims Schwertspitze starb. Thorgrim schob den Mann beiseite, als er zusammenbrach, und sprang auf den nächsten zu, der bereits mit seinem Schwert nach ihm schlug.

Starri, dachte Thorgrim. Ihnen fehlte Starri mit seiner unbändigen Tatkraft, seiner erschreckenden Wildheit. Würde Starri an diesem Kampf teilnehmen, hätte der Feind gewusst, dass etwas Wildes über ihn kam, etwas, das nicht von dieser Welt war, und das hätte Furcht in die Herzen gesät. Nun aber focht Starri einen anderen Kampf.

Die Iren hatten es geschafft, ihre Reihe vom Ufer fortzuschwenken, um der neuen Bedrohung an ihrer Flanke zu begegnen. Beide Seiten, Iren wie Nordmänner, trafen nun aufeinander wie zwei zusammenstoßende Flutwellen. Thorgrim sah, wie Harald sich brutal gegen den Mann vor ihm warf, Schwert und Schild in perfektem Einklang führte, der Schild schwang nach links, das Schwert nach rechts. Geschick und Kraft dieses Angriffs trieben den anderen zurück. Godi kämpfte neben ihm, mit einer riesigen Axt in der Hand; weit weniger kunstfertig, doch ebenso wirkungsvoll.

Zwei Männer stellten sich nun Thorgrim entgegen, beide mit Schwert, Schild und in Rüstung. Sie kamen Schulter an Schulter geradewegs auf ihn zu, aber Thorgrim wich nach rechts aus, außer Reichweite des Mannes zur Linken, und griff den Mann auf der rechten Seite an.

Der Ire parierte die Klinge und stach nach Thorgrim, der

einen weiteren Schritt nach rechts trat, und noch einen, bis eine große Eiche zwischen ihn und die beiden Männer geriet und ihnen die Sicht versperrte, so dass es aussah, als wollte er sich dahinter verstecken. Er ging davon aus, dass sie um den Baum herumkommen würden, und zwar jeder von einer anderen Seite, um ihn in die Zange zu nehmen. Das bedeutete, dass der auf der linken Seite zuerst bei ihm wäre. Thorgrim setzte die Schildkante gegen den Stamm und fasste *Eisenzahn* fester, gerade als der Ire vor ihm aus seiner Deckung sprang, der anscheinend dachte, dass er Thorgrim überraschen könnte.

Das Schwert des Iren sauste in einem weiten Bogen durch die Luft, um alles niederzuhauen, was ihm in den Weg geriet. Doch das war der eiserne Rand von Thorgrims Schild, und die Klinge prallte daran ab. Thorgrim stieß die eigene Schwertspitze geradewegs in eine Stelle unterhalb des Helmrands seines Gegners. Er riss *Eisenzahn* gleich wieder zurück, als der Mann fiel, und rannte an dem Sterbenden vorbei um den Baum herum. Es war wie ein Kinderspiel, diese Verfolgungsjagd rings um den Stamm, aber der zweite Ire schien keinen Spaß daran zu haben, als Thorgrim plötzlich hinter ihm auftauchte. Ihm blieb gerade die Zeit, sich halb in Thorgrims Richtung zu wenden, da streckte *Eisenzahn* – längst nass von irischem Blut – ihn ebenfalls nieder.

Thorgrim atmete schwer. Er hielt inne und blickte sich um. Seine Männer waren nun tief in den Kampf mit den Kriegern verstrickt. Die Schlacht war in Dutzende von Zweikämpfen zerfasert. Manche davon konnte er sehen, andere blieben zwischen den Bäumen verborgen.

Zu seiner Linken nahm er eine weitere Bewegung wahr, Männer brachen dort durchs Farnkraut. Ottars Männer. Thorgrims Angriff hatte die Iren dazu gezwungen, das Flussufer aufzugeben, und das hatte es Ottars Leuten ermöglicht, die Böschung zu überwinden und ihrem Feind auf ebenem Boden entgegenzutreten.

Die Iren gerieten ins Wanken. Thorgrim spürte, wie sie zurückwichen, als sie von zwei Seiten angegriffen wurden und nicht mehr genau wussten, wo der Feind überall war. *Jetzt voranpressen, nicht nachlassen,* dachte er. Jeden Moment konnte ihr Kampfgeist zusammenbrechen. Sie würden die Flucht ergreifen, und wenn das geschah, konnte man sie leicht niedermachen.

Ein Tierlaut stieg in seiner Brust empor, ein Wolfsgeheul, ein Laut, der den Iren Furcht einflößen und seine Männer anspornen würde. Er stürmte los und schwang *Eisenzahn* gegen einen großen Iren, der eine Streitaxt führte, und diese Bewegung schien das Heulen tief aus seinem Inneren zu ziehen. Das Geräusch schrillte in seinen Ohren, es erfüllte den Wald. Es überraschte den Iren. Thorgrim sah das Entsetzen in seinem Blick. Der Mann ließ die Streitaxt fallen, drehte sich um und floh. Thorgrim schlug zu, so schnell wie eine Schlange, doch seine Klinge erwischte den Mann nicht mehr.

»Los! Voran!«, schrie Thorgrim, und er sah seine Männer mit neuer Wut angreifen, konnte sie durch das dichte Gehölz ausmachen, wie sie eine Reihe bildeten und erbarmungslos voranstürmten. Dann drang der scharfe, klare Klang eines Horns von irgendeinem verborgenen Ort tief zwischen den Bäumen zu Thorgrim, wie eine Antwort auf sein Heulen. Es war derselbe Klang, den Thorgrim schon an der Vermählung der Wasser gehört hatte, und erneut rief das Signal die Iren zum Rückzug, befahl ihnen, sich in Sicherheit zu bringen, zu überleben und ein anderes Mal weiterzukämpfen.

»Nein! Ihr Dreckskerle!«, schimpfte Thorgrim. Er lief schneller, bahnte sich mit dem Schild seinen Weg durch den

Wald, aber da war kein Feind mehr vor ihm, nur noch Schösslinge, Farn und Bäume.

»Thor soll sie holen!«, schrie Thorgrim – es war ebenso ein Keuchen wie ein Ruf. Es wurde wieder still, bis auf das Trommeln des Regens auf den Blättern und das Plätschern und Gurgeln des nahen Flusses. Harald tauchte vor ihm auf und Godi, dann die übrigen Männer. Sie versammelten sich um ihn, um zu erfahren, was sie als Nächstes tun sollten.

Wieder raschelte es im Gehölz, es war ein Geräusch wie von einem Bären oder einem anderen großen Tier, das sich durch das Unterholz bewegte. Thorgrim wandte sich um, genau wie der Rest seiner Leute, und sie sahen Männer auf sich zukommen, halb verborgen in der Dunkelheit des Waldes und im dichten Gestrüpp. Dann trat Ottar zwischen den Bäumen hervor. Sein Schild war zerhauen, und er schien es gerade in diesem Moment erst zu bemerken und warf ihn beiseite. Sein Schwert war blutig, zu viel Blut, als dass der Regen, der seinen Weg durch das Laubdach fand, es hätte wegspülen können. Sein Arm und sein Bart und die Enden seiner Zöpfe trieften ebenfalls vor Blut.

Niemand regte sich. Ottar und Thorgrim musterten einander. Thorgrim hatte keine Ahnung, was als Nächstes aus Ottars Mund kommen würde.

Der riesige Nordmann runzelte die Stirn. Er schielte auf Thorgrim, als wüsste er genauso wenig, was er gleich äußern würde. Dann wandte er sich ab und spuckte auf den Boden. »Wurde auch Zeit, dass du dich mal blicken lässt«, stellte er fest, machte kehrt und verschwand wieder im Wald.

28. Kapitel

Nie soll ein Mann außer Hause
nur einen Schritt ohne Waffen tun.
Denn niemand weiß, wenn er ohne geht,
wann seines Speers er bedarf.
HÁVAMÁL

Harald Starkarm saß auf dem Achterdeck des *Meereshammers* und kippte behutsam einen Becher Fleischbrühe und Ale in Starris Mund. Das war nicht die Art von Aufgabe, um die er sich sonst gerissen hätte. Er verstand, dass die Sorge für die Verwundeten ebenso zu einem Feldzug gehörte wie die Pflege seiner Waffen. Aber er hatte sich nie besonders wohlgefühlt bei dieser Arbeit und befürchtete immer, dass die anderen diese Tätigkeit auf ihn abzuwälzen versuchten, weil er der Jüngste war. Allein der Gedanke machte ihn rasend.

Jetzt war das anders. Es ging um Starri, den Harald sehr mochte. Die meisten mochten Starri, oder sie beachteten ihn nicht oder, wie Harald vermutete, sie hatten sogar Angst vor ihm. Seine eigenen Gefühle unterschieden sich jedoch von denen der anderen, sie waren vielschichtiger, auch wenn er selbst es so nicht gesehen hätte. Starri gehörte zu Thorgrims innerstem Kreis, war Teil des Haushalts seines Vaters, und das allein machte einen Unterschied für Harald. Außerdem hatten er und Starri oft nebeneinander gekämpft. Sie hatten viel zusammen erlitten, hatten Triumphe und Reichtümer geteilt. Harald mochte Starri den Unsterblichen. Und er beneidete ihn.

Er beneidete Starri um seine völlige Furchtlosigkeit. Natürlich verstand er, dass Starri vor allem deswegen furchtlos war, weil er auch verrückt war. Trotzdem wünschte er sich unwillkürlich, dass er sich genauso rücksichtslos in die Schlacht werfen könnte, ohne Sorge um eine Verletzung oder den Tod. Sein Vater schien ebenfalls ohne jede Furcht zu sein, aber bei Thorgrim war es eine andere Art Furchtlosigkeit. Er nahm den Kampf ernst. Er trug Helm und Rüstung, er trug einen Schild. Er umschmeichelte den Tod nicht, wie Starri es tat.

Harald fehlte es nicht an Mut, und er hätte jeden getötet, der so etwas anzudeuten wagte, oder er wäre zumindest bei dem Versuch gestorben. Aber er war nicht ohne Furcht. Es gab da eine Vorstellung, die sich in seinem Kopf festgesetzt hatte: das Bild einer Streitaxt, die ihn genau dort traf, wo der Hals in die Schulter überging, und die ihn fast in zwei Stücke teilte. Aus irgendeinem Grund erschreckte ihn dieser Gedanke mehr als alles andere, und er konnte ihn nie ganz abschütteln in den Augenblicken vor einer Schlacht. Das war seine geheime Schande.

Er bezweifelte, dass Starri je irgendwelche Ängste dieser Art empfand.

»Was passiert gerade?«, fragte Starri. Seine Augen waren geöffnet, seine Stimme leise, auch wenn jetzt wieder eine Spur von Kraft darin erkennbar war. Er war fast die gesamte Zeit seit seiner Verwundung ohne Bewusstsein gewesen, hatte entweder geschlafen oder ohnmächtig dagelegen. Die Kampfgeräusche jedoch hatten ihn geweckt, und seitdem war er wach und war auch wach geblieben, obwohl er weiterhin zu schwach war, um aufzustehen oder etwas anderes zu tun.

»Sie bringen das Letzte von Ottars Schiffen den Fluss herauf«, berichtete Harald und spähte am hohen Achtersteven des *Meereshammers* vorbei. Flussabwärts der Stelle, wo sie vor

Anker lagen, überwand Ottars Flotte gerade den seichten Abschnitt, wo die Iren sie gestern aus dem Hinterhalt überfallen hatten. Ein Großteil der Ladung und der Ausrüstung der Schiffe war von Bord geholt worden, damit sie leicht genug waren, um frei schwimmen zu können. Ottars Männer, jene, die noch am Leben waren und nicht zu schwer verwundet, luden all diese Dinge gerade wieder auf die Schiffe, die die Strecke schon hinter sich gebracht hatten.

Harald schüttelte den Kopf. *Dummköpfe*, dachte er.

Starri schwieg einen Moment und fragte dann: »Haben sie keine Angst, dass sie oberhalb der Untiefen in der Falle sitzen? Macht Thorgrim sich keine Sorgen deswegen?«

»Vater macht sich keine Sorgen, dass unsere Schiffe festsitzen könnten«, erklärte Harald, »und Ottar ist zu dumm, sich um die seinen zu sorgen.« Er sah zu Starri hinab und erkannte, dass weitere Erklärungen notwendig waren.

»Wir haben nicht viel dabei. Unsere Schiffe sind leicht genug, um über die Untiefen zu kommen, sobald die Besatzung über Bord geht«, führte er aus. »Ottars Schiffe müssen dafür komplett entladen werden. Sie müssen all ihre Fracht herausnehmen, die Rah und die Ruder und alles, was sie sonst an Bord haben. Selbst wenn der Wasserspiegel fällt, sollten wir noch zurechtkommen. Aber Ottar könnte dann echte Probleme kriegen.«

Starri nickte. Harald gab ihm einen weiteren Schluck Fleischbrühe mit Ale. Eine Minute verging, bevor Starri wieder sprach.

»Ottar hat viele Männer verloren?«, fragte er.

»Das hat er«, bestätigte Harald. Er hatte Starri gleich nach der Schlacht schon alles erzählt, als Starri begierig darauf gewesen war, Genaueres zu erfahren. Die Geschichte hatte Starri so weit aufgewühlt, dass er versuchte, sich von seinem Lager zu erheben, obwohl der Kampf längst vorbei war. Es hatte beträchtliche Mühe erfordert, ihn zum Liegenbleiben zu überreden.

»Ottar hat mindestens vierzig Leute verloren«, sagte Harald. »Vierzig Tote. Noch einmal fünfzehn wurden verwundet, schätze ich. Es war ein Gemetzel. Vater meint, wer auch immer die Iren anführt, versteht sein Geschäft. Die Falle war perfekt gestellt, und wir sind mitten hineingelaufen.«

Die Nordmänner hatten die Stunden nach der Schlacht damit verbracht, alles wieder herzurichten. Die Verletzten wurden versorgt, die Toten eingesammelt und bestattet. Das dauerte nicht allzu lange. Ottar hatte etwa vierzig Männer verloren; diese Zahl jedenfalls war bis zu Thorgrims Lager durchgedrungen. Aber die meisten Leichen waren flussabwärts getrieben. Einige waren wieder aufgetaucht, doch die meisten nicht. Das war kein tröstlicher Gedanke für ihre Kameraden. Ein Krieger verließ sich gern darauf, dass er auf die angemessene Art in die nächste Welt verabschiedet wurde und sein Fleisch nicht den Raben und Geiern überlassen blieb.

Als die wenigen Bestattungen abgeschlossen waren, hatte Ottar seine zwei verbliebenen Schiffe bemannt und sich auf die Suche nach den Schiffen gemacht, die abgetrieben und verschwunden waren. Zu diesem Zeitpunkt hatte Thorgrim beschlossen, seine eigene Flotte über die Untiefen zu bringen, und die Männer von Vík-ló verbrachten ungefähr eine Stunde damit, ihre Schiffe gegen die Strömung zu ziehen. Als Ottar mit seinen verlorenen Schiffen im Schlepptau zurückkehrte, lag Thorgrims Flotte bereits sicher stromaufwärts des flachen, aufgewühlten Wasserstreifens vor Anker.

Als Ottar sah, dass jetzt Thorgrims Flotte vor seiner lag, geriet er außer sich vor Wut, genau wie Thorgrim und alle anderen es vorausgesehen hatten. Harald hatte den Verdacht, dass eben dies der Grund dafür gewesen war, dass sein Vater die Schiffe überhaupt weiter den Fluss hinaufverlegt hatte, obwohl er noch am Vortag gesagt hatte, dass er das für eine schlechte Idee hielt. Er reizte Ottar damit, und das tat er aus reinem Vergnügen.

Ottars Schiff lief am unteren Ende der Untiefen auf Grund, und der riesige Wikinger sprang über den Bug. Er stürmte durch das knietiefe Wasser, was sein Vorankommen so weit verlangsamte, dass es längst nicht so bedrohlich wirkte, wie er vermutlich beabsichtigte. Thorgrim und seine Männer standen an Bord ihrer in acht Fuß Wassertiefe verankerten Boote, gut geschützt unter den Segeln, die Thorgrim zum Schutz gegen den Regen wie Zeltplanen hatte aufspannen lassen. Die Köpfe drehten sich in Ottars Richtung, aber niemand rührte sich, sagte etwas oder nahm auch nur seine Annäherung sichtlich zur Kenntnis. Thorgrim selbst wandte ihm den Rücken zu.

Als Ottar das Ende der seichten Stelle erreichte, hielt er an und brüllte Thorgrims Namen. Thorgrim ignorierte Ottar weiterhin, und der brüllte wieder. Diesmal erhob sich Thorgrim und schritt langsam aufs Achterdeck zu. Er legte eine Hand auf den hohen Achtersteven und blickte über die dreißig Fuß Wasser hinweg, die ihn von Ottar trennten und zu tief waren, als dass Ottar sie hätte überqueren können.

»Du hast meine Schiffe überholt, Thorgrim Nachtwelpe?«, brüllte Ottar.

»Das hab ich, ja«, gab Thorgrim einfach zurück.

»Du wirst dich nicht vor mich setzen!«, brüllte Ottar nun noch lauter und noch wütender. »Das wirst du nicht!«

In gespielter Verwirrung sah Thorgrim sich um. »Aber das habe ich doch schon, Ottar«, erwiderte er. »Und wenn du weiter so rumschreist, dann rudere ich gleich weiter und lass dich hier für die Iren allein zurück, damit sie dir den Rest geben können.«

Etwas hatte sich seit dem letzten Kampf verändert, und zwar ganz erheblich: Bei ihrer ersten Begegnung an der Vermählung der Wasser waren Ottars Männer Thorgrims zahlenmäßig überlegen gewesen. Das war nun nicht mehr der Fall. Ottar hatte fast eine volle Schiffsbesatzung verloren. Nun war seine Truppe der von Thorgrim bestenfalls ebenbürtig.

Aber das war nur Teil des Ganzen. Ottar war die Art von Anführer, dem die Männer folgten, weil er stärker, gewalttätiger und mitleidloser war als jeder andere. Die Krieger schlossen sich ihm an, weil sie ihn fürchteten und davon ausgingen, dass andere ihn noch mehr fürchten würden. Sie glaubten, dass seine hirnlose Brutalität ihnen Beute verschaffte. Aber die Iren hatten Ottar wie einen Dummkopf dastehen lassen, und seine Männer verstanden nur allzu gut – selbst wenn Ottar selbst das nicht begriff! –, dass es Thorgrim gewesen war, der sie und ihre Schiffe gerettet hatte.

»Du Bastard!«, schrie Ottar. »Die Raben werden deine Augäpfel picken!«

»Vielleicht«, räumte Thorgrim ein. »Aber du wirst nicht derjenige sein, der mich an sie verfüttert.« Mit diesen Worten wandte er sich ab, duckte sich unter das Segel und ließ Ottar im Regen stehen. Ottar brüllte einige Minuten weiter, doch niemand hörte ihm zu, und das ließ ihn noch dümmer dastehen. Also machte er schließlich kehrt und watete flussabwärts zurück. Erst am nächsten Morgen nahmen Ottar und seine Männer die mühevolle Arbeit wieder auf, ihre Schiffe erneut gegen den Strom zu ziehen.

»Eine Sache verstehe ich nicht«, sagte Starri und schloss wieder die Augen, als ob ihm das Reden schon zu viel Mühe machte. »Was ist mit Kevin? Hätten er und seine Männer sich nicht am Fluss entlangbewegen sollen? Die Iren daran hindern, uns aufzulauern, wie sie es getan haben?«

»Wir wissen nicht, wo er ist«, erwiderte Harald. »Wir wissen, dass er nicht hier ist, aber wir wissen nicht, wohin er sich stattdessen begeben hat. Ist er von diesen anderen Iren bereits geschlagen worden? Oder einfach davongelaufen? Wir wissen es nicht.«

Er blickte Starri an und erwartete eine Antwort, doch der schien schon wieder zu schlafen. Harald verharrte noch einen Moment länger, und als er sicher war, dass der Berserker eingenickt war, stand er auf, streckte sich und überlegte, was er als Nächstes tun sollte.

Eichenspalter, dachte er. Sein Schwert, die schöne fränkische Klinge, die einst seinem Großvater Ornolf gehört hatte und die jetzt er trug. Die Schneide hatte bei dem Kampf ein wenig Schaden genommen, darum musste er sich kümmern, und auch die Klinge konnte ein wenig Öl gegen das elende Regenwetter gebrauchen. Aber als er sich nach vorne wandte, sah er seinen Vater aufs Heck zukommen, und der Ausdruck auf Thorgrims Gesicht – ein Ausdruck, den Harald nur zu gut kannte! – legte nahe, dass Thorgrim schon seine eigenen Vorstellungen hatte, was Harald als Nächstes zu tun hatte.

Thorgrim trat neben Harald und betrachtete Starri. Der Regen war zu einem Dunst herabgesunken, was eine große Erleichterung war, wenn auch wahrscheinlich nur eine vorübergehende.

»Wie geht es ihm?«, fragte Thorgrim.

»Besser, glaube ich«, sagte Harald. »Er hat etwas Brühe getrunken. Er hat auch geredet und wollte wissen, wie es um den Raubzug steht. Und um dich und Ottar.«

Thorgrim lächelte schwach. »Nun, solltest du das herausfinden, kannst du es mir gern sagen.« Er blickte nach Steuerbord ans etwa drei Ruten entfernte Ufer. Irgendwo, außer Sicht, hielten Thorgrims Späher Ausschau nach einem weiteren Hinterhalt. Das war nur vernünftig, auch wenn niemand damit rechnete, dass die Iren so dumm waren, es an derselben Stelle noch einmal zu versuchen.

»Sobald Ottar wieder reisefertig ist, wird er versuchen, an uns vorbeizukommen«, sagte Thorgrim. »Ich will nicht, dass ihm das gelingt. Aus unterschiedlichen Gründen. Also werden wir jetzt aufbrechen und ein gutes Stück vor ihm bleiben.«

Harald nickte. Er wollte ebenfalls Ottar nicht die Spitze überlassen, auch wenn es bei ihm vor allem eine Frage des Stolzes war. Aber die anderen Gründe seines Vaters konnte er auch erraten.

Mit jeder Meile, die sie weiter stromaufwärts fuhren, mit jedem Toten, den sie begruben, und jedem Pfeil, den sie aus der Bordwand eines Schiffes zogen, gewann der Überfall auf Glendalough an Bedeutung. Es war nicht länger nur ein Raubzug, sondern zu einer Queste geworden. Alle Männer schienen so zu empfinden. Thorgrim befürchtete, dass Ottar es irgendwie schaffen würde, jede Hoffnung auf einen erfolgreichen Angriff zunichtezumachen oder einen dummen Fehler zu begehen, der sie alle das Leben kostete. Darüber hinaus nahm Harald an, dass sein Vater auch Gefallen daran fand, das Messer der Demütigung in Ottars Eingeweiden weiter herumzudrehen.

»Kevin ist verschwunden«, fuhr Thorgrim fort. »Ich weiß nicht, wohin, aber hier ist er nicht. Darum will ich, dass du dir ein paar Männer nimmst, etwa zwanzig, und uns mit denen am Ufer folgst. Dort musst du nach weiteren Hinterhalten Ausschau halten, wie Kevin es hätte tun sollen.«

Harald fühlte, wie die Erregung in ihm aufstieg, die Vorfreude. Thorgrim bot ihm ein eigenes Kommando, eine wichtige Aufgabe und die Rolle eines Anführers. Dies war eine Möglichkeit, seine Fähigkeiten und Kühnheit zu beweisen.

»Du und deine Männer, ihr seid Kundschafter, verstanden?«, fügte Thorgrim hinzu. Anscheinend hatte er den Eifer in Haralds Gesicht wahrgenommen. »Ihr sollt mit euren zwanzig Männern kein Heer bekämpfen. Ihr sollt uns einfach nur warnen, wenn eines auf der Lauer liegt, bevor wir hineinstolpern.«

»Ja, Vater«, sagte Harald.

Thorgrim schaute ihm in die Augen und schwieg einen Moment. »Das meine ich ernst«, strich er heraus. »Kundschafter! Du sollst nicht kämpfen.«

»Es sei denn, es ist nur eine Handvoll Iren, nicht wahr?«, ergänzte Harald. »Eine Streife, oder ein paar versprengte Krieger? Die sollten wir töten, bevor sie jemandem von unserer Anwesenheit berichten können, nicht wahr?«

Thorgrim atmete langsam aus. »Ja, in so einem Fall kannst du kämpfen. Aber versuche, Gefangene zu nehmen. Die nutzen uns mehr als Tote. Ich verlasse mich darauf, dass du von deinem Urteilsvermögen Gebrauch machst. Und gebrauche es gut. Wenn du wissen willst, wohin Dummheit dich bringt, dann schau dir Ottar an.«

Harald nickte, doch er nahm die Worte kaum wahr. In Gedanken führte er bereits seine Männer verstohlen am Flussufer entlang und traf im Zweikampf auf den irischen Hundesohn, der den brutalen und blutigen Angriff des gestrigen Tages angeführt hatte.

29. Kapitel

Den Iren widerfährt viel Böses von den Norwegern,
aber ihnen widerfährt auch viel Böses von ihnen selbst.
DIE ANNALEN VON ULSTER

Failend fühlte sich, als ob sie dahintrieb, als würde sie durch eine Traumwelt gleiten. Eine Traumwelt, die keinem Traum glich, den sie je zuvor erlebt hätte; voller Schrecken und Beschwernisse, voller Hoffnung und Hochgefühl, voller Erschöpfung und Begierde und Staunen. Ein Traum, der jedes Gefühl umfasste, das sie sich nur vorstellen konnte, und der wie ein Regensturm auf sie einprasselte.

Sie hatte einen Mann getötet. Jedenfalls war sie sich ziemlich sicher, dass sie das getan hatte. Am Fluss, während des Gefechts an der Vermählung der Wasser. Er war aus den Reihen der irischen Krieger hervorgestolpert, und sie war zur Stelle gewesen und hatte ihn niedergestreckt. Aber danach hatte er immer noch gelebt, also hatte sie ihm das Schwert in den Hals gestoßen.

So jedenfalls erinnerte sie sich daran. Doch in ihrem Kopf wirbelte alles durcheinander, und es war schwer, sich das Geschehene wieder richtig ins Gedächtnis zu rufen. Sie war sich nicht einmal über ihre Empfindungen im Klaren. Überraschung, Verwirrung. Aber keine Reue. Sie fühlte keine Reue. Sie fragte sich, ob sie deswegen besorgt sein sollte. Aber natürlich war es nur ein Heide gewesen.

Als der Kampf vorüber war, hatten sie das Schlachtfeld verlassen und waren erst entlang des Flussufers marschiert, später unter den Bäumen zurück zur Straße. Die Männer waren aufgewühlt gewesen, lebhaft. Sie hatten gut gekämpft. Das war Failends Eindruck gewesen. Sie stützte sich dabei auf die Reaktion der Männer, denn sie selbst war gar nicht in der Gemütsverfassung für eigene Schlussfolgerungen. Sie hatten gute Arbeit geleistet. Und jetzt waren sie in Hochstimmung.

Bei Louis de Roumois zu liegen, den Angriff des Meuchelmörders zu erleben, wie Aileran den Mann tötete, nachdem sie, Failend, ihm auf den Kopf geschlagen hatte – das alles war Teil dieses ausgiebigen Traums. Immer noch sah sie vor sich, wie das Blut aus dem Hals des Angreifers spritzte, während er zu Boden ging. Ihr ganzes Leben fühlte sich an wie ein Wagen, der schneller und schneller einen Hügel hinunterrollte und nun so rasch dahinraste, wie er nur werden konnte. Er war fast außer Kontrolle und drohte auseinanderzufallen.

Zurück im *Dúnad* war sie in das Zelt ihres Ehemanns gegangen, auf seinen Wutausbruch gefasst. Und er war zornig gewesen, so zornig, dass er sie weggeschickt hatte und ihr befohlen, später wieder zurückzukehren. »Ich werde mich dann um dich kümmern«, hatte er angedroht und nichts weiter gesagt, sie auch nicht angeschaut.

Und sie war nicht zurückgekehrt. Sie wusste, dass sie von ihrem Mann nur Prügel zu erwarten hatte, und sie hatte nicht das Gefühl, dass sie das einfach hinnehmen musste.

Sie suchte eine Gelegenheit, um mit Louis allein zu sprechen. »Aileran wird meinem Mann erzählen, dass er uns zusammen gefunden hat«, teilte sie ihm mit.

»Nein, das wird er nicht«, erwiderte Louis. »Aileran und ich, wir sind Krieger. Es existiert eine besondere Verbundenheit zwischen Kriegern.«

Failend schüttelte den Kopf. »Aileran ist ein Gefolgsmann

meines Gemahls. Das ist er jetzt seit vielen Jahren. Er schuldet meinem Mann mehr als irgendjemand anderem.«

»Ich glaube, du täuschst dich«, entgegnete Louis. »Aber selbst wenn du Recht hast und Aileran ihm davon erzählt, wird das für deinen Mann keine neue Enthüllung sein. Er kann mich nicht schlimmer hassen, als er es schon tut.«

Failend sagte nichts weiter dazu. Es war sinnlos. Louis de Roumois war einer der außergewöhnlichsten Männer, die sie je kennengelernt hatte, dennoch war er ein Mann, und es gab Dinge, die er niemals verstehen würde. Er war nicht dumm, und er war nicht naiv. Aber wenn es um seine Kameraden ging, dann verstand er Treue genauso, wie ein Hund sie empfinden musste: einfach, vollkommen und unerschütterlich. In einigen Dingen konnte Louis schlichtweg die Feinheiten nicht erkennen.

Nach der erfolgreichen Schlacht an der Vermählung der Wasser hatte Failend erwartet, dass sie zurück nach Glendalough marschieren würden. Sie war überzeugt davon, dass Colman genau das am liebsten wäre: im Triumph in die Stadt zurückzukehren. Aber das taten sie nicht.

Stattdessen blieben sie im *Dúnad*, weil Louis mit den Nordmännern noch nicht fertig war. Es gab einen Abschnitt am Fluss, wo die Heiden ihre Schiffe durch seichteres Wasser schleppen mussten, und Louis überzeugte Colman davon, ihn an dieser Stelle einen Hinterhalt legen zu lassen. Colman war einverstanden. All das erfuhr Failend von Louis. Ihrem Mann begegnete sie nicht. Sie erwartete, dass er sie zu seinem Zelt schleifen ließ, damit er sie dort für ihre vielen Sünden bestrafen konnte, aber das tat er nicht.

Zu ihrer großen Überraschung beachtete er sie stattdessen gar nicht, und so trieb sie weiter durch ihre Traumwelt.

Louis de Roumois gab es auf, darüber zu klagen, dass sie mit der Streitmacht marschierte. Er sagte ihr, dass sie kein Kind mehr war, und wenn dies tatsächlich ihr Wille war und auch Colman keine Einwände erhob, würde er sie nicht aufhalten. Failend nahm an, dass Louis sie nicht allein bei Colman im *Dúnad* zurücklassen wollte, während er gegen den Feind zog. Sie vermutete, dass er in Wahrheit ihre Anwesenheit genoss.

Er besorgte ein Kettenhemd für sie, eines, das ursprünglich für einen jungen Mann gefertigt worden war. Es saß ein wenig eng um die Brust, davon abgesehen passte es ihr gut. Er beschaffte ihr auch einen Helm, obwohl sie den mit Lumpen ausstopfen musste, damit er nicht herunterrutschte. Louis zeigte ihr, wie sie das Schwert zu halten hatte, er lehrte sie die Grundlagen von Ausfall und Parade und ließ den beschämten Lochlánn mit ihr üben.

Nach zwei Tagen im *Dúnad* weckten Louis und Aileran die Männer vor der Morgendämmerung, riefen sie zu den Waffen und marschierten mit ihnen Richtung Fluss. Failend lief neben Louis an der Spitze des Zuges. Sie spürte das Gewicht des Kettenhemds auf den Schultern, den Zug von Schwert und Dolch an dem Gürtel um ihre Taille und wie unpassend weich im Gegensatz die Tunika über ihre Beine strich.

Die Sonne ging auf, und das Licht enthüllte einen dunstigen, grauen Morgen, und mit dem Ende der Nacht schwand auch das traumwandlerische Gefühl, das sie eingehüllt hatte wie der Nebel. Sie war unterwegs in die Schlacht, doch das war nichts Neues mehr für sie. Sie war mit den Männern bereits zur Vermählung der Wasser und wieder zurückmarschiert. Die Rüstung, das Schwert, daran hatte sie sich in den letzten paar Tagen gewöhnt. Sie fühlte sich, als wäre sie erwacht, als hätte der Wagen, der den Hügel hinabrollte, endlich das flache Gelände erreicht und würde an Schwung verlieren, allmählich langsamer werden.

Das war kein Traum mehr. Sie war wach und hatte einen neuen Platz gefunden, einen wundervollen Platz. Es war der Platz, den sie gesucht hatte, seit sie vom Mädchen zur Frau geworden war. Sie langweilte sich nicht länger.

Die Iren gelangten an den Rand des Waldes, der das Flussufer säumte. Louis ließ die Männer haltmachen und ausruhen, während er, Aileran und Lochlánn unter die Bäume traten. Failend schloss sich ihnen an, weil sie es wollte, und wie es schien, hatte man endlich damit aufgehört, ihr zu sagen, was sie tun sollte. Das gefiel ihr. Als der Fluss zwischen den Bäumen in Sicht kam, hielten sie inne und krochen dann weiter, bis sie mehr erkennen konnten. Es waren keine Schiffe da, nur der Wald und das aufgewühlte Wasser, das über die Untiefen strömte.

Sie kehrten dorthin zurück, wo der Rest der Männer – fast zweihundert insgesamt – im hohen Gras auf sie wartete.

»Die Bogenschützen rücken als Erste ans Flussufer vor«, wies Louis seine Leute an. »Sie schießen so viele der Heiden ab, wie sie nur können. Dann platziert ihr Speerträger euch gleich am Wasser. Sobald die Heiden angreifen, ziehen die Bogenschützen sich zurück. Die Heiden müssen sich ihren Weg die steile Böschung hinauf erkämpfen, und dort werdet ihr stehen und sie töten, während sie es versuchen.«

Failend sah, wie die *Bóaire* und die *Fuidir* ängstliche Blicke tauschten. An der Vermählung der Wasser waren keine Bogenschützen dabei gewesen, weil die Schützen erst von Pater Finnian mitgebracht worden waren. In jenem Gefecht hatte Louis die Krieger vorgeschickt und die Bauern dahinter platziert. Das war eine Einteilung gewesen, die den *Bóaire* und den *Fuidir* zugesagt hatte, und es hatte gut funktioniert. Nun jedoch sollten sie sich dem ersten Angriff stellen.

»Tötet zwei von ihnen, das ist alles, was ich von euch verlange«, fuhr Louis fort. »Benutzt eure Speere. Tötet sie, wie sie kommen. Wer zwei Heiden getötet hat, kann sich zurückziehen und die übrigen Heiden den Kriegern überlassen.«

Die *Bóaire* und die *Fuidir* nickten bei diesen Worten. Nur zwei. Sie konnten durchhalten, bis sie zwei Männer getötet hatten. Das schien eine Aufgabe zu sein, mit der sie fertig wurden.

Später, bevor das Gefecht begann, fragte Failend Louis, ob er wirklich glaubte, dass die speerschwingenden Bauern lang genug standhalten konnten, bis jeder zwei Heiden erledigt hatte.

Louis zuckte die Achseln. »Einige werden es«, sagte er. »Andere werden beim ersten Anblick eines Heiden davonrennen. Doch ein paar werden auch bleiben und weiter Feinde töten. So läuft es in der Schlacht. Niemand weiß wirklich vorher, was er tun wird. Nicht einmal ein Befehlshaber kann das vorhersehen, bevor es angefangen hat. Aber hätte ich ihnen aufgetragen, bis zum Ende standzuhalten, hätten sie keine Hoffnung gesehen, noch davonzukommen. Dann würden gewiss alle sofort wie die Hasen davonrennen.«

Louis und Aileran führten die Männer zum Ufer und postierten sie, wie Louis es befohlen hatte. Sie hielten sich bereit und warteten. Der Regen setzte ein, und sie warteten weiter, während die kalten Tropfen sich ihren Weg durch das Laub nach unten suchten und sie schließlich durchnässten. Dann waren die Heiden da, genau wie Louis es vorhergesagt hatte.

Ohne einen Laut zu verursachen, standen die Iren bereit, besorgt und angespannt. Aus ihrer Deckung im Unterholz konnten sie nicht sehen, was am Fluss geschah. Nur Louis und Aileran verfolgten das Geschehen. Sie waren auf Knien zum Ufer gekrochen wie Bittsteller zum Altar, teilten nun behutsam des Buschwerk und spähten wie furchtsame kleine Tiere hindurch. Aber Failend wusste, dass sie nicht furchtsam waren, denn sie waren nicht diejenigen, die gejagt wurden.

Zehn Minuten darauf, in einer Stimme, die kaum mehr als ein Wispern war, berichtete Louis ihr, dass die Heiden die Schiffe entluden, damit diese leicht genug wurden, um über die Untiefen hinweggezogen zu werden. Failend sah wenig Anlass, so leise zu bleiben. Der Regen prasselte laut herab, und die riesigen, abscheulichen Heiden machten sogar noch größeren Lärm, als sie einander in ihrer groben, unverständlichen Sprache anbrüllten. Sie hatten nicht die geringste Angst, weil sie nicht ahnten, wie nah der Tod ihnen war.

Es verging beinahe eine Stunde von ihrem ersten Auftauchen stromabwärts bis zu dem Moment, da die Nordmänner die Nähe des Todes erkannten. Als der Kampf begann, verlief er fast genau so, wie Louis es sich vorgestellt hatte. Die Speerträger taten ihre Arbeit und, als es die Heiden schließlich schafften, zwischen sie zu gelangen, stand Failend mit dem Schwert in der Hand an Louis' Seite. Sie konnte sogar nach einigen der Mistkerle schlagen, als diese in ihre Nähe kamen, obwohl Louis oder Lochlánn stets zugegen schienen, um die Hauptlast des Angriffs zu tragen.

Dieser Kampf verlief für sie ganz und gar nicht wie jener an der Vermählung der Wasser. Damals war sie regelrecht benommen gewesen, hatte kaum mitbekommen, was geschah. Jetzt war das anders. Sie nahm alles wahr, und ihre Gedanken waren klar.

Deshalb verstand sie auch, was es bedeutete, als auf einmal weitere Heiden zwischen den Bäumen zur Linken auftauchten und die Krieger dazu gezwungen waren, sich vom Ufer abzuwenden und sich dieser neuen Gefahr zu stellen. Am Ende hatten die Nordmänner die Iren vertrieben. Aber einen Sieg hatten sie nicht davongetragen. Ganz und gar nicht.

Louis und Aileran führten die Männer, erschöpft und niedergedrückt, zum *Dúnad* zurück. Ein paar der Verwundeten legten beim Laufen die Arme über die Schultern ihrer Kameraden links und rechts, andere wurden auf behelfsmäßigen Tragen transportiert. Failend stolperte voran, müder als jemals sonst in ihrem Leben. Zugleich fühlte sie sich jedoch auf eine Weise stark, die sie nie zuvor empfunden hatte.

Wieder kehrte sie nicht zum Zelt ihres Mannes zurück. Die Woge der Kraft, die sie im Kampf erfüllt hatte, war noch nicht verflogen. Was sie wollte, was sie sich verzweifelt wünschte, war, bei Louis zu sein, in sein Zelt zu treten, mit den Händen über seinen Leib zu streichen und seine starken Arme auf ihrer nackten Haut zu spüren. Sie erbebte bei dem Gedanken. Doch selbst diese neue Failend hatte sich einen gewissen Sinn für Takt bewahrt, und so ging sie Louis aus dem Weg und suchte sich ein Zelt, dessen Besitzer bei der Schlacht an der Vermählung der Wasser gefallen war. Dort bereitete sie sich ihr Lager.

Am nächsten Tag wurden berittene Streifen entlang des Flusses ausgeschickt, um nach den Heiden Ausschau zu halten, aber der Rest der Männer blieb im *Dúnad*. Louis, Aileran und einige der Anführer, die Finnian mitgebracht hatte, trafen sich in Colmans Rundzelt und sprachen darüber, wie sie die Nordmänner als Nächstes heimsuchen sollten. So jedenfalls stellte Failend es sich vor. Gelegentlich vernahm sie lauter werdende Stimmen hinter den Zeltplanen. Sie hielt sich davon fern.

Nun, da Louis mit der Planung des Feldzugs beschäftigt war und Lochlánn eine der Patrouillen anführte, gab es wenig, was Failend tun konnte, und niemanden, mit dem sie reden wollte. So verschwand sie in ihrem Zelt, kaum dass die Sonne untergegangen war und der graue Tag in eine schwarze Nacht überging. Unter den Decken des Toten schlief sie gut und fest, und wilde Träume zogen durch ihren Kopf. Es war immer noch dunkel, als jemand sie wachrüttelte.

Sie schnappte nach Luft und fuhr hoch, ihre Hand legte sich auf den Griff ihres Schwertes, aber sie konnte nichts sehen. Dann hörte sie Louis' leise Stimme, nur wenige Fuß entfernt.

»Failend?«, sagte er, und nun nahm sie seinen Umriss vor der dunkleren Landschaft dahinter wahr. Sie fragte sich, warum er nicht in ihr Zelt schlüpfte und sich neben sie legte.

»Ja?«

»Wir ziehen los, um die Heiden auszukundschaften. Willst du mit?«

Sie schwieg und versuchte schlaftrunken zu ergründen, was überhaupt vorging. »Ja«, wiederholte sie dann, hob ihr Schwert auf und kroch aus dem Zelt.

Irgendwo über ihnen strahlte der Mond hinter der dichten Wolkendecke und nahm der Finsternis ihre Schärfe. Failend konnte Louis jetzt sehen, oder zumindest seine schattenhafte Gestalt und noch eine größere dahinter, die sie als Aileran erkannte.

»Was ist los?«, fragte sie, und ihr wurde bewusst, dass sie Ja gesagt hatte, bevor sie auch nur eine Vorstellung hatte, worum es ging.

»Aileran hat von einem seiner Männer die Botschaft erhalten, dass die Heiden einen kleinen Trupp am Flussufer entlanggeschickt haben«, erklärte Louis mit gesenkter Stimme. »Es heißt, sie haben keine Meile entfernt von hier ein Lager aufgeschlagen. Wir wollen uns das ansehen. Sie angreifen, wenn möglich.«

Failend blickte von Louis zu Aileran, der nur fünf Fuß daneben stand. Nun konnte sie noch weitere Männer ausmachen, ungefähr ein Dutzend Bewaffnete. Ein kleiner Stoßtrupp.

»Und du willst, dass ich mitkomme?«, fragte Failend.

»Gewiss«, erwiderte Louis, und sie hörte die Freude aus seiner Stimme heraus. »Du scheinst an so etwas ja Gefallen zu finden.«

Failend nickte, obwohl sie wusste, dass niemand es sehen konnte. Die Geste galt mehr ihr selbst. »Hauptmann Aileran?«, sagte sie und wandte sich ihm zu. »Ihr habt keine Probleme damit?«

»Nein, gnä' Frau«, gab Aileran zurück, die Stimme kaum mehr als ein knappes Knurren.

»Aileran hat es sogar vorgeschlagen«, fügte Louis hinzu.

Failend nickte wieder. Sie war nun hellwach, die Sinne so angespannt wie ein Kaninchen kurz vor der Flucht. Etwas stimmte hier nicht. Davon war sie überzeugt, so blind Louis auch dafür sein mochte. Aileran duldete vielleicht ihre Gegenwart, aber er würde sie gewiss nicht noch ermutigen.

Sie wusste, dass sie das Angebot ablehnen sollte. Das wäre klug gewesen. Doch sie konnte Louis nicht sich selbst überlassen. Und tatsächlich war sie auch neugierig, und Neugier schien in diesen Tagen schwerer zu wiegen als Furcht.

»Sehr gut«, sagte Failend. »Ich danke Euch, Hauptmann Aileran. Ich komme sehr gern.« Es gab nichts, was sie sonst noch hätte sagen können. Sie streifte ihr Kettenhemd über, schnallte den Gürtel um ihre Hüften und richtete Schwert und Dolch daran. Dann schritt sie an Louis' Seite in die frühmorgendliche Dunkelheit.

Ihre Pferde standen gleich am Rand des Lagers bereit, und sie sattelten die Tiere schweigend. Bei dem schwachen Licht war die Straße kaum auszumachen, doch sie fanden sie trotzdem und ritten nach Osten, flussabwärts, durch eine Gegend, die Failend sehr vertraut gewesen wäre, wenn sie sie hätte sehen können. Niemand sagte etwas. Nur der gedämpfte Hufschlag und das Klimpern der Kettenrüstungen störten die Stille, und selbst das blieb so leise, dass die Insekten im Gras und die Frösche am nahen Wasser ihr Zirpen und Quaken nicht unterbrachen.

Der stetige, schweigsame Ritt durch die nächtliche Landschaft lullte Failend bald ein, und sie verlor ihr Gefühl für die verstrichene Zeit. Eine Stunde, dachte sie. Sie waren ungefähr eine Stunde unterwegs, und weiterhin war keine Spur von der Morgendämmerung zu sehen, als Aileran leise, mit kaum mehr als einem Wispern, das Wort ergriff: »Hier. Wartet hier.«

Die Laute der reitenden Männer verstummten, die Nacht wurde noch stiller, beinahe unheimlich still. »Gleich hinter dieser Anhöhe.« Aileran wies auf einen kleinen Hügel, der sich südlich der Straße schwach vor dem dunklen Himmel abzeichnete.

Failend runzelte die Stirn. *Woher will er wissen, dass dies der richtige Hügel ist?*, fragte sie sich. *Ich kann das verdammte Ding kaum sehen* … Aber nicht zum ersten Mal ging sie davon aus, dass Aileran als erfahrener Krieger über Mittel und Wege verfügte, die sie nicht verstand.

»Werfen wir einen Blick darauf«, erwiderte Louis im selben Flüsterton. »Failend begleitet uns.«

Sie saßen ab, und Aileran wandte sich an die Krieger hinter ihnen, die gleichfalls aus dem Sattel stiegen. »Ihr kommt bis zum Fuß des Hügels mit uns, dann wartet ihr dort. Bewegt euch nicht von der Stelle. Wir rufen euch, wenn wir euch brauchen. Sobald wir das tun, gibt es keinen Grund für Verstohlenheit mehr.«

Die Männer murmelten eine Bestätigung. Aileran drehte sich um und hielt auf die Anhöhe zu, die eher einem grasigen Erdwall glich als einem Hügel. Failend und Louis folgten ihm auf dem Fuße, der Rest dahinter. Vor dem Hang blieben die

Krieger zurück, und die drei gingen allein weiter. Sie bewegten sich geduckt hinauf und kauerten sich zusammen, als sie die Kuppe erreichten.

Hinter dem Hügelkamm war nichts zu sehen, jedenfalls keine glosenden Lagerfeuer, keinerlei schlafende Männer, die ausgestreckt darum herumlagen, keine Wachen. Nichts als eine ausgedehnte Wiese mit den dunklen Umrissen der Uferbäume dahinter.

»Der falsche Hügel, vielleicht?«, vermutete Aileran, und seine Stimme war leiser als das Rascheln der in der Ferne wogenden Zweige. Er sah sich zu Louis und Failend um, winkte ihnen und führte sie dann auf der anderen Seite des Hügels hinab, brachte die Anhöhe zwischen sie und das Dutzend Bewaffneter.

Das Land wurde wieder eben, als sie den Fuß des Hügels erreichten, und erneut bedeutete Aileran ihnen, anzuhalten. Sie lauschten und warteten, aber sie hörten nichts als die Geräusche der Nacht. Failend fühlte sich aufgeregt, als zuckten winzige Blitze unentwegt durch ihren Körper. Sie blieb vollkommen still, doch in ihrem Geist läuteten die Glocken und warnten vor einer Gefahr.

»Dort!« Aileran zeigte in die Dunkelheit. Failend sah gar nichts, und Louis anscheinend genauso wenig. Er trat einen Schritt an Aileran vorbei, und dann einen weiteren, wobei er angestrengt über die freie Fläche hinweg spähte.

Da stieß Aileran Failend mit der Schulter beiseite. Sie sah, wie sein Arm sich bewegte. Eine Messerklinge funkelte im trüben Licht, das zwischen den Wolken hindurchsickerte. Bei dem Anblick loderte Wut in ihr hoch, sofortige und rückhaltlose Wut. Wut über Ailerans Verrat und Louis' Dummheit, und Wut vor allem darüber, dass Aileran sie so wenig als mögliche Bedrohung ansah, sie für eine solche Nebensächlichkeit hielt, dass er glaubte, sie einfach aus dem Weg drängen zu können, um die wichtigere Aufgabe zu erledigen – den Mord an Louis!

Aileran holte zu einem wuchtigen Stich aus, der das Messer tief in Louis' Rücken treiben sollte. Die Klinge schoss nach vorn, als Failend hinzusprang und mit ihrem kettengepanzerten Arm hart auf sein Handgelenk schlug, Ailerans Hand und das Messer beiseitewischte.

Louis drehte sich um und stieß etwas hervor, in einem schroffen Flüstern, aber Ailerans Aufmerksamkeit war jetzt ganz auf Failend gerichtet. Sie konnte sein Gesicht nicht erkennen, doch sie sah seinen Arm nach oben kommen, immer noch mit dem Messer in der Hand, während er zu ihr herumfuhr. Ihre Linke schoss vor und griff nach seinem Handgelenk. Sie wusste, dass sie nicht annähernd die Kraft besaß, um ihn zu halten, aber sie musste ihn auch nur für einen Augenblick verlangsamen, nicht länger.

Aileran knurrte unwillig und schüttelte Failends Griff ab, doch da war ihr eigener Dolch bereits aus der Scheide und stieß auf Ailerans Brustkorb zu. Sie hatte sogar genug Zeit, um sich zu fragen, ob die nadelscharfe Spitze durch seine Kettenrüstung dringen würde, dann traf die Klinge auf und wurde nicht langsamer, als sie die winzigen Metallringe teilte und in seine Brust eindrang.

Ein glucksender Laut entrang sich Ailerans Kehle. Er schwankte, und Failend sah, wie seine Hände ungeschickt nach dem aus seinem Leib ragenden Messer tasteten. Sie ließ den Griff fahren, und Aileran taumelte rückwärts, ein Schritt, zwei, dann brach er zusammen. Seine Beine zuckten schwach, während das Leben ihn verließ.

»Failend! Bei Gott …« Louis schnappte nach Luft, aber er war immer noch geistesgegenwärtig genug, um leise zu sprechen.

»Er hat versucht, dich zu töten. Und anschließend mich«, sagte sie und war ziemlich überzeugt davon, dass auch der zweite Satz der Wahrheit entsprach. Sie zeigte auf Ailerans Messer, das am Boden lag.

»Töten … Warum?«

»Was glaubst du woh, du dämlicher Narr?«, zischte sie. Sie blickte zum Hügel empor und erwartete halb, die Umrisse von dem Dutzend Soldaten zu sehen, die sie begleitet hatten, aber sie sah nichts. Sie zwang sich, normal zu atmen, und lauschte. Nichts.

»Diese Männer«, stellte sie fest und nickte in Richtung des Hügels, »gehören zu Aileran. Selbst wenn sie nicht eingeweiht sind, werden sie uns zu Colman zurückschleifen, und das wäre nicht besser, als wenn Aileran uns hier getötet hätte. Schlimmer sogar.«

Louis schien zu nicken. »Also …?«

»Also müssen wir fliehen. Dorthin.« Sie zeigte auf die Bäume am anderen Ende der Wiese. »Wir müssen von diesen Männern weg, müssen uns verstecken und uns dann überlegen, was wir tun.«

Louis nickte wieder. Failend blickte auf den reglos am Boden liegenden Aileran hinunter. Sie konnte gerade noch den Griff ihres Dolchs in seiner Brust erkennen. Sie griff danach und zerrte; mit einiger Mühe bekam sie die Waffe frei. Sie wischte sie am Saum von Ailerans Tunika sauber, da bemerkte sie die Börse an seinem Gürtel. Ohne weiter darüber nachzudenken, schnitt sie die Börse los, steckte den Dolch wieder ein und verstaute die weiche Ledertasche hinter ihrem Gürtel.

»Verschwinden wir«, flüsterte sie. Sie wandte Aileran den Rücken zu, und dem Hügel, der sie vor den Blicken der Krieger verbarg. Sie und Louis de Roumois huschten durch das hohe Gras zu den dunklen Bäumen am Ufer.

30. Kapitel

An jeder Schwelle,
die du überschreitest,
sieh dich sorgsam um.
HÁVAMÁL

Sie hatten keine kleinen Boote, also ließ Thorgrim den *Meereshammer* ans Nordufer rudern und setzte Harald und seine zwanzig Mann an Land. Sie trugen Helme und Rüstung und Schwerter oder Äxte oder Speere. Ihre Schilde hingen an Riemen über den Rücken. Die Waffen dienten der Verteidigung, sollte es nötig werden. Es war nicht ihre Aufgabe zu kämpfen, wie Thorgrim Harald bereits gesagt hatte, und er schärfte es ihm nochmals ein, damit er es auch verstand.

»Am besten lässt du dich überhaupt nicht sehen«, sagte Thorgrim vom Bug der *Meereshammer* aus. Harald und seine Leute waren da schon an Land gegangen. »Ein Kundschafter erreicht am meisten, wenn man ihn nicht bemerkt. Halte dich nah genug beim Fluss auf, um uns notfalls warnen zu können. Aber du musst nicht in Sichtweite des Wassers bleiben. Geh dorthin, wo du am besten erkennen kannst, was passiert.«

»Ja, Vater«, antwortete Harald. Thorgrim hatte ihm das alles bereits erzählt, und Harald musste sich anstrengen, um seine Ungeduld nicht zu deutlich zu zeigen. »Ich stoße wieder zu dir, wenn du für die Nacht vor Anker gehst«, fuhr er fort und wiederholte die Anweisungen des Vaters, bevor der selbst die Gelegenheit dazu erhielt.

»Sehr gut. Viel Glück«, sagte Thorgrim. Er sprach die Worte beiläufig aus, ohne jede Spur von Gefühlsduselei, wofür Harald dankbar war. Anschließend kehrte Thorgrim zum Achterdeck des *Meereshammer*s zurück. Im Vorübergehen wies er die Ruderer an, das Schiff wieder zurückzusetzen.

Harald sah zu, wie das Schiff sich vom Ufer löste, dann wandte er dem Fluss den Rücken zu. »Lasst uns gehen«, sagte er und schob sich an seiner kleinen Heerschar vorbei, um die Spitze zu übernehmen. Er kletterte die steile Böschung hinauf und grub dabei die Zehen in den Boden, um nicht abzurutschen.

So gelangte er an die Oberkante des Flussufers und trat zwischen die Bäume. Vom Anfang der Untiefen flussabwärts erstreckten sich Wald und Unterholz längs des Wassers, so weit er blicken konnte. Von hier aus betrachtet, hätte das dichte Gehölz bis ganz nach Glendalough reichen können, aber Harald zweifelte daran. Einen Moment hielt er inne, als würde er auf die anderen warten. Tatsächlich benötigte er diesen Augenblick, um seine Gedanken zu sammeln.

Wir können nicht im Wald bleiben, erkannte er. *Hier drin kommen wir kaum vorwärts*. Um einen weiteren Hinterhalt zu verhindern, musste er den Schiffen seines Vaters vorauseilen, und die würden auf dem Wasser schneller vorankommen, als er und seine Männer sich durch das Unterholz schlagen konnten.

Wir müssen weg vom Fluss, dachte er als Nächstes. Mit etwas Glück reichte der Wald nicht weit ins Inland. Wenn dem so war, konnten sie über Wiesen und Felder laufen und trotzdem ein Auge auf das Flussufer halten. War das hingegen nicht der Fall, wusste er auch nicht, was er tun sollte.

»Gut, mir nach«, befahl er, sobald die letzten seiner Männer die Böschung überwunden hatten. Er sprach leise, wie es ihm angemessen erschien. Dann bahnte er sich rasch einen Weg zwischen den Bäumen hindurch, durch das Unterholz, das nach ihm peitschte und nach seiner Rüstung und den Beinlingen griff. Er hörte die anderen hinter sich.

Er und Thorgrim hatten die Krieger ausgewählt, zumeist erfahrene Wikinger, die schon seit Dubh-Linn bei ihnen waren und teilweise sogar mit Ornolf an Bord des *Roten Drachen* nach Irland gekommen waren. Harald hatte erwartet, dass sein Vater darauf bestand, einen der führenden Männer der Besatzung mit ihm zu schicken, Agnarr oder Godi oder vielleicht sogar Bersi. Jemanden, der Harald im Auge behielt, während dieser dem Schein nach der Anführer der zwanzig war. Aber Thorgrim tat nichts dergleichen. Das überraschte Harald. Und es machte ihn glücklich. Aber auch nervös.

Er sah nun, dass der Wald lichter wurde, was ein gutes Zeichen war. Nach weiteren dreißig Fuß beschwerlichen Wegs durch das Farnkraut lief der Wald in einem Streifen jüngerer Bäume aus und endete schließlich in einer Wiese mit hüfthohem Gras. Harald hob die Hand, und die Männer hinter ihm blieben stehen. Er duckte sich tief und schob sich voran, teilte das Gras und spähte nach links und rechts, die Ohren gespitzt und auf jedes Geräusch lauschend. Da flog fünf Fuß vor ihm ein Rebhuhn auf, in einem Durcheinander von wirbelnden Flügeln und Krächzen. Harald zuckte zusammen, schnappte nach Luft, und seine Hand fuhr zum Griff des Schwerts, bevor sein Verstand auch nur erkannte, was ihn erschreckt hatte.

Der Flügelschlag verklang, und Harald verharrte reglos lauschend. Er hörte nichts, keine Männer, die durch den aufgeschreckten Vogel auf sie aufmerksam wurden, nichts außer der Brise in den Bäumen und dem Plätschern des Flusses hinter ihnen. Er wartete eine Minute länger, dann winkte er den anderen, ihm zu folgen.

Zwei Ruten entfernt stießen sie auf eine Straße, ausgetreten und vielgenutzt, eine Straße, die nach dem tagelangen Regen kaum mehr als ein breites Band aus dunkelbraunem Schlamm war. Die Spuren darauf waren immer noch sichtbar: Furchen von Wagenrädern und die Fußabdrücke vieler Männer, die diesen Weg benutzt hatten. *Dies sind die Spuren der kleinen Streitmacht, die sie am Fluss überfallen hat,* vermutete Harald. Einer seiner Krieger fand einen zerbrochenen und weggeworfenen Speerschaft mit verbogener Eisenspitze.

»Das ist gut«, sagte Harald, und meinte die Straße damit. »Ulf, Vemund«, rief er, und die beiden traten vor. Ulf und Vemund waren nur wenige Jahre älter als Harald, wenn überhaupt. Sie waren groß und blond; Vemunds langes Haar sogar so hell, dass es beinahe weiß wirkte. Und sie waren auch flink und athletisch, was einer der Gründe war, warum Harald sie ausgewählt hatte.

»Ihr lauft vor«, sagte er. »Bleibt dicht am Waldrand. Seid vorsichtig, haltet euch unterwegs verborgen. Wenn ihr jemanden seht, oder irgendetwas, dann kommt einer von euch zurück und meldet es. Der andere behält es im Auge.«

Ulf und Vemund nickten. Sie wussten, was von ihnen erwartet wurde. Sie sollten sicherstellen, dass ihre Patrouille nicht ahnungslos in irgendeinen Feind hineinlief, der die Straße entlangkam, oder in irgendjemand sonst, der ihre Anwesenheit verraten konnte. Sie wandten sich um und eilten im Laufschritt die Straße entlang.

Harald winkte zwei weitere Wikinger zu sich. »Ihr beide, ihr übernehmt die Nachhut. Folgt ein paar hundert Schritte hinter uns und vergewissert euch, dass von dort niemand kommt. Der Rest bleibt bei mir.«

Sie setzten sich in Bewegung, Harald führte die Krieger von der Straße und zurück in Richtung der Bäume, wo sie nötigenfalls rasch Deckung finden konnten. Das hohe Gras teilte sich vor ihnen, als sie hindurchgingen; eine winzige Marschkolonne, die durch den nassen Morgen schritt, mit Wald zur Linken und offenem Gelände zur Rechten. Irgendwo vor ihnen eilten Ulf und Vemund dahin, folgten flink dem Verlauf des Flusses, so wachsam wie Rehe auf einer Lichtung. Jedenfalls hoffte Harald, dass es so war.

Sie kamen besser voran, als Harald gedacht hatte, der Untergrund war frei und leicht zu begehen. Bald waren sie mehrere Meilen von der Stelle entfernt, wo Thorgrim sie an Land gesetzt hatte.

Ich darf den Fluss nicht aus den Augen verlieren, schärfte Harald sich ein, eine von Dutzenden Sorgen und Überlegungen, die ihn erfüllten und ihn ganz vergessen ließen, wie glücklich er gewesen war, als er allein das Kommando über diese Patrouille erhalten hatte. Er musste sich schnell bewegen, doch genauso durfte er die Nähe des Wassers nicht verlassen, weil das der Ort war, wo man einen Hinterhalt erwarten konnte. Außerdem verhinderte das auch, dass er sich verirrte und die Männer ziellos durch das Hinterland führte. Aber der Wald zu seiner Linken verdeckte den Blick auf den Fluss, und er konnte nur hoffen, dass sich die Straße, an der sie sich orientierten, nicht zu sehr vom Ufer entfernte.

Sie gingen weiter, und zu Haralds Erleichterung lief die Baumreihe bald aus, das Gelände wurde freier und der Fluss kam wieder in Sicht. Er strömte nur ein Dutzend Ruten südlich von ihnen dahin, ein grauer gekräuselter Wasserstreifen, der sich durch eine dunkelgrüne Landschaft zog.

Es waren keine Schiffe zu sehen. Damit hatte Harald auch nicht gerechnet. Kurz nach ihrem Aufbruch hatte er gelegentlich noch zwischen den Bäumen einen Blick auf ihre Flotte erhascht, aber bald hatten er und seine Männer sie überholt.

Anscheinend waren sie nun weiterhin ein gutes Stück voraus, und das war gut. Genau das wurde von ihnen erwartet.

Olaf Thordarson, einer der Wenigen, die mit ihnen aus Vik gekommen waren, kniete neben Harald nieder, und sie blickten über die niedrigen, sanft gewellten Hügel hinweg. »Kannst du was von Vemund oder Ulf erkennen?«, fragte Olaf.

»Nein«, erwiderte Harald. »Aber das sollten wir auch nicht, wenn sie alles richtig machen.«

Olaf schnaubte. »Da, hinter diesem Hügel«, bemerkte er und wies auf eine Stelle, die ungefähr eine halbe Meile entfernt lag, eine Erhebung, die vom Flussufer aus anstieg und den Blick auf die Landschaft dahinter verstellte. Die Straße wandte sich dort vom Fluss fort und lief nordwärts um den Hügel herum anstatt darüber hinweg.

»Sieht wie Rauch für mich aus«, meinte Olaf, sobald Harald in die richtige Richtung blickte. Harald nickte. Ein dünner Streifen Rauch, der über der Kuppe des Hügels aufstieg und sich im tiefhängenden Dunst verlor.

Harald runzelte die Stirn. »Ich frage mich, wohin Vemund und Ulf verschwunden sind«, sagte er. Wo Rauch war, mussten auch Menschen sein. Und Menschen waren etwas, was ihnen hätte gemeldet werden sollen. Er verspürte einen Anflug von Furcht. Keine Furcht vor dem, was ihm passieren könnte oder um das Wohlergehen seiner Männer. Das wäre ihm nicht einmal in den Sinn gekommen. Es war die Furcht davor, dass er in den Augen seines Vaters versagen könnte. Das erschreckte ihn mehr als alles andere.

»Lasst uns gehen«, sagte er, lauter als zuvor. Er schritt durch das hohe Gras voran. Hier gab es keine Deckung, keine Möglichkeit, ihre Schar zu verbergen, also bewegten sie sich mit leise klirrenden Kettenhemden in schnellem Schritt über das freie Gelände. Sie rannten nicht. Harald wusste, dass er seine

Männer nicht sinnlos ermüden durfte, wenn möglicherweise ein Kampf bevorstand.

Sie gelangten an den Fuß des Abhangs und stiegen den Hügel hinauf, auf den Ulf hingewiesen hatte. Der Rauch war nun deutlicher zu sehen, das Feuer, von dem er ausging, wurde offenbar weiter angefacht. Als sie sich der Hügelkuppe näherten, wurde Harald langsamer. Er kauerte sich nieder und bedeutete den Übrigen, dasselbe zu tun. Behutsam schob er sich vor und ließ den Blick über die Landschaft dahinter schweifen.

Dann verharrte er. Er wandte sich den anderen zu. »Runter«, flüsterte er, und die sechzehn Männer in seinem Rücken gingen in die Knie. Harald beugte sich noch tiefer und schlich weiter auf die Hügelkuppe zu. Auf dem letzten Stück ließ er sich auf Hände und Knie hinab und kroch so weit, dass er über den Kamm spähen konnte. Er legte sich auf den Bauch und hoffte, dass er sich nicht gegen den grauen Himmel abzeichnete, während er sich umsah.

Der Fluss schlängelte sich in einer Biegung nach links von ihnen fort, und wieder erstreckten sich Bäume am Ufer, einige hundert Schritte voll dichtem Gehölz, bevor der Wald wieder offenem Gelände Platz machte. Das war eine durchaus denkbare Stelle für einen weiteren Hinterhalt.

Zu ihrer Rechten umrundete die Straße den Hügel und führte dahinter wieder Richtung Wasser. Dabei kam sie auf weniger als fünfzig Ellen an Haralds Standort heran. Dessen Aufmerksamkeit jedoch war nun ganz auf den Ursprung des Rauchs gerichtet. Es handelte sich um ein Kochfeuer von beträchtlicher Größe, mit einem schweren Eisenkessel, der an einem Dreibein über den Flammen hing. Ein großer Mann kümmerte sich um das Feuer. Er und die Feuerstelle waren von drei der merkwürdigsten Wagen umgeben, die Harald je gesehen hatte. Sie waren groß, mit wuchtigen Eichenrädern, und die hohen hölzernen Seitenwände waren gelb und rot gestrichen und machten sogar an diesem düsteren Tag einen fröhlichen Eindruck. Fahnen und Wimpel hingen überall, aber das nasse Tuch bewegte sich nur lustlos in der Brise.

Harald verharrte reglos und beobachtete. Die Wagen waren keine hundert Ellen entfernt. Er sah, wie ein weiterer Mann in einer Truhe neben dem mittleren Fahrzeug wühlte und jemand anderes – er war sich ziemlich sicher, dass es sich dabei um eine Frau handelte – in das daneben kletterte.

Gerade als er sich überlegte, was er als Nächstes anfangen sollte, sah Harald, dass an der Rückseite des linken Wagens eine Tür aufschwang. Ein Mann trat aus dem dunklen Inneren heraus. Er trug eine blaue Tunika und gelbe Leggings. Etwas Graues lag über seiner Schulter, was für Haralds geübtes Auge ganz nach einem Kettenhemd aussah. Sein beinahe weißes Haar zeichnete sich deutlich im trüben Tageslicht ab.

»Vemund, du elender Dummkopf«, murmelte Harald vor sich hin. Jetzt wusste er, was er als Nächstes tun würde. Vemund eine ordentliche Tracht Prügel verpassen und ihn zurück zur Flotte jagen, danach Ulf von der Hure herunterzerren, auf der er ohne Zweifel gerade lag, um mit ihm dann dasselbe zu tun.

Er stand auf und winkte die Übrigen zu sich. Er spürte, wie sein Zorn anschwoll, und jagte an der Seite des Hügels herab in Richtung der Wagen und seines abtrünnigen Kundschafters.

Du bringst die ganze verdammte Sache in Gefahr, du und dein schlaffer Schwanz, dachte er und lief noch schneller. Er sah, wie Vemund zu ihnen aufblickte, wie er das Schwert und den Gürtel in seiner Hand fallen ließ und sich abmühte, das Kettenhemd über seinen Kopf zu kriegen, und das machte Harald umso wütender.

Was Harald nicht sah, war die Reihe von irischen Reitern unter den Bäumen. Er und seine Leute waren immer noch fünfzig Ellen von den Wohnwagen entfernt, als die Berittenen hinaus auf das Feld galoppierten. In dem einen Moment war alles still, bis auf den gedämpften Klang von Stimmen bei den Wagen, und im nächsten war die Luft erfüllt vom Geschrei der Männer, die ihre Reittiere antrieben, vom Hämmern der Hufe auf dem weichen Boden, von den überraschten Rufen von Haralds Leuten, als sie sich dieser neuen Bedrohung zuwandten.

»Bastarde!«, schrie Harald, und mit diesem einen Wort meinte er sie alle zusammen: Vemund, Ulf, Ottar, Kevin, die Iren; einfach jeden, der ihm das Leben schwermachte. Sein Vater hatte ihm diese wichtige Aufgabe anvertraut, und jetzt fiel alles auseinander wie ein verrotteter Baumstamm. Das machte Harald wütend. Er würde es nicht zulassen!

»Die Männer mit Speeren nach vorn!«, brüllte er, und die entsprechenden sechs Krieger traten in die erste Reihe und bereiteten sich darauf vor, die erste Last des Ansturms zu tragen. »Schildwall, bildet einen Schildwall!«

Es waren nicht mehr als zehn Reiter, eine Patrouille wie seine eigene. Wahrscheinlich hatten sie Vemund und Ulf entdeckt, als diese Narren sich von ihren Schwänzen hatten zu den Wagen ziehen lassen. Sie mussten vermutet haben, dass weitere Nordmänner nachkommen würden, und anstatt die beiden sofort anzugreifen, hatten sie sich auf die Lauer gelegt.

Die Berittenen galoppierten rasch heran, mit gezogenen Schwertern und gesenkten Speeren. Es war ein kühner Angriff; Haralds Trupp war ihnen zahlenmäßig überlegen, aber die Iren hofften wahrscheinlich, dass die Männer zu Fuß vor den anstürmenden Pferden auseinanderlaufen würden und man sie einzeln auf der Flucht niedermachen konnte.

Harald zog *Eichenspalter* aus der Scheide und war bereit, die Reiter zu empfangen, bereit, jeden seiner eigenen Männer zu töten, sollte er davonlaufen. Aber er glaubte nicht, dass das notwendig sein würde.

»Bleibt zusammen, wartet auf sie«, sagte Harald. Es erforderte außergewöhnlichen Mut und beträchtliche Erfahrung, um so einem Ansturm standzuhalten. Seine Männer besaßen beides, und sie würden die Stellung halten und ausharren, bis die Reiter bei ihnen waren. Harald hatte das nicht vor.

Mit einem Schlachtruf stürmte er vor, an der Reihe seiner Männer vorüber, und hielt zehn Schritte vor ihnen wieder an. Er brüllte immer noch, schwang *Eichenspalter* vor dem Leib, streckte die Klinge bedrohlich den Angreifern entgegen und forderte sie heraus. Er sah den überraschten Ausdruck auf ihren Gesichtern, hundert Fuß von ihm entfernt. Einer der Reiter schwenkte sogar ab und stieß fast gegen den Mann neben ihm.

Aber sie fingen sich rasch, denn auch sie waren ganz offensichtlich geübte und erfahrene Männer. Der Reiter in der Mitte war noch fünfzig Fuß weit weg, als er sich Harald gegenüber positionierte, den Speer im Anschlag, die scharfe Eisenspitze unbewegt auf Haralds Leib gerichtet. Gewiss erwartete der Mann, dass der junge Wikinger vor ihm nach links sprang und versuchte, dem Pferd und der Waffe zugleich auszuweichen. Es war einfach das Naheliegendste, wie Harald sehr wohl wusste.

Vierzig Fuß. Die Zähne der Pferde waren gebleckt, ihre Hufe schleuderten große Erdklumpen hinter sich. Ihr hämmernder Galopp war das Einzige, was Harald hören konnte. Zaghaft tastete er mit dem Fuß nach links, wie ein Mann, der kurz davorstand, panisch das Weite zu suchen. Er tat einen weiteren Schritt in diese Richtung.

Zwanzig Fuß, und die Speerspitze schoss wie ein Pfeil auf ihn zu. Der Krieger auf dem Pferd brüllte. Harald kauerte sich leicht zusammen, dann stieß er sich kraftvoll ab, nicht nach links, sondern nach rechts, quer an der Brust des anstürmenden Tiers vorbei.

Das Pferd riss den Kopf in seine Richtung, die schnappenden Zähne verfehlten Harald nur um einen Fuß, als er den Weg des Tieres kreuzte. Er sah das Erschrecken auf dem Gesicht des Reiters, als er herumfuhr und herauszufinden versuchte, wohin Harald verschwunden war. Der Ire zog hart an den Zügeln und wollte den Speer über den Hals des Pferds nehmen, da trieb Harald schon *Eichenspalter* in seine Flanke, fühlte, wie die Spitze durch die Kettenrüstung fuhr, durch Fleisch, über Knochen schrammte und noch tiefer eindrang.

Der Ruf des Reiters wurde zu einem Schrei, und das Pferd raste vorbei. *Eichenspalter* löste sich wieder aus der Seite des Mannes, aber die Klinge hatte ihre Schuldigkeit getan. Harald rannte zurück zur Reihe seiner Männer, doch es gab keine Reihe mehr. Die Iren hatten seine Schar mit all der Wucht getroffen, die ihre Pferde und Waffen aufbringen konnten. Zwei seiner Leute lagen am Boden, doch drei der Pferde waren reiterlos und eines verletzt. Es buckelte und bäumte sich auf, während der Reiter versuchte, im Sattel zu bleiben.

»Auf sie! Auf sie!«, brüllte Harald, aber seine Männer hatten sich schon vom Schock des Angriffs erholt und schlugen zurück. Olaf Thordarson bekam einen Speer zu fassen, als ein Reiter ihn passierte, und er benutzte ihn, um den Mann vom Pferd zu zerren. Der Ire hing noch mit den Füßen in den Steigbügeln und kämpfte um seine Waffe, als Olaf ihn mit der Streitaxt erschlug.

Zu Haralds Rechter ließ ein Mann sein Pferd herumwirbeln. Das Tier beschrieb einen vollen Kreis, und der Ire verschaffte sich einen Überblick über die Lage. Harald sprang auf ihn zu, *Eichenspalter* voran, doch der Reiter sah ihn kommen, schlug die Klinge zur Seite und erwiderte den Angriff, so dass Harald beiseitespringen musste.

»Rückzug!«, rief der Berittene. »Zurück, zurück!« Nur noch fünf Männer saßen im Sattel, aber die reagierten, ohne zu zögern. Sie gruben die Sporen in die Flanken ihrer Pferde, zerrten die Zügel zur Seite, als die Tiere wieder schneller wurden, und stürmten auf das Wäldchen zu, in die Richtung, aus der sie gekommen waren.

»Haltet sie auf! Haltet sie auf!«, rief Harald, doch das war eine sinnlose Geste. In drei Sätzen waren die Pferde außer Reichweite seines Trupps. Harald rannte hinter ihnen her, und mehrere seiner Männer taten dasselbe, aber sie kamen nicht weiter als zwanzig Fuß, bevor sie wieder innehielten.

Harald beugte sich vor und keuchte, sog verzweifelt Luft in seine Lungen. Er spürte, wie ihm der Schweiß auf der Stirn stand und ihm unter Tunika und Rüstung über den Leib rann. Dann richtete er sich wieder auf, wandte sich seinen Begleitern und den blutigen Ergebnissen des kurzen, schweren Kampfes zu.

»Leben noch welche?«, fragte Harald. »Ist irgendeiner der Iren am Leben?« Seine Männer schauten auf die irischen Krieger hinab, die am Boden verstreut lagen, auf den einen, der nach wie vor in seinen Steigbügeln hing. Olaf drehte einen mit dem Fuß herum. Sie schüttelten den Kopf.

»Nein«, antwortete endlich einer von ihnen. »Da lebt keiner mehr.«

Dummkopf, Dummkopf, schimpfte Harald mit sich selbst. Er wandte sich um und blickte zum Fluss. Die letzten Reiter verschwanden gerade um den Rand des Waldes, der sich entlang des Ufers erstreckte. Sie würden Haralds Gegenwart melden, und es gab nicht einmal einen Gefangenen, der ihm verraten konnte, wer dieser Anführer war oder wie viele Männer er befehligte oder wo sich der Rest seiner Streitmacht befand.

Er wandte sich wieder an seine Männer. Er musste eine Entscheidung treffen, und das schnell, denn er wusste, dass es nichts Schlimmeres für einen Befehlshaber gab als Unentschlossenheit. Sobald die irischen Kundschafter ihr Lager erreichten, würden sie ohne Zweifel eine größere Truppe auf den Weg schicken, um Haralds Schar zur Strecke zu bringen. Das einzig Vernünftige, was ihnen blieb, war der Rückzug zur Flotte seines Vaters. Zu erklären, was geschehen war, und die Fehler einzugestehen, die er gemacht hatte.

Während Harald daran dachte, wusste er schon, dass er nichts dergleichen tun würde. Er würde einen anderen Weg finden. Er würde entweder erfolgreich zum *Meereshammer* zurückkehren oder tot. Und dann wanderte sein Blick an seinen Männern vorbei und fiel auf die drei Wagen, die nur fünfzig Ellen entfernt standen.

31. Kapitel

Schlechten Rat findet oft der Mann,
der ihn bei anderen sucht.
HÁVAMÁL

Sie verbrachten einen weiteren Tag damit, die Langschiffe den Avonmore hinauf Richtung Glendalough zu bringen. Noch ein Tag, an dem Thorgrim Nachtwolf und Ottar Blutaxt einander demonstrativ nicht beachteten. Doch weder das eine noch das andere konnte ewig so weitergehen.

Ihnen ging das Wasser aus, zumindest Wasser, das tief genug war, um ihre Schiffe zu tragen. Die Ufer an Backbord und Steuerbord rückten immer dichter heran, bis der Fluss nur noch drei oder vier Ruten breit war, und mit jeder mühevollen Meile, die sie zurücklegten, nahm die Strömung zu. Nun waren zwei Tage seit dem Hinterhalt vergangen. Sie hatten den Morgen über hart gerudert und gegen das dahinschießende Wasser kaum einen Fortschritt erzielt.

»So geht es nicht«, ließ Agnarr Thorgrim wissen. Sie standen auf dem Achterdeck, Agnarr an der Ruderpinne, Thorgrim mit wachsamem Blick auf die Ufer. Ihre Gedanken galten den Männern vor ihnen, denen der Schweiß in Strömen über die geröteten Gesichter rann, während sie sich in die Riemen legten.

Thorgrim hatte nach Harald und seinen Leuten Ausschau gehalten, auch wenn er gar nicht damit rechnete, sie zu sehen. In Wahrheit hätte er sich sogar darüber geärgert, weil es bedeutet hätte, dass Harald sich nicht gut genug im Verborgenen hielt und nicht weit genug voraus kundschaftete, um einen Hinterhalt rechtzeitig zu erkennen.

Doch von Harald und seinen Spähern war keine Spur zu entdecken, und Thorgrim hoffte, dass sie gute Arbeit leisteten. Der Rest der Männer zahlte den Preis für den Spähtrupp, denn ihnen fehlten zwanzig Ruderer beim Kampf gegen den Strom.

»Du hast Recht. So geht es nicht«, stimmte Thorgrim Agnarr zu. »Wir werden das Schiff ans Ufer setzen, dort drüben.« Er zeigte auf einen flachen, steinigen Uferstreifen ein Stück steuerbords vor dem Bug. »Weiter werden wir nicht kommen.«

»Sind wir in der Nähe von Glendalough?«, fragte Starri der Unsterbliche. Er saß nun aufrecht, wenn auch weiterhin in seinem Nest von Fellen, und war kaum in der Lage zu stehen. Seine Stimme klang jedoch viel voller, die Bewegungen wirkten kräftiger, so eingeschränkt sie auch waren. Er sah längst nicht mehr so blass aus wie noch am Vortag.

»Das weiß ich nicht«, räumte Thorgrim ein. »Niemand von uns ist je so weit den Fluss hinaufgefahren. Es war Kevin, der uns nach Glendalough hätte führen sollen.«

Starri nickte. »Kevin«, sagte er. »Was wirst du mit Kevin anfangen?«

»Ich töte ihn«, stellte Thorgrim klar. Er musste nicht erst darüber nachdenken, weil er das bereits getan hatte, sogar mit einer gewissen Ausführlichkeit. »Wenn ich ihn erwischen kann, dann werde ich ihn töten. Ich werde es langsam tun, wenn ich die Gelegenheit habe. Und ich sorge dafür, dass sein Tod ohne Ehre ist, so dass ich ihn auch in Walhall nicht wieder sehen muss.«

Starri lächelte schwach. »Kevin folgt dem Gott der Christen. Keiner von denen erwartet, nach Walhall zu gelangen«, sagte er. »Ich denke nicht, dass sie es überhaupt wollen.«

Thorgrim nickte. Das hatte er vergessen. »Was glauben diese Leute dann, wo sie hinkommen, wenn ihre Götter sie zu sich nehmen?«, fragte er.

»Das weiß ich nicht«, antwortete Starri.

Bevor Thorgrim mehr dazu sagen konnte, lief der Bug des *Meereshammers* auf das sandige, kiesbedeckte Ufer, und er musste theologische Fragen erst einmal zurückstellen. Der Avonmore floss hier hauptsächlich durch offenes Gelände, was Thorgrim als unvorteilhaft einschätzte. Er hätte es vorgezogen, die Langschiffe hinter Bäumen verborgen zu halten. Bäume waren auf diesem Abschnitt des Flusses allerdings selten, auch wenn es oben an der Böschung einige gab, an denen sie festmachten.

Er blickte den Fluss hinab in Richtung der restlichen Flotte und auf Ottars Schiffe, die dahinter folgten. Bersis Männer ruderten hart und trieben den *Blutfalken* einen schmerzhaften Zug nach dem anderen flussaufwärts, genau wie Thorgrims Mannschaft es zuvor mit dem *Meereshammer* getan hatte. Jetzt hielten sie auf das Ufer zu und landeten neben Thorgrims Schiff. Als sie das Schiff vertäuten, kam Bersi Jorundarson nach vorn und sprang neben dem Bug in den Fluss.

Thorgrim trat vor und stieg vom Bug des *Meereshammers* ins knöcheltiefe Wasser. Weiter flussabwärts setzten *Drache* und *Fuchs*, immer noch unter Rudern, ihre Vordersteven auf das flache Ufer. Männer schwangen sich über die Bordwand, mit Tauen in der Hand, um sie an Land festzumachen.

Ottars Schiffe folgten ein Dutzend Ruten dahinter.

Was hast du jetzt vor, Ottar, du Bastard?, fragte sich Thorgrim. *Wieder an mir vorbeiziehen?*

Fünf Minuten später bekam er seine Antwort, als Ottars

Schiff nach Steuerbord schwenkte und ein gutes Stück flussabwärts vom *Fuchs* anlandete, wo der Rest seiner Flotte sich ihm anschloss. Sie waren so weit den Avonmore hinaufgefahren, wie irgendeiner von ihnen zu Wasser gelangen konnte.

Bersi trat tropfend aus dem Fluss heraus und gesellte sich zu Thorgrim; auch Kjartan und Skidi Oddson kamen von ihren Schiffen heran. Die vier Männer bildeten einen Kreis. »Näher geht es mit den Schiffen nicht«, sagte Thorgrim. »Wir laufen den Rest des Wegs nach Glendalough. Aber ich habe keine Ahnung, wie weit das sein wird.«

Die anderen nickten und sahen sich um, als ob es hier etwas gäbe, was ihnen verraten konnte, wie weit es noch bis zum Kloster war. Thorgrim blickte zur Sonne hinauf.

»Zu spät, um heute noch aufzubrechen. Außerdem sind die Männer erschöpft vom Rudern und dem Schleppen der Schiffe«, befand er. »Die Iren können wir ohnehin nicht mehr überraschen. Wir werden hier am Ufer ein Feuer machen und den Männern ein anständiges Abendessen verschaffen.«

Wieder nickten alle.

»Wir schicken ein paar Leute aus und holen uns einen Iren, einen Gefangenen, der uns erzählen kann, wie weit es noch bis zum Kloster ist«, fuhr Thorgrim fort. »Außerdem …« Er hielt inne, weil er eigentlich nicht sagen wollte, was er als Nächstes sagen musste. »Außerdem müssen wir mit Ottar und seinen Leuten reden. Kevin war unser Vermittler, aber anscheinend hat er gekniffen, also bleibt uns keine Wahl. Wir brauchen die Mannschaften sämtlicher Schiffe, wenn wir noch hoffen wollen, Glendalough zu plündern. Selbst dann reicht es vielleicht nicht. Diese Iren sind keine Dummköpfe, und Feiglinge sind es auch nicht. Und es gibt eine ganze Menge von ihnen.«

Alle nickten. Vieles blieb unausgesprochen, weil es nicht eigens gesagt werden musste. Niemand traute Ottar, und keiner wollte an seiner Seite kämpfen, aber die einzige andere Möglichkeit wäre gewesen, das Unterfangen aufzugeben, und nachdem sie nun so weit gekommen waren, stellte sich diese Frage nicht ernsthaft.

»Wir müssen uns mit Ottar und seinen Hauptleuten beraten«, sagte Thorgrim. »Wir werden uns hier am Strand treffen, auf halbem Weg zwischen seinen Schiffen und unserem. Kjartan, gehst du zu ihm und teilst ihm das mit?«

Kjartan lächelte freudlos. »Das kann ich gerne tun, aber dann wirst du keine Antwort erhalten«, antwortete er. »Sobald er mich sieht, wird er mich töten. Und wenn er das nicht schafft, werden seine Männer es tun.«

Thorgrim runzelte die Stirn. Er sah die verwirrten Blicke der anderen. »Er wird dich töten?«, fragte Thorgrim. »Du sagtest, er ist dein Bruder!«

»Das ist er«, gab Kjartan zurück. »Das macht jedoch keinen Unterschied für ihn. Ich habe einen Eid geleistet, ihm zu dienen. Damals in dem Dorf an der Mündung des Flusses. Dann habe ich gesehen, was er dort angerichtet hat. Ich wusste immer, dass er wahnsinnig ist, aber ich … Ich weiß nicht, was ich erwartet habe.«

In Kjartans Stimme schwang etwas mit, was Thorgrim nie zuvor bei ihm wahrgenommen hatte. Bedauern. Furcht.

Kjartan sprach weiter: »Ich wusste, dass die Götter keinem Mann ihre Gunst schenken werden, der sinnlos Menschen abschlachtet, und ich wollte nicht, dass sein Fluch auch mich trifft. Darum verließ ich ihn bei der ersten Gelegenheit, die sich mir bot. Schloss mich dir an. Ich habe nicht geglaubt, dass wir ihn wiedersehen würden.«

»Aber wir sind nun seit einer Woche oder länger in seiner Nähe«, wandte Skidi ein. »Warum hat er dich noch nicht getötet? Oder es zumindest versucht?«

»Er hat mich nicht gesehen«, sagte Kjartan.

Thorgrim nickte, als er sich an die wenigen Gelegenheiten erinnerte, bei denen er und seine Schiffsführer mit Ottar zusammengetroffen waren. Kjartan hatte sich tatsächlich rar gemacht. Und er hatte seinen *Drachen* stets von Ottars Flotte ferngehalten.

»Ottar sieht wohl nicht allzu viel«, stellte Thorgrim fest.

»Nur das, was er sehen will«, bestätigte Kjartan.

Schließlich wurde Bersi gesandt, um mit Ottar zu verhandeln. Als er zurückkam, berichtete er, dass Ottar geflucht hatte, gespuckt und getobt und am Ende zugestimmt, sich mit ihnen zu treffen, sobald die Männer ihr Abendessen zu sich genommen hatten. Thorgrim war das nur recht. Je später, desto besser. Es gab viel, was er noch herausfinden musste, und eine Menge zu tun. Er rief Godi und Agnarr zu sich, seine getreuesten Gefolgsleute, nun, da Harald fort war.

»Ihr zwei sucht euch einige Männer, wen immer ihr dabeihaben wollt. Geht bis über die Stellung unserer Wachposten hinaus«, erklärte er ihnen. »Versucht, euch einen Reisenden zu schnappen, irgendwen von der Straße. Bringt ihn hierher zurück, wo ich ihn befragen kann. Wir müssen wissen, wo Glendalough liegt, wie weit es entfernt ist.« Wie er ohne Haralds Hilfe einen Iren befragen wollte, wusste er noch nicht, aber er hoffte, dass Gesten und die paar irischen Wörter, die er inzwischen aufgeschnappt hatte, dafür genügen würden. Vielleicht würde er auch Segan übersetzen lassen. Thorgrim war ziemlich sicher, dass der irische Leibeigene mehr von der Sprache der Nordmänner verstand, als er sich anmerken ließ.

Godi und Agnarr wählten drei weitere Männer aus, und gemeinsam kletterten sie die hohe Böschung hinauf und verschwanden. Thorgrim holte zwei Schalen von dem Eintopf, der in einem großen Eisenkessel über dem Feuer kochte, und brachte sie zum *Meereshammer*. Die eine reichte er Starri, die andere aß er selbst. Der graue Nachmittag ging in die Nacht über, und Thorgrim wartete auf die Rückkehr seiner Leute und hoffte, dass sie zurück sein würden, bevor er sich mit Ottar treffen musste.

Um sich die Zeit zu vertreiben, schärfte er seinen Dolch, eine Sache, die er schon seit einiger Zeit nicht mehr getan hatte. Starri war derjenige, der normalerweise die Waffen wetzte. Die Arbeit beruhigte ihn, und sein Geschick darin war eindeutig eine Gabe der Götter. Er war einfach zu gut, als dass es anders sein konnte.

Als die Klinge so scharf war, wie Thorgrim sie hinbekam, steckte er sie in die Scheide und stand auf. Er hatte geglaubt, dass Starri eingeschlafen war, und so überraschte es ihn, als dieser sprach.

»Es wird mich Stunden kosten, den Schaden wiedergutzumachen, den du eben an der Schneide angerichtet hast.« Starri redete leise und hielt seine Augen geschlossen.

»Ich weiß«, erwiderte Thorgrim. »Darum habe ich es ja gemacht. Damit du dich nicht langweilst.«

Starri gab einen schnaubenden Laut von sich, und Thorgrim wollte schon etwas hinzufügen, als seine Aufmerksamkeit auf das Ufer gelenkt wurde. Etwas ging dort vor. Es war inzwischen fast stockfinster, und nur das Feuer strahlte hell und warf seinen Schein auf den Kieselstrand. Im Licht der Flammen konnte er ausmachen, wie Godis unverkennbare Gestalt die Böschung herunterkam, und mit ihm Agnarr und ein weiterer Mann. Ihr Gefangener, hoffte Thorgrim.

Er trat zum Bug und sprang ans Ufer, und als er sich dem Feuer näherte, stellte er fest, dass die Person neben Godi Vemund war, einer der Männer, die mit Harald gegangen waren. Plötzlich erfasste ihn eine Vorahnung, ein Aufflackern von Furcht, doch er konnte Vemunds Gesicht erkennen, und nichts daran deutete darauf hin, dass er eine Tragödie zu berichten hatte.

»Vemund«, begrüßte ihn Thorgrim und ergriff seine Hand.

»Wir haben ihn auf der Straße gefunden, Herr, eine Meile oder so entfernt«, erzählte Godi. »Er hat nach uns gesucht.«

»Harald schickt dich?« Thorgrim ließ sich seine Besorgnis nicht anmerken.

»Das hat er, Thorgrim, Herr«, erwiderte Vemund. »Es geht ihm gut, und seinen Männern auch. Den meisten jedenfalls. Wir wurden von Reitern überrascht, Herr, irischen Reitern. Harald führte die Männer gegen sie in den Kampf. Er kämpfte wie ein Bär und tötete mehr Feinde, als ich zählen kann. Harald stand in der vordersten Reihe. Er hat alle mitgerissen.«

»Hmmm«, machte Thorgrim. Vemund überschüttete Harald mit Lob wie ein Kind den Haferbrei mit Honig. *Was hast du angestellt, dass du so dringend meine Gunst gewinnen willst?*, fragte er sich. *Oder Haralds?*

»Wir haben drei Männer verloren, Lord, nicht Haralds Schuld, ganz und gar nicht, aber die Iren …«

»Gut. Klingt, als hättet ihr euch gut gehalten. Ihr alle habt euch gut gehalten. Ist von den Reitern jemand entkommen?«, fragte Thorgrim, und sein abgehackter Tonfall legte nahe, dass er einfache Fakten ohne Ausschmückungen hören wollte.

»Ja, Herr«, sagte Vemund.

»Und sie haben keine weiteren Krieger geschickt, um euch zur Strecke zu bringen?«

»Nicht, solange ich noch bei ihnen war, Herr«, berichtete Vemund. »Wir sind noch eine Stunde dem Fluss gefolgt, Herr, und haben keine Iren mehr gesehen. Harald hat mich zurückgeschickt, um euch zu finden. Um zu melden, was wir herausgefunden haben.«

Thorgrim nickte. Eine kleine Menge hatte sich inzwischen um sie versammelt.

»Wir haben Reisende getroffen, Herr, die unterwegs zum Jahrmarkt nach Glendalough waren«, fuhr Vemund fort. »Sie wussten etwas über die Stadt.«

Thorgrim verschränkte die Arme und hörte zu, wie Vemund ihm ihre Erkenntnisse berichtete. Er erzählte alles, was sie über die Verteidigung von Glendalough erfahren hatten, über die Krieger, die sich dort versammelt hielten, die Menschenmengen, die für den Jahrmarkt zusammenkamen. Das Kloster war höchstens vier Meilen von dieser Stelle entfernt, berichtete Vemund, und die Straße am Fluss führte direkt dorthin. Eine Straße voller Reisender und überfließend vor Beute.

»Gute Arbeit, Vemund«, befand Thorgrim am Ende, und die Erleichterung auf dem Gesicht des Mannes war unverkennbar. »Nimm dir was zu essen, dann musst du mit einer Botschaft von mir zu Harald zurückkehren.«

Vemund nickte, und jemand gab ihm eine Schale Eintopf und einen hölzernen Löffel. Thorgrim starrte ins Feuer. Es war fast an der Zeit, sich mit Ottar und seinen Männern zu treffen, aber das war in Ordnung. Er wusste jetzt, was er wissen musste. Er wusste, wo Glendalough lag. Er wusste, wie weit es entfernt lag, wie man dorthin gelangte, wie groß das Kloster war und wie dürftig befestigt die Stadt.

Und, am allerwichtigsten, er wusste mehr als Ottar.

32. Kapitel

In diesem Jahr wandten sich zudem viele
von ihrem christlichen Glauben ab
und schlossen sich den Norwegern an.
DIE ANNALEN VON ULSTER

Erst am späten Nachmittag trauten Louis de Roumois und Failend sich aus dem dichten Wald heraus, in den sie geflohen waren.

Sie waren über das freie Feld davongerannt, Failends Hände noch klebrig von Ailerans Blut. Seine Leiche blieb in der Dunkelheit hinter ihnen zurück. Während sie liefen, lauschten sie auf Verfolger, auf Ailerans Männer, doch nur ihr eigener, mühsamer Atem, der dumpfe Laut ihrer Schritte und das leise Klingen ihrer Kettenhemden störten die Stille.

Das hohe Gras ging in ein Farndickicht über, dann in junge Bäume und schließlich waren sie im Wald, wo sie haltmachten. Sie sagten nichts, standen nur da und atmeten schwer. Sie hörten, dass irgendwo vor ihnen der Fluss dahinströmte.

Einige Minuten lang verharrten sie so, bis ihr Atem sich wieder beruhigt hatte und die nächtliche Stille sich über sie legte. Failend wusste, dass ihnen nur eine Möglichkeit blieb: tiefer unter die Bäume zu fliehen, den Fluss zu suchen und zu sehen, ob es einen Weg auf die andere Seite gab. Sie mussten alles tun, um die Distanz zu Ailerans Kriegern zu vergrößern.

Das war ihr klar, doch für den Augenblick fühlte sie sich wie erstarrt, und Louis ging es anscheinend genauso. Statt sich davonzumachen, blickten sie in die Richtung, aus der sie gekommen waren. Doch der Wald versperrte ihnen den Ausblick auf das freie Gelände. Behutsam schlichen sie zwischen den Bäumen und durch das Gestrüpp zurück, vermieden jedes Geräusch, und als sie an den Waldrand gelangten, knieten sie sich hin und starrten in die Nacht hinaus.

Da war nichts. Kein Laut, keine Bewegung.

»Aileran hat seine Männer aufgefordert zu warten«, flüsterte Louis. »Er sagte, er würde sie rufen, wenn sie gebraucht werden.«

»Sie werden nicht ewig warten«, entgegnete Failend. »Sie werden ihn finden, und dann suchen sie uns. Für sie sind wir nun Mörder.«

Es war schwer abzuschätzen, wie lange sie dortblieben, auf den Knien, aufmerksam Ausschau haltend. Es kam ihnen ziemlich lange vor. Schon wollte Failend vorschlagen, dass sie sich wieder tiefer in den Wald zurückziehen sollten, da hörten sie ein Geräusch. Weit entfernt, aber auch nicht so weit. Etwas, das herunterfiel, oder vielleicht eine Stimme. Ein Vogel oder ein Tier?

Dann erklang ein Ruf, so klar wie der Klang von Stahl auf Stahl. »Hauptmann?«

Failend spannte sich an, und sie spürte dasselbe bei Louis. Das war einer von Ailerans Kriegern, und er stand auf der anderen Seite der Wiese. Der Mann versuchte, gleichzeitig laut zu sprechen und zu flüstern.

Sie warteten. Wieder war die Stimme zu hören. »Hauptmann Aileran?« Stille. Dann erneut die Stimme, laut und überrascht: »Oh mein Gott!«

»Wir müssen weg«, sagte Louis, gerade als Failend den Mund öffnete, um dasselbe zu sagen. Sie erhoben sich und zogen sich tiefer in den Wald zurück. Sie sahen rein gar nichts, die dicht beisammenstehenden Bäume machten die dunkle Nacht völlig undurchsichtig. Failend fühlte Louis' Hand nach der ihren tasten, und sie griff danach. So kamen sie mühsamer voran – es war schwierig, sich durch das Gestrüpp zu kämpfen und gleichzeitig an den Händen zu halten –, aber zumindest blieben sie auf diese Weise zusammen.

Failend hatte keine Ahnung, in welche Richtung sie liefen oder ob sie sich überhaupt geradeaus bewegten. Ihr wurde bewusst, dass es sehr gut möglich war, dass sie in Wahrheit im Kreis gingen und gleich bei Ailerans suchenden Kriegern wieder aus dem Wald heraustraten.

»Louis«, flüsterte sie eindringlich, aber noch während das Wort ihre Lippen verließ, bemerkte sie, wie die Bäume lichter wurden. Dann standen sie oben auf der steilen Böschung und blickten auf den Avonmore hinab, dessen gekräuselte Oberfläche unter ihnen wogte. Failend konnte das gegenüberliegende Ufer ausmachen, und das aufgewühlte Wasser davor, und sie erkannte die nahe Morgendämmerung und das Tageslicht, das sich hinter den dicken Wolken über ihren Köpfen bereits bemerkbar machte.

Einen Moment blieben sie still und bewegungslos, wo sie waren, und lauschten dem sanften Murmeln des Flusses und den gelegentlichen Vogelrufen. Sie horchten auf den Klang von Verfolgern, auf bewaffnete Männer, die durch das Unterholz brachen, aber sie vernahmen nichts.

»Sie werden uns hinterherkommen«, sagte Failend. »Sobald es ausreichend hell ist, suchen sie nach uns. Und unsere Spur wird nicht schwer zu finden sein.«

Louis nickte. Der Pfad, den sie hinterlassen hatten, als sie durch das hohe Gras gelaufen und danach durchs Gehölz gebrochen waren, würde für jeden Jäger leicht genug zu verfolgen sein. »Wir sollten den Fluss überqueren«, sagte er.

Failend schaute zum Wasser hinab. Es bewegte sich schnell, sah allerdings nicht allzu tief aus. »Das sollten wir, ja«, stimmte sie zu.

Vorsichtig kletterten sie die Böschung hinunter und in den Fluss hinein, der über das Gras am Ufer plätscherte. Das Wasser war kalt, viel kälter, als Failend erwartet hatte, und es zerrte so heftig an ihren Knöcheln, dass es sie fast von den Füßen riss. Sie strauchelte, streckte die Arme aus, gewann ihr Gleichgewicht wieder und folgte Louis hinaus in den Strom.

Sie erreichten die Mitte des Flusses, und das Wasser reichte gerade bis zu Louis' Taille, obwohl die viel kleinere Failend deutlich tiefer darin stand. Ihre Füße fanden wenig Halt auf den schlüpfrigen Steinen, und ihr wurde bewusst, dass sie sich bei dieser Strömung und im Kettenhemd vermutlich niemals aus eigener Kraft würde aufrichten können, sollte sie ausrutschen.

Louis reichte ihr den Arm, und sie klammerte sich daran, als sie das tiefste Stück durchquerten. Bald ging das Wasser ihnen nur noch bis zum Oberschenkel, dann an die Knöchel, und schließlich standen sie tropfend in der kühlen Morgenluft am anderen Ufer. Diese Seite des Flusses war gleichfalls von Bäumen gesäumt, und sie stiegen die Böschung empor und tauchten in den Wald ein, bis zu einer Stelle, wo sie sich gut verborgen fühlten. Wie auf Kommando blieben beide dort stehen, knieten sich hin und spähten zurück zum Fluss.

In der Zeit, die sie gebraucht hatten, um den Avonmore zu überqueren, war der Morgen beträchtlich heller geworden. Wo sie zuvor nur die dunklen Umrisse des Waldes hatten ausmachen können, zeichneten sich jetzt deutlich einzelne Bäume und das Gestrüpp am Ufer ab, braun und grau und dunkelgrün in der Morgendämmerung.

Sie warteten.

»Wir sollten weitergehen«, sagte Louis.

»Sollten wir, ja«, stimmte Failend ihm zu. Aber keiner von beiden setzte sich in Bewegung, weil keiner von ihnen die Vorstellung eines unbekannten Feindes in seinem Rücken ertrug. Wenn ihnen jemand folgte, mussten sie das wissen.

Sie warteten schweigend, und Failend überdachte die Ereignisse der letzten … Stunde? Zwei Stunden? Gewiss nicht mehr. Unglaublich. Ihr gesamtes Leben, das vor zwei Tagen plötzlich in eine unerwartete Richtung gerollt war, wurde nun in eine ganz andere geschleudert.

Sie hatte Aileran getötet. Das stand außer Frage, da gab es keine Zweideutigkeit wie bei dem Nordmann an der Vermählung der Wasser. Sie hatte ihm einen Dolch geradewegs in die Brust gestoßen. Mitten ins Herz. Sie sah auf ihre Hände hinab. Die Überquerung des Flusses hatte Ailerans Blut abgewaschen, und sie war froh darüber.

Meine Seele wird niemals davon reingewaschen werden, dachte sie, aber in Wahrheit war sie gar nicht so sicher, wie sie zu ihrer Tat stand. Sie stocherte an ihren Schuldgefühlen herum, um zu sehen, wie tief sie gingen und wie schmerzhaft sie sein würden.

Gar nicht mal so sehr, erkannte sie. Aileran hatte Louis töten wollen. Ohne Zweifel hätte er auch sie umgebracht. Ihr geliebter Gemahl hatte versucht, unter dem Deckmantel des Krieges zwei Probleme auf einmal loszuwerden.

Wenigstens war ich ihm noch wichtig genug, dass er meinen Liebhaber ermorden wollte, dachte sie.

Dann streckte Louis die Hand aus und griff nach ihrem Arm. Sie schreckte aus ihren Gedanken hoch und blickte ihn an. Er zeigte über den Fluss. Dort bewegte sich etwas im Unterholz. Sie beobachteten, wie ein Mann, einer von Ailerans Kriegern, am gegenüberliegenden Ufer aus dem Wald heraustrat. Er spähte den Fluss entlang, stromauf und stromab, dann drehte er sich um und schaute den Weg zurück, den er gekommen war.

Failend bemerkte, wie sie den Atem anhielt. Sie öffnete den Mund und ließ die Luft in ihre Lungen strömen, davon abgesehen bewegte sie sich nicht. Der Mann am anderen Ufer sah sich immer noch um. Er spähte über das Wasser hinweg, geradewegs auf die Stelle, wo sie und Louis versteckt lagen. Nichts deutete darauf hin, dass er mehr wahrnahm als Bäume und Sträucher.

Er starrte noch einen Moment länger in ihre Richtung, dann machte er kehrt und verschwand wieder im Wald.

Failend atmete langsam aus und hörte, wie Louis dasselbe tat. Sie blickten einander an und lächelten erleichtert. Es war eine ganz natürliche Reaktion, doch zugleich merkwürdig unpassend.

Reglos verharrten sie, wo sie waren, und hielten weiter Ausschau. Failend wusste nicht, wie lange sie dortblieben, doch es kam ihr sehr lange vor. Die Sonne war bereits aufgegangen, es war helllichter Tag, wenn auch dunstig und trübe unter den dichten Wolken, da ergriff Louis schließlich das Wort: »Sie haben aufgegeben, denke ich. Sind zum *Dúnad* zurückgekehrt. Sie müssen Colman mitteilen, dass sie es nicht geschafft haben, uns zu töten.«

Failend nickte und dachte: *Das wird ihm Ailerans Leiche wohl schon verraten.*

Sie blieben noch eine Minute länger, dann stand Louis auf, und Failend folgte seinem Beispiel. Ihre steifen Muskeln protestierten. Ihr knurrte der Magen, und sie wäre froh gewesen, etwas zu essen zu haben. Sie erinnerte sich daran, dass sie erst vor ein paar Stunden einen Mann getötet hatte. Nun, das schien wenig Auswirkung auf ihren Appetit zu haben.

Ein Frühstück stand allerdings nicht so bald in Aussicht.

Louis blickte sich um. »Wir sollten mehr Abstand zwischen uns und die Streitmacht deines Mannes bringen«, schlug er vor.

»Du kannst vermutlich aufhören, ihn als meinen Mann zu bezeichnen«, sagte Failend.

Louis nickte. »Wie auch immer, wir sollten los. Da entlang.« Er wies landeinwärts vom Fluss fort, aber Failend schüttelte den Kopf.

»Dort gibt es überhaupt nichts, nur freies Gelände«, wandte sie ein. »Höchstens ein paar Räuberbanden. Wir sollten wieder über den Fluss zurück und sehen, ob wir auf der Straße irgendwelche Reisenden finden, die uns helfen können.«

Sie erinnerte sich daran, dass sie Ailerans Börse mitgenommen hatte. Sie schaute nach unten und stellte fest, dass der kleine Beutel immer noch hinter ihrem Gürtel steckte. Sie zog ihn heraus.

»Das hier ist unser ganzes Vermögen«, sagte sie, »es sei denn, du hast zufällig eine eigene Börse mitgebracht.« Sie zog das Säckchen auf und kippte den Inhalt auf ihre Handfläche. Es war nicht viel. Eine silberne Ecke, aus einer größeren Münze herausgeschnitten, ein einfacher goldener Ring und drei weitere Silbermünzen, unversehrt, identisch und neu aussehend.

Louis betrachtete den kleinen Schatz, beugte sich dann vor und sah genauer hin. *»Merde«*, stellte er fest, in einem nachdenklichen Tonfall. Er streckte die Hand aus und hob eine der drei Münzen auf, hielt sie zwischen Daumen und Zeigefinger in die Höhe und untersuchte sie im trüben Licht.

»Bâtard«, murmelte er vor sich hin.

»Was ist?«, fragte Failend.

»Hier, sieh!« Louis senkte die Münze und wies auf das Profil eines Mannes, das auf der einen Seite aufgeprägt war, von klobigen Buchstaben umgeben.

»Sieht ihm nicht gerade ähnlich«, sagte Louis. »Ohne die Beschriftung hätte ich nicht sagen können, wer das sein soll.«

»Ich kann nicht lesen«, gestand Failend.

»Dort steht ›Eberhard I.‹«, erklärte Louis. »Mein Bruder, der Graf von Roumois. Der mittlerweile seine eigenen Münzen prägt, wie es aussieht.«

Failend schüttelte den Kopf. »Eine Münze deines Bruders? Wie kommt Aileran an so was?«

»Er muss sie von deinem … von Colman bekommen haben«, erwiderte Louis. »Mein Bruder hält mich anscheinend immer noch für eine Bedrohung. Der Mann, der mich in meiner Zelle ermorden wollte, sagte nur ein Wort. *Bâtard.* Er war ein Franke. Mein Bruder muss ihn geschickt haben. Vermutlich hat er Colman mit den Münzen bezahlt, damit der mich tötet. Und Colman hat Aileran etwas davon abgegeben.«

Failend nickte. *Also interessiert sich Colman doch nicht dafür, dass ich es mit jemandem getrieben habe,* dachte sie. *Jedenfalls nicht so sehr, dass er meinen Liebhaber deswegen töten würde. Oder mich. Es dreht sich alles nur um irgendein dummes Arschloch im Frankenland.* Diese Erkenntnis machte sie nicht gerade glücklich.

»Komm, gehen wir«, sagte sie, schroffer als beabsichtigt. Sie bahnten sich einen Weg durch den Wald zurück zum Fluss und wateten zum gegenüberliegenden Ufer. Sie fragte Louis nicht nach seiner Meinung, und Louis sagte auch nichts und folgte ihr einfach.

Auf der anderen Seite stiegen sie wieder heraus und setzten ihren Weg fort, die Böschung hinauf und in den Wald hinein. Sie bewegten sich vorsichtig; beide waren zwar überzeugt davon, dass Ailerans Männer zum *Dúnad* zurückgekehrt waren, aber nicht so unvorsichtig, dass sie sich ohne Deckung sehen lassen wollten. Also schlugen sie sich durch den Wald bis an dessen Saum. Dort fanden sie ein dichtes Gebüsch und kauerten sich darin nieder. Jeder übernahm eine Wache, während der andere schlief.

Irgendwann am späten Morgen, als Failend aufpasste, hörte sie Reiter herankommen. Sie wandte ihr Ohr in Richtung des Geräusches. Pferde, ohne Zweifel. Nicht viele, aber mehr als eins. Sie stieß Louis an, und er setzte sich auf. Sein Haar war zerzaust, und er trug einen verwirrten Ausdruck auf dem Gesicht.

»Reiter«, flüsterte Failend und fragte sich dabei, warum sie nicht laut redete. Es gab keinen vernünftigen Grund, der dagegen sprach, und doch kam es ihr wie eine schlechte Idee vor.

Louis neigte den Kopf und lauschte. Er nickte, stemmte sich auf die Knie, und sie beide spähten zur Straße hinüber, die vielleicht eine Viertelmeile entfernt lag. In diesem Moment wurden die Reiter im Norden sichtbar. Es waren zehn, Krieger mit Speeren und Schilden. Sie ritten in verhaltenem Trab und schienen es nicht eilig zu haben.

»Kundschafter«, sagte Louis.

»Suchen sie uns?«, fragte Failend.

»Davon bin ich überzeugt«, erwiderte Louis. »Nach den Heiden aber genauso, nehme ich an.«

Sie beobachteten, wie die Reiter an ihnen vorbeikamen. Wenn einer der Berittenen in ihre Richtung schaute, so bemerkten sie nichts davon. Kurz darauf übernahm Louis wieder die Wache, und Failend legte sich hin und fiel in einen unruhigen Schlummer. Sie erwachte, als Louis sie sanft schüttelte.

»Hör zu!«, wisperte er.

Failend lauschte. Vögel. Zweige, die in der Brise schwangen. Insekten. Und etwas anderes, weit entfernt. Scharfe Laute, als würden winzige Dinge zerbrechen.

»Da wird gekämpft. Eine Meile. Vielleicht mehr«, bemerkte Louis. Sie lauschten weiter, aber es war wenig zu hören, und sie wussten nicht genau, was sie da vernahmen.

Zwanzig Minuten später kehrten die Reiter zurück und bewegten sich in die andere Richtung. Sie waren nun sehr schnell unterwegs, und es waren weniger als zuvor.

»Nach wem sie auch gesucht haben, sie haben Heiden gefunden, darauf wette ich«, sagte Louis.

Sie warteten weiter und hielten Ausschau. Sie waren übereingekommen, bis zur Dunkelheit an diesem Ort zu bleiben, aber Failends Magen hatte nichts übrig für diesen Plan, und der tat seine Ansicht immer lauter kund. Durst hatte sie auch.

»Schau, dort!« Louis zeigte auf die Straße, in die Richtung, aus der sie die Kampfgeräusche gehört hatten. Etwas bewegte sich in der Ferne, eine Art Wagen. Sie beobachteten, wie er langsam näherkam, von einem Gespann aus vier Ochsen gezogen. Bald stellten sie fest, dass ein zweiter dahinter folgte, von einem ähnlichen Gespann vorangetrieben. Einige Minuten darauf entdeckten sie einen dritten.

»Ha!«, entfuhr es Louis. »Ich kenne diese Leute! Ein Schausteller und seine Truppe. Sein Name ist … Crimthann! Ja, das war es.«

»Wird er uns helfen?«, fragte Failend.

»Ich glaube schon«, gab Louis zurück. »Er wirkte anständig. Zumindest wird er uns etwas zu essen geben, auch wenn es sein kann, dass wir ihm Ailerans Münzen dafür zahlen müssen.«

»Dann lass uns gehen«, sagte Failend. Zum ersten Mal seit Stunden richtete sie sich gerade auf. »Er kann mir gerne die

Kehle durchschneiden, solange er mir vorher was Ordentliches zu essen auftischt.«

Sie traten aus dem Gesträuch heraus ins hohe Gras. Anschließend hielten sie auf die Straße zu, auf einen Punkt, wo sie auf die Wagen treffen würden, und auf das Essen und einen Trank und, wenn das Glück mit ihnen war, auch auf die Sicherheit, die beides versprach.

33. Kapitel

Zu Gott bete ich,
dass weder Tod noch Gefahr mich befallen mögen …
möge ich weder durch Stich noch durch Klinge sterben.
DIE ANNALEN VON ULSTER

Die klösterliche Gemeinde von Glendalough lag geborgen in einem Tal, das vom Hochland von Cill Mhantáin umgeben war. Die steinerne Kathedrale und die übrigen Gebäude des Klosters, das *Vallum* und die Siedlung, die sich daran anschmiegte, lagen am Fuß dieser steilen Hänge, hinter denen in jeder Richtung die Berge aufragten wie große, in der Bewegung eingefrorene Meereswellen. Es waren keine zerklüfteten, unzugänglichen Berge: Die meisten waren sanft gerundet und bewaldet, und bei warmem Sommerwetter schienen sie den Reisenden zu einem Ausflug durch die schmalen Täler und über die Wiesen zwischen ihnen einzuladen.

Auf einer solchen Wiese, ein paar Meilen östlich von Glendalough, breitete sich ein ungeordnetes Lager über eine üppige Frühjahrswiese. Nicht nur ein Lager, sondern ein *Dúnad*, das Feldlager einer Streitmacht, einer Streitmacht auf dem Marsch. An diesem Tag allerdings marschierten sie nicht. Sie kämpften nicht. Sie taten im Grunde gar nichts. Sie warteten.

Sie warteten auf Befehl von Kevin mac Lugaed, der das Heer kommandierte. Und Kevins größte Sorge war es im Moment, dass sein Leibdiener, ein nachlässiger Koch, ihm das Abendessen ruinierte. Seine Köchin daheim im *Ráth Naoi* brachte wesentlich mehr zustande, doch sie war alt und hätte die Härten eines Feldzugs nicht ertragen, auch wenn Kevins Feldzüge selten härter wurden als ein Jagdausflug.

Zum Glück leistete der Diener heute bessere Arbeit als üblich, und der Braten war genau so, wie er ihn mochte, und das Frühjahrsgemüse nicht bis zur Unkenntlichkeit zerkocht. Nachdem er die Teller von sich geschoben hatte, seufzte Kevin zufrieden und lehnte sich zurück. Da hörte er eine Stimme, die vom Eingang des Rundzeltes nach ihm rief, und er dachte sich: *Mein Gott, kann ich nicht mal einen Augenblick Ruhe genießen?*

»Herein!«, schrie er. Die Klappe vor dem Zugang wurde hochgeschlagen, und Niall mac Olchobar trat herein. Er trug Schwert und Kettenhemd, wie es für einen Krieger im Feld nur angemessen war, obwohl Kevin selbst sich mit Leggings und Tunika und mehreren goldenen Ketten um den Hals begnügte.

»Ja, Niall, worum geht es?«, fragte Kevin mit leisem Überdruss.

»Jemand wünscht, Euch zu sprechen, Herr«, erklärte Niall. »Ein, äh … ein Priester, Herr.«

Kevin bemerkte das Zögern in Nialls Stimme, das durchaus angebracht schien. »Ein Priester?« Er runzelte die Stirn. »Haben die Wachen ihn ins Lager gebracht?«

»Nein, Herr«, erwiderte Niall. »Er ist einfach mittendrin aufgetaucht.«

»Woher ist er gekommen?«

»Äh … da bin ich nicht sicher, Herr.«

Die Falten auf Kevins Stirn vertieften sich. Er mochte ein bestenfalls mittelmäßiger Krieger sein, doch er war kein Dummkopf und achtete sorgfältig darauf, sich nicht überrumpeln zu lassen. Er hatte Wachen rings um das *Dúnad* aufgestellt, an versteckten Stellen und mit dem Befehl, jeden aufzuhalten – jeden ohne Ausnahme! –, der sich dem Lager näherte. Dennoch hatte es dieser Priester geschafft, am helllichten Tag und ohne die geringste Deckung durch Regen oder Nebel, unbemerkt ins *Dúnad* zu gelangen.

Kevin erhob sich und trat an Niall vorbei aus dem dämmrigen Zelt heraus ins Licht der Morgensonne, die durch die dicke Wolkendecke drang. Da stand der Priester, gleich hinter der Reihe von Pflöcken, an denen die Seile des Zelts festgemacht waren. Aber bevor er ihn zur Kenntnis nahm, ließ Kevin den Blick erst einmal über das *Dúnad* und die Landschaft dahinter schweifen – eine liebe Gewohnheit, wann immer er seinen Pavillon verließ.

Es war ruhig im Lager. Seine etwa hundert Bewaffneten waren mit unterschiedlichen Aufgaben beschäftigt: Sie kochten, kümmerten sich um ihre Waffen, schliefen oder übten mit Schwert und Schild. Auf diese Weise vertrieben sie sich die Zeit, bis Kevin den Moment zum Zuschlagen für gekommen hielt. Und bis dieser entschieden hatte, gegen wen sie zuschlugen.

Jenseits des Lagers erstreckten sich die Berge bis zum Horizont, und ein grauer Himmel wölbte sich darüber. Westlich des *Dúnads* erhoben sich zwei gerundete Hügel, die Kevin so sehr an die Brüste einer Frau erinnerten, dass der Anblick ihn erregte. Er wusste, falls Gott sich plötzlich entscheiden würde, sie einfach fortzuwischen, dann hätte er dahinter Glendalough sehen können, nur wenige Meilen entfernt.

Niall war hinter Kevin aus dem Zelt gekommen und trat nun neben ihn. Begleitet von einer Geste sagte er: »Das hier ist der Priester, Herr.«

Ehe Kevin etwas erwidern konnte, kam der Priester einen Schritt nach vorne. »Kevin mac Lugaed?«

Kevin musterte den Mann. Er trug die übliche Kleidung von seinesgleichen: eine schwarze Kutte mit einer Kapuze, die ihm am Rücken herabhing. Dazu hielt er einen knorrigen Wanderstab aus Nussbaum in der Hand. Er lächelte, aber es war ein eigentümliches Lächeln. Ein wissendes Lächeln, wohlwollend und doch entschlossen.

Auf der Suche nach einem verdammten Zehnten hier, das wette ich, dachte Kevin und antwortete laut: »Ja, ich bin Kevin mac Lugaed. Und du bist …?«

»Pater Finnian«, erwiderte der Priester. »Es ist mir ein Vergnügen, Euch zu treffen. Man hört vieles über Kevin mac Lugaed, aber zu finden wart Ihr nicht so leicht.«

Gütiger Gott, schon fängt er mit den Schmeicheleien an, dachte Kevin. *Ich glaube nicht, dass der sich mit weniger als einem goldenen Kelch abspeisen lässt.*

»Willkommen in meinem Lager, Pater«, sagte Kevin. Er wollte den Priester fragen, wie er es geschafft hatte, unbemerkt an allen Wachposten vorbeizukommen, aber irgendwie ahnte er, dass er keine zufriedenstellende Antwort darauf erhalten würde. Stattdessen fragte er: »Wie kann ein einfacher Mann wie ich dir behilflich sein?«

»Ja«, sagte Finnian. »Ihr könnt mir behilflich sein. Und ich kann Euch ebenfalls helfen.«

Kevin nickte. Er wartete auf eine weitere Erklärung, aber es kam nichts mehr. Schließlich brach er das Schweigen.

»Also können wir einander helfen. Und auf welche Weise?« Er war sich ziemlich sicher, dass er die Antwort bereits kannte. Die Rettung seiner Seele im Austausch gegen Silber, vermutlich.

»Ihr habt im letzten Jahr einiges erreicht, Kevin mac Lugaed«, sagte Finnian.

»Gott ist gut zu mir gewesen, Pater«, gab Kevin zurück.

»Das war er«, bestätigte Finnian. »Vor einem Jahr wart Ihr nicht mehr als ein Herr von Gutem Ansehen. Jetzt seid Ihr *Rí Túaithe* von Cill Mhantáin. Und ein reicher Mann.«

Nun kommen wir zur Sache, dachte Kevin. »Wie ich sagte, Gott war gut zu mir«, erwiderte er. »Und ich habe Gott meine Dankbarkeit gezeigt.«

»Habt Ihr das? Wirklich?«, fragte Pater Finnian. »Wie? Indem Ihr Euch mit den Heiden verschworen habt, um Glendalough zu plündern?«

Finnians Worte trafen Kevin wie ein Schlag auf den Hinterkopf: jäh, schmerzhaft und unerwartet.

»Heiden … plündern Glendalough?«, stammelte er, während er eine passende Antwort suchte. Dann fand er sein Gleichgewicht zurück und erkannte, dass er überhaupt keine Antwort brauchte, weil dieser Finnian nur ein einfacher Priester war. Nicht einmal ein besonders wichtiger, seinem Aussehen und seiner schlammbespritzten Kutte nach zu urteilen. Kevin machte einen Schritt in seine Richtung, einen bedrohlichen Schritt, mit Niall an seiner Seite. Er erwartete, dass Finnian zurückwich, was er nicht tat. Aber egal …

»Wie kannst du es wagen …«, fing Niall an, doch Kevin kam zu dem Schluss, dass er dieses Gespräch vielleicht besser vertraulich führen sollte.

»Niall«, unterbrach er. »Bitte, lass uns allein.«

Niall blickte Kevin an, dann wieder Finnian und schließlich zurück zu Kevin. Er wollte nicht gehen, so viel war klar, aber ihm blieb keine Wahl. Also verbeugte er sich und sagte: »Ja, Herr.« Mit einem letzten drohenden Blick auf Finnian marschierte er davon.

Kevin wandte sich wieder Finnian zu. »Ich werde deine Anschuldigungen so wenig dulden wie deine Unverschämtheit, *Vater*«, knurrte er leise und bedrohlich. »Wage es bloß nicht, in mein Lager zu treten und meine Rechtschaffenheit auf diese Weise in Zweifel zu ziehen.«

»Wisst Ihr, warum Ihr *Rí Túaithe* von Cill Mhantáin geblieben seid?«, fragte Finnian, als hätte er Kevins Worte nicht einmal gehört.

»Ja. Weil es Gottes Wille ist«, erwiderte Kevin.

Bei dieser Antwort huschte ein Lächeln über Finnians Lippen. »Nun ja, das ist natürlich der wichtigste Grund«, räumte er ein. »Doch ein weiterer ist der, dass Ruarc mac Brain es duldet. Tatsächlich ist es so, dass Lord Ruarc Euch jederzeit zertreten könnte wie das abscheuliche Insekt, das Ihr seid.«

Kevin hörte die Wörter, aber einen Augenblick lang war die Beleidigung zu unfassbar, um sie zur Kenntnis zu nehmen. Schon seit Langem hatte niemand es gewagt, so mit ihm zu reden, und Finnian stellte all das mit derselben ruhigen, nüchternen Stimme fest, in der er bisher gesprochen hatte.

Aber langsam wurde ihm bewusst, was Finnian da ausgesprochen hatte, und wieder empfand er diesen überraschenden Schlag auf den Hinterkopf. Ihn durchfuhr eine Woge des Zorns, und er war drauf und dran, Finnian anzubrüllen. Doch er hielt sich zurück. Er richtete sich ein Stück höher auf und holte tief Luft. Kevin mac Lugaed war kein Mann, der sich von anderen vorführen ließ. Er würde nicht zulassen, dass dieser armselige, machtlose Priester ihn wie einen Ochsen am Nasenring herumführte.

»Ich hatte nie die Ehre, Ruarc mac Brain zu begegnen«, sagte Kevin. »Ich weiß, dass er ein mächtiger Mann ist. Ein gerechter Mann. Das ist sein Ruf. Ich glaube nicht, dass er sich besonders für mich interessiert.«

»Da habt Ihr wohl Recht, mein Herr«, sagte Finnian. »Er schenkt Euch nicht mehr Beachtung als dem Dreck unter seinen Schuhen. Aber dort drüben in Glendalough …«, Finnian nickte in Richtung der brustförmigen Hügel im Westen, »… warten beinahe zweihundert seiner Männer. Sie sind auf meine Veranlassung da, um die Heiden daran zu hindern, das Kloster zu plündern. Jene Heiden, wie ich vielleicht erwähnen sollte, die Ihr zum Kommen ermuntert habt.«

Kevin runzelte die Stirn, aber das war alles, was er von seinem Ärger nach außen dringen ließ. »Das ist absurd …«, setzte er an, doch erneut schnitt Pater Finnian ihm mit einer Geste das Wort ab.

»Ihr solltet wissen, Herr, dass ich es mir zu einem Anliegen mache, stets von allem Kenntnis zu haben, was in diesen Ländern vor sich geht«, erklärte Finnian ihm wie ein geduldiger Lehrer. »Es ist der Wille des Abts, dass ich das tue, und darum sehe ich zu, dass sein Wunsch erfüllt wird. Ich weiß also, was Ihr getan habt, und ich vermute, dass Ihr jetzt darauf wartet, dass die Heiden einander töten und die Verteidiger von Glendalough dazu, damit Ihr dann hinzukommen und die Überreste auflesen könnt.«

»Das ist lächerlich«, entgegnete Kevin, doch selbst er konnte hören, wie wenig überzeugend das klang. Er schaffte es einfach nicht, das rechte Maß an Empörung aufzubringen, weil der Priester natürlich absolut richtiglag. Genau das, was ihm gerade eben vorgeworfen worden war, traf schließlich zu.

»Es ist wahr, dass sich Ruarc mac Brain kein Stück für Euch interessiert«, fuhr Finnian fort. »Aber wenn seine Krieger durch die Hände der Heiden sterben oder, schlimmer noch, durch die Hände Eurer Männer, dann wird er sich sehr dafür interessieren. Und er hat viel, viel mehr Männer als Ihr. Ich glaube, das wisst Ihr auch.«

Ich sollte diesen Mistkerl töten, dachte Kevin. *Ihn in mein Zelt führen und zum Schweigen bringen. Dann kann ich tun, was ich will, und Ruarc mac Brain wird nichts davon erfahren.*

Kevin presste die Lippen aufeinander, blickte Finnian in die Augen und versuchte, die nötige Entschlossenheit aufzubringen. Finnian begegnete seinem Blick, seine braunen Augen wirkten tief, geduldig und nachdenklich. Er machte den Eindruck, als kenne er Kevins Gedanken ganz genau und wäre nicht im Mindesten besorgt deswegen.

Einen Moment lang standen sie so da, und Kevin spürte, dass seine Entschlossenheit schwand wie Wasser, das aus einem kaputten Becher rann.

»Was soll ich also deiner Meinung nach tun?«, fragte er, und es klang wie ein Seufzer aus seinem Mund.

»Die Heiden werden bald angreifen. Heute noch. Marschiert jetzt schnell zum Kloster. Schließt Euch den Verteidigern von Glendalough an, den Männern aus der Gegend und den Kriegern von Ruarc mac Brain. Vereint werden wir die Heiden gewiss zurück ins Meer jagen. Ihr könnt als Held erscheinen, und niemand wird je etwas anderes erfahren.«

Kevin nickte. Er rührte sich nicht.

»Haltet nach einem Mann namens Louis de Roumois Ausschau. Er hat das Kommando über die Krieger vor Ort«, erklärte Finnian. »Er wird Euch wissen lassen, wo ihr dem Feind entgegentretet.«

Kevin nickte wieder. Immer noch bewegte er sich nicht.

»Jetzt wäre ein ausgezeichneter Zeitpunkt, aufzubrechen«, ermunterte ihn Pater Finnian.

Kevin nickte wieder. »Niall!«, schrie er. »Mach die Männer marschbereit! Diener, meine Rüstung und mein Schwert!«

Er sah Pater Finnian an. Der Priester hatte gerade jeden einzelnen Plan auf den Kopf gestellt, den Kevin im letzten halben Jahr fein gesponnen hatte. Doch der Ausdruck auf dem Gesicht des Mannes hatte sich kein Stück dabei verändert, nicht im Geringsten.

34. Kapitel

Gemeinsam griffen sie die Norweger an,
wild und lebhaft und kampfeslustig,
und es gab schwere und erbitterte Kämpfe
zwischen ihnen auf beiden Seiten.

DIE ANNALEN VON ULSTER

Der Jahrmarkt von Glendalough hatte begonnen. Die schlammigen Straßen und der Marktplatz waren überfüllt, die Stände umlagert, die Händler priesen laut ihre Waren an und die Schausteller nahmen den Platz auf der Bühne ein. Jongleure und Feuerschlucker und verschiedenste andere Artisten traten an jeder freien Stelle auf, und dazwischen gingen die Diebe ihrer Arbeit nach. Männer, Frauen, Edle und einfaches Volk, Priester, Mönche, Kaufleute, Bauern – sie alle bewegten sich umher wie Treibgut in der Flut. Der Himmel war bedeckt, aber der Tag warm und trocken. Es herrschte eine ausgelassene, freudige, festliche Stimmung, die bemerkenswert war in einer Stadt, welche die letzten fünf Monate in der winterlichen Kälte und im Regen kauernd verbracht hatte.

Lochlánn fühlte sich zutiefst unbehaglich dabei.

Er hatte den Jahrmarkt immer gemocht. Als Kind war er zweimal hier gewesen, und nachdem sein Vater ihn ins Kloster verbannt hatte, bot die jährliche Wiederkehr des Ereignisses eine willkommene Unterbrechung des eintönigen mönchischen Lebens. Nicht nur willkommen, sondern lebenswichtig! Er war überzeugt davon, dass er wahnsinnig geworden wäre, hätte er nicht diese eine Ausschweifung im Jahr vor Augen gehabt, auf die er sich freuen konnte. Er war bemerkenswert geschickt darin geworden, sich davonzuschleichen und die Freuden des Jahrmarkts zu genießen, ohne von Bruder Gilla Patraic oder anderen Mönchen entdeckt zu werden, die stets alles so aufmerksam und missbilligend im Auge behielten.

Aber in diesem Jahr war alles anders, und auf eine Weise, die er nie hätte vorhersehen können. Auf eine gute Weise. Daran dachte er, als er langsam über den überfüllten Platz ritt, ein halbes Dutzend Männer unter seinem Kommando hinter sich.

Die Umstände, unter denen er lebte, hatten sich geändert, und er selbst hatte sich auch verändert. Hier war der Beweis: Einer seiner Mitbrüder, der vor einem Pastetenstand herumlungerte, sah ihn geradewegs an und erkannte ihn nicht. Das war nicht allzu überraschend. Lochlánn trug Helm und Rüstung und ein Schwert am Gürtel, ein Schild hing an einer Schlinge von seinem Sattel. Niemand in Glendalough hatte ihn je derart ausgestattet gesehen. Das war der neue Lochlánn, der ins Leben zurückgerufene Lochlánn.

Seit der Morgendämmerung hatte er im Sattel gesessen, seine Oberschenkel brannten und sein Gesäß fühlte sich an wie damals, wenn er als Kind verprügelt worden war. Er war einmal ein erfahrener Reiter gewesen, aber die Jahre im Kloster hatten jene Teile weich werden lassen, die zäh sein mussten, wollte man viele Stunden auf dem Pferderücken verbringen. Doch er vergaß diese Unbequemlichkeiten, als sein Blick über den Jahrmarkt von Glendalough schweifte.

Ein Mann namens Senach ritt neben ihm. Er war ein junger Bursche, nur wenige Jahre älter als Lochlánn. Senach hatte mit ihnen an der Vermählung der Wasser gekämpft, und obwohl Lochlánn sich eingeschüchtert fühlte von Senachs Ausbildung und seinem Status als berufsmäßiger Krieger, mochte er den Mann. Senach wiederum schien Lochlánns Stellung zu respektieren und wirkte in keiner Weise neidisch.

»Sie wissen nichts von den Heiden, oder?«, fragte Lochlánn, während sie eine Herde Schweine vorbeiließen. »Die Leute hier, sie scheinen nicht sehr besorgt darüber zu sein, dass sie morgen schon niedergemetzelt werden könnten.«

»Es gab Gerüchte, denke ich«, sagte Senach. »Sie müssen wissen, dass etwas im Busch ist, bei all den Kriegern, die sich versammelt haben, und nach der Einberufung der *Bóaire* und der *Fuidir*. Selbst diese blinden Bastarde sollten inzwischen erraten haben, dass es eine Bedrohung gibt.«

Lochlánn nickte. So in etwa hatte er es sich gedacht. Diese Menschen hatten die Bewaffneten gesehen, sie hatten die Gerüchte vernommen, vielleicht sogar mitbekommen, wie die Verwundeten vom Zusammenfluss zum Kloster gebracht wurden. Aber der Jahrmarkt war etwas, worauf sie seit Monaten fieberten, und es gab einfach zu viel Geld zu verdienen. Die Krieger waren ausgerückt, und Heiden hatten sich nicht blicken lassen. Lochlánn nahm an, dass das für die Menschen hier schon ausreichte, um jeden Gedanken an eine Bedrohung durch die Plünderer vom Meer abzutun.

Aber Lochlánn wusste Bescheid, und auch Senach wusste, wie real und wie nah die Bedrohung tatsächlich war. Zwei- oder dreihundert dieser mordgierigen Bastarde lagerten nur wenige Meilen flussabwärts, und trotz der erlittenen Verluste waren sie immer noch unterwegs.

»Gott helfe uns allen, wenn die Heiden es bis hierher unter diese Menschen schaffen«, stellte Lochlánn fest.

Senach schnaubte. »Das wird zugehen wie bei einer Viehherde im Gewitter«, sagte er. »Die werden sich gegenseitig tottreten, kopflos vor Angst.«

Sie lenkten die Pferde über den überfüllten Platz und dann auf eine der ausgetretenen Straßen, die nach Südosten aus dem Ort hinaus Richtung Avonmore führten. Es war Zeit, ins Lager zurückzukehren, Zeit, sich der Streitmacht wieder anzuschließen.

Lochlánn hatte diesen Morgen und den frühen Nachmittag damit verbracht, eine Patrouille anzuführen. Sie waren am Nordufer eines der beiden langen Seen entlanggeritten, die die Bergtäler gleich westlich der klösterlichen Gemeinde ausfüllten. Am Tag vorher hatte Colman ihm das Kommando über einige Reiter gegeben und ihm aufgetragen, im Morgengrauen aufzubrechen. Lochlánn fühlte sich geschmeichelt von dem Vertrauen, das man ihm damit entgegenbrachte, aber trotzdem gefiel es ihm nicht, Befehle von Colman entgegenzunehmen. Auch wollte er Louis de Roumois nicht allein lassen.

Louis jedoch hatte ihm gut zugeredet. Er hatte auf die wertvollen Erfahrungen hingewiesen, und auf das Ansehen, das Lochlánn in den Augen der Männer gewann, selbst wenn es Colman war, der ihn ausgeschickt hatte. So hatte Lochlánn seine sechs Berittenen ausgewählt, und sobald der erste helle Streifen sich am Horizont zeigte, machten sie sich auf den Weg nach Westen.

Sie fanden nichts von Interesse. Weder Heiden noch sonst einen lauernden Feind – genau wie Lochlánn erwartet hatte. Die Heiden würden aus dem Osten heranrücken, wenn sie denn kamen, vom Fluss her, den er und Louis schon rot gefärbt hatten mit dem Blut der Nordmänner. Dennoch war es wichtig, auf jede Überraschung vorbereitet zu sein. Es war durchaus möglich, dass einige der Bastarde einen Bogen nach Westen geschlagen hatten, und Lochlánn sollte sicherstellen, dass dies nicht der Fall war.

Nachdem diese Aufgabe erledigt war und nach einem kleinen Abstecher über den Jahrmarkt, führte Lochlánn seine Männer zurück zum *Dúnad*, das mehrere Meilen östlich von Glendalough lag. Von dort aus hatten sie auch ihre Angriffe gegen die Heiden geführt, in der Hoffnung, sie zu vertreiben, bevor sie in Sichtweite der Stadt gerieten. Wenn es keine Panik auf den Straßen von Glendalough gab, dann lag das nur daran, dass ihre Bemühungen bisher erfolgreich gewesen waren.

Nach weniger als einer halben Meile stießen sie auf eine Einheit der *Bóaire*. Die Männer saßen am Straßenrand, rissen Stücke von einem Laib Brot und reichten ihn herum. Ihre langen Speere standen wie Wachposten neben ihnen, die hinteren Enden in den weichen Boden gerammt. Lochlánn war überrascht, sie hier zu sehen. Er hatte das *Dúnad* dort erwartet, wo sie es verlassen hatten, und die Männer im Lager.

Lochlánn brachte die Pferde vor ihnen zum Stehen. Die *Bóaire* blickten zu ihm auf, aber sonst bewegten sie sich nicht und reagierten auch nicht weiter auf seine Anwesenheit.

»Warum seid ihr hier?«, fragte Lochlánn. »Warum seid ihr nicht im *Dúnad?*«

Diese Frage schien die Männer zu verwirren, und für einen kurzen Augenblick antwortete niemand.

»Gibt kein *Dúnad*«, brummte einer von ihnen schließlich. »Haben's heute Morgen abgebrochen, haben uns alle hier zurückmarschieren lassen.«

»Wer hat das angeordnet?«, fragte Lochlánn. »Hauptmann Louis?«

Ein Achselzucken kam zurück. »Haben einfach den Befehl gekriegt, dass wir losziehen sollen«, erklärte der Mann. »Einer der Krieger hat's befohlen. Das ganze Heer ist auf dem Rückweg. Der Rest wartet ein kurzes Stück weiter die Straße runter, denke ich.«

Lochlánn nickte. Diese Kerle taten, was man ihnen auftrug, und sie stellten keine Fragen. Es war offensichtlich, dass er von ihnen nichts Sinnvolles erfahren würde. Er trieb sein Pferd wieder an, und der stechende Schmerz in seiner Rückseite erinnerte ihn daran, wie begierig er war, aus dem Sattel zu kommen.

Sie erklommen einen Hügelkamm, und genau wie der Speerträger vermutet hatte, lag der Rest der Streitmacht nun vor ihnen; ungefähr dreihundert Mann, von denen die meisten sich im Gras ausgestreckt hatten oder saßen.

Was macht ihr hier?, dachte Lochlánn. Louis war immer entschlossen gewesen, den Heiden so wenig Boden wie möglich zu überlassen, sie so weit von Glendalough entfernt zu bekämpfen, wie er nur konnte. Aber jetzt war ihr Heer bis fast zur Türschwelle des Klosters zurückgefallen. Er fragte sich, was Louis wohl dazu gebracht hatte, derart seine Pläne zu ändern.

Er muss etwas im Sinn haben, einen neuen Plan, nahm Lochlánn an, während er seine Leute den kurzen Abhang hinunter dorthin führte, wo die Krieger versammelt waren. Er brachte sein Pferd wieder zum Stehen und sah sich im Sattel um.

»Ihr könnt absteigen, wenn ihr wollt«, sagte er. Anscheinend wollten das alle, denn jeder Mann schwang sein Bein über den Sattel und ließ sich dankbar auf den Boden herab. Lochlánn tat dasselbe und biss die Zähne zusammen vor Schmerz, als sein Gewicht wieder auf den Füßen lastete. Er richtete sich gerade auf und gab sich große Mühe, völlig unbeschwert zu wirken.

»Ich danke euch für die Arbeit dieses Morgens«, sagte er zu seinen Begleitern. »Nun dürft ihr gern zu euren Kameraden zurückkehren.« Die Männer nickten und führten ihre Pferde davon. Lochlánn wartete, bis sie weg waren, bevor er selbst versuchte zu gehen. Mit einigen zaghaften Schritten erreichte er eine Stelle, wo ein halbes Dutzend Krieger ausgestreckt im Gras lag.

»Hat einer von euch Hauptmann Louis de Roumois gesehen?«, fragte er.

Die Männer tauschten Blicke, die Lochlánn gleich auffällig vorkamen. Endlich sagte einer von ihnen: »Den haben wir nicht gesehen. Ich glaube nicht, dass er hier ist.«

»Wo ist er dann?«, fragte Lochlánn.

Der Mann zuckte die Achseln, und ein paar seiner Kameraden ebenfalls. »Keine Ahnung. Aber wir haben Gerüchte gehört«, erklärte ein anderer.

»Was für Gerüchte?«, wollte Lochlánn wissen, und zu seinem Ärger gesellte sich auch eine zunehmende Besorgnis.

»Keine Ahnung«, sagte der erste Mann.

Lochlánn atmete langsam aus. Er wusste, wann er nicht weiterkam. Er ging weiter und versuchte, seinen Schritt so normal wie möglich wirken zu lassen. Sein müdes Pferd trottete hinter ihm her. Ein kurzes Stück entfernt sah er eine Ansammlung von Bannern an langen Stangen, und darunter diskutierte lebhaft eine Handvoll Männer. Einer von ihnen war Colman mac Breandan, unter den übrigen erkannte Lochlánn einige der Hauptleute. Louis de Roumois konnte er nicht ausmachen, aber das hieß nicht, dass er nicht dort war.

Das Pferd fühlte sich sichtlich vom Frühjahrsgras angezogen, und so ließ Lochlánn es ziehen. Er selbst schritt steifbeinig über die Wiese auf die Männer zu, die sich berieten. Er senkte den Kopf, als er herankam, und sagte: »Colman, Herr!«

»Lochlánn!«, rief Colman. »Wieder zurück? Irgendeine Spur von den Heiden?«

»Nein, Herr«, erwiderte Lochlánn. Er musterte die versammelte Gesellschaft. Louis war nicht darunter. »Das Land im Westen scheint frei von ihnen zu sein.«

»Sehr gut«, sagte Colman. »Dann können wir davon ausgehen, dass sie alle zusammen im Osten sind und uns von dort aus angreifen werden.« Diese Worte waren nicht an Lochlánn gerichtet. Tatsächlich schien Colman Lochlánns Anwesenheit bereits vergessen zu haben.

»Herr«, sagte Lochlánn, und Colman wandte sich ihm wieder zu und bedachte ihn mit einem Blick, den man nicht als freundlich bezeichnen konnte.

»Ja?«, fragte Colman.

»Nun ... Herr ... Ich war ...«, stotterte Lochlánn. Es gab gleich mehrere Dinge, die er gerne wissen wollte, aber nichts davon ging ihn wirklich etwas an, und er erwartete auch keine Antwort darauf.

»Du fragst dich, wo dein spezieller Freund Louis der Franke ist?«, schlug Colman vor.

»Nun ... ja, in der Tat«, bestätigte Lochlánn.

»Davongelaufen«, fauchte Colman. »Hat uns gezeigt, was für ein Mann er in Wahrheit ist. Er hat meinen Hauptmann Aileran getötet. Hat ihn ermordet und ist mit meiner Schlampe von Frau davongerannt. Ich weiß nicht, ob er sie mit Gewalt mitgeschleppt hat oder ob sie ihn freiwillig begleitet. Jedenfalls sind sie fort. Zu den Heiden übergelaufen, nehme ich an.«

Lochlánn schwieg, weil ihm nichts einfiel, was er auf so einen Verdacht hätte erwidern können. Doch konnte es unmöglich wahr sein, dessen war er sich sicher. Also musste etwas anderes geschehen sein. Was das sein sollte, konnte Lochlánn allerdings nicht einmal vermuten, aber er war sowieso dermaßen erschüttert von Colmans Worten, dass er nicht klar denken konnte.

»Aber warum habt Ihr die Streitmacht hierhergebracht?«, brachte Lochlánn heraus. »Warum bekämpfen wir die Heiden nicht im Osten? Warum lassen wir sie so an Glendalough heran?«

Bei dieser Frage erhob sich Gemurmel unter den übrigen Männern. Das leise Geräusch erinnerte mehr an ein verhaltenes Knurren als an tatsächliche Wörter. Lochlánn wusste nicht, ob es ein Laut der Missbilligung über seine unverschämte Frage war oder ob sie sich dieselbe Frage stellten.

»Das geht dich nichts an, Junge«, erwiderte Colman. »Aber ich erklär dir so viel: Wir waren ungeschützt dort draußen, flatterten wie Wäsche an einer Leine herum, wo dieser verdammte Franke uns haben wollte, und hatten keine Unterstützung. Hier haben wir Glendalough hinter uns. Wir haben einen Ort, an den wir uns zurückziehen können.«

Er hielt inne, als würde er nur auf Widerspruch warten, nicht allein von Lochlánn, sondern aus den Reihen der Hauptleute. Einige räusperten sich, aber immer noch brachte keiner ein Wort heraus.

»So«, sagte Colman, wieder an Lochlánn gerichtet. »Das ist mehr an Erklärung, als dir zusteht. Nun geh und mach dich irgendwo nützlich.« Er wandte sich ab, das Gespräch war beendet.

Lochlánn taumelte davon. Er dachte gar nicht darüber nach, wohin er ging, er setzte einfach nur einen Fuß vor den anderen. Der Schmerz in seinen Beinen war ein Gegengewicht zu dem Aufruhr in seinem Kopf.

»Louis de Roumois hat Aileran nicht ermordet, und er ist nicht davongelaufen«, sagte Lochlánn. Er sprach die Wörter laut aus, aber gedämpft, zu sich selbst, als müsse er prüfen, wie wahr sie sich anfühlten. Und sie fühlten sich wahr an. Es war unvorstellbar, dass Louis einen solchen Verrat begangen haben sollte.

Jedenfalls fast unvorstellbar. Gewiss waren in Louis' Leben

einige seltsame Kräfte am Werke. War da nicht dieser Mann ins Kloster gekommen, um ihn zu töten? Damit hatte alles angefangen, bis zu dem Punkt, an dem Lochlánn seine Kutte gegen ein Kettenhemd eingetauscht hatte. Und nach der Schlacht an der Vermählung der Wasser war der Mörder erneut aufgetaucht. Zu dem Zeitpunkt war Louis bei Failend gewesen, so hatte es zumindest ausgesehen. Unter den Männern hieß es, die beiden hätten es miteinander getrieben, was durchaus nach einer glaubwürdigen Einschätzung klang.

»Louis hat das alles nicht getan!«, wiederholte Lochlánn und zwang diesmal mehr Überzeugung in seine Stimme. Und während er das tat, wurde ihm klar, dass es größere Sorgen gab als den möglichen Verrat von Louis de Roumois.

Er blickte nach Westen. Die Sonne stand schon tief, und das Licht am Himmel schwand rasch, aber für Lochlánn sank die Dunkelheit sogar noch schneller herab. Was für eine Art Mann Louis auch sein mochte, er war auf jeden Fall für die Siege verantwortlich, die sie bisher über die Heiden errungen hatten. Es war Louis gewesen, der die mordgierige Horde in Schach gehalten und daran gehindert hatte, Glendalough zu verwüsten. Und jetzt war er fort.

Und am nächsten Tag sollten die Heiden kommen.

35. Kapitel

Du Trägerin von goldenen Ringen,
nur spärlich war meine Hoffnung, zu überleben.
GISLI SURSSONS SAGA

Ein leichter Nebel hing in der Luft, doch der Boden war fest und noch kein aufgewühlter Morast. Die Straße lag nur eine Viertelmeile vom Fluss entfernt, genau wie die Kundschafter es gemeldet hatten. Thorgrim sah sie nun selbst, während er sich seinen Weg durch das hüfthohe Gras bahnte. Nichts stellte sich den Plünderern in den Weg, weder Menschen noch andere Hindernisse. Nur ein kurzer Marsch bis Glendalough und zu den Reichtümern, die es dort zu holen gab.

Das klang einfach. Aber Thorgrim wusste, dass es ganz und gar nicht einfach sein würde, weil das nie der Fall war.

Vom Flussufer aus erstreckte sich das Weideland ins Landesinnere, nur gelegentlich von kleinen Baumgruppen durchbrochen. Nicht einmal eine Meile entfernt gingen die Wiesen in die runden Berge über, die sich in jede Richtung hin erhoben, so weit das Auge reichte.

Nicht, dass der Blick zu diesem Zeitpunkt allzu weit hätte schweifen können. Die Sonne war vor weniger als einer Stunde über den Horizont gestiegen. Der Tag versprach trüber zu werden als der davor, und der drohende Regen, der schon seit einer Weile wie ein Fluch über ihnen dräute, schien noch greifbarer.

»Schaut Euch den Hurensohn an, schaut ihn Euch an, Herr!«, entfuhr es Godi. Er ging neben Thorgrim über die Wiese und nickte mit seinem riesigen Kopf in Richtung von Ottar und seinen Leuten. Diese bewegten sich in einer ungeordneten Reihe zu ihrer Linken, mit Ottar an der Spitze und einem Mann, der sein Banner trug, daneben. Ottar war ein großer Mann mit langem Schritt, aber Thorgrim sah deutlich, dass er noch weiter ausholte, als es für ihn normal gewesen wäre. Seine Männer mussten sich anstrengen, um mit ihm mitzuhalten. Anscheinend war er bemüht, als Erster die Straße zu erreichen und so vor Thorgrims Streitmacht die Führung zu übernehmen.

Thorgrim schüttelte angewidert den Kopf. »So ein dämlicher Mistkerl«, sagte er.

Rechnete man die Getöteten und Verwundeten ab, und die Männer, die zum Schutz der Schiffe zurückgeblieben waren, dann zählte das Heer der Nordmänner, die auf Glendalough vorrückten, nur noch zweihundertfünfzig Kämpfer. Das war eine beachtliche Streitmacht, und sie alle waren gute, erfahrene Krieger; aber Thorgrim glaubte nicht, dass die Iren weniger Männer hatten. Wahrscheinlich verfügten sie über viel mehr. Und die Iren wurden gut geführt. Das hatte er bereits erlebt.

Die einzige Möglichkeit, siegreich aus dem Kampf hervorzugehen, war, gemeinsam anzutreten, damit sämtliche Nordmänner zusammen angriffen. Das war Ottar mit Sicherheit auch bewusst, aber er schien entschlossen, es zu ignorieren.

»Sollen wir schneller vorrücken? Mit ihm Schritt halten?«, fragte Godi. Er hielt Thorgrims Banner, den grauen Wolfskopf auf rotem Wimpel, und sie beide schritten den Männern aus Vík-ló voran.

»Nein«, gab Thorgrim zurück. Er würde sich auf dieses Spiel

nicht einlassen. »Sollen sie doch als Erste gehen, sollen sie ruhig eine Meile vor uns laufen, wenn sie wollen. Meinetwegen könnten sie den Feind allein angreifen. Wenn sie bei den Iren so viel Schaden angerichtet haben, wie sie nur können, benutzen wir ihre Körper als Schutzwall.«

Ottar erreichte die Straße zuerst, wie er es vorgehabt hatte. Seine Krieger reihten sich hinter ihm ein und bildeten eine lose Marschkolonne, je drei oder vier Männer nebeneinander.

Thorgrim schaute an Ottar vorbei in die Ferne, Richtung Westen, bis sein Blick sich zwischen den Hügeln und im Dunst verlor. Er fragte sich, was dort draußen vorging.

Bevor sie vom Fluss aufgebrochen waren, hatte er seine Kundschafter ausgeschickt, genau wie Ottar die seinen, doch bis jetzt hatten sie noch keine Meldung erhalten. Auch Harald steckte irgendwo da draußen. Irgendwo vor ihnen. Jedenfalls sollte er dort sein. Thorgrim befürchtete, dass die Langschiffe Haralds Patrouille womöglich passiert hatten, dass sein Sohn und die Männer in Wahrheit hinter ihnen waren, weiter flussabwärts.

Nun, das finden wir bald genug heraus, dachte er.

Die Straße stieg über die kleineren Hügel an und führte auf der anderen Seite wieder hinunter, aber im Großen und Ganzen ging es ständig weiter bergauf, tiefer in die Berge hinein und auf das Kloster zu, das in einem Tal vor ihnen liegen sollte. Thorgrims Männer formierten sich hinter Ottar und setzten ihren Weg fort. Der Nebel wurde dichter und wehte in wolkigen Schleiern vorüber, bis man nicht mehr unterscheiden konnte, ob das da in der Luft noch Dunst oder schon Regen war.

Sie marschierten noch etwa eine halbe Meile, bis Thorgrim bemerkte, dass vor ihnen etwas geschah: Eine gewisse Unruhe lief durch Ottars Schar. Vali, der seitlich vorausgehend den

Zug abgesichert hatte, kam nach hinten gerannt und reihte sich neben Thorgrim ein.

»Einer von Ottars Kundschaftern ist zurück, glaube ich«, sagte er.

»Gut«, erwiderte Thorgrim. Er hoffte, dass sie nun endlich etwas über ihren Gegner erfuhren. Aber nachdem zehn Minuten vergangen waren, wurde ihm klar, dass er das nicht von Ottar hören würde. Was für Nachrichten auch immer Ottars Mann mitgebracht hatte, der leitete sie nicht an Thorgrim weiter.

Dieser dumme Ochse, dieser verdammte, dämliche Bastardsohn einer Hure, dachte Thorgrim, obwohl er wusste, dass er selbst der Narr gewesen war, wenn er geglaubt hatte, dass Ottar irgendwelche Neuigkeiten mit ihm teilen würde. Er verfluchte sich, und er verfluchte Ottar, verfluchte Kevin, und verfluchte nicht zuletzt Glendalough.

Sehnsuchtsvoll dachte er auf einmal an seine Halle in Vík-ló. Das vertraute wie tröstliche Bild überraschte ihn. Merkwürdig, dies war dieselbe Sehnsucht, die er sonst immer empfunden hatte, wenn er an seinen Hof in Ost-Agder dachte.

Bin ich so lange von zu Hause fort, dass ich es vergesse?, fragte er sich. *Wollen die Götter mich wissen lassen, dass ich Norwegen nie wiedersehen werde?*

Oder war Vík-ló inzwischen seine Heimat? Er konnte die Sehnsucht nicht abstreiten, die ihn in diesem Moment erfüllte – den Wunsch, genau dort zu sein, diesen ganzen schlecht durchdachten Raubzug abzubrechen und mit seinen Freunden in der von Grimarr Knutson erbauten großen Halle zu sitzen, zu feiern und zu trinken.

Dann unterbrach Godi seine Gedanken: »Seht, Herr!«

Thorgrim blickte auf. Armod Thorkilson, einer der Kundschafter, die er ausgesandt hatte, kehrte im Laufschritt zurück.

Neben Thorgrim verlangsamte er seinen Lauf und passte sich dessen Geschwindigkeit an.

»Der Feind ist direkt vor uns, Herr«, berichtete er. »Etwa eine Meile, nicht mehr.«

»Warum erfahre ich das erst jetzt?«, fauchte Thorgrim. »Ottars Späher war vor zehn Minuten schon zurück.«

»Ja, Herr«, erwiderte Armod. »Wir waren zusammen. Er lief davon, sobald wir den Feind erblickt haben. Ich jedoch blieb, damit ich herausfinden konnte, wie viele es sind, Herr. Und wie sie sich aufgestellt haben.«

Thorgrim nickte und war beschämt, weil er sich von seiner schlechten Stimmung hatte verleiten lassen, einen Mann zu tadeln, der es nicht verdiente. »Das hast du richtig gemacht, Armod«, sagte er. »Was hast du gesehen?«

»Es scheinen mehr als dreihundert Männer zu sein, Herr«, berichtete Armod. »Soldaten mit Schilden. Und Speerträger. Berittene sind an den Flanken aufgestellt. Sie stehen in einer Reihe oben auf einer kleinen Anhöhe. Es ist kein großer Hügel, aber auf jeden Fall eine erhöhte Position.«

Thorgrim nickte. »Sind sie in einem Schildwall angetreten?«

»Nicht, als ich sie gesehen habe, Herr. Doch viel fehlte nicht dazu.«

»Gut«, sagte Thorgrim, auch wenn er nicht sicher war, was genau er damit ausdrücken wollte. Mehrere Dinge wahrscheinlich. Armod hatte sich einen guten Eindruck verschafft. Es war gut, dass sie wussten, wie der Feind aufgestellt war. Aber vor allem war es gut, dass sie den Feind bald treffen würden, ihn töten und die Sache hinter sich bringen konnten.

Vík-ló, dachte Thorgrim. Und sie marschierten weiter.

Bald ging es wieder bergauf, und der Dunst war inzwischen ganz eindeutig zu einem leichten Regen geworden. Armod, der jetzt wenige Schritte hinter Thorgrim ging, merkte an:

»Gleich hinter diesem Hügel, Herr, und dann verläuft die Straße wieder nach unten und anschließend die nächste Anhöhe hinauf. Das ist der Ort, wo ich die irische Schlachtreihe gesehen habe.«

Noch während Armod sprach, verließen Ottars Krieger vor ihnen die Straße und reihten sich Schulter an Schulter auf dem Hügelkamm auf. Sie bildeten einen Schildwall, oder was zu einem Schildwall werden würde, sobald der Befehl dazu gegeben wurde.

Thorgrim drehte sich herum, ging rückwärts und wedelte mit dem Arm in der Luft herum.

»Die Iren stehen gleich hinter diesem Hügel, und sie warten auf uns. Bildet eine Reihe, eine Reihe, dort!« Er zeigte zu einer Stelle, die beim Angriff zum rechten Flügel der Nordmänner werden würde, und seine Männer liefen los, um in Schlachtordnung anzutreten und sich mit Ottars Linie auszurichten, zu einer einzigen Reihe von Schilden und Schwertern und Äxten und Speeren, die – hoffentlich – die Iren vor ihnen hinwegfegen würde.

Während seine Männer sich von Bersi, Kjartan und Skidi Streitaxt angetrieben formierten, trat Thorgrim auf die Hügelkuppe und spähte über die Viertelmeile hinweg, die ihn noch von den irischen Verteidigern trennte.

Es war genau so, wie Armod es beschrieben hatte. Eine Reihe von Männern, die sich über den Hang gegenüber wand, fast ganz oben auf einer Anhöhe. Sie hielten Schilde in der Hand, die bei Sonnenlicht hell und heiter ausgesehen hätten, an diesem nebligen Tag aber stumpf und trübe wirkten. Thorgrim sah Helme und Speere, die wie Schilfhalme aus einem Fluss hervorragten. Dreihundert Männer.

Nein. Das waren gewiss mehr als dreihundert.

Auch was die Reiter anging, hatte Armod richtig gelegen.

Es waren etwa dreißig auf der linken Flanke und dreißig auf der rechten. Die größte Gefahr für einen Schildwall bestand darin, dass ein Feind um die Enden herum und in den Rücken der Krieger gelangte. Ohne die Anlehnung an einen Fluss oder einen Sumpf war es die Aufgabe der Berittenen, die Nordmänner daran zu hindern, über die Flanken zu kommen. Und wenn die Reiter standhaft blieben und sich auf ihr Handwerk verstanden, würden sie das auch leicht bewerkstelligen können. Schlimmer noch, sie waren selbst in der Lage, die Flanken des Gegners zu attackieren oder hinter den Schildwall der Wikinger zu gelangen.

Nun, da lässt sich nichts machen, dachte Thorgrim. *Geradewegs auf sie zu, kühn und ungestüm.* Er hatte oft genug erlebt, dass diese Taktik den Sieg brachte. Man musste dem Feind vermitteln, dass man verrückter war als er und den Tod weit weniger fürchtete.

Ich fürchte den Tod nicht, dachte Thorgrim. Das war nur eine nüchterne Feststellung. Und es war keine Furchtlosigkeit. Furchtlosigkeit war etwas anderes. Seine Empfindung hatte mehr mit Müdigkeit zu tun, und einem noch unterschwelligen Gefühl, dass er bereit dafür war, seinen Lohn in Walhall zu empfangen. Er war nicht wie Starri, der sich nach Odins Halle sehnte. Thorgrim war es einfach gleichgültig, ob er in Midgard war, in der Welt der Menschen, oder in Asgard, der Welt der Götter. Es kümmerte ihn nicht, ob er lebte oder starb, solange er nur ehrenvoll im Kampf fiel. Und das machte ihn zu einem sehr gefährlichen Gegner.

Er wandte sich nach links. Ottar und seine Schiffsführer hatten ihre Leute in Formation gebracht, genau wie Thorgrims eigene Unterführer es taten. Thorgrim wusste, dass er mit dem Mann reden sollte. Er atmete langsam aus. Gegen den irischen Schildwall anzurennen kam ihm plötzlich viel verlockender vor, als seinen Geduldsfaden durch eine weitere Unterredung mit Ottar zu strapazieren. Aber er hatte sich weit genug seinem Schicksal ergeben, um alles zu tun, was in seiner Macht lag, damit dieser Raubzug zu einem Erfolg wurde. Das schuldete er den Männern, die ihm folgten.

Er schritt die Reihe entlang, vorbei an seinen eigenen Kriegern und an Ottars Leuten.

»Ottar!«, rief er, als er näherkam.

Ottar fuhr herum, seine langen Zöpfe flogen hoch wie lose Taue im Wind. »Du!«, brüllte er. »Komm meinen Männern bloß nicht in die Quere. Pass auf, dass keiner der Hunde, die dir folgen, in den Weg meiner Männer gerät!«

Thorgrim blieb zehn Fuß entfernt stehen und sah Ottar an. Gegen alle Vernunft hatte er darauf gehofft, ein sinnvolles Gespräch über die anstehende Schlacht zu führen. Nun jedoch erkannte er, dass es dazu nicht kommen würde. Also antwortete er stattdessen: »Ottar, wenn das hier vorbei ist, dann kämpfen wir, und ich töte dich. Aber vorher sorg dafür, dass deine Männer einen gemeinsamen Schildwall mit meinen formen und dort bleiben, bis wir bei den Iren sind. Pass auf, dass keiner deiner Leute davonrennt. Ich werde persönlich jeden erschlagen, der es versucht. Und darauf achten, dass du selbst nicht das Weite suchst.«

Er wandte sich ab, während Ottar den Mund öffnete, und ging in Richtung seiner Männer zurück, als Ottar zu brüllen begann: »Nachtwelpe! Ich töte dich gleich jetzt! Komm zurück, du Hurensohn!«

Thorgrim ging ungerührt weiter. Er wusste, dass Ottar in diesem Augenblick nichts gegen ihn unternehmen würde, nicht, da Glendalough zu ihren Füßen lag. Er würde keinen persönlichen Feldzug anfangen, solange ein anderer, noch einträglicherer auf ihn wartete. Und genauso wenig würden seine

Männer dulden, dass er das tat. Selbst für Ottar gab es Grenzen für das, was er seinen Leuten zumuten konnte.

Godi und Agnarr standen an der Spitze der Besatzung des *Meereshammers*, die wiederum im Zentrum der Schlachtreihe von Vík-ló platziert war.

»Ich nehme an, dein Gespräch mit Ottar hat sich gelohnt?«, bemerkte Agnarr.

Thorgrim schnaubte. »Ich habe schon lohnendere Gespräche mit den Schweinen auf meinem Hof geführt«, erwiderte er. »Wir können nur hoffen, dass er und seine Männer den linken Flügel halten und wir diese Iren zügig zurückwerfen. Wenn wir keinen schnellen Sieg erringen, fürchte ich, dass es überhaupt keinen Sieg geben wird.«

Die Iren hämmerten nun mit den Schwertern auf die Schilde und riefen etwas, von dem Thorgrim allenfalls vermuten konnte, dass es sich um Spott und Beleidigungen handelte. Plötzlich fühlte er sich allein und ungeschützt. Godi und Agnarr waren da, und sie waren gute Männer, Männer, die er schätzte und denen er vertraute. Aber Harald war nicht da. Und auch Starri fehlte. Es kam ihm einfach nicht richtig vor, ohne die beiden vor einem Schildwall zu stehen. Das schien ihm kein gutes Omen. Ganz und gar kein gutes Omen.

Dann hörte er Ottar brüllen wie ein Ungeheuer aus den alten Sagas, und Thorgrim blickte nach links. Der bullige Wikinger trat in die Reihe seiner Krieger zurück und rief einen Befehl. Die Männer schlossen ihre Schilde, jeder überlappte den daneben. Ein Schildwall entstand.

Thorgrim wandte sich Godi und Agnarr zu. »Gehen wir«, sagte er, und auch sie traten zurück und nahmen ihren Platz in der Reihe ein, die Schilde erhoben, die Waffen bereit. Bersi und Kjartan und Skidi Streitaxt reihten sich ebenfalls in die Formation ein.

Ottar setzte sich schon in Bewegung. Er verschwendete nicht einen Gedanken an Thorgrims Truppe, und Thorgrim blieb keine Wahl, als seine Männer mit Ottars vorrücken zu lassen. Andernfalls wäre der Schildwall bereits jetzt zerbrochen, und das war die zweite große Gefahr für Krieger, die in einer solchen Formation antraten.

Die Reihe bewegte sich schneller, während sie die Anhöhe hinabstürmte. Die Iren hörten mit dem Hämmern auf und brachten ihre Schilde zusammen, aber die Hohnrufe setzten sich fort, so sinnlos sie auch waren. Die Nordmänner gelangten an den Fuß des niedrigen Hügels und nahmen die Steigung in Angriff. Ein paar von ihnen gingen auf der Straße, doch die meisten waren über die Wiese zu beiden Seiten verteilt. Thorgrims Augen waren überall: bei seinen Männern, dem irischen Schildwall, den Reitern an den Flanken.

Ganz besonders auf den Reitern! Die verhielten sich im Augenblick ruhig und warteten ab, ob der Feind versuchen würde, die Flanken der irischen Formation aufzurollen. Aber wenn – genau genommen, sobald! – sie sich in den Kampf warfen, bestand die Gefahr, dass sie die Nordmänner in Panik versetzten und sie auf der Flucht niedermachen konnten. Auch das war etwas, das Thorgrim schon erlebt hatte.

Die irische Reihe war noch dreihundert Fuß weit weg, und die Entfernung verringerte sich rasch. Thorgrim konnte nun erkennen, dass sie zu beiden Seiten über ihre eigene Schlachtreihe hinausgriff. Die Nordmänner hatten nicht genug Männer, um die irischen Reihen zu umschließen, selbst wenn sie es so geplant hätten. Die Iren hingegen konnten ihre Linien an den Enden einschwenken lassen und seine und Ottars Männer von zwei Seiten angreifen. Und dann gab es da noch die Reiter.

»Das wird ein harter Kampf werden«, sagte er zu Agnarr.

»Das wird es«, bestätigte der.

Sie waren nun nah genug, dass Thorgrim die Gesichter der Männer sah, die ihnen gegenüberstanden: Krieger mit Schwertern und Äxten wie bei den Nordmännern, und dahinter die Speerträger, die sich bei dem Hinterhalt am Fluss als so tödlich erwiesen hatten. Und wiederum hinter allen anderen saßen die Kommandanten zu Pferd, warteten ab, beobachteten, ließen den Feind herankommen.

Dann schrie einer der berittenen Anführer etwas. Der Ruf lief entlang der Reihe fort, und die Iren taten etwas, das Thorgrim überhaupt nicht erwartet hatte: Die Krieger im Schildwall wichen beiseite, öffneten zwischen sich eine Lücke, und die Speerträger traten nach vorn, die Speere im Anschlag, die Gesichter verbissen.

»Was bei Odin treiben die da?«, hörte er Godi fragen, aber für Thorgrim war es klar. Sie wollten, dass die Nordmänner zuerst auf die Reihe mit den Speeren trafen. Sie wollten, dass die Speerträger die Spitzen ihrer langen Stangenwaffen durch die Reihe der nordischen Schilde stießen und so viele Feinde wie möglich zu Fall brachten, damit Lücken im Schildwall entstanden und die Krieger im Hintergrund mit voller Gewalt nachrücken und durch ihre Linien brechen konnten.

Noch einhundertfünfzig Fuß. Es war kein schlechter Plan, ganz und gar nicht, aber es standen kaum hundert Speerträger gegen einen Schildwall von zweihundertfünfzig Wikingern. Thorgrim konnte erkennen, dass die Männer mit den Speeren keine erfahrenen Krieger waren. Sie trugen Leder, keine Kettenrüstung, und sie besaßen keine Schilde, weil Schilde sie bei ihrer Aufgabe behindert hätten. Sie sahen ängstlich aus.

»Brüllt!«, schrie Thorgrim. »Ihr alle, macht Lärm, macht Lärm!« Thorgrim machte es vor, ein Grauen erregendes Heulen erhob sich tief aus seinem Inneren, stieg hinauf zu den

Göttern, und er hob das Schwert und stürmte schneller voran. Godi gab ebenfalls ein lautes Gebrüll von sich, und überall in der Reihe schrien und kreischten die Männer, heulten und fluchten, und Ottars Krieger fielen mit ein. Es war ein Lärm wie aus der Unterwelt, und er trieb die Nordmänner immer schneller und schneller voran, ihre Geschwindigkeit wuchs erst zu einem raschen Schritt und dann zu einem langsamen Lauf, als sie den Hang hinaufkamen.

Die Speerträger wichen einen Schritt zurück. Thorgrim sah, dass ihre Münder offenstanden und wie sie entsetzt die Augen aufrissen. Man brauchte gut ausgebildete und erfahrene Leute, entschlossene Kämpfer, um so einem Ansturm standzuhalten, und die Männer vor ihnen waren nichts von alldem.

»Tötet sie! Tötet sie!«, schrie Thorgrim und schwenkte *Eisenzahn*, während er rannte. Das Dröhnen von fünfhundert Füßen in vollem Lauf untermalte das schrillere, lautere Geschrei der rasenden Nordmänner. Die Iren mit den Speeren traten einen weiteren Schritt zurück, und dann noch einen.

Dann trafen beide Reihen aufeinander, Nordmänner und Speerträger. Ein Mann stand Thorgrim gleich gegenüber, ein älterer Mann mit einem trüben Auge und unrasiertem Gesicht und einem Blick, als müsse er gegen die Panik ankämpfen und würde dabei den Kürzeren ziehen. Sein gesundes Auge richtete sich auf Thorgrim, und er stieß mit dem Speer vor, die dunkle, dolchartige Spitze stach geradewegs nach Thorgrims Gesicht.

Tapferer Kerl, dachte Thorgrim. Mit ein wenig Ausbildung hätte man einen guten Krieger aus ihm machen können. Aber dazu würde es jetzt nicht mehr kommen. Thorgrim fing den Speer mit *Eisenzahn* ab und lenkte den Stoß nach oben, von der Schlachtreihe fort, und ohne langsamer zu werden, rückte er weiter vor und ließ die Klinge auf den ledergeschützten Kopf des Speerträgers herabfahren.

Ein erstaunter Ausdruck fror auf dem Gesicht des Iren ein, als er starb, und Thorgrim zerrte das Schwert wieder heraus und spürte, wie sein Fuß auf der Leiche des Mannes landete, als er weiterrannte.

Das reichte den irischen Speerträgern. Wenn sie es schafften, auch nur einen der Wikinger zu töten, bekam Thorgrim es jedenfalls nicht mit, doch als der brüllende Schildwall über sie hinwegrollte, reagierten sie, wie er es vorhergesehen hatte. Sie gerieten in Panik.

Überall entlang der Linie wurden Speere beiseite geworfen, die Speerträger wandten sich um und flohen die fünf Schritte zurück auf den Schutz des Schildwalls zu. Aber die irischen Krieger konnten sie jetzt nicht mehr durchlassen, denn das hätte bedeutet, dass sie Lücken im Wall hätten auftun müssen, gerade wenn der Feind über ihnen war. Also hielten sie die Schilde geschlossen, und die Speerträger in ihrer Panik zerrten und kratzten daran und versuchten irgendwie hindurchzukommen. Verzweifelt versuchten die Männer, nicht zwischen den beiden Schildwällen eingeschlossen zu werden.

Aber es war zu spät für sie. Die Heere prallten aufeinander wie Schiffe auf Kollisionskurs und zerschmetterten die Männer dazwischen. Thorgrim sah, wie einer der irischen Krieger das Einzige tat, was er sinnvollerweise tun konnte: Er ließ die Axt auf den Kopf des Speerträgers vor ihm herabfahren und tötete ihn, bevor der Mann die Schildwand auseinanderreißen konnte. Doch die panisch Fliehenden hatten ihren Schaden bereits angerichtet. Bei dem aussichtslosen Versuch, sich in Sicherheit zu bringen, hatten sie den irischen Schildwall ins Wanken gebracht, dessen Ordnung erschüttert, gerade als die Nordmänner sich mit all ihrem Schwung dagegenwarfen.

Thorgrims ganze Welt verengte sich. Vor wenigen Augenblicken hatte seine Aufmerksamkeit sich auf die komplette Reihe der Nordmänner erstreckt, nun interessierte ihn nurmehr, was auf Schwertlänge um ihn herum geschah. Dieser Bereich war alles, was er noch sehen konnte, und es war alles, worauf er Einfluss besaß.

Sein Schild traf hart auf den des Iren vor ihm, und Thorgrim kam abrupt zum Stehen. Die Wucht des Aufpralls brachte den Iren ins Taumeln. Thorgrim stieß *Eisenzahn* nach vorn durch die Lücke über den beiden Schilden unmittelbar vor ihm, aber der Krieger, der dort stand – ein junger, jedoch abgebrüht wirkender Mann ohne jede Spur von Furcht auf dem Gesicht –, bog sich zur Seite, und die Klinge verfehlte ihn um wenige Zoll.

Etwas traf die Unterseite von Thorgrims Schild, ein Schwertstreich, der auf seinen Unterleib oder die Oberschenkel zielte. Er rammte den Schild nach unten, spürte, wie die Kante auf die Klinge schlug, während er zugleich mit *Eisenzahn* über dem Schild zustach. Dieses Mal traf er, trieb seinem Gegner die Spitze in die Schulter und fühlte, wie sie ins Fleisch drang.

Der Mann fuhr zurück und versuchte mit aller Macht, sein Schwert wieder nach oben zu bringen. Er wäre auf *Eisenzahns* Klinge gestorben, hätte der Ire zu seiner Rechten nicht mit seiner Waffe nach Thorgrim geschlagen und ihn dazu gezwungen, den Hieb zu parieren.

Die Nordmänner wurden zusammengepresst, Schulter an Schulter, und sie drückten gegen die Iren vor ihnen. Es war schwierig, sich noch zu bewegen, schwerer noch, eine Klinge zu führen. Zumindest war es das für Thorgrim Nachtwolf oder jeden anderen Mann von durchschnittlicher Größe. Godi an seiner Seite, der über die Reihe von Kriegern aufragte wie einer der nahen Berge, hatte keine solchen Schwierigkeiten.

Seine bevorzugte Waffe war die Streitaxt, die perfekte Wahl für einen Mann, der sich über anderen auftürmen und von oben auf sie einhacken konnte wie auf Feuerholz.

Das tat er jetzt. Mit einem Brüllen ließ er das Beil auf den Schildwall vor sich niedersausen. Die Klinge traf klirrend den Rand eines Schilds und fuhr tiefer hinein, durchtrennte den eisernen Rahmen, teilte das Holz. Thorgrim sah den überraschten Ausdruck auf dem Gesicht des Iren, doch der Mann neben ihm, der Mann, der nach Thorgrims Beinen gestochen hatte, zögerte nicht. Er drehte den Schild in Godis Richtung, stieß mit der Klinge nach Godis Brust und hätte ihn vielleicht getötet, wäre Thorgrim nicht noch schneller gewesen.

Eisenzahn fuhr wie eine Schlange auf die Kehle des Mannes zu, traf sie gleich unter dem Helmriemen und drang tief ein. In einem Schwall von Blut riss Thorgrim das Schwert zurück, und sein Gegner ging zu Boden. Eine Lücke tat sich im Schildwall auf.

»Vorwärts!«, schrie Thorgrim, aber die Männer um ihn hatten die Gelegenheit erkannt, noch bevor er etwas sagte. Sie stießen mit Wucht voran, die Schilde vor sich, sie schwangen die Waffen und drängten die Iren zurück.

Thorgrim ließ seinen Blick über die Reihe schweifen. Es war schwierig, sich einen Überblick zu verschaffen, dennoch hatte er den Eindruck, dass der irische Widerstand ins Wanken geriet und deren Schildwall auseinanderbrach. Mit den verängstigten Speerträgern hatte es angefangen, und jetzt setzte der wilde Angriff der Nordmänner den Reihen der Feinde noch weiter zu.

»Haltet die Schilde geschlossen!«, rief Thorgrim. Er wollte nicht, dass ihre eigene Formation sich auflöste, suchte zu verhindern, dass die Schlacht in dreihundert Zweikämpfe zerfiel. Er wollte, dass die Iren die Flucht ergriffen, und dabei würde er sie niedermachen und gleich weiter nach Glendalough vorrücken.

Ihre eigenen Schilde überlappten sich noch, als sie den irischen Schildwall durchbrachen und nach links und rechts auf den Feind einhackten. Soweit Thorgrim es sehen konnte, gab es keine Verstärkung, um die Lücken im Wall wieder zu schließen. Der Befehlshaber der Iren hatte alles auf eine Karte gesetzt und all seine Kämpfer im Schildwall aufgeboten. Aber natürlich hatten die Nordmänner dasselbe getan.

Vor Thorgrim stand nun ein Mann mit der Axt in der einen Hand, dem Schild in der anderen. Der Ausdruck auf seinem Gesicht verriet ungezügelten Zorn. Er hackte mit der Axt, Thorgrim fing sie mit dem Schild, und das Blatt grub sich tief ins Holz. Thorgrim drehte den Schild und hoffte, seinem Feind die Waffe zu entwinden, während dieser seine Axt in die gegenüberliegende Richtung riss und hoffte, Thorgrim damit aus dem Gleichgewicht zu bringen.

Einen Moment lang standen sie reglos voreinander, ihre Kräfte ausgeglichen. Dann ließ der Ire seine Waffe los. Thorgrim taumelte, und sein Gegner ging mit einem Kurzschwert auf ihn los, das er aus dem Gürtel gezogen hatte.

Die Klinge schoss auf Thorgrims Kehle zu, doch bevor sie ihr Ziel erreichte, sauste Godis Axt auf den Arm des Iren herab, grub sich hinein und durchtrennte ihn halb. Der Mund des Mannes öffnete sich zu einem überraschten Schrei voll Schmerz und Wut, dann fuhr Godis Axt noch einmal nach unten und ließ den Schrei verstummen.

Und der irische Schildwall brach tatsächlich. Es gab keinen Zweifel mehr. Thorgrim sah, wie die Männer zurückwichen, wie sie unter den Klingen der Nordmänner starben. Er sah, wie die irische Reihe sich bog, wo Skidi Streitaxt seine Männer in einem wuchtigen Stoß voranführte.

»Vorwärts! Vorwärts!«, schrie Thorgrim. »Auf sie!« Er stemmte sein Körpergewicht gegen den Schild, presste hart gegen den Mann vor ihm. Und dann stolperte er. In dem einen Augenblick gab es einen Widerstand, und im nächsten keinen mehr, als der Mann aufgab, den Schild fallen ließ, sich umdrehte und rannte.

Thorgrim richtete sich wieder auf, hob Schwert und Schild und bereitete sich auf einen neuen Angriff vor, doch es kam keiner. Auf der ganzen Linie wandten die Iren sich nun um und flohen den Hügel hinter ihnen empor und über die Kuppe hinweg, die Nordmänner hart auf ihren Fersen.

»Männer von Vík-ló!«, schrie Thorgrim. »Bleibt zusammen! Bleibt zusammen!« Die Iren waren vielleicht in Panik und Verwirrung auseinandergelaufen, doch er durfte nicht zulassen, dass seine eigenen Männer dasselbe taten. Damit würden sie jeden Vorteil verschenken, den sie gewonnen hatten, und es den Iren ermöglichen weiterzukämpfen. Er musste sie zusammenhalten, die Schlachtordnung bewahren, sie die Reste der irischen Schlachtreihe angreifen und ganz auseinanderreißen lassen.

Er sah sich nach links und rechts um. Ein paar von Ottars Leuten liefen den Iren hinterher, aber seine eigenen Krieger widerstanden der Versuchung, so stark sie auch war.

»Männer von Vík-ló! Voran!«, schrie Thorgrim, und die Mannschaften seiner vier Schiffe rückten wieder vor, bereit, die Iren erneut anzugreifen, diesen Teil der Arbeit des Tages hinter sich zu bringen und nach Glendalough weiterzuziehen.

Und da schlugen die Reiter zu.

36. Kapitel

Ich gab seine Leiche den Raben,
des Schwertes Schneide schwang ich und schnitt …

GISLI SURSSONS SAGA

Die Reiter stürmten von rechts heran, und Thorgrim verfluchte sich, weil er sie ganz vergessen hatte, was ohne Zweifel ihr Ziel gewesen war. Sie hatten sich aus dem Gefecht herausgehalten, bereit, die Flanken gegen einen Angriff zu verteidigen oder vorzustoßen, sollte der Schildwall bersten. Was sie nun taten.

Thorgrim hörte die Rufe am Ende seiner Schlachtreihe und erblickte die Berittenen, als er sich umwandte. Sie waren zweihundert Fuß entfernt und stürzten sich auf seine Männer. Schwerter wurden geschwungen, Pferde schnappten mit ihren hässlichen gelben Zähnen und schlugen mit den Hufen zu. Ein Mann ging zu Boden und zappelte hilflos mit Armen und Beinen, als das Pferd stieg und mit den Hufen auf seinem Brustkorb landete. Er sah, wie das Schwert eines Reiters hinabfuhr und blutig wieder nach oben kam.

»Bei den Göttern!«, schrie Thorgrim. »Kommt mit mir!« Seine Wörter waren an jeden gerichtet, der sie hören konnte, vor allem aber an Agnarr und Godi. Er lief los und war zuversichtlich, dass sie ihm folgten. Er rannte zum Ende der Reihe, wo die Reiter herumwirbelten und dreinschlugen und ihre Tiere ausschlagen und beißen ließen.

»Bildet einen Wall! Bildet einen Wall!«, rief er, während er noch lief und die Distanz verringerte. Die Berittenen hatten den Zeitpunkt gut gewählt. Hätten die Nordmänner die Gelegenheit gehabt, sich gegen den Angriff zu formieren, so hätten sie standzuhalten vermocht. Doch die Reiter hatten hart und schnell attackiert, und Panik breitete sich aus.

Thorgrim hielt an. Seine Männer hörten nicht auf ihn. »Godi, Agnarr, zu mir!«, schrie er, und die beiden traten seitlich neben ihn. Wenn er seine Männer nicht dazu bringen konnte, den Schildwall zu formen, dann musste er selbst einen bilden, selbst wenn der nur aus drei Männern bestand.

»Vorwärts!«, rief Thorgrim, und die drei setzten sich in Bewegung. Der nächste Reiter kämpfte zwanzig Schritte entfernt Schwert an Schild mit einem von Bersis Leuten. Der Reiter sah Thorgrim nicht kommen, bis dieser fast auf eine Schwertlänge heran war. Dann blickte der Mann auf, er sah, wie die drei Nordmänner auf ihn zustürmten. Er trieb sein Pferd an, direkt auf Thorgrims kurzen Schildwall zu, und Bersis Krieger war vergessen. Mitten zwischen ihnen hindurchzureiten, das war seine Absicht, die drei Männer zu zersprengen und sie niederzumachen. Doch als er herankam, hoben Thorgrim und Agnarr und Godi gemeinsam ihre Schilde und schwangen sie vor das Maul des Pferds und seine gebleckten Zähne.

Thorgrim spürte, wie sein Schildbuckel gegen das Tier schlug und es sich auf die Hinterbeine hob und vor Überraschung stieg. Ein Huf prallte auf den Schild und stieß ihn kraftvoll gegen Thorgrims Brust. Thorgrim hielt stand. Der Reiter klammerte sich fest und versuchte verzweifelt, nicht abgeworfen zu werden. Godis Axt fuhr herab und traf den Iren unmittelbar unter dem linken Arm. Der Reiter schrie auf, und als Godi die Axt zurückriss, zerrte er ihn damit aus dem Sattel. Das Pferd drehte sich auf dem Fleck und ging reiterlos in wilder Flucht durch.

Zur Rechten nahm Thorgrim eine Bewegung wahr und sah mehrere Nordmänner, die mit erhobenen Schilden herbeieilten. Sie hielten ihre Stellung, als ein weiterer irischer Reiter auf sie zustürmte. Die Männer von Vík-ló arbeiteten zusammen, wehrten den Angriff von Ross und Reiter ab und schlugen zurück, als der Mann sein Pferd herumriss und sie attackierte.

Immer mehr Männer schlossen sich diesem neuen Kampf an, kamen mit Schwert und Schild herbeigerannt. Es gab nur etwa zwanzig Berittene, die an diesem Ende der Schlachtreihe noch kämpften. Sie hatten die Nordmänner an der Flanke überrascht, sie schwer getroffen, doch allmählich ordneten sich die Reihen der Wikinger wieder, und bald würden sie ernsthaft zurückschlagen, wirkungsvoll und tödlich.

Einer der Reiter schrie etwas; Thorgrim bedeuteten die Wörter nichts, aber ohne Zweifel den übrigen Berittenen, denn sie alle rissen die Zügel herum und galoppierten die andere Seite des Hügels hinab und davon. Sie flohen nicht; sie zogen sich zurück. Die Berittenen hatten ihre Aufgabe erfüllt. Sie hatten die Reihen der Nordmänner zeitweilig in Unordnung versetzt und den irischen Kriegern damit die Gelegenheit verschafft, einen gewissen Abstand zwischen sich und die Angreifer zu bringen und sich neu zu formieren, bevor ihr Rückzug in einem blutigen Gemetzel endete.

Thorgrim senkte den Schild, setzte *Eisenzahns* Spitze auf den Boden und sah den Reitern hinterher. Er drehte sich um und überblickte das Schlachtfeld. Die Reiter am rechten Flügel der Iren hatten Ottars Männer genauso angegriffen wie auf der anderen Seite die seinen, doch nun ritten auch sie davon, nachdem sie so viel Schaden angerichtet hatten, wie sie konnten.

Thorgrim stieg den Rest des Hügels empor. Überall lagen Leiber verstreut. Ein paar Nordmänner zwar, aber hauptsächlich Iren, und von denen zumeist die bedauernswerten Speerträger, die man vor dem Schildwall platziert hatte. Es gab einige Verwundete, die mitleiderregend davonkrochen, andere stöhnten und winkten mit den Armen, aber die meisten waren tot.

Auf der Hügelkuppe hielt Thorgrim inne und blickte an der anderen Seite herab. Die irische Reihe war mehrere hundert Schritte zurückgewichen, doch nun formierte sie sich wieder und schloss ihren Schildwall. Die Berittenen hatten sie vor der vollständigen Vernichtung bewahrt, und nun waren sie bereit, den Kampf wieder aufzunehmen.

Thorgrim schaute über ihre Linien hinweg. In einigem Abstand, weniger als eine Meile entfernt, lag Glendalough.

Glendalough …

Ihm wurde bewusst, dass dieses Kloster nach all der Zeit, nach all den Kämpfen, die sie hierhergebracht hatten, eine mythische Qualität gewonnen hatte.

Glendalough, ein Ort wie Asgard oder Walhall.

In Wahrheit sah es nicht sehr mythenhaft aus, durch den leichten Regen betrachtet und unter dem bleischweren Himmel. Er konnte die Kirche ausmachen, einen beeindruckenden Bau aus Stein mit gedrungenem, viereckigen Turm, der sich an einem Ende erhob, und einem steilen Dach, dessen First vierzig Fuß hoch aufragen musste. Eine Handvoll Gebäude gruppierte sich drumherum, und weiter von der Kirche entfernt, die das Zentrum des ganzen Ortes zu sein schien, erhoben sich geducktere, strohgedeckte Häuser mit ein paar Straßen kreuz und quer dazwischen und einigen wenigen Gebäuden, die größer waren als die übrigen.

Die Häuser der hiesigen Jarls, vermutete Thorgrim. Wahrscheinlich würde man darin vergrabene Schätze finden, wenn genug Zeit blieb, um danach zu suchen.

Hinter der Ansammlung von Gebäuden war noch ein See zu erkennen, der sich von dort aus bis in ein schroffes, enges Tal erstreckte, und gleich hinter der Stadt stieg ein steiler, buckliger Berg in die Höhe. Es war eine schöne Gegend, so viel musste er zugeben. Beinahe mythisch.

Thorgrim wischte sich den Regen aus den Augen und blinzelte. Kloster und Dorf sahen nach irischen Maßstäben wohlhabend aus, und er nahm an, dass es dort genug zu holen gab. Aber erst einmal mussten sie an dem irischen Heer vorbei, das sich vor ihnen neu formierte.

»Los, Männer, bildet eine Reihe! Wir müssen diese irischen Bastarde erwischen, bevor sie sich ganz erholt haben!«, schrie er, und Bersi und Kjartan und Skidi nahmen den Ruf auf. Die Männer von Vík-ló eilten zurück in Formation.

Wir müssen uns mit Ottar abstimmen, dachte Thorgrim. Er wandte sich dem linken Flügel ihrer Schlachtordnung zu und sah, dass er zu spät dran war. Ottar rannte bereits wie ein tobsüchtiges Ungeheuer mit erhobenem Schwert den Hügel hinab. Hinter ihm liefen seine Männer, sie brüllten, hämmerten mit den Schwertern auf die Schilde, eine große ungeordnete Horde, die über die Achtelmeile hinwegstürmte, die sie von den Iren trennte.

Dämlicher Mistkerl, dachte Thorgrim ein weiteres Mal und erkannte, wie oft ihm diese Worte in Zusammenhang mit Ottar Blutaxt in den Sinn kamen. Er schaute zu den Iren hinüber. Ihre Reihe war immer noch lückenhaft und nicht ganz geordnet, aber das würde nicht lange so bleiben. Er konnte sehen, wie die Hauptleute die Männer auf ihre Plätze trieben und die umhereilenden Krieger erneut einen Schildwall formten. Wenn Ottar sie traf, bevor sie die Disziplin wiederhergestellt hatten, würde er sie ein für alle Mal zerschmettern. Wenn nicht, war sein blindwütiger Angriff der reine Selbstmord.

Das wird knapp, dachte Thorgrim, doch er glaubte nicht, dass Ottar so viel Glück beschieden war. Sie hatten die irischen Linien zurückgeworfen, aber diese Männer waren keine Bauern. Es waren Krieger, und sie würden nicht noch einmal so leicht nachgeben.

»Los!«, rief Thorgrim. Er hob *Eisenzahn* und eilte seinen Leuten voran den Hügel hinab, auf die Iren am anderen Ende des Feldes zu. Ihre Schlachtreihe war nicht vollkommen, doch es würde reichen, und sie konnten nicht länger warten und zulassen, dass Ottars Männer abgeschlachtet wurden. Es kümmerte ihn wirklich nicht, ob Ottar und seine Männer lebten oder starben, aber wenn sie jetzt starben, gab es keine Möglichkeit mehr, Glendalough einzunehmen, und das kümmerte Thorgrim sehr.

Er hörte seine Männer jubeln, als sie voranstürmten, hörte ihr Heulen und Schreien und die aufeinanderschlagenden Waffen in einem Tumult, der jedem außer den hartgesottensten Kriegern das Herz in die Hose rutschen lassen würde. Ottar und seine Männer hatten schon die halbe Strecke zum Feind hinter sich gebracht, doch die Iren schlossen bereits ihre Reihen. Die Schilde fügten sich zu einer lückenlosen Wand aus vielfarbigen Kreisen, mit kegelförmigen Helmen, Kettenhemden, Lederwesten, Schwertern und Äxten dahinter.

Noch einmal wischte Thorgrim sich den Regen aus den Augen und spuckte das Wasser aus, das in seinen Mund gelangt war. Der Boden unter seinen Füßen fühlte sich weich an, der leichte Regen nahm zu, und sein Atem ging schneller von dem Lauf. Er rannte nicht. Er bewegte sich ein wenig langsamer als im Dauerlauf. Seine Männer sollten nicht völlig verausgabt bei den Iren eintreffen – auch wenn er dabei vielleicht vor allem an sich selbst dachte.

Zur Linken hörte er wieder Waffen aufeinanderprallen, als

die Schnellsten von Ottars Kriegern die irische Reihe erreichten. Ottar war ganz vorne unter ihnen; Thorgrim sah seinen massigen Kopf und die breiten Schultern zwischen den anderen herausragen, als er die Streitaxt gegen den Feind wirbeln ließ. Er sah Ottars Waffe eine Lücke in den irischen Schildwall reißen, aber bevor er nachsetzen konnte, waren weitere Iren zur Stelle und schlossen sie wieder.

Ottar war fast auf sich allein gestellt, denn die meisten seiner Männer trafen erst allmählich ein. Anstatt die feindlichen Linien mit einem einzigen, massiven Schlag zu erschüttern, kamen sie einzeln oder in Paaren an. Thorgrim beobachtete, wie sie der Reihe nach niedergemacht wurden. Dann tauchten auch die Reiter wieder auf, sie schwenkten in einem Bogen um das Ottar zugewandte Ende der irischen Schlachtordnung ein und rieben die Flanken seines Heeres auf. Thorgrim hörte Schreie, schmerzerfüllt, überrascht und wütend. Er sah die Männer unter den langen Schwertern der Berittenen sterben.

Dumm, dumm, dachte er, aber das war alles, was er an Aufmerksamkeit für Ottar erübrigen konnte, weil er und seine Männer den rechten Flügel des irischen Schildwalls beinahe erreicht hatten. Wieder würden sie Schild an Schild auf einem dichtgedrängten Schlachtfeld kämpfen, doch wenn sie die Reihen der Iren noch einmal durchbrechen konnten, dann würden diese wohl kaum noch einmal zusammenfinden, und der Weg nach Glendalough wäre frei.

Thorgrim und Godi hielten inne. Sie ließen die Reihe der Krieger aufschließen und tauchten darin ein. Sie nahmen ihren Platz ein und stürmten wie ein Mann weiter. Thorgrim atmete schwer und bemerkte, dass ihm die Schulter wehtat. Er hatte wohl einen Schlag darauf erhalten, den er bis jetzt nicht wahrgenommen hatte. Er glaubte nicht, dass es blutete – das

Gefühl warmen Blutes, das unter der Tunika herunterlief, hätte er nicht missdeuten können.

Alles erschien unwirklich – die Männer an seiner Seite, die Männer vor ihm, der Schild in der Linken, *Eisenzahn* in der Rechten. Hatten sie das nicht gerade hinter sich gebracht? Hatten sie nicht eben schon einen Schildwall zurückgeworfen? Verfluchten ihn die Götter, indem sie ihn im Regen im Schildwall stehen ließen, immer wieder und wieder, ohne dass er je im Anschluss in Odins Halle tafeln durfte?

Ein letzter Blick nach links. Er konnte nicht mehr viel von Ottars Männern ausmachen. Zu viele andere drängten sich auf diesem winzigen Stück irischer Wiese. Aber nach dem zu schließen, was er sehen konnte und was er hörte, hatten Ottar und der Rest wenig Vergnügen an der Sache.

Dann erreichten sie die irischen Krieger, Schild traf auf Schild, mit einem dumpfen Laut wie von Äxten, die sich in Baumstämme gruben. Die Reihe der Iren bog sich unter dem Anprall der Männer von Vík-ló, aber sie brach nicht, und wieder verengte sich Thorgrims Welt auf diese winzige Fläche, mit Godi an der einen Seite, Agnarr auf der anderen und dem Gegner unmittelbar vor ihm. Er schrie, er brüllte, führte Schild und Schwert in dem engen Raum, der ihm blieb. Sein Arm ermüdete. Er blutete im Gesicht. Er fühlte, wie ihm das warme Blut die Wange hinabrann, auch wenn er sich nicht an den Stoß erinnerte, der ihn geschnitten hatte.

Sein Fuß rutschte ab, doch er gewann rechtzeitig das Gleichgewicht zurück, um einen Axthieb mit der Schildkante zu parieren. Das Gras unter seinen Füßen war zu einem Morast aufgewühlt, und das beeinträchtigte den Stand. Und immer noch hielt der Feind seine Stellung und kämpfte. Die Schilde drückten gegeneinander, und die Schläge wurden langsamer, kamen mit weniger Kraft, aber sie kamen weiterhin.

Viel länger kann das nicht mehr gehen, dachte Thorgrim. Sie konnten nicht dastehen und bis zur Erschöpfung aufeinander eindreschen. Eine Seite musste nachgeben.

Und dann war es so weit. Godi ließ seine Axt auf den Mann zu Thorgrims Rechten niederkrachen; nicht zum ersten Mal, aber diesmal barst der schon beschädigte Schild des Iren. Der Ire starrte auf das zertrümmerte Holz in seiner Hand, mit einem Ausdruck dumpfen Erstaunens, das von seiner maßlosen Erschöpfung herrührte. Thorgrim trieb *Eisenzahn* durch die Schulter des Mannes.

Der Ire gab einen erstickten Laut von sich. Er krümmte sich, brach zusammen und hinterließ eine Lücke im Schildwall. Das war genau die Gelegenheit, die Thorgrim ersehnt hatte. Er stieß in die Lücke vor, bereit, sie weiter aufzureißen und die irische Schlachtreihe zu durchbrechen.

Dann erstarrte er. Hinter der Öffnung erblickte er etwas, was er bis jetzt nicht wahrgenommen hatte, und er wusste, dass es das Ende aller Hoffnung für die Nordmänner bedeutete.

Weitere Männer. Frische Männer, bewaffnete Männer, die Schilde kampfbereit erhoben. Sie waren keine dreihundert Fuß entfernt. Rasch marschierten sie auf das Schlachtfeld zu. Über ihren Köpfen flatterte ein Banner, das einen Raben auf grünem Grund zeigte.

Kevin mac Lugaed war endlich gekommen, um sich dem Kampf anzuschließen, aber Thorgrim glaubte nicht, dass er vorhatte, auf der Seite der Nordmänner zu kämpfen.

37. Kapitel

Das Beste ist ein Sohn, und sei er spät geboren
und der Vater vordem gestorben:
Selten steht ein Gedenkstein am Wegesrand,
wenn kein Verwandter ihn setzt.
HÁVAMÁL

Harald Starkarm war drauf und dran, Crimthann den Schausteller zu erschlagen – oder ihn wenigstens hart genug zu treffen, dass er die Klappe hielt –, da sah er zwei Krieger auf sie zukommen.

Zu diesem Zeitpunkt hatten Harald und Crimthann schon mehrere Stunden gemeinsam auf dem Kutschbock des Wagens verbracht, was die perfekte Lösung für Haralds Probleme darstellte. Nachdem er die irische Patrouille bekämpft und einige der Iren entkommen lassen musste, war klar gewesen, dass nun das ganze gegnerische Heer von ihrer Gegenwart wusste. Zu Fuß konnte er seinen Weg Richtung Glendalough daher unmöglich fortsetzen. Zweifellos waren mehr Reiter ausgeschickt worden, um sie zur Strecke zu bringen.

Aber genauso wenig konnte Harald zu seinem Vater zurückkehren und seine Niederlage eingestehen. Das war der Zeitpunkt gewesen, an dem er erkannt hatte, dass die Götter ihm eine weitere Möglichkeit geschenkt hatten; sie hatten ihm längst eine Lösung für seine missliche Lage in Form eines Ochsengespanns direkt vor die Nase gerollt.

Crimthann hatte sich um das Lagerfeuer gekümmert, das

inmitten des Halbkreises der Wagen brannte, als die Iren aus dem Wald gestürmt waren und Haralds Männer angegriffen hatten. Als das Gefecht vorüber war und Haralds Aufmerksamkeit sich abermals diesen wunderlichen Fahrzeugen zuwandte, war der Mann immer noch da. Er musste den ganzen Kampf mit angesehen haben – er lagerte gerade mal hundert Schritte von dem Schauplatz entfernt –, und doch schien er sich nicht um einen Zoll bewegt oder auf andere Weise reagiert zu haben.

Harald versammelte nach dem Gefecht seine Männer. Diejenigen, die zu verletzt waren, um zu laufen, ließ er tragen, genau wie den einen Krieger, der gefallen war. Die toten Iren wurden all ihrer Habseligkeiten beraubt, ihre Leichen im hohen Gras zurückgelassen. Zu mehr blieb keine Zeit.

»Folgt mir«, sagte Harald und führte seine Schar über die Straße und auf das Lagerfeuer zu. *Eichenspalter* hielt er noch in der Hand, und auch die anderen Männer hatten ihre Waffen nicht wieder weggesteckt. Sie hatten keine Ahnung, was sie erwartete.

Von all den Möglichkeiten war Crimthanns Gruß womöglich die am wenigsten erwartete.

»Eine beeindruckende Vorstellung, die ihr da geliefert habt!«, brüllte er Harald und seinen Männern entgegen. »Ich habe es mir zur Aufgabe gemacht, die besten Darbietungen in ganz Irland zu präsentieren, aber ich weiß nicht, ob ich es besser hingekriegt hätte. Kommt, kommt, setzt euch und esst etwas!« Sein massiger Arm wies auf die Bänke und Holzblöcke, die einen Kreis um das Lagerfeuer beschrieben.

Und so, nachdem sie die Verwundeten und den Toten behutsam abgelegt hatten, nahmen Harald und die Seinen am Feuer Platz und aßen. Crimthann fuhr damit fort, ohne Unterlass über die Güte der Vorstellungen zu reden, die er inszenierte, über die Orte, an denen sie aufgetreten waren, und über das Publikum, edel oder gewöhnlich, das sie zu besuchen pflegte. Und die ganze Zeit über aß Harald und überlegte, was er mit diesem Mann und seinen Begleitern anfangen sollte.

Außer Crimthann sah Harald sechs weitere Männer bei den Wagen, und drei Frauen. Er hielt aufmerksam Ausschau, während er Eintopf in den Mund schaufelte und Crimthann schwatzte. Er hätte alle erschlagen können, aber er tötete nicht gern Männer, die ihm nichts getan hatten und keine Bedrohung waren. Und noch mehr widerstrebte ihm der Gedanke, eine Frau zu töten. Ganz im Gegenteil neigte er dazu, diesen gegenüber eher übertrieben beschützerisch aufzutreten.

Dennoch konnte er sie nicht einfach gehen lassen. Harald betrachtete die Fuhrwerke als bewegliches Versteck, und da konnte er keine Schausteller gebrauchen, die im Land umherzogen und den irischen Kriegern erzählten, dass man sie ihnen abgenommen hatte. Das alles ließ ihm letztendlich nur eine Möglichkeit.

»Danke für das Essen, Crimthann«, sagte er, legte die Schüssel ab und wischte sich den Mund mit dem Handrücken sauber. »Du bist nach Glendalough unterwegs, sagst du?«

Es dauerte fast zwei Stunden, die Ochsen zusammenzutreiben und sie vor die Wagen zu spannen, all die Ausrüstung zu verstauen und den kleinen Zug in Bewegung zu setzen. Harald hatte den Eindruck, dass die Schausteller sich schon seit einiger Zeit an diesem Ort aufgehalten hatten. Er fragte sich, ob sie sich ihren Unterhalt verdient hatten, indem sie Reisenden auf dieselbe Weise zu Diensten waren wie Vemund und Ulf. Diesen beiden hatte Harald die unrühmliche Aufgabe zugeteilt, über Land loszuziehen, die Flotte aufzuspüren und Thorgrim zu berichten, was sie erfahren hatten, über den Feind und über Glendalough.

Erst spät am Nachmittag brach der kleine Zug auf. Crimthann lenkte den Wagen an der Spitze, Harald saß neben ihm und passte auf, dass er keine Dummheiten anstellte. Crimthanns Männer kutschierten die übrigen Wagen, wie sie es gewöhnt waren, aber bei jedem saß einer von Haralds Leuten. Der Rest der Nordmänner hielt sich im Innern der Fahrzeuge versteckt, zusammen mit Crimthanns Schaustellern. Alle hatten den strikten Befehl, die Iren nicht zu verletzen und sich von den Frauen nicht ablenken zu lassen.

Crimthann schien es nicht viel auszumachen, dass man seine Wagen beschlagnahmt hatte. Er hatte kaum einen Augenblick den Mund gehalten, seitdem Harald das erste Mal auf ihn zugetreten war. Harald fand den Mann zunächst interessant und amüsant. Er erfuhr viel Nützliches von ihm, über Glendalough und den Jahrmarkt und die Gegend ringsum. Crimthann brauchte ungefähr eine Stunde, um Harald alles zu erzählen, was dieser wissen wollte. Leider redete er danach einfach weiter.

Zuerst hatte Harald dezent angedeutet, ob Crimthann nicht vielleicht in Erwägung ziehen könnte, mal eine Zeitlang still zu sein. Dann hatte er es ausdrücklich vorgeschlagen. Schließlich hatte er dem Mann offen ins Gesicht gesagt, dass er endlich die Klappe halten solle, doch nichts davon schien irgendeine Wirkung zu haben. Harald tötete keine Männer, die keine Bedrohung für ihn waren, aber Crimthann wuchs sich langsam zu einer ernsthaften Bedrohung für seine geistige Gesundheit aus.

Ich gebe ihm noch zehn Minuten, dachte Harald. *Wenn er dann nicht ruhig ist, zieh ich ihm einen Stein über den Kopf.*

»Weißt du, droben im Norden, im Land der Uí Néills …«, erzählte Crimthann gerade, als Harald die beiden Gestalten ausmachte, die über das Feld auf sie zukamen. So spät am

Nachmittag hatten sie keine weiteren Reisenden auf der Straße gesehen, nicht einmal die irische Patrouille, die sie nach Haralds Überzeugung ganz sicher suchte.

»Einen Augenblick, Crimthann«, sagte Harald, und der riesenhafte Schausteller verstummte mitten im Satz und folgte Haralds Blick. Zwei Männer kamen ihnen auf der Straße entgegen – oder möglicherweise ein Mann und ein Junge, da der eine beträchtlich kleiner war als der andere. Sie trugen Kettenhemden und Schwerter und hatten Helme dabei. Ihr Auftreten hatte nichts Bedrohliches an sich. Tatsächlich schienen sie zu erwarteten, dass man sie willkommen hieß.

»Halt den Wagen an«, befahl Harald, und Crimthann zog an den Zügeln, und das Ochsengespann kam langsam zum Stehen. Es bestand immer noch die Möglichkeit, dass dies eine Falle war, darum klopfte Harald an die Holzwand hinter sich und flüsterte: »Halt dich bereit, Olaf Thordarson.« Dann wandte er sich Crimthann zu und sagte: »Ich werde mit diesen Leuten sprechen. Kein Wort von dir.« Der nickte.

Harald hatte Helm und Rüstung und Schwert abgelegt, damit er als einer der Schausteller durchgehen konnte, doch er trug immer noch den Dolch am Gürtel und hatte darauf geachtet, dass Crimthann sich dessen bewusst war. Jetzt warteten die beiden Männer auf dem Kutschbock ab, während das Paar auf der Straße näherkam. Harald genoss die ungewohnte Stille.

Der größere der beiden Krieger war jung, wie Harald inzwischen erkennen konnte, Anfang zwanzig, gut gebaut, mit dunklen Haaren, die bis zu den Schultern reichten. Er schritt unbekümmert über das Feld, hob den Arm und rief: »Crimthann! Mein Freund! Wir treffen uns noch einmal!«

Crimthann sagte nichts, weil Harald ihm befohlen hatte zu schweigen.

Ausgerechnet jetzt tut er endlich, was ich ihm sage?, dachte Harald und versetzte Crimthann einen verstohlenen Tritt, den dieser richtig deutete.

»Guten Tag!«, brüllte Crimthann mit der üblichen Lautstärke und Begeisterung. »Ich kenne dich ... warte ... sag nichts ... Louis!«

»Ja, das ist richtig«, erwiderte der junge Mann. Er und sein Begleiter hatten den Wagen erreicht und standen nun neben dem Kutschbock, blickten zu Harald und Crimthann auf. Harald musterte ihre Gesichter und suchte nach Anzeichen von Sorge oder Misstrauen, doch er fand nichts.

Dafür jedoch bemerkte er etwas anderes, was ihn überraschte, obwohl er das für sich behielt. Die zweite, kleinere Gestalt war eine Frau. Sie trug Rüstung und ein Schwert, aber sie war gewiss eine Frau, und eine hübsche dazu. Bei seinem eigenen Volk, den Nordmännern, kam es durchaus vor, dass eine Frau sich für den Kampf rüstete und mitunter sogar daran teilnahm. Es war nicht üblich, doch es kam vor, und so war Harald nicht übermäßig bestürzt darüber, eine Frau mit Waffe und in Rüstung zu sehen. Allerdings hatte er nie gehört, dass es so etwas auch bei den Iren gab.

»Wir waren mit einer Patrouille unterwegs«, erklärte der Mann, Louis. »Wir wurden getrennt. Unsere Pferde haben sich erschreckt und sind durchgegangen. So sitzen wir jetzt fest, und wir freuen uns sehr, dich zu sehen, mein Freund.«

»Und ich freue mich, dich zu sehen!«, antwortete Crimthann und sagte dann nichts mehr, weil er nicht wusste, was Harald ihm zu sagen erlaubte.

Harald musterte die beiden. Ihre Rüstung schien von guter Qualität zu sein, und die Tatsache, dass sie überhaupt eine trugen und dass sie mit einer Patrouille geritten waren, verriet ihm, dass es sich nicht um einfaches Fußvolk handelte.

Dies waren auch keine Bauern, die man verpflichtet hatte, um Glendalough gegen den Zorn der Nordmänner zu verteidigen. Sie waren bedeutendere Persönlichkeiten, und als solche mochten sie sich noch als nützlich erweisen.

Ihr wart so abgelenkt, dass ihr eure Pferde habt durchgehen lassen? Was habt ihr getrieben?, fragte sich Harald, auch wenn er eine recht gute Vorstellung davon hatte.

»Wir sind nach Glendalough unterwegs«, sagte er. »Wollt ihr euch uns anschließen?«

Zum ersten Mal blickte Louis ihn an. »Danke. Ich glaube nicht, dass wir uns schon einmal begegnet sind. Mein Name ist Louis«, sagte er, und Harald nahm die erste Andeutung von Misstrauen in seiner Stimme wahr. »Und wer bist du, Freund?«

Harald erwog, sich einen irischen Namen zu geben, doch er wusste, dass sein Akzent eine solche Lüge offensichtlich machen würde. Also erwiderte er: »Mein Name ist Harald. Harald von Haithabu. Der beste Jongleur in jenem Land, oder in jedem anderen. Darum habe ich mich Crimthann angeschlossen, dessen Ruhm sich bis dorthin herumgesprochen hat.«

»Ich verstehe«, sagte Louis, und Harald fürchtete, dass er tatsächlich verstand, und zwar mehr, als Harald ihn wissen lassen wollte. Harald erhob sich, trat auf die Deichsel und sprang von dort auf den Boden. Er landete gleich vor der Frau.

»Bitte, kommt mit uns.« Harald wies einladend auf die Rückseite des Wagens. Er konnte sie nicht länger gehen lassen, nicht, nachdem sie Verdacht geschöpft hatten. »Du weißt nicht, was Behaglichkeit ist, bevor du in Crimthanns Wohnwagen gereist bist«, fügte er hinzu, aber Louis und die Frau traten einen Schritt zurück.

»Das ist sehr freundlich von euch«, sagte Louis, und Harald bemerkte, dass auch er die irische Sprache mit fremden Akzent sprach. »Doch unsere Männer werden ganz in der Nähe sein, und wir müssen auf sie warten.«

Harald nickte. *Er wird das Mädchen nicht im Stich lassen,* dachte er. *Ich muss nur das Mädchen erwischen.*

»Dann tretet wenigstens auf ein Mahl und ein wenig Ale herein«, sagte Harald, und der Mann lächelte, nickte, und wich einen weiteren Schritt zurück. In der Bewegung zog er sein Schwert, so schnell, dass Harald keinen bewussten Gedanken formen konnte, bevor die Waffe heraus war.

Aber Harald musste nicht denken, um zu handeln, und noch während die Klinge aus der Scheide glitt, trat er vor und packte den Arm des Mannes mit der Linken, seine Rechte zog gleichzeitig den Dolch aus dem Gürtel. Er hörte, wie Crimthann hinter ihm etwas brüllte, und schon fuhr sein Messer auf Louis' Kehle zu. Louis jedoch war genauso flink wie Harald. Er schlug Haralds Arm mit dem kettengepanzerten Arm zur Seite und stieß mit der Faust nach Haralds Gesicht.

Er traf, erwischte Haralds Kopf seitlich, aber es war ein schwacher Hieb, der wenig ausrichtete. Tatsächlich bewirkte selbst ein harter Faustschlag an Haralds Kopf meist wenig. Harald hob das Messer wieder und wollte es dem Mann nur an die Kehle drücken, um ihn gefügig zu machen. Doch nun stürzte sich die Frau auf ihn, umklammerte seinen Arm und schlug mit der freien Hand in sein Gesicht.

Harald verstärkte den Griff um Louis' Schwertarm und versuchte, die Frau abzuwehren, aber sie fauchte und kratzte wie eine Wildkatze. Harald dankte den Göttern, dass sie in der Aufregung nicht daran gedacht hatte, ihr Schwert zu ziehen. Dann bemerkte er Bewegung hinter sich und um sich herum und glaubte, dass Crimthann vielleicht seinen Freunden helfen wollte. Stattdessen eilte Olaf Thordarson mit weiteren seiner Männer herbei. Sie zerrten Louis und die Frau von ihm fort, hielten ihre Arme fest und setzten ihnen Klingen an den Hals.

»Tut ihnen nichts«, befahl Harald und benutzte zum ersten Mal seit Stunden seine eigene Sprache. Louis und die Frau schienen nichts davon zu verstehen, denn sie wirkten überhaupt nicht erleichtert nach Haralds Anweisung.

Die beiden wurden entwaffnet und zur Rückseite des Wagens gebracht, die Treppe hinaufgestoßen und weiter in das von Lampenlicht trübe erhellte Innere. Dort hockten mehr von Haralds Leuten und einige von Crimthanns Begleitern einschließlich einer der Frauen.

»Sollen wir sie fesseln?«, fragte Olaf und nickte in Richtung der beiden Gefangenen.

Harald wandte sich an Louis. »Muss ich dich von meinen Männern fesseln lassen«, fragte er, »oder gibst du mir dein Wort, dass du nicht gegen sie kämpfst?«

Louis sah sich unter Haralds Männern um, und Harald konnte erraten, was in seinem Kopf vorging. Sie waren Krieger und schwer bewaffnet, und ihm war nichts geblieben außer seinen bloßen Händen. »Wir geben dir unser Wort, dass wir nicht weiterkämpfen«, erklärte Louis. Die Entscheidung war ihm vermutlich nicht schwergefallen.

Harald stieg aus dem Wagen und nahm erneut auf dem Kutschbock Platz. Crimthann schnippte mit den Zügeln, und die Ochsen setzten sich schwerfällig wieder in Bewegung.

Langsam rollten die drei Fahrzeuge Richtung Glendalough weiter. Harald musterte die Straße und die Bäume, an denen sie vorbeikamen, und hielt nach Anzeichen von irischen Kriegern Ausschau, oder nach den Männern oder Schiffen seines Vaters. Er befürchtete, dass er nach all den Verzögerungen hinter der Flotte zurückgeblieben war und dass er, anstatt den Weg voraus zu erkunden, den Schiffen nun hinterhereilte.

Bald wurde es zu dunkel, um weiterzufahren. Harald wies Crimthann an, den Wagen von der Straße zu lenken, und die zwei anderen Fuhrwerke folgten ihnen nach. Sie schlugen ein Lager auf, und Crimthanns Leute bereiteten unter Haralds wachsamem Blick das Abendessen zu. Anschließend stieg Harald an der Rückseite in den Wagen hinein, wo die Wachen auf Louis und die Frau achtgaben.

»Geht es euch gut?«, fragte Harald und setzte sich auf eine Bank ihnen gegenüber. Die Bänke waren mit Fellen bedeckt, und das sanfte Licht der Laterne fiel auf den hell gestrichenen Innenraum und tauchte ihn in ein warmes Glühen, was dem Ort einen sinnlichen Charakter verlieh.

»Gut genug«, sagte der Mann. Es lag keinerlei Furcht in seiner Stimme, weder Zorn noch Bitterkeit. Tatsächlich konnte Harald überhaupt keine Regung heraushören, obwohl sie natürlich beide eine Sprache verwendeten, die nicht ihre eigene war.

»Du gehörst zur Streitmacht der Heiden?«, erkundigte sich die Frau, und sie klang nicht annähernd so ruhig wie der Mann.

Harald runzelte die Stirn. »›Heiden‹?«, fragte er. »Das Wort kenne ich nicht.«

»Heiden«, sagte die Frau. »Fremde, die nicht an Gott glauben.«

Harald schüttelte den Kopf. »Ich glaube an Gott«, sagte er. »Ich glaube sogar an viele Götter.«

»Du glaubst nicht an den wahren Gott.«

Das wurde ihm alles zu verwirrend. Harald hatte eine gewisse Vorstellung davon, was die Christusanbeter glaubten, doch er hatte es nie so recht verstanden. Er nahm an, dass sie nur an einen Gott glaubten, aber dann wiederum hatte er das eine oder andere Mal auch gehört, dass die Rede von drei Göttern war. Er hatte nie ganz verstanden, was ihr Glaube denn nun wirklich besagte.

»Du bist einer der Fin Gall, die gekommen sind, um Glendalough zu plündern?«, fragte die Frau, und das machte die Sache eindeutig. Harald lächelte, als er es verstand.

»Ja!«, sagte er. »Ja, das ist richtig. Und wer bist du?«

»Ich bin Failend, die Frau von Colman mac Breandan, der alle Krieger von Glendalough kommandiert«, erklärte die Frau. »Dies ist Louis. Er ist ein Franke. Er ist mein Diener und mein Leibwächter. Mein Mann wird viel dafür bezahlen, um mich zurückzubekommen.«

Harald nickte. Vielleicht erzählte sie die Wahrheit, was ihren Namen betraf, und möglicherweise auch über ihren Mann. Aber dieser Louis war ganz bestimmt nicht ihr Diener, noch der von irgendjemand anderem. »Dein Mann zahlt viel?«, fragte Harald. »Du meinst, mehr als ich für dich auf den Sklavenmärkten in Friesland bekommen könnte?«

»Ja«, sagte Failend. »Viel mehr.«

Harald nickte wieder. *Wird er auch zahlen, nachdem er erfahren hat, was du und dieser Louis getrieben haben?* Diese Frage sprach er nicht laut aus. Er hatte natürlich nicht vor, sie zu verkaufen, doch es schadete nicht, wenn sie das dachte. Dann erinnerte er sich an Starri den Unsterblichen.

»Bist du in den Heilkünsten bewandert? Weißt du, wie man schwere Wunden behandelt?«

Failend wirkte überrascht von der Frage. Ihr Blick flackerte unsicher, dann gab sie zurück: »Ja. Ja, das weiß ich. Ich kenne mich sehr gut damit aus.«

»Du weißt, welche Kräuter man benutzen kann, um Verletzungen zu heilen? Wie man einen Wickel mit Pflanzenbrei oder Ähnliches bereitet? Welche Zauber am meisten bewirken?«

»Ja«, wiederholte Failend, und ihre Stimme klang jetzt überzeugender. »In Glendalough habe ich einen hervorragenden Ruf als Heilerin.«

Harald blickte ihr in die Augen, groß und braun. Ihr Haar, zuvor zu einem langen Zopf geflochten, hatte sich gelöst und lag um ihre Schultern. Sie war sehr schön. Er fragte sich, wie viel von dem, was sie behauptet hatte, der Wahrheit entsprach. Möglicherweise die Hälfte, vermutete er.

»Ich bin froh, das zu hören«, gab er laut zurück. »Vielleicht brauche ich deine Fähigkeiten. Jetzt werden meine Männer dir etwas zu essen bringen, und dann kannst du hier schlafen.«

Er erhob sich und fühlte sich plötzlich sehr müde. »Es werden Wachen vor der Tür stehen, ihr müsst euch also keine Sorgen um eure Sicherheit machen«, fügte er hinzu, obwohl allen klar war, dass die Männer nicht dort standen, um Louis und Failend zu beschützen. »Wir werden Glendalough morgen erreichen.«

Harald erwachte früh am nächsten Morgen und war begierig, schnell wieder aufzubrechen. Immer noch nagte die Sorge an ihm, dass er hinter Thorgrim und die Flotte zurückgefallen war. Er weckte die anderen und stand mit wachsender Ungeduld dabei, während Crimthann das Kochfeuer schürte und ein Frühstück vorbereitete. Als sie damit fertig waren, räumten die Männer und Frauen der Schaustellertruppe das Lager auf, trieben die Ochsen zusammen, die man zum Grasen hatte laufen lassen, und spannten sie vor die Fahrzeuge. Die Sonne war schon ein gutes Stück über den Horizont gestiegen, und ein Mittelding zwischen Dunst und Regen hing in der Luft, als Harald seinen Platz auf dem Kutschbock wieder eingenommen hatte und den Aufbruch befahl.

»Wie weit noch bis Glendalough?«, fragte er.

Crimthann zuckte die Achseln. »Ein paar Meilen, nicht mehr«, antwortete er.

Ein paar Meilen … Harald war gar nicht sicher, ob er nach Glendalough wollte. Wenn er das tat, würde er sich vermutlich inmitten der irischen Streitmacht wiederfinden, die sich zur Verteidigung des Ortes versammelt hatte. Das wäre nicht so gut. Aber wie dicht sollten sie sich heranwagen? Und wo waren die Schiffe und die Männer? Die »Heiden«, wie Failend sie nannte?

Er fragte sich kurz, ob sein Vater je eine derartige Unentschlossenheit verspürte, ob Thorgrim jemals darüber grübeln musste, welchen Weg er einschlug. Er glaubte es nicht. Er wusste, dass sein Vater nur ein Mensch war, und solche Schwierigkeiten waren nur menschlich, dennoch konnte er sich nicht vorstellen, dass Thorgrim Nachtwolf jemals unsicher verharrte, wenn es darum ging, seine Männer zu führen.

Der Morgen verging, und aus dem Nebel wurde echter Regen, und mit jeder mühsamen Drehung der Wagenräder, jedem schwerfälligen Schritt der vier Ochsen wuchs Haralds Sorge. Spuren auf der Straße deuteten darauf hin, dass Männer diesen Weg gegangen waren, viele Männer. Aber ob es eine Streitmacht gewesen war oder einfach nur Scharen von Jahrmarktsbesuchern, das ließ sich nicht feststellen. Selbst Crimthann schien seine Stimmung zu spüren und schaffte es, den Mund zu halten, jedenfalls die meiste Zeit.

Der Ire hatte schon fast eine halbe Stunde lang geschwiegen, als er wieder das Wort ergriff: »Noch über diese Anhöhe dort drüben, dann sollten wir Glendalough sehen können«, sagte er.

Harald nickte und presste die Lippen aufeinander. Es war an der Zeit, eine Entscheidung zu treffen – weitermachen oder umkehren. Er konnte es nicht länger hinausschieben. Da hörte er ein Geräusch, schwach, aber deutlich und entschieden vertraut.

»Halt den Wagen an«, rief Harald. Crimthann brachte die Ochsen zum Stehen. Er öffnete den Mund, um etwas zu sagen, doch Harald hob eine Hand, und Crimthann schloss den Mund wieder. Harald neigte den Kopf in Richtung der noch unsichtbaren Stadt. Er hörte Geschrei, so leise wie ein Bach in der Ferne, aber es war Geschrei, ganz eindeutig. Er vernahm nun auch die Andeutung eines hellen Klingens, bei dem er annahm, dass es Stahl war, der auf Stahl prallte.

»Eine Schlacht«, sagte Harald. »Dort wird gekämpft! Weiter! Weiter!«

Crimthann blickte ihn verwirrt an.

»Weiter!«, schrie Harald. »Treib deine verdammten Ochsen an!«

Crimthann nickte und ließ die Zügel schnalzen, und die Ochsen nahmen ihren qualvoll langsamen Schritt wieder auf. Die Straße führte einen flachen gerundeten Hügel hinauf, der die Sicht auf alles versperrte, was dahinter lag. Harald wäre am liebsten vom Sitz gesprungen und den Hügel hinaufgerannt, aber solange er nicht wusste, wo irische Krieger lauern mochten, mussten er und seine Männer ihre Rolle als Teil von Crimthanns Truppe spielen.

Dann hatten die Ochsen den Hügel erklommen und zogen den Wagen über die Kuppe hinweg. Harald sah weitere Wiesen dahinter und einen anderen Hügel ein paar hundert Schritte entfernt – sowie Dutzende Körper, die das freie Gelände dazwischen bedeckten. Überrascht schnappte er nach Luft. Der Kampfeslärm wurde lauter. Die Schlacht hatte auf dem Hügel vor ihnen angefangen und war dann darüber hinweggegangen. Das Schlachtfeld lag nun auf der anderen Seite der nächsten Erhebung.

»Schneller!«, schrie er, und Crimthann schnippte wieder mit den Zügeln, aber die Ochsen reagierten kaum darauf. Erneut überlegte Harald, die Wagen zu verlassen und mit seinen Männern zu Fuß weiterzugehen.

Noch nicht, noch nicht, dachte er, obwohl ihm selbst nicht ganz klar war, warum. Er drehte sich auf dem Kutschbock herum, schob die kleine Holzklappe zurück und spähte durchs Fenster. Er konnte seine Männer sehen sowie Louis, Failend und Crimthanns Leute, und alle sahen so aus, als wüssten sie nur zu gerne, was dort draußen geschah.

»Vor uns wird gekämpft, Olaf!«, rief Harald durch die Öffnung. »Mach dich bereit.«

»Ich bin bereit«, versicherte Olaf ihm, und die anderen nickten. Dann fiel Harald noch etwas ein.

»Gib mir den Speer, gib ihn her«, sagte er, und Olaf griff nach dem neben ihm lehnenden Speer und reichte ihn mit dem hinteren Ende voran an Harald weiter, der ihn durch die schmale Fensteröffnung zog. Er setzte sich wieder richtig hin und drehte die Spitze nach vorne und versetzte dem hintersten Ochsen auf der Steuerbordseite einen Stich ins Hinterteil.

Die Ochsen brüllten, und Crimthann brüllte, und Harald stach ein weiteres Mal zu. Das Tier bewegte sich jetzt schneller und versuchte, den Schmerzen zu entkommen. Harald streckte den Arm aus und stach auch den Ochsen auf der Backbordseite. Der nahm ebenfalls Tempo auf, und das Gespann fing an zu laufen. Der Wagen schaukelte heftig und holperte über die unebene Straße, während er schneller wurde. Sie rollten bergab, und die hinteren Ochsen rannten nun und zwangen die vor ihnen, dasselbe zu tun. Sie brüllten lauter, und Crimthann schrie immer noch, und Harald stach erneut in die braunen und weißen Hinterteile.

Der Wagen polterte den Hang hinab und den nächsten

wieder hinauf, die Klauen der Ochsen trampelten über den weichen Grund. Sie erklommen den zweiten Hügel, und dann lag Glendalough vor ihnen ausgebreitet: die Kirche, die verstreuten Gebäude des Klosters, die Häuser und Werkstätten, alles weniger als eine Meile entfernt.

Harald hatte nur einen flüchtigen Blick dafür übrig, denn davor konnte er zwei Reihen von Männern erkennen, die gegeneinanderdrückten, Waffen, die sich hoben und senkten. Schildwälle. Eine Schlacht in vollem Gange. Und bevor er noch verstanden hatte, was genau dort vorging, wer wer war, da gab eine Seite nach, wandte sich um und rannte los, von der Übermacht auf der anderen Seite in die Flucht geschlagen.

Harald klammerte sich am Kutschbock fest, um nicht von seinem Platz geschleudert zu werden, während der Wagen voranschlingerte, kaum unter Kontrolle, wenn überhaupt. Er beobachtete, wie ein paar hundert Schritte vor ihnen Männer über die Straße rannten und den Kurs des Fuhrwerks kreuzten. Er wusste nicht, was geschehen war, aber eines war klar: Die Männer, die dort liefen, waren keine Iren. Es waren Nordmänner, seine Leute. Und die irischen Krieger und die Reiter folgten ihnen, um sie auf der Flucht niederzumachen.

38. Kapitel

Dennoch wurden die Norweger besiegt,
durch ein Wunder des Herrn,
und sie wurden niedergemacht.
DIE ANNALEN VON ULSTER

Das ist das Ende, dachte Thorgrim Nachtwolf. *Das ist das Ende.*

Die Krieger von Kevin mac Lugaed gaben alles, um sich dem Kampf anzuschließen, sie rannten beinahe, und sobald sie sich mit dem Rest vereinten, waren die Iren den Nordmännern mindestens um das Doppelte überlegen. Und Kevins Männer waren frisch, nicht erschöpft und zerschlagen wie Thorgrims und Ottars Krieger.

Er fragte sich, ob Ottar noch lebte, doch er konnte sich nicht um eine Antwort kümmern, weil er im Schildwall kämpfte und getroffen würde, sobald er nur den Kopf abwandte. Er fühlte seine Kräfte schwinden, aber die Männer vor ihm wurden ebenfalls schwächer. Seine Schläge wurden langsamer und ungeschickter, genau wie die der Gefährten an seiner Seite.

Zeit, es zu Ende zu bringen, dachte er und schrie: »Godi!«

Auch Godi wurde müde, doch der Ruf schien ihn anzustacheln. Wie ein aus dem Schlaf gerissener Riese brüllte er, die große Streitaxt sauste herab. Das Blatt zertrümmerte einen Schild, der schützend in die Höhe gehalten wurde, und wurde kaum langsamer, als es in die Brust des Schildträgers fuhr.

Thorgrim sah, wie der Ire die Augen aufriss, und er griff selbst an – nicht Godis Gegner, der bereits tot war, sondern den Mann daneben, der ungeschützt blieb, nachdem der Schild seines Nebenmanns zerhauen war. *Eisenzahn* traf auf Fleisch und drang ein, und der Ire fiel und hinterließ eine Lücke im Schildwall.

Erneut sprang Thorgrim vor. Er schlug auf den Mann zu seiner Linken ein, während Godi rechts von ihm ebenfalls vorstieß und Agnarr auf den Iren vor ihm eindrosch. Es war eine Lücke, eine Öffnung, eine Gelegenheit. Und es war zu spät.

Das Rabenbanner war nur noch fünfzehn Schritte entfernt, und es kam rasch näher. Die Männer, die darunter marschierten, schrien und hämmerten auf ihre Schilde. Die meisten der Iren im Schildwall hatten sie gar nicht kommen sehen, wie Thorgrim erkannte, hatten nicht geahnt, dass Hilfe unterwegs war. Aber jetzt wussten sie es, und mit dieser Verstärkung sahen sie ihre eigene Rettung mit gezogenen Waffen über das regendurchweichte Feld heranstürmen. Und die Nordmänner sahen den Tod auf sich herabfahren.

»Zurück!«, rief Thorgrim. »Zurück!« Er trat rückwärts, und Godi folgte ihm, und dann wich Thorgrim noch weiter nach hinten. Es war schwierig, das zu tun, ja fast unmöglich, mit intaktem Schildwall zurückzuweichen. Rückzug war nie ein Gedanke gewesen. Im Schildwall ging es darum, standhaft zu sein, auf den Feind einzuschlagen, bis eine Seite oder die andere nachgab und davonrannte, oder an Ort und Stelle starb.

»Weicht zurück! Zurück! Männer von Vík-ló, weicht zurück!«, schrie Thorgrim. Er hatte seine Männer darin ausgebildet, sie hatten es geübt, sich zurückzuziehen, während sie den Schildwall aufrechterhielten. Aber nicht oft, denn ein Rückzug vom Schlachtfeld war keine Sache, die Thorgrim allzu häufig erwartet hätte. Nun jedoch gehorchten sie. Sie traten wieder zurück und hielten den Schildwall geschlossen. Sie kämpften, und sie wichen zurück.

Und dann brach alles um sie zusammen.

Es fing an, als Kevins Kämpfer die Reihe der Iren erreichten. Sie stießen ihre furchtbaren keltischen Schlachtrufe aus, als sie heranstürmten, die vorgereckten Schilde bunt und makellos, nicht eingedrückt, zerschlagen und zerbrochen wie die der Männer, die schon länger kämpften. Sie schlossen sich der Schlachtreihe an und rückten weiter vor, und die müden irischen Krieger zogen neue Kräfte aus dieser Verstärkung. Gemeinsam warfen sie sich gegen die Reihe der Nordmänner, ein wilder, ein ungestümer Stoß, der die Wikinger zurückdrängte und ihre Formation in Stücke riss wie ein zerfetztes Segel im Sturmwind.

Und gerade als die Schlacht für Thorgrims Männer auseinanderfiel, schlugen die Berittenen an den Flanken zu. Alles war perfekt abgestimmt. Die Nordmänner wankten unter der Wucht der irischen Attacke von vorne, als die Reiter wieder zwischen sie fuhren, mit den Schwertern auf sie einhackten und jede ordentliche Verteidigung mit den wirbelnden Hufen ihrer Pferde zersprengten.

Der Angriff auf Glendalough war beendet. Thorgrims Hoffnungen auf einen geordneten Rückzug waren zerstoben. Die Nordmänner drehten sich um und flohen; die natürlichste Reaktion. Und die schlimmste.

Die Iren brüllten triumphierend und setzten ihnen nach, machten jeden nieder, der strauchelte und zurückblieb, sie erschlugen die Verwundeten, während sie über sie hinwegrollten. Und die Reiter nagten an den Flanken und hackten und töteten und ließen die panischen Männer in ihre Kameraden hineinlaufen und sich gegenseitig bei der Flucht behindern.

Es war eine so verheerende Niederlage, wie Thorgrim noch

nie eine erlebt hatte, und er wusste, dass es noch schlimmer werden würde. Er rief den Männern Befehle zu, während sie liefen, versuchte, irgendeine Ordnung in ihre Flucht zu bringen, eine Verteidigung auf die Beine zu stellen, um ihren Rückzug zu decken. Dabei wusste er die ganze Zeit, dass es sinnlos war. Sein Verstand sann verzweifelt nach einem Weg, die vollständige Vernichtung seiner und Ottars Männer zu verhindern.

Wohin wenden wir uns?, dachte er.

Er stellte sich das Gelände vor. Wenn es einen Platz gab, an dem sie sich verteidigen konnten, wenn sie ihre Schiffe erreichten, dann würden sie vielleicht überleben. Doch es gab keine Stelle in der Nähe, wo sie sich verschanzen konnten, und sie würden auch niemals zu ihren Schiffen gelangen, solange sie so kopflos durcheinanderrannten wie jetzt. Bestenfalls durfte er darauf hoffen, seine Männer auf einem der kleineren Hügel zu versammeln und zu kämpfen, bis die Iren sie alle getötet hatten. Wenigstens würden sie dann einen guten Tod finden.

Da bemerkte er eine Bewegung zu seiner Rechten, und er wandte sich gerade rechtzeitig um, um das Sonderbarste zu erblicken, was ihm je untergekommen war: Ein Wagen, ein großer Wohnwagen, klomm eben den Hügel hinauf, über den die Straße lief. Es war ein riesiges, bunt bemaltes Ding, das von vier Ochsen gezogen wurde. Die Tiere schienen erschreckt und außer Kontrolle zu sein. Das Fahrzeug hüpfte und schwankte und drohte jeden Augenblick auseinanderzubrechen. Die Ochsen brüllten und warfen die Köpfe hin und her und sprengten weiter.

Zwei Männer klammerten sich an den Sitz auf der Vorderseite des Wagens. Einer davon war ein riesiger Bursche, der die Zügel hielt, auch wenn Thorgrim bezweifelte, dass er damit viel ausrichtete. Neben ihm, unverkennbar mit dem hellblonden Haar und seinem gedrungenen und kräftigen Körperbau, saß Harald Thorgrimson. Harald Starkarm.

Der Wagen raste den Hang hinab, und Thorgrim sah, wie Harald dem anderen Mann die Zügel aus der Hand nahm. Er riss sie zu einer Seite, und die Ochsen änderten die Richtung ihrer Flucht, nur ein wenig. Plötzlich schoss ein weiterer Wagen über die Hügelkuppe, raste genauso wild dahin wie der erste, ebenfalls von einem Gespann durchgehender Tiere gezogen, die mit aufgerissenen Augen und Schaum vorm Mund voranstürmten. Und da! Ein drittes Fuhrwerk!

Thorgrim konnte nur zusehen. Die Iren waren immer noch den flüchtenden Nordmännern auf den Fersen, aber jetzt verstand Thorgrim, was Harald vorhatte. Er wollte seinen Wagen geradewegs in die irische Flanke rammen. Und die Iren schienen nichts davon zu bemerken.

Dann entdeckten sie die Gefahr. Die Iren waren keine fünfzig Schritte entfernt, als ihre Köpfe sich den heranpolternden Fahrzeugen zuwandten.

Thorgrim sah, wie sie mit den Armen zeigten und einander Warnungen zuriefen. Ihre Reihe wankte und riss auf, als die Krieger erkannten, dass sie gleich niedergetrampelt und überrollt würden. Einige stoben auseinander, andere rückten weiter vor, und dann pflügte Haralds Wagen in das Ende ihrer Reihe und rollte unbeirrt voran. Thorgrim sah, wie Männer unter die Hufe der rasenden Ochsen gerieten, wie sie in die Luft geschleudert wurden. Andere liefen zurück oder weiter nach vorne, oder sie zerstreuten sich zu den Seiten, während sie versuchten, aus dem Weg zu kommen.

Der Wagen an der Spitze wurde langsamer, während er durch die Reihen der Krieger brauste, aber jetzt traf auch der zweite Wagen die Iren. Er schlingerte an Haralds Fuhrwerk vorbei und zerschmetterte alles, was an Ordnung übrig war. Dann neigte er sich zur Seite, rollte einen Augenblick auf zwei Rädern weiter und kippte um. Danach traf auch noch der dritte Wagen auf.

Thorgrim blickte über die Schulter zurück. Die Nordmänner waren stehengeblieben. Sie hatten sich umgewandt und sahen gebannt zu, wie die Wagen durch die Reihen ihrer Feinde fuhren wie die Sense durch trockenes Gras. Die Iren wirkten benommen, schienen nicht zu wissen, wie ihnen gerade geschah. Männer irrten ziellos umher. Andere standen wie betäubt an einer Stelle, wieder andere schrien, schwangen ihre Waffen und versuchten, irgendwie die Schlachtreihe zu schließen.

»Auf sie!«, rief Thorgrim. »Auf sie!« Er reckte *Eisenzahn* in die Höhe und rannte los, auf die irischen Krieger zu. Es war der reine Wahnsinn. Er und seine Männer waren erschöpft, zerschlagen, sie standen kurz davor, alle abgeschlachtet zu werden, und jetzt führte er sie wieder Hals über Kopf in die Schlacht.

»Auf sie!« Er blickte über die Schulter. Seine Männer folgten ihm. Sie jubelten.

Unglaublicherweise hatte Harald sich während der ganzen wilden Fahrt auf seinem Platz halten können. Nun sprang er vierzig Fuß vor Thorgrim auf den Boden. Er eilte zur Rückseite des Wagens und riss eine Tür auf. Thorgrim hörte ihn etwas rufen, die Wörter konnte er nicht verstehen. Aber plötzlich stürmten Haralds Leute durch die offene Tür ins Freie. Auch an den beiden anderen Fahrzeugen flogen die Türen auf, und weitere Nordmänner erschienen. Sie brüllten wie die Wahnsinnigen, schwangen ihre Waffen und stürzten sich auf die nächsten Iren.

Es waren nicht viele, weniger als zwanzig, aber ihr Auftauchen überraschte die Iren vollkommen, und das in einem Augenblick, wo sie schon eine Überraschung nach der anderen hatten hinnehmen müssen.

»Auf sie!«, schrie Thorgrim wieder. Er hörte, wie seine Krieger hinter ihm lauter wurden. Sie waren noch dreißig Fuß von den Überresten der irischen Schlachtreihe entfernt. Dort sah er nur verwirrte Männer, ängstliche und entsetzte Männer, die entgeistert auf ihre Gegner starrten, die sich ein weiteres Mal auf sie stürzten.

Nun waren es die Iren, die genug hatten. Der Schrecken durch den Aufprall der Wagen, wegen Haralds Männern, die dort heraussprangen, wegen der übrigen Wikinger, die mit neu erwachter Kampfeswut auf sie zustürmten; all das nahm ihnen den Rest ihrer Entschlossenheit. Ein paar der Iren drehten sich um und rannten. Dann ergriffen weitere die Flucht, bis schließlich die ganze Streitmacht, all jene Männer, die Augenblicke zuvor schon den Sieg geschmeckt hatten, umkehrten und den Weg zurückflohen, den sie gekommen waren.

Thorgrim sah Berittene, die er für die Anführer der Krieger hielt und die Befehle schrien, damit ihre Leute sich wieder dem Feind stellten, sich umdrehten und kämpften. Doch es war sinnlos, genauso sinnlos wie Thorgrims vergebliche Versuche zuvor. Auch die Anführer erkannten das schließlich, und ihnen wurde klar, dass sie bald allein auf dem Schlachtfeld stehen würden. Also rissen sie ihre Pferde herum und schlossen sich der Flucht an.

Die Nordmänner gelangten an die Stelle, wo die Wagen liegen geblieben waren, zwei davon mittlerweile auf der Seite. Sie hielten an. Niemand hatte es ihnen befohlen, sie blieben einfach stehen. Dann verharrten sie und wirkten so benommen wie vorher die Iren. Sie rangen nach Atem und beobachteten ihre Feinde, die erst vor wenigen Augenblicken auf sie eingestürmt waren, um sie niederzumachen, und die nun Fersengeld gaben.

Eine eigentümliche Ruhe senkte sich auf das Schlachtfeld, eine tiefe Stille nach dem Lärm von fast sechshundert kämpfenden Männern. Thorgrim sah sich um, und da kam Harald auf ihn zu, mit einem breiten Grinsen und einer Blutspur im Gesicht.

Thorgrim schüttelte den Kopf. Er wusste nicht, was er sagen sollte, also ging er seinem Jungen entgegen und schloss ihn in die Arme, und Harald erwiderte die Umarmung, wenn auch verlegen und unsicher. Dann war Agnarr bei ihnen, und Bersi und Kjartan und Skidi, und sie fanden Worte des Lobs und dankten ihm, und Harald grinste nur, eindeutig peinlich berührt von all der Aufmerksamkeit.

»Sie sind davongelaufen.« Bersi nickte in Richtung der Iren. »Aber sie sind nicht geschlagen. Sie sind nicht erledigt.«

Damit hatte er Recht. Auch Thorgrim konnte das erkennen. Das konnten sie alle. Die Iren waren ein paar hundert Schritte weit gelaufen, bis sie außer Atem waren und erkannt hatten, dass die Nordmänner ihnen nicht weiter folgten. Das hatte sie zum Stehen gebracht, und inzwischen formten sie wieder eine notdürftige Reihe, etwa auf halbem Weg zwischen den Nordmännern und der Stadt Glendalough.

»Die werden heute nicht mehr angreifen«, befand Thorgrim. »Heute nicht.« Er blickte zur Sonne auf. Es würde noch mehrere Stunden hell bleiben, auch wenn es sich viel später anfühlte. Trotzdem war er überzeugt davon, dass die Iren für diesen Tag genug hatten. Bei seinen eigenen Leuten war er sich da noch sicherer.

»Nein, heute greifen sie nicht mehr an«, stimmte Skidi ihm zu. »Aber wie Bersi sagt: Die sind längst nicht erledigt. Da, wo sie jetzt stehen, werden sie ihre Stellung behaupten. Werden sich wieder formieren. Und morgen kämpfen sie erneut.«

Thorgrim nickte. Die Iren würden mit Sicherheit weiterkämpfen. Warum auch nicht? Sie verteidigten ihre Heimat, und sie waren ihrem Feind noch immer zwei oder gar drei zu eins überlegen. Die Frage war also, ob die Nordmänner ebenfalls bleiben und kämpfen würden, oder ob sie sich zu ihren Schiffen zurückzogen und davonsegelten. Wenn sie sich für Letzteres entschieden, würden sie mit dem Leben davonkommen, aber davon abgesehen erhielten sie gar nichts für all ihre Bemühungen.

Das war keine Frage, die Thorgrim allein entscheiden konnte.

»Kehren wir mit den Männern zurück zu dem Hügel dort.« Er wies auf die Anhöhe, wo zu Beginn des Gefechts die Schildwälle zum ersten Mal aufeinandergetroffen waren. »Lasst uns Haralds Wagen dort raufschaffen, dann können wir eine Barrikade aufrichten. Anschließend finden wir heraus, was die Götter als Nächstes von uns wünschen.«

Die Männer trotteten auf den Hügel zu, still und dankbar, dass der Kampf für heute vorbei war. Jene, die noch die Kraft dafür aufbrachten, hoben die Wagen zurück auf ihre Räder und entwirrten die Ochsen, von denen vier gestorben waren. Dann lenkten sie die schwerfälligen Fahrzeuge die Anhöhe hinauf. Auf dem Hügelkamm reihten sie die Fuhrwerke quer über die Straße aneinander. Das war nicht gerade ein undurchdringlicher Schutzwall, doch es war besser als nichts.

Ottar lebte noch. Er humpelte und trug einen großen, blutigen Verband am linken Arm, sein Kettenhemd hing ihm in Fetzen vom Leib, so sehr, dass Thorgrim sich fragte, warum er es überhaupt anbehielt. Doch er lebte. Er war still, als sie zum Hügel zurückkehrten, und ließ seine Männer einfach Thorgrims Beispiel folgen. Bald jedoch hörte Thorgrim ihn wieder wüten und brüllen. Aber Ottar hielt Abstand, und solange er das tat, konnte er um Thorgrims willen so viel wüten und brüllen, wie er mochte.

Sie durchsuchten die Wagen nach Essen und Ale. Große Mengen waren nicht zu holen, doch es waren auch nicht so viele von den Nordmännern übrig, und sie fanden genug, um den schlimmsten Hunger zu stillen, selbst wenn sie nicht satt wurden.

Die Männer aßen, wo sie gerade waren, oder sie legten sich ausgestreckt auf das nasse Gras, ohne auf den leichten Regen zu achten. Sie kümmerten sich um ihre Wunden oder um die ihrer Gefährten. Thorgrim rief seine Schiffsführer zusammen. Harald holte er auch dazu. Der Junge hatte sich seinen Platz in diesem Rat verdient.

Sie fanden Hocker und Bänke in den Fahrzeugen und stellten sie draußen im Kreis auf, ein Stück abseits der Männer.

»Es gibt zwei Wege, die wir nun einschlagen können«, erklärte Thorgrim, sobald sie sich niedergelassen hatten. »Wir können bleiben und morgen wieder kämpfen, oder wir können zu den Schiffen zurückkehren und davonsegeln und Glendalough vergessen. Ich wüsste nicht, welche Wahl uns sonst noch bleibt. Sagt mir, was ihr denkt.«

Die anderen dachten einen Moment über die Frage nach, aber Thorgrim nahm an, dass sie das auch vorher schon getan hatten und jetzt nicht mehr viel Zeit dafür benötigen würden.

»Die Götter haben uns ihre Gunst erwiesen.« Skidis raue Stimme brach das Schweigen. »Harald hat uns gerettet, gewiss, und ich werde ihm mein Leben lang dafür dankbar sein.« Er nickte Harald zu, und der lächelte verlegen. »Aber es waren gewiss die Götter, die diese Wagen überhaupt erst in Haralds Weg gelenkt haben und deren Hand die Ochsen führte.«

Die Übrigen nickten bei diesen Worten. Thorgrim hatte schon eine recht gute Vorstellung, worauf das hinauslief, und er ging davon aus, dass es bei den anderen genauso war.

»Die Götter begünstigen stets den kühnen Krieger«, fuhr Skidi fort. »Es wäre Wahnsinn, zu bleiben und zu kämpfen, aber genau deswegen werden die Götter mit Wohlgefallen auf uns blicken, wenn wir das tun. Und die Iren werden so überrascht sein, dass sie sich vermutlich in die Hosen scheißen.«

Thorgrim musterte jeden Einzelnen, jedes Gesicht, aber dies hier waren Männer, die ihre Meinung für sich behalten konnten, und er las nichts aus ihren Mienen. Trotzdem wusste er, wie sie antworten würden.

»Was sagt ihr?«, fragte Thorgrim.

»Ich sage kämpfen«, antwortete Kjartan.

»Kämpfen«, erwiderte Skidi.

»Ich würde lieber kämpfen«, sagte Bersi. »Doch bevor wir das entscheiden, müssen wir Ottar anhören. Wenn er an unserer Seite steht, sollten wir kämpfen. Aber falls er entschlossen ist zu gehen, bleibt uns keine Hoffnung mehr. Egal, wie kühn wir sein mögen. Es wäre keine Schande für uns, wenn wir zum Rückzug gezwungen sind, weil Ottar nicht kämpfen will.«

Wieder nickten die anderen. »Ich werde mit Ottar reden«, verkündete Thorgrim.

»Ich glaube nicht, dass das nötig ist.« Skidi nickte in Richtung einer Stelle, die außerhalb ihres Kreises lag. Thorgrim blickte sich um und sah Ottar auf sie zuhumpeln, mit dem üblichen mürrischen Ausdruck auf dem Gesicht, die Enden seiner blonden Zöpfe steif und dunkel von getrocknetem Blut.

Er kam zu ihnen und schaute in die Runde, bis sein Blick an Kjartan hängenblieb. Sein Ausdruck wurde noch mürrischer, seine Brauen rückten zusammen, und seine Hand fuhr zum Schwertgriff, aber so langsam und schwerfällig, dass die Geste kaum bedrohlich wirkte.

»Kjartan, du Bastard, du Stück Scheiße, warum überrascht es mich nicht, dich hier zu sehen?«, knurrte Ottar, doch wie seinem Arm schien es auch seiner Stimme an Kraft zu fehlen, um eine Drohung zum Ausdruck zu bringen. »Du hast dich die ganze Zeit vor mir versteckt, du feiger kleiner Kotzbrocken.«

»Ich habe mich vor niemandem versteckt«, erwiderte Kjartan, machte aber keinerlei Anstalten, sich auf einen Angriff vorzubereiten. »Du warst nur zu blind, mich zu sehen.«

Ottar starrte Kjartan einige Sekunden länger an, aber er sagte nichts weiter. Stattdessen wandte er sich Thorgrim zu. »Nun, Nachtwolf? Wirst du bleiben und kämpfen, oder rennst du davon wie ein furchtsamer Welpe?«

»Wir haben uns gerade dieselbe Frage über dich gestellt«, gab Thorgrim zurück. »Obwohl ich deine Männer heute nicht viel kämpfen sah. Ihr feigen Hurensöhne seid doch nur herumgerannt wie die Hühner, wenn der Hund im Hof losgelassen wird.«

»Du bist auch ein Haufen Scheiße«, sagte Ottar. »*Wir* waren heute die Hunde, ihr die Hühner. Ihr und die verdammten Iren. Aber wir werden kämpfen, und wir werden jede Unze Silber und Gold aus diesem dreckigen Kloster herauswringen, werden jede Frau dort unter uns aufteilen. Wir lassen diese Schweine bezahlen für das, was sie heute getan haben, und wir lassen sie teuer bezahlen. Steht ihr zu uns?«

Thorgrim musterte den massigen Mann, der über ihm aufragte. Er hatte mehrere Schnittwunden im Gesicht und auf der Stirn, und manche davon waren ziemlich tief. Das Blut zeichnete unheimliche Muster auf seine Haut, wo es von der alten, welligen Narbe auf der Wange abgelenkt worden war.

Er stand trotzig da, seine Worte waren so herausfordernd wie immer, aber der Geist dahinter fehlte, das Feuer war niedergebrannt.

Natürlich stand Ottar vor demselben Problem wie Thorgrim: Keiner von ihnen konnte auf einen Sieg hoffen, wenn er ohne die Unterstützung des anderen blieb.

»Wir bleiben und kämpfen gegen diese Mistkerle. Ja, wie wir es von Anfang an geplant haben«, erklärte Thorgrim.

»Gut«, sagte Ottar. »Sobald es dunkel ist, sollte einer von uns seine Männer nehmen und sie dort herum führen.« Er zeigte nach Norden. »Dann können wir im Morgengrauen von zwei Seiten über die Iren herfallen. Sie werden nicht erwarten, dass wir unser Heer auf diese Weise aufteilen.«

Thorgrim blickte in die Richtung, die Ottar ihm wies, und er erkannte, was der Mann im Sinn hatte. Wenn sie es schafften, unbemerkt dort hinzukommen, konnten sie die Iren zugleich von vorne und an der linken Flanke angreifen. Ottar hatte Recht. Damit würden die Iren nicht rechnen. Es war kein schlechter Plan.

Allerdings schien es ihm auch ein entschieden zu schlauer Plan für Ottars Verhältnisse zu sein. *Warum schlägt er das vor,* fragte sich Thorgrim, *und warum ist er plötzlich so daran interessiert, dass wir zusammenarbeiten?*

»Ich kann sehen, was du denkst, Nachtwelpe«, sagte Ottar. »Du fragst dich, was für eine Hinterlist ich im Sinn habe. Die Antwort lautet, keine. Ich interessiere mich nur dafür, diese irischen Bastarde umzubringen, ihr Silber zu nehmen und ihre Frauen. Ich überlasse dir die Entscheidung, wer von uns nach Norden geht und wer hierbleibt. Siehst du? Keine Tricks. Du hast die Wahl.«

Thorgrim stand auf. Ottar überragte ihn immer noch, aber zu stehen machte die Sache zumindest ein wenig ausgeglichener. »Also gut«, sagte er. »Ich und meine Männer, wir gehen nach Norden. Bleiben außer Sicht. Du greifst im Morgengrauen an, und sobald die Iren sich aufgestellt haben, um dem Angriff von vorne zu begegnen, fallen wir in ihre Flanke.«

Ottar nickte. Er sah alle noch einmal an. Dann drehte er sich wortlos herum und hinkte zu seinen eigenen Leuten zurück.

»Man kann ihm nicht trauen«, befand Kjartan, und es klang wie eine nüchterne Feststellung.

»Höchstwahrscheinlich nicht«, stimmte Thorgrim dem zu. »Aber er und seine Männer gehen als Erste in den Kampf, und sobald der einmal angefangen hat, bleibt ihnen nur die Wahl zwischen Sieg oder Tod. Wenn sie gar nicht erst angreifen, wäre es keine Schande für uns, wenn wir uns auch zurückziehen. Wie Bersi gesagt hat. Die Schande läge bei Ottar, nicht bei uns.«

Thorgrim sprach diese Worte mit einer Gewissheit aus, die er nicht wirklich empfand. *Wir ziehen in eine Schlacht, bei der wir drei zu eins unterlegen sind, angewiesen auf Männer, auf deren Unterstützung wir nicht vertrauen können, und ohne eine Rückzugsmöglichkeit, wenn wir geschlagen werden,* dachte er.

Trotzdem, er war gewiss schon in schlimmeren Situationen gewesen, selbst wenn er sich im Augenblick an keine erinnern konnte.

39. Kapitel

Zum ersten Mal plünderten die Heiden …
und sie schleppten viele Gefangene fort,
und sie erschlugen viele und
führten sehr viele in die Sklaverei.
DIE ANNALEN VON ULSTER

Wie alle anderen in dem mit Fellen ausgelegten Wagen fragte sich Louis de Roumois, was zur Hölle draußen vorging.

Sie bewegten sich schnell, das war klar. Die Ochsen schienen mit dem Fuhrwerk durchzugehen, schneller, als er es den schwerfälligen Tieren zugetraut hätte. Der Wagen schwankte und polterte und ächzte unter der Belastung. Kaum zu glauben, dass er noch nicht umgestürzt war! Allerdings wusste Louis nicht, ob all das aus einem Grund geschah oder ob die Dinge einfach außer Kontrolle geraten waren.

Er schaute zu den Männern und Frauen, die in seiner Nähe saßen. Crimthanns Leute waren verängstigt. Sie klammerten sich an allem fest, was sie erreichen konnten. Die Heiden waren nicht annähernd so furchtsam, schienen aber auch nicht mehr zu wissen als Louis.

Der Wagen legte sich in einer Übelkeit erregenden Neigung zur Seite, und Louis war überzeugt davon, dass die Räder sich vom Boden gelöst hatten und sie gleich umkippen würden. Er legte einen Arm um Failend und drückte sie an sich, um sie zu schützen, wenn sie durch das Wageninnere geschleudert wurden. Aber unglaublicherweise landete der Wagen wieder auf allen vier Rädern. Bei dem heftigen Aufprall gingen zwei von Crimthanns Männern zu Boden. Das Fahrzeug schwankte eine Weile hin und her und kam schließlich so abrupt zum Stehen, dass Louis und Failend nach vorn rutschten und gegen den Wikinger namens Olaf prallten.

Louis hörte Rufe und Gebrüll außerhalb des Wagens, und dann flog die Hintertür auf, und Harald stand davor, schrie seinen Männern in ihrer eigenen Sprache etwas zu. Louis verstand die Wörter nicht, aber die Männer sprangen auf, ergriffen ihre Waffen und taumelten zur Tür, also nahm Louis an, dass Harald sie zum Kampf gerufen hatte.

Alles deutete auf eine Schlacht hin. Durch die Tür sah Louis die anderen Wagen, die beide auf der Seite lagen. Auch dort kletterten Haralds Männer heraus, während um die Fahrzeuge herum weitere Krieger – irische Krieger – benommen herumstanden, davonliefen oder verwundet oder tot am Boden lagen.

»Los«, sagte er zu Failend. Er erhob sich und riss sie auf die Füße, zerrte sie zur Tür an der Rückseite des Wagens. Dort blieb er stehen und spähte hinaus. Die Iren rannten nach Glendalough zurück, aus der anderen Richtung stürmte eine Reihe brüllender Nordmänner auf sie zu. Es herrschten Wahnsinn und Chaos, und das war ihre Gelegenheit zur Flucht.

Louis half Failend auf die Wiese hinaus, schnappte sich ihrer beider Schwerter mit Scheide und Gehenk und sprang hinterher. »Wir müssen laufen!«, rief er.

»Wohin?«, fragte sie.

Das war die Frage. *Wohin?* Eindeutig nicht in Richtung der Nordmänner. Aber zu den Iren konnten sie auch nicht. Inzwischen musste sich herumgesprochen haben, dass sie Aileran ermordet hatten. Wahrscheinlich würde man sie beide aufhängen, sobald man sie entdeckte. Colman würde gewiss darauf bestehen, bevor sie noch anfingen zu reden.

»Glendalough«, sagte Failend.

»Was?«, fragte Louis.

»Glendalough!«, wiederholte Failend. »Wir gehen nach Glendalough!«

Louis schüttelte den Kopf. »Glendalough? Bist du verrückt?«

»Nein, schau! Alle Krieger sind im Feld. Niemand ist in der Stadt, jedenfalls kein Mensch, der uns kennt. Mein Mann hat im Haus einen Schatz vergraben. Wir graben ihn aus. Wir brauchen Silber für unsere Flucht.«

Louis sah zur Stadt hinüber, die sich in dumpfem Grau und Braun und Grün im Dunst abzeichnete. *Glendalough*. Das war eine großartige Idee. Failend hatte Recht. Jeder, der ihnen Probleme bereiten konnte, war hier draußen auf dem Schlachtfeld und nicht in der Stadt. In der Stadt musste ein heilloses Durcheinander herrschen, und es war leicht, in einem Durcheinander unterzutauchen. Es war perfekt.

»Gehen wir!«, sagte Louis. Die Nordmänner näherten sich rasch, und die Iren rannten auf den nächsten Hügel zu, und die beiden waren allein bei den Wagen, von den Verletzten und den Toten abgesehen. »Dort entlang!«

Sie liefen in dieselbe Richtung wie die Iren, nichts als zwei weitere Krieger, die vor den Nordmännern flohen. Aber dabei bogen sie leicht ab, so dass sie sich auf die Stadt zubewegten und schließlich beide Heere hinter sich ließen. Sie hofften, dass niemand auf sie achtete.

Wir müssen vor den verdammten Heiden bleiben, dachte Louis und beschleunigte seine Schritte. Mit drei Sätzen eilte er voraus, bevor er sich daran erinnerte, dass Failends Beine, die er so innig liebte, viel kürzer waren als seine. Sie konnte nicht so schnell laufen. Er drehte sich um und sah, dass sie schon zurückgefallen war. Er verlangsamte seine Schritte so weit, dass sie aufholen konnte.

»Louis!«, keuchte sie, während sie auf ihn zustolperte. Sie zeigte nach rechts, und Louis wandte den Blick. Die meisten Heiden waren stehen geblieben, sobald sie die Wagen erreichten, aber Haralds Männer waren hinter den flüchtenden Iren hergelaufen. Jetzt kehrten sie zurück, und zwei von ihnen hatten ihn und Failend bemerkt und kamen mit gezogenen Schwertern auf sie zu.

»Hinter mich, tritt hinter mich!«, rief Louis und betete zu Gott, dass sie ihm gehorchen würde. Er und Lochlánn hatten sie mit einem Schwert üben lassen, aber nur ein wenig, und er wusste, dass gerade ein wenig Wissen viele Probleme machen konnte, wenn man seine Fähigkeiten überschätzte. Aber Failend diskutierte nicht. Sie zog ihr Schwert, doch sie trat beiseite und ließ Louis zwischen sich und die Heiden treten. Louis zog ebenfalls sein Schwert.

Die beiden Männer wurden langsamer und näherten sich mit einer gewissen Vorsicht. Sie teilten sich auf, so dass sie von zwei Seiten auf Louis zukamen. Louis erkannte sie nicht. Sie mussten in einem der anderen Wagen gesessen haben. Nach der Art, wie sie sich bewegten und ihre Waffen hielten, machte es nicht den Eindruck, als würden sie Louis und Failend für eine große Bedrohung halten, so bedachtsam sie sich auch näherten.

Wir haben keine Zeit für sowas, dachte Louis. Er musste diese Gefahr ausschalten, und das schnell.

Beide Männer waren immer noch gerade außer Reichweite seines Schwertes, als Louis sich plötzlich auf den Gegner zu seiner Linken stürzte, geradewegs auf ihn zusprang. Der Mann sprang zurück, und während er das tat, stieß der Nordmann auf Louis' rechter Seite blitzschnell mit dem Schwert voran nach vorn. Das hatte Louis erwartet.

Er wirbelte herum, parierte die zustoßende Klinge mit einem weit ausholenden Hieb, schlug sie beiseite und trat dem Angreifer in den Bauch. Der Mann krümmte sich. Louis riss sein Knie nach oben und rammte es dem Mann ins Gesicht. Durch seine Beinlinge spürte Louis, wie die Nase seines Gegners brach, als der zurückgeschleudert wurde. Louis fuhr wieder zu dem ersten Nordmann herum, gerade als dessen langes Schwert auf seinen Kopf zusauste.

Louis duckte sich, und mit einem schwirrenden Laut ging die Klinge nur zollbreit über ihn hinweg. Louis hieb nach den Beinen des Mannes und fühlte, wie sein Schwert in Fleisch drang. Der Nordmann schrie auf und kippte nach vorn, Blut quoll aus einem Riss in seinen Beinlingen.

»Weiter«, rief Louis, und er und Failend rannten los. Die beiden Heiden auf dem Boden würden noch eine Weile liegen bleiben, doch wenn andere diesen Kampf gesehen hatten, kamen sie jetzt sicherlich wie die Wespen angeschwärmt.

Louis blickte zurück und vergewisserte sich, dass Failend mit ihm Schritt hielt, aber er wagte es nicht, langsam genug zu laufen, um herauszufinden, was der Feind – ob Heiden oder Iren – gerade tat. Er erklomm einen niedrigen Hügel und sah Glendalough unter sich – das *Vallum* und die äußere Mauer, die große Kirche, die niedrigen, grob gefertigten Gebäude. Er konnte Colmans Haus erkennen. Und er sah Hunderte von Menschen, die die Straßen verstopften und über den Marktplatz schwärmten. Es bot sich ihm genau das Durcheinander dar, das er erwartet hatte.

»Louis!«, stieß Failend atemlos hervor. Louis blieb stehen und drehte sich um. Failend stand vornübergebeugt und rang nach Luft. Er trat zu ihr.

»Bist du verletzt?«, fragte er.

Sie schüttelte den Kopf. Sie bekam nicht genug Luft, um zu reden. Louis ließ sie zu Atem kommen und schaute den Weg zurück, den sie gekommen waren. Die Heiden waren nicht über die umgekippten Wagen hinausgelaufen. Die Iren standen in ein paar hundert Schritten Entfernung, und zwischen ihnen befand sich nichts als grünes Gras, aufgewühlter Schlamm und verstreute Tote und Verletzte.

»Der Kampf ist vorüber. Für heute«, stellte Louis fest.

Failend hatte sich wieder aufgerichtet, obwohl ihr Mund weiterhin offen stand. »Woher weißt du das?«, fragte sie, und das waren alle Worte, die sie herausbekam.

»Sie sind fertig«, erklärte Louis. »Keiner der Männer auf beiden Seiten hat noch einen Kampfeswillen. Das sehe ich von hier aus. Sie müssen schon eine ganze Weile gefochten haben, bevor dieser Heide die Wagen zwischen sie gelenkt hat.«

Failend nickte. »Was werden sie tun?«, fragte sie. Allmählich fand sie ihre Stimme zurück.

»Die Iren werden ihre Krieger wieder so gut in Stellung bringen, wie sie können, nehme ich an, und sich darauf vorbereiten, morgen weiterzukämpfen. Das würde ich jedenfalls tun, wenn ich noch das Kommando hätte.« Louis war selbst überrascht von der unwillkürlichen Bitterkeit in seiner Stimme. »Wir werden sehen, was dein … was Colman tut.«

»Die Heiden bleiben und kämpfen weiter?«

»Ich weiß es nicht«, sagte Louis. »Wenn ich raten soll, würde ich sagen, dass sie genau darüber in diesem Augenblick sprechen. Oder jedenfalls werden sie das bald tun.«

Eine Weile standen sie noch da und betrachteten die beiden Heere in der Ferne. Niemand schien sich nach ihnen umzublicken, zwei einsame Gestalten hunderte von Schritten entfernt auf einem mit Männern, lebenden und toten, bedeckten Schlachtfeld.

»Gehen wir.« Failend nickte in Richtung Glendalough am Fuße des lang gezogenen Abhangs, auf dem sie standen. Sie wandten sich um und liefen durch das nasse, kniehohe Gras nach unten.

Schon aus der Ferne konnten sie sehen, dass auf den schlammigen Straßen die Hölle los war, ungefähr so, wie Louis sich den Tag des Jüngsten Gerichts vorstellte. Die Heiden kamen, und jeder in Glendalough, hunderte Bewohner und hunderte weitere Menschen, die für den Jahrmarkt gekommen waren, flohen in Panik. Das Gras verwandelte sich in festgetrampelte Erde, als sie sich der Stadt näherten. Louis und Failend gingen weiter, und schließlich wurde der festgestampfte Boden zu einer Straße, die zwischen den dichtgedrängten Häusern aus Flechtwerk und Strohdächern auf den Marktplatz zuführte.

Karren schoben sich quietschend und ächzend durch die Menschenmassen, Männer stapften mit ihren Familien hinter Pferden und Eseln her, die mit so viel Gepäck beladen waren, wie sie nur schleppen konnten. Händler und Hausierer trugen ihre Waren auf dem Rücken wie Packtiere und taumelten unter der Last einher. Alles bewegte sich fort von den beiden Heeren. Es schien niemanden zu interessieren, wohin sie gingen, solange sie nur die Stadt und die kämpfenden Männer hinter sich ließen.

Louis und Failend bahnten sich ihren Weg durch die Menge und schlängelten sich zwischen den gedrungenen Gebäuden einher, die sie so gut kannten; niedrige Flechtwerk- und Strohdachbauten, die als Häuser und Werkstätten dienten: Töpfer, Schreiner, Schmied. Die Tür des letzteren Gebäudes stand offen, und Louis schaute im Vorübergehen hinein. Die Werkzeuge waren verschwunden, ebenso wie der Blasebalg und sogar ein Hocker, der für gewöhnlich in einer Ecke stand. Nur der Amboss war noch da. Louis ging davon aus, dass der Schmied ihn nur ungern zurückgelassen hatte, ihm am Ende jedoch keine andere Wahl geblieben war.

Sie schoben sich weiter. Menschen schrien, Kinder weinten, Tiere wieherten, muhten und schnaubten. Zwei Männer wälzten sich im Schlamm und bearbeiteten einander mit den Fäusten, aber niemand kümmerte sich darum.

»Wahnsinn«, stellte Failend fest. Sie erreichten das Ende der Straße und den Platz. Die meisten Verkaufsbuden, die während der letzten Wochen so mühsam aufgebaut worden waren, standen nun leer, die Kaufleute darin hatten ihre Güter zusammengerafft und das Weite gesucht. Einige Stände waren zusammengebrochen, die Latten und Stohdächer in den Schlamm getrampelt. Erschreckte Tiere, Schafe und Ziegen und Schweine, rannten durch die Menge und verbreiteten noch mehr Durcheinander.

Louis und Failend schritten über den Platz, quer zur allgemeinen Laufrichtung, und das machte ihr Vorankommen schwieriger. Schließlich erreichten sie den Zaun, der die Grenze zwischen Colmans Haus – Failends Haus – und dem Platz markierte. Hier blieb Failend stehen. Sie wandte sich an Louis und legte ihm eine Hand auf die Brust.

»Warte hier«, sagte sie.

Louis schüttelte den Kopf. »Warum?«

»Jemand muss Ausschau halten, falls Bewaffnete auftauchen«, sagte sie. »Außerdem …« Sie zögerte kurz, bevor sie weitersprach. »Das ist mein Haus. Wenn ich dabei erwischt werde, wie ich das Silber meines Mannes nehme, können sie mich kaum einen Dieb nennen. Jedenfalls wird es ihnen schwerer fallen. Dich jedoch könnten sie aufhängen.«

Louis runzelte die Stirn. Das gefiel ihm überhaupt nicht.

Aber was sie sagte, klang vernünftig. Sie hatten auf dem Weg zur Stadt über Colmans Schatz geredet. Ein solcher Reichtum bedeutete Freiheit, die Möglichkeit zur Flucht. Er bedeutete, dass sie Pferde und die Überfahrt ins Frankenreich bezahlen konnten, er bedeutete, Unterkunft und die Möglichkeit, jeden Menschen zu bestechen, bei dem es nötig wurde, damit sie in Sicherheit gelangten. Das Silber und das Gold und die Edelsteine, die in dem großen Haus versteckt lagen, würden ihr Leben retten, und ohne dieses Vermögen würde man sie schon bald wie versprengte Wölfe zur Strecke bringen und töten.

»Also gut«, antwortete er. »Ich warte draußen und halte Ausschau. Aber bleib nicht zu lang.«

»Das werde ich nicht«, sagte Failend. »Ich versuche auf jeden Fall, schnell zu sein. Colman ändert seine Verstecke mitunter. Wenn es nicht dort vergraben ist, wo ich denke, könnte es einige Zeit dauern, bis ich es gefunden habe. Also sorge dich nicht, wenn ich nicht sofort wieder rauskomme. Ich komme zurück oder rufe nach dir, wenn ich deine Hilfe brauche.«

Sie reckte sich und küsste ihn. Dann wandte sie sich ab, trat durch das Hoftor und schritt auf das große Haus zu, das nach den Maßstäben der Iren so großartig war und für Louis de Roumois ebenso Schauplatz von größtem Vergnügen wie tiefster Verzweiflung darstellte.

Failend wurde langsamer, als sie auf die Tür zutrat. Ihr kam in den Sinn, dass sie vielleicht von innen verriegelt war, doch sie zweifelte daran. Vorsichtig hob sie den Holzriegel an und spürte keinen Widerstand. Sie hob ihn weiter und gab sich Mühe, kein Geräusch dabei zu machen. Als sie die Tür frei glaubte, schob sie sie gerade weit genug auf, um sich hindurchzuzwängen.

Sie verharrte lauschend im dämmrigen Innenraum. Immer

noch vernahm sie den Tumult auf den Straßen, aber die dicken Wände aus lehmbeworfenem Flechtwerk dämpften den Lärm. Sie hörte irgendwo über sich Mäuse entlanghuschen, im Dachstroh vielleicht. Sonst hörte sie nichts.

Colman war ein reicher Mann und hatte Glasfenster im Haus, zwei Stück hoch oben in der Wand. Sie ließen das trübe Licht des regnerischen, dunstigen Spätnachmittags in die große Halle dringen und das Innere des Gebäudes in Schattierungen von Grau und Schwarz hervortreten. Failend sah die erhöhten Zwischenböden an jeder Wand, mit ihren Stapeln von Fellen, die Herdstelle mit dem Topf, der darüber hing, den Tisch und die Stühle, alles weitere Zeichen des Wohlstands. Dies waren wohlvertraute Teile ihres alltäglichen Lebens während der letzten vier Jahre. Sie wusste auch, dass sie es nicht vermissen würde. Nichts davon.

Sie durchquerte den Raum und trat zu einem Wandteppich, einer prachtvollen Arbeit, deren Farben regelrecht hervortraten, sobald das Sonnenlicht darauffiel. Failend stellte sich hinter das Tuch und ließ es glatt über ihre schlanke Gestalt fallen, so dass es im trüben Licht kaum eine Chance gab, dass man sie dahinter bemerkte.

Sie musste nach Colmans Schatz nicht erst suchen. Sie wusste genau, wo er vergraben lag. In den vier Jahren ihrer Ehe hatte er ihn nie woanders untergebracht, er grub ihn nur gelegentlich aus, um weiteres Silber hinzuzufügen. Sie sah, dass die Binsen und der Schmutz darüber unberührt waren, also musste der Schatz noch dort sein.

Sie hatte Louis nur erzählt, dass sie suchen müsste, weil sie Zeit benötigte. Wie viel, das wusste sie nicht. Womöglich mehr Zeit, als sie kriegen konnte. Es war ein Risiko, doch vielleicht zahlte es sich aus, und das hieß, dass es wenigstens fünfzehn oder zwanzig Minuten wert war.

Sie wartete reglos. Der einzige Laut, der nicht fern und gedämpft klang, waren ihre eigenen Atemzüge. Sie hatte kaum eine Möglichkeit, die verstrichene Zeit abzuschätzen. Es kam ihr auf jeden Fall ewig vor. Aber sie wusste, dass die Minuten beim Warten quälend langsam dahinkrochen.

Louis wird nach mir suchen, wenn ich zu lange warte, dachte sie. Weitere Minuten vergingen, und dann hörte sie ein Geräusch tief aus dem Gebäude. Keine Mäuse, dieses Mal, sondern ein Mensch, der durch die Küchentür eintrat, die auf die Gasse hinter dem Haus hinausführte. Er schlich sich hinein, hoffte, unbemerkt zu bleiben.

Willkommen zu Hause, dachte Failend.

Immer noch bewegte sie sich nicht. Sie hörte Schritte, leise auf dem harten Erdboden und raschelnd in den dort verstreuten Binsen. Die Schritte verstummten, als der Neuankömmling innehielt und sich umsah. Schließlich, als er anscheinend zufrieden war, ging er weiter.

Noch drei oder vier Schritte, dann weiteres Geraschel, als eine Schicht Binsen beiseitegefegt wurde, das schwache Kratzen von Eisen im Erdboden. *Ein Messer,* vermutete Failend. Leise trat sie hinter dem Wandteppich hervor. Zwanzig Fuß entfernt, mit dem Rücken zu ihr und im Dreck wühlend, kniete Colman mac Breandan.

Seine Schultern hoben und senkten sich, während er arbeitete, die Erde zur Seite schob und die – wie Failend wusste – kleine Silbertruhe freilegte, die vollgestopft war mit einigen Edelsteinen, ein wenig Gold und einer beträchtlichen Menge Silber. Broschen, Armreifen, Ringe, Hacksilber, Münzen – Colman hatte ein beeindruckendes Vermögen angehäuft. Dies war nicht einmal sein einziger derartiger Hort, doch Failend glaubte nicht, dass sie die Gelegenheit erhielten, ihn auch um seine übrigen Reichtümer zu erleichtern, die verborgen in weiteren Hallen und allerhand Geschäften und Mühlen lagen, die Colman in diesem Teil von Irland besaß.

Mach weiter, du Mistkerl. Grab es für mich aus, dachte sie.

Dann hörte Colman auf zu graben. Er schob sein Messer zurück in die Scheide und griff in das Loch hinein, das er ausgehoben hatte. Er hob den Kasten heraus, und als er sich verdrehte, um ihn abzusetzen, erhaschte er endlich einen Blick auf Failend, die hinter ihm stand. Er schnappte nach Luft, sprang auf und fuhr herum. Seine Hand glitt zum Griff des Schwertes an seinem Gürtel.

Dann erkannte er, wer sie war, und er ließ die Hand wieder sinken und entspannte sich.

»Du hättest dein Schwert ziehen sollen«, sagte Failend und trat einen Schritt auf ihn zu. »Es wäre das erste Mal gewesen, dass es heute aus der Scheide kommt.«

»Ha!«, sagte Colman. »Die kleine Kriegerschlampe ist heimgekehrt. Ist der Franke bei dir? Ich hatte gehofft, euch beide nebeneinander aufzuknüpfen. Man hat euch schon schuldig gesprochen für den Mord an Aileran, weißt du. Aber ich lasse euch auch einzeln baumeln, wenn es sein muss.«

Failend trat noch einen Schritt auf ihn zu. »Ich weiß nicht, wo Louis ist«, sagte sie. »Das hier ist nicht seine Angelegenheit, es ist meine.«

»Was? Bist du gekommen, damit du um dein Leben betteln kannst? Halt, nein …« Colman stutzte, und Failend sah, wie ein Ausdruck der Erkenntnis auf seinem Gesicht erschien. »Du bist hier, um meinen Schatz zu stehlen, du kleines Miststück!«

»Das bin ich«, gab Failend zu, und mit diesen Worten zog sie ihr Schwert aus der Scheide und hielt es tief vor sich. »Und ich habe auf dich gewartet. Weil ich wusste, dass dir dein Silber wichtiger ist als deine Männer, wenn du auch nur die leiseste Möglichkeit siehst, dass die Heiden diese Stadt plündern könnten.«

Colman lächelte. »Du machst es mir ja so leicht!«, sagte er. »Du kommst hierher, bewaffnet und im Kettenhemd, und hast es drauf abgesehen, mein Vermögen zu stehlen. Da muss ich mir nicht einmal mehr die Mühe machen, dich hängen zu lassen. Ich töte dich gleich hier und jetzt.«

Er lächelte immer noch, als er wieder nach seiner Waffe griff. Er hatte die Klinge gerade halb aus der Scheide heraus, als Failend vorsprang und die Spitze ihres Schwertes in seine Hand stieß. Sie fühlte, wie tief die Klinge einsank, und hatte den Eindruck, dass sie glatt durch die ganze Hand gegangen war. Colman kreischte. Es war kein sehr männliches Geräusch. Er riss die Hand zurück und hob sie vor sein Gesicht. Blut floss wie ein roter Strom aus der Wunde.

»Du Miststück!«, schrie er. »Verdammt sollst du sein, du verdammte Schlampe!«

»Nenn mich nicht Schlampe«, sagte Failend. »Ich habe es satt, dass du mich so nennst.«

Colman blickte von seiner ruinierten Hand zu Failend, mit einem Ausdruck von Wut, Verwirrung und – zum ersten Mal – auch Furcht auf dem Gesicht.

»Du …«, brachte er hervor. Er hielt den Arm in ihre Richtung. Das Blut lief ihm den Unterarm herab und tropfte auf den Boden, aber Failend entging nicht, wie seine Linke nach dem Messer griff. Sie stieß erneut zu und trieb die Spitze ihres Schwerts in seine linke Schulter. Failend sprang wieder zurück, als er nach ihr schlug.

»Ah, verdammt sollst du sein, verdammt!«, schrie Colman. Er biss die Zähne aufeinander, und seine Arme hingen nun beide nutzlos an den Seiten herab. Er atmete schwer, und Failend konnte sehen, wie er um seine Beherrschung kämpfte.

»Also gut«, sagte er. »Nimm die Truhe. Nimm sie und verschwinde.«

»Das werde ich«, erwiderte Failend, aber sie bewegte sich nicht. Beide starrten einander schweigend an.

»Es hatte überhaupt nichts mit dir zu tun, weißt du«, erklärte Colman. »Aileran, der Franke, das alles. Es ging um etwas ganz anderes. Es hatte nichts mit dir zu tun.«

»Ich weiß«, sagte Failend. »Und eben das macht mich wütend genug, um dich zu töten.«

Sie beobachtete Colmans Gesicht, seine Augen. Er war kein Dummkopf. Er wusste nun, dass er sich aus dieser Sache nicht herausreden konnte. Seine rechte Hand peitschte in Failends Richtung, und sie spürte das Blut in ihr Gesicht klatschen. Dann stürzte er sich auf sie. Sie hob ihr Schwert.

In Wahrheit hatte sie keine Ahnung, ob sie Colman töten konnte, aber er nahm ihr die Entscheidung ab. Er stürmte auf sie zu, gerade als ihre Klinge nach oben kam. Sie bewegte den Arm um kaum einen Zoll, und die Spitze drang in seine Kehle.

Colman riss die Augen auf, er gab ein hässliches gurgelndes Geräusch von sich. Failend zog die Klinge zur Seite, und in einem Blutschwall kam ihre Waffe wieder frei. Rasch trat sie aus dem Weg, als Colman nach vorn auf den Boden fiel. Er landete mit einem leisen, dumpfen Laut, den Failend durch ihre Sohlen fühlte. Colmans Beine zuckten noch, aber Failend wischte ungerührt die Klinge an seinen Beinlingen ab und ließ sie zurück in die Scheide gleiten. Sie ging zu dem Loch hinüber, das Colman gegraben hatte, und hob den silbernen Kasten auf. Sie ächzte unter der Last. Der Schatz war schwerer als erwartet.

Failend nahm den Kasten unter den Arm und näherte sich Colman wieder. Immer noch gab er leise Laute von sich, auch wenn sie nicht ganz sicher war, ob er noch lebte. Sie stemmte den Fuß gegen seine Schulter und drehte ihn auf den Rücken. Schlaff rollte sein Körper herum. Seine Kehle war aufgerissen, das zerfetzte Fleisch war in der Masse von Blut nicht zu sehen. Seine Augen standen offen. Sie beugte sich zu ihm herab und suchte nach einem Anzeichen von Leben, aber sie fand nichts mehr.

»Auf Wiedersehen, mein Gemahl«, sagte sie. Sie durchquerte die Halle und öffnete die Tür, trat hinaus in den Dunst und das panische Durcheinander auf den Straßen. Sie schloss die Tür hinter sich.

40. Kapitel

Das Vieh stirbt, und die Freunde sterben,
und allzu bald stirbst auch du,
doch eines, sag ich dir, stirbt nie –
der Ruhm, den ein Mann sich verdient.
HÁVAMÁL

Die angeschlagenen Überreste von Thorgrims Streitmacht blieben bis Einbruch der Nacht hinter ihrer Wagenbarrikade. Sie beteten oder schliefen oder spielten oder kümmerten sich um ihre Waffen und Verletzungen. Dann, als die Sonne untergegangen war und die Dunkelheit sich über das Land gelegt hatte wie ein Mantel über den Körper eines Toten, warteten sie noch eine Weile länger.

Thorgrim rief Bersi, Kjartan und Skidi zusammen. Harald war nicht dabei. Der führte einen kleinen Trupp Kundschafter in Richtung der irischen Reihen. Der Plan, auf den Thorgrim und Ottar sich geeinigt hatten, setzte voraus, dass Thorgrims Männer unbemerkt zu einer neuen, vorteilhaften Position vorrückten, und Thorgrim musste sichergehen, dass die Iren nicht dasselbe vorhatten.

»Eure Männer sollen ihre Lagerfeuer brennen lassen, lasst sie niedrig brennen, aber sorgt dafür, dass die Iren sie sehen können«, wies Thorgrim seine Schiffsführer an. »Wir lassen die am schwersten Verletzten zurück, damit sie sich darum kümmern. Tief in der Nacht werden wir nach Norden abrücken und uns eine Stelle suchen, wo wir vor den Iren verborgen bleiben können, bis wir uns auf sie stürzen, sobald Ottar seinen Angriff beginnt.«

Die Übrigen nickten und bekundeten murmelnd, dass sie verstanden hatten. Die Laute zupften an Thorgrims Geduldsfaden. Die dunkle Stimmung gewann wieder Macht über ihn, und er erkannte die Anzeichen wohl. Er wurde reizbar und aufbrausend, und bald würde er jeden anfahren, der ihn ansprach, so unangebracht das auch sein mochte. Es war an der Zeit, dass er sich zurückzog.

Thorgrim ging alleine los, setzte sich abseits der anderen und starrte hinaus in die Dunkelheit und auf die wenigen Lichtpunkte darin: ein Dutzend Feuer im Lager der Iren und weitere in der Stadt Glendalough. Kochfeuer, oder Leute, die sich anschickten, die Gebäude dort in Brand zu stecken? Thorgrim wusste es nicht, und es kümmerte ihn auch nicht besonders. Die Stunden vergingen.

Harald kehrte zurück und stellte fest, dass Thorgrim für sich alleine hockte. »Vater, die Iren haben sich nicht bewegt«, berichtete er. »Sie scheinen nichts anderes im Sinn zu haben, als sich dort zur Schlacht zu stellen, wo sie sind.«

Thorgrim knurrte zur Antwort. Harald erkannte die dunkle Stimmung, er hatte sie von Kindheit an erlebt. Also sagte er nichts mehr, nickte nur und zog sich zurück. Starri der Unsterbliche war der Einzige, der sich je in Thorgrims Gesellschaft hatte aufhalten können, wenn diese Düsternis ihn überkam. Nun war Starri fort, an Bord des *Meereshammers,* ob tot oder lebendig, wusste Thorgrim nicht.

Der Geist des Nachtwolfs weilte noch immer in der gegenwärtigen Welt, als Bersi und Harald ihn Stunden später wieder aufsuchten. Sie kamen vorsichtig, zögernd heran, was Thorgrim umso wütender machte, aber er blieb still.

»Vater, es ist wohl fast Mitternacht«, sagte Harald.

Thorgrim schnaubte. Er hatte auf diesen Moment gewartet, auf den dunkelsten Teil der Nacht, wenn die Wachsamkeit im irischen Lager auf dem Tiefstpunkt war. Ihr Plan hatte nur dann Aussicht auf Erfolg, wenn sie die Überraschung auf ihrer Seite hatten. Tatsächlich war eine Überrumpelung der einzige mögliche Vorteil, den sie gegenüber der irischen Übermacht ausspielen konnten.

»Los«, knurrte Thorgrim. Er stand auf und ging in die Dunkelheit davon. Er fragte nicht, ob die Männer bereit waren, ihm zu folgen – Harald wäre nicht so dumm gewesen, zu ihm zu kommen, wäre das nicht der Fall. Wie eine wortlose Antwort vernahm er die leisen Laute von fast einhundert Männern, alle Männer, die von seinen Schiffsbesatzungen noch geblieben waren und die ihm nun in die Dunkelheit folgten.

Thorgrim kannte das Umland inzwischen gut, nachdem er es ausgiebig betrachtet hatte, solange es dafür hell genug gewesen war. Er war sogar auf einen der Wagen gestiegen, um einen besseren Blick auf die Täler und Anhöhen zu gewinnen. Jetzt bewegte er sich zuversichtlich entlang einer Senke hinter einem der Hügel, die sie vor den Reihen der Iren und vor den Spähern abschirmten, die ihr Feind ganz gewiss dort draußen postiert hatte, um sie im Auge zu behalten.

Sie liefen etwa zwanzig Minuten, dann hob Thorgrim die Hand und ließ die Männer anhalten. Hinter sich hörte er das gedämpfte Stoßen und Rascheln von Kriegern, die ungeordnet zum Stehen kamen. Er stieg den Hügel zu seiner Linken hinauf. Es war eine dunkle Nacht, und obgleich der Regen aufgehört hatte, blieb der Himmel bedeckt, und weder Mond noch Sterne drangen durch die Wolken.

Auf der Hügelkuppe legte er sich flach hin und hielt Ausschau. Er sah weiterhin die Lichter des irischen Lagers, auch wenn diese nun enger zusammengerückt zu sein schienen. Vorher hatte er ihre Abwehrlinien von vorne betrachtet. Jetzt blickte er auf ihre Flanke.

Perfekt, dachte er.

Er kam wieder den Hügel herunter. Thorgrim wusste, dass er zu den anderen sprechen musste, und er hasste diesen Gedanken. Doch es ließ sich nicht ändern. »Wir bleiben hier«, sagte er zu Harald und Bersi. »Lasst die Männer schon zum Angriff formiert schlafen. Späher auf die Hügelkuppe. Vor Sonnenaufgang ist jeder wach.«

»Ja, Vater«, erwiderte Harald, und Thorgrim wandte sich ab und war zuversichtlich, dass alles nach seinen Wünschen geschehen würde. Das war einer der Vorteile, wenn man einen jungen Mann als Stellvertreter hatte, den man selbst von Geburt an hatte ausbilden können.

Thorgrim verschwand in der Dunkelheit, ging den Hügel wieder hinauf und setzte sich unweit der Kuppe ins nasse Gras. Die Lichter des irischen Lagers lagen vor ihm, und auf seiner linken Seite, weiter entfernt, sah er auch noch die eigenen Lagerfeuer, die sie bei den Wagen hatten brennen lassen. Diese wurden von den Männern unterhalten, die zu schwer verwundet zum Kämpfen waren, damit die Iren weiterhin glaubten, dass seine ganze Truppe dort lagerte.

Er schloss die Augen. Sein Bewusstsein löste sich auf wie in den letzten wachen Augenblicken vor dem Einschlafen. Er verspürte eine urwüchsige Wut, die tierhaften Triebe tief in seinem Inneren, die aufwirbelten, aufstiegen, ihn mit sich rissen. Er ließ los.

Die düstere Stimmung führte nie zu etwas Gutem, jedenfalls nicht, soweit Thorgrim es wusste. Doch mitunter ließ sie ihn Dinge sehen, sie trug ihn über den Ort hinaus, an dem er sich befand, und zeigte ihm, was seine Feinde taten, wo ihre

Stärken lagen oder wo sie schwach und verwundbar waren. Die *Wolfsträume*, so nannte er sie, täuschten ihn selten.

In dieser Nacht kamen die Wolfsträume zu ihm, lebhaft und qualvoll. Er sah sich selbst, wie er mit dem Rudel lief. Sie wurden durch einen dichten Wald gejagt, aber er hatte das Gefühl, dass ihre Anzahl nicht groß genug war, dass sein Rudel kleiner war, als es sein sollte, nicht annähernd so wie üblich.

Und während sie liefen, bemerkte er, wie sein Rudel sogar noch kleiner wurde, bis bald nur noch er und eine Handvoll übrig waren, während die Verfolger bedrohlich nahe kamen. Immer näher. Er hörte sie in der Dunkelheit knurren, er sah ihre hasserfüllten Augen. Er wandte sich um und schnappte, aber da war nichts, in das er seine Zähne hätte graben können. Er wand sich und biss und stürmte vor, doch er konnte keine Beute finden. Um ihn herum gab es gar nichts. Alles war ihm genommen worden.

Es war ein Traum voller Verzweiflung, Hoffnungslosigkeit und hilfloser Wut. Er heulte und biss und griff an, aber um ihn herum war nichts als Finsternis.

Dann erwachte er. Es war immer noch Nacht, der Himmel und das Land waren so schwarz wie Kiefernpech. Die Feuerstellen im irischen Lager waren kaum mehr als eine Reihe blasser, oranger Punkte in der Ferne. Thorgrim hörte Schnarchen hinter sich, und die Geräusche einiger Männer, die sich bedächtig bewegten.

Er dachte an den Wolfstraum. *Was hatte das zu bedeuten?*, fragte er sich. Er hatte nichts gesehen, was von Nutzen sein konnte, hatte nichts erfahren.

Die Bewegung hinter ihm nahm zu, leise Stimmen unterhielten sich, kaum mehr als ein Wispern. Er hatte keine Ahnung, wie viel Zeit vergangen war, aber er nahm an, dass sie aufstehen und in Stellung gehen sollten. Sie mussten bereit sein, wenn Ottar seine Männer gegen den Schildwall führte, damit er mit seinen Kriegern dann die Iren an der Flanke treffen und sie sie, wenn alles gut ging, zwischen ihren beiden Heeren zermalmen konnten.

In drei Stunden könnten wir schon zum Plündern in Glendalough sein, überlegte Thorgrim und bereute es sofort. Die Götter schätzten eine solche Überheblichkeit gar nicht. Er umklammerte den Thorshammer, den er als Amulett um den Hals trug. Auch ein Kreuzhänger hing dort, das Geschenk einer Irin, einer Christusanbeterin wie alle Iren. Den Anhängern des Christengottes mochte ein Gott genügen, aber Thorgrim nahm gern die Hilfe eines jeden Gottes an.

In Glendalough wird nichts mehr übrig sein, was das Plündern lohnt, kam ihm als Nächstes in den Sinn. Jede Überraschung war dahin wie das Ale vom Vortag. Die Bewohner hatten gewiss schon alles weggetragen, was von irgendeinem Wert war, und dazu wohl noch eine Menge von Dingen, die keinen Wert hatten.

Er kam auf die Füße, trat geduckt ein Stück weiter hinter die Hügelkuppe, dann richtete er sich ganz auf und streckte sich. Mit dem Ende des Wolfstraums war auch die düstere Stimmung verflogen, und er fühlte sich wieder mehr wie er selbst, bereit, sich allem zu stellen, was auf ihn zukam. Einschließlich des Todes, der das wahrscheinlichste Ereignis darstellte.

»Vater?« Haralds Stimme erklang hinter ihm aus der Dunkelheit. Er drehte sich um und konnte gerade noch die Umrisse seines Sohns ausmachen, als Harald den Hügel emporkam. Der Junge klang unschlüssig. Er konnte nicht wissen, wie er empfangen wurde.

»Ja, Harald?« Diese zwei Wörter, in verbindlichem Tonfall

gesprochen, verrieten Harald alles über die Gemütsverfassung seines Vaters, was er wissen musste.

»Die Männer sind aufgestanden und kampfbereit«, sagte Harald. Thorgrim spürte die Gegenwart seines Sohns an seiner Seite mehr, als dass er sie sah. »Bald dürfte der Morgen grauen. Denke ich.«

»Gut«, antwortete Thorgrim, aber noch immer nahm er ein gewisses Zögern zwischen den Worten wahr. »Gibt es sonst noch etwas?«

»Äh, ja«, erwiderte Harald. »Es geht um … Kjartan. Und seine Männer. Sie sind weg.«

Thorgrim schwieg einen Augenblick, während er versuchte, den Sinn dieser Nachricht zu verstehen. »Weg?«

»Sie waren ganz am linken Flügel unserer Reihe. Alles schien in Ordnung zu sein. Ich dachte, sie wären bei uns und bereit zu kämpfen. Aber jetzt sind sie weg.«

»Sie sind nicht einfach ein Stück weitergegangen?«

»Ich hab mich in der Gegend schon umgesehen, bis hin zu den Wagen. Dort sind sie nicht. Vielleicht haben sie sich Ottar angeschlossen?«

»Vielleicht«, sagte Thorgrim. Allerdings nur, wenn Kjartan gelogen hatte, was die Missstimmung zwischen ihm und seinem Bruder anging. Er erinnerte sich daran, dass Ottar auf Kjartans Anblick gestern nicht mit seinem üblichen Hang zur Gewalt reagiert hatte. Er hatte nichts weiter getan, als ihn zu verfluchen. Aber was bedeutete das, wenn Kjartan und Ottar nicht wirklich verfeindet waren? Wozu diese List?

Thorgrim beschlich ein schlechtes Gefühl bei dem Ganzen.

»Wenn er fort ist, ist er fort, geflohen mit dem Haufen von Feiglingen, der ihn begleitet«, befand Thorgrim. »Solche Männer wären in einem Kampf ohnehin nicht von Nutzen.« Er trat einen Schritt auf Harald zu und legte ihm die Hand auf die Schulter. »Gehen wir zu den Männern«, fuhr er fort. »Heute ist unser Glückstag. Wir werden entweder die Reichtümer von Glendalough genießen oder die Herrlichkeit von Odins Halle.«

Sie schritten wieder den Hügel hinab. Ihre Leute standen dort, lockerten ihre Glieder und rieben sich die Arme, um den Kreislauf in Gang zu bringen. Es war keine kalte Nacht, doch die Feuchtigkeit war ihnen tief in die Knochen gedrungen, und die Männer bewegten sich auf der Stelle, um das Frösteln wie einen bösen Geist aus ihrem Leib auszutreiben. Thorgrim fand Bersi und Skidi.

»Kjartan ist also wieder davongelaufen, wie ich höre«, stellte Thorgrim fest.

»Ja, der Misterkerl, dieser Haufen Scheiße.« Skidi spie aus. »Wenigstens werden wir seinen elenden, feigen Balg nicht in Walhall wiedersehen müssen, wenn wir heute sterben.« Diese Bemerkung wurde allseits mit beifälligem Gemurmel aufgenommen.

»Umso mehr Beute für uns«, stellte Thorgrim fest. »Kein Mann hier wird sich grämen, wenn wir deren Anteil unter uns aufteilen.« Er blickte nach Osten und glaubte wahrzunehmen, dass die Dunkelheit sich dort leicht aufhellte. »Bald geht die Sonne auf. Lasst uns auf den Hügel treten und nach Ottars Angriff Ausschau halten. Dann werden wir den irischen Bastarden die Überraschung bereiten, die wir für sie vorbereitet haben.«

Er führte sie den Hügel empor. Sie krochen auf Händen und Knien zur Kuppe und legten sich oben auf den Bauch. Dort starrten sie in die Schwärze und beobachteten still. Vögel stimmten irgendwo im hohen Gras ihr Morgenlied an, und weit entfernt hörten sie einen Hahn krähen. Der scharfe Klang trug weit in der ruhigen Luft.

Sie verharrten eine ganze Zeit in dieser Position, bis Thorgrim bemerkte, dass der Tag nun entschieden heller wurde und die undurchdringliche Schwärze zu einem vagen Grauton ausblich. Er sah die Männer an seinen Seiten und die Umrisse der Hügel um sie her und der Berge in der Ferne.

»Noch zehn Minuten«, flüsterte Skidi. »Dann ist es hell genug, um Ottar zu sehen.« Auch das war Teil ihres Plans. Die Iren konnten nicht wissen, dass Thorgrims Männer dort waren, und die beste Möglichkeit, damit sie es nicht herausfanden, war, ihnen etwas anderes zu geben, worauf sie ihre Aufmerksamkeit lenken konnten. Darum würde Ottar seine Männer im Schildwall auf der Hügelkuppe bei den Wagen antreten lassen. Nichts zog so schnell den Blick eines Kriegers auf sich – und hielt ihn auch – wie ein Schildwall.

Die Sonne stieg weiter hinter der dichten Wolkendecke empor und enthüllte allmählich das Land um sie her, grau und nass. Die Hügel schienen Gestalt anzunehmen, als würden die Götter sie gerade aus der Erde formen. Glendalough, weit in der Ferne, lag noch im Schatten, aber die höheren Stellen schälten sich langsam im schwachen Tageslicht hervor.

Sie konnten die irischen Krieger nun sehen. Die standen zum Schildwall aufgereiht, bereit für den Angriff der Nordmänner. Sie würden sich nicht unvorbereitet überrumpeln lassen.

Thorgrim und seine Hauptleute wandten gleichzeitig den Kopf und blickten zurück zu dem Hügel, von dem sie gekommen waren. Die Wagen waren jetzt deutlich zu sehen, doch sie verstellten den Blick auf die Landschaft dahinter.

»Siehst du Ottars Männer?«, fragte Thorgrim.

»Nein«, erwiderte Skidi. »Aber vielleicht stehen die Wagen im Weg.«

Sie warteten. Das Tageslicht füllte die Täler und riss mehr

und mehr Teile der offenen Landschaft aus der Dunkelheit, von den Bergen in der Ferne bis zu der Stadt und dem Kloster von Glendalough. Schließlich waren auch der Hügel mit den Wagen, die Straße und die Wiesen deutlich im Morgenlicht auszumachen.

Und Ottars Männer waren fort.

41. Kapitel

Sei nie der Erste, der tötet,
noch reize du zum Kampfe
die Schlachtengötter.

GISLI SURSSONS SAGA

Runter, runter, alle runter vom Hügel«, befahl Thorgrim mit gedämpfter Stimme. »Agnarr, du bleibst hier und hältst Ausschau.« Rückwärts kroch er von der Stelle auf der Anhöhe fort, wo er zusammen mit Bersi und Skidi im Augenblick lag. Es war nun hell genug, um die Männer zu sehen, die unten bereitstanden und darauf warteten, sich in den verzweifelten Kampf zu stürzen.

Thorgrim blickte zum Himmel auf. Er konnte nicht sprechen, weil er nicht wusste, was er sagen sollte. Er musste nachdenken. *Denken.*

Er wandte sich an Bersi und Skidi. »Ottar hat uns im Stich gelassen. Es sieht so aus, als wäre Kjartan mit ihm gegangen, dieser niederträchtige Mistkerl.«

»Sie müssen zu den Schiffen zurückgekehrt sein«, bemerkte Bersi.

»Ja«, stimmte Thorgrim ihm zu.

»Sie werden davonsegeln«, sagte Skidi. »Und dieser verfluchte Hurensohn Ottar verbrennt vorher unsere Schiffe.« Thorgrim hörte eine Spur von Panik aus seiner Stimme heraus, etwas, das er bei Skidi noch nie wahrgenommen hatte.

Thorgrim nickte. Er dachte genau das Gleiche. Ottar würde

ihre Schiffe verbrennen oder seine Männer auf alle neun Boote aufteilen und beide Flotten mitnehmen. Er würde es allein schon tun, um sich an Thorgrim zu rächen und um sicherzustellen, dass Thorgrim und seine Männer zurückblieben und die Iren eine Weile damit beschäftigt waren, sie zu jagen, während Ottar und seine Männer flussabwärts entkamen.

»Wir müssen zu unseren Schiffen zurück«, sagte Thorgrim. Niemand sprach mehr davon, das Kloster einzunehmen. Sie mussten sich glücklich schätzen, wenn sie mit dem Leben davonkamen. Sehr glücklich.

›*In drei Stunden könnten wir zum Plündern in Glendalough sein*‹, entsann sich Thorgrim seiner Gedanken. *Dummkopf.*

»Thorgrim!«, rief Agnarr herunter, gerade laut genug, um gehört zu werden. »Die Reiter sitzen auf.«

»Also gut«, stellte Thorgrim fest. Er blickte nach Osten, so weit er sehen konnte, und rief sich das Gelände ins Gedächtnis, das er sich eingeprägt hatte. Sie waren in einer Senke verborgen, doch überall um sie her gab es höhere Stellen. Egal, wohin sie sich bewegten, irgendwann würden sie ungeschützt auf einer Anhöhe stehen, den Augen der irischen Krieger nicht länger verborgen.

Aber sie konnten auch nicht bleiben, wo sie waren. Die Reiter würden schon bald damit beginnen, das Umland auszukundschaften. Dabei würden sie die Nordmänner finden, selbst wenn sie jetzt noch nicht wussten, dass welche dort waren.

Er blickte den Weg zurück, den sie gekommen waren. Sie hatten Deckung, bis sie den Kamm erreichten, auf dem die Wagen standen. Dann blieb ihnen keine andere Wahl, als sich sehen zu lassen, während sie den Hügel überquerten und den Rückweg zu den Schiffen antraten. Das würde auf einen vollkommenen Rückzug oder auf eine umkämpfte Flucht hinauslaufen, doch sonst gab es nichts, was sie tun konnten.

»Skidi, du übernimmst die Führung«, sagte Thorgrim. »Du kennst den Weg. Beweg dich schnell, und sobald du oben auf dem Hügel mit den Wagen bist, wo die Iren dich sehen können, musst du rennen, als wäre dir Hel selbst auf den Fersen. Halte dich hinter den Wagen, vielleicht verdecken sie dich. Führe die Männer so rasch wie möglich in den Wald. Bersi, du hältst die Männer zusammen und immer in Bewegung. Sie dürfen auf keinen Fall auseinanderlaufen. Harald und ich übernehmen das Ende des Zugs.«

Sie nickten und trennten sich. Thorgrim rief Agnarr vom Hügel herunter.

»Die Reiter haben sich bereitgemacht«, berichtete Agnarr, »aber sie scheinen es nicht sehr eilig zu haben. Sie stehen immer noch herum.«

»Die wissen nicht, dass wir noch hier sind«, sagte Thorgrim. »Sie glauben, dass wir alle zu den Schiffen zurückgekehrt sind. Wahrscheinlich diskutieren sie darüber, ob sie uns folgen sollen, und sie lassen sich Zeit dafür. So sind die Iren. Das verschafft uns etwas Vorsprung.«

Die Männer formierten sich in einer lockeren Marschkolonne, zwei oder drei Krieger nebeneinander. Wer die nötigen Riemen hatte, nahm die Schilde auf den Rücken, die anderen trugen sie an den Armen. Alle ließen ihre Schwerter in der Scheide. Sie würden nicht kämpfen, und das wussten sie. Sie würden um ihr Leben rennen.

Skidi übernahm die Spitze der Kolonne und ging los, überraschend schnell für so einen gedrungenen, stämmigen Mann. Die Reihe der Krieger schloss sich ihm an und wurde schneller, während sie sich auseinanderzog. Schließlich setzte sich der letzte Mann in Bewegung, und dahinter folgten Thorgrim und Harald.

»Die Iren werden uns sehen, sobald wir über den Hügel

treten«, sagte Harald. Obwohl er Thorgrims Unterhaltung mit Skidi verfolgt hatte, fragte er leise: »Was tun wir dann?«

»Wir rennen«, erwiderte Thorgrim. »Was können wir sonst tun?«

Was sonst? Harald – so vertrauensvoll, wie er war – hatte wahrscheinlich geglaubt, dass Thorgrim noch einen Plan in der Hinterhand hatte. Aber Thorgrim war am Ende aller Pläne angelangt. Ein Verrat nach dem anderen, eine Pechsträhne nach der anderen, ein verräterischer Hurensohn nach dem anderen hatten ihn sämtlicher Pläne und Einfälle beraubt, und beinahe auch jeder Hoffnung.

Laufen wie ein Wahnsinniger, irgendwie die Schiffe erreichen, zu Thor und Njord beten, dass die Schiffe noch dort waren und intakt, und dann versuchen, ans Meer zu gelangen. Das war der Plan. Es war der beste Plan, der ihm im Augenblick einfiel, und er hatte keine Zeit, sich einen besseren auszudenken.

Die Kolonne bewegte sich im langsamen Trott, genau richtig, wie Thorgrim befand. Schnell bleiben, aber die Kräfte sparen für den eigentlichen Wettlauf, der ihnen bevorstand. Sie eilten die Strecke zurück, die sie in den dunklen Stunden der Nacht zurückgelegt hatten und machten kaum ein Geräusch. Thorgrim war sicher, dass man sie nicht bis zu den irischen Linien hören konnte.

In Ordnung, dachte Thorgrim. *In Ordnung*. Noch hatte man sie nicht entdeckt.

Nicht mehr weit …

Rasch legten sie die letzten hundert Schritte zurück, dann sah Thorgrim, wie Skidi und die Männer an der Spitze die Senke verließen und den Hang hinauf auf die Wagen zuliefen. Er sah, wie sie an den Wagen ganz links gelangten und darum herumrannten und dahinter weitestgehend außer Sicht gerieten. Und hinter ihnen, weiter auseinandergezogen, als Thorgrim sich gewünscht hätte, folgten etwa hundert Männer, die alle auf dasselbe Ziel zuhielten. Den Fluss. Die Schiffe. Das Meer.

Vielleicht ein Drittel seiner Leute war hinter dem Wagen verschwunden, als er den ersten Alarmruf aus dem irischen Lager vernahm.

Nicht allzu wachsam, was?, dachte er, aber die Iren hatten nun sämtliche Vorteile auf ihrer Seite und hatten es nicht mehr nötig, allzu genau aufzupassen.

»Lauft, lauft, lauft!«, schrie Thorgrim. Es gab nicht länger einen Grund, sich still zu verhalten. Auch keinen Grund, um die Männer noch eigens anzutreiben, wenn man es recht bedachte. Sie alle hatten die Rufe aus den irischen Reihen gehört, und sie rannten den Hügel hinauf, rannten … wohin? Es gab keine Deckung für sie, bevor sie die Schiffe erreichten, und angesichts der Iren, die sie jederzeit niederreiten konnten, waren die Schiffe und der Fluss sehr, sehr weit entfernt.

Thorgrim und Harald nahmen nun den Hügel in Angriff, liefen hinter den Männern her. Einige von ihnen warfen ihre Schilde weg, damit sie schneller laufen konnten. Eine sehr schlechte Idee.

Dummköpfe!

Die Schilde hielten sie vielleicht auf, aber wenn die Reiter sie im freien Gelände erwischten, waren sie das Einzige, was zwischen ihnen und einem Speer im Hals oder einem Huftritt gegen den Kopf stand. Und Thorgrim konnte sich nicht vorstellen, dass sie ohne einen Kampf zu den Schiffen gelangten.

»Behaltet die Schilde, ihr dummen Bastarde, behaltet die Schilde!«, brüllte Thorgrim so laut er konnte, aber das war nicht besonders laut, weil er schon außer Atem war. Harald nahm den Ruf auf. Er schien weder mit dem Atmen noch mit dem Rufen irgendwelche Schwierigkeiten zu haben.

Auf dem Hang, auf halbem Weg zu den Wagen, hielt Thorgrim inne und wandte sich zu den Iren um. Ihm gefiel gar nicht, was er sah. Die Reiter stürmten auf sie zu. Er hörte ihre Stimmen: Warnungen, Ermutigungen, Befehle – er wusste es nicht. Es war nicht wichtig. Er und seine Männer waren ertappt worden, und bald, in fünf Minuten, wenn sie Glück hatten, würden sie zu Fuß auf offenem Grund gegen berittene Krieger kämpfen, die gefährlichste Lage von allen.

Thorgrim sah lang genug hin, um die Anzahl der Feinde abzuschätzen. Vierzig oder fünfzig, vielleicht. Vierzig oder fünfzig Berittene gegen seine ungefähr hundert Mann zu Fuß. Die Reiter schwärmten aus, während sie schneller wurden, sie trieben ihre Pferde voran.

»Wenn sie so angreifen, als ein ungeordneter Haufen«, sagte Thorgrim zu Harald, »wenn sie glauben, dass sie uns einfach niederreiten können, dann haben wir noch einen Vorteil. Falls unsere Männer einen Schildwall hinkriegen und standhalten.«

Er wandte sich wieder um und lief los, nun ein Dutzend Schritte hinter den anderen. Er und Harald erreichten die Kuppe und umrundeten den Wagen. Thorgrim sah die glimmenden Überreste der Lagerfeuer. Er fragte sich, was aus den Verletzten geworden war, die er dort zurückgelassen hatte. Zu den Schiffen gegangen, hoffte er.

Die dunkle, aufgewühlte Straße erstreckte sich vor ihnen, und das offene Gelände, das sich daran anschloss. Skidi führte sie von der Straße weg und in Richtung der nächstgelegenen Bäume, die den Fluss säumten. Wenn sie den Wald erreichten, würden die Berittenen sie nicht länger niederreiten können. Vermutlich würden die Iren dort gar nicht mehr vom Pferderücken aus kämpfen können, und Thorgrim bezweifelte, dass sie es zu Fuß versuchen würden. Sie waren in der Minderzahl, und allein ihre Pferde verschafften ihnen einen Vorteil.

Wenn wir den Wald erreichen, dachte er. Er blickte über die Schulter zurück, aber die Wagen versperrten ihm den Blick auf die Reiter. So oder so, es würde knapp werden.

Thorgrims Mund stand offen, und sein Atem ging schwer, als er und Harald hinter den Männern her über die Wiese rannten. Er verstand, warum die Männer ihre Schilde loswerden wollten. Sein eigener schlug ihm auf den Rücken, während er lief, und er hätte das schwerfällige Ding nur zu gern beiseite geworfen, aber er tat es nicht. Er war überzeugt davon, dass Harald seinen Schritt verlangsamte, damit der alte Mann Schritt halten konnte, und das ärgerte Thorgrim maßlos. Vielleicht hätte er sogar darüber geschimpft, wäre ihm genug Luft zum Reden geblieben.

Skidi und die Männer an der Spitze waren immer noch ein paar hundert Schritte vom Waldrand entfernt, als der erste Berittene um die Wagen hinter ihnen angaloppiert kam. Thorgrim hörte den Klang der Pferdehufe, die Rufe ihrer Reiter, und er wandte sich um und sah sie im gestreckten Galopp heranstürmen.

Der Wettlauf ist entschieden, dachte Thorgrim. Sie würden den Wald nicht erreichen, bevor die Reiter bei ihnen waren. Sie mussten sich stellen und kämpfen. Er öffnete den Mund und brachte heraus: »Die Reiter sind hier! Bildet ein Viereck! Schildwall! Bildet ein Viereck!«

Er schrie, so laut er konnte, und es war nur ein armseliges Krächzen. Er schnappte nach Luft, noch während er rief. Aber wieder war Harald zur Stelle und stellte ihm seine jungen und kraftvollen Lungen zur Verfügung.

»Die Reiter sind hier!«, brüllte Harald und rannte weiterhin leichtfüßig neben Thorgrim her. »Bildet ein Viereck! Die Schilde hoch, bildet ein Viereck!«

Sie sahen Skidi an der Spitze innehalten, sich umwenden und mit den Armen wedeln. Er trieb die Männer zurück in Richtung Thorgrim, zurück zu einer Stelle, wo sie alle sich versammeln und zur Verteidigung formieren konnten. Bersi schob die Männer zu einem kurzen Schildwall zusammen, richtete dann einen weiteren im rechten Winkel dazu aus und formte die Schlachtreihe zu einem geschlossenen Viereck. Thorgrim hoffte, dass sie alle rechtzeitig angetreten waren und dass nicht zu viele ihre Schilde fortgeworfen hatten.

Er und Harald waren als Letzte bei der Truppe. Thorgrim vernahm die donnernden Hufschläge, laut und dicht hinter sich. Er spürte in seinen Beinen, wie der Boden unter den herangaloppierenden Pferden erzitterte. Die Männer im Karree traten beiseite und öffneten eine Lücke im Schildwall. Harald und Thorgrim schlüpften hinein, drehten sich herum und vereinten ihre Schilde mit denen daneben.

Die Nordmänner hatten eine Festung geformt, eine kleine, viereckige Festung mit Mauern aus Fleisch und Knochen und Schilden an vier Seiten. Wenn sie gegen die Reiter standhielten, konnten sie überleben. Was sie gebraucht hätten, wären Speere, die sie weit herausstrecken konnten, um Pferde und Reiter zu treffen, während diese versuchten, den Wall zu zerbrechen. Doch sie hatten keine Speere, nur Schwerter. Schwerter taugten wenig für diese Art von Kampf, sie waren zu kurz. Aber sie würden reichen müssen.

»Seid bereit!«, schrie Thorgrim. Die Reiter waren hundert Schritte entfernt und kamen rasch näher. Anscheinend glaubten sie so fest an einen leichten Sieg, dass sie sich nicht einmal die Mühe machten, in irgendeiner Ordnung anzugreifen. Sie stürmten einfach drauflos. Schwerter und Speere hoch erhoben brüllten sie ihre Kriegsrufe. Sie donnerten auf die Nordmänner zu und hofften ohne Zweifel, dass die Plünderer sich zerstreuen und davonlaufen würden, woraufhin man sie mit Leichtigkeit auf der Flucht hätte niedermachen können.

»Haltet stand!«, schrie Thorgrim. »Wenn ihr zusammensteht, werdet ihr überleben! Seid bereit und haltet die Schilde geschlossen!«

Dann waren die Reiter bei ihnen. Ihre Tiere scheuten und fuhren im letzten Moment herum, um nicht in die scheinbar massive Mauer aus Schilden und Männern zu prallen. Die Pferde schnappten und traten, die Reiter schwangen die Schwerter, aber der Schildwall brach nicht, und die Pferde konnten die Nordmänner nicht in die Flucht schlagen.

Das war ihre Gelegenheit, um zurückzuschlagen. Klingen stießen zwischen den Schilden hervor, scharf geschliffene Spitzen trafen die Beine und den Unterleib der Reiter, den Hals und den Rumpf der Tiere. Reiter schrien auf und hackten nach ihren Angreifern, Pferde stiegen vor Schmerz und Überraschung. Thorgrim sah einen Iren zu Boden gehen. Er rollte sich ab und versuchte, seine Waffe frei zu kriegen, aber Olaf Thordarson trat vor und stieß sein Schwert glatt durch die Kettenrüstung. Dann tauchte er wieder in den Schildwall zurück, bevor ein anderer Reiter reagieren konnte.

»Haltet stand, und tötet die Bastarde!«, schrie Thorgrim. Er stach mit *Eisenzahn* nach dem Berittenen, der sein Pferd vor ihm herumriss. Der Reiter parierte die Klinge, hob das eigene Schwert über den Kopf und wollte damit zuschlagen wie mit einer Axt, aber Thorgrim war zu schnell für ihn. Er trat einen halben Schritt aus dem Schildwall heraus und stieß die Klinge nach oben vor.

Die Spitze traf den Mann gleich unter dem erhobenen Arm und sank mehrere Zoll tief ein. Rasch riss Thorgrim sie zurück und nahm seinen Platz in der Reihe wieder ein. Der Reiter ließ sein Schwert fallen, presste die Hand auf die Wunde und kippte zur Seite, während sein Pferd sich von diesem todbringenden Wall abwandte und davonlief.

Die Reiter riefen sich etwas zu, zerrten dann der Reihe nach die Zügel herum und galoppierten davon. Nicht weit weg, nur etwa fünfzig Schritte, doch weit genug, um außer Reichweite der Schwerter der Nordmänner zu kommen und ihre Taktik neu zu überdenken. Und Thorgrim witterte eine Gelegenheit.

»Zum Wald!«, rief er und wies mit dem Schwert. »Bleibt zusammen, die Reiter werden sofort wieder hier sein, aber lauft Richtung Wald!«

Die Männer verstanden. Alle zusammen machten kehrt, als führten sie einen kunstvollen Tanz auf, und hielten auf den fernen Wald zu. Sie rannten in die Richtung, in die Skidi sie geführt hatte, bevor die Reiter kamen. Dabei blieben sie dicht beisammen und liefen nicht auseinander, denn jeder Einzelne wusste genau wie Thorgrim, dass die Reiter längst wieder bei ihnen sein würden, ehe sie in Sicherheit waren. Und wenn die Reiter zurückkamen, würde nur ein Schildwall sie retten. Aber jeder Schritt näher am Wald war ein Schritt weiter in Richtung Sicherheit.

Das wussten die Berittenen natürlich auch, und so ließ Thorgrim sie keinen Moment aus den Augen. Keine Minute, nachdem Thorgrims Männer sich wieder in Bewegung gesetzt hatten, bemerkte er, wie sie sich in drei Gruppen teilten und erneut auf sie zustürmten. Die Reiter trennten sich beim Anritt, und die etwa zwanzig Berittenen des mittleren Trupps hielten geradewegs auf die Nordmänner zu, während die zur Linken und zur Rechten ausschwärmten.

»Viereck bilden! Viereck bilden!«, schrie Thorgrim. Weiter

würden sie jetzt nicht kommen. Zeit, den nächsten Angriff abzuwehren.

Die Nordmänner waren zusammengeblieben, und so dauerte es nur Augenblicke, bis sie sich wieder formiert hatten, die Schilde auf Brusthöhe und an den Kanten überlappend.

»Sie werden uns von drei Seiten treffen!«, rief Thorgrim. »Lasst nicht zu, dass sie uns auseinanderreißen! Wenn unsere Reihe bricht, sind wir alle tot!«

Es war am wahrscheinlichsten, dass sie alle sterben würden, selbst wenn ihre Reihe hielt. Jeder Mann wusste das. Aber sie standen aufrecht und gruben die Fersen in den weichen Boden, umfassten ihre Schwerter und warteten.

Sie mussten nicht lange warten. Die Reiter links und rechts entfernten sich in weitem Bogen von den dicht gepackten Nordmännern, dann rissen sie die Reittiere herum und hielten auf die entgegengesetzten Seiten des Vierecks zu, nahmen hundert Schritte oder mehr Anlauf, um Schwung zu holen, als sie auf die Schildträger zustürmten. Die mittlere Schar wich nicht von ihrem Kurs ab. Sie kamen geradewegs auf sie zu, die Schwerter erhoben, die Hufe ihrer Pferde rissen den Boden auf und schleuderten Klumpen von Gras und Dreck hinter sich.

»Haltet stand!«, schrie Thorgrim und ließ seine Stimme zu einem Schlachtruf anschwellen. Dann waren die Reiter über ihnen.

In all seinen Jahren auf See hatte Thorgrim oft genug schwere Wellen ertragen, große Wogen von dunklem Wasser, die sich auftürmten, über ihnen bogen und auf ihn und seine Mannschaft und sein Schiff herunterkrachten wie die Faust eines zornigen Gottes. Und genau so fühlte sich der Aufprall der Reiter an.

Die Iren hatten ihre Tiere bis zur Raserei angetrieben, und

diesmal scheuten sie nicht vor dem Schildwall zurück, und weil Thorgrim und seine Männer keine Speere besaßen, konnten sie Pferde und Reiter auch nicht erreichen, bevor sie fast auf ihnen waren. Die gesammelte Masse von fünfzig Pferden und fünfzig Reitern krachte beinahe gleichzeitig von drei Seiten gegen ihr Karree. Wie ein schwerer Brecher auf See. Wie die Faust eines zornigen Gottes.

Thorgrim sah, wie das Tier vor ihm stieg und ausschlug. Er wich nach links aus, spürte, wie der rechte Huf des Pferds seinen Schild traf und ihn zurückstieß. Das Pferd schlug mit dem linken Huf und erwischte den Mann neben ihm – es war Vemund – mitten auf der Stirn. Der Tritt ließ Vemund nach hinten taumeln, Schild und Schwert flogen ihm aus der Hand. Dann landete das Pferd auf allen vieren, und Thorgrim sah, wie der Reiter ihm die Sporen gab und das Tier weiterlief, bis in die Mitte des Vierecks.

Oder was ein Viereck gewesen war. Für Thorgrim sah es so aus wie ein Schiff, das in schwerer Brandung auf die Felsen gelaufen war und in immer kleinere Stücke gerissen wurde, während die Wellen es wieder und wieder gegen den Stein trieben.

Der Reiter, der Vemund niedergestreckt hatte, wendete sein Pferd und erblickte Thorgrim. Er holte aus und stieß vor. Thorgrim bewegte sich, ohne nachzudenken, allein den Mustern folgend, die sich seinen Armen und Beinen in Jahrzehnten des Kampfes eingeprägt hatten. Er ließ das Schwert des Reiters herabkommen und trat zur Seite, so dass die Klinge nur wenige Zoll vor seiner Brust herabsauste. Thorgrim sah noch die Überraschung auf dem Gesicht des Mannes, als er zustieß, *Eisenzahn* durch die Rüstung bohrte und tief in den Magen des Iren stieß. Thorgrim zog die Klinge wieder heraus und hielt nach dem nächsten Reiter Ausschau, weil dieser Gegner erledigt war.

Immer noch waren Reste des Schildwalls intakt, Gruppen von Männern, die zusammenstanden und die heranschwärmenden Reiter abwehrten. Doch das konnte nicht lange halten. Die Pferde und die Schwerter, die von oben auf sie herabfuhren, würden sie auseinandertreiben, und dann würden sie der Reihe nach fallen.

Agnarr stand jetzt links neben ihm, und Godi zu seiner Rechten. Er sah Harald zehn Fuß entfernt, wie er *Eichenspalter* in weiten Bögen schwang und alles niedermachte, was in Reichweite der Klinge kam.

»Thorgrim!«, schrie Agnarr, und Thorgrim fuhr herum, als einer der Berittenen sein Pferd in ihre Richtung trieb. Der Reiter hielt seinen Speer tief und zielte auf Thorgrims Brust. Agnarr sprang vor, packte den Schaft und zog ihn nach oben. Der Ire knurrte, sein Pferd drehte sich unter ihm.

Agnarr zerrte heftiger, und Thorgrim versuchte, an den Reiter heranzukommen. Das Pferd versperrte ihm den Weg und schnappte mit den Zähnen nach ihm. Der Ire löste einen Fuß aus dem Steigbügel und trat Agnarr gegen den Kopf, Agnarr ächzte, ließ den Speer los und stolperte zurück.

Das Pferd drehte sich und blockierte weiter Thorgrims Weg. Thorgrim sah, wie der Speer zurückgezogen wurde und dann nach vorne stieß. Er sah, wie er Agnarrs Brustkorb traf, und das Kettenhemd verlangsamte ihn nicht im Geringsten. Die Spitze drang tief in den Leib, bis an den Schaft. Agnarr riss die Augen auf, Blut lief ihm aus dem Mund.

Der Speerträger zog die Waffe heraus, wendete sein Pferd und galoppierte davon, bevor Thorgrim Agnarr rächen konnte, oder auch nur daran denken. Er blickte von dem Berittenen zu Agnarr, der auf die Knie gesunken war. Er schaute geradeaus, das Blut rann ihm durch den Bart, aber er hielt sein Schwert noch immer fest umklammert. Dann kippte er nach vorn und landete mit dem Gesicht nach unten im irischen Gras.

Thorgrim fuhr herum, *Eisenzahn* vor sich, und suchte jemanden, den er töten konnte. Er sah, wie einer der Berittenen Schwert gegen Axt mit Vali kämpfte, und rannte dorthin. Der Reiter sah Thorgrim nicht mal herankommen, bevor dieser ihm sein Schwert in den Rücken stieß. Der Mann krümmte sich, schrie auf und fiel, als Thorgrim die Klinge wieder herauszog.

»Zum Wald!«, brüllte Thorgrim und legte alle verbliebene Kraft in seine Stimme, damit man ihn in dem Handgemenge hören konnte. Er hatte eine wilde Flucht vermeiden wollen, eine, bei der die Reiter sie im Laufen niedermachen konnten. Nun jedoch konnten sie nichts anderes mehr tun. Zumindest ein paar von ihnen würden es schaffen. Aber er nicht. Er würde es nicht einmal versuchen.

Godi war wieder bei ihm, und Thorgrim sah Harald herbeieilen.

»Der Wald! Lauft in den Wald!«, schrie Thorgrim wieder und wies mit *Eisenzahn* die Richtung. Er fragte sich, ob sie ihn nicht verstanden. Er sah, wie Harald ihn anblickte und den Mund öffnete. Er nahm den Schatten einer Bewegung hinter sich wahr und wirbelte herum. Einer der Reiter stürmte auf ihn zu, und alles, was Thorgrim sah, war der massige Kopf eines Pferds, gelbe Zähne, von den Lippen des Tieres fliegender Schaum.

Mit zwei Schritten war Godi zwischen ihm und dem Tier, schwang seine riesige Streitaxt wie ein Holzfäller. Die Waffe traf den Reiter in die Brust und schleuderte ihn rücklings aus dem Sattel, das Axtblatt tief im Brustbein vergraben. Das Pferd stieg, als der Reiter stürzte, die Zügel noch fest in der Hand. Alles schien ganz langsam zu geschehen, wie eine Bewegung unter Wasser. Thorgrim sah, wie der tückische Huf vor ihm erschien, und er bog sich zur Seite, oder wollte es tun, da erwischte ihn der Huf am Kopf.

Und dann wurde alles schwarz.

Und dann war es das nicht mehr.

Er öffnete die Augen und wusste nicht genau, wo er war oder wie lange er geschlafen hatte. Es kam ihm sehr lange vor, aber er sah immer noch Menschenbeine und Pferdebeine und hörte das Klirren der Waffen, das Schreien von Kriegern und das Gebrüll verwundeter Männer und Pferde.

Ich liege am Boden, dachte er. Er lag auf der Seite, doch sonst verstand er nichts von dem, was um ihn vorging.

Er spürte Hände an seinen Armen und dass er angehoben wurde. Thorgrim versuchte zu erraten, ob seine Beine ihn tragen würden. Er wartete darauf, dass man ihn auf die Füße setzte, aber er wurde weiter hochgehoben und über eine Schulter gelegt. Er glaubte, Godis Beinlinge zu erkennen, und er meinte, Harald ganz in der Nähe zu sehen, und dann wurde wieder alles schwarz um ihn.

42. Kapitel

Sechs Männer können dann nicht
im blutigen Kampfe
gegen mich bestehen.

EGILS SAGA

Als Thorgrim seine Augen wieder öffnete, sah er nur Gestrüpp um sich herum. Er rührte sich nicht – er war nicht sicher, ob er sich noch rühren konnte. Nur seine Augen bewegten sich. Er hörte den Klang fließenden Wassers wie von einem Fluss. Er hörte leises Rascheln, als wären Männer in der Nähe, die sich ganz behutsam bewegten. Er hörte eine Brise durch die Kronen der Bäume fahren. Sonst nichts.

Dann vernahm er ein lauteres Rascheln, und Haralds Stimme sagte: »Vater?«

Er drehte den Kopf, und plötzlich war Haralds Gesicht über ihm, besorgt und blutverschmiert. »Vater?«, wiederholte er. »Kannst du sprechen?«

Thorgrim dachte darüber nach und erkannte, dass er reden konnte. Und er konnte noch einiges mehr tun. »Ja, ja, es geht mir gut. Hilf mir hoch«, knurrte er.

»Bist du sicher …«, setzte Harald an, aber Thorgrim warf ihm einen Blick zu, der nahelegte, dass weitere Einwände unklug wären. Also legte er die Hände unter Thorgrims Schultern und zog, während Thorgrim sich aufsetzte.

Godi stand auf seiner anderen Seite. »Helft mir auf die Füße«, befahl Thorgrim, doch Godi schüttelte den Kopf.

»Wir lehnen dich an den Baum da und warten erst mal ab, bis dein Blut wieder richtig fließt«, erwiderte der große Mann. Thorgrim warf ihm denselben Blick zu wie Harald, aber er musste feststellen, dass das auf Godi nicht die gleiche Wirkung hatte. Godi und Harald zerrten ihn ein paar Fuß weit rückwärts und ließen ihn gegen einen dicken Stamm sinken. In Thorgrims Kopf drehte sich alles, und er schloss die Augen und wartete, bis es sich wieder beruhigt hatte.

Er öffnete die Augen erneut. Harald hatte sich einer Aufgabe zugewendet, mit der er anscheinend vorher schon beschäftigt gewesen war, nämlich ein abgerissenes Stück Stoff um einen hässlichen Schnitt an seinem Unterarm zu wickeln. Die Hälfte von Godis Gesicht war mit Blut überzogen, aber Thorgrim nahm an, dass es von einer Verletzung der Kopfhaut kam und viel dramatischer aussah, als es war. Olaf Thordarson war auch da, so wie Ulf und einige weitere. Thorgrim zählte zehn Männer. Alle hatten Wunden irgendeiner Art erlitten.

»Wo sind die übrigen Männer?«, fragte Thorgrim. Er sah, wie Harald und Godi einander anschauten, und er kannte die Antwort.

»Sie haben es nicht geschafft«, sagte Harald.

Thorgrim nickte. Er erinnerte sich an Agnarr, mit dem Speer in der Brust, an Vemund, gefällt vom Huf eines Pferds. An all die anderen, die er hatte fallen sehen. Er selbst hätte zurückbleiben und sterben sollen, aber er würde seinem Sohn und Godi diesen Fehler nicht vorwerfen.

»Die Iren?«, fragte er.

»Sie haben teuer bezahlt für die Leben unserer Männer«, versicherte ihm Harald.

»Wir haben sie bluten lassen«, fügte Godi hinzu. »Fast die Hälfte von ihnen getötet, schätze ich. Aber es waren immer noch zu viele für uns. Du hast allen zugerufen, dass wir in den Wald laufen sollen, und wir haben uns den Weg hierhin erkämpft. Hart erkämpft. Das sind alle, die's geschafft haben.« Er zeigte auf die Handvoll Männer, die ringsum im dämmrigen Wald saßen oder an Bäumen lehnten.

»Sie haben nicht mal versucht, uns hier zu erwischen«, erklärte Harald. »Wir haben den Wald erreicht und sind so tief reingelaufen, wie wir konnten. Wir sahen sie am Waldrand entlangreiten, aber sie haben nicht mal versucht, uns wieder rauszutreiben.« Thorgrim erkannte, dass Harald nach irgendeinem Lichtblick suchte an diesem katastrophalen Morgen. So waren die Menschen eben.

Sie blieben eine Weile, wo sie lagerten, leise und wachsam. Diejenigen, die ihre Wunden versorgt hatten, beendeten diese Arbeit und starrten in den dunklen Wald hinein, Hände und Kleidung und Gesichter blutverschmiert.

Endlich war Thorgrim überzeugt davon, dass er wieder aufstehen konnte. Er beugte sich vor und drückte die Beine durch. Er hörte, wie Harald etwas einwenden wollte, aber der Protest erstarb in seiner Kehle, bevor die Worte herauskamen. Thorgrim stand und spürte, wie das Blut in Kopf und Beine strömte, und einen Augenblick lang hatte er alle Mühe, nicht wieder umzukippen. Doch er widerstand der Versuchung, sich am Baum abzustützen.

Nachdem er selbst dieses Beispiel gegeben hatte, wandte er sich an seine Männer: »Könnt ihr weiter? Ist jemand zu verletzt, um zu laufen? Wir müssen sehen, was aus unseren Schiffen geworden ist.«

Einer nach dem anderen standen die Männer auf, ein paar stützten sich auf die Schultern ihrer Kameraden, um ihr Gleichgewicht zu halten. Thorgrim ließ ihnen eine Weile Zeit, damit sie richtig auf die Beine kamen. Er schaute von einem zum anderen. Kein Wikinger sah gut aus, aber sie wirkten, als könnten sie die Meile schaffen bis zu der Stelle, wo der *Meereshammer* am Ufer festgemacht lag. Oder wo er am gestrigen Morgen zumindest noch gelegen hatte.

Thorgrim bahnte sich seinen Weg durch das Gestrüpp. Erst wollte er den Weg flussab im Schutz der Bäume zurücklegen, aber nach zehn Fuß im dichten Unterholz erkannte er, dass der Versuch sinnlos war. Also schlug er sich zurück Richtung Waldrand. Als er das offene Gelände überblicken konnte, hielt er inne und hob die Hand, damit die Männer hinter ihm stehen blieben.

Er suchte das ganze Umland ab, das er von hier aus einsehen konnte, und nahm keine Bewegung wahr außer einigen Falken, die hoch über den Wiesen kreisten. Er trat hinaus ins hohe Gras und bewegte sich vorsichtig weiter. Nichts. Die Iren schienen andere Sorgen zu haben, als einen erbärmlichen Haufen Überlebender zu jagen.

Thorgrim wandte sich seinen Leuten zu. »Los«, sagte er.

Sie folgten dem Waldrand, blieben auf freiem Boden, solange sie konnten, achteten jedoch stets auf Deckung in ihrer Nähe für den Fall, dass sie den Klang von Hufen in der Ferne vernahmen. Einmal war das der Fall, das Geräusch war gedämpft, aber eindeutig selbst im Rauschen des sanften Windes. Sie krochen zurück unter die Bäume und beobachteten, wie eine Patrouille von einem Dutzend Reitern die Straße entlangkam. Sie bewegten sich langsam, und Thorgrim sah, dass sie im Vorüberreiten die Umgebung musterten.

»Scheint, dass sie doch nicht mit uns fertig sind«, bemerkte Godi leise. Sobald der Hufschlag sich in der Ferne verlor, setzten sie ihren Weg fort und lauschten nun noch aufmerksamer als zuvor auf jeden Hinweis darauf, dass die Reiter zurückkehrten. Aber sie sahen und hörten nichts mehr von ihnen.

Endlich gelangten sie an die Stelle, wo sie sich gestern vom Fluss entfernt hatten. Das Gras war immer noch niedergetreten von den zweihundertfünfzig Kriegern, die erwartungsvoll und zuversichtlich nach Glendalough marschiert waren. Jetzt schritten zehn Rückkehrer über dasselbe ausgetretene Gras und den Hang hinab zum Flussufer.

Der Fluss selbst blieb verborgen, aber Thorgrim konnte in der Ferne einen einzelnen Mast erkennen, was bedeutete, dass zumindest ein Schiff noch dort lag. Er war hundert Schritte entfernt, als er sicher war, dass es sich um den *Meereshammer* handelte, mit seiner unverwechselbaren Windfahne an der Mastspitze. Er erlaubte sich einen Anflug von Hoffnung, das erste Mal seit einer Zeitspanne, die sich wie eine Ewigkeit anfühlte.

Thorgrim stieg auf die Kante der Uferböschung. Von dort aus hatte er Ausblick auf den Fluss und den Uferstreifen, zweihundert Fuß weit in jede Richtung, und seine Hoffnung erstarb. Der *Meereshammer* war da, sein Bug lag im Uferschlamm, doch vom Achterdeck bis zum Mastfuß war das Schiff vollständig mit Wasser gefüllt. Irgendwo im hinteren Teil musste es leckgeschlagen worden sein und war dann vollgelaufen, bis der Kiel auf Grund lag. Wäre sein Bug nicht an Land gezogen worden, wäre der *Meereshammer* ganz untergegangen.

Überall lagen tote Männer. Thorgrim sah ihre Körper im seichten Wasser am Flussufer treiben. Er sah Leichen, achtlos auf den Kiesstreifen geworfen, wo sie das letzte Lager ihrer Reise am Fluss aufgeschlagen hatten. Er sah Männer auf der grasbestandenen Böschung liegen, wo sie in den letzten qualvollen Momenten vor dem Tod hingekrochen waren.

Das waren die Wachen, die Thorgrim zurückgelassen hatte, Männer, die wahrscheinlich nicht damit gerechnet hatten, dass sie die Schiffe gegen andere Nordmänner würden verteidigen müssen. Vermutlich hatten sie nicht einmal ihre Waffen gezogen, als Ottar und Kjartan mit ihren Leuten eintrafen und sie abschlachteten.

Ottars Schiffe waren weg, genauso *Fuchs* und *Blutfalke*, und natürlich auch Kjartans *Drache*. Thorgrim presste die Lippen aufeinander. Heißer Zorn und ungezügelter Hass, ein Hass, wie er ihn nie zuvor empfunden hatte, stiegen in ihm auf, bis er fast überlief. Er merkte, dass seine Hände zitterten. Er umklammerte *Eisenzahns* Griff und kletterte die steile Uferböschung hinab.

Als er am Ufer stand, ließ er den Blick über den *Meereshammer* schweifen. Er schien in halbwegs gutem Zustand zu sein, abgesehen von der Tatsache, dass er mit Wasser vollgelaufen war. Wenn das Loch, das ihn hatte sinken lassen, nicht zu groß war, gab es immer noch die Möglichkeit, ihn wieder fahrtüchtig zu bekommen. Vorausgesetzt, die Iren ließen ihnen genug Zeit dafür – was Thorgrim bezweifelte.

Er widmete dem Schiff nur einen flüchtigen Gedanken, denn so sehr er es auch liebte, so hatte es doch Männer gegeben, die bei dessen Verteidigung gestorben waren, und um die musste er sich kümmern. Vielleicht gab es sogar noch Überlebende. Halb hatte er erwartet, Starris Leiche an Deck des *Meereshammers* liegend oder in dem Wasser treibend zu finden, das den Rumpf ausfüllte. Aber Thorgrim konnte ihn nirgends entdecken.

Er wandte sich ab und schritt langsam am Ufer entlang. Der Rest seiner Männer folgte ihm. Die Toten lagen überall. Ein paar davon waren Ottars Leute, doch die meisten gehörten zu seiner eigenen Wache. Er sah die Gesichter von Männern, die er gut kannte, Männer, mit denen er Seite an Seite gekämpft und den langen Winter in Vík-ló ertragen hatte.

Männer, mit denen er Bäume gefällt und Schiffe gebaut hatte und zur See gefahren war. Jetzt lagen sie mit blaugrauer Haut da, die Augen waren aufgerissen und starrten blind auf das Grauen, das sie umgab; die Münder standen offen zu einem eingefrorenen Schrei.

Ihr feiert nun in Odins Halle, Brüder, dachte Thorgrim. Er war überzeugt davon, obwohl er sah, dass nicht wenige von ihnen mit dem Schwert in der Scheide gestorben waren, ermordet von Männern, die sie für ihre Verbündeten gehalten hatten.

Dann vernahm er einen Laut, ein Stöhnen im Gras zu seiner Linken, und er verspürte einen Anflug von Grauen wie bei einem Ruf aus dem Grab. Doch rasch erkannte er, dass es ein Verwundeter war, der sich kraftlos bemerkbar machte. Er eilte auf das Geräusch zu, seine Männer dicht hinter sich.

Der steinige Uferstreifen wich der grasbestandenen Böschung, und Thorgrim kam dem Ursprung des Stöhnens immer näher. Da lag jemand im Gras, ein Mann, ausgestreckt, das Gesicht noch verborgen. Thorgrim trat näher und sah auf die Gestalt herab.

Kjartan.

»Du Bastard«, stieß Thorgrim hervor, die Stimme flach und tonlos. Kjartans Hand lag auf seinem Bauch, und darunter konnte Thorgrim den Schimmer von Eingeweiden erkennen. Seine Kettenrüstung und die Beinlinge waren zerfetzt und mit Blut durchtränkt. Die Wunde war tödlich, aber sie tötete nicht schnell. Thorgrim hatte so etwas schon gesehen. Es konnte qualvolle lange Tage dauern, bis Kjartan schließlich starb.

Thorgrim hatte nicht vor, ihm diese Gelegenheit zu geben. Er wollte Kjartan sterben sehen, und er hatte keine Zeit, um zu warten. Wichtiger noch, er würde nicht zulassen, dass Kjartan an einer Wunde starb, die er im ehrenvollen Kampf erlitten hatte. So gern er Kjartan auch während seiner letzten Tage in Midgard hätte leiden lassen – der Gedanke, dass er bis zum Ende aller Zeiten in Hels eisigem Reich bleiben würde, befriedigte ihn noch mehr.

Er zog *Eisenzahn* aus der Scheide. Kjartans Schwert lag fünf Fuß entfernt, halb verdeckt im Gras. Kjartan würde jetzt sterben, und er starb ohne eine Waffe in der Hand den Tod eines Feiglings. Die Walküren würden auf seinen Leichnam spucken.

Dann öffnete Kjartan die Augen und sah Thorgrim an. Er öffnete den Mund, schloss ihn, öffnete ihn wieder. »Ich habe es versucht, Nachtwolf«, sagte er, und seine Stimme war kräftiger, als Thorgrim erwartet hatte. »Ich habe es versucht.«

»Du hast es versucht, ja«, sagte Thorgrim. »Und jetzt stirbst du.«

Dann hörte Thorgrim eine weitere Stimme, und sie rief: »Nachtwolf …« Eine erstickte Stimme, und wieder verspürte Thorgrim einen Hauch des Entsetzens bei diesem Grabeslaut. Er drehte sich um und entdeckte Starri den Unsterblichen, der sich mühsam auf die Füße zog. Seine Tunika war zerrissen und blutig, sein Gesicht, Haar und der struppige Bart mit vertrocknetem Blut verkrustet. Er sah aus, als würde er gleich wieder umkippen, aber das tat er nicht, und Harald und Olaf liefen herbei und hielten ihn aufrecht. Sie fassten ihn bei den Armen, trugen sein Gewicht, und einen Moment lang schloss Starri die Augen und ließ den Kopf hängen.

Dann öffnete er die Augen wieder und blickte auf. »Ja, Nachtwolf, ich lebe immer noch.« Starris Stimme klang viel schwächer als Kjartans. Aber Thorgrim war erleichtert, sie zu hören, und auch über Starris Versicherung, dass er lebendig war, denn nach allem, was er hier sah, war Thorgrim gar nicht so sicher, zu welcher Welt Starri inzwischen gehörte.

Starri trat einen Schritt näher, und Harald und Olaf bewegten sich mit ihm.

»Kjartan und seine Männer, sie haben dich nicht im Stich gelassen. Sie haben nicht versucht, die Schiffe zu stehlen. Sie kamen, um Ottar aufzuhalten«, berichtete Starri.

Thorgrim runzelte die Stirn. Er blickte auf Kjartan herab, der versuchte, sich aufzusetzen. Kjartan biss die Zähne aufeinander, und ein Schauer durchlief seinen Leib. Dann trat Godi um Thorgrim herum, legte seine schwere Hand hinter Kjartans Rücken und unterstützte ihn.

»Gestern Nacht«, sagte Kjartan, »da habe ich erraten, was Ottar vorhat. Nicht früher. Verzeih mir, Nachtwolf, ich habe es ihm gesagt. Damals an der Mündung des Flusses, als ich dachte, ich würde mich ihm anschließen. Da habe ich ihm von Vík-ló erzählt, und von dem Vermögen, das du dort zurückgelassen hast. Von dem Longphort, der beinahe verlassen zurückgeblieben ist, nur mit Frauen und alten Männern.«

Und Thorgrim verstand, was der Mann ihm sagte. *Vík-ló*. Ottar hatte sie zum Sterben zurückgelassen, um die Schiffe zu nehmen und nach *Vík-ló* zu segeln, das jetzt unverteidigt war, damit er es für sich selbst beanspruchen konnte. Thorgrim wusste nicht, was er denken sollte; er konnte nicht einmal sagen, was er fühlte. Wut, Furcht, den Drang nach Rache. All das schlug auf ihn ein wie Peitschenhiebe, wieder und immer wieder. Am liebsten hätte er sich übergeben.

»Ich nahm meine Männer und versuchte, ihn aufzuhalten«, sagte Kjartan. »Ich war ein zu großer Feigling, um dir einzugestehen, was ich getan hatte. Ich dachte, wenn ich ihn aufhalte, würde das alles wieder in Ordnung bringen.«

Thorgrim schaute zu Starri. »Er sagt die Wahrheit, Thorgrim«, bestätigte der. »Er und seine Männer, sie haben gegen Ottar gekämpft. Ich focht an ihrer Seite. Ottar erschlug jeden.« Starri lächelte schwach. »Aber mich tötete er nicht, weil ich Starri der Unsterbliche bin.«

Thorgrim nickte. *Vielleicht kann Starri wirklich nicht getötet werden,* dachte er.

Starri sprach weiter: »Kjartan schlug ein Loch in den *Meereshammer*«, erklärte er. »Er hat das Schiff auf Grund gesetzt, wo es war. Nur deswegen hat Ottar es nicht wie die anderen mitgenommen. Das ist auch der Grund, warum er Kjartan einen schnellen Tod verwehrte.«

Thorgrim blickte auf Kjartan herab. Er wusste nicht, was er tun sollte.

»Godi, hilf mir auf die Füße«, sagte Kjartan. Godi schob die Hände unter seine Schultern und hob ihn hoch wie ein Kind. Er stellte ihn auf die Füße. Kjartan schnappte nach Luft. Er presste die Hand fest gegen seine Seite und schloss die Augen. Als die Woge des Schmerzes abgeebbt war, öffnete er die Augen wieder und zeigte auf sein Schwert.

»Godi, mein Schwert. Bitte.« Godi bückte sich und hob die Waffe auf. Kjartan nahm sie am Griff entgegen. Er wandte sich an Thorgrim.

»Nachtwolf, ich schulde dir mein Leben für das, was ich getan habe. Du schuldest mir nichts. Dennoch bitte ich dich um eine Sache. Wir haben miteinander gekämpft, und diesen Kampf haben wir nicht beendet. Beenden wir ihn jetzt.«

Thorgrim schaute dem Mann in die Augen. Kjartan flehte ihn regelrecht an. Er wollte seine letzten Tage nicht damit verbringen, qualvoll zu sterben, und er wollte nicht mit so einer Schande auf seinem Namen sterben. Thorgrim hob *Eisenzahn* an.

Kjartan lächelte schwach. Er zwang die Klinge in die Höhe. Die Spitze kam nur bis zur Hüfte, weiter reichten seine Kräfte nicht. Thorgrim streckte *Eisenzahn* vor, in einem gespielten

Ausfall, und Kjartan deutete schwächlich eine Parade an. Thorgrim zog *Eisenzahn* zurück und holte mit der Klinge über der linken Schulter zu einem kraftvollen Rückhandschlag aus. Kjartan lächelte immer noch, kaum wahrnehmbar, und er zuckte nicht um eine Haaresbreite zurück, als Thorgrim die Klinge herumschwingen ließ und ihm den Kopf sauber von den Schultern trennte.

Epilog

Da ist viel Kummer überall;
ein großes Unglück ist unter den Iren,
roter Wein floss das Tal hinab.
DIE ANNALEN VON ULSTER

Als die irischen Krieger von der Jagd auf die Nordmänner zurückkehrten, nach dem unbeschreiblichen Gemetzel beim Zerschmettern des Karrees und beim Töten der Flüchtenden, tat Lochlánn etwas, was er schon seit einiger Zeit nicht mehr getan hatte. Er betete.

Gewiss, er hatte oft gebetet während der Jahre im Kloster. Genau genommen mehrfach am Tag. Aber nie hatte er das aus freien Stücken getan, immer nur widerwillig und missmutig. Jetzt war das anders. Es war ein echtes Gebet, weil er es ehrlich meinte. Er suchte tatsächlich nach göttlichem Rat.

Die letzten Tage hatten sich mehr wie ein Traum angefühlt als alles andere in Lochlánns Leben. Mehr wie ein Albtraum. Eine Fülle von gestaltlosem Grauen, von Furcht und Zorn und Aufregung, von Blutdurst und dem Entsetzen im Angesicht des eigenen Todes. Er erinnerte sich kaum noch an das, was geschehen war. Sie waren auf die Nordmänner getroffen, waren zurückgeworfen worden, hatten die Nordmänner zurückgeworfen. Es fiel ihm schwer, die Ereignisse in seinem Gedächtnis in irgendeine Reihenfolge zu bringen.

Irgendwann war ein Wagen, einer der Wagen, die er und Louis und die anderen auf dem Rückweg von der Vermählung der Wasser passiert hatten, in ihre Reihen gekracht. Das hatte im Nu das Kampfgeschick gewendet und ihnen den Sieg aus den Händen gerissen. Daran erinnerte er sich ganz klar.

Er fragte sich, ob er sich die Geschehnisse auf dem Schlachtfeld besser ins Gedächtnis rufen könnte, wenn er mehr Erfahrung mit solchen Dingen sammelte.

Ich muss Louis danach fragen, dachte er. Und dann erinnerte er sich. Und es fühlte sich an wie ein Messerstich in seinem Leib.

Nach dem ersten Tag der Schlacht hatte er die halbe Nacht wachgelegen, gequält von den Ängsten vor dem Fortgang des Kampfes. Er hatte zuvor schon einmal Angst gehabt – Louis hatte ihm versichert, dass nur Verrückte den Kampf nicht fürchteten –, aber dieses Mal war es anders gewesen. Denn dieses Mal würde Louis de Roumois nicht an seiner Seite stehen. Dieses Mal würde er in die Schlacht ziehen, nachdem seine ganze Welt auf den Kopf gestellt worden war, nachdem sein Freund, der Mann, den er am meisten in der Welt bewunderte, nirgendwo mehr aufzufinden war. Doch Louis war nicht einfach nur fort, sondern davongelaufen. Geflohen, nachdem er als Mörder, als Ehebrecher und als Dieb entlarvt worden war.

Er verstand immer noch nicht, wie das möglich sein konnte. Doch allmählich fragte er sich, was für eine andere Erklärung es geben mochte, und so, wie seine Ungewissheit wuchs, schlug seine frühere Bewunderung für Louis de Roumois in Abscheu und Wut um, eine schwelende Wut, die jederzeit hell auflodern konnte.

Sie kämpften ohne die Führung durch den jungen Franken gegen die Heiden, und trotz Colmans Fehler, als dieser die Speerträger vor den Schildwall schickte, hatten sie ihren Feind geschlagen. Die meisten der Plünderer waren getötet worden, nur eine Handvoll entkam. Keine der Patrouillen hatte eine

Spur von ihnen gefunden. Der Kampf war vorbei, und Lochlánn betete.

Als er damit fertig war, fühlte er sich besser, wie nach einem Bad oder wenn er nach dem Schwimmen in einem kalten, frischen Strom hinaus in den Sonnenschein trat. Aber er hatte immer noch keine Antwort auf die vielen, vielen Fragen, die die letzten Tage in ihm aufgeworfen hatten.

Allerdings schien sich niemand sonst für diese Dinge zu interessieren. Gelegentlich hörte er eine beiläufige Bemerkung, wo Colman wohl steckte, oder verstohlene, verbitterte Diskussionen über Louis oder Failend, aber das war es auch schon. Nun, da der Kampf vorüber war, schienen die Krieger ganz zufrieden damit, einfach zu bleiben, wo sie waren, während die *Bóaire* und die *Fuidir* sehr bald verschwanden und zu ihren Bauernhöfen zurückkehrten.

Lochlánn stand auf dem Hügel, auf dem das Heer lagerte, und blickte auf Glendalough herab, eine Meile entfernt am Fuß des Hanges. Vor hier aus konnte er die Straßen der Stadt erkennen, die vor zwei Tagen voller Menschen gewesen waren und nun verlassen wirkten. Er sah das Kloster und die Gebäude darum herum. Er suchte nach Colmans großem Haus und konnte gerade eben das hohe Dach über den Nachbargebäuden aufragen sehen.

Er starrte auf die Umrisse der Dächer. *Ich frage mich …,* dachte er. Colman war fort. Lochlánn wusste einiges über Louis' Vorgeschichte mit Colman, und er vermutete noch eine Menge mehr, und so kam er unwillkürlich zu dem Schluss, dass es zwischen seinem Verschwinden und dem von Louis eine Verbindung geben musste. Und ehe er wusste, wie er darauf kam, schritt er bereits den lang gezogenen Hang hinab auf die Ansammlung kläglicher Gebäude zu, die den Ort Glendalough ausmachten.

Er brauchte eine halbe Stunde, bis er die schlammigen Straßen erreichte. Überall waren die Spuren einer überhasteten Flucht zu sehen; Haushaltsgegenstände aller Art lagen in den Schmutz getrampelt dort, wohin auch immer sie gefallen waren, die Verkaufsstände waren leergeräumt und halb eingestürzt, die Türen überstürzt verlassener Häuser und Werkstätten standen offen und schwangen klappernd im Wind.

Lochlánn ging so langsam durch die vertrauten Gassen wie über einen Friedhof oder über ein verödetes Schlachtfeld. Es war eine der quälendsten Erfahrungen, die er je gemacht hatte, und sie würde ihm noch lange nachhängen.

Dann erklang aus dem Kloster eine Glocke, die die Mönche zur Sext rief, dem Mittagsgebet. Lochlánn zuckte bei dem Laut zusammen und atmete erschrocken ein, fing sich aber rasch wieder. Es lag etwas Beständiges, etwas Tröstliches in diesem Klang. Das Volk von Glendalough mochte entsetzt geflohen sein, doch das Volk Gottes hinter dem *Vallum* war geblieben, und das Leben dort ging weiter, wie es immer gewesen war.

Lochlánn schlug ein Kreuz und schritt voran. Endlich erreichte er das große Haus von Colman mac Breandan. Am Hoftor hielt er inne und ließ den Blick über das Gebäude schweifen. Er sah nichts Ungewöhnliches, und kein Anzeichen deutete darauf hin, dass jemand hier war. Dann öffnete er das Tor und trat auf die Haustür zu. Er bewegte sich vorsichtig, auch wenn er nicht hätte sagen können, warum.

Vor der Tür blieb er stehen, griff nach dem Riegel und bewegte ihn prüfend. Er ließ sich ohne Mühe anheben, also stieß er die Tür auf. »Colman, Herr?«, rief er, mit erhobener Stimme, aber nicht übermäßig laut. »Failend?«

Er schob die Tür weiter auf und trat ein. Das Innere war durch zwei Fenster hoch oben in der Wand spärlich erhellt, und Lochlánn konnte gerade eben die Umrisse eines Tisches und eines Stuhls ausmachen, den Dachboden über sich, einen Kochtopf über der Feuerstelle. Und Colmans Körper, der ausgestreckt am Boden lag.

Lochlánn hastete durch den Raum an die Seite des Toten. Sein erster Gedanke war es, dem Mann zu helfen, doch bevor er ihn auch nur erreichte, bemerkte er bereits die riesige Blutlache, die auf den Binsen getrocknet oder in den Boden aus festgestampfter Erde gesickert war. Außerdem war Colmans Gesicht schwarz geworden. Der Mann war tot, und das schon seit einer Weile. Mindestens seit einem Tag. Es gab nichts, was Lochlánn für ihn tun konnte, jedenfalls nicht für seinen Leib, und da er noch kein Priester war, konnte er auch in anderer Hinsicht nichts unternehmen.

Die letzten Schritte legte er langsam zurück und untersuchte die Leiche zu seinen Füßen, die Dinge darum herum. Colmans Kehle war durchgeschnitten. Sein Schwert war aus der Scheide herausgeholt worden und lag einige Fuß entfernt. Sein Mörder hatte ihn also nicht überrascht, oder er hatte zumindest noch die Zeit gefunden, die Waffe zu ziehen. Neben Colmans Füßen klaffte ein kleines Loch im Boden. Lochlánn blickte hinein und entdeckte darin den rechteckigen Abdruck eines Gegenstandes, der dort vergraben gewesen war.

Eine kleine Truhe?, fragte er sich. *Colmans Vermögen? Ist dies ein einfacher Raub gewesen?* Er hörte ein Geräusch hinter sich, wirbelte herum und griff nach dem Schwert. Ein Mann stand in der Tür, aber im trüben Licht konnte Lochlánn nicht erkennen, wer es war. Dann sprach der Mann.

»Bruder Lochlánn?«

Lochlánn spürte, wie er sich entspannte. Er zog die Hand vom Schwert zurück. »Pater Finnian?«

Finnian trat einen Schritt in den Raum. Es war noch jemand bei ihm, ein junger Bursche, kaum ein paar Jahre älter als Lochlánn, wie es aussah, und wie der Priester mit einer schwarzen Kutte bekleidet. Finnians Blick fiel auf Colmans Körper, der zu Lochlánns Füßen lag.

»Ich habe ihn so gefunden!«, beteuerte Lochlánn, dem plötzlich einfiel, wie das alles wirken musste. »Er war tot, ist schon eine ganze Weile tot gewesen.«

Finnian hob die Hand. »Ich weiß, mein Sohn, ich weiß. Ich kann sehen, dass er schon seit einer ganzen Weile tot ist. Und ich weiß, dass du die ganze Zeit bei den Kriegern gewesen bist. Aber sag mir, warum bist du jetzt hier?«

Lochlánn sah zu dem anderen Mann und dann wieder zu Finnian. Finnian bemerkte es. »Das ist Bruder Segan«, erklärte er. »Er ist ein guter Freund, ein sehr tapferer junger Mann. Überaus schlau. Er spricht die Sprache der Heiden und viele andere. Das ganze letzte Jahr hat er bei den Heiden in Vík-ló gelebt und mich über ihre Pläne auf dem Laufenden gehalten. Man muss wohl sagen, dass sie Glendalough in diesem Moment plündern würden, wenn er nicht gewesen wäre.«

Lochlánn nickte dem jungen Mann zu, und Segan nickte zurück. »Ich weiß nicht, warum ich hier bin, Vater«, sagte Lochlánn. »Ich nehme an, ich habe nach Colman gesucht. Oder nach Louis. Oder nach der Wahrheit über all das, was geschehen ist. Ich will wissen, ob Louis wirklich … Ich weiß es nicht.«

»Die Wahrheit«, erwiderte Finnian. »Das ist eine Sache, die wir alle nur allzu gern kennen würden.«

»Kennt Ihr sie denn?«, fragte Lochlánn. »Wisst Ihr, was passiert ist? Mit Louis und Failend und Aileran? Ich bin fast geneigt zu glauben, dass Louis Aileran kaltblütig ermordet hat. Trotzdem …«

»Genau wie ich«, fiel Finnian ihm ins Wort. »Aber die Wahrheit über das, was geschehen ist, kenne ich genauso wenig wie du.« Wie die meisten Dinge, die Finnian sagte, klang auch dies so, als stecke noch eine Menge mehr dahinter, gleich unter der Oberfläche verborgen. Doch ob es der Priester enthüllen würde oder nicht …? Wahrscheinlich nicht. »Deswegen habe ich auch nach dir gesucht«, fügte Finnian hinzu.

»Sind die Heiden fort?«, fragte Lochlánn. »Sind sie davongesegelt, jene, die noch lebten?«

»Ich weiß nur, was ich gehört habe«, antwortete Finnian. »Von Reisenden und von anderen, mit denen ich sprach. Ich habe gehört, dass die meisten weg sind, aber ein Schiff ist geblieben, und eine Handvoll der Heiden. Und die sollten ausgemerzt werden.«

»Werden Männer ausgeschickt, um das zu erledigen? Berittene wären am besten. Sie bewegen sich schnell und können die Heiden noch an Land erwischen.«

Finnian nickte. »Das wäre das Beste. Aber die Sache ist die – jetzt, da Louis fort ist und Colman und Aileran auch, gibt es niemanden, der den Befehl dazu gibt.«

»Niemanden«, stimmte Lochlánn ihm zu. »Sie sitzen einfach nur im Lager herum, als hätten wir einen Feiertag.«

»Also solltest du dich darum kümmern«, sagte Finnian. »Gibt es eine Schar Männer, die mit dir reiten würden, wenn du sie fragst? Zwanzig würden gewiss schon reichen.«

Lochlánn dachte über die Frage nach. »Die gibt es, ja«, erwiderte er.

»Dann geh«, sagte Finnian.

Lochlánn schüttelte den Kopf. »Ich bin niemand«, wandte er ein. »Ich bin der am wenigsten erfahrene Mann dort.«

»Aber du musst es sein. Und das ist der Grund: Wenn Louis und Failend entfliehen wollen, werden sie wahrscheinlich dem Fluss bis ans Meer folgen und dort versuchen, ein Schiff zu finden, das sie ins Frankenreich bringt. Jeder, der nach den

Heiden sucht, wird vermutlich auch auf diese beiden stoßen. Wenn einer der anderen Krieger sie fängt, werden sie auf der Stelle aufgehängt.«

»Und das ist es vielleicht, was sie verdienen«, sagte Lochlánn.

»Vielleicht«, erwiderte Finnian. »Vielleicht auch nicht. Das ist jedenfalls, was wir herausfinden müssen. Wenn du sie also fängst, wirst du sie hierher zurückbringen. Dann erfahren wir die Wahrheit.«

»Ich versuche, sie zurückzubringen. Wenn ich sie finde«, antwortete Lochlánn, aber er bezweifelte stark, dass er sie aufspüren würde. In Wahrheit war er nicht einmal sicher, wie er reagieren würde, wenn es ihm gelang. Dennoch versprach er Finnian, dass er sein Bestes geben werde, und er verabschiedete sich von ihm und kehrte auf den Hügel und ins Lager zurück. Er hatte schon den halben Weg hinter sich, bevor ihm die Frage in den Sinn kam, woher Finnian gewusst hatte, dass er in Colmans Haus nach ihm suchen musste.

Thorgrim Nachtwolf wollte seine Toten begraben. Er wollte sie in richtigen Gräbern bestatten, mit den Waffen an ihren Seiten, auf die Art, wie ein Krieger geehrt werden sollte. Doch er fühlte sich den Lebenden mehr verpflichtet als den Toten, und er glaubte nicht, dass ihnen viel Zeit blieb. Also hoffte er darauf, dass die Walküren diesen Männern die Ehre erweisen würden, die er ihnen nicht vorenthalten musste, und wandte seine Aufmerksamkeit dem Schiff zu.

Er kletterte über den Bug und ging zum Heck, watete durch das kalte Flusswasser, das die hintere Hälfte des Rumpfes füllte. Das Wasser war klar und nur wenige Fuß tief, so dass er den Teil des Schiffes, der unter Wasser lag, inspizieren konnte.

Am Heck, unmittelbar vor dem Achterdeck, lag das Loch, das Kjartan in die Schiffswand gehackt hatte. Es war nicht übermäßig groß, vielleicht ein Fuß im Durchmesser, obwohl der Riss durch drei Planken ging, was die Reparatur erschweren würde. Aber für den Augenblick sollten sie in der Lage sein, eine Art Flicken anzubringen, das Schiff danach auszuschöpfen und den Fluss hinab zu verschwinden.

»Nachtwolf!« Starri sprach mit einer gedämpften Stimme, die Thorgrim sofort mit absoluter Gewissheit verriet, dass etwas nicht stimmte.

»Was?«

»Jemand kommt. Aus dieser Richtung.« Starri stand am Ufer, lehnte zehn Fuß von Thorgrim entfernt an der Schiffswand und zeigte stromaufwärts. Thorgrim wandte den Kopf und hielt Ausschau, aber er sah nur Wasser und Bäume, bevor der Fluss nach Norden abbog und außer Sicht geriet.

Er blickte Starri an. Die Schläge, die er eingesteckt hatte, die zahlreichen Wunden an seinem Leib und das Blut, das er verloren hatte, beeinträchtigten sein scharfes Gehör anscheinend nicht im Geringsten.

»Wie viele?«, fragte Thorgrim.

»Ich bin mir nicht sicher. Nicht viele. Sie kommen zu Fuß.«

Thorgrim wandte sich Harald zu, der sich ebenfalls am Ufer aufhielt. »Versteck die Männer, und macht euch bereit. Lasst euch nicht sehen, bevor ich es tue. Es könnten Krieger sein, die nach uns suchen.«

Harald nickte und eilte davon. Leise rief er den Männern zu, in Deckung zu gehen. Sie konnten bestenfalls darauf hoffen – so viel war Thorgrim klar –, dass die Gegenwart der Nordmänner diesen Neuankömmlingen gleichgültig war. Andernfalls wären es Feinde. Freunde waren es bestimmt nicht. Er und seine Männer hatten keine Freunde hier.

Thorgrim sprang über die Bordwand und versteckte sich dahinter, bis zu den Knien im Flusswasser, und Starri stand neben ihm. Sie warteten. Der Nachmittag war totenstill, bis auf das Wasser und den Wind und einen gelegentlichen Vogelruf. Dann hörten sie Schritte, die leise platschend durch das Wasser herankamen. Sie kamen noch näher, schließlich verstummten sie.

Es wurde wieder still, bis Thorgrim einen Mann sprechen hörte. Er sprach Irisch, und Thorgrim verstand die Wörter nicht. Daraufhin sprach jemand anderes, und Thorgrim war überzeugt davon, dass das eine Frau war.

Thorgrim bewegte sich langsam in den Fluss hinaus, die volle Länge des *Meereshammers* entlang bis kurz vor das Heck. Er hörte, wie die Fremden noch ein paar Schritte näher kamen, dann trat er um das Ende des Schiffes herum und zog *Eisenzahn* aus der Scheide.

Zwei Personen. Ein Mann und eine Frau, beide mit Kettenhemd, was Thorgrim überraschte. Die linke Hand des Mannes hielt das Ende eines Sacks umklammert, der über seiner Schulter lag. Die Frau schnappte nach Luft, als Thorgrim plötzlich auftauchte, aber der Mann zog sein Schwert so behände und mühelos, dass seine Ausbildung und seine Erfahrung offenkundig wurden. Er ließ den Sack nicht los.

»Wer seid ihr?«, fragte Thorgrim, doch der Mann schüttelte den Kopf, um anzudeuten, dass er nicht verstand. Thorgrim hatte nichts anderes erwartet.

»Harald!«, rief er. »Komm her. Bring die anderen.« Er hörte, wie Harald aus seinem Versteck kam und die übrigen Männer, die aus dem Gras platschend ins Wasser traten. Auch die Frau trug ein Schwert, und sie zog es jetzt; ein bisschen spät, wie Thorgrim dachte. Der Mann wich einen Schritt zurück und schirmte die Frau so gut wie möglich ab, als Thorgrims Leute sich ihnen von drei Seiten näherten. Sein Blick glitt von Mann zu Mann, und er wirkte kampfbereit. Er sah nicht ängstlich aus, was Thorgrim anerkannte.

Harald stürmte wasserspritzend auf sie zu, und Thorgrim wollte ihn schon auffordern, die beiden zu fragen, wer sie waren, da sah er Harald breit lächeln.

»Schaut!«, rief Harald. »Es ist die Heilerin!« Er wandte sich an die beiden im Fluss und sprach mit ihnen auf Irisch. Einen Moment lang sah Thorgrim Ungewissheit auf ihren Gesichtern aufblitzen, dann folgte das Wiedererkennen.

»Wer sind sie?«, fragte Thorgrim. »Woher kennst du sie?«

»Sie waren meine Gefangenen. In den Wagen, den Wagen, die ich Crimthann abgenommen hatte«, erklärte Harald. »Ich erinnere mich nicht an den Namen des Mannes. Die Frau heißt Failend, und sie sagte, dass der Mann ihr Leibwächter ist. Sie meinte außerdem, dass sie eine sehr geschickte Heilerin ist. Wir könnten ihre Fähigkeiten gebrauchen. Starri mit Sicherheit. Und viele der Männer sind verwundet.«

»Also gut«, sagte Thorgrim. »Sag ihnen, sie sollen ihre Schwerter hergeben, dann wird ihnen nichts geschehen.«

Harald sprach mit ihnen. Sie antwortete, und Harald antwortete seinerseits. Es war eine Art Verhandlung, und Thorgrim verließ sich darauf, dass Harald das Richtige tat. Er sah, wie der Blick des Iren von Waffe zu Waffe, von Mann zu Mann wanderte. Er konnte die Gedanken des Fremden erraten, als hätte dieser sie laut ausgesprochen. *Kann ich sie töten, bevor sie mich töten? Werden sie die Frau töten oder ihr etwas antun? Stehen unsere Chancen besser, wenn ich ihnen mein Schwert gebe, oder sind wir besser dran, wenn wir kämpfend sterben?*

Schließlich traf der Mann seine Entscheidung. Es war die Entscheidung, auf die Thorgrim gehofft hatte. Die einzig vernünftige Wahl. Er drehte sein Schwert herum und reichte es Harald mit dem Griff zuerst. Daraufhin tat die Frau dasselbe.

»Sag ihnen, sie sollen ans Ufer treten«, sagte Thorgrim. »Sag ihnen, dass ihnen nichts passieren wird, wenn sich die Frau um unsere Verletzten kümmert.« Er dachte daran, dem Mann zu befehlen, ihm den Sack zu reichen, doch er entschied sich dagegen. Dafür war später noch genug Zeit.

Harald öffnete den Mund, um zu sprechen, aber Starri sprach zuerst: »Thorgrim«, sagte er. »Mehr Leute kommen. Reiter.«

Reiter. Das konnte nur eines bedeuten. Berittene Krieger, die das Umland durchstreiften, und wenn sie aufmerksam genug waren, um das niedergetrampelte Gras zu entdecken, das von der Straße zum Fluss führte, würden sie auch das Schiff finden. Und sie würden die Nordmänner finden, die sie suchten.

»Lasst uns verschwinden«, befahl Thorgrim. »Flussabwärts. Bleibt dicht am Ufer. Nehmt die beiden.« Er zeigte in Richtung ihrer Gefangenen. »Lasst sie nicht entkommen.«

Die Männer drehten sich um und bewegten sich plätschernd flussabwärts. Godi trat hinter den Mann und die Frau und versetzte ihnen einen Stoß, und Harald sagte etwas in leisem, aber doch eindringlichen Tonfall. Sie setzten sich ebenfalls in Bewegung, und zwar mit viel weniger Widerstreben, als Thorgrim erwartet hätte.

Sie müssen wissen, dass Reiter nur irische Krieger sein können, dachte Thorgrim, *und das könnte ihre Rettung sein. Dennoch haben sie es genauso eilig wie wir.*

Sie blieben dicht am Ufer, wo das Wasser seicht war, und bald konnte sogar Thorgrim den Hufschlag hören. Er wurde mit jedem Augenblick lauter und verstummte dann, was bedeutete, dass die Reiter den Fluss erreicht hatten. Bald würden sie über den *Meereshammer* schwärmen.

»Zwischen die Bäume, alle zwischen die Bäume!«, zischte Thorgrim. Sie waren fast an der Flussbiegung, die sie vor den irischen Kriegern verborgen hätte, aber noch nicht ganz. Sie wateten an Land, schoben sich durchs Farnkraut und in den Wald hinein, der sie kühl und feucht und dunkel umhüllte und wo sie vor Entdeckung geschützt waren. Es war nicht besonders schwierig, sie alle zu verstecken. Sie waren nur zehn Männer und zwei Gefangene. Zehn Männer, das war alles, was von den Mannschaften von vier Langschiffen geblieben war.

Thorgrim ging am Ende der Reihe und verschwand als Letzter im Gehölz, doch anstatt tiefer darin einzutauchen, kauerte er sich hinter der ersten Deckung nieder und spähte stromaufwärts, zurück in Richtung des Schiffs und der Toten.

Die Iren kamen nun die Böschung hinab und schwärmten am Ufer aus. Sie trugen Rüstung und hatten die Waffen gezogen. Es waren nicht mehr als zwanzig, aber sie reichten aus, um Thorgrims Männer alle zu erschlagen, so erschöpft und verletzt, wie diese waren.

Einige Minuten lang bewegten sich die Iren vorsichtig entlang des Ufers, jederzeit auf einen Hinterhalt gefasst. Bald aber merkten sie, dass es keinen Angriff geben würde, dass dies ein Ort der Toten war und es keinen Nordmann mehr gab, der ein Schwert führen konnte. Thorgrim sah, wie sie die Waffen wieder wegsteckten. Er beobachtete, wie die Iren Börsen von nordischen Gürteln abtrennten.

Dann sah er einige Männer an Bord des *Meereshammers* klettern, und das war der unerträglichste Anblick von allen. Es schien ihm, als hätten sie einen Tempel entweiht, als wagten sie es, eines ihrer Kreuze auf einem Altar von Thor abzulegen. Sie waren auf seinem Schiff, seinem geheiligten Schiff. Sie schändeten sein kostbares Schiff.

Es ist verloren, dachte er. *Jetzt ist alles verloren.* Vor nicht allzu langer Zeit war er der Herr von Vík-ló gewesen. Er hatte über Wohlstand verfügt und vier Langschiffe und dreihundert Männer befehligt. Jetzt hatte er nichts. Nichts.

Er war verraten worden. Man hatte ihn an diesen Ort gelockt, und weil er ein Narr war und blind und ganz erbärmlich dumm, hatte er es zugelassen. Er hatte unzählige gute Männer sterben lassen. Man hatte ihm alles genommen. Er war nicht besser als ein Sklave.

Thorgrim biss die Zähne zusammen und presste die Lippen aufeinander. Er hätte schreien mögen, er hätte schluchzen können oder sich auf die Bastarde stürzen, die sein Schiff verschandelten. Doch er wollte nichts davon tun. Er wollte, dass Thor ihn niederstreckte, während er wie ein Dieb im Unterholz kauerte.

Die Iren, die an Bord seines Schiffes gegangen waren, kletterten auf das Flussufer zurück. Derjenige, der das Sagen hatte, gab ihnen einen Befehl. Thorgrim konnte ihn selbst aus dieser Entfernung noch deutlich hören. Harald und Starri waren inzwischen zu ihm gekrochen, und Thorgrim wollte schon Harald fragen, was der Mann gesagt hatte, da sah er, wie einer der Iren sich niederkauerte und etwas auf den Kies legte. Anschließend fischte er ein kleines, dunkles Ding aus einer Tasche. Er bewegte den Arm, in kurzen, raschen Stößen – die unverkennbare Bewegung, wenn jemand Stahl auf Feuerstein schlug!

Diese Mistkerle, dachte Thorgrim. *Sie verbrennen mein Schiff! Sie verbrennen mein Schiff, und ich kann nichts tun, außer zusehen. Und sobald sie damit fertig sind, jagen sie uns und töten uns alle.*

Der Mann mit dem Feuerstein schlug noch ein paarmal zu, bevor er sich niederbeugte und behutsam auf den Zunder blies. Thorgrim sah eine winzige Rauchsäule am Strand aufsteigen.

Nein, dachte er. *Ich bin nicht bereit zu sterben. Ich kann nicht so sterben.* Er hatte viele Jahre gelebt und vieles dabei erlebt, Gutes und Schlechtes, Freude und Trauer, aber er durfte es nicht so enden lassen. Er durfte nicht sterben, bevor er an all jenen Vergeltung geübt hatte, die ihm das angetan hatten. Er konnte Midgard nicht verlassen, bevor er zurückgeholt hatte, was ihm gehörte, und bevor diejenigen, die es gestohlen hatten, nicht für ihre Verbrechen bezahlten. Er würde diese Welt nicht verlassen, bevor er den Göttern gezeigt hatte, dass er der nächsten Welt würdig war.

Er hörte ein Rascheln an seiner anderen Seite und drehte den Kopf. Die beiden Gefangenen, der Mann und die Frau, krochen bis zu einer Stelle, von wo aus sie etwas sehen konnten. Er hörte, wie der Mann etwas flüsterte, ein einzelnes Wort, und für Thorgrim klang es wie einer dieser merkwürdigen irischen Namen. Er wandte sich an Harald.

»Frag ihn, ob er den Anführer dieser Krieger kennt«, sagte Thorgrim. Harald beugte sich dem Mann zu und sprach zu ihm in harschem Flüstern. Der Gefangene zögerte mit der Antwort, und Thorgrim kannte die Wahrheit, bevor er etwas sagte.

»Ja«, bestätigte Harald. »Er kennt ihn. Er hat mir nicht erzählt, woher oder wie gut.«

Thorgrim nickte. Es war nicht wichtig. Er streckte die Hand aus und packte den Sack, den der Mann immer noch auf seiner Schulter trug. Die Bewegung war so schnell, dass Thorgrim den Sack in der Hand hatte, bevor der Mann reagieren konnte. Das Ding war schwer, sogar schwerer, als Thorgrim erwartet hatte. Er konnte die scharfen Kanten eines viereckigen Gegenstands erkennen, die sich darin abzeichneten, ein Kasten möglicherweise. Thorgrim hatte keine Zweifel, was darin zu finden war.

»Sag ihm«, wandte Thorgrim sich an Harald und nickte in Richtung des Gefangenen, »er soll diesen Kriegern erzählen, dass sechzig Bewaffnete den Fluss entlangkommen. Er soll ihnen erzählen, dass sie flüchten müssen, ehe sie erwischt werden. Wenn er das tut und zurückkehrt, bekommt er seinen Schatz zurück und die Frau bleibt unverletzt. Wenn er scheitert oder uns verrät, stirbt die Frau noch vor uns.«

Harald nickte und übertrug die Worte ins Irische. Thorgrim sah die Wut auf dem Gesicht des Mannes, erkannte die Ratlosigkeit. Es mochte gar nicht mal so einfach sein, die Krieger dazu zu bringen, vor einem unsichtbaren Feind zu fliehen.

Er sieht schlau genug aus, dachte Thorgrim. *Er schafft das schon.*

Dann stand der junge Mann auf, mit finsterem Blick, und bahnte sich seinen Weg durch die Bäume zum Fluss. Er hatte gar keine Wahl. Thorgrim beobachtete, wie er plätschernd stromaufwärts watete. Er sah die Reaktion der Krieger, als er herankam. Sie wandten sich um und rissen die Augen auf. Sie zogen die Waffen.

Der junge Mann blieb stehen, fünfzehn Fuß von dem Anführer entfernt. Bittend hielt er die Hände in die Höhe. Wörter gingen zwischen den beiden hin und her. Thorgrim schaute zu Harald, ob er übersetzte, aber Harald schüttelte den Kopf.

Thorgrim blickte wieder den Fluss hinauf. Die Krieger schienen auszuschwärmen, als wollten sie den jungen Mann einkreisen. Der wiederum wies auf die Flusskehre weiter unten.

»Harald, Godi, alle, die laufen können – mit mir!«, sagte Thorgrim. »Zieht eure Waffen.«

Er stand auf und zog *Eisenzahn*, dann trat er aus dem Wald

und in den Fluss hinaus. Er hörte, wie die anderen ihm folgten. Sie mochten keine sechzig sein, aber sie waren Nordmänner, und sie waren Krieger und sie waren bewaffnet, und sie würden den Iren zeigen, dass an den Worten des jungen Mannes etwas dran war.

Und das taten sie. Thorgrim führte sie den Fluss hinauf. Er schritt entschlossen aus, als wäre er begierig auf einen Kampf, und er sah, wie Iren in ihre Richtung zeigten, sah sie vom *Meereshammer* zurückweichen, vom Fluss zurücktreten. Er vernahm einen scharfen Befehl, und die Iren machten kehrt und zogen sich die Böschung hinauf zurück, zu ihren Pferden, die sie außer Sicht stehen gelassen hatten. Es war keine panische Flucht. Aber sie entfernten sich.

Thorgrim rückte weiter vor, wenn auch langsam. Er ließ den Iren Zeit, um das Weite zu suchen. Als er endlich hörte, dass Hufschlag sich entfernte, rief er die anderen zu sich, und sie humpelten aus dem Wald heraus, mit dem Mädchen zwischen sich. Sie kehrten zurück zum *Meereshammer*. Der Zunder lag immer noch auf dem Kies und schwelte vor sich hin.

Ein paar Fuß vor dem jungen Iren hielt Thorgrim an. »Harald, sag ihm, er hat seine Sache gut gemacht.«

Harald übersetzte. Der Mann nickte. Er lächelte nicht. Es lag ein beunruhigter Ausdruck auf seinem Gesicht, ein anderer Ausdruck als zuvor. Thorgrim fragte sich, ob bei seiner Begegnung mit den Kriegern mehr vorgefallen war als unmittelbar ersichtlich.

Thorgrim nahm den schweren Sack von der Schulter und reichte ihn dem Mann, der ihn überrascht entgegennahm. Er redete, und Harald übersetzte.

»Er meint, die Iren sind weg, aber sie werden zurückkehren, und sie werden eine Menge mehr Männer mitbringen.«

Thorgrim nickte. Er fragte sich, warum dieser Bursche ihm

das erzählte. Wollte er nicht, dass die Nordmänner besiegt wurden? Wollte er nicht gerettet werden?

»Er hat Recht«, sagte Thorgrim und wandte sich an seine Besatzung, seine Streitmacht, seine zehn erschöpften und verletzten Männer. »Uns bleibt vielleicht eine Stunde. Auf keinen Fall mehr. Wahrscheinlich weniger. Wir müssen dieses Leck abdichten, das Kjartan in den *Meereshammer* gehauen hat. Wir können ein paar Tuniken von den Toten hineinstopfen, das wird erst mal reichen. Anschließend schöpfen wir ihn leer und schaffen ihn den Fluss runter, so weit, bis wir in Sicherheit sind, während wir das Schiff seefest machen.«

Die anderen nickten.

»Was tun wir dann?«, fragte Harald.

»Dann bringen wir diese Bastarde zur Strecke, die uns in diese Lage gebracht haben. Wir werden sie bezahlen lassen«, sagte Thorgrim. »Wir lassen sie zahlen.«

Er drehte sich um und führte sie über den Uferstreifen und an Bord seines Schiffes, seines kostbaren Schiffes, das angeschlagen und verwundet war wie der Rest von ihnen. Er trat achtern ins seichte Wasser, das über die Decksplanken plätscherte, und seine Männer folgten ihm. Sie hatten viel zu tun.

gelesen 11. 11. 25

Glossar

Aegir Der nordische Gott der See. In der nordischen Mythologie spielte er zugleich den Gastgeber bei großen Festmählern der Götter.

Asgard Der Wohnort der nordischen Gottheiten, lässt sich im Großen und Ganzen als Himmel der Nordmänner bezeichnen.

Beitass Eine hölzerne Stange bzw. Spiere, die hinten an der Seite eines Schiffes festgemacht wurde, so dass sie seitlich über den Bootskörper hinausragte und die Ecke des Segels an ihrem Ende befestigt werden konnte.

Berserker Ein Krieger der Wikinger, der sich zur Schlacht in einen wilden Blutrausch hineinsteigern konnte. Die Berserker waren die grimmigsten der nordischen Krieger und blindwütige Mörder in der Schlacht. Der Begriff stammt vom nordischen Ausdruck für »Bärenhemd«.

Bothach Gälische Bezeichnung für einen armen Bauern auf gepachtetem Land oder einen Leibeigenen.

Brasse Leine, mit der sich eine Rah in horizontaler Richtung von einer Seite zur anderen ziehen lässt. Wird benutzt, um den Winkel des Segels an den Einfall des Windes anzupassen.

Brautgeld Geld, das die Familie des Bräutigams der Familie der Braut bezahlt.

Byrdingr Ein kleineres, hochseetaugliches Frachtschiff, das die Nordmänner für den Handel und für Transporte einsetzten. Es war bis zu zwölf Meter lang und stellte eine Variante der bekannteren und größeren Knorr dar.

Curragh Ein Bootstyp, wie er nur in Irland gefertigt wurde; aus Tierhäuten, die auf einem Holzrahmen aufgebracht wurden. Die Größe war ganz unterschiedlich, und die größten Boote dieser Art wurden von Segeln angetrieben und waren in der Lage, mehrere Tonnen Gewicht zu tragen. Es war das am weitesten verbreitete hochseetüchtige Gefährt des mittelalterlichen Irland. Der Begriff »Curragh« entwickelte sich aus dem gälischen Wort »Curach«, das zunächst einfach nur »Boot« bedeutete.

Dechsel Dieses Werkzeug gleicht einer Axt, bei der das Blatt rechtwinklig zum Schaft angebracht ist.

Derbfine Nach irischem Recht der Teil einer Familie, der vier Generationen überspannt und außer einem Mann auch dessen Söhne, Enkel und Urenkel umfasst.

Drachenschiff Der größte Schiffstyp der Wikinger, mit einer Länge von bis zu 50 Metern und einer Besatzung von 300 Kriegern. Die Drachenschiffe waren die Flaggschiffe der Flotte, die Fahrzeuge der Könige.

Dubh Gall Eine gälische Bezeichnung für Wikinger dänischer Abkunft. Der Begriff bedeutet wörtlich »Schwarze Fremde« und bezieht sich auf die Farbe der Kettenrüstung, die schwarz war von dem Öl, mit dem die Dänen das Eisen fetteten. Vergleiche auch »Fin Gall«.

Elle Ein Längenmaß, das (im Gegensatz zur meist kürzeren deutschen Elle) hier ein wenig mehr als einen Yard bzw. einen Meter umfasst.

Eyrir Skandinavische Gewichtseinheit, die in etwa einer Unze entspricht.

Fall Ein Seil, mit dem das Segel oder die Rah hochgezogen wurde.

Felag Eine Gemeinschaft von Männern, die einander durch wechselseitige Verpflichtung verbunden sind, wie beispielsweise mehrere Eigentümer desselben Schiffes oder ein Trupp von Kriegern, die sich gegenseitig Treue geschworen haben.

Fin Gall Eine gälische Bezeichnung für Wikinger norwegischer Abkunft. Der Begriff bedeutet wörtlich »Weiße Fremde«. Vergleiche auch »Dubh Gall«.

(Lehmbeworfenes) Flechtwerk Eine im Mittelalter verbreitete Bauweise, bei der kleinere Stäbe durch größere Pfosten geflochten und anschließend mit Putz oder Lehm bestrichen wurden, sodass eine Wand entsteht.

FREYA Die nordische Göttin der Schönheit und der Liebe. Wie so viele nordische Gottheiten wurde auch sie mit den Kriegern in Verbindung gebracht und führte oft die Walküren auf das Schlachtfeld.

(RAH)HANGER Befestigung des Mittelteils der Rah am Mast.

HEL In der nordischen Mythologie die Tochter von Loki und die Herrin der Unterwelt, wohin diejenigen Toten kamen, die nicht nach Walhall entrückt wurden. Derselbe Name bezeichnete auch ihren Herrschaftsbereich, die Hölle der Wikinger.

HERSE Unterführer eines Kriegstrupps der Wikinger, ein militärischer Rang direkt unterhalb des Jarls.

HIRD Ein Elitetrupp nordischer Krieger, der von einem König oder machtvollen Jarl angeworben und unterhalten wurde. Im Gegensatz zu den meisten Wikingertrupps, die bei Bedarf zusammenfanden oder sich wieder auflösten, entsprach die Hird fast einem stehenden Heer und bildete den Kern einer Wikingerarmee.

HIRDMAN Ein Krieger, der einer Hird angehört.

JARL Der Titel eines Mannes von hohem Stand. Ein Jarl konnte ein unabhängiger Herrscher sein oder einem König untergeordnet. Jarl ist der Ursprung des englischen Wortes »Earl«, was in etwa dem Grafentitel entspricht.

KNORR Ein nordisches Handelsschiff. Es ist kleiner, breiter und robuster als das Langschiff und diente als »Packpferd« des nordischen Handels. Die Knorr brachte Fracht und Siedler an jeden Ort, den die Nordmänner aufsuchten.

LIEK Kante eines Segels

LOKI Der nordische Gott des Feuers und der Unruhestifter. Loki war boshaft, und seine Ränke bereiteten den Göttern viel Ärger, wofür er bestraft wurde.

LONGPHORT In der wörtlichen Bedeutung eine »Schiffs-Festung« – ein kleiner, befestigter Hafen, um Verladevorgänge abzusichern. Er diente als Zentrum des Handels und als Stützpunkt für Raubzüge.

LUV Die dem Wind zugewandte Seite eines Objekts.

ODIN Der oberste der nordischen Götter. Odin war der Gott der Weisheit und des Krieges, der Beschützer der Häuptlinge und der Dichter.

OÉNACH Gälischer Begriff für einen bedeutsamen Markttag von überregionaler Bedeutung in Irland, der oft an einem Feiertag in einem Ort abgehalten wird, an dem zwei Herrschaftsgebiete aneinandergrenzen.

PLANKENGANG Alle auf einer horizontalen Linie liegenden Planken am Schiffsrumpf. Die Konstruktionsweise der Wikingerboote, bei der jede Planke die darunter überlappt, bezeichnet man als Klinkerbauweise.

QUERSCHIFF In rechtem Winkel zur Längsrichtung des Schiffes.

RAGNARÖK Die mythische Endschlacht, in der die meisten Menschen und Götter von den Mächten des Bösen getötet werden und die Erde zerstört wird, nur um gereinigt wiederzuerstehen.

RAH Ein langer, sich zu den Enden verjüngender Balken, von dem aus ein Segel herabhing. Wenn ein Wikingerschiff nicht segelte, wurde die Rah längs des Schiffskörpers ausgerichtet und mit daran festgemachtem Segel bis fast auf das Deck herabgelassen.

RATH Eine in Irland verbreitete Form für ein Gehöft, bei der die Häuser von einem kreisrunden Erdwall und Palisaden umgeben sind.

RÍ TÚAITHE Ein gälischer Ausdruck für einen unbedeutenderen Stammeskönig, der einem Hochkönig Gefolgschaft schuldete.

RÍ RUIRECH Gälische Bezeichnung für einen unabhängigen oder lokalen Hochkönig, dem die Rí Túaithe Gefolgschaft schulden.

RUTE Eine Längeneinheit, die in etwa 5 Metern entspricht.

SCHILDBUCKEL Das runde Mittelstück aus Eisen, das auf den hölzernen Schild aufgesetzt war. Der Buckel war wie eine Eisenschale geformt, die vorn aus dem Schild herausragte. An der Rückseite gab es eine Höhlung, durch die der Handgriff lief.

Schildwall Eine defensive Aufstellung von Truppen, bei der die Krieger in einer Reihe standen und die Schilde sich zur Abwehr überlappten.

Skalde Ein Dichter aus der Zeit der Wikinger, der üblicherweise einem königlichen Hof zugeordnet war. Die Skalden verfassten Gedichte in einer ausgeprägten Formensprache, die speziell dem mittelalterlichen Skandinavien eigen war. Die Dichtung war ein bedeutsamer Teil der Wikinger-Kultur, und die Fähigkeit, Verse zu schmieden, war hoch angesehen.

Spiere Ein Begriff für alle Arten von Stangen oder Rundhölzern, die zur Takelage eines Schiffes gehören.

Tánaise Ríg Ein gälischer Ausdruck für den offensichtlichen Erben eines Königs, den Mann, der eindeutig an erster Stelle der Thronfolge steht.

Thing Eine Gemeindeversammlung.

Thor Der nordische Gott der Stürme und des Windes, doch zugleich der Beschützer der Menschen und der übrigen Götter. Thors bevorzugte Waffe war ein Hammer. Amulette mit diesem Symbol waren darum unter den Wikingern ähnlich verbreitet wie Kreuze unter den Christen.

Ulfberht Spezieller Name von in den germanischen Ländern gefertigten Schwertern, deren Klinge die Inschrift »Ulfberht« oder eine Variante dieses Namens trugen. Auch wenn nicht bekannt ist, wer Ulfberht war, galten die Schwerter, die seinen Namen trugen, als hochgeschätzte und ausgezeichnete Klingen.

Varonn Die Frühlingszeit. Altnordisch, wörtlich: »Frühjahrsarbeit«.

Vik Eine Gegend in Norwegen, südlich des heutigen Oslo. Der Name ist möglicherweise der Ursprung des Wortes »Wikinger«.

Walhall Eine große Halle in Asgard, wo die in der Schlacht gefallenen Krieger tafeln, trinken und kämpfen, bis die Zeit von Ragnarök gekommen ist.

Walküren Weibliche Geister der nordischen Mythologie, welche die Seelen der Verstorbenen vom Schlachtfeld auflesen, um sie nach Walhall zu bringen. Sie waren diejenigen, die unter den Toten die Würdigen auswählten, und auch, wenn sie in späterer Zeit romantisierend als Odins Schildmaiden dargestellt wurden, hatten sie ursprünglich einen dämonischeren Charakter, als Geister, die die Leichen der Toten verschlangen.

WANT Schweres Tauwerk, das von der Spitze des Masts zu den Seiten des Schiffes reicht und verhindert, dass der Mast zur Seite kippt.

WERGELD Eine Geldstrafe für Totschlag, die als Entschädigung an die Familie des Opfers bezahlt wurde. Der Betrag hing von der sozialen Stellung des Toten ab.

Dank

Mein herzlichster Dank geht an Nicky Grene für seine Einsichten in die Landschaft um Glendalough und für die große Liebenswürdigkeit, die er mir und meiner Familie gegenüber während unserer Besuche in Irland immer wieder gezeigt hat. Ich bedanke mich auch bei meiner Schwester Stephanie für ihre andauernde Unterstützung im Allgemeinen und für die Fülle an Büchern, Broschüren, Postkarten, Reiseführern und Landkarten zu Glendalough, die sie mir hat zukommen lassen. Mein Dank an David Mullaly für seine Hilfe bei diesem Buch und früheren Bänden der Reihe, und dafür, dass er mich immer wieder in Bezug auf den Kauf von Wikinger-Antiquitäten in Versuchung führt. Dank auch an David Bellows für seine Hilfe. Mein steter Dank gebührt Steve Cromwell für die Gestaltung der Bücher, denn Tatsache ist: Die Menschen beurteilen Bücher nach ihrem Einband, und Steve hat wesentlich zur Beliebtheit dieser Reihe beigetragen. Ich danke auch Alistair Corbett für das großartige, stimmungsvolle Hintergrundfoto. Und mein Dank geht an all meine großartigen Leser, die dazu beigetragen haben, die Reihe bekannt zu machen, und an meine Familie für all ihre Unterstützung.

Sowie an meine geliebte Lisa …